KB163211

레 미제라블 2

Les Misérables

세계문학전집 302

레 미제라블 2

Les Misérables

빅토르 위고

정기수 옮김

민음사

차례

2부
코제트

1
워털루

1. 니벨에서 오는 길에 있는 것

작년(1861년) 5월의 어느 화창한 날 아침, 한 사람이, 즉 이 이야기의 저자가 니벨에서 도착하여 라 윌프 쪽으로 가고 있었다. 그는 걸어서 가고 있었다. 그는 양쪽에 가로수가 늘어선 넓고 구불거리는 포장도로를 따라가고 있었는데, 이 길은 우람스러운 파도처럼 기복이 반복되는 언덕 위를 굽이치고 있었다. 그는 이미 릴루아와 부아세뇌르이자크를 지나온 뒤였다. 서쪽으로는 브렌랄뢰의, 꽃병을 엎어 놓은 것 같은 모양의 슬레이트 지붕 종루가 보였다. 그는 언덕 위의 숲을 지나고, 한 샛길 모퉁이에, "옛 관문 제4호"라고 씌어 있는 벌레 먹은 푯말 옆에 서 있는 한 목로주점 앞을 갓 지나왔는데, 그 정면에는 "어서 오십시오. 여러분의 카페 에샤보"라고 씌어 있었다.

그 주점에서 500미터쯤 더 가서 그는 한 작은 골짜기 안쪽에 다다랐는데, 거기에는 길의 둑에 만들어 놓은 아치 아래로 물이 흐르고 있었다. 도로 한쪽의 골짜기 전면에는 청청한 나무들이 여기저기 듬성듬성 무더기를 이루고 있었고, 또 한쪽은 그 나무떨기들이 멀리 목장을 지나 브렌랄뢰 쪽으로 제멋대로 흩어져 뻗어 가는 풍경이 아름다웠다.

거기 오른쪽 길가에 여관 하나가 있었는데, 문 앞에는 네 바퀴 달구지와 커다란 홉 덩굴 다발과 쟁기가 있었고, 산울타리 옆에는 마른 가시덤불이 쌓여 있었고, 네모진 구멍 속에서는 석회가 먼지를 내고 있었고, 짚으로 칸막이한 낡은 헛간 옆에는 사다리가 놓여 있었다. 처녀 하나가 밭에서 풀을 매고 있었는데, 거기에서는 축제의 순회 흥행물 광고인 듯, 커다란 노란 포스터가 바람에 나부끼고 있었다. 여관 모퉁이, 한 떼의 오리가 놀고 있는 못가에는, 포장도 제대로 되지 않은 오솔길 하나가 덤불 속으로 이어지고 있었다. 그는 거기로 들어갔다.

기와를 엇갈리게 이은 뾰족한 박공을 붙인 15세기식 벽을 따라 100보쯤 걸어가자 그는 돌로 된 커다란 홍예문 앞에 다다랐다. 그것은 장엄한 루이 14세식 건축물로, 직선식 인방돌이 붙어 있었고, 양옆은 두 개의 평평하고 둥근 인물 돋을새김으로 장식되어 있었다. 문 위에는 장식이 없는 건물 정면이 우뚝 솟아 있었고, 건물 정면과 직각을 이루는 벽이 거의 문에 접하여 문과 급격한 직각의 벽면을 만들고 있었다. 문 앞 풀밭에는 쇠스랑 세 개가 놓여 있었고, 그 사이에 5월의 온갖 꽃들이 뒤섞여 피어 있었다. 문은 닫혀 있었다. 문짝은 다 썩은 두 짝짜리 여닫이로, 거기에는 녹슨 헌 쇠망치가 매달려 있었다.

날은 화창했고, 나뭇가지들은 바람 때문이라기보다는 새집들 때문인 듯, 저 5월의 부드러운 살랑거림으로 나부끼고 있었다. 예쁜 작은 새 한 마리가(아마도 연애를 하고 있었으리라.) 커다란 나무 속에서 미칠 듯이 지저귀고 있었다.

그는 몸을 구부리고 왼편 문설주 아래 있는 돌에 벌집 구멍처럼 꽤 넓고 둥글게 구멍 하나가 패 있는 것을 들여다보았다. 그때 대문이 열리며 여자 하나가 나왔다.

그 여자는 나그네를 보고 그가 바라보고 있는 것을 보았다.

"그걸 만든 건 프랑스군의 포탄이에요." 그녀는 말했다.

그러고는 덧붙였다.

"저기, 더 위, 문에, 못 옆을 보세요. 그건요, 커다란 비스카앵 총*이 낸 구멍이에요. 비스카앵 총은 나무도 뚫지 못했어요."

"이곳 이름은 뭡니까?" 통행자는 물었다.

"우고몽이에요." 그 시골 여자는 말했다.

그는 몸을 일으켰다. 그는 몇 걸음 걸어가 울타리 위를 넘어다보았다. 나무들 사이로 저쪽 지평선에 나지막한 산 같은 것이 있는데, 그 언덕 위에는 멀리서 봤을 때 사자 형상을 한 무엇인가가 보였다.

그는 워털루의 싸움터에 와 있었던 것이다.

---

* 머스킷 총. 강선이 없는 구식 총.

2. 우고몽

우고몽, 이곳이야말로 불길한 곳이었다. 이곳이야말로 나폴레옹이라는 유럽의 위대한 벌목자가 워털루에서 봉착한 장애의 시작이요, 최초의 저항이요, 도끼질이 맞닥뜨린 최초의 옹이였다.

이곳은 하나의 성이었으나 지금은 농가에 불과하다. 우고몽은 고고학자가 볼 때에는 '위고몽'이다. 이 저택은 빌레르 수도원에 여섯 번째 식읍(食邑)을 기증한 소므렐의 영주 위고가 세운 것이다.

그는 문을 밀고 현관에 있는 낡은 마차 옆을 지나 안마당으로 들어갔다.

안마당에서 그의 눈에 맨 먼저 띈 것은 홍예문처럼 보이는 16세기의 문인데, 그 주위가 모두 허물어져 버렸다. 기념 건물다운 모습은 흔히 폐허에서 생겨난다. 홍예문 옆으로는 앙리 4세 시대식의, 이맛돌이 박힌 또 하나의 문이 나 있어서 그 문을 통해 과수원의 나무들이 보인다. 그 문 옆으로 거름 구덩이, 곡괭이와 삽, 몇 대의 달구지, 쇠 회전문이 달린 판석 깔린 낡은 우물, 뛰어다니는 망아지, 꼬리를 활짝 편 칠면조, 위에 작은 종루가 있는 예배당, 예배당 담장 위 과수장(果樹墻)에서 꽃이 핀 배나무 등도 보인다. 그 안마당은 이러했는데 이 안마당의 정복이야말로 나폴레옹의 꿈이었다. 만약에 이 한 조각의 땅을 나폴레옹이 점령할 수 있었더라면 그는 아마 세계를 얻었으리라. 지금 여기에서는 닭들이 부리로 먼지를 날리고 있다. 으르렁거리는 소리가 들린다. 영국군을 대신해 뚱뚱한 개 한 마리가 이빨을 내놓고 으르대고 있다.

이곳에서 영국군은 참으로 훌륭했다. 쿡 휘하의 네 개 근위 중대는 이곳에서 한 개 군단의 맹렬한 공격에 일곱 시간이나 저항했다.

실측도로 보면 우고몽은 건물과 담장을 포함하여, 한쪽 모퉁이가 떨어져 나간 일종의 불규칙한 사각형을 이루고 있다. 그 한쪽 모퉁이에 있는 것이 남문인데, 총을 바싹 들이대고 쏠 수 있는 벽이 그 문을 지키고 있다. 우고몽에는 두 개의 문이 있는데, 성문인 남문과 농가의 문인 북문이다. 나폴레옹은 우고몽에 아우인 제롬을 파견했다. 기유미노와 푸아와 바슐뤼의 사단들이 여기에서 적과 부딪혔고, 레유의 거의 전 군단이 여기에 투입되었으나 실패했으며, 켈레르만의 포탄은 이 장렬한 벽면에서 모두 소모되었다. 보뒤앵의 여단은 우고몽을 북쪽에서 탈취하려 했으나 성공하지 못했고, 수아의 여단은 겨우 그 남쪽에 타격을 가했을 뿐 점령하지는 못했다.

안마당 남쪽으로는 농가가 늘어서 있다. 프랑스군에게 파괴된 북문 일부가 벽에 걸려 있다. 그것은 두 개의 가로장에 못으로 박아 놓은 넉 장의 널빤지인데, 거기에는 아직도 공격의 흔적이 역력하다.

프랑스군에 의해 격파된 북문은 벽에 매달린 장식 판자 대신에 나뭇조각을 붙인 채 안마당 안쪽으로 방긋이 열려 있다. 그것은 안마당 북쪽을 두른 담장에 네모지게 뚫려 있는데, 담장은 아래는 돌로, 위는 벽돌로 되어 있다. 북문은 어느 소작지에서나 볼 수 있는, 달구지가 드나드는 단순한 문인데, 허술한 판자로 된 커다란 두 짝짜리 문이고, 그 너머는 목장이다. 이 출입구의 쟁탈전은 치열했다. 문설주에 피 묻은 손자국들이 오랫동안 남아 있었다. 보뒤앵이 전사한 것도 여기다.

전투의 폭풍우가 아직도 이 안마당에 있다. 무시무시한 광경이 여기에 보인다. 요란한 혼전이 여기에 화석처럼 어려 있다. 혹은 살고 혹은 죽는다. 그것은 마치 어제 일인 듯하다. 벽은 몸부림치고, 돌은 떨어지고, 틈바귀는 부르짖는다. 구멍은 상처다. 반쯤 쓰러진 채 떨고 있는 나무들은 도망치려고 애쓰는 것 같다.

이 안마당은 1815년에는 오늘날보다는 더 잘 꾸며져 있었다. 그 후 무너뜨려 버린 여러 구조물들이 당시 철각보(凸角堡), 귓돌, 돌출부의 구실을 하고 있었다.

영국군은 여기를 지켰고, 프랑스군은 여기에 침투했으나 지탱하지 못했다. 예배당 옆에는 우고몽 저택의 유일한 유물인 성의 한 측면이 서 있는데, 무너지고 있다기보다는 오히려 배를 가른 것 같은 모양을 하고 있다. 이 성은 아성이 되었고 예배당은 보루가 되었다. 여기서 양군은 서로를 전멸시켰다. 프랑스군은 사방으로부터, 벽 뒤, 헛간 위, 지하실, 모든 창, 모든 환기창, 모든 돌 틈새로부터 사격을 당했기 때문에, 나무다발을 가져다 벽과 적에게 불을 질렀다. 산탄에 방화로 응전한 것이다.

무너진 건물 측면 안쪽으로 쇠창살 달린 창을 통해 벽돌로 된 본관의 부서진 방들이 어렴풋이 보이는데, 영국 근위병들은 이 방들에 잠복하고 있었다. 나선 계단은 1층에서 지붕까지 균열이 생겨, 마치 깨어진 소라 껍질 속 같다. 계단은 두 층에 걸쳐 있다. 계단에서 포위되어 윗단들에 몰려 있던 영국군은 아랫단들을 끊어 버렸다. 쐐기풀 속에서 산더미를 이루고 있는 것은 커다란 푸른색 돌 타일이다. 여남은 단의 계단이 아직도 벽에 붙어 있는데, 첫 단에는 삼지창 꼴이 새겨져 있다. 접근할 수 없는 이 계단들은 아직도 벽에 견고히 박혀 있다. 나머지는 마치 이 빠진 턱 같은 모양을 하고 있다. 거기에는 늙은 나무 두 그루가 서 있는데, 하나는 죽었고, 또 하나는 밑동에 상처를 입기는 했지만 4월이면 다시 푸르러진다. 이 나무는 1815년부터 계단 사이에서 자라기 시작했다.

양군은 예배당 안에서 서로 살육했다. 다시 조용해진 그 내부는 야릇해 보인다. 학살이 벌어진 후로는 미사 한 번 드린 일 없다. 제단은 거기에 그대로 있는데, 이 허술한 나무 제단은 다듬지 않은 돌바닥에 놓여 있다. 석회를 바른 사방의 벽, 제단과 마주 보는 문, 두 개의 작은 활 모양의 창, 문 위의 커다란 나무 십자가, 십자가 위에 있는 한 다발의 건초로 막아 놓은 네모진 채광 환기창, 땅바닥 한구석에 떨어져 있는 유리가 다 깨어진 낡은 창틀, 이러한 것이 이 예배당의 모습이다. 제단 옆에는 15세기식 성 안나의 목상(木像)이 못으로 고정되어 있다. 아기 예수의 머리는 비스카앵 총에 날아가 버렸다. 프랑스군은 한때 예배당을 점령했다가 쫓겨나면서 거기에 불을 질렀다. 불길이 이 부서진 집을 삼키며 용광로로 만들었는데, 문도 타고 마루도 탔으나, 그리스도의 목상은 타지 않았다. 목상의 발에 불이 붙었으나 거기서 멈춰, 타다 만 새카만 부분이 지금도 보인다. 이 고장 사람들의 말을 들어 보면 참 기적이었다. 목이 끊긴 아기 예수는 그리스도만큼 행복하지는 않았다.

벽들에는 온통 글씨가 씌어 있다. 그리스도의 발 옆에는 '엔키네즈'라는 이름이 보인다. 그리고 다른 이름들도 보인다. '리오 마이오르의 콘데', '알마그로(아바나) 후작 및 후작 부인' 등등. 프랑스 사람의 이름도 보이는데, 모두 감탄 부호가 붙어 있는 것이 분노의 표시다. 1849년에 이 벽은 다시 하얗게 칠해졌다. 여러 나라 국민들이 거기서 서로 욕을 하고 있었기 때문이다.

이 예배당 문에서 손에 도끼를 들고 있는 시체 한 구가 수거되었다. 그것은 르그로 소위의 시체였다.

예배당에서 나오면 왼편에 우물 하나가 보인다. 안마당에 우물이 두 개 있는 것이다. "이 우물에는 왜 두레박도 도르래도 없는가?" 하고 사람들은 물으리라. 이제 아무도 물을 긷지 않기 때문이다. "왜 물을 긷지 않는가?" 해골이 가득 차 있기 때문이다.

이 우물에서 마지막으로 물을 길은 사람은 기욤 반 킬솜이라는 사나이였다. 그는 우고몽에서 살면서 정원사 노릇을 하던 농부였다. 1815년 6월 18일, 그의 가족은 도망하여 숲 속에 가서 숨어 버렸다.

빌레르 수도원 주변의 숲은 그렇게 흩어진 불행한 사람들을 몇 날 몇 밤 감추어 주었다. 오늘날까지도, 타 버린 고목 등걸 같은 흔적을 통해 총림 속에서 떨던 그 가엾은 사람들이 노숙하던 장소를 뚜렷이 알아볼 수 있다.

기욤 반 킬솜은 '성을 지키기 위하여' 우고몽에 남아서 지하실 속에 웅크리고 있었다. 영국군은 그를 발견했다. 병사들은 숨어 있는 그를 끌어내 공포에 떠는 그를 칼등으로 후려치면서 여러 가지 심부름을 시켰다. 그들이 목이 마르면 이 기욤이 그들에게 물을 가져다주었다. 그가 물을 길은 것이 바로 이 우물이었다. 수많은 병사들이 여기서 마지막 물을 마셨다. 그 많은 전사자들이 물을 마셨던 이 우물 역시 죽지 않으면 안 되었다.

작전 후에는 송장 묻기에 바빴다. 죽음은 승리를 괴롭히는 독특한 방법을 가지고 있어, 영광에 이어 흑사병을 가져다준다. 염병 또한 승전의 부속물이다. 이 우물은 깊었으므로 거기에 무덤을 만들었다. 거기에는 삼백 구의 시체가 던져졌다. 아마 너무 황급히 했던 모양이다. 그들은 모두 죽은 사람이었을까? 전설은 그렇지 않다고 말한다. 매장한 날 밤 이 우물에서 가물가물하게 부르는 목소리가 들렸다고 한다.

이 우물은 안마당 한복판에 따로 떨어져 있다. 돌과 벽돌로 반반씩 되어 있는 세 벽이 병풍의 폭들처럼 접혀 네모진 탑 모양을 하고서 삼면을 둘러싸고 있다. 네 번째 면은 틔어 있다. 물을 길은 것은 그쪽에서였다. 안쪽 벽에는 보기 흉한 둥근 뙤창문 비슷한 것이 하나 있는데 아마 포탄 구멍이리라. 이 탑 같은 것에는 지붕이 있었으나 지금은 서까래밖에 남아 있지 않다. 오른편 벽의 버팀쇠는 십자가 모양을 하고 있다. 몸을 구부리고 들여다보면 어둠이 가득 찬 깊은 벽돌 원통 속으로 빨려 들어가 버릴 것만 같다. 우물 주변과 벽 아래는 모두 쐐기풀로 덮여 있다.

이 우물 앞에는 벨기에의 모든 우물에서 바닥 돌 노릇을 하는 널따란 푸른색 타일이 전혀 없다. 푸른색 타일 대신에 가로장 하나가 있어, 울룩불룩 마디가 불거진 커다란 해골 같은 보기 흉한 통나무 대여섯 개를 거기에 기대 놓았다. 두레박도 쇠사슬도 도르래도 없어져 버렸으나, 물을 받는 데 쓰이던 돌 물통은 아직도 남아 있다. 빗물이 거기에 괴어 있어, 때때로 가까운 숲에서 새들이 와서 물을 마시고 날아간다.

이 폐허에 있는 한 채의 집, 농가에는 아직도 사람이 살고 있다. 이 집의 문은 안마당 쪽으로 나 있다. 그 문에는 예쁜 고딕식 철판 자물쇠 옆에 비스듬히 달린 토끼풀 무늬 쇠 손잡이가 있다. 하노버*의 중위 빌다가 이 농가 안으로 도망하려고 이 손잡이를 잡은 순간 프랑스의 한 공병이 도끼로 후려쳐서 그의 손을 떨어뜨렸다.

이 집에 사는 가족의 할아버지는 예전의 정원사 기욤 반 킬솜인데, 그는 오래전에 죽었다. 백발이 성성한 한 여자는 이렇게 말했다. "그때 나는 여기에 있었지요. 세 살 때였어요. 언니는 무서워서 울고 있었어요. 어른들은 우리를 숲 속으로 데리고 갔어요. 나는 어머니가 안고 있었어요. 모두들 땅에 귀를 대고 소리 나는 것을 듣더군요. 나는 대포 소리를 흉내 내어 '붕붕' 소리를 냈어요."

안마당 왼편에 있는 문 하나는 아까도 말했지만 과수원 쪽

* 옛 왕국으로, 지금은 독일의 한 지방.

으로 나 있다.

과수원은 무시무시하다.

그것은 세 부분으로 되어 있다. 또는 3막으로 되어 있다고 해도 좋으리라. 첫 번째 부분은 정원이고, 두 번째 부분은 과수원이고, 세 번째 부분은 숲이다. 그 세 부분은 공통된 울타리를 가지고 있다. 즉 출입구 쪽은 성과 농가의 건물이고, 왼편은 산울타리며, 오른편과 안쪽은 벽이다. 오른편 벽은 벽돌이고 안쪽 벽은 돌이다. 먼저 정원으로 들어간다. 정원은 지면이 낮고, 구스베리 같은 관목이 심겨 있고, 잡초들이 우거져 있고, 웅대한 돌 축대로 경계가 나뉘어 있는데, 축대 위에는 가운데가 불룩한 기둥으로 된 난간이 붙어 있다. 그것은 르노트르* 이전에 최초로 프랑스식으로 꾸민 굉장한 정원이었으나, 오늘날에는 폐허와 가시덤불이 돼 버렸다. 난간 기둥 위에는 포탄 같은 둥근 돌 꼭지가 붙어 있다. 난간 토대에는 아직도 마흔세 개의 기둥이 남아 있다. 다른 기둥들은 풀 속에 떨어져 있다. 거의 모두 총알에 긁힌 자국이 있다. 부서진 기둥 하나는 부러진 다리처럼 난간 앞쪽에 얹혀 있다.

경보병 1연대의 정예병 여섯이 과수원보다 낮은 이 정원에 침투했다가 빠져나가지 못하고, 구렁 속에 빠진 곰처럼 쫓기고 몰리면서 하노버의 1개 중대와 접전할 수밖에 없었는데, 그중 한 중대는 기병총으로 무장하고 있었다. 하노버군은 그

---

* 르노트르(André Lenôtre, 1613~1700). 프랑스의 정원 및 공원 설계가. 베르사유 궁전의 정원을 설계했다.

난간을 따라 위에서 사격했다. 여섯 명의 정예병은 용감무쌍하게도 이백 명의 정예병을 향하여, 엄폐물이라고는 구스베리뿐인 채로 아래서 응전하며 십오 분간 버티다가 전사했다.

계단 몇 단을 올라가면 정원에서 엄밀한 의미에서의 과수원으로 들어간다. 이 몇 평밖에 안 되는 땅에서 한 시간도 못 되어 천오백 명의 군사가 쓰러졌다. 과수원 벽은 다시 전투를 치를 준비가 되어 있는 것 같다. 고르지 않은 높이에 영국군이 뚫어 놓은 서른여덟 개의 총안은 아직도 고스란히 남아 있다. 열여섯 번째 총안 앞에는 화강암으로 된 영국군의 무덤 두 기가 누워 있다. 총안은 남쪽 벽에만 있는데, 공격은 주로 그쪽에서 이뤄졌다. 이 벽의 바깥쪽은 커다란 산울타리로 가려 있다. 프랑스군이 거기에 도착하여 울타리밖에 없는 줄 알고 그것을 뛰어넘었는데, 장애물이자 매복지인 벽이 있었고, 벽 뒤에는 영국 근위병들이 있었다. 서른여덟 개의 총안에서 일제히 사격이 가해졌고, 산탄과 포탄이 빗발치듯 날아왔고, 수아의 여단은 거기서 분쇄되었다. 워털루 전쟁은 그렇게 시작되었다.

그러나 과수원은 점령되었다. 사다리가 없어서 프랑스군은 손톱으로 기어올랐다. 나무들 아래에서 백병전이 벌어졌다. 풀은 모조리 피에 젖었다. 나소 휘하의 1개 대대 칠백 명의 사병이 거기서 격멸당했다. 켈레르만의 2개 포병 중대가 그 벽을 향하여 포화를 퍼부었기 때문에 벽의 바깥쪽은 포탄으로 파괴되어 버렸다.

이 과수원도 다른 과수원처럼 5월을 느끼고 있었다. 미나리아재비와 데이지가 피어 있고, 풀이 무성하고, 농삿말들이 풀을 뜯고, 옷을 말리는 말총 빨랫줄이 나무들 사이를 가로지르고 있어 지나가는 사람의 머리를 수그리게 한다. 이 황무지를 거닐면 두더지 굴 속에 발이 빠지기도 한다. 뿌리째 뽑혀 풀 속에 넘어진 채 푸릇푸릇 새싹이 돋은 한 그루의 나무가 보인다. 블랙만 소령이 거기에 기댄 채 숨이 끊어졌다. 그 옆 커다란 나무 아래에서는 독일의 장군 뒤플라가 쓰러졌다. 그는 낭트 칙령*이 폐지되었을 때 망명한 프랑스 가문 출신이다. 바로 그 옆에는 늙어 병든 사과나무 한 그루가 짚과 진흙의 붕대를 감고 반쯤 넘어져 가고 있다. 대부분의 사과나무들이 늙어서 쓰러져 가고 있다. 총탄이나 산탄을 받지 않은 것이라고는 한 그루도 없다. 이 과수원에는 죽은 나무들의 잔해가 빽빽하다. 까마귀들이 가지들 사이를 날고 있고, 안쪽에는 오랑캐꽃이 만발한 숲이 있다.

보뒤앵이 전사하고, 푸아가 부상 당하고, 방화와 살육과 학살이 일어나고, 치열한 혼전 속에서 영국과 독일과 프랑스 병사들의 피가 시냇물을 이루고, 우물이 송장들로 가득 차고, 나소의 연대와 브라운슈바이크의 연대가 전멸하고, 뒤플라도 블랙만도 전사하고, 영국의 근위병들이 도살되고, 레유의 군단 40개 대대 중 20개 대대의 태반이 섬멸되고, 이 우고몽의 낡은 집에서만 삼천 명의 군사가 베이고, 찔리고, 목이 잘리고, 총에 맞고 불에 타 버렸는데, 이 모든 것의 결과로 오늘날

---

* 신교도의 신앙의 자유를 허가한 칙령. 1598년에 앙리 4세가 포고했고, 1685년에 루이 14세가 폐지했다.

한 농부가 한 나그네에게 이렇게 말한다. "아저씨, 3프랑만 주십쇼. 그러면 워털루 이야기를 해 드립죠!"

3. 1815년 6월 18일

이야기하는 사람의 권리 중 하나로서 과거로 되돌아가, 1815년이라는 해로, 그것도 이 책의 1부에서 이야기한 사건이 시작되기 조금 전의 시기로 거슬러 올라가 보자.

만약에 1815년 6월 17일과 18일 사이의 밤에 비가 오지 않았더라면 유럽의 미래는 달라졌으리라. 몇 방울의 물이 더 많으냐 더 적으냐가 나폴레옹의 운명을 좌우했다. 워털루를 아우스터리츠 승전의 종말이 되게 하기 위해 천심은 조금의 비밖에 필요치 않았고, 하늘을 건너가는 때아닌 한 조각의 구름은 세상을 뒤집어 놓기에 충분했다.

워털루 전투는 11시 30분에 시작될 수밖에 없었는데, 그래서 블뤼허가 싸움터로 달려올 시간의 여유가 충분했다. 왜 그랬던가? 땅이 젖어 있었기 때문이다. 포병이 기동하기 위해서는 땅이 좀 굳어지기를 기다리지 않으면 안 되었다.

나폴레옹은 포병 장교였고 그 큰 영향을 받고 있었다. 이 비범한 장군의 근본은 집정관 정부에 보낸 아부키르* 전투에 관한 보고서에서 "아군의 포탄 중 어떤 것은 적병 여섯을 쓰러

---

* 이집트의 소도시. 나폴레옹은 여기서 터키군을 무찔렀다.

뜨렸다."라고 한 말속에 잘 나타나 있다. 그의 모든 작전 계획은 포탄을 위해 꾸며졌다. 어떤 일정한 지점에 포병을 집중하는 것, 거기에 승리의 요결이 있었다. 그는 적장의 전략을 하나의 요새처럼 취급하고, 그것을 돌파하기 위해 포격을 가했다. 그는 산탄으로써 적의 약점을 압도하고, 대포로써 전국을 좌우했다. 그의 천재적인 재능은 포격이었다. 방진을 돌파하고, 연대를 분쇄하고, 전선을 무너뜨리고, 집단을 깨뜨리고 분산시키는 것, 그에게는 모든 것이 거기에 있었다. 줄곧 치고 치고 또 치는 것이었는데, 그는 이러한 일을 포탄에 맡겼다. 이것은 무서운 방법으로서, 이것이 천재성과 합쳐져서 십오 년 동안 이 엄청난 전쟁의 권투 선수를 무찌를 수 없게 만들었던 것이다.

1815년 6월 18일, 그는 수적으로 우세했으니만큼 더욱더 포병에 대한 기대가 컸다. 웰링턴은 백쉰아홉 문의 대포밖에 없었던 데 비해 나폴레옹은 이백마흔 문을 가지고 있었다.

가령 땅이 말랐다고 치자. 그러면 대포는 굴러갈 수 있었고, 전투는 아침 6시에 시작되었으리라. 전투는 오후 2시에, 즉 프로이센군에 의하여 전세가 급전되기 세 시간 전에 그의 승리로 돌아가고 끝났으리라.

이 패전에서 나폴레옹 측에는 얼마만큼의 실수가 있었는가? 파선을 뱃사공의 탓으로 돌릴 수 있는가?

나폴레옹의 육체적 쇠퇴는 분명했다. 그와 동시에 그의 정신력도 어느 정도 감퇴했던가? 이십 년의 전쟁은 칼집과 함께 칼날을, 육체와 함께 정신을 소모시켰던가? 이 장수에게서 섭섭하게도 노장의 냄새가 풍겼던가? 한마디로 말하여 여러 저명한 역사가들이 믿는 바와 같이 이 천재도 이지러져 가고 있었던가? 자기의 쇠약을 자신에게 감추기 위해 광란에 빠져 들어가고 있었던가? 모험의 충동으로 정신이 어지러워 비틀거리기 시작했던가? 한 장군에게는 중대한 일인데, 그는 위험을 의식하지 못하게 되었던가? 행동의 거인이라고 부를 수 있는 이러한 육체적 위인들의 부류에는 근시안적 천재가 되는 나이가 있는 것인가? 사상의 천재는 노화도 붙잡을 수 없고, 단테나 미켈란젤로 같은 이들에게는 늙는 것이 성장하는 것인데, 한니발이나 보나파르트 같은 이들에게는 그것이 쇠퇴하는 것인가? 나폴레옹은 승리의 직감력을 잃어버렸던가? 그는 이제 암초를 알아보지 못하고, 함정을 짐작하지 못하고, 무너지는 심연의 낭떠러지를 분별하지 못하게 되었는가? 그는 파국을 눈치챌 능력이 없었던가? 예전에는 승리의 모든 길을 잘 알고, 번갯불 수레 위에서 위엄찬 손가락으로 그 길을 가리키던 그가 이제는 자기의 수레를 끌고 가던 그 왁자지껄한 군단을 끔찍하게도 절벽으로 몰아넣을 만큼 그렇게도 당황했던가? 나이 마흔여섯에 그는 마지막 광증에 사로잡혔던가? 이 운명의 거대한 마부가 이제는 엄청난 저돌적인 인간에 불과했던가?

나는 전혀 그렇게 생각하지 않는다.

그의 작전 계획은 누구나 인정하다시피 걸작이었다. 대번에 동맹군의 중앙을 찌르고, 적군 속에 구멍을 내고, 그것을 양단하고, 한쪽의 영국군을 알 방면으로 물리치고, 또 한쪽의 프로이센군을 통그르 방면으로 물리치고, 웰링턴과 블뤼허를 두 동강 내고, 몽생장을 취하고, 브뤼셀을 점령하고, 독일군은 라인 강에, 영국군은 바다에 던져 넣는다는 것. 나폴레옹에게는 이 모든 것이 이 전투에 들어 있었다. 그 결과는 빤한 것이 있으리라.

말할 것도 없이 나는 여기에 워털루의 역사를 쓰려고 하는 것은 아니다. 내가 이야기하는 사건의 모체가 되는 장면 중 하나가 이 전투와 관련이 있지만, 그 역사 자체가 내 주제는 아니다. 더구나 그 역사는 이미 만들어져 있는데, 그것도 훌륭하게, 나폴레옹에 의해 한쪽의 견지에서, 한 무리의 역사가들*에 의해 다른 쪽의 견지에서 양쪽 모두 당당하게 만들어져 있다. 나로서는 역사가들의 논쟁에 맡겨 두기로 한다. 나는 다만 먼 데서 보는 목격자, 이 벌판의 통행자, 사람의 살로 반죽된 이 땅 위에 몸을 구부리는 탐구자일 뿐이다. 나는 아마 피상을 사실로 착각할지도 모른다. 나는 환영이 들어 있을지도 모를 전체 사실에 학문의 이름으로 반대할 권리가 없다. 나는 하나의 통일적 이론을 내세울 만한 실전 경험도, 전술적 능력도 없다. 다만 내가 보는 바로는 우연들의 연결이 워털루에서 두 장수를 지배하고 있었다는 것이다. 그리고 그 신비로운 피고인 운명이 문제일 때에는, 나는 저 순진한 판관인 민중처럼 판단한다.

---

* 월터 스콧, 라마르틴, 볼라벨, 샤라스, 키네, 티에르. (원주)

4. A

워털루 전투에 대한 명백한 관념을 얻고 싶으면 땅 위에 놓인 대문자 A를 상상하기만 하면 된다. A의 왼쪽 다리는 니벨로 가는 길이고, 오른쪽 다리는 주나프로 가는 길이며, 두 다리를 연결하는 가로줄은 오앵에서 브렌랄뢰에 이르는 움푹 파인 길이다. A의 꼭대기는 몽생장으로, 거기에 웰링턴이 있고, 왼편 아래 지점은 우고몽으로, 거기에 제롬 보나파르트와 함께 레유가 있고, 오른편 아래 지점이 라 벨알리앙스로, 거기에 나폴레옹이 있다. A의 가로줄이 오른쪽 다리와 마주치는 점의 조금 아래가 라 에생트다. 이 가로줄의 한가운데가 바로 전투의 마지막 말이 교환되었던 지점이다. 사자상을 세워 놓은 곳이 바로 거기로, 사자상은 뜻밖에도 황제 근위대의 가장 훌륭한 무용의 상징이 되었다.

A의 두 다리와 가로줄로 이루어지는 삼각형이 몽생장 고원이다. 이 고원에서의 싸움이 전투의 전부였다.

양군의 양익은 각각 주나프로 가는 도로와 니벨로 가는 도로를 따라 좌우로 펼쳐져 있고, 데를롱은 픽턴과 대치하고, 레유는 힐과 대치하고 있다.

A의 꼭짓점 뒤에, 즉 몽생장 고원의 배후에 수아뉴 숲이 있다.

벌판 그 자체에 관해서는 기복이 있는 넓은 지면을 상상하면 된다. 하나의 능선에서 다음 능선이 내려다보이고, 모든 기복은 몽생장 쪽으로 높아져 가서 거기 숲에 이른다.

전장에서 두 적군은 두 씨름꾼이다. 전투는 씨름이다. 서로 상대방을 미끄러뜨리려고 애쓴다. 그들은 모든 것에 매달린다. 덤불은 거점이다. 벽 모서리는 엄폐물이다. 몸을 기댈 초라한 집 하나만 없어도 한 연대가 퇴각한다. 벌판의 오목함, 토지의 기복, 알맞게 난 샛길, 숲, 골짜기, 이런 것들이 군대라고 부르는 저 거인의 발꿈치를 멈추어 퇴각을 막을 수 있다. 전장에서 나가는 자는 패자다. 그러므로 책임 있는 수장은 사소한 나무들의 우거짐도 조사하고 사소한 땅바닥의 고저도 깊이 살펴볼 필요가 있는 것이다.

두 장군은 오늘날 워털루 평원이라고 부르는 그 몽생장의 벌판을 세심히 연구했다. 벌써 그 전해부터 웰링턴은 선견지명을 가지고 대전의 비상 책략으로서 거기를 조사했다. 6월 18일 이 장소에서 그 결전을 위해 웰링턴은 좋은 쪽을 차지했고, 나폴레옹은 나쁜 쪽에 위치했다. 영국군은 위에 있었고, 프랑스군은 아래에 있었던 것이다.

1815년 6월 18일 새벽, 로솜 고지에서 망원경을 손에 들고 말을 탄 나폴레옹의 모습을 여기에 그리는 것은 아마 사족이리라. 누가 그것을 보여 주기도 전에 누구나 다 그것을 보았다. 브리엔 사관학교의 작은 모자를 쓰고 있는 그 침착한 옆모습, 그 녹색 군복, 성장(星章)을 가리고 있는 젖혀진 하얀 옷깃, 견장을 가리고 있는 회색 외투, 조끼 아래에서 한 모서리만 보이는 붉은 수장(綬章), 가죽 반바지, 구석구석에 대문자 N과 독수리 무늬가 아로새겨진 자줏빛 비로드 안장 덮개를 씌운 백마, 명주 양말 위에 신은 승마용 장화, 은빛 박차, 마렝고의 군도 등, 마지막 황제의 형상은 사람들의 기억 속에 선한

데, 어떤 사람들한테서는 환호를 받고, 또 어떤 사람들한테서는 냉혹한 눈초리를 받는다.

이 모습은 오랫동안 광휘 속에 고스란히 싸여 있었다. 그것은 대부분의 영웅들이 빚어내어 언제나 다소 오랫동안 진실을 가리고 있는 그 어떤 전설적인 어둠에 기인했지만, 오늘날은 역사에 대한 조명이 이루어지고 있다.

이 빛은, 역사는 무자비하다. 그것은 어떤 신기하고 신성한 것을 가지고 있어서, 그것이 오로지 빛이고 바로 빛이기 때문에, 사람들이 빛을 보고 있던 곳에 흔히 그림자를 던진다. 그것은 같은 사람을 가지고 두 개의 서로 다른 망령을 만들고, 하나의 망령은 다른 망령을 공격하고 잘못을 따지며, 전제군주의 암흑은 장수의 광채와 다툰다. 이로부터 여러 국민들의 결정적인 평가 속에서 더 진실한 측정이 나온다. 침범된 바빌론은 알렉산드로스의 가치를 떨어뜨리고, 속박된 로마는 카이사르의 가치를 떨어뜨리고, 파괴된 예루살렘은 티투스의 가치를 떨어뜨린다. 폭군 뒤에는 포학이 따라온다. 자기의 모습을 갖는 암흑을 자기 뒤에 두고 가는 것은 한 인간에게 불행한 일이다.

5. 암담한 전국(戰局)

이 전투의 초기 국면에 관해서는 세상 사람들이 주지하는 바대로, 양군 모두 시작은 혼란스럽고, 불확실하고, 갈팡질팡하고, 불안했지만, 프랑스군보다도 영국군이 한층 더 그러했다.

밤새도록 비가 왔다. 땅은 소나기로 파헤쳐졌다. 빗물이 대야의 물처럼 들판의 구덩이 여기저기에 괴어 있었다. 어떤 곳에서는 군수품 수레가 굴대까지 흙탕에 빠졌다. 말들의 뱃대끈에서는 흙물이 뚝뚝 떨어졌다. 만약에 혼잡하게 이동 중이던 수송대가 떨어뜨린 밀보리가 바퀴자국을 채워 수레바퀴 밑에 깔려 있지 않았다면, 일체의 움직임은, 특히 파플로트 쪽 골짜기에서의 움직임은 불가능했으리라.

전투는 늦게야 시작되었다. 앞서 설명한 바와 같이 나폴레옹은 예하 포병 전체를 권총처럼 수중에 장악하고서 전투 지점 이곳저곳을 겨냥하는 것이 관례였기 때문에 말이 끄는 포대(砲臺)들이 자유롭게 굴러가고 빨리 달릴 수 있기를 기다리려고 했는데, 그러기 위해서는 해가 나와서 땅을 말려야만 했다. 그러나 해가 나오지 않았다. 아우스터리츠 회전(會戰)과는 사정이 달랐다. 최초의 포성이 울렸을 때, 영국 장군 콜빌은 시계를 보고 11시 35분임을 확인했다.

작전은 치열하게, 아마도 황제가 원했던 이상으로 치열하게, 프랑스군의 좌익으로부터 우고몽을 향해 시작되었다. 동시에 나폴레옹은 라 에생트로 키오의 여단을 투입하여 적의 중심부를 공격했고, 네는 파플로트에 웅거하는 영국군의 좌익을 향하여 프랑스군의 우익을 돌진시켰다.

우고몽에 대한 공격은 다소 속임수였다. 거기로 웰링턴을 끌어와 견제하려는 계략이었다. 만약에 영국의 근위대 4개 중대와 벨기에의 용감한 페르퐁셰르 사단이 완강히 진지를 지키지 않았더라면 그 계략은 성공했을 텐데, 웰링턴은 거기에 병력을 집중하지 않고, 다만 원병으로서 다른 4개 중대의 근위대와 브라운슈바이크의 1개 대대를 거기에 파견하는 것으로 만족했다.

파플로트에 대한 프랑스군 우익의 공격은 철저했다. 영국군 좌익을 격파하고, 브뤼셀의 길을 끊고, 어쩌면 올지도 모를 프로이센군의 통로를 차단하고, 몽생장을 제압하고, 웰링턴을 우고몽 쪽으로, 거기서 브렌랄뢰 쪽으로, 거기서 다시 알 쪽으로 격퇴하는 것, 이보다도 더 명백한 것은 아무것도 없었다. 몇 개의 사고를 제외하고 그 공격은 성공했다. 파플로트는 점령되었고, 라 에생트도 탈취되었다.

주목할 만한 일 한 가지. 영국 보병 중에는, 특히 켐프트의 여단에는 많은 신병이 있었다. 이 젊은 병사들은 무서운 프랑스 보병 앞에서 용감했고, 경험이 없었기 때문에 어려운 일을 과감하게 해냈고, 특히 탁월한 저격전을 수행했는데, 저격병이란 다소 제멋대로 산개하여, 말하자면 자기가 자기 자신의 지휘관이 된다. 이들 신병은 프랑스군과도 비슷한 어떤 독창성과 용맹성을 발휘했다. 이 풋내기 보병들은 혈기가 있었다. 이것을 웰링턴은 좋아하지 않았다.

라 에생트를 점령한 후 전국이 흔들렸다.

이날 정오에서 4시까지의 시간은 애매하다. 이 전투의 중간은 거의 불분명하고 암담한 혼전에 가깝다. 거기에 황혼이 드리운다. 눈에 보이는 것은 안개 속의 광대한 파동, 어지러운 환영, 오늘날에는 거의 알려져 있지 않은 당시의 군수품, 불꽃같이 새빨간 털모자, 혁대에 매달려 철렁거리는 가방, 열십자로 잡아맨 가죽 멜빵, 유탄을 넣은 탄창, 경기병의 긴소매 외투, 쭈글쭈글한 붉은 장화, 합사 술을 늘어뜨린 군모, 진홍빛 영국 보병들과 뒤섞인 거무튀튀한 브라운슈바이크의 보병들, 견장을 대신해 소맷부리에 두툼하고 둥근 흰색 천을 댄 영국 병사들, 구리 띠와 붉은 갈기를 단 길쭉한 가죽 투구를 쓴 하노버의 경기병들, 무릎을 드러내 놓고 바둑판무늬 망토를 걸친 스코틀랜드의 병사들, 프랑스 척탄병의 커다란 흰 각반 등 전술적인 전선(戰線)이 아니라 그림 같은 광경으로서, 살바토르 로사*에게 필요한 것이지 그리보발**에게 필요한 것이 아니었다.

전투에는 언제나 어느 정도의 폭풍이 섞여 든다. 그 어떤 암담한 것, 그 어떤 하늘의 뜻 같은 것이. 역사가는 제각기 그러한 혼전 속에서 자기 마음에 드는 윤곽을 그린다. 장군들의 작전 계획이 무엇이든지 간에, 무장한 밀집 부대들의 충돌은 헤아릴 수 없는 역류를 일으킨다. 실전에서는 양쪽 지휘관의 두 계획들이 상대방과 서로 교차하고 서로 상대방에 의해 변형된다. 전장의 어떤 지점은 다른 어떤 지점보다도 더 많은 병사를 삼킨다. 마치 다소 흡수성이 있는 땅이 거기에 붓는 물을 다소 빨리 빨아들이듯이 말이다. 거기에는 계획한 것보다 더 많은 병사를 투입하지 않으면 안 된다. 그것은 뜻밖의 소비다. 전선은 실처럼 구불거리며 굽이치고, 피는 부조리하게 철

---

* 로사(Salvator Rosa, 1615~1673). 이탈리아의 화가.

** 그리보발(Jean-Baptiste Vaguette de Gribeauval, 1715~1789). 프랑스의 포병 장군.

철 흐르고, 군대의 전선은 물결치고, 나갔다 들어갔다 하는 연대는 혹은 갑(岬)을 혹은 만(灣)을 이루고, 그 모든 암초들은 서로 앞뒤를 바꾸어 가면서 부단히 이동한다. 보병이 있던 곳에 포병이 도착하고, 포병이 있던 곳에 기병이 달려온다. 군대는 연기와 같다. 거기에 무엇인가가 있어 찾으면 사라져 버린다. 양지는 옮아가고, 음지의 습곡은 일진일퇴한다. 저승의 바람 같은 것이 그 비극적인 군중을 불어 내고, 밀어 넣고, 부풀리고, 흩날린다. 혼전이란 무엇인가? 진동이다. 부동의 수학적 도면은 오직 일순간만을 설명할 뿐 하루는 설명하지 못한다. 하나의 전투를 그리기 위해서는 붓에 혼돈이 있는 저 힘찬 화가들이 필요하다. 렘브란트는 반 데르 묄렌을 능가한다. 반 데르 묄렌은 정오에는 정확하나, 3시에는 거짓이다. 기하학은 기만이고, 폭풍만이 진실이다. 이런 까닭에 폴라르*에게 폴리비오스**를 반박하는 권리를 준다. 한마디 더 부언하자면, 전투에는 언제나 국지전으로 변질하는 어떤 순간이 있다. 그러한 때에는 전투가 따로따로 쪼개져 무수한 세부 싸움으로 흩어지는데, 그러한 싸움은 나폴레옹 자신의 표현을 빌리자면 "군대의 역사에 속한다기보다는 오히려 각 연대의 역사에 속한다." 역사가는 그러한 경우에 그것을 개괄할 확실한 권리가 있다. 그러나 그는 그 싸움의 주요한 윤곽을 파악할 수 있을 뿐이고, 아무리 충실한 서술가라 할지라도 전투라고 부르

---

* 폴라르(Jean-Charles de Folard, 1669~1752). 프랑스의 예술가.

** 폴리비오스(Polybios, BC 204~BC 125?). 고대 그리스의 역사가.

는 그 무시무시한 먹구름의 형태를 절대적으로 고정할 수는 없다.

이것은 모든 대규모 접전의 경우 사실인데, 특히 워털루에 적용할 수 있다.

그렇지만 오후의 어떤 순간에 전투가 분명해졌다.

6. 오후 4시

4시경에 영국군은 위험한 상태에 빠졌다. 오렌지 공이 중앙을, 힐이 우익을, 픽턴이 좌익을 각각 지휘하고 있었다. 과감하고 결사적인 오렌지 공은 네덜란드와 벨기에의 부대를 향하여 "나소! 브라운슈바이크! 절대로 후퇴하지 마라!" 하고 외쳤다. 힐은 약해져서 벌써 웰링턴에게 등을 기댔다. 픽턴은 전사했다. 영국군이 프랑스군 105연대의 군기를 빼앗은 바로 그 순간에 프랑스군이 영국군의 픽턴 장군을 한 발의 총알로 머리에 관통상을 입혀 죽인 것이다. 웰링턴은 우고몽과 라 에생트를 전투의 두 거점으로 삼고 있었는데, 우고몽은 아직 버티고 있었지만 불에 타고 있었고, 라 에생트는 이미 점령당했다. 거기를 지키던 독일군 대대의 생존자는 불과 마흔두 명뿐이었고, 장교는 다섯 명을 제외하고는 모조리 전사하거나 포로가 되었다. 삼천 명의 군사가 그 농가에서 살육당했다. 영국 제일의 권투 선수요 무적이라 이름난 근위대의 한 상사도 거기서 프랑스군의 한 소년 고수(鼓手)에게 찔려 죽었다. 베어링도 격퇴당했고, 알텐도 칼을 맞았다.

수많은 군기를 빼앗겼는데, 그중에는 알텐 사단의 군기와 되퐁 가(家)의 한 대공이 갖고 있던 루네부르크 대대의 군기도 있었다. 회색의 스코틀랜드 부대도 이미 온데간데없었고, 폰손비의 거대한 용기병들도 궤멸해 버렸다. 이 용감한 용기병 부대는 브로의 창기병 부대와 트라베르의 흉갑 기병 부대에 무너졌다. 천이백 기 중 육백 기만 남았고, 해밀턴은 부상하고 메이터는 전사하여 세 중령 중 둘이 땅바닥에 쓰러져 있었다. 폰손비도 일곱 번이나 창에 찔려 말에서 떨어졌다. 고든도 전사했고 마쉬도 전사했다. 5사단 및 6사단, 2개 사단이 분쇄되었다.

우고몽은 위험했고, 라 에생트는 점령당했고, 이제 남은 것은 중앙 한 마디뿐이었다. 이 한 마디는 여전히 버티고 있었다. 웰링턴은 거기를 강화했다. 그는 거기로 메르브브렌에 있던 힐과 브렌랄뢰에 있던 샤세를 불러들였다.

영국군의 중앙은 조금 오목한 진형으로, 빽빽하게 밀집하고 집결하여, 강력하게 진을 치고 있었다. 그 군대가 몽생장의 고지를 차지하고 있었는데, 뒤로는 마을이 있었고 앞으로는 당시에는 꽤 가팔랐던 비탈이 있었다. 군대는 견고한 석조 건물을 등지고 있었는데, 이 건물은 당시 니벨의 국유 재산으로 도로의 교차점에 위치하고 있었다. 16세기에 지어진 이 건축물은 포탄도 들이박히지 못하고 튕겨 나갈 만큼 견고했다. 고지의 주변 일대에 영국군은 여기저기 울타리를 베어 내어 아가위나무 사이에 포안(砲眼)을 만들고, 나뭇가지 사이에 포문을 설치하고, 덤불 속에 총안을 뚫어 놓고 있었다. 그들의 포병은 가시덤불 아래에 매복하고 있었다. 이 간교한 공작은 함정을 용납하는 전쟁에서는 확실히 허용되거니와, 하도 교묘하게 꾸며져 있었기 때문에 적의 포대를 정찰하기 위해 아침 9시에 황제가 파견했던 악소는 아무것도 보지 못하고 돌아가서 황제에게 고하기를, 니벨과 주나프로 향하는 두 길을 차단하고 있는 녹채(鹿砦) 외에는 아무런 장애물도 없다고 했다. 마침 곡물이 높이 자라 있는 때여서 고지 언저리에는 켐프트의 95여단 소속 1개 대대가 기병총을 들고 밀과 호밀 속에 잠복하고 있었다.

이렇게 안전하고 엄호되어 있는 영국과 네덜란드 연합 부대의 중앙은 유리한 위치에 있었다.

이 진지의 위험은 수아뉴 숲이었는데, 이 숲은 당시 전장에 잇달아 있었고, 그뢰넨델과 부아포르의 연못들로 뒤가 끊겨 있었다. 군대는 무너지지 않고서는 거기로 후퇴할 수 없었을 것이다. 연대에선 거기서 즉시 풍비박산해 버렸을 것이다. 포병은 늪 속에 빠져 버렸을 것이다. 사실 이의를 내세우는 사람이 없는 건 아니나, 여러 전문가의 의견은 거기서는 퇴각한다면 패주로 이어지고 말리라는 것이었다.

웰링턴은 샤세의 1개 여단을 우익에서 빼내고 윙케의 1개 여단을 좌익에서 빼내어 중앙을 보강하고, 거기다 클린턴의 사단까지 추가했다. 그는 자기의 영국군, 할케트의 연대들, 미첼의 여단, 메이틀런드의 근위대를 지원할 부대로서 브라운슈바이크의 보병들, 나소의 징집병들, 키엘만제게의 하노버 병사들, 옴프테다의 독일 병사들을 보충했다. 이렇게 해서 그는 26개 대대를 손안에 넣었다. 샤라스의 말마따나 "우익은 중앙의 배후로 처졌다." 거대한 포대 하나가 오늘날 '워털루 박물관'이라고 부르는 곳에 흙주머니들로 가려 있었다. 그 외에도 웰링턴은 서머싯의 근위 용기병 천사백 기를 습곡에 갖고 있었다. 그것은 그 유명한 영국 기병의 또 다른 절반이었다. 폰손비는 궤멸했지만 서머싯은 남아 있었다.

완성되었다면 거의 하나의 각면보(角面堡)가 되었을 포대는 지대가 매우 낮은, 그래서 급하게 모래주머니를 쌓고 흙으로 널따란 둔덕을 만들어 토대를 높인 정원의 담 뒤에 배치되었다. 이 공사는 완성되지 않았는데, 거기에 울타리를 둘러칠 겨를이 없었던 것이다.

웰링턴은 불안했으나 태연히 말에 올라앉아 몽생장의 오래된 방앗간 조금 앞에 있는 느릅나무 아래에서 하루 종일 같은 자세를 취하고 있었다. 방앗간은 지금도 여전히 남아 있으나, 느릅나무는 열광적인 문화재 파괴자인 한 영국인이 그 후 200프랑에 사서 베어 가 버렸다. 웰링턴은 거기에서 침착하고 용맹했다. 포탄이 비 오듯 떨어졌다. 부관 고든이 그의 옆에서 조금 전 쓰러졌다. 힐 경이 폭발하는 유탄을 가리키며 말했다. "각하, 만약 각하가 전사하신다면 무슨 교시를 내리시겠습니까? 어떤 명령을 남기시겠습니까?" "나처럼 하라." 웰링턴은 대답했다. 그는 또 클린턴에게 간단히 말했다. "여기서 최후의 한 사람까지 버텨라." 전세는 분명히 불리해져 가고 있었다. 웰링턴은 탈라베라와 비토리아와 살라망카의 옛 동료들에게 외쳤다. "제군들! 퇴각을 생각할 수 있는가? 옛 영국을 생각하라!"

4시경 영국군의 전선이 뒤로 움직였다. 갑자기 고원의 꼭대기에서 포병과 저격병밖에 보이지 않고 그 밖의 것은 사라졌다. 연대들이 프랑스군의 유탄과 포탄에 쫓기어 안쪽으로 퇴각했는데, 거기에는 오늘날과 마찬가지로 몽생장 농원의 작은 길이 가로질러 있었다. 후퇴 움직임이 일어나며 영국군의 전선이 무너졌고, 웰링턴은 후퇴했다.

"퇴각하기 시작했다!" 나폴레옹이 외쳤다.

7. 기분 좋은 나폴레옹

황제는 몸이 편찮았고, 말을 타면 국부의 고통으로 거북했으나, 이날처럼 기분 좋은 적은 일찍이 없었다. 좀처럼 감정을 드러내지 않는 그의 얼굴이 아침부터 미소를 짓고 있었다. 1815년 6월 18일, 대리석 탈을 쓴 이 웅숭깊은 사람은 마구 빛나고 있었다. 아우스터리츠에서는 침울했던 이 사람이 워털루에서는 쾌활했다. 운명이 예정된 위인들은 그러한 모순을 갖는다. 우리의 기쁨은 그림자다. 최후의 미소는 하느님의 것이다.

"카이사르는 웃고, 폼페이우스는 운다."라고 풀미나타 군단의 병사들은 말했다. 폼페이우스는 이번에는 울지 않아도 되었지만, 카이사르가 웃고 있었던 것은 확실하다.

밤 1시에 베르트랑과 함께 뇌우를 무릅쓰고 로솜 근방 언덕을 말을 타고 탐색하면서, 프리슈몽에서 브렌랄뢰에 이르는 지평선 일대를 비추는 영국군의 모닥불이 기다랗게 이어져 있는 것을 보고 만족스럽게 여긴 그에게는 워털루의 이 평원에 자기가 날을 받아 정해 놓은 운명이 어김 없는 것 같았다. 그는 말을 세우고 잠시 그 자리에 가만히 서서 번갯불을 보고 천둥소리를 들었는데, 이 숙명적인 인물은 다음과 같은 신비로운 말을 어둠 속에 던졌다. "우리들의 뜻은 일치한다." 나폴레옹은 잘못 생각하고 있었다. 그들의 뜻은 더 이상 일치하지 않았다.

그는 한숨도 자지 않았는데, 이날 밤은 그에게 순간순간이 환희의 연속이었다. 그는 늘어선 전초 부대를 두루 돌아다니면서 여기저기서 걸음을 멈추고 초병들에게 말을 건네곤 했다. 2시 30분에 우고몽의 숲 근처에서 그는 한 종대가 행진하는 발소리를 들었는데, 그는 그것을 한순간 웰링턴의 퇴각이라고 생각했다. 그는 베르트랑에게 말했다. "저건 철퇴하는 영국군의 후위대다. 오스텐드에 도착한 육천 명의 영국군을 포로로 만들어 버릴 테다." 그는 본심을 토로했다. 3월 1일 상륙했을 때*, 즉 그가 쥐앙 만(灣)의 열광적인 농부를 원수(元帥)에게 가리키며 "이봐, 베르트랑, 저기에 벌써 원병이 있다." 하고 외치던 때의 활기를 그는 다시 보이고 있었다. 6월 17일과 18일 사이의 밤에 그는 웰링턴을 조롱했다. "이 건방진 영국 놈에게 버릇을 가르쳐 줘야지." 하고 나폴레옹은 말했다.

---

* 엘바 섬에서 탈출하여 프랑스에 상륙한 일을 말한다.

비는 더욱 심해졌고, 황제가 말하는 동안 천둥소리가 요란스럽게 들렸다.

새벽 3시 30분에 그는 하나의 환상을 잃어버렸다. 정찰하고 돌아온 장교들은 적군에게 아무런 움직임도 없다는 것을 그에게 보고했다. 아무것도 움직이지 않았다. 야영지의 모닥불 하나 꺼지지 않았다. 영국군은 자고 있었다. 지상은 쥐 죽은 듯 고요했고, 하늘에서밖에 소리가 없었다. 4시에 기마 척후병들이 농부 하나를 그에게 끌어왔는데, 이 농부는 어느 영국군 기병 여단이(십중팔구 비비언의 여단이었으리라.) 좌익 맨 끝의 오앵 마을에 진을 치러 가는 길을 안내해 주었다고 했다. 5시에는 두 명의 벨기에군 탈주병이 와서 그에게 고하기를, 자기들은 방금 연대에서 빠져나왔는데 영국군은 전투를 기다리고 있다고 했다.

"잘됐다!" 나폴레옹은 외쳤다. "나는 놈들을 퇴각시키는 것보다 격파하는 걸 더 좋아한다!"

아침에 그는 플랑스누아로 가는 길 모퉁이에 있는 둑 위의 진흙탕에서 말에서 내려 로솜의 농가에서 부엌의 식탁과 농부의 의자를 가져오게 한 뒤, 융단 대신 한 다발의 짚을 깔고 앉아서 식탁 위에 전장의 지도를 펼치고 술트에게 말했다. "훌륭한 장기판이군!"

밤에 내린 비 때문에 군량 수송대는 곤죽 같은 길에서 승강이를 하느라고 아침에 도착하지 못했고, 병사들은 잠도 못 자고 비에 젖은 채 아무것도 먹지 못하고 있었다. 그래도 나폴레옹은 즐거운 양 네에게 외쳤다. "십중팔구 우리의 승리다."

8시에 황제의 아침 식사가 들어왔다. 그 자리에 그는 여러 장군들을 불렀다. 식사를 하면서도 사람들은 전전날 웰링턴이 브뤼셀에서 리치몬드 공작 부인 댁의 무도회에 참석했다는 이야기를 했고, 그러자 대주교 같은 얼굴을 한 무사인 술트는 이렇게 말했다. "무도회는 오늘이다." 황제는 "웰링턴도 폐하를 가만히 기다리고만 있을 바보는 아닐 겁니다."라고 말하는 네를 놀렸다. 이러한 조롱은 그의 버릇이었다. "그는 곧잘 익살을 부렸다." 플뢰리 드 샤불롱은 말했다. "그의 본성은 쾌활한 기질이었다." 구르고는 말했다. "그는 재치가 있다기보다는 괴상한 농담을 잘했다." 뱅자맹 콩스탕은 말했다. 이러한 거인의 쾌활함은 강조해 둘 만한 가치가 있다. 자기의 근위병을 '근황병(近皇兵)'이라고 부른 것도 그였다. 그는 그들의 귀를 꼬집고 수염을 잡아당기기도 했다. "황제는 우리들을 놀리기만 하셨다."라고 말한 것은 그들 중 한 사람이다. 엘바 섬에서 프랑스로 건너오던 비밀 항해 중, 2월 27일, 바다 한가운데에서, 프랑스의 군함 '제피르'가 나폴레옹이 숨어 있는 범선 앵콩스탕을 만나 나폴레옹의 소식을 묻자, 엘바 섬에서 자기가 택하여 사용한, 흰색과 맨드라미 색의 꿀벌 무늬 모표를 그때까지도 모자에 달고 있던 황제는 웃으면서 확성기를 들고서 "황제는 안녕하시다." 하고 직접 대답했다. 그렇게 농담을 하는 사람은 어떠한 사건에도 예사롭게 대처한다. 나폴레옹은 워털루에서의 아침 식사 중 여러 번 그런 농담을 했다. 아침 식사 후 그는 십오 분간 명상에 잠겼고, 그런 뒤 두 장군이 짚 다발에 앉아서 손에 펜을 들고 무릎에 종이를 펼쳐 놓자,

황제는 그들에게 전투 명령을 받아쓰게 했다.

9시에, 사다리꼴로 배치되어 5열 종대로 움직이던 프랑스군이 전개하여, 사단들이 2열 횡대가 되고, 포병들이 여단 사이에 자리 잡고, 군악대가 선두에서 북을 치고 나팔을 불며, 행진곡을 연주하고, 씩씩하고, 우람스럽고, 환희에 넘친 모습으로, 벌판 일대에 투구와 군도와 총검의 바다가 펼쳐지자, 황제는 감격하여 두 번 되풀이하며 외쳤다.

"훌륭하다! 훌륭하다!"

9시부터 10시 30분 사이의 믿을 수 없을 만큼 신속하게 프랑스군 전체가 전선에 자리 잡고 6열로 늘어서서, 황제의 표현을 되풀이하자면 "여섯 개의 V 자 형태"를 형성했다. 전선을 형성한 후 조금 있다가, 접전에 앞선 폭풍 전야의 그 깊은 고요 속에서, 그의 명령에 의해 에를롱과 레유와 로보의 세 군단에서 차출되어, 니벨로 가는 길과 주나프로 가는 길의 교차점에 위치한 몽생장을 포격함으로써 전투를 개시할 사명을 띠고 있는 3개 포병대가 진군하는 것을 보고 황제는 악소의 어깨를 치며 말했다. "저기 스물네 명의 예쁜 처녀들이 있군, 장군."

전쟁의 결과에 확신을 가지고 있었던 그는, 몽생장을 취하면 즉시 그 마을에 바리케이드를 치도록 그의 명을 받은 1군단의 공병 중대가 앞을 지나가자, 미소를 지어 그들을 격려했다. 그의 그러한 밝은 얼굴빛은 딱 한 번 거만한 연민의 말 한마디로 흐려졌을 뿐이었다. 그의 왼편에, 오늘날 커다란 무덤 하나가 있는 곳에, 그 훌륭한 회색 옷의 스코틀랜드 병사들이 그들의 매우 아름다운 말들을 타고 밀집해 있는 것을 보고 그는 말했다. "참 아깝구나."

그런 뒤 그는 말을 타고 로솜 전방으로 가서 주나프에서 브뤼셀로 통하는 길의 오른편에 있는 좁다란 잔디밭 언덕을 관전소로 정했다. 그것이 전투 중 그의 두 번째 관전소였다. 세 번째 관전소, 저녁 7시의 관전소는 라 벨알리앙스와 라 에생트의 중간 지점인데, 그곳은 무시무시한 곳이다. 그곳은 아직도 존재하는 꽤 높은 언덕인데, 그 후면의 들판 비탈에는 근위병들이 집결해 있었다. 언덕 주위에서는 포탄이 포장도로의 포석 위에서 튀어 나폴레옹에게까지 갔다. 브리엔에서와 같이 그의 머리 위에서 탄환과 비스카앵 총알이 윙윙거렸다. 그가 타고 있던 말의 발 아래 근처에서 훗날 사람들은 부식한 포탄, 낡은 군도의 칼날, 녹이 슬어 변형된 총알을 주웠다. "꺼칠꺼칠한 녹이로다." 몇 년 전에 거기서 아직도 화약이 들어 있는 60밀리미터 포탄 하나를 파낸 일이 있었는데, 그 신관은 포탄 표면에서 부서져 있었다. 이 마지막 관전소에서 한 경기병의 안장에 잡아매인 채 포탄이 터질 때마다 돌아보며 그의 뒤로 숨으려고 발광하는, 겁을 먹고 적의를 품고 있는 그의 안내자인 라코스트라는 농부에게 황제는 말했다. "이 바보 새끼야! 수치스럽지도 않으냐, 등 뒤에서 죽음을 당하려고 하다니." 이 글을 쓰고 있는 저자 자신도 이 언덕의 푸석푸석한 비탈에서 모래를 파고 사십육 년간의 산화로 말미암아 너덜너덜해진 포탄 목 부분의 잔해와 딱총나무 막대기처럼 손가락 사이로 부스러져 떨어지는 낡은 쇳조각들을 발견했다.

나폴레옹과 웰링턴의 회전이 있었던, 다양하게 경사를 이루고 있는 벌판의 기복은, 아무도 그것을 모르는 사람은 없지만, 이제는 1815년 6월 18일의 그것이 아니다. 이 처참한 벌판에서 사람들이 기념될 만한 것을 모두 빼앗아 버렸기 때문에 그 당시의 고저는 없어져 버렸고, 역사도 당황하여 거기에서 이제는 자기 모습을 알아보지 못한다. 이 싸움터를 기리기 위해 사람들은 그것을 변모시켜 버렸다. 웰링턴은 이 년 후에 워털루를 다시 보고 이렇게 외쳤다. "내 전장은 변해 버렸다." 오늘날 거대한 피라미드 모양으로 흙을 쌓아 올려 사자상을 세워 놓은 곳은 당시 봉우리를 이루고 있었는데, 니벨의 길 쪽은 오르내릴 수 있을 만한 경사로 기울어져 있었으나, 주나프의 도로 쪽은 거의 낭떠러지를 이루고 있었다. 이 낭떠러지의 높이는 주나프에서 브뤼셀로 통하는 도로를 사이에 끼고 두 개의 언덕을 이루고 있는 양쪽의 커다란 묘지의 높이로 오늘날에도 아직 측정될 수 있다. 그 하나는 영국군 묘지로서 왼편에 있고, 또 하나는 독일군 묘지로서 오른편에 있다. 프랑스군의 무덤은 전혀 없다. 프랑스군에게는 그 벌판 전체가 묘지다. 높이 150피트에 둘레 500피트의 언덕을 쌓아 올리느라 사용된 수천, 수만 수레의 흙 덕분에 오늘날 몽생장 고지는 완만한 비탈로 올라갈 수 있으나, 전투 당시는 특히 라 에생트 쪽으로는 가팔라서 접근하기 어려웠다. 그 경사가 거기서는 하도 급해서 영국 포병대에게는 그들 아래쪽으로 전투의 중심지였던 골짜기 안쪽의 농가가 보이지 않았다. 1815년 6월 18일, 비에 땅이 패 그 경사가 더욱 험해졌고, 진창 때문에 올라가기가 더욱 어려웠다.

병사들은 단지 기어 올라갔을 뿐만 아니라 또한 진창에 빠지곤 했다. 고원의 봉우리를 따라 일종의 구렁이 죽 이어져 있었는데, 먼 데서 관찰하는 사람은 그것을 간파할 수 없었다.

이 구렁은 무엇이었던가? 그것을 설명해 보기로 하자. 브렌랄뢰는 벨기에의 마을이고, 오앵 역시 그렇다. 이 마을들은 둘 다 지면의 기복 속에 가려 있고, 15리쯤 되는 길 하나로 연결되어 있는데, 이 길은 들쑥날쑥한 벌판을 횡단하여 흔히 밭고랑처럼 언덕들 사이를 뚫고 지나가므로, 군데군데에서 이 도로는 협곡을 이루고 있다. 1815년에도 오늘날처럼 이 도로는 주나프로 가는 도로와 니벨로 가는 도로 사이에서 몽생장 고원의 봉우리를 가르고 있었는데, 다만 오늘날에는 벌판과 같은 높이로 되어 있으나, 당시에는 움푹 팬 길이었다. 기념 언덕을 쌓기 위해 이 도로의 양쪽 둔덕을 파 버렸다. 이 도로는 지금도 그렇지만 당시에도 대부분이 긴 구덩이였다. 이 구덩이는 어떤 곳은 깊이가 12피트나 되었으며, 그 너무나도 가파른 둔덕은 소나기가 오면 여기저기서 무너져 내렸고, 특히 겨울에는 심했다. 여러 가지 사고도 발생했다. 브렌랄뢰 어귀에서는 도로가 하도 좁아서 행인 하나가 달구지에 치여 죽기까지 했다. 그것은 무덤 옆에 서 있는 돌 십자가를 보면 알 수 있는데, 거기에 "브뤼셀의 상인 베르나르 드브리"라는 죽은 사람의 이름과 "1637년 2월"이라는 사고 날짜가 새겨져 있다.* 이

---

* 비명은 다음과 같다. "지극히 선하시고 높으신 천주께. 여기서 브뤼셀의 상인 베르나르 드브리 씨가 1637년 2월 (날짜는 판독 불가) 불행하게도 마차에 치여 죽다." (원주)

도로는 몽생장 고원에서는 하도 깊어서, 마티외 니케즈라는 한 농부가 1783년에 둔덕이 무너지는 바람에 압사했다. 그 내용이 또 다른 돌 십자가에 적혀 있는데, 꼭대기는 그곳이 개척될 때 없어져 버리고 기단만이 아직 오늘날에도 라 에생트와 몽생장의 농가 사이 도로 왼편의 잔디밭 비탈 위에 엎어져 있는 것을 볼 수 있다.

전투가 벌어진 어느 날, 몽생장 봉우리를 빙 두르고 있는, 아무런 경고 표지도 없는 이 움푹 팬 길은, 땅속에 감추어진 수레 바큇자국 같은 절벽 꼭대기의 구렁은 보이지 않았다. 다시 말해서 무서운 곳이었다.

8. 황제가 안내자 라코스트에게 질문하다

그런데 워털루의 아침에 나폴레옹은 만족하고 있었다.

그는 옳았다. 그가 구상한 전투 계획은 앞서 본 바와 같이 경탄할 만한 것이었다.

일단 전투가 시작되자 매우 다양한 돌발 사건들이 일어났다. 우고몽의 저항, 라 에생트의 완강함, 보뒤앵의 전사, 전투력을 상실한 푸아, 수아의 여단이 궤멸해 버린 뜻밖의 성벽, 폭발물도 화약 자루도 준비하지 않은 기유미노의 치명적인 경솔함, 진창에 빠져 버린 포대들, 호위도 없이 움푹 팬 길에서 억스브리지에게 전복당한 열다섯 문의 포, 영국군 전선에 떨어졌으나 비에 젖은 땅에 박혀 진창을 폭발시켜 진흙만을 튀길

뿐 별로 효과를 내지 못한 포탄, 무효로 돌아가 버린 브렌랄뢰 방면에서의 피레의 양동 작전, 거의 전부 섬멸당해 버린 15개 중대의 그 모든 기병들, 별로 동요가 없는 영국군 우익, 역시 그다지 타격이 없는 좌익, 1군단의 4개 사단을 사다리꼴로 배치하지 않고 밀집시킨 네의 이상한 착각, 그 결과 27열의 밀집 부대와 산탄 세례를 받은 앞 열의 이백 명의 병사들, 그 밀집 부대 속에 포탄이 뚫어 놓은 무시무시한 구멍, 대오가 무너져 버린 공격 부대, 그 측면에 느닷없이 나타난 사사(斜射) 포대, 위태로워진 부르주아와 동즐로와 뒤뤼트, 격퇴당한 키오, 라 에생트의 성문을 도끼로 쳐부수다가 주나프에서 브뤼셀로 통하는 길의 모퉁이를 차단하고 있는 영국군 바리케이드에서 아래쪽으로 퍼붓던 총격에 부상당한 저 파리 이공과 대학 출신의 역사(力士) 비외 중위, 보병과 기병에게 협공당하고 밀밭에서 베스트와 팩에게 근접 사격을 당하고 폰손비에게 무찔린 마르코녜의 사단, 진퇴유곡에 빠진 일곱 문의 포대, 에를롱의 공격에도 불구하고 프리슈몽과 스모앵을 굳건하게 방위하는 작센바이마르 공, 빼앗긴 105연대의 군기와 45연대의 군기, 와브르와 플랑스누아 사이를 정찰하는 삼백 명의 경기병 척후대에 잡힌 검은 군복의 프로이센 경기병, 이 포로가 말한 불안스러운 일들, 그루시의 합류 지연, 한 시간도 못 되는 시간 동안 우고몽의 과수원에서 전사한 천오백 명의 군사, 그보다도 더 단시간에 라 에생트 부근에서 쓰러진 천팔백 명의 군사. 이 모든 폭풍 같은 사건들은 전운(戰雲)처럼 나폴레옹의 눈앞을 지나갔으나, 그의 눈을 거의 흐리게 하지도 않았고, 그 자신만만한 황제의 얼굴을 전혀 흐리게 하지 않았다. 나폴레옹은 전쟁을 응시하는 것에 익숙했으므로, 결코 이 숫자 저 숫자의 세목을 가슴 아프게 계산하지 않았다. 숫자들은 그 총계인 승리를 가져다주기만 한다면 그에게는 별로 중요하지 않았다. 시작이 갈팡질팡하더라도 그는 조금도 걱정하지 않았다. 종국엔 자기 마음대로 할 수 있고 자기의 것이라는 걸 그는 확신하고 있었기 때문이다. 만사에 초연한 그는 때를 기다릴 줄 알았고, 천운을 자기와 대등하게 취급했다. 그는 운명에 이렇게 말하는 것 같았다. "너는 감히 네 멋대로 못 할 것이다."

반은 빛이요 반은 그림자인 나폴레옹은 자기가 선 속에서 보호되고 있고 악 속에서 묵인되고 있다고 느꼈다. 그는 고대의 불사신과 대등하게 사건들에 대한 묵인을, 더 나아가 공모라고까지 말할 수 있는 것을 부여받았다. 또는 그렇다고 믿었다.

그렇지만 과거에 베레지나*가 있었고, 라이프치히**가 있었고, 퐁텐블로***가 있었으니 워털루인들 안심할 수는 없을 것 같았다. 양미간을 찌푸린 신비로운 모습이 푸른 하늘 아래 보였다.

웰링턴이 후퇴한 순간 나폴레옹은 마음이 설렜다. 그는 별안간 몽생장 고원에서 사람들이 물러나고, 영국군 전선이 사

---

* 러시아의 강. 1812년 11월 나폴레옹의 비극적 패주로 유명함.

** 독일의 도시. 1813년 여기서 나폴레옹이 동맹군에게 패했다.

*** 프랑스의 아름다운 궁전. 1814년 여기서 나폴레옹은 황제 양위에 서명했다.

라져 버리는 것을 보았다. 적군이 집결했으나 흔적이 없어져 버린 것이다. 황제는 등자를 딛고 반쯤 몸을 일으켰다. 승리의 번갯불이 그의 눈을 스쳐 갔다.

수아뉴 숲에 몰려 궤멸되는 웰링턴, 이것은 프랑스에 의한 영국의 결정적인 타도였다. 이것은 크레시와 푸아티에와 말플라케와 라밀리에서의 패전에 대한 복수였다. 마렝고의 사나이*가 아쟁쿠르**의 수치를 씻는 것이었다.

황제는 그때 그 엄청난 돌발 사건을 생각하면서 마지막으로 또 한 번 망원경으로 전장의 모든 지점을 둘러보았다. 그의 뒤에서는 근위대가 총을 바닥에 세우고 경건한 눈으로 아래쪽에서 그를 우러러보고 있었다. 그는 생각하고 있었다. 그는 경사지를 살피고, 비탈에 주의하고, 작은 숲, 호밀밭, 오솔길을 세밀히 조사하고, 덤불을 일일이 세는 것 같았다. 그는 두 도로에 설치된 영국군의 커다란 나무 바리케이드를 잠시 응시했는데, 하나는 라 에생트 위쪽 주나프로 가는 길에 설치된 바리케이드로, 영국군의 전 포병대 중에서 유일하게 남아서 전장의 안쪽을 지키고 있는 두 문의 대포가 장비되어 있었고, 또 하나는 니벨로 가는 길에 설치된 바리케이드로, 샤세의 여단 소속 네덜란드 병사들의 총검이 번쩍이고 있었다. 그는 이 바리케이드 옆, 브렌랄뢰 쪽으로 가는 지름길 모퉁이에 있는 하얗게 칠

---

* 나폴레옹을 가리킨다. 마렝고는 이탈리아의 마을. 나폴레옹은 여기서 오스트리아군을 물리쳤다.

** 아쟁쿠르는 프랑스의 작은 마을로, 여기서 영국의 헨리 5세가 프랑스군을 무찔렀다(1415년 10월 25일).

한 오래된 성 니콜라 예배당을 보았다. 그는 몸을 구부리고 안내자 라코스트에게 작은 목소리로 말했다. 안내자는 아니라고 머리를 가로흔들었는데, 아마 믿을 만한 것이 못 되었으리라.

황제는 다시 몸을 일으키고 생각에 잠겼다.

웰링턴은 후퇴했다. 이제 남은 것은 이 후퇴를 궤멸로 마무리하는 일뿐이었다.

나폴레옹은 느닷없이 홱 돌아서서, 전투에서 이겼다는 것을 알리기 위해 전령 하나를 전속력으로 파리에 파견했다.

나폴레옹은 천둥을 치는 그런 천재 중 하나였다.

그는 방금 그의 낙뢰를 발견한 것이다.

그는 몽생장 고원을 점령하라고 밀로의 흉갑 기병들에게 명령을 내렸다.

9. 뜻밖의 일

그들의 수는 삼천오백 명이었다. 그들은 1킬로미터의 전선을 이루고 있었다. 그건 거대한 말을 타고 있는 거인들이었다. 그들은 26개 중대였고, 그 후방에는 엄호 부대로서 르페브르 데누에트의 사단과 정예 헌병 백여섯 명, 근위 경기병 천백아흔일곱 명, 근위 창기병 팔백여든 명이 있었다. 그들은 말총 장식 없는 투구를 쓰고, 단철(鍛鐵) 갑옷을 입고, 안장 가죽 주머니에 권총을 넣고, 장검을 차고 있었다. 아침 9시에, 나팔 소리가 울리고 모든 군악대가 「지키리라 제국의 안녕」을 취주하는 동안, 그들이 포대 하나를 측면에, 또 하나를 중앙에 거느린 밀집 종대를 이루고 와서, 주나프의 도로와 프리슈몽 사이에서 2열로 전개하여 그 강력한 제2선에서 그들의 전투 위치를 잡았을 때, 프랑스군 전체는 그들을 감탄하여 바라보았다. 이 제2선은 나폴레옹이 지극히 교묘하게 구성한 것으로, 왼쪽 끝에는 켈레르만의 흉갑 기병이 위치하고 오른쪽 끝에는 밀로의 흉갑기병이 위치하여, 말하자면 철(鐵)의 양 날개를 가진 셈이었다.

부관 베르나르는 그들에게 황제의 명령을 전달했다. 네가 칼을 빼고 선두에 섰다. 우람한 기병대가 출동했다.

그때 무시무시한 광경이 벌어졌다.

그 모든 기병대가 군도를 높이 빼 들고, 깃발을 바람에 날리며 우렁찬 나팔 소리와 함께, 사단별로 종대를 이루어, 한 몸 한 덩어리처럼 똑같이 움직여, 성벽을 뚫는 청동 파성추(破城追)처럼 정확히 라 벨알리앙스의 언덕을 내려가, 이미 엄청나게 많은 군사가 쓰러져 있는 무시무시한 골짜기로 뛰어들어 연기 속으로 사라지더니, 이내 그 어둠에서 나와 골짜기 반대쪽에 나타나, 여전히 촘촘히 밀집한 채로, 머리 위에서 파열하는 산탄의 구름을 뚫고, 몽생장 고원의 무시무시한 진흙 비탈을 비호같이 올라갔다. 그들은 늠름하고 위풍당당하고 태연자약하게 올라갔는데, 화승총 사격과 대포 소리 사이사이에 굉장한 발 구르는 소리가 들렸다. 그들은 2개 사단이기 때문에 2열 종대를 이루고 있었는데, 바티에의 사단이 오른편, 들로르의 사단이 왼편이었다. 먼 데서 보면 흡사 거대한 강철 구렁이 두 마리가 고원의 봉우리 쪽으로 기어오르는 것 같았다. 그것은 하나의 기적처럼 전투를 관통했다.

이 같은 것은 중기병(重騎兵) 부대가 모스크바의 거대한 각면보를 점령한 이후 전혀 볼 수 없었던 광경이었다. 뮈라는 여기에 없었으나 네가 여기에 다시 나타나 있었다. 이 무리는 하나의 괴물이 되어 하나의 넋만 가지고 있는 것 같았다. 각 중대는 강장동물의 촉수처럼 물결치기도 하고 부풀기도 했다. 여기저기 찢긴 연기 틈새로 그들이 보였다. 투구와 함성과 군도의 뒤범벅, 포성과 나팔 소리를 뚫고 맹렬히 뛰어오르는 말들의 궁둥이, 제어된 무시무시한 소란, 그리고 히드라의 비늘 같은 갑옷들.

이러한 이야기는 마치 딴 시대의 이야기 같다. 이와 비슷한 광경이 옛날 오르페우스의 서사시에 나오는데, 이 서사시에는 반인반마(半人半馬)의 괴물들이, 고대의 이팡트로프*들이, 한 번의 달음질로 올림포스 산을 뛰어넘는, 무시무시한 불사신의 희한한, 사람 얼굴에 말의 가슴팍을 한 저 티탄 족**이, 즉 신이면서도 짐승인 괴물들이 등장한다.

이상한 숫자의 일치였으나, 26개 대대의 영국군이 이 26개 기병 중대를 맞이하려 하고 있었다. 고원의 꼭대기 뒤에서, 엄폐된 포대의 보호 아래 영국군 보병은 2개 대대씩 열세 개의

---

* 일종의 정신병자로, 자기가 말[馬]이 되었다고 생각한다. 위고가 만든 말인 듯하다.

** 티탄(Titan). 그리스신화에 나오는 종족. 산에 반역하여 산에 산을 쌓아 올려 하늘에 오르려 했으나 제우스에게 벼락을 맞았다.

방진을 형성하고 있었다. 제1선은 일곱 개의 방진으로, 제2선은 여섯 개의 방진으로 구성돼 두 줄로 진을 치고서, 개머리판을 어깨에 대고, 바야흐로 쳐들어오려는 적을 저격하려고 조용히, 소리 없이, 미동도 하지 않고 기다리고 있었다. 보병들은 흉갑 기병들이 보이지 않았고, 흉갑 기병들은 보병들이 보이지 않았다. 보병들은 흉갑 기병들의 밀물이 올라오는 소리에 귀를 기울이고 있었다. 차츰 커져 가는 군마 삼천 필의 소리, 비호같이 질주해 오면서 번갈아 규칙적으로 땅을 치는 말굽 소리, 갑옷이 철렁거리는 소리, 군도들이 부딪치는 소리, 그리고 사나운 큰 숨결 소리가 들려왔다. 잠시 무서운 정적이 흘렀고, 이어 별안간 군도를 드높이 휘두르는 팔들의 기다란 줄이 고원 꼭대기 위에 나타나더니, 투구들이, 나팔들이, 깃발들이, 그리고 희끄무레한 콧수염을 기른 삼천 개의 머리들이 나타나 "황제 폐하 만세!"를 외치며 그 기병대 전체가 고원 위로 나왔는데, 그것은 마치 지진이 닥쳐오는 것 같았다.

갑자기 비참한 일이 일어났으니, 영국군의 왼편, 프랑스군의 오른편에서 흉갑 기병 종대의 선두가 무시무시하게 아우성치며 방앗공이가 서듯 앞발을 들며 섰다. 적의 방진과 대포를 섬멸하려고 질풍 같은 기세로 고원 꼭대기에 도달한 흉갑 기병들이 자기들과 영국군 사이에 있는 하나의 구렁을, 하나의 구덩이를 보았던 것이다. 그것은 오앵의 움푹 팬 길이었다.

무시무시한 순간이었다. 뜻밖에도 협곡이 거기에 있었다. 말발굽 아래에서 절벽을 이루고, 양편 낭떠러지 사이에 두 길이나 되는 깊이로 입을 벌리고, 그 속으로 둘째 줄은 첫째 줄을 밀어뜨리고, 셋째 줄은 둘째 줄을 밀어뜨렸다. 말들은 몸을 일으키고 껑충 물러서다 나둥그러지며 허공에 네 발을 허우적거리며 떨어져, 기병들을 깔아 누르고 엎어뜨렸다. 퇴각할 길은 전혀 없었고, 종대 전체는 이제 쏘아 버린 총알에 불과했다. 영국군을 분쇄하기 위해 끌어낸 힘은 도리어 프랑스군을 분쇄했다. 무자비한 협곡을 가득 채우기 전에는 지칠 줄 몰랐다. 말과 사람은 그 구렁텅이 속에서 엎치락뒤치락 뒤범벅이 되어 서로 짓이기며 하나의 살덩어리밖에 되지 않았다. 그 구덩이가 살아 있는 사람들로 가득 채워졌을 때 사람들이 그 위를 걸어갔고 다른 것들도 지나갔다. 뒤부아 여단의 삼 분의 일이 그 심연 속에 무너졌다.

이것이 패전의 시작이었다.

이 고장의 전설에 의하면, 분명히 과장된 것이기는 하지만, 이천 필의 군마와 천오백 명의 군사가 오앵의 이 움푹 팬 길에 파묻혔다고 한다. 이 숫자에는 아마 전투 다음 날 이 협곡 속에 던져진 다른 모든 송장들까지 포함된 것 같다.

말이 났으니 말이지만, 한 시간 전에 단독으로 공격하여 루네부르크 대대의 군기를 빼앗았던 건 바로 이러한 참변을 당한 뒤부아 여단이었다.

나폴레옹은 밀로의 흉갑 기병대에 돌격 명령을 내리기 전에 지형을 세밀히 조사했으나 고원 표면에 한 줄기의 주름도 나타내지 않고 있는 이 움푹한 길을 보지 못했다. 그렇지만 니벨로 가는 도로와의 갈림목을 표시하는 하얀 작은 예배당을 보고 그는 경계심을 일으켜, 장애물이 있는지 안내자 라코스트에게 질문을 했다. 안내자는 아니라고 대답했다. 일개 농부의 그 고갯짓에서 나폴레옹의 파멸이 시작됐다고 말할 수도 있으리라.

다른 숙명적인 일들 또한 생겨났다.

나폴레옹이 이 전투에서 이기는 것이 가능했을까? 나는 아니라고 대답한다. 왜? 웰링턴 때문에? 블뤼허 때문에? 아니다. 천운 때문이다.

보나파르트가 워털루의 승리자가 되는 것, 그것은 더 이상 19세기의 법칙에는 없었다. 다른 일련의 사실들이 일어나려 하고 있었는데, 거기에는 더 이상 나폴레옹의 자리가 없었다. 여러 사건들이 오래전부터 그에게 악의를 나타내고 있었다.

이 거대한 인간도 실각할 때가 온 것이다.

인류의 운명에서 이 한 사람의 과도한 무게는 평형을 깨뜨리고 있었다. 이 사람은 혼잣몸으로 전 인류보다 더 큰 비중을 차지하고 있었다. 단 한 사람의 머릿속에 과도하게 집중되어 있는 인류의 모든 활력, 한 인간의 두뇌에 떠오르는 세계, 만약 그것이 지속된다면, 그것은 문명의 파멸을 초래하리라. 부패하지 않는 최고의 공정성을 위해 재고할 때가 와 있었다. 정신계에도 물질계와 같이 일정한 중력 관계가 있는데, 그 기초가 되는 원리와 요소가 아마 불만을 표했으리라. 연기를 뿜는 피, 넘쳐 나는 묘지들, 눈물을 흘리는 어머니들, 이런 것들이 그것을 웅변으로 옹호한다. 대지가 너무 무거운 짐으로 시달릴 때에는 어둠의 신비로운 신음 소리가 있어서 그것이 심연에서도 들린다.

나폴레옹은 무한 속에서 고발되어 있었고, 그의 추락은 결정되어 있었다.

그는 하늘의 뜻을 거스르고 있었다.

워털루는 결코 하나의 전투가 아니다. 그것은 세계의 얼굴을 바꾸는 것이다.

10. 몽생장 고원

협곡과 동시에 숨겨져 있던 포대가 정체를 드러냈다.

예순 문의 포와 열세 개의 방진은 총포를 들이대고 흉갑 기병들에게 포화를 퍼부었다. 대담한 들로르 장군은 영국 포대에 거수경례를 했다.

모든 영국군 유격 포병들은 방진 속으로 뛰어 들어갔다. 흉갑 기병들은 잠시 발을 멈출 시간조차 없었다. 움푹 팬 길의 재난은 그들을 무수히 죽였으나 용기를 꺾지는 못했다. 그들은 수효가 줄어들수록 용기백배하는 용사들이었다.

이 재난을 당한 것은 바티에의 종대뿐이었다. 네는 마치 함정을 눈치챈 듯 들로르의 종대를 왼편으로 우회시켰기 때문에 들로르의 종대는 온전히 도착했다.

흉갑 기병들은 영국군 방진으로 달려들었다.

전속력으로, 군도를 입에 물고, 권총을 손에 쥐고. 공격은 그러했다.

전투 중에는 정신이 인간을 굳게 하여 병사를 입상(立像)으로 만들고 그 모든 육신을 화강암으로 만드는 그러한 순간이 있다. 영국군 부대들은 광풍 같은 습격 앞에서도 요지부동이었다.

그때는 무시무시했다.

영국군 방진들은 전면에서 동시에 공격당했다. 격렬한 선풍이 그것들을 에워쌌다. 그 냉정한 보병들은 태연자약했다. 첫째 줄은 무릎을 땅속에 박고 흉갑 기병들을 총검으로 받아냈고, 둘째 줄은 그들에게 총화를 퍼부었고, 둘째 줄 뒤에서는 포병들이 포탄을 재고, 방진의 전면이 열리고, 포탄의 분출을 지나 보내고는 다시 닫히곤 했다. 흉갑 기병들은 영국군을 분쇄함으로써 그에 답했다. 이들의 커다란 말들은 뒷발로 일어섰다가, 전열들을 뛰어넘고, 총검 위로 뛰어올라 살아 있는 사람들로 이루어진 사면의 벽 한복판 위로 거인처럼 내려섰다. 포탄들은 흉갑 기병들의 대오에 구멍을 냈고, 흉갑 기병들은 방진에 돌파구를 뚫었다. 병사들의 대열은 말발굽 아래에서 분쇄되어 사라졌다. 총검들이 반인반마들의 배때기를 찔렀다. 다른 데서는 볼 수 없는 망측한 살상이 벌어졌다. 영국군 방진들은 이 사나운 기병들에게 침식당해 줄어들었으나 비틀거리지 않았다. 포탄을 무진장 갖고 있는 방진들은 공격군 한복판에 폭발시켰다. 그 전투의 모습은 흉악했다. 방진들은 더 이상 대대가 아니라 분화구였고, 흉갑 기병들은 더 이상 기병대가 아니라 폭풍우였다. 각 방진은 구름에 공격당하는 화산이었다. 용암이 벼락과 싸우고 있었다.

맨 오른쪽 방진은 엄폐물 없이 가장 노출되어 있었기 때문에 처음 충돌이 시작되자 이내 거의 전멸해 버렸다. 그 방진은 스코틀랜드 고지 사람들로 구성된 75연대로 편성되어 있었다. 중앙에 자리 잡고서 백파이프를 부는 사람은 자기 주위에서 사람들이 섬멸되는 동안 고향의 숲과 호수를 회상하는 우울한 눈으로 하염없이 땅을 바라보며 북 위에 앉아서 백파이프를 팔에 끼고 고향 산야의 노래를 연주했다. 스코틀랜드 사람들은 그리스 사람들이 아르고스를 회상하면서 죽었듯이 벤로디언을 생각하면서 죽어 갔다. 한 흉갑 기병의 칼이 백파이프와 그것을 안고 있던 팔을 쳐서 가수를 죽이고 노래를 멈추게 했다.

흉갑 기병들은 협곡의 재난으로 수효가 줄어서 비교적 소수였는데, 거기서 거의 영국군 전체와 교전하고 있었다. 그러나 그들은 일당십의 용맹을 보였다. 그러는 동안 하노버의 몇몇 대대들이 꺾이기 시작했다. 웰링턴은 그것을 보고 자기의 기병 부대를 생각했다. 만약에 나폴레옹이 바로 그 순간 자기의 보병 부대를 생각했다면 그는 승전했으리라. 이러한 망각은 그의 치명적인 큰 실수였다.

갑자기, 공격을 하던 흉갑 기병들은 공격을 받는 것을 느꼈다. 영국 기병대가 그들의 배후에 와 있었다. 그들 앞에는 방진이 있었고 그들 뒤에는 서머싯이 있었다. 서머싯은 천사백 명의 근위 용기병을 거느리고 있었다. 서머싯의 우익에서는 도른베르크가 독일 경기병대를 지휘하고 있었고, 좌익에서는 트립이 벨기에 소총 기병대를 지휘하고 있었다. 흉갑 기병들은 보병과 기병에게 전후좌우로 협공을 당해 사방으로 대적하지 않으면 안 되었다. 그게 그들에게 무슨 대수랴? 그들은 회오리바람이었다. 그들은 말할 수 없을 만큼 용감해졌다.

그뿐 아니라 그들 뒤에서도 끊임없이 포성이 울리고 있었다. 그들의 등에 상처를 입히기 위해 그렇게 해야 했다. 그들의 갑옷 중 비스카얭 총알에 왼편 견갑골께가 뚫린 것 하나가 이른바 워털루 박물관이라는 곳의 진열품에 들어 있다.

이러한 프랑스군과 맞서기 위해서는 역시 이러한 영국군이 필요했던 것이다.

그것은 더 이상 혼전이 아니었다. 그것은 음영이요, 격분이요, 정신과 용기의 어지러운 흥분이요, 번갯불 같은 검들의 폭풍우였다. 눈 깜짝할 사이에 천사백 명의 근위 용기병은 팔백 명으로 줄었고, 그들의 중령인 풀러는 전사했다. 네가 르페브르데누에트의 창기병과 경기병을 거느리고 달려왔다. 몽생장 고원은 탈취되었다가, 탈환되었다가, 또 다시 탈취되었다. 흉갑 기병들은 기병들에게서 물러나 보병들과 싸웠다. 아니, 더 정확하게 말하자면, 이 모든 어마어마한 군집은 서로 놓아 주지 않고 맞붙어 싸우고 있었다. 방진들은 여전히 버티고 있었다. 열두 번의 돌격이 있었다. 네가 타고 있던 말이 네 마리나 죽었다. 흉갑 기병들의 반수가 고원 위에 남아 있었다. 이 싸움은 두 시간이나 계속되었다.

영국군은 그 때문에 심각하게 흔들렸다. 만약에 흉갑 기병들이 움푹 팬 길의 재난으로 최초의 공격력이 약화되지 않았다면, 그들이 적의 중앙을 격파하여 승리했으리라는 것은 의

심할 여지가 없다. 이 비상한 기병대는 탈라베라와 바다호스*의 전투를 경험한 클린턴마저 아연실색하게 했다. 사 분의 삼 정도 패한 웰링턴은 비장하게 탄성을 질렀다. 그는 나직한 목소리로 말했다. "참으로 훌륭하다!"**

흉갑 기병들은 열세 개 방진 중 일곱 개를 섬멸했고, 예순 문의 포를 탈취하거나 혹은 파괴했으며, 영국군 6개 연대의 군기를 빼앗았다. 세 명의 흉갑 기병과 세 명의 근위 경기병이라 벨알리앙스의 농가 앞에 있는 황제한테로 빼앗은 군기를 가져갔다.

웰링턴은 위기에 빠졌다. 이 괴상한 전투는 마치 서로 싸우고 계속 버티면서 피를 잃고 있는 두 맹렬한 부상자 사이의 결투와도 같았다. 둘 중 누가 먼저 쓰러질 것인가?

고원의 전투는 계속되었다.

흉갑 기병들은 어디까지 갔던가? 아무도 그것을 말할 수 없으리라. 다만 확실한 것은 전투 다음 날 몽생장에 있는 마차 화물 무게 측정소에서, 즉 니벨, 주나프, 라 윌프, 브뤼셀로 가는 네 도로가 교차하는 곳에서 흉갑 기병 하나와 그의 말이 죽어 있는 것이 발견되었다는 사실이다. 그 기병은 영국군 전선을 돌파했던 것이다. 그 시체를 들어 올린 사람들 중 한 사람은 아직도 몽생장에 살고 있다. 그는 드아즈라는 사람인데, 당시 열여덟 살이었다.

---

* 탈라베라와 바다호스 모두 스페인의 도시다.

** 그가 한 원래 말은 다음과 같다. "Splendid!" (원주)

웰링턴은 대세가 기울어 가는 것을 느꼈다. 위기가 눈앞에 닥쳐와 있었다.

흉갑 기병들은 적의 중앙을 돌파하지 못했다는 의미에서는 전혀 성공하지 못했다. 모두가 고원을 차지하고 있었으므로 아무도 그것을 차지하지 못한 셈이었고, 결국 그 대부분은 영국군에게 남아 있었다. 웰링턴은 마을과 고원의 평야를 차지하고 있었고, 네는 고원의 꼭대기와 비탈밖에 차지하지 못하고 있었다. 양군 모두 이 사지에 뿌리박혀 있는 것 같았다.

영국군의 약화는 돌이킬 수 없는 것 같았다. 영국군의 출혈은 무시무시했다. 좌익의 켐프트가 원병을 청했다. "하나도 없다. 거기서 전사하라!"라고 웰링턴은 대답했다. 거의 같은 순간에, 양군의 피폐를 나타내는 기이한 일치였는데, 네도 나폴레옹에게 보병을 요청했으나, 나폴레옹은 외쳤다. "보병을 달라고! 그걸 어디서 가져오라는 거냐? 그걸 만들어 내라는 거냐?"

그렇지만 영국군이 더 고통스러웠다. 강철 같은 가슴에 흉갑을 두른 그 위대한 기병대의 맹렬한 압박은 보병들을 분쇄해 버렸다. 군기 주위에 있는 소수의 병사들이 하나의 연대 위치를 나타냈는데, 그러한 부대는 겨우 대위나 중위가 지휘하고 있었다. 라 에생트에서 이미 막대한 손실을 입은 알텐 사단은 거의 전멸했고, 반 클루제 여단의 용감한 벨기에 병사들은 니벨로 가는 도로 연변의 보리밭을 시체로 덮었으며, 1811년에는 스페인에서 프랑스군에 섞여서 웰링턴과 싸웠고 1815년에는 영국군과 연합하여 나폴레옹과 싸우던 네덜란드 척탄병들은 살아남은 자가 거의 없었다. 장교들의 손실도 막심했다. 이튿날 자기 다리를 땅에 묻게 한 억스브리지 경은 무릎이 깨졌다. 흉갑 기병들의 전투 중 프랑스군 측에서는 들로르, 레리티에, 콜베르, 드노프, 트라베르, 블랑카르가 전투력을 상실했고, 영국군 측에서는 알텐이 부상하고, 반도 부상하고, 들랜시가 전사하고, 반 메를렌이 전사하고, 옴프테다도 전사하고, 웰링턴의 모든 막료가 죽었는데, 그 출혈을 비교할 때 영국군 측이 더 나빴다. 근위 보병 2연대는 중령 다섯과 대위 넷, 군기 셋을 잃었고, 보병 30연대 1대대는 스물네 명의 장교와 백열두 명의 병졸을 잃었으며, 산악 보병 79연대는 스물네 명의 장교가 부상하고, 열여덟 명의 장교가 전사하고, 사백쉰 명의 병사가 전사했다. 컴벌런드의 하노버 경기병들은, 후일 재판을 받고 파면되는 연대장 하케가 지휘하고 있었는데, 연대원 전체가 혼전 앞에서 고삐를 돌리고 수아뉴 숲 속으로 도망하여, 브뤼셀까지 궤주했다. 군수품 마차, 탄약 마차, 화물 마차, 부상자를 가득 실은 유개 마차들은 프랑스군이 전진하여 숲에 접근하는 것을 보고 앞을 다투어 숲 속으로 뛰어들었고, 프랑스군에게 무찔린 네덜란드 병사들은 "위험하다!"라고 외쳐 댔다. 지금까지 살아 있는 목격자들의 이야기에 의하면, 베르쿠쿠에서 그뢰넨델에 이르기까지, 브뤼셀 방면으로 근 20리에 걸쳐서 도망병들의 혼잡이 있었다고 한다. 그 공포가 어찌나 컸던지, 말린에 있던 콩데 공과 강에 있던 루이 18세에게까지도 미쳤다. 몽생장의 농가에 세워 놓은 야전병원 뒤편에 사다리꼴로 진을 치고 있던 소수의 예비대와 좌익을 지키고 있던 비비언과 반델뢰르의 2개 여단을 제외하고는 웰링턴은 더 이상 기병이 없었다. 많은 포대들이 분해되어 있었다. 이러한 사실들은 시번이 고백한 것이다. 그리고 프링글은 이 참담한 상황을 과장하여 영국과 네덜란드 연합군이 3만 4000명으로 줄었다고까지 말했다. 철의 공작 웰링턴은 태연자약했으나, 그의 입술은 새파랗게 질려 있었다. 영국군 참모부를 따라 참전한 오스트리아의 군사 위원 빈센트와 스페인의 군사 위원 알라바는 철의 공작이 패배했다고 생각했다. 5시에 웰링턴은 회중시계를 꺼냈는데, 다음과 같은 우울한 말을 중얼거리는 소리가 들렸다. "블뤼허냐, 밤이냐!"

이때쯤에 한 줄의 총검들이 프리슈몽 쪽 고지 너머에서 번쩍거렸다.

여기에서 이 거대한 비극의 급변이 일어났다.

11. 나폴레옹에게는 나쁜 안내자, 뷜로에게는 좋은 안내자

사람들은 나폴레옹의 비통한 오산(誤算)을 알고 있다. 그루시가 오기를 기다리는데 뜻밖에 블뤼허가 온다. 삶 대신 죽음이 온 것이다.

운명에는 그러한 전환점들이 있다. 세계의 왕좌를 기대하고 있는데 세인트헬레나가 보인다.

만약에 블뤼허의 부관 뷜로의 안내자 노릇을 하던 목동이 플랑스누아 아래쪽이 아니라 프리슈몽 위쪽 숲으로 빠져나가도록 권했다면 19세기의 양상은 아마 달라졌을 것이다. 그랬다면 나폴레옹은 워털루 전투에서 이겼으리라. 플랑스누아 아래쪽이 아닌 다른 길로 갔다면, 프로이센군은 포병대가 통과할 수 없는 협곡에 이르렀을 테고, 뷜로는 도착하지 못했으리라.

한 시간만 늦었더라도, 프로이센의 무플링 장군이 한 말마따나, 블뤼허는 웰링턴이 서 있는 것을 보지 못했을 것이고 "전투에 졌으리라." 누구나 알 수 있듯이, 이때야말로 뷜로가 꼭 도착해야 할 시간이었다. 그런데 그는 퍽 늦었다. 그는 디옹르몽에서 야영을 하다가 꼭두새벽에 출발했다. 그러나 길은 행군하기에 불편했고, 그의 사단들은 진창에 발이 빠졌다. 포차는 바큇자국에 바퀴통까지 빠졌다. 설상가상으로, 와브르의 좁은 다리로 딜 강을 건너야만 했는데, 그 다리로 가는 길거리에 프랑스군이 불을 질러 놓아, 포병대의 탄약 마차들과 화물 마차들이 길 양편의 불타는 집들 사이를 통과할 수 없어서 불이 사그라질 때까지 기다리지 않으면 안 되었다. 뷜로의 전위대가 샤펠생랑베르에 도착하기도 전에 벌써 정오가 되어 있었다.

전투가 두 시간만 더 일찍 시작되었던들 오후 4시에는 끝났을 것이고, 블뤼허는 이미 나폴레옹이 승전한 뒤에야 전장에 당도했으리라. 우리들에게 포착되지 않는, 어떤 무한에 어울리는 비상한 우연이란 그러한 것이다.

정오부터 황제는 누구보다 먼저 망원경으로 아득한 지평선 끝에서 그의 주의를 끈 무엇인가를 보았다. 그는 말했다. "저기에 구름이 보이는데 군대인 것 같다." 그러고는 달마티아 공작에게 물었다. "술트, 저 샤펠생랑베르 쪽에 무엇이 보이는가?" 원수는 망원경을 그쪽으로 돌려 보고 대답했다. "사오천의 군사입니다, 폐하. 그루시가 틀림없습니다." 그러는 동안 그것은 안개 속에서 움직이지 않고 있었다. 모든 참모들의 망원경은 황제가 가리킨 그 '구름'을 자세히 살펴보았다. 어떤 사람들은 말했다. "저것은 정지한 종대입니다." 대부분은 이렇게 말했다. "저것은 나무들입니다." 사실 그 구름은 움직이지 않고 있었다. 황제는 도몽의 경기병 한 무리를 그 애매한 지점으로 파견하여 정찰하게 했다.

뷜로는 정말 조금도 움직이지 않았다. 그의 전위대는 매우 미약하였기 때문에 아무것도 할 수 없었다. 이 전위대는 본대를 기다리지 않으면 안 되었고, 전선으로 들어가기 전에 집결하라는 명령을 받았다. 하지만 5시에 웰링턴의 위험을 알아차린 블뤼허는 뷜로에게 공격하라고 명령하고 이런 주목할 만한 말을 했다.

"영국군이 숨을 쉬도록 해 줘야겠다."

잠시 후 로스틴, 힐레르, 하케, 리셀의 각 사단이 로보의 군단 앞에 전개되고, 프로이센의 빌헬름 공의 기병대가 파리 숲에서 나오더니, 플랑스누아는 불꽃에 휩싸였고, 프로이센의 포탄이 나폴레옹의 뒤편에 대기하고 있는 근위병들의 대열 속에까지 빗발치듯 쏟아지기 시작했다.

12. 근위병

그 후의 일은 누구나 다 아는 바다. 세 번째 군대의 돌입, 와해된 전투, 별안간 울린 여든여섯 문의 내포, 뷜로와 함께 도착한 피르히 1세, 블뤼허 자신이 인솔한 지텐의 기병대, 격퇴당한 프랑스군, 오앵 고원에서 소탕된 마르코네, 파플로트에서 몰려난 뒤뤼트, 퇴각하는 동즐로와 키오, 측면에서 공격당한 로보, 해 질 무렵 와해된 프랑스 연대들을 엄습한 새로운 전투, 공세를 취해 진격해 오는 모든 영국군의 전선, 프랑스군 속에 뚫린 커다란 구멍, 서로 엄호하는 영국군과 프로이센군의 산탄, 섬멸전, 정면의 참패와 측면의 참패, 그 막대한 궤멸 속에 전선으로 들어오는 근위대.

근위대는 곧 죽게 되리라는 것을 느끼자 "황제 폐하 만세!"를 외쳤다. 함성으로 폭발된 그 최후처럼 감동적인 것은 역사상 유례가 없다.

하늘은 온종일 구름에 가려 있었다. 그런데 갑자기 바로 그때, 시간은 저녁 8시였는데, 지평선의 구름이 갈라지며 니벨로 가는 도로의 느릅나무들 사이로 지는 해의 불길한 붉은빛이 지나갔다. 아우스터리츠에서는 태양이 떠오르는 것을 보았건만.

각 근위병 대대는 그 종국을 위해 장군들의 지휘를 받았다. 프리앙, 미셸, 로게, 아를레, 말레, 포레 드 모르방이 거기에 있었다. 커다란 독수리 휘장을 단 근위 척탄병의 높은 모자들이 정연히 줄을 지어 숙연하고 위풍당당하게 그 혼전의 안개 속에 나타났을 때, 적군은 프랑스에 대한 존경심을 느꼈다. 그것은 마치 수많은 군대가 승리의 날개를 활짝 펴고 전장으로 들어오는 것을 보는 듯하여, 승자인 적군은 패자 같은 느낌이 들어 뒤로 물러났다. 그러나 웰링턴이 외쳤다. “일어서라, 근위병! 정확히 겨눠라!” 그러자 울타리 뒤에 엎드려 있던 영국 근위병의 붉은 연대가 일어섰고, 빗발치듯 날아온 산탄이 프랑스의 독수리들 주위에서 바람에 나부끼고 있는 삼색기에 숭숭 구멍을 뚫었다. 그러고는 모두가 쇄도하여 미증유의 살육이 시작되었다. 황제의 근위병들은 어둠 속에서 그들 주위의 군대가 패주하는 것을, 그리고 전반적인 궤멸의 동요를 느꼈고, “황제 폐하 만세!”라는 소리가 “달아나라!”라는 소리로 바뀐 것을 들었다. 그러나 등 뒤에서 도망하는 소리를 들으면서도, 걸음걸음 더욱더 많은 포화를 받으며 더욱더 많은 병사들이 쓰러지면서도 전진을 계속하였다. 머뭇거리는 자 하나 없고, 겁내는 자 하나 없었다. 이 부대에서는 한낱 병졸도 장군처럼 영웅이었다. 스스로 죽기를 피하는 자는 한 사람도 없었다.

격정에 사로잡힌 네는 죽음을 각오한 늠름한 위풍으로 그 폭풍 속의 모든 타격에 몸을 맡기고 있었다. 거기서 그가 타고 있는 그의 다섯 번째 말이 쓰러지고 말았다. 땀을 뻘뻘 흘리고, 눈에선 불꽃이 튀고, 입술에는 거품이 일고, 군복 단추가 끌러지고, 한쪽 견장이 적의 근위 기병의 칼에 맞아 두 동강이 나고, 커다란 독수리 훈장이 총알에 맞아 움푹 들어가고, 전신이 피와 진흙으로 뒤범벅이 된 채로 용감무쌍하게 부러진 칼을 손에 들고서 그는 말했다. "전장에서 프랑스 원수가 어떻게 죽어 가는지 와서 봐라!" 그러나 그런 보람도 없이 그는 죽지 않았다. 그는 험상궂은 얼굴로 노기충천해 있었다. 그는 드루에 데를롱에게 이런 질문을 던졌다. "어이, 자네는 전사하지 않을 테냐?" 한 줌밖에 안 남은 병사들을 분쇄하고 있는 그 빗발치는 포탄 속에서 그는 외쳤다. "그래, 나를 위해서는 아무것도 없구나! 오! 이 모든 영국 놈들의 포탄이 내 배 속으로 들어오면 좋겠다!" 그대는 프랑스의 총탄을 위해 남겨 두었다, 불운한 자여!*

13. 파국

근위병 뒤편에서의 궤주는 비통했다. 군대는 갑자기 사방에서, 우고몽에서, 라 에생트에서, 파플로트에서, 플랑스누아에서, 한꺼번에 꺾였다. "반역이다!"라는 고함 소리에 이어 "달아나라!"라는 고함 소리가 들렸다. 패주하는 군대, 그것은 해빙이다. 모든 것이 휘어지고, 째어지고, 부서지고, 흘러가고, 굴러가고, 넘어지고, 부딪히고, 앞을 다투어 돌진한다. 미증유의 붕괴다. 네가 말 한 마리를 빌려 타고, 모자도 없이, 휘장도 없이, 검도 없이 브뤼셀로 가는 길을 가로막고 영국군과 프랑스군을 동시에 제지한다. 그는 군대를 통제하려고 애쓰

* 네는 나폴레옹이 몰락한 후 왕당파에 의해 총살당했다.

며, 자꾸 부르고, 질타하고, 궤주를 막으려 한다. 그는 정신을 못 차린다. 병사들은 그를 피해 가면서 "네 원수 만세!" 하고 외친다. 뒤뤼트의 2개 연대는 독일 창기병들의 군도와, 켐프트, 베스트, 팩, 라일란트 등 여러 여단의 총화 사이에서 질겁하여 갈팡질팡하고 우왕좌왕한다. 교전 중 최악의 것은 궤주다. 도망하기 위해 친구들끼리 서로 죽인다. 기병대와 보병대는 서로 부딪쳐서 부서지고 흩어진다. 그것은 전투의 거대한 거품이다. 로보와 레유는 각각 양쪽 끝에서 그 물결 속에 휩쓸려 간다. 나폴레옹은 남은 근위병들을 모아 성벽을 이루려 하나 헛수고다. 키오는 비비언 앞에서 물러나고, 켈레르만은 반델뢰르 앞에서 물러나고, 로보는 뷜로 앞에서 물러나고, 모랑은 피르히 앞에서 물러나고, 도몽과 쉬베르비크는 프로이센의 빌헬름 공 앞에서 물러난다. 황제의 기병 중대를 거느리고 돌격한 기요는 영국군 용기병의 발아래 쓰러진다. 나폴레옹은 도망병들을 따라 구보로 달리며, 타이르고, 조르고, 으르고, 애원한다. 아침에 "황제 폐하 만세!"를 외치던 그 모든 입들은 얼빠진 듯 크게 벌어져 있다. 그들은 황제도 제대로 몰라본다. 갓 도착한 프로이센 기병대는 뛰고, 날고, 치고, 베고, 부수고, 죽이고, 무찌른다. 말들은 수레를 뿌리치고, 대포들은 뒤에 처진다. 군수품을 실어 나르는 병사들은 탄약 마차에서 말을 벗겨 잡아타고 도망한다. 화물 마차는 네 바퀴를 위로 쳐들고 전복되어 길을 막아, 거기서 수많은 학살이 벌어진다. 모두들 서로 짓누르고, 서로 짓밟고, 죽은 사람 산 사람 할 것 없이 그들 위를 걸어간다. 팔들은 필사적이다. 엄청난 군중이 도로도, 오솔길도, 다리도, 들판도, 언덕도, 골짜기도, 숲도, 모두 가득 채워, 그 4만 군사의 도망으로 혼잡하다. 고함, 절망, 호밀밭에 팽개친 배낭과 총, 검을 휘둘러 겨우 열리는 통로, 더 이상 전우도 없고, 더 이상 장교도 없고, 더 이상 장군도 없고, 이루 다 형언할 수 없는 공포뿐이다. 지텐은 제멋대로 프랑스군의 목을 벤다. 사슴 새끼가 된 사자들. 그 궤주는 이러했다.

주나프에서 사람들은 되돌아서서 대항하고 적을 제지해 보려고 했다. 로보는 병사 삼백 명을 모았다. 그들은 마을 어귀에 바리케이드를 치려고 했으나, 프로이센군의 첫 산탄이 날아오자 모두 다시 도망치기 시작했고, 로보는 포로가 되었다. 아직 오늘날까지도 주나프에 조금 못 미쳐서 도로 오른편에 있는 무너진 기와집의 낡은 박공에는 연발된 산탄 자국이 찍혀 있는 것이 보인다. 프로이센 병사들은 주나프에 돌입했는데, 아마 그렇게도 속히 승리자가 된 데에 화가 나 있었는지도 모른다. 그 추격은 맹렬했다. 블뤼허는 적의 섬멸을 명령했다. 로게가 프로이센군 포로를 산 채로 자기에게 데려오는 프랑스군 척탄병은 누구나 참수하겠다고 위협하는 그런 참혹한 예를 보였었다. 블뤼허는 로게를 능가했다. 젊은 근위병들의 장군인 뒤엠이 주나프의 한 여관 문께로 몰려서 한 '죽음의 신'의 경기병에게 자기 칼을 건네주며 투항하자 이 경기병은 칼을 받아서 그 포로를 죽여 버렸다. 승리는 패자들의 살육으로 완성되었다. 벌하자, 우리는 역사이니까. 늙은 블뤼허는 제 명예를 더럽힌 것이다. 그 잔학함은 극도의 참상을 빚어냈다.

절망적인 궤주는 주나프를 지나고, 카트르브라를 지나고, 고슬리를 지나고, 프란을 지나고, 샤를루아를 지나고, 튀앵을 지나 국경에 이르러서야 겨우 멎었다. 오호, 슬프다! 그래, 그렇게 도망한 자는 누구였던가? 그 위대한 군대였다.

일찍이 역사를 놀라게 한 최고의 용맹의 그 착란, 그 공포, 그 붕괴, 그것은 이유가 없는가? 아니다. 하나의 거대한 오른손의 그림자가 워털루에 비치고 있었던 것이다. 그것은 운명의 날이었다. 인간 위에 있는 힘이 그날을 준 것이다. 그렇기 때문에 공포 속에서 그들이 머리를 굽힌 것이다. 그렇기 때문에 그 모든 위대한 사람들이 검을 던지고 항복한 것이다. 전에 유럽을 정복했던 그 사람들은 이제 일패도지하여, 유구무언에 속수무책으로, 어두움 속에 그 어떤 무시무시한 것이 존재한다는 것을 느꼈다. '그것은 운명의 소치였다.' 그날 인류의 미래는 바뀌었다. 워털루는 19세기의 돌쩌귀다. 그 위인의 소멸이 위대한 시대의 도래에 필요했다. 사람들이 대꾸하지 못하는 누군가가 그 일을 떠맡아 준 것이다. 영웅들의 공포도 설명이 된다. 워털루 전투에는 구름보다도 더한 것이 있었다. 거기에는 유성이 있었다. 하느님이 지나간 것이다.

초저녁에 주나프 근방 들판에서 베르나르와 베르트랑은 우울하게 생각에 잠긴 험상궂은 한 사나이의 외투 자락을 잡아 걸음을 멈추게 했는데, 그는 거기까지 궤주의 물결에 휩쓸려 와서는 이제 말에서 막 내려 말고삐를 옆구리에 끼고 심란한 눈을 하고서 혼자 워털루 쪽으로 되돌아가고 있었다. 그 사람은 아직도 전진해 보려고 하는 나폴레옹이었다. 그 무너진 꿈의 거대한 몽유병자였다.

14. 마지막 방진

근위병들의 몇몇 방진은 흐르는 물속의 바위들처럼, 도도한 궤주 속에서 엄연히 밤까지 버텼다. 밤이 오고 죽음도 왔다. 그들은 그 이중의 어둠을 기다리며 까딱도 않고 포위에 몸을 맡겼다. 각 연대는 다른 연대들로부터 고립되고 사방에서 깨진 군대와 단절되어 제각각 죽어 가고 있었다. 마지막 전투를 치르기 위해 그들은 혹은 로솜 고지에, 혹은 몽생장 평원에 여기저기 진을 쳤다. 버림받고 격파되고 개탄스러운 꼴이 된 그 암담한 방진들은 거기서 무참한 단말마를 겪고 있었다. 울름도, 바그람도, 예나도, 프리틀란트도 그 속에서 죽어 가고 있었다.

아직도 땅거미가 어스름한 저녁 9시 무렵 몽생장 고원의 기슭에는 그러한 방진 하나가 남아 있었다. 그 처참한 골짜기에서, 아까는 흉갑 기병들이 기어올랐고 지금은 영국 병사들이 가득 차 있는 그 비탈 기슭에서, 승리한 적군 포병대가 집중하여 발사하는 포화 아래서, 총알이 빗발치듯 무섭게 쏟아지는 아래서, 그 방진은 싸우고 있었다. 그 방진은 캉브론이라는 한 무명 장교가 지휘하고 있었다. 일제사격이 있을 때마다 방진은 줄어들었는데, 그런데도 응전하고 있었다. 방진은 그 네 벽이 점점 좁아지는데도 산탄에 총화로 응했고, 그 네 벽은 줄곧 좁아져 갔다. 도망병들은 숨이 차서 이따금 걸음을 멈추며, 차츰 작아져 가는 그 음산한 뇌성 같은 소리를 멀리 어둠 속에서 들었다.

그 부대가 이제 한 줌에 불과했을 때, 그 군기가 이제 한 조각의 누더기에 불과했을 때, 탄환을 다 쏘아 버린 그들의 총이 이제 막대기에 불과했을 때, 시체 무더기가 산 사람들의 부피보다도 컸을 때, 승리자들 사이에선 숭고하게 죽어 가는 병사들에 대한 일종의 신성한 공포심이 감돌았고, 영국군 포병들은 숨을 돌리고 침묵을 지켰다. 그것은 일종의 휴식이었다. 전사들 주위에는 득실거리는 유령들처럼, 말 탄 사람들의 그림자며 대포들의 검은 윤곽, 수레바퀴와 포가(砲架) 들을 통해 보이는 하얀 하늘이 있었으며, 전장의 연기 속에서 언제나 영웅들이 어렴풋이 보는 거대한 죽음의 머리가 그들을 향해 전진해 오며 그들을 바라보고 있었다. 그들은 황혼의 어둠 속에서 포탄을 재는 소리를 들을 수 있었다. 어둠 속에서 반짝이는 호랑이의 눈알처럼 불붙은 화승(火繩)들이 그들의 머리 주위에서 원을 이루었다. 영국군 포대들의 모든 화승 막대기들이 대포들로 다가가고 있었는데, 그때 한 영국 장군이, 어떤 사람들은 콜빌이라고 하고 또 어떤 사람들은 메이틀런드라고 하는데, 감동하여, 그 병사들 위에 걸려 있는 최후의 순간을 제지하면서 그들에게 외쳤다. “용감한 프랑스 병사들이여, 항복해라!” 캉브론이 대답했다. “아나, 똥 먹어라!”

15. 캉브론

프랑스의 독자는 존경받기를 원하므로, 일찍이 프랑스 인이 말한 것 중 아마도 가장 아름다운 그 말이 독자에게 되풀이되어서는 안 된다. 그 고상한 것을 역사 속에 놓고 가지 말 것.

하지만 모든 책임을 지고 나는 이 금기를 깬다.

그런데 그 모든 거인들 중에 캉브론이라는 거인이 있었다.

그 말을 하고 그런 뒤에 죽는다. 이보다 더 위대한 것이 무엇이겠는가! 왜냐하면 죽기를 원하는 것은 곧 죽는 것이기 때문이다. 포격을 받고도 살아남은 것은 이 사나이의 잘못이 아니다.*

워털루 전투에서 이긴 사람은 궤주한 나폴레옹도 아니고, 4시에 후퇴하고 5시에 절망한 웰링턴도 아니고, 조금도 싸우지 않은 블뤼허도 아니다. 워털루 전투에서 이긴 사람은 캉브론이다.

자기를 죽이는 천둥에 그러한 말로써 벼락을 치는 것, 그것은 곧 이기는 것이다. 파국에 대해 그런 대답을 하고, 운명에 대해 그런 말을 하고, 미래의 사자상에 그 터전을 주고, 간밤의 비에 대해, 우고몽의 음험한 성벽에 대해, 오앵의 움푹 팬 길에 대해, 그루시의 합류 지연에 대해, 블뤼허의 도착에 대해 그런 말대꾸를 던지고, 무덤 속에서 익살을 부리고, 사람이 쓰러진 뒤에도 서 있도록 하고, 유럽의 동맹을 두세 마디의 말

---

* 캉브론은 전사하지 못하고 포로가 되었다.

속에 빠뜨려 죽이고, 이미 황제들에게 알려져 있는 그 변소들을 왕들에게 바치고, 프랑스의 섬광을 거기에 섞음으로써 최하의 말을 최상의 말로 만들고, 참회의 화요일로 거만하게 워털루의 막을 내리고, 라블레*로 레오니다스**를 보충하고, 입 밖에 낼 수 없는 최고의 한마디 말 속에 그 승리를 요약하고, 진지(陣地)를 잃고도 역사를 간직하고, 그러한 살육 후에도 적을 웃음거리로 만들었으니, 그것은 엄청난 일이다.

그것은 벼락에 대한 모욕이다. 그것은 아이스킬로스의 위대함에 도달한다.

캉브론의 말은 파열 같은 인상을 준다. 그것은 경멸에 의한 가슴의 파열이요, 충만한 고민의 폭발이다. 누가 승리했던가? 웰링턴이었던가? 아니다. 블뤼허가 없었다면 그는 패했을 것이다. 블뤼허였던가? 아니다. 만약에 웰링턴이 시작하지 않았다면 블뤼허는 끝내지 못했을 것이다. 이 캉브론은, 이 마지막 시간을 지나가는 사나이는, 이 무명의 전사는, 이 전쟁의 극히 미미한 존재는 거기에 거짓이 있다는 것을, 파국 속에 거짓이 있다는 것을 더욱 비통하게 느낀다. 그러면서 그가 격분할 때에, 적은 그에게 그 조롱을, 생명을 준다! 어찌 펄쩍 뛰어오르지 않겠는가?

그들이 거기에 있다, 유럽의 모든 왕들이, 행복한 장군들이,

---

* 라블레(François Rabelais, 1483~1553). 16세기 프랑스 작가로, 신랄한 해학과 풍자로 유명하다.

** 레오니다스(Léonidas, ?~BC 480). 스파르타의 왕으로, 삼백 명의 군사를 거느리고 테르모필레를 지키다가 페르시아군에 패해 죽었다.

뇌성벽력을 치는 제우스들이. 그들은 10만의 승리한 군사를 가지고 있고, 이 10만 뒤에 100만의 군사를 가지고 있고, 화승에 불이 붙은 그들의 대포들이 입을 벌리고 있다. 그들은 황제의 근위대와 위대한 육군을 발 아래에 두고 있고, 이제 막 나폴레옹을 분쇄했다. 그리고 이제 캉브론밖에 남아 있지 않다. 이제 항의할 것이라고는 그 지렁이뿐이다. 그는 항의하리라. 그때 그는 검을 찾듯이 한마디 말을 찾는다. 그의 입에서 거품이 나오는데, 이 거품, 그것이 그 말이다. 경이롭고도 보잘것없는 승리 앞에서, 승리자 없는 승리 앞에서, 이 절망한 자는 감연히 일어선다. 그는 이 승리의 엄청남을 어쩔 수 없이 받아들이지만, 그것의 허망함을 인정한다. 그리고 그것에 침을 뱉는 것보다도 더한 일을 한다. 그리고 수와 힘과 물질에 짓눌리면서 마음에서 하나의 표현을, 배설물을 찾아낸다. 되풀이하여 말하거니와, 그것을 외치고, 그것을 행하고, 그것을 찾아내는 것은 승리자가 되는 것이다.

엄숙한 심판의 정신이 그 숙명적인 순간에 이 무명인의 머릿속에 들어갔다. 마치 루제 드 릴이 「마르세예즈」를 발견하듯이, 하늘의 영기(靈氣)가 찾아와서 캉브론은 워털루의 말을 발견한다. 신성한 폭풍우의 신비한 힘이 불어와서 그 사람들 사이를 지나가자, 그들은 몸을 떨면서, 어떤 사람은 최고의 노래를 부르고, 또 어떤 사람은 무시무시한 고함을 지른다. 그 거창한 경멸의 말을 캉브론은 단지 제국의 이름으로 유럽에 던지는 것만이 아니다. 그건 대단한 게 아닐 것이다. 그는 그것을 혁명의 이름으로 과거에 던진다. 사람들은 그 말을 듣고 캉브론 속에 거인들의 옛 얼이 들어 있음을 알아본다. 그것은 연설하는 당통이나 포효하는 클레베르*인 것 같다.

캉브론이 그렇게 말하자 영국군 측에서는 "쏘아라!" 하고 대답했다. 포대는 번쩍거렸고, 언덕은 진동했고, 그 모든 청동의 포문들은 마지막으로 무시무시하게 산탄을 토했는데, 그러자 떠오르는 달빛에 거대한 연기가 희번하게 비치며 뭉게뭉게 솟아올랐고, 연기가 사라지자 더 이상 아무것도 없었다. 그 무서운 잔병들은 섬멸되었고, 근위병들은 죽었다. 인간 각면보의 네 벽은 거기에 누워 있었고, 여기저기 시체들 사이에서 빨딱거리는 것을 겨우 알아볼 수 있었다. 이렇게 로마의 군단보다 위대한 프랑스의 군단은 비와 피에 젖은 몽생장의 땅바닥에서, 검푸른 밀밭에서 사라져 버렸다. 지금은 그곳을 니벨의 우편 마차를 모는 조제프가 새벽 4시에 유쾌히 휘파람을 불고 말에 채찍질을 하면서 지나다닌다.

16. 지휘관에게는 얼마만큼의 보수를 줄 것인가?

워털루 전투는 하나의 수수께끼다. 그것은 승리한 자들에게도 패배한 자에게도 마찬가지로 이해하기 어려운 것이었

---

* 클레베르(Jean-Baptiste Kléber, 1753~1800). 프랑스혁명 당시의 유명한 장군.

다. 나폴레옹에게 그것은 하나의 공포였다.* 블뤼허는 거기에서 총화(銃火)밖에는 보지 못했고, 웰링턴은 거기에서 아무것도 이해하지 못했다. 보고서를 보시라. 전황 보고서는 애매하고, 전쟁 회상록은 갈피를 잡을 수 없다. 후자는 중얼거리고, 전자는 더듬거린다. 조미니는 워털루 전투를 네 개의 시기로 나누고, 무플링은 그것을 세 개의 돌발 사건으로 쪼갰는데, 오직 샤라스 한 사람만이, 비록 어떤 점들에 관해서는 나와 다른 견해를 가지고 있긴 해도, 날카로운 안광으로 신성한 우연과 싸우는 그 천재적인 인간이 파멸하는 모습을 뚜렷이 포착했다. 다른 모든 역사가들은 어떤 현혹에 사로잡혀 그 현혹 속에서 더듬적거렸다. 그것은 정말 번개 같은 하루였다. 그것은 여러 왕들이 어리둥절해하는 사이에 모든 왕국들을 끌어간 군국(軍國)의 붕괴요, 힘의 추락이요, 전쟁의 패주였다.

초인적인 필연성의 흔적이 드러나 있는 이 사건에서 인간의 몫은 아무것도 없다.

웰링턴과 블뤼허에게서 워털루를 빼앗는 것은 영국과 독일에게서 뭔가를 빼앗는 것이 될까? 아니다. 저 이름 높은 영국도, 저 위엄 있는 독일도 워털루 문제는 화젯거리가 아니다. 다행히도 그 국민들은 칼부림의 서글픈 사건들 밖에서 위대

* "다 끝난 전투, 다 지나간 하루, 그릇된 그러나 바로잡힌 조치, 이튿날이면 확보되었을 더 큰 성공, 이 모든 것이 일순간의 까닭 모를 갑작스러운 공포로 인해 시간의 무시무시한 공황으로 상실되고 말았다." (나폴레옹, 『세인트헬레나의 구술』) (원주)

하다. 독일도 영국도 프랑스도 칼집 속에 들어 있지 않다. 워털루가 단순히 군도들이 부딪히는 소리에 불과한 이 시대에 독일에는 블뤼허 위에 괴테가 있고, 영국에는 웰링턴 위에 바이런이 있다. 사상들의 융성은 19세기의 특유한 것이고, 그 여명 속에서 영국과 독일은 찬연히 빛난다. 이 나라들은 그들의 사상 때문에 장엄하다. 그들이 문명에 가져다준 수준의 상승은 그들에게 고유한 것이다. 그들 자체가 근원이지, 어떤 사건이 근원은 아니다. 19세기에 그들이 강대해진 원천이 워털루에 있었던 것은 아니다. 어떤 승전 후에 갑자기 커진 것은 야만적인 국민들뿐일 것이다. 그것은 소나기로 불은 격류의 일시적인 허영이다. 개화된 국민들은, 특히 우리들이 살고 있는 시대에는 한 장수의 행운이나 불운에 의해 지위가 올라가거나 떨어지지 않는다. 인류에게 그러한 국민들의 무게는 전쟁 이상의 어떤 것에 기인한다. 다행히도 그들의 명예, 품격, 문화, 천재적 재능은 저 노름꾼인 영웅들과 정복자들이 전쟁이라는 제비뽑기에 걸 수 있는 번호가 아니다. 흔히 전투에는 패하되 발전을 획득한다. 영광은 줄되 자유는 많아진다. 북소리는 사라지되 이성은 입을 연다. 그것은 지는 자가 이기는 노름이다. 그러므로 양쪽에서 냉정하게 워털루를 이야기하자. 우연에 속한 것은 우연에 돌리고, 신에 속한 것은 신에게 돌리자. 워털루는 무엇인가? 하나의 승리인가? 아니다. 하나의 요행이다.

유럽이 얻은 요행이요, 프랑스가 지불한 요행이다.

거기에 사자상을 세울 필요는 없다. 그런데 워털루는 역사상 가장 이상한 회전이다. 나폴레옹과 웰링턴. 그들은 적이 아니라 반대자다. 대립을 좋아하는 신도 일찍이 이보다 더 충격적인 대비와 이보다 더 이상한 대조를 만들어 낸 적은 없었다. 한쪽은 치밀함, 예측, 기하, 신중, 안전한 퇴각, 예비 병력의 유지, 끈질긴 침착성, 확고부동한 방법, 지세를 이용한 전술, 각 부대의 균형을 맞추는 병법, 정확한 사격에 의한 살육, 시계를 손에 들고 조종하는 전쟁, 일체의 임의적인 행동의 금지, 고전적인 낡은 용기, 절대적인 정확성. 또 한쪽은 직감, 짐작, 신출귀몰한 전법, 초인적인 본능, 훌륭한 관찰력, 독수리처럼 보고 벼락처럼 치는 뭔지 알 수 없는 것, 안하무인의 격렬한 성미에서 우러나는 신묘한 솜씨, 웅숭깊은 정신의 모든 신비, 운명과의 결합, 소집을 당해 말하자면 복종을 강요당한 것 같은 운명, 강, 들, 숲, 언덕과의 협동, 전장마저 제멋대로 구사하는 폭군, 천운을 일으킴과 동시에 헤쳐 버리면서 병법과 함께 그 천운을 믿는 마음. 웰링턴은 전쟁의 바렘*이었고, 나폴레옹은 전쟁의 미켈란젤로였는데, 이번에는 천재가 계산에 의해 패배당한 것이다.

양쪽 모두 누군가를 기다리고 있었다. 성공한 것은 정확히 계산한 자였다. 나폴레옹은 그루시를 기다리고 있었는데, 그는 오지 않았다. 웰링턴은 블뤼허를 기다리고 있었는데, 그는 왔다.

웰링턴, 이는 보복을 행하는 고전적 전쟁이다. 보나파르트

* 계산이 빠른 사람 혹은 계산의 천재를 뜻한다.

는 초년에 이탈리아에서 이 고전적 전쟁을 만나 보기 좋게 쳐부수었다. 늙은 부엉이는 젊은 독수리 앞에서 달아나 버렸다. 낡은 전술은 단지 격파당했을 뿐 아니라 빈축까지 샀다. 이 스물여섯 살의 코르시카 청년은 누구였는가? 그에 대해서는 모든 것이 적이고, 그를 위해서는 아무것도 없고, 군량도 없고, 탄약도 없고, 신발도 없고, 군대도 거의 없고, 한 줌의 병졸들을 가지고 다수에 맞서고, 동맹한 유럽에 대들어 신기하게도 불가능 속에서 승리를 거두었던 이 빛나는 무식자는 무엇을 의미했는가? 거의 숨도 돌리지 않고, 그 한 줌밖에 안 되는 전투원들을 데리고 알빈치에 이어 볼리외를 넘어뜨리고, 볼리외에 이어 부름저를, 부름저에 이어 멜라스를, 멜라스에 이어 마크를 넘어뜨려, 독일 황제의 다섯 개 군단을 연속으로 분쇄한 이 전광석화 같은 맹렬한 사람은 어디서 나왔는가? 저명 인사같이 뻔뻔스러운 이 전쟁의 신인(新人)은 무엇이었는가? 육군의 아카데미 파는 도주하면서 그를 파문했다. 거기에서 신무단파(新武斷派)에 대한 구무단파의 철천지원이, 찬란한 검에 대한 쓸 만한 군도의 철천지원이, 천재에 대한 판박이의 철천지원이 생겨났던 것이다. 1815년 6월 18일에 이 원한은 결정적인 것이 되었고, 로디, 몬테벨로, 몬테노테, 만토바, 마렝고, 아르콜라 아래에 이 원한은 '워털루'라고 썼다. 대다수에게 감미로운 범인들의 승리. 운명은 이 아이러니에 동의했다. 나폴레옹은 몰락할 때 자기 앞에 젊은 부름저의 모습을 다시 보았다.

사실 부름저를 얻기 위해서는 웰링턴의 머리털을 희게 하기만 하면 되었다.

워털루는 이류의 장수에게 승리가 돌아간 일류의 전쟁이다.

워털루 전투에서 찬양해야 할 것은 영국이요, 영국의 강인성이요, 영국의 결단성이요, 영국의 피다. 영국이 거기서 가졌던 훌륭한 것은 미안하지만 영국 자체다. 그 장수가 아니라 그 군대다.

이상하게도 공을 몰라주는 웰링턴은 배서스트 경에게 보낸 서한에서 자기의 군대는, 1815년 6월 18일에 싸운 군대는 "아주 고약한 군대"였다고 말했다. 워털루 벌판에 무더기로 파묻힌 저 음산한 해골들은 그 말을 어떻게 생각할까?

영국은 웰링턴에게 너무 공손했다. 웰링턴을 위대하게 받드는 것은 영국을 왜소하게 만든다. 웰링턴은 다른 영웅 같은 한 영웅에 불과하다. 저 회색 옷의 스코틀랜드 병사들, 저 근위 기병들, 저 메이틀런드와 미첼의 연대들, 저 팩과 켐프트의 보병들, 저 폰손비와 서머싯의 기병들, 산탄 아래서 백파이프를 불던 저 스코틀랜드 고지 출신의 병사들, 저 라일란트의 대대들, 에슬링 전투와 리볼리 전투를 치른 경험이 있는 노련한 군대에 대항하던 저 총도 제대로 다루지 못하던 신병들, 그들이야말로 위대하다. 웰링턴은 집요했고, 거기에 그의 가치가 있는데, 우리는 그 점에서 그에게 찬사를 아끼려 하지는 않지만, 그의 보병과 기병 중 가장 미미한 자에 이르기까지 모두 그와 똑같이 강인했다. 철의 공작에게 부끄럽지 않은 철의 병사였다. 나로 말하자면, 나의 모든 칭찬을 영국 병사에게, 영국 군대에게, 영국 국민에게 보낸다. 전리품이 있다면 말인데,

그 전리품은 영국에 돌려야 한다. 워털루의 원주 기념탑이 만약에 한 인물의 얼굴 대신에 국민 전체의 조각상을 구름 높이 올린다면 그것이야말로 더 정당한 일이 되리라.

그러나 이 위대한 영국은 내가 여기에 말한 것을 아니꼽게 여기리라. 영국은 그들의 1688년 혁명과 프랑스의 1789년 혁명, 이 두 혁명을 치르고 난 뒤에도 여전히 봉건적 환상을 가지고 있다. 영국은 세습 제도와 계급제도를 신봉하고 있다. 부강과 영광에서 어느 나라도 미치지 못하는 이 나라 사람들은 국민이 아니라 신민으로 자처하고 있다. 신민으로서 그들은 기꺼이 복종하고 우두머리로 하나의 군주를 받들고 있다. 노동자는 모멸을 감수하고, 병사는 몰매를 감수한다. 사람들이 기억하다시피, 인케르만 전투에서 한 상사가 확실히 온 군대를 구출했다고 생각된 일이 있었으나, 그는 래글런 경에 의해 이름이 묻혀 버렸다. 영국군의 계급제도는 장교 계급 이하는 어떠한 영웅이라도 그 이름을 보고서에 기록하는 것을 허용하지 않기 때문이다.

워털루 전투 같은 종류의 회전에서 내가 무엇보다도 경탄하는 것은 우연의 교묘함이다. 밤중의 비, 우고몽의 성벽, 오앵의 움푹 팬 길, 대포 소리를 못 들은 그루시, 나폴레옹을 속인 안내자, 뷜로를 올바르게 인도한 안내자, 이 모든 대이변은 실로 희한하게 이루어졌다.

결국, 솔직하게 말해서, 워털루에는 전투보다 더 많은 살육이 있었다.

워털루는 모든 조직적인 전투 중에서, 그렇게 많은 전투원수에 비해 가장 작은 전선을 가진 전투다. 나폴레옹의 전선은 3킬로미터, 웰링턴의 전선은 2킬로미터. 양군의 전투원은 각각 7만 2000명. 그렇게 촘촘한 데서 그 대량 살육이 빚어졌던 것이다.

사람들의 계산에 의하면 다음과 같은 비율이 밝혀졌다. 병사들의 손실 아우스터리츠에서 프랑스군 14퍼센트, 러시아군 30퍼센트, 오스트리아군 44퍼센트. 바그람에서 프랑스군 13퍼센트, 오스트리아군 14퍼센트. 모스크바에서 프랑스군 37퍼센트, 러시아군 44퍼센트. 바우첸에서 프랑스군 13퍼센트, 러시아와 프로이센 연합군 14퍼센트. 워털루에서 프랑스군 56퍼센트, 연합군 31퍼센트. 워털루에서 합계 41퍼센트. 14만 4000명의 전투원. 6만 명 전사.

오늘날 워털루의 전장은 인간의 냉정한 발판인 대지가 갖는 고요함을 간직하고 있고, 다른 평원들과 유사하다.

그렇지만 밤에는 거기서 일종의 허깨비 같은 안개가 솟아오르는데, 만약에 어떤 나그네가 거기를 소요하며 보고, 듣고, 저 처참한 필리피 평원* 앞에서의 베르길리우스처럼 몽상에 잠길라치면, 그는 그 재변의 환각에 사로잡히게 마련이다. 무시무시한 6월 18일이 되살아나면서, 기념으로 쌓아 올린 인공의 언덕은 사라지고, 그 보잘것없는 사자상도 스러지고, 전장이 여실히 다시 펼쳐진다. 보병들의 대열이 벌판에서 굽이

---

* BC 42년에 안토니우스와 옥타비아누스가 브루투스와 카시우스를 격파한 마케도니아의 평원.

치고, 질풍같이 내닫는 말들이 지평선을 지나간다. 놀란 몽상가의 눈앞에서 군도들이 번쩍이고, 총검들이 번득이고, 포탄들이 불꽃을 뿜고, 무시무시한 천둥들이 서로 엇갈린다. 또한 그에게는 무덤 밑바닥에서 올라오는 단말마의 헐떡거림처럼, 환영 같은 전투의 어렴풋한 아우성이 들린다. 저 어렴풋한 형체들, 그것은 척탄병들이요, 저 희번한 빛들, 그것은 흉갑 기병들이요, 저 해골, 그것은 나폴레옹이요, 이 해골, 그것은 웰링턴인데, 그 모든 것은 이제 허깨비에 불과하지만 서로 부딪치며 아직도 싸우고 있다. 골짜기들은 붉게 물들고, 나무들은 떨고, 구름들까지 미쳐 날뛰고, 어둠 속에 그 모든 사나운 고지들이, 몽생장, 우고몽, 프리슈몽, 파플로트, 플랑스누아가 어렴풋이 나타나고, 그 위에서는 서로 도륙하는 도깨비들의 회오리바람이 휘날린다.

17. 워털루를 좋게 보아야 할 것인가?

세상에는 워털루를 조금도 증오하지 않는 매우 존경할 만한 자유주의파가 있다. 나는 그런 사람이 아니다. 나에게 워털루는 자유가 깜짝 놀랄 사건일 뿐이다. 그러한 독수리가 그러한 알에서 나오는 것, 그것은 확실히 뜻밖의 일이다.

워털루는, 문제의 최고 관점에서 본다면, 그 의도에 있어서 반혁명적인 승리다. 그것은 프랑스에 대항한 유럽이다. 그것은 파리에 대항한 페테르부르크와 베를린과 빈이다. 그것은 창의에 대항한 '현상 유지'다. 그것은 1815년 3월 20일*을 통해 공격한 1789년 7월 14일이다. 그것은 진압할 수 없는 프랑스의 폭동에 대항한 군주 국가들의 법석이다. 이십육 년 전부터 폭발해 있던 이 거대한 국민을 마침내 소멸하는 것, 그것이 꿈이었다. 그것은 워털루는 브라운슈바이크 가, 나소 가, 로마노프 가, 호엔촐레른 가, 합스부르크 가와 부르봉 가의 제휴였다. 워털루는 엉덩이에 신수권(神授權)을 태우고 있었다. 제국이 독재적이었기 때문에 왕국이 사물의 자연적인 반동으로서 부득이 자유주의적이어야만 했다는 것은 사실이고, 승리자들로서는 유감천만이었으나, 워털루에서 본의 아니게 입헌적 질서가 나온 것 또한 사실이다. 왜냐하면 혁명은 진정으로 억제될 수 없는 것이고, 천의이자 절대적으로 숙명적인 것이므로 항상 다시 나타나기 때문인데, 워털루 이전에는 오랜 왕권들을 타도한 보나파르트에서 나타났고, 워털루 이후에는 헌장을 양여하고 받아들인 루이 18세에서 나타났다. 보나파르트는 나폴리의 왕좌에 한 마부를 앉혀 놓고 스웨덴의 왕좌에 한 상사를 앉혀 놓음으로써, 평등을 입증하는 데 불평등을 사용했다. 루이 18세는 생투앵에서 인권 선언에 서명했다. 혁명이란 무엇인가를 이해하고 싶다면 그것을 '진보'라고 불러 보라. 그리고 만약 진보란 무엇인가를 이해하고 싶다면 그것을 '내일'이라고 불러 보라. '내일'은 억제할 수 없게 자신의 일을 하는데, 그 일을 바로 오늘부터 한다. 그것은 이상하게도 언제나 제 목

* 엘바 섬을 탈출한 나폴레옹이 프랑스에 상륙한 날.

적에 도달한다. 그것은 웰링턴을 이용하여 한날 병사에 불과하던 푸아를 웅변가로 만든다. 푸아는 우고몽에서 쓰러졌다가 연단에서 다시 일어선다.* 그렇게 진보는 일을 한다. 이 일꾼에게는 못 쓸 연장이란 하나도 없다. 그는 알프스를 넘은 사람**도, 엘리제 영감의 그 절름거리는 착한 늙은 환자***도, 조금도 당황하지 않고 자신의 신성한 일에 적합하게 만든다. 그는 중풍 환자를 정복자처럼 사용한다. 바깥에서는 정복자, 안에서는 중풍 환자. 워털루는 검에 의한 유럽 왕권들의 붕괴에 종지부를 찍었으나, 또 한편으로는 혁명의 작업을 계속시키는 것밖에는 다른 결과가 없었다. 군도로 싸우는 사람들은 끝나고 이제 사상가들의 차례다. 워털루가 멈추고자 했던 시대는 워털루를 뛰어넘어 제 길을 갔다. 이 상서롭지 못한 승리는 자유에 의해 격파되었다.

요컨대, 그리고 이론의 여지 없이, 워털루에서 승리한 것, 웰링턴의 뒤에서 미소를 지은 것, 사람들 말마따나 프랑스 원수의 지휘봉까지 포함하여 유럽 모든 원수의 지휘봉을 그에게 가져다준 것, 사자상의 언덕을 쌓아 올리기 위해 해골바가지가 가득한 흙 수레를 즐겁게 끈 것, 그 받침대에 '1815년 6월 18일'이라는 날짜를 득의양양하게 쓴 것, 패주병을 후려치는

---

* 푸아는 우고몽에서 부상했으나, 나폴레옹의 몰락 후 자유주의파 대의원이 되어 웅변을 토했다.

** 나폴레옹을 가리킨다.

*** 루이 18세를 가리킨다. 엘리제 영감은 루이 18세를 주치한 외과 의사의 별명이다.

블뤼허를 격려한 것, 몽생장 고원의 꼭대기에서 사냥감을 노려보듯 프랑스를 내려다본 것, 그것은 반혁명이었다. '분할'이라는 그 파렴치한 말을 중얼거리던 것은 반혁명이었다. 이 반혁명은 파리에 이르러 가까이에서 분화구를 보고, 그 재가 발을 태우는 것을 느끼고는, 생각을 고쳤다. 그것은 헌장을 더듬더듬 말하는 것으로 되돌아왔다.

워털루에서 오직 워털루에 있는 것만을 보자. 의도적인 자유는 조금도 없다. 반혁명은 본의 아니게 자유적인 것이 되었고, 그와 마찬가지로, 그에 상응하는 현상으로, 나폴레옹도 본의 아니게 혁명가가 되었다. 1815년 6월 18일, 말을 타고 있던 로베스피에르는 낙마했다.

18. 신수권이 다시 위세를 떨치다

독재정치의 종언. 유럽의 한 제도 전체가 무너졌다.

제국은 마치 죽어 가는 로마제국의 암흑 같은 어둠 속에서 넘어졌다. 사람들은 암흑시대처럼 다시 심연을 보았다. 다만 1815년의 암흑은, 그것을 통칭하여 반혁명이라고 불러야 하겠지만, 숨결이 짧았고, 이내 숨이 끊어져서 덜커덕 멎어 버렸다. 멸망한 제국은, 사실대로 말하자면, 사람들의 눈물을 자아냈다. 영광이 제왕의 칼 속에 있다면, 제국은 영광 그 자체였다. 제국은 전제정치가 줄 수 있는 모든 빛을 지상에 퍼뜨렸다. 그 침침한 빛을 말이다. 더 나아가 캄캄한 빛이라고 말하

자. 진정한 낮에 비하면 그것은 밤의 어두움이다. 그 어두운 밤의 소멸은 일식 같은 인상을 주었다.

루이 18세는 다시 파리로 돌아왔다. 7월 8일의 원무(圓舞)는 3월 20일의 열광을 지웠다. 코르시카 사람이라는 말은 베아른 사람이라는 말과 대조를 이루었다.* 튈르리 궁전의 둥근 지붕에 나부끼는 깃발은 흰 깃발이 되었다. 망명자가 왕좌에 앉았다. 하트웰의 전나무 탁자는 루이 14세식 백합꽃 장식의 안락의자 앞에 놓였다. 사람들은 부빈과 퐁트누아**를 어제 일처럼 이야기했고, 아우스터리츠는 아득한 옛날 일이 되어 버렸다. 성당과 왕좌는 엄숙하게 우호 관계를 맺었다. 19세기에 사회 안녕의 가장 확고부동한 형태 중 하나가 프랑스와 대륙에 확립되었다. 유럽은 흰 모표를 달았다. 트레스타이용***은 이름을 휘날렸다. 오르세 강둑에 있는 병영 정면의 돌에 새긴 태양의 햇살 사이에는 "non pluribus impar(여러 사람에게 불공평하지 않게)"라는 좌우명****이 다시 나타났다. 황제의 근위대가 있던 곳은 붉은 군복의 근위대로 바뀌었다. 카루젤***** 개선문은 좋지 않게 얻은 승리들을 가득 싣고, 그 새로운 것들에 어리둥절해하고, 마렝고와 아르콜라의 승전을 아마 조금 부끄러워하면서, 앙굴렘 공작의 동상과 함께 곤경에서 빠져나왔다.

---

* 전자는 나폴레옹을, 후자는 앙리 4세를 가리킨다.
** 모두 프랑스가 승전한 곳.
*** 트레스타이용(Trestaillon). 과격 왕당파 수령 중 한 사람.
**** 태양왕 루이 14세의 좌우명이었다.
***** 파리의 한 광장.

1793년에 무시무시한 공동묘지가 되었던 마들렌 묘지는 루이 16세와 마리 앙투아네트의 유골이 먼지 속에 그대로 방치되어 있었기 때문에 대리석과 벽옥(碧玉)으로 둘러씌워졌다. 뱅센 성의 해자(垓字) 속에서는 비석 하나가 땅에서 불거져 나와, 나폴레옹이 황제의 관을 받아 썼던 바로 그달에 앙기앵 공작이 총살당했다는 사실을 생각나게 했다. 그 총살이 있었던 바로 그 무렵에 대관식을 올려 준 교황 피우스 7세는 그 즉위를 축복했을 때처럼 조용히 그 몰락을 축하했다. 쇤브룬에는 네 살 난 작은 그림자 하나가 있었는데, 그를 로마 왕이라고 부르는 것은 불온한 일이었다.* 그런 일들이 그렇게 되었고, 그 왕들은 도로 그들의 용상에 앉았고, 유럽의 주인은 우리 속에 갇혔고, 구체제는 신체제가 되었고, 지상의 모든 음지와 양지는 자리를 바꾸었는데, 왜 그렇게 되었는가 하면, 어느 여름날 오후 한 목동이 숲 속에서 한 프로이센 사람에게 "이리로 가셔야지 저리로 가셔서는 안 됩니다!"라고 말했기 때문이다.

이 1815년은 일종의 음산한 4월이었다. 유해하고 유독한 낡은 현실이 새로운 몸치장을 하고 나섰다. 허위가 1789년과 결혼하고, 신수권이 헌장의 탈을 쓰고, 의제(擬制)가 입헌제가 되고, 편견과 미신과 딴생각이 헌법 제14조**를 가슴에 부둥켜안고서 자유주의로 겉을 칠했다. 뱀의 탈피였다.

---

* 나폴레옹의 아들에 대한 이야기다.

** 왕은 국가의 최고 수장으로서 육해군을 통솔하고, 선전을 포고하고, 평화와 동맹과 통상의 조약을 체결하고, 관리를 임명하고, 법률의 적용과 국가의 안녕을 위하여 필요한 규정 및 명령을 발한다.

인간은 나폴레옹에 의해 동시에 위대해지기도 하고 왜소해지기도 했다. 이상(理想)은 저 찬란한 물질의 시대에 관념론이라는 묘한 이름을 받고 있었다. 미래를 조롱한 것은 한 위인의 중대한 경솔이었다. 그렇지만 국민들은, 그 포수(砲手)를 열렬히 사랑했던 그 총알받이는 그를 눈으로 찾고 있었다. 그는 어디 있는가? 그는 무얼 하고 있는가? "나폴레옹은 죽었소." 하고 한 행인이 마렝고와 워털루에 참전했던 한 상이병에게 말했다. "그분이 죽었다고! 당신은 그분을 잘 알고 있군!" 하고 그 상이병은 외쳤다. 사람들의 상상은 이 쓰러진 사나이를 신격화했다. 유럽의 밑바닥은 워털루 이후 캄캄했다. 나폴레옹의 소멸로 말미암아 그 어떤 거대한 것이 오랫동안 텅 비어 있었다.

왕들은 그 공허 속에 들어앉았다. 낡은 유럽은 그 틈을 타서 개혁되었다. 신성 동맹*이 맺어졌다. 워털루의 숙명적인 전장은 사전에 벨알리앙스**라고 말했다!

이 새로 만들어진 아주 오래된 유럽을 마주하여 하나의 새로운 프랑스의 윤곽이 그려졌다. 황제에게 조롱받던 미래가 나타나기 시작했다. 그것은 이마에 '자유'라는 별을 달고 있었다. 젊은 세대들의 타오르는 눈은 그쪽으로 돌아갔다. 이상하게도 사람들은 그 미래인 '자유'와 그 과거인 나폴레옹에게 동시에 열을 올렸다. 패전은 패전자를 위대하게 만들어 놓았다. 넘어진 보나파르트는 서 있는 나폴레옹보다 더 커 보였다. 승

---

* 원어는 Sainte-Alliance(생트 알리앙스).

** 원어는 Belle-Alliance. 이 말은 '아름다운 동맹'이라는 뜻이다.

리한 자들은 두려워했다. 영국은 허드슨 로로 하여금 그를 지키게 했고, 프랑스는 몽슈뉘로 하여금 그를 엿보게 했다. 팔짱 낀 그의 팔은 왕좌들의 걱정거리가 되었다. 알렉산드르 황제는 그를 "나의 불면증"이라고 불렀다. 그러한 공포는 그의 속에 있는 그 엄청난 혁명에서 비롯되었다. 그것이 곧 보나파르트식의 자유주의를 설명해 주고 변명해 준다. 이 망령은 낡은 세계에 전율을 주었다. 왕들은 수평선의 세인트헬레나의 바위를 보면서 불안 속에서 군림하고 있었다.

나폴레옹이 롱우드에서 죽어 가는 사이, 워털루 전장에 쓰러진 6만의 병사들은 조용히 썩어 갔고, 그들의 평화의 무엇인가가 세계에 퍼져 갔다. 빈 회의는 그것으로 1815년의 조약을 만들었고, 유럽은 그것을 복고(復古)라고 불렀다.

워털루란 그러한 것이다.

하지만 무한에 대해 그게 뭐란 말인가? 그 모든 폭풍도, 그 모든 먹구름도, 그 전쟁도, 그 후의 그 평화도, 그 모든 어둠도, 거대한 눈의 빛을 한시도 흐리게 하지 않았는데, 그 거대한 눈 앞에서는 풀잎에서 풀잎으로 뛰어다니는 진디도 노트르담 대성당의 종루에서 종루로 날아다니는 독수리와 다를 것이 없다.

19. 전장의 밤

이제 다시 저 숙명적인 전장으로 되돌아가자. 사실은 그것이 이 이야기에 필요하다.

1815년 6월 18일 밤은 만월이었다. 그 달빛은 블뤼허의 흉포한 추격에 도움을 주고, 도망병들의 행방을 환히 드러내고, 그 처참한 집단을 무자비한 프로이센 기병들의 유린에 맡기고, 살육을 조장했다. 파국에는 때때로 그러한 밤의 비극적인 협조가 있는 것이다.

마지막 포성이 울리고 난 후 몽생장 벌판에는 사람 그림자 하나 없었다.

영국군은 프랑스군의 야영지를 점령했는데, 이는 승리의 관례적인 확인으로, 승전자가 패전자의 침소에서 잔다. 영국군은 로솜 저편에 야영지를 마련했다. 프로이센군은 궤주하는 프랑스군을 추격하며 계속 전진했다. 웰링턴은 워털루 마을로 가서 배서스트 경에게 보내는 보고서를 작성했다.

"그대들은 그렇게 하지만 그것은 그대들을 위함이 아니다.'*라는 말이 적용될 수 있다면, 그건 확실히 이 워털루 마을에 대해서다. 워털루는 격전지에서 5리쯤 떨어져 있는 마을로, 아무것도 한 것이 없었다. 몽생장은 포격당했고, 우고몽은 불에 탔고, 파플로트도 불에 탔고, 플랑스누아 역시 불에 탔고, 라 에생트는 점령당했고, 라 벨알리앙스는 두 승리자가 포옹하는 것을 보았다. 이 이름들은 거의 알려져 있지 않은데, 전투에서 아무 일도 하지 않은 워털루가 그 모든 명예를 갖고 있다.

나는 전쟁을 미화하는 사람이 아니다. 그럴 기회가 오면 나

---

* 베르길리우스의 시구로, 어부지리를 얻는 경우에 하는 말이다.

는 그 진실을 말해 줄 것이다. 전쟁에 끔찍한 아름다움이 있다는 것을 나는 조금도 숨기지 않았는데, 거기에는 또한 추악함도 있다는 것을 인정하자. 가장 놀라운 것 중 하나는 승리 후에 전사자들이 재빨리 당하는 약탈이다. 전투 다음 날 새벽은 언제나 벌거벗은 시체들 위에서 밝아 온다.

그런 짓을 하는 것은 누구인가? 누가 그렇게 전승을 더럽히는가? 승리의 호주머니 속에 살짝 집어넣는 그 더러운 손은 무엇인가? 영광 뒤에 숨어서 그런 짓을 하는 그 날치기들은 무엇인가? 몇몇 철학자들은, 그중에서도 특히 볼테르는 그것은 바로 영광을 만든 사람들이라고 단언한다. 그들은 말한다, 그것은 같은 사람들이라고. 그들을 대신하는 사람은 없으며, 서 있는 사람들이 넘어져 있는 사람들을 약탈하는 것이라고. 낮의 영웅이 밤의 흡혈귀가 된다. 요컨대 제가 죽인 시체가 지닌 것을 조금 훔치는 건 지극히 정당한 일이라는 것이다. 나는 그렇게 생각하지 않는다. 월계수 가지를 꺾는 것과 죽은 사람의 신발을 훔치는 것, 그것은 내가 보기에 같은 사람의 손으로는 불가능한 일이다.

확실한 것은 승리자들 뒤에는 보통 도둑들이 온다는 것이다. 그러나 군인에게는, 특히 현대의 군인에게는 그러한 의심을 하지 말자.

어느 군대에나 꼬리가 있는데, 탓해야 할 것은 바로 그것이다. 절반은 도둑이고 절반은 하인인 박쥐 같은 자들, 전쟁이라 부르는 저 황혼이 빚어내는 온갖 아기박쥐들, 싸우지도 않으면서 군복을 입는 자들, 꾀병 앓는 자들, 위험한 경상자들, 때로는 여편네와 함께 작은 수레를 타고 돌아다니면서 술을 밀매하고 자기들이 훔친 것을 팔았다가 다시 훔치는 무허가 상인들, 장교들에게 안내자가 되겠다고 나서는 거지들, 군대를 따라다니는 심부름꾼들, 얼찡거리는 날치기들, 이러한 모든 것들을 행진하는 군대는 뒤에 달고 다녔는데(옛날에 그랬다는 말이지 현대에도 그렇다는 말은 아니다.) 전문용어로는 그들을 그럴싸하게 '낙오병'이라고 불렀다. 이러한 자들에 대해 어느 군대도 어느 나라도 책임이 없다. 그들은 이탈리아 말을 하면서 독일군을 따라다니고, 프랑스 말을 하면서 영국군을 따라다닌다. 페르바크 후작이 엉터리 피카르디 말에 속아서 프랑스 사람인 줄로만 알고 있다가, 체레솔레에서 승전하던 날 밤 바로 그 전장에서 암살당하고 약탈당한 것도 그러한 몹쓸 놈들 중 하나인 프랑스 말을 하는 한 스페인 낙오병에 의해서였다. 밭 도둑질에서 무뢰한이 태어난다. "적한테서 군량을 얻으라."라는 가증스러운 격언이 그러한 문둥병을 생겨나게 하는데, 그것을 고칠 수 있는 것은 오직 엄격한 규율뿐이다. 세상에는 명실상부하지 않은 고명한 인사들도 있는데, 어떤 장군들은 사실 위대한 것은 틀림없겠으나 왜 그렇게도 인망이 높았는지 사람들이 언제나 알 수는 없다. 튀렌은 약탈을 묵인했기 때문에 병사들에게 숭배를 받았다. 악행을 허용하는 것은 친절의 일부인데, 튀렌은 팔라티나의 땅을 불과 피의 바다로 만들게 내버려 둘 만큼 호인이었다. 군대 뒤를 따르는 약탈자가 많고 적음은 부대장이 더 엄격하느냐 덜 엄격하느냐에 따라 좌우되는 것을 사람들은 보았다. 오슈와 마르소 같은 장군에게는 낙오병이 전혀 없었다. 웰링턴에게는 조금밖에 없었는데, 나는 그가 옳다고 기꺼이 인정한다.

그렇지만 6월 18일에서 19일 사이의 밤에 전사자들은 약탈을 당했다. 웰링턴은 준엄했다. 누구든 현행범으로 잡히면 총살하라는 명령이 내려졌다. 그럼에도 불구하고 약탈은 끈덕지게 벌어졌다. 도둑놈들은 전장 한쪽에서는 총살을 당하고, 또 한쪽에서는 여전히 약탈을 감행하고 있었다.

달빛이 그 들판에 처량하게 비치고 있었다.

한밤중에 한 사나이가 오앵의 움푹 팬 길 쪽에서 얼쩡거리고 있었다. 아니, 오히려 기어 다니고 있었다고 하는 편이 옳다. 그것은 아무리 보아도 아까 우리가 특징을 말한 낙오병의 하나인데, 영국 사람도 아니요, 프랑스 사람도 아니요, 농부도 아니요, 병사도 아니요, 인간이라기보다는 송장 파먹는 귀신으로, 송장 냄새를 맡고 와서는 도둑질도 승리로 알고서 워털루를 약탈하려는 모양이었다. 그는 외투 비슷한 작업복을 입고, 불안하고도 대담한 얼굴을 하고, 앞으로 나아갔다 돌아보았다 하고 있었다. 이 사나이는 무엇이었을까? 아마도 그에 관해서는 밤이 낮보다 더 잘 알고 있으리라. 그는 배낭은 가지고 있지 않았으나, 분명히 윗도리 아래 커다란 호주머니가 달려 있었을 것이다. 때때로 그는 걸음을 멈추어 누가 보고 있지나 않나 살펴보는 듯 주변 들판을 둘러보고, 얼른 몸을 구부려 땅바닥에서 말없이 움직이지 않는 무엇인가를 뒤적거리고 나서는 다시 일어서서 자취를 감추곤 하였다. 살금살금 걷는 그의 걸음걸이며, 그의 행동거지며, 날쌔고도 신기한 손짓 등은 노르망디의 고대 전설에 나오는 알뢰르라고 하는, 폐허에서 산다는 저 황혼의 귀신을 방불케 했다.

어떤 야행성 물새들은 늪에서 그런 모습을 한다.

만약에 그날 밤 안개 속을 유심히 들여다본 사람이 있었다면, 니벨로 가는 도로와 몽생장에서 브렌랄뢰에 이르는 길이 만나는 모퉁이에 있는 낡은 오막살이 뒤에 타르를 칠한 고리버들로 지붕을 씌운 일종의 자그마한 종군 상인의 수레가 마치 숨어 있듯 멈춰 서 있고, 거기에 재갈이 물린 채 쐐기풀을 뜯어 먹고 있는 굶주리고 여윈 말 한 마리가 매여 있고, 그 수레 안에 여자로 보이는 한 사람이 짐짝과 보퉁이 위에 앉아 있는 것을 조금 떨어진 곳에서 볼 수 있었으리라. 아마 이 수레와 그 배회자 사이에는 관계가 있었을 것이다.

맑은 밤이었다. 중천에는 구름 한 점 없었다. 땅이야 붉은 피로 물들었건 말건 아랑곳없다는 듯 달빛은 여전히 새하얗다. 그것이 바로 하늘의 무관심이다. 풀밭에서는 산탄에 부러진 나뭇가지들이 껍질만 매달린 채 밤바람에 고요히 건들거리고 있었다. 숨결 같은 미풍이 가시덤불을 흔들고 있었다. 풀은 영혼들이 떠나가듯 파르르 떨리고 있었다.

멀리 영국군 야영지에서 정찰병들과 순찰병들이 왔다 갔다 하는 소리가 어렴풋이 들리고 있었다.

우고몽과 라 에생트는 계속 불타면서, 하나는 서쪽에서, 또 하나는 동쪽에서 두 개의 커다란 불꽃을 피워 올리고 있었는데, 지평선 언덕 위에 넓게 반원으로 늘어선 영국군 야영지의 불빛들이 그 사이를 끄나풀처럼 연결하여, 양쪽 끝에 붉은 석

류석을 단 루비 목걸이가 펼쳐져 있는 듯했다.

나는 이미 오앵으로 가는 움푹 팬 길에서의 재변을 이야기했다. 그렇게도 많은 용사들에게 그 죽음이 어떠했을까, 그것을 생각하면 가슴이 떨린다.

만약에 뭔가 무시무시한 것이 있다면, 만약에 꿈보다도 더한 현실이 있다면, 그것은 이런 것이다. 즉 살아 있고, 태양을 보고, 씩씩한 힘이 전신에 넘쳐흐르고, 건강하고 즐겁고, 씩씩하게 웃고, 자기 앞에 있는 눈부신 영광을 향해 달려가고, 가슴 속에서 숨 쉬는 허파를 느끼고, 팔딱거리는 심장을 느끼고, 추리하는 이성을 느끼고, 지껄이고, 생각하고, 희망하고, 사랑하고, 어머니가 있고, 아내가 있고, 아이들이 있고, 빛이 있고, 그러다가 별안간 소리를 지를 사이도 없이 순식간에 구렁텅이에 떨어지고, 넘어지고, 데굴데굴 구르고, 짓누르고, 짓눌리고, 밀 이삭을, 꽃을, 잎사귀를, 나뭇가지를 보지만, 아무것도 붙잡지 못하고, 자기의 군도도 소용없고, 자기 아래에 사람들이 있고, 자기 위에 말들이 있는 것을 느끼고, 공연히 버둥거리고, 어둠 속에서 어떤 말의 뒷발에 차여 뼈가 부러지고, 뒤꿈치에 차여 눈알이 튀어나오는 것을 느끼고, 미친 듯이 달려들어 말굽을 물어뜯고, 숨이 막히고, 으르렁거리고, 몸부림치고, 그 밑에 깔려 있고, 그리고 생각한다. 방금까지도 나는 살아 있었는데! 하고.

그런 비통한 재변의 수라장이었던 그곳도 지금은 모든 것이 쥐 죽은 듯 고요했다. 움푹 팬 길의 낭떠러지는 빽빽이 겹치고 쌓인 말들과 기병들로 가득 차 있었다. 무시무시한 뒤얽 힘이었다. 거기에는 더 이상 비탈이 없었다. 송장들이 도로를 들판과 수평이 되게 했고, 마치 보리를 잘 채워 담아 놓은 나무통처럼 언저리에 닿을 듯 말 듯하게 올라와 있었다. 상부는 시체의 산더미요, 하부는 피의 냇물. 1815년 6월 18일 밤, 그 도로는 그러했다. 피는 니벨로 가는 도로까지 흘러내려 그 도로를 막고 있는 바리케이드 앞에서 커다란 웅덩이처럼 넘쳐흐르고 있었는데, 그 장소는 아직도 보여 줄 수 있다. 흉갑 기병들이 무너진 것은, 독자도 기억하다시피, 그 반대 지점인 주나프로 가는 도로 쪽이었다. 시체들이 쌓인 두께는 움푹 팬 길의 깊이에 어울렸다. 길이 평평해진 부분인, 들로르의 사단이 통과했던 가운데 쪽에서는 시체들의 두께도 얇아졌다.

방금 독자에게 보여 준 그 밤의 배회자는 그쪽으로 가고 있었다. 그는 이 거대한 무덤을 뒤지고 있었다. 그는 들여다보고 있었다. 그는 죽은 사람들의 뭔지 알 수 없는 흉측한 조사를 하고 다녔다. 그는 피 속에 발을 담근 채 걸어가고 있었다.

갑자기 그는 걸음을 멈추었다.

그의 앞 몇 걸음 떨어진 곳에, 그 움푹 팬 길에, 죽은 사람들의 무더기가 끝나는 지점에, 그 사람들과 말들의 더미 밑에서 펼쳐진 손 하나가 나와 달빛에 비치고 있었다.

그 손에는 뭔가 반짝거리는 것이 있었는데, 그것은 금반지였다.

사나이는 몸을 구부리고 잠깐 쭈그리고 있었는데, 그가 다시 일어났을 때 그 손에는 더 이상 반지가 없었다.

그는 정확히 말해서 일어나지 않았다. 그는 겁을 먹고 경계하는 태도로, 죽은 사람들 쪽으로 등을 돌리고, 무릎을 꿇고, 지평선을 유심히 살피고, 땅에 짚은 양쪽 집게손가락으로 온 상반신을 받치고, 머리를 움푹 팬 길 위로 내놓고 동정을 살폈다. 자칼의 네 발이 어떤 행동들에는 알맞다.

그런 뒤에 그는 결심을 하고 쑥 일어섰다.

그 순간 그는 움찔했다. 뒤에서 누가 붙잡는 것 같았다.

그는 돌아보았다. 그것은 아까 펼쳐져 있던 그 손인데, 그것이 손가락을 오므리고 그의 외투 자락을 붙잡았던 것이다.

정직한 사람이라면 질겁을 했을 것이다. 이 사나이는 웃기 시작했다.

"이런." 그는 말했다. "이건 시체일 뿐이야. 난 헌병보다는 귀신이 더 좋아."

그러는 동안 손은 힘이 빠져 그를 놓았다. 사람의 노력도 무덤 속에서는 이내 지쳐 버린다.

"아니, 이게 뭐야!" 배회자는 말을 이었다. "아직 살아 있는 거야, 이 시체는? 어디 보자."

그는 다시 몸을 구부려 시체 더미를 헤치고, 방해되는 것을 밀어젖히고, 손을 붙잡고, 팔을 움켜쥐고, 머리를 빼내고, 몸뚱어리를 끄집어내어, 잠시 후에, 숨이 끊어진, 적어도 기절을 한 사람 하나를 움푹 팬 길의 그늘 속으로 끌고 갔다. 그 사람은 흉갑 기병이고, 장교이고, 그것도 상당한 계급의 장교였다. 이 장교의 커다란 금빛 견장 하나가 흉갑 아래에서 나와 있었다. 이 장교는 투구가 없었다. 얼굴은 격렬한 군도의 타격으로 칼자국이 나 있고 거기에는 피밖에 보이지 않았다. 그러나 팔다리는 부러진 것 같지 않았고, 여기서도 요행이라는 말을 쓸 수 있다면, 요행히도 그는 죽은 사람들이 그의 위에서 받쳐졌기 때문에 압살당하는 것을 막아 주었다. 그의 눈은 감겨 있었다.

그는 흉갑 위에 레지옹 도뇌르 은성(銀星) 훈장*을 달고 있었다.

배회자는 그 훈장을 떼어 냈는데, 그것은 그의 외투 아래에 차고 있는 깊은 구렁 같은 주머니 하나 속으로 사라져 버렸다.

그런 뒤에 그는 장교의 조끼 호주머니를 더듬어 거기에 회중시계가 있는 것을 알아내고 그것을 따냈다. 이어서 조끼를 뒤져 거기에서 지갑 하나를 찾아내 그것을 자기 호주머니에 집어넣어 버렸다.

그가 그 죽어 가던 장교에게 거기까지 구원의 손길을 뻗쳐 주었을 때 장교는 눈을 떴다.

"고맙소." 그가 가냘픈 목소리로 말했다.

장교를 다루는 사나이의 거친 동작, 밤의 냉기, 자유롭게 숨쉰 공기가 그를 혼수상태에서 빼내 주었던 것이다.

배회자는 대답하지 않았다. 그는 머리를 들었다. 발소리가 들판에서 들렸는데, 아마 순찰병이 다가오고 있었던 것이리라.

장교는 중얼거렸다. 그의 목소리에는 아직도 단말마의 고통이 있었다.

"어느 쪽이 이겼소?"

---

* 레지옹 도뇌르 훈장에는 다섯 등급이 있는데, 최하 등급인 슈발리에만 은성이고 그 위의 네 등급은 금성이다.

"영국군이오." 배회자는 말했다.

장교는 말을 이었다.

"내 호주머니들 속을 찾아보시오. 지갑과 시계가 있을 거요. 그걸 가지시오."

이미 그렇게 했다.

배회자는 하라는 대로 하는 시늉을 하고는 말했다.

"아무것도 없소."

"누가 훔쳐 간 거요." 장교는 말을 이었다. "거참 섭섭하오. 당신 것이 되었어야 했는데."

순찰병의 발소리가 더욱더 뚜렷해졌다.

"저기 누가 오고 있소." 배회자가 달아나려는 몸짓을 하며 말했다.

장교는 겨우 팔을 들어 그를 붙들었다.

"당신은 내 목숨을 살렸소. 당신은 누구요?"

배회자는 나지막한 목소리로 황급히 대답했다.

"나도 당신처럼 프랑스군이었소. 당신과 헤어져야겠소. 나는 잡히면 총살을 당할 거요. 내가 당신 목숨을 살렸소. 이제 당신이 알아서 하시오."

"당신 계급이 뭐요?"

"상사요."

"이름은 뭐요?"

"테나르디에요."

"그 이름을 잊지 않겠소." 장교는 말했다. "그리고 당신도 내 이름을 기억해 두시오. 내 이름은 퐁메르시요."

2
군함 오리옹

1. 24601호, 9430호가 되다

장 발장은 다시 체포되었다.

그 애통한 자초지종을 여기에 장황스럽게 이야기하지 않는 것을 도리어 독자는 좋아하리라. 나는 그 놀라운 사건들이 몽트뢰유쉬르메르에서 일어난 지 몇 달 후에 당시의 신문에 났던 두 개의 짤막한 기사를 여기에 베껴 써 놓는 것으로 만족한다.

이 기사들은 조금 간략하다. 다 알다시피 이 시대에는 아직 《법정 일보》가 없었다.

첫 번째 것은 《백기(白旗)》의 기사인데, 1823년 7월 25일 자다.

> 파드칼레 군은 최근에 범상치 않은 한 사건의 현장이 되었다. 마들렌 씨라는 다른 도의 한 사나이가 제안한 새로운 제조

법 덕택으로 수년 전부터 이 지방의 전통 공업인 흑옥과 검은 유리 세공품 제조업은 부흥하였다. 그는 그것으로 치부했고, 또 솔직히 말해서 이 군도 부유하게 만들었다. 그의 업적에 대한 감사의 표시로 그는 시장에 임명되었다. 그런데 경찰은 이 마들렌 씨라는 자가 장 발장이라는 사나이로, 1796년에 절도죄로 유죄 선고를 받은 전과자고 감시 위반자임을 발견했다. 장 발장은 다시 투옥되었다. 체포되기 전에 그는 라피트 은행에 예금해 두었던 50만 이상의 금액을 인출하는 데 성공한 것 같다. 그런데 이 돈은 그가 자기 사업을 통해 매우 합법적으로 벌었다고 한다. 장 발장이 툴롱 형무소에 돌아온 이후 그 돈을 어디다 감추었는지는 아무도 알 수 없었다.

두 번째 기사는 조금 더 상세한데, 같은 날짜의 《파리 일보》에서 발췌한 것이다.

장 발장이라는 석방된 한 전과자가 바르의 중죄 재판소에 출두했는데, 그 사정은 사람들의 주의를 끌 만하다. 이 악한은 교묘히 경찰의 눈을 피할 수 있었고, 이름을 바꾸고 북부 한 소도시의 시장에 임명되는 데 성공했다. 그는 그 도시에서 꽤 중요한 상업을 운영했다. 경찰의 지칠 줄 모르는 열성 덕분에 그는 드디어 정체가 드러나 체포되었다. 그는 매춘부 하나를 첩으로 삼고 있었는데, 이 여자는 그가 체포되었을 때 쇼크로 죽었다. 이 죄인은 비상한 힘의 소유자여서 탈주할 수 있었으나, 경찰은 그의 탈주 후 사나흘 만에 바로 파리에서, 그가 마침 수도에서 몽페르메유 마을(센에우아즈 도)로 가는 작은 마차 하나를 잡아 타는 순간 그를 다시 포박했다. 그는 그 사나흘간의 자유를 틈타서 프랑스 주요 은행 중 하나에 예금해 두었던 막대한 금액을 회수했다고 한다. 그 액수는 60만 내지 70만 프랑으로 추측된다. 기소문에 의하면 그는 그 돈을 자기 외에는 아무도 모르는 장소에 파묻었을 것이라고 하는데, 아무도 그것을 찾아낼 수 없었다. 그야 어쨌든 간에, 이 장 발장이라는 자는 약 팔 년 전에 대로에서 한 어린이를 공갈하여 돈을 훔쳤다는 죄명으로 최근 바르 도의 중죄 재판에 회부되었는데, 그 어린이는 페르네의 장로*가 그 불후의 시에서 아래와 같이 말한 것처럼 저 정직한 소년들 중 하나다.

…… 사부아에서 해마다 와서
그 손으로 가볍게 닦는다,
그을음으로 막힌 저 기다란 통들을.

이 도둑은 자기 변호를 하지 않았다. 검사의 능변에 의하여 이 도둑질에는 공범이 있었다는 것과 장 발장은 남부 지방의 어느 비적단의 일원이었다는 것이 확증되었다. 그 결과 장 발장은 유죄 판결이 내려져 사형 선고를 받았다. 죄인은 항소하기를 거부했다. 국왕은 무한한 관용을 베푸시어 그것을 무기징역으로 감형하셨다. 장 발장은 즉시 툴롱 형무소로 이송되었다.

---

* 노년 시절의 볼테르를 말한다.

장 발장이 몽트뢰유쉬르메르에서 종교적 관례를 제대로 따랐다는 것을 사람들은 잊지 않았다. 어떤 신문들은, 그중에서도 특히 《콩스티튀시오넬》은 감형을 가리켜 신부파(神父派)의 승리라고 하였다.

장 발장은 형무소에서 죄수 번호가 바뀌었다. 그는 9430호라고 불렸다.

그런데 후제 다시 이 얘기를 꺼내지 않기 위해 이 자리에서 말해 두겠는데, 몽트뢰유쉬르메르의 번영은 마들렌 씨와 함께 소멸했고, 고뇌와 주저의 그날 밤에 그가 예견했던 것은 모두 실현되었다. 그가 없어지자 사실 '넋이 없어진' 거나 진배없었다. 그가 추락한 후 몽트뢰유쉬르메르에서는 위대한 인물들이 몰락한 후에 일어나는 저 이기적인 분열이, 인간의 공동체에서 날마다 암암리에 이루어지는 저 번창한 것들의 숙명적인 해체가 발생했는데 이런 일은 역사상 단 한 번밖에 볼 수 없었다. 왜냐하면 이런 일은 알렉산드로스 대왕의 사후에 일어났으니까. 대장들이 스스로 왕관을 쓴다. 직공장들이 하루아침에 제조업자가 되었다. 시기심 많은 경쟁이 나타났다. 마들렌 씨의 널따란 공장들은 닫혔고, 건물들은 폐허가 되었고, 직공들은 뿔뿔이 흩어졌다. 어떤 사람들은 그 고장을 떠났고, 또 어떤 사람들은 그 직업을 떠났다. 이후 모든 것은 커지는 대신 쪼그라졌고, 선을 일삼는 대신 이득을 일삼게 되었다. 더 이상 중심이 없었고, 도처에서 경쟁이, 그리고 악착같은 증오심이 기승을 부렸다. 마들렌 씨는 모든 것을 지배하고 이끌었다. 그가 쓰러지자, 저마다 제 잇속만 챙겼다. 단체정신은 투쟁 정신으로 변했고, 친화는 냉혹으로 변했고, 만인을 위한 창설자의 호의는 상호간의 증오심으로 변했다. 마들렌 씨가 맺어 놓은 유대는 헝클어지고 끊어졌다. 사람들은 제조법을 속이고, 제품의 질을 저하시키고, 신뢰를 무너뜨렸다. 판로는 좁아지고, 주문은 줄어들었다. 임금은 떨어지고, 공장은 파업하고, 파산이 도래했다. 게다가 가난한 사람들에게는 더 이상 아무것도 없었다. 모든 것이 사라져 버렸다.

국가마저도 어디선가 누군가가 없어졌다는 것을 깨달았다. 중죄 재판소가 마들렌 씨와 장 발장이 동일인임에 틀림없다는 것을 확인하여 형무소를 살찌우고 나서 채 사 년도 되기 전에 몽트뢰유쉬르메르 군에서는 징세 비용이 배가했고, 빌렐* 씨는 1827년 2월에 의회에서 그 점을 지적했다.

2. 두 줄의 도깨비의 시를 읽을 수 있는 곳

더 앞으로 나아가기 전에, 같은 무렵에 몽페르메유에서 일어난 해괴한 사실 하나를 좀 자세히 이야기하는 것이 적절하겠는데, 이 사실은 검찰 당국의 어떤 추측과 일치하지 않은 건 아닐 것이다.

몽페르메유 지방에는 매우 오래된 미신 하나가 있는데, 파

* 빌렐(Comte de Villèles, 1773~1854). 프랑스의 정치가. 왕정복고 시대의 과격 왕당파의 수장.

리 근처에 민간 미신이 있는 것은 시베리아에 알로에가 있는 것과 같으므로 그것은 더욱 신기하고 더욱 소중하다. 나는 희귀 식물과 같은 상태에 있는 것은 무엇이고 다 존중하는 사람이다. 그런데 몽페르메유의 미신은 이렇다. 태곳적부터 도깨비는 보물을 감추기 위해 숲을 골랐다고 사람들은 믿고 있다. 아낙네들은 장담하기를, 해가 질 무렵 호젓한 숲 속에서 시커먼 사람 하나를 만나는 것은 드문 일이 아닌데, 이 사나이는 수레꾼이나 나무꾼 같은 얼굴을 하고 있고, 나막신을 신고 있고, 삼베 저고리와 바지를 입고 있으며, 모자나 두건 대신에 머리에 두 개의 커다란 뿔이 돋쳐 있는 것으로 알아볼 수 있다고 한다. 아닌 게 아니라 그런 것이 있다면 곧잘 알아볼 수 있을 것이다. 이 사나이는 보통 구멍 하나를 파느라고 바쁘다. 이러한 만남에 대처하는 방법은 세 가지가 있다. 첫째 방법은 그 사람에게 다가가서 말을 하는 것이다. 그러면 이 사나이가 순전히 한 농부라는 것을 알아차린다. 그가 시커멓게 보이는 것은 황혼이기 때문이고, 그는 조금도 구멍을 파는 게 아니라 쇠꼴을 베고 있는 것이며, 뿔로 여겼던 것은 등에 지고 있는 쇠스랑 외에 다른 것이 아닌데 그 끝 부분이 황혼의 어둠 때문에 머리에 돋친 것처럼 보였던 것이다. 그를 보고 집에 돌아가는 사람은 일주일 안에 죽는다. 둘째 방법은 그를 지켜보면서, 그가 구멍을 파고, 그가 그것을 다시 덮고 가 버릴 때까지 기다렸다가, 잽싸게 구덩이로 달려가서 그것을 다시 열고 그 시커먼 사나이가 반드시 거기에 놓고 갔을 '보물'을 꺼내 가는 것이다. 이런 경우에는 그 사람은 한 달 안에 죽는다. 끝으로 셋째 방법은 그 시커먼 사나이에게 전혀 말도 하지 않고, 그를 전혀 보지도 않고, 오금아 날 살려라 하고 도망치는 것이다. 그 사람은 일 년 안에 죽는다.

이 세 가지 방법은 제각기 불리한 점이 있는데, 둘째 것은 어쨌든 어떤 이득을 주기 때문에, 그중에서도 특히 비록 한 달 간만이라 할지라도 하나의 보물을 손에 넣는다는 이득이 있기 때문에, 가장 일반적으로 선택되는 방법이다. 그래서 어떠한 행운에도 유혹을 받는 대담한 남자들은, 사람들이 단언하는 바로는, 꽤 자주 이 시커먼 사나이가 판 구멍을 다시 열고 도깨비의 보물을 훔쳐 보려고 했다고 한다. 이러한 작업은 보잘것없는 것 같다. 어쨌든 전설을 믿는다면, 그리고 특히 트리퐁이라는 약간 요술쟁이인 노르망디의 나쁜 수도사가 이 문제에 관해 서투른 라틴어로 남겨 놓은 수수께끼 같은 두 줄의 시구를 믿는다면 그렇다. 트리퐁은 루앙 근처의 생조르주드보셰르빌 수도원에 매장되어 있는데, 그의 무덤 위에서 두꺼비들이 태어난다고 한다.

그런데 그러기 위해서 사람들은 엄청난 노력을 해야 한다. 그 구덩이들은 보통 대단히 깊어서, 사람들은 땀을 흘리고, 뒤지고, 밤새도록 일을 하고, 왜냐하면 이 일은 밤에 해야 하니까, 셔츠를 땀에 적시고, 촛불을 태우고, 곡괭이를 망가뜨린다. 그리하여 마침내 구덩이 밑바닥까지 파 들어가서 그 '보물'에 손을 댔을 때 무엇을 발견하는가? 도깨비의 보물이란 무엇인가? 그것은 한 닢의 동전, 때로는 한 닢의 은전, 돌멩이, 해골바가지, 피를 흘리는 송장, 때로는 지갑 속에 든 한 장의 종이처럼 넷으로 접힌 도깨비, 때로는 아무것도 아니다. 그것은 트리퐁의 시가 호기심 많은 경박한 사람들에게 알려 주는 것과 같다.

> 땅을 파고 감춘다, 어둠침침한 구덩이 속에,
> 동전을, 은전을, 돌멩이를, 송장을, 유령을, 또는 무(無)를.

오늘날에는 거기에서 어떤 때는 탄알과 함께 화약통을, 또 어떤 때는 분명히 도깨비들이 사용했을 손때 묻은 거무튀튀한 한 벌의 낡은 카드를 발견한다. 트리퐁은 이 마지막 두 가지 물건을 전혀 기록하지 않았는데, 그것은 트리퐁이 12세기에 살았고, 도깨비가 로저 베이컨 이전에 화약을 발명하고 샤를 6세 이전에 카드를 발명하는 재주를 가지고 있었던 것 같지 않기 때문이다.

게다가 만약에 그런 카드로 노름을 한다면 소유한 것을 몽땅 잃을 것이 확실하다. 또한 통 속에 있는 화약으로 말하자면, 그 화약은 그대의 총을 얼굴에서 터지게 하는 특성을 가지고 있다.

그런데 전과자 장 발장이 탈주한 며칠 동안 몽페르메유 부근을 얼쩡거렸던 것 같다고 검찰은 생각했는데, 그 후 얼마 안 있어 불라트뤼엘이라는 어떤 늙은 도로 수리공이 숲 속에서 '수상한 행동'을 하고 있는 것이 바로 그 마을 사람들의 눈에 띄었다. 이 불라트뤼엘이라는 자는 전에 감옥살이를 한 사람이라고 그 지방에서는 믿고 있었는데, 그는 경찰의 감시를 받고 있었고, 아무 데서도 일거리를 구하지 못하고 있었기 때문에, 관공서에서는 그를 낮은 보수로 가니에서 라니에 이르는 샛길의 수리공으로 고용하고 있었다.

이 불라트뤼엘이라는 자는 그 고장 사람들에게 멸시를 받고 있었는데, 그는 지나치게 공손하고 겸손하여 누구한테나 얼른 모자를 벗고 인사를 했고, 헌병들 앞에서는 벌벌 떨며 아양을 부렸다. 그가 십중팔구 비적단에 가입해 있을 것이라는 소문도 있었고, 해 질 무렵에는 덤불 뒤에 숨어서 지나가는 사람을 노린다고 사람들은 의심하고 있었다. 하지만 그는 주정뱅이라는 것밖에 아무것도 없었다.

사람들의 눈에 띈 사실은 다음과 같다.

얼마 전부터 불라트뤼엘은 길에 자갈을 깔고 손질하는 일을 매우 일찍 마무리하고, 곡괭이를 들고서 숲 속으로 가곤 했다. 저녁 무렵, 인기척 하나 없는 숲 속 빈터나 이를 데 없이 황량한 덤불 속에서 무엇인가를 찾고 있는 것 같고, 때로는 구멍을 파고 있는 그를 사람들은 만났다. 지나가던 아낙네들은 처음에 그를 베엘제붑*이라고 착각했으나, 나중에야 불라트뤼엘임을 알아보았지만, 더 안심이 되지는 않았다. 불라트뤼엘은 그렇게 사람을 만나면 몹시 거북해하는 것 같았다. 분명히 그는 사람들의 눈에 띄는 것을 피하려 했고, 그의 행동에는 뭔가 비밀이 있었다.

사람들은 마을에서 이렇게 말했다. "틀림없이 도깨비가 나

---

* 신약성서에 나오는 악귀의 두목.

타난 거야. 불라트뤼엘은 그걸 보고 찾고 있는 거야. 요컨대 그치는 마왕이 숨겨 놓은 돈도 움켜잡을 놈이거든." 볼테르주의자들은 이렇게 덧붙였다. "불라트뤼엘이 도깨비를 잡거나 도깨비가 불라트뤼엘을 잡거나 둘 중의 하나다." 늙은 여자들은 많은 성호를 그었다.

그러던 중 불라트뤼엘은 숲 속의 그 일을 그만두고 다시 도로 수리공의 일을 정상적으로 하기 시작했다. 그러자 사람들은 다른 이야기를 했다.

그러나 어떤 사람들은 여전히 호기심을 품고서, 아마도 거기에는 전설 속 황당무계한 보물이 아니라 도깨비의 화폐보다 더 진실하고 더 실제적인 횡재가 있어서, 아마 도로 수리공이 그 비밀을 절반쯤 알아차렸을 것이라고 생각했다. 그중에서도 가장 '호기심에 끌린' 사람들은 초등학교 선생과 싸구려 식당 주인 테나르디에였는데, 이 사람은 아무하고도 어울리는 사람이어서 불라트뤼엘과 관계를 맺는 것도 전혀 개의치 않았다.

"그자는 감옥살이를 하지 않았던가?" 테나르디에는 말했다. "그러니 어떤 놈이 거기에 있는지, 또 어떤 놈이 거기에 있을지 알 게 뭐야!"

어느 날 저녁 초등학교 선생이 말하기를, 옛날 같으면 사직 당국에서 불라트뤼엘이 숲에 가서 무얼 하는지 조사했을 터이니 그 녀석도 뭐라고 말을 해야 했을 것이고, 필요에 따라서는 고문을 했을지도 모르니 이를테면 물 먹이는 고문이라도 했다면 불라트뤼엘인들 자백하지 않고는 못 배겼으리라고 했다.

“그놈에게 술을 한번 먹여 보자.” 테나르디에는 말했다.

그들은 온갖 수단을 동원하여 그 늙은 도로 수리공에게 술을 먹였다. 불라트뤼엘은 술을 엄청나게 마셨으나 별로 지껄이지 않았다. 그는 술고래의 갈증과 판사의 신중을 솜씨 좋게 훌륭한 비율로 배합했다. 그러나 묻고 또 묻고 한 끝에 그의 입에서 새어 나온 몇 마디의 애매한 말을 한데 잇대어 맞추어 본 결과, 테나르디에와 학교 선생은 다음과 같은 사실을 알아냈다고 생각했다.

불라트뤼엘은 어느 날 아침 동틀 녘에 일하러 나가다가 숲 속 한쪽 구석 덤불 밑에 삽과 곡괭이가 “마치 감추어 놓은 것처럼” 놓여 있는 것을 보고 놀랐던 것 같다. 그렇지만 그는 그것을 십중팔구 물 긷는 시푸르 영감의 삽과 곡괭이려니 생각하고 더 이상 마음에 두지 않았던 것 같다. 그러나 그날 저녁에 그는 커다란 나무 뒤에 숨어서 상대방에게는 들키지 않고 “전혀 이 고장 사람이 아닌, 본인 불라트뤼엘이 잘 알고 있는 한 녀석”이 도로에서 숲의 가장 칙칙한 쪽으로 들어가는 것을 보았던 것 같다. 테나르디에의 표현으로는 “형무소 동료”라 하였다. 불라트뤼엘은 그 이름을 말하기를 완강히 거절했다. 그 녀석은 보통이 하나를, 큰 상자 또는 작은 돈궤 같은 어떤 네모진 것을 들고 있었다. 불라트뤼엘은 놀랐다. 그렇지만 “그 녀석”의 뒤를 밟아 보려는 생각이 떠오른 것은 칠팔 분이 지나서였다. 그러나 때는 너무 늦었다. 그 녀석은 벌써 칙칙한 숲 속으로 들어가 버렸고, 날이 저물어 불라트뤼엘은 그를 찾아낼 수 없었다. 그러자 그는 숲 언저리를 지켜보기로 마음먹었다. "달이 떠 있었다." 두세 시간 후에야 불라트뤼엘은 그 녀석이 숲에서 다시 나오는 것을 보았는데, 이때는 작은 돈궤 같은 것이 아니라 곡괭이와 삽만 갖고 있었다. 불라트뤼엘은 그 녀석을 지나가게 내버려 두고, 다가가려는 생각은 하지 않았는데, 그 까닭은 그가 자기보다도 세 배나 힘이 장사인 데다가 곡괭이를 들고 있는지라, 그가 자기를 알아보고 아는 사람한테 들켰다는 것을 알게 되면 아마 자기를 찍어 죽이리라고 생각했기 때문이다. 다시 만난 두 옛 동료의 감격적인 감정으로서는 끔찍스럽다. 그러나 그 삽과 곡괭이는 불라트뤼엘에게는 한 줄기의 빛이었다. 그는 아침에 본 덤불로 달려갔지만, 거기에는 더 이상 삽도 곡괭이도 없었다. 그는 그 녀석이 숲 속에 들어가서 곡괭이로 구멍을 파고, 상자를 숨기고, 삽으로 구덩이를 다시 덮어 버린 거라고 결론을 내렸다. 그런데 그 상자는 사람 시체가 들어가기에는 너무 작았다. 그러므로 그 속에는 돈이 들어 있을 것이다. 그래서 그는 찾기 시작한 것이다. 불라트뤼엘은 숲을 모조리 살펴보고 쑤셔 보고 뒤져 보고, 땅이 갓 파인 성싶은 데는 어디고 파 보았다. 그러나 허사였다.

그는 아무것도 "파내지" 못했다. 몽페르메유에서는 아무도 더 이상 그것을 생각하지 않았다. 다만 몇몇 수다스러운 아낙네들만이 이렇게 지껄였다. "가니의 도로 수리공이 아무것도 아닌 걸 가지고 그렇게 야단법석을 떨 리가 있어요? 확실히 도깨비가 온 거예요."

3. 쇠망치의 일격에 부서지도록 꾸며진 족쇄

같은 해(1823년) 10월 말경, 툴롱 주민들은 군함 오리옹호가 폭풍우를 만나 파손된 데를 고치려고 항구로 돌아오는 것을 보았다. 이 오리옹호는 후일 브레스트에서 연습함으로 사용되었으나 당시는 지중해 함대에 소속되어 있었다.

이 군함은 바다가 몹시 험악했기 때문에 막대한 파손을 입었지만, 항구에 들어오는 모습은 실로 장관이었다. 무슨 기를 달고 있었는지는 지금 생각이 나지 않으나, 그 기를 보고 항구에서는 규정대로 열한 방의 예포를 쏘았고, 거기에 대해 군함에서도 일일이 답례의 포를 쏘았기 때문에 도합 스물두 방이 발포되었다. 예포에는 여러 가지 뜻이 포함되어 있다. 군주에 대한 예절, 군대의 의례, 떠들썩한 예의의 교환, 예의범절의 표시, 정박지와 성채의 의식, 매일 모든 요새와 모든 군함에서 맞는 일출과 일몰, 항구의 열고 닫음 등등. 문명사회는 도처에서 스물네 시간마다 쓸데없는 대포를 15만 방이나 쏜다. 한 방에 6프랑이라 한다면, 하루에 90만 프랑이, 한 해에 3억 프랑이 연기로 사라지는 셈이다. 그것도 한 가지 항목만으로 그렇다. 그동안에도 가난한 사람들은 굶어 죽어 가고 있다.

1823년은 복고 왕조가 '스페인 전쟁 시대'라고 불렀던 해다.

이 전쟁은 유일자 속에 수많은 사건들을, 그리고 많은 특이성을 포함하고 있었다. 부르봉 왕가에게는 커다란 가계(家系) 문제, 마드리드 계를 원조하고 보호하는, 다시 말해서 종가임을 나타내 보이는 프랑스 계, 종가의 구실을 다했다는 점, 북방의 여러 나라 정부들에 대한 예속과 복종으로 복잡해졌으나 외관상으로는 프랑스의 국민적 전통으로 되돌아갔다는 점, 자유주의적 신문들에 의해 '안두하르*의 영웅'이라는 별명이 붙은 앙굴렘 공작이 자유주의자들의 비현실적인 공포정치와 싸우고 있던 종교재판소의 아주 실제적인 옛 공포정치를 그의 온화한 모습에 의해 좀 돋보이게 된 의기양양한 태도로 억압했다는 점, 상퀼로트**가 '데스카미사도스'***의 이름 아래 부활하여 귀족 과부들에게 커다란 공포를 주었다는 점, 군주주의가 무정부주의라고 불린 진보에 장애가 되었다는 점, 1789년의 혁명 이론이 깊이 침투해 가다가 느닷없이 중단되었다는 점, 세계 일주를 하고 있던 프랑스 사상에 유럽의 경보가 울렸다는 점, 총사령관인 프랑스 왕자 곁에서, 후에 샤를알베르라고 불린 카리냐노 공이 의용군으로서 척탄병의 붉은 털실 견장을 달고서 국민들을 억압하려는 왕들의 십자군에 가담했다는 점, 제국 시대의 병사들이 다시 전투에 참가했으나, 8년간의 휴식을 취하고 난 후인지라 이미 늙어 시들었고 또 백색 휘장****을 달고 있었다는 점, 삼십 년 전 코블렌츠에서 백기가 휘날렸듯이***** 삼색기가 용감한 한 무리의 프랑스 사람들에 의하

---

* 스페인 안달루시아 지방의 소도시. 앙굴렘 공작은 스페인 원정군 총사령관이었다.

** 과격 공화당파를 가리킨다. 원래 뜻은 '바지 없는 사람들'이다.

*** 가난한 일반 대중을 일컫는 스페인어로, 원래 뜻은 '셔츠 없는 사람들'이다.

**** 왕당파의 표지.

***** 코블렌츠에서는 혁명 당시 왕당파 망명자들이 군대를 조직하고 있었다.

여 외국에서 휘날렸다는 점, 프랑스 군대에 신부들이 섞여 들었다는 점, 총검에 의해 억압된 자유와 새 시대의 정신, 포탄 아래 굴복된 주의(主義), 정신으로 이룩해 놓은 것을 무기로 파괴하는 프랑스, 게다가 매수된 적의 장수들, 주저하는 병사들, 수백만이 포위한 도시들, 기습을 받고 침범당한 모든 갱도 속처럼, 군사적 위험은 전무하나 생존하는 폭발의 가능성, 유혈도 적고, 얻은 명예도 적고, 어떤 자에게 수치는 있었으나 아무에게도 영광은 없었다는 점, 그야말로 이러한 것들이 루이 14세의 후예들인 군주들에 의해 수행되고 나폴레옹 밑에서 배출된 장군들에 의해 지휘된 이 전쟁은 그러했다. 이 전쟁은 저 위대한 전쟁이나 저 위대한 정치의 그림자도 찾아볼 수 없는 슬픈 운명을 지니고 있었다.

몇 개의 무공은 진실했고, 그중에서도 특히 트로카데로 점령은 훌륭한 군사 행동이었으나, 되풀이하여 말하지만, 요컨대 이 전쟁의 나팔은 깨어진 소리밖에 내지 못했고, 전체적으로 신통치 못했으며, 프랑스가 그 사이비 승전을 용납하기 거북했다는 것은 역사가 인정하는 바다. 방어의 임무를 지고 있던 어떤 스페인 장군들은 분명히 너무도 수월하게 굴복해 버린 것 같았고, 매수의 냄새가 이 전승에서 풍겼으며, 승리를 얻었다기보다는 오히려 장수들을 샀다는 느낌을 주었고, 싸움에 이긴 병사들은 굴욕을 머금고 돌아왔다. 군기의 주름 속에서 '프랑스 은행'이라는 글자를 읽을 수 있는 곳에서 사실 전쟁의 빛은 사그라진다.

무시무시하게 무너져 내린 사라고사의 성벽 아래서도 태

연했던 1808년 전쟁의 병사들은 1823년에는 성채들이 쉽게 문을 열어 주자 그 앞에서 눈살을 찌푸렸고, 팔라폭스 장군*을 애석하게 여기기 시작했다. 발레스테로스**보다는 로스토프친***을 가지는 것을 더 좋아하는 것이 프랑스 사람의 기질이다.

또 더 중요한 견지에서, 그리고 그 점에 관해서도 역시 강조해 두는 것이 좋겠는데, 이 전쟁은 프랑스에서 군대 정신을 상하게 했거니와 민주주의 정신도 분개하게 했다. 그것은 예속화의 기도였다. 이 원정에서 민주주의의 아들인 프랑스 병사들의 목적은 타자를 위한 질곡의 획득이었다. 끔찍한 모순이다. 프랑스는 국민들의 정신을 질식시키기 위해서가 아니라 그것을 각성시키기 위해 만들어져 있는 것이다. 1792년 이후, 유럽의 모든 혁명들은 프랑스혁명에 불과하다. 자유는 프랑스로부터 사방으로 비쳐 간다. 그것이야말로 태양의 행위 같은 것이다. 그것을 보지 못하는 자는 소경이다! 그렇게 말한 것은 보나파르트다.

1823년의 전쟁은 관대한 스페인 국민****에 대한 가해였고, 따

---

* 팔라폭스(José de Palafox y Melzi, 1780~1847). 1808년에 사라고사를 지킨 스페인의 용장.

** 발레스테로스(Francisco Ballesteros, 1770~1832). 당시 스페인 정부를 배반한 장군들 중 하나.

*** 로스토프친(Fyodor Rostopchin, 1763~1826). 나폴레옹이 러시아에 쳐들어갔을 때 모스크바를 태워 버린 러시아 장군.

**** 스페인은 페르디난드 7세에 의하여 1820년 이래 입헌정치를 하다가 1823년 앙굴렘 공작의 원정 후 절대왕정이 수립되었다.

라서 동시에 프랑스혁명에 대한 가해였다. 그 끔찍한 폭행을 저지른 것은 프랑스였다. 폭력에 의해서였다. 독립 전쟁을 제외하고는 군대가 하는 일은 모두 폭력을 쓴다. '맹목적 복종'이란 그것을 가리키는 말이다. 군대라는 것은 결합의 신기한 걸작이어서, 무능의 막대한 합계에서 힘이 생겨난다. 인류에 의하여, 인류에 대하여, 인류의 뜻에 반하여 행해지는 전쟁은 그렇게 설명이 된다.

부르봉 왕가 사람들에게 1823년의 전쟁은 불행한 것이었다. 그들은 그것을 성공으로 착각했다. 그들은 병력을 가지고 하나의 사상을 죽이는 데 어떠한 위험이 있는가를 조금도 보지 않았다. 그들은 순진하게도 죄악에 대한 엄청난 둔감을 힘의 요소로서 자기들의 결정에 받아들일 정도로 잘못 생각했다. 간계의 정신이 그들의 정책 속에 들어왔다. 1830년*은 1823년에 싹텄다. 스페인 전쟁은 그들의 평의회에 이어서 힘의 행사와 신수권의 모험을 변호하는 논거가 되었다. 프랑스는 스페인에 '전제군주'를 다시 옹립함으로써 자국에도 능히 전제군주를 다시 옹립할 수 있었다. 그들은 병사들의 복종을 국민의 동의로 생각하는 그 무서운 과오에 빠졌다. 그러한 확신 때문에 왕권을 잃는다. 독나무 그늘에서도, 군대의 그늘에서도 잠을 자서는 안 된다.

다시 군함 오리옹호로 돌아가자.

왕자 총사령관의 지휘하에 있던 군대가 출동하는 동안, 함

---

* 7월 혁명의 해.

대 하나는 지중해를 순항하고 있었다. 조금 전에 말한 바와 같이 이 함대에 속해 있던 오리옹호는 바다에서 일어난 일로 인해 툴롱 항으로 되돌아왔다.

군함 한 척이 항구에 들어와 있으면 뭔지 알 수 없는 것이 군중을 부르고 그 마음을 사로잡는다. 그것은 군함이 웅대하기 때문이고, 군중은 웅대한 것을 좋아하기 때문이다.

군함은 인간의 재주와 자연의 힘의 가장 장엄한 결합의 하나다.

군함은 동시에 가장 무거운 것과 가장 가벼운 것으로 꾸며져 있는데, 그 까닭은 그것이 물질의 세 형태인 고체와 액체와 기체를 동시에 상대하여 그 세 가지 전부와 싸워야만 하기 때문이다. 그것은 바다 밑바닥의 바위를 붙잡기 위해 열한 개의 쇠갈고리를 가지고 있고, 구름 속의 바람을 잡기 위해 날벌레보다도 더 많은 날개와 더듬이를 가지고 있다. 그것의 호흡은 거대한 나팔에서 나오는 것처럼 그 백이십 개의 포문에서 나와서 의기양양하게 뇌성벽력과 호응한다. 대양은 천편일률적인 그 무시무시한 파도 속에 그것을 휩쓸어 넣으려 하나, 그것은 제정신을, 나침반을 가지고 있어서, 그 가리킴을 받아 언제나 북쪽을 안다. 컴컴한 밤에도 그것의 조명등은 별빛을 보조한다. 그렇게 그것은 바람에 대해서는 닻줄과 돛을 가지고 있고, 물에 대해서는 목재를 가지고 있고, 바위에 대해서는 철과 구리와 납을 가지고 있고, 어둠에 대해서는 불빛을 가지고 있고, 광막함에 대해서는 나침을 가지고 있다.

전체적으로 하나의 군함을 구성하고 있는 그 거대한 구조에 관해 대강의 개념을 파악하고 싶다면, 브레스트나 툴롱 같은 항구에 있는 칠 층 높이의 지붕 달린 뱃도랑 하나에 들어가 보기만 하면 될 것이다. 거기에서는 건조 중인 배가, 말하자면 유리그릇 속에 담겨 있는 것처럼 보인다. 거대한 들보, 그것은 활대고, 눈도 미치지 않을 만큼 기다랗게 땅바닥에 누워 있는 퉁퉁한 통나무, 그것은 주 돛대다. 선창 속 밑동에서 구름 속 끝머리까지 그것을 재어 보면, 길이는 60길을 헤아리고, 밑바닥의 직경은 3자나 된다. 영국 배의 주 돛대는 흘수선 위로 217척의 높이에 달한다. 프랑스의 옛날 배는 동아줄을 사용했으나 지금은 쇠사슬을 사용한다. 백 문의 대포를 싣는 배의 쇠사슬을 쌓아 놓기만 해도 4척의 높이에 가로 20척, 세로 8척의 산더미가 된다. 그리고 이러한 배 한 척을 만들어 내는 데 나무가 얼마나 드는가 하면, 실로 3000입방미터에 달한다. 이것은 물위에 떠 있는 숲이다.

그리고 또 이 점을 꼭 주의해 주기 바라는데, 여기에 말하고 있는 것은 단순한 범선인 사십 년 전의 군함이다. 당시 아직 초기 단계에 있었던 증기력은 그 후 군함이라고 불리는 이 경탄할 만한 것에 새로운 기적을 덧붙였다. 오늘날에는, 이를테면 스크루가 달린 절충식 군함은 표면적 3000평방미터의 돛과 2500마력의 기관으로 움직이는 놀라운 기계다.*

이러한 신기하고 새로운 발견에 관해서는 말할 나위도 없거니와, 크리스토퍼 콜럼버스와 라위터르의 옛날 배도 인간

* 이 책이 처음 출판된 것은 1862년이라는 것을 독자는 잊지 마시라.

의 위대한 걸작 중 하나다. 그것은 무한의 숨결이 무진장하듯이 그 힘이 무한하고, 그 돛에는 바람을 품고, 끝없이 펼쳐진 파도 속에서도 방향이 정확하고, 바다 위에 떠서 군림한다.

그렇지만 한 번 그럴 때가 오면 일신광풍이 그 60척 길이의 활대를 지푸라기처럼 부수고, 열풍이 그 400척의 돛대를 골풀처럼 부러뜨리며, 그 만 근 무게의 닻은 어부의 낚시가 꼬치삼치의 아가리 속에서 비틀어지듯 파도의 아가리 속에서 비틀어지고, 그 어마어마한 대포들의 구슬픈 포효도 태풍에 의해 허공과 어둠 속으로 헛되이 휩쓸려 가 버려, 그 모든 위력과 위풍은 더 큰 위력과 위풍 속에 가라앉아 버린다.

막대한 힘이 발휘되다가 마침내 극도의 쇠약으로 끝날 때마다 그것은 사람들을 명상에 잠기게 한다. 그 때문에 항구에는 수많은 구경꾼들이 찾아와 그들도 그 이유를 전혀 모르면서 그 신기한 전쟁과 항해의 기계 주위에 모여든다.

그래서 날마다, 아침부터 저녁까지, 툴롱 항의 해안과 부두와 방파제는 한가한 사람들과, 파리에서 말하는 이른바 건달 같은, 오리옹호를 바라보는 것 외에는 아무런 할 일이 없는 숱한 사람들로 가득 덮여 있었다.

오리옹호는 오래전부터 병든 배였다. 이전 항해 때는 선복에 조개껍질이 몇 겹이나 올라 붙어서 속력이 절반으로 줄어들 정도였기 때문에 전년에 뱃도랑에 넣어서 조가비를 긁어내고 나서 다시 바다에 나갔다. 그러나 그 긁어내기로 인해 선복의 볼트를 죈 상태가 나빠져 있었다. 발레아레스 제도의 바다 위에서는 선복이 상해서 벌어졌고, 당시에는 선체 내부에는 함석을 깔지 않았기 때문에 배에 물이 새 들어오기 시작했다. 그런 데다가 맹렬한 바람이 불어와서 좌현의 이물과 현창 하나가 부서지고 앞 돛대의 동아줄 걸이가 손상되었다. 이러한 파손의 결과 오리옹호는 다시 툴롱 항으로 들어왔던 것이다.

오리옹호는 해군 공창(工廠) 옆에 정박해 있었다. 배는 여전히 의장(艤裝)을 갖춘 채 수리되고 있었다. 선체의 우현은 파손되지 않았으나, 관례에 따라 여기저기 판자가 몇 장씩 뜯겨서 배 안으로 공기가 통하도록 되어 있었다.

어느 날 아침 오리옹호를 바라보던 군중은 사고가 일어나는 것을 보았다.

선원들은 그때 돛을 치고 있었다. 우현 큰 중간 돛의 위쪽 귀퉁이를 붙잡는 일을 맡아보는 선원이 몸의 균형을 잃었다. 그가 비틀거리는 것을 보고 공창의 둑에 모여 있던 군중은 고함을 질렀다. 선원은 머리를 아래로 처박고 활대를 빙 돌아서 바다 쪽으로 두 팔을 뻗치고 떨어지다가, 한 손으로 돛 아래쪽 밧줄을 잡았고, 그런 다음 다른 손도 마저 잡은 채 거기에 매달렸다. 그의 아래에는 눈이 아찔하게 깊은 바다가 입을 벌리고 있었다. 그가 떨어지는 바람에 밧줄은 그네처럼 몹시 흔들렸다. 선원은 그 밧줄 끄트머리에서 마치 돌팔매처럼 흔들거리고 있었다.

그를 구하러 가기 위해서는 무서운 위험을 무릅써야만 했다. 선원들은 모두 새로 징발되어 일하고 있는 바닷가의 어부들이어서, 아무도 감히 그러한 모험을 하지 않았다. 그동안에도 불행한 선원은 지쳐 가고 있었다. 얼굴에 나타난 고통은 멀리서는 보이지 않았으나, 기진맥진해 가는 모습이 팔다리에 역력히 나타났다. 그의 팔은 보기에도 무섭게 늘어졌다. 줄을 타고 올라가려는 그의 노력은 늘어진 밧줄의 흔들림만 증가시킬 뿐이었다. 그는 힘이 빠지는 것이 두려워서 고함도 지르지 못하고 있었다. 사람들은 이제 그가 밧줄을 놓는 순간만을 기다리고 있을 뿐으로, 그가 떨어지는 걸 보지 않으려고 때때로 얼굴을 돌렸다. 한 토막의 밧줄이나 막대기, 나뭇가지, 그것이 곧 생명 그 자체인 때가 있는데, 한 살아 있는 인간이 그런 것에서 익은 과실처럼 떨어지는 것을 보는 것은 무서운 일이다.

그때 별안간 한 사나이가 살쾡이처럼 날쌔게 선구(船具)를 기어 올라가는 것이 보였다. 그 사나이는 붉은 옷을 입고 있었다. 그는 죄수였다. 그는 푸른 모자를 쓰고 있었다. 무기징역수였다. 장루(檣樓) 위에 이르자 한바탕 바람이 불어 그의 모자를 휩쓸어가고 백발이 성성한 머리가 보였다. 그는 젊은이가 아니었다.

배 안에서 형옥의 노역을 치르고 있던 죄수 하나가 사고가 일어나자 이내 당직 사관에게 달려가서, 선원들도 당황하여 주저하고 수부들도 모두 벌벌 떨며 망설이고 있는 동안에 자기 생명을 걸고 그 선원을 구조하러 가게 해 달라고 사관에게 간청했던 것이다. 사관이 고개를 끄덕이자, 그는 자기 발의 족쇄에 달린 쇠사슬을 쇠망치로 단번에 쳐서 부수고는 밧줄 하나를 집어 들고 돛대 줄로 올라갔다. 얼마나 쉽사리 그 족쇄가 부서졌는지는 그 순간 아무도 깨닫지 못했다. 사람들의 머리에 그것이 떠오른 것은 훨씬 뒤에 가서였다.

눈 깜짝할 사이에 그는 활대에 올라가 있었다. 그는 잠시 멈춰 서서 눈으로 그것을 재어 보는 것 같았다. 그사이에도 바람은 밧줄 끄트머리에 매달려 있는 선원을 흔들고 있어 바라보는 사람들에게는 그 순간이 몇백 년이나 되는 것 같았다. 이윽고 죄수는 하늘을 우러러보더니 한 걸음 걸어 나아갔다. 군중은 안도의 숨을 내쉬었다. 그가 활대 위를 달리고 있는 것이 보였다. 끄트머리에 이르자, 그는 가져갔던 밧줄의 한쪽 끝을 거기에 비끄러매고, 또 한쪽 끝은 내려뜨리고는 두 손으로 그 밧줄을 타고 내려가기 시작했는데, 이때 사람들의 불안은 형언할 길 없었으니, 심연 위에 매달려 있는 것이 한 사람이 아니라 두 사람인 것을 사람들은 본 것이다.

그것은 마치 거미가 파리를 잡으러 가는 것과도 같았다. 다만 여기서는 거미가 죽음이 아니라 삶을 가져오고 있었다. 만인의 시선이 그 두 사람한테 집중되었다. 고함 한 번 지르거나 말 한마디 하는 자 없이 모두들 몸을 떨며 이맛살을 찌푸리고 있었다. 모든 입들이 숨을 죽이고서, 마치 그 두 불쌍한 사나이들을 흔들고 있는 바람에 조금의 입김이라도 보탤까 봐 걱정하는 것 같았다.

그러는 동안 죄수는 선원 옆까지 줄을 타고 미끄러져 내려갈 수 있었다. 하마터면, 일 분만 늦었다면 선원은 기진맥진하고 절망하여 심연 속에 몸을 떨어뜨릴 뻔했다. 죄수는 한 손으로 줄에 매달린 채 다른 한 손으로는 선원을 같은 밧줄로 꽁꽁

동여맸다. 마침내 그는 다시 활대로 올라가 선원을 끌어 올렸다. 그는 거기서 선원에게 기운이 돌아오도록 한참 붙잡고 있다가, 두 팔로 안아서 활대 위를 걸어서 장두(檣頭)에 이르렀고, 거기서 다시 장루 안으로 들어가 그를 동료들의 손에 넘겨주었다.

그 순간 군중은 박수갈채했다. 눈물을 흘리는 늙은 간수들도 있었고, 여자들은 바닷가에서 서로 껴안고 있었으며, 모두들 감격에 벅찬 일종의 흥분된 목소리로 "저 사람을 용서해줘라!" 하고 이구동성으로 외치는 소리가 들렸다.

그러는 동안에도 그는 다시 노역에 종사하기 위해 즉시 거기서 내려오기 시작했다. 더 빨리 도착하려고 그는 선구 속으로 미끄러져 내려 아래 활대 위를 달리기 시작했다. 모두의 시선이 그를 따라갔다. 그러던 중 일순간 사람들은 공포에 사로잡혔다. 피곤했는지 또는 정신이 어지러웠는지, 그가 주춤거리고 비틀거리는 것이 보였다. 갑자기 군중은 크게 고함을 질렀다. 죄수가 곧장 바다에 떨어진 것이다.

그 추락은 위험천만했다. 군함 알제지라호가 마침 오리옹호 옆에 정박해 있었는데, 가엾은 죄수는 그 두 군함 사이에 떨어졌던 것이다. 그는 둘 중 한쪽 배 밑으로 쓸려 들어갈 수도 있었다. 네 명의 사나이가 황급히 보트에 뛰어올랐다. 군중은 그들에게 성원을 보냈고, 모든 사람들은 다시금 걱정에 빠졌다. 사나이는 물위에 떠오르지 않았다. 그는 마치 석유통 속에 떨어진 것처럼 물결 하나 일으키지 않고 바닷속으로 사라져 버렸다. 사람들이 물속에 들어가 뒤졌다. 허사였다. 저녁까지 찾았으나 시체조차도 찾을 수 없었다.

이튿날 툴롱의 신문에서 다음과 같은 몇 줄의 기사를 볼 수 있었다.

> 1823년 11월 17일. 어제 오리옹호에서 노역에 종사하던 한 죄수가 선원 한 명을 구조하고 돌아오다가 바다에 떨어져 익사했다. 시체는 발견되지 않았다. 시체는 해군 공창의 돌출부 말뚝들 아래로 들어간 것으로 추측된다. 그 사나이의 수감 번호는 9430호이고 이름은 장 발장이다.

3
고인과 한 약속의 이행

1. 몽페르메유의 식수 문제

몽페르메유는 리브리와 셸 사이에 위치하고, 우르크와 마른을 가르는 높은 고원의 남단에 있다. 오늘날에는 꽤 큰 마을로, 일 년 내내 석고로 된 별장들로 장식되어 있고, 일요일에는 화려한 시민들로 장식되어 있다. 1823년의 몽페르메유에는 그렇게 많은 흰 집도, 그렇게 만족한 시민도 없었다. 그것은 숲속의 한 마을에 불과했다. 거기에는 여기저기에 18세기의 별장이 몇 채 있었는데, 그 웅대한 외관과 배배 꼬인 철제 난간이 달린 발코니, 닫힌 하얀 겉창 위에 온갖 다양한 초록빛을 드러내고 있는 그 기다란 창들로 그것을 알아볼 수 있었다. 그래도 역시 몽페르메유는 하나의 마을에 지나지 않았다. 은퇴한 모직물 상인들이나 별장 생활을 하는 사람들도 아직 이 마을을 발견하지 못했다. 그곳은 조용하고 매혹적인 곳으로 시시한 도로변에 있지 않았다. 거기서는 풍족하고 편안한 시골 생활을 값싸게 보낼 수 있었다. 다만 고원이 높았기 때문에 물이 귀했다.

물을 긷기 위해서는 꽤 멀리까지 가야만 했다. 가니 쪽에 있는 마을 끝에서는 숲 속에 있는 화려한 연못들에서 물을 길었고, 성당 주위의, 셸 쪽에 있는 다른 끝에서는 셸로 가는 도로 옆, 몽페르메유에서 십오 분쯤 걸리는 산 중턱에 있는 작은 샘에서밖에는 마실 물을 찾을 수 없었다.

그러므로 어느 가정에서나 물을 구하는 것은 꽤 힘든 일이었다. 큰 집들이며 귀족, 테나르디에의 싸구려 음식점은 그 일부를 이루고 있었는데, 한 통에 1리아르*씩 주고 물을 사 먹었다. 한 노인이 물 긷는 일을 직업으로 삼고 있었는데, 그는 몽페르메유에 물을 길어 주고 하루에 8수가량의 벌이를 하고 있었다. 하지만 이 노인은 여름에는 저녁 7시까지, 겨울에는 5시까지밖에 일하지 않았기 때문에, 일단 밤이 되면, 일단 집들의 겉창이 닫히면, 마실 물이 떨어진 집에서는 자기들이 물을 길으러 가거나 그렇지 않으면 물 없이 지내야 했다.

독자가 아마 잊지 않았을 그 가련한 계집아이 코제트가 두려워한 것이 바로 그 점이었다. 다들 기억하겠지만, 코제트는 두 가지 방식으로 테나르디에 부부에게 유용했다. 그들은 그 어머니한테서는 돈을 짜내고 있었고 그 어린아이는 부려 먹

* 1수의 4분의 1.

고 있었다. 그러므로 어머니가 돈을 지불하는 것을 완전히 끊었을 때에도, 독자는 그 이유를 앞에서 이미 읽었는데, 테나르디에 부부는 코제트를 붙잡아 두었다. 그 애는 그들에게 식모 노릇을 하고 있었다. 그런 식모의 자격으로, 물이 필요할 때 물을 길으러 가는 것은 그 애였다. 그러므로 그 아이는, 밤에 샘까지 가야 한다는 생각만 해도 지긋지긋하게 무서웠기 때문에, 결코 집에 물이 떨어지지 않도록 몹시 마음을 썼다.

1823년 크리스마스는 몽페르메유에서는 특히 호화로웠다. 초겨울이지만 날씨가 따스하여 아직 얼지도 않았고 눈도 오지 않았다. 파리에서 온 곡예사들이 면장의 허가를 얻어 마을 큰길에 판잣집을 세우고, 행상들도 역시 허가를 얻어 성당 앞 광장에서 블랑제의 골목길에 이르기까지 노점을 차려 놓았는데, 아마 독자도 기억하겠지만, 이 블랑제의 골목길에 테나르디에의 싸구려 음식점이 있었다. 여관들이나 술집들은 벅신거렸고, 이 조용한 시골은 흥성거렸다. 나는 충실한 역사가로서 이런 말까지도 해야겠는데, 광장에 진열된 구경거리들 중에는 동물원이 있었는데, 거기서는 어디서 굴러 왔는지 알 수 없는 남루하고 험상궂은 광대들이 1823년에 몽페르메유의 시골 사람들에게 저 무시무시한 브라질 독수리들을 구경시켜 주고 있었다. 그것은 1845년까지는 왕실 박물관에도 없었던 것으로서, 눈이 삼색 휘장과 같은 색이었다. 내 생각에 박물학자들은 이 새를 카라카라 폴리보루스라고 부르는데, 그것은 아피키데스 목(目) 독수리 과(科)에 속하는 새다. 마을의 은퇴한 몇몇 착한 보나파르트 파의 늙은 병사들은 경건한 마음으로 이 짐승을 보러 갔다. 그 삼색 휘장은 자기들의 동물원을 위해 천주님이 일부러 만들어 주신 것으로, 세상에 둘도 없는 현상이라고 광대들은 지껄이고 있었다.

바로 이 크리스마스 날 저녁에 테나르디에의 여관 아랫방에서는 여러 사람들이, 수레꾼들과 행상들이 네댓 개의 촛불을 둘러싸고 식탁에 앉아서 술을 마시고 있었다. 이 방은 여느 술집의 방들과 유사해, 식탁과 주석 주전자와 술병이 있고, 술을 마시고 담배를 피우는 사람들이 있고, 어둠침침하고 떠들썩했다. 그렇지만 1823년이라는 해에는 당시 시민계급에서 유행했던 두 가지 물건이 식탁에 있었으니, 그것은 곧 만화경과 나뭇결무늬의 함석 남포였다. 테나르디에의 아내는 활활 타오르는 불 앞에서 구워지는 저녁거리를 지켜보고 있었고, 남편은 손님들과 술을 마시면서 정치를 논하고 있었다.

스페인 전쟁과 앙굴렘 공작을 중심 화제로 한 정치 얘기 외에도 시끌벅적 떠들어 대는 소리 속에는 다음과 같은 순전히 지방적인 여담들도 들렸다.

"낭테르와 쉬렌 쪽에선 포도주가 많이 났대. 열 통 정도를 기대했던 데서 열두 통이나 났다니까. 압착기에서 즙이 많이 나온 거야." "하지만 포도가 아직 안 익었을 거 아니야?" "그 고장에서는 다 익었을 때 거두어들이면 안 돼. 다 익어서 거두어들이면 봄만 되어도 포도주가 곧 텁텁해지거든." "그럼 그건 아주 싸구려 포도주인가 보지?" "그야 이곳에서 나는 것보다는 싸구려지. 포도는 푸른 때에 거두어들여야 해." 등등.

또 밀가루 장수는 이렇게 외쳤다.

"부대 속에 있는 것에 우리가 책임이 있나? 그 속에는 자잘한 씨앗들이 수두룩한데, 우리는 그것들을 일일이 가려내는 데 헛되이 시간을 보낼 수 없기 때문에 그대로 맷돌에 쏟아 넣지 않으면 안 돼. 거긴 독보리, 깜부기, 선옹초, 잠두, 삼씨, 가브롤, 독새풀, 그리고 다른 수많은 잡동사니들이 포함돼 있지. 어떤 밀 속에, 특히 브르타뉴의 밀 속에 잔뜩 든 돌은 말할 것도 없어. 난 브르타뉴 밀을 찧는 건 질색이야. 목수들이 못이 박힌 서까래를 톱질하는 걸 싫어하는 거나 마찬가지야. 그런 것으로 만들었으니 얼마나 나쁜 밀가루일지 생각 좀 해 봐. 그런데도 밀가루를 원망하니, 원. 탓하는 사람이 잘못이야. 밀가루는 우리 잘못이 아니야."

창과 창의 중간쯤에서는 풀 베는 일꾼 하나가 지주와 함께 식탁에 앉아 봄에 하게 될 목장 일의 품삯 이야기를 하고 있었는데, 대충 이런 내용이었다.

"풀이 젖어서 나쁠 건 하나도 없습죠. 도리어 더 잘 베어지지요. 이슬은 좋습니다, 영감님. 그까짓 거야 아무래도 상관없습니다만, 그 풀은, 댁의 풀은 말씀입니다, 너무 어려서 아직 베기 힘듭니다. 너무 야들야들하면 낫 밑에서 휘어져서 곤란해요." 등등.

코제트는 여느 때와 마찬가지로 벽난로 옆에 있는 부엌 식탁의 다리 가로장 위에 걸터앉아 있었다. 그 애는 다 떨어진 옷을 입고 있었고, 맨발에 나막신을 신고 있었으며, 벽난로의 불빛에 의지해 테나르디에의 딸들이 신을 털양말을 짜고 있었다. 아주 어린 고양이 한 마리가 의자 밑에서 놀고 있었다.

옆방에서는 두 아이의 상냥한 웃음소리가 들렸는데, 그것은 에포닌과 아젤마였다.

벽난로 한구석에는 가죽 채찍 하나가 못에 걸려 있었다.

이따금 집 안 어디에선가 매우 어린 아이의 울음소리가 술집의 소음을 뚫고 들려왔다. 그것은 지난 어느 해 겨울에 테나르디에의 아내가 낳은 사내아이였다. "어찌 된 영문인지 모르겠어. 추워서 아기가 생긴 모양이야." 아이는 세 살 남짓 되었다. 어머니는 그 애를 길렀으나 사랑하지는 않았다. 어린애가 악착스럽게 울어 대는 소리가 너무 귀찮아지면 테나르디에는 말했다. "당신 아들 놈이 빽빽거리고 있어. 왜 그러는지 좀 가 봐." 어머니는 대답했다. "제기랄! 귀찮아 죽겠어요." 그래서 버림받은 아이는 어둠 속에서 계속 소리를 질렀다.

2. 완결된 두 인물 묘사

독자는 이 책에서 아직 테나르디에 부부의 옆모습밖에 보지 못했는데, 이제 이 부부의 주위를 돌면서 그들을 모든 면에서 바라볼 때가 왔다.

테나르디에는 겨우 오십 고개를 넘었고, 테나르디에의 아내는 사십 줄에 접어들고 있었는데, 여자 나이 마흔이라면 남자의 쉰에 해당한다. 그래서 아내와 남편의 나이는 어울리는 셈이었다.

키가 크고, 금발이고, 얼굴이 불그레하고, 뚱뚱하고, 살찌고, 얼굴이 네모지고, 덩치가 크고, 동작이 날쌘 이 테나르디에의 아내를 독자는 아마 그녀가 처음 등장했을 때부터 기억하고 있었으리라. 앞서 말한 바와 같이, 그녀는 장바닥을 거드럭거리고 다니는 저 절구통 같은 시골뜨기 족속에 속했다. 그녀는 집에서 모든 일을 하고 있었다. 침대, 방, 빨래, 부엌일, 비가 오건 볕이 나건 무엇이고 다. 그녀에게 식모는 코제트 하나밖에 없었다. 한 마리의 코끼리를 시중드는 한 마리의 생쥐. 그녀가 한 번 소리치면 모든 것이 벌벌 떨었다. 유리창도, 가구도, 그리고 사람들도. 주근깨가 다닥다닥한 그녀의 커다란 얼굴은 거품 뜨는 국자 같았다. 그녀의 얼굴엔 수염이 나 있었다. 그녀는 계집애 옷을 걸치고 있는 시장 일꾼의 이상형이었다. 그녀는 욕설을 기막히게 잘했고, 호두를 주먹으로 단번에 깨뜨린다고 자랑하기도 했다. 소설을 읽었기 때문에, 사람 잡아먹는 귀신 같은 꼬락서니를 하고 있다가도 이따금 멋쟁이 여자 같은 모습이 희한하게도 드러나는 수가 있기도 했는데, 그런 것이 없었던들 아무도 그녀가 여자라고는 생각하지 않았으리라. 테나르디에의 아내는 매춘부를 불상년한테 접붙여서 만들어진 위인이라고나 하면 알맞을 것이다. 그녀가 이야기하는 걸 들으면 '헌병'이 아닌가 싶어지고, 술을 마시는 걸 보면 '수레꾼'이 아닌가 싶어지고, 코제트를 부려 먹는 걸 보면 '냉혈 동물'이 아닌가 싶어진다. 그녀가 쉬고 있을 때에는 이 하나가 입에서 드러나 보였다.

남편 테나르디에는 키가 작고, 수척하고, 창백하고, 광대뼈가 불거지고, 앙상하고, 빼빼 마르고, 병약해 보였으나 실은 굉장히 튼튼한 사나이였는데, 그의 협잡은 맨 먼저 그러한 체질에서부터 시작되었다. 그는 언제나 조심성 있게 웃음을 띠고 있었고, 누구에게나 공손했다. 거지에게조차 단 한 푼도 안 주면서 공손했다. 눈초리는 족제비 같았고 얼굴은 문인 같았다. 그는 들리유 신부*가 그린 인물과 비슷한 데가 많았다. 그는 곧잘 수레꾼들과 어울려 술을 마시며 뽐냈다. 아무도 그를 결코 취하게 하지 못했다. 그는 커다란 파이프로 담배를 피웠다. 그는 겉에 작업복을 입고 그 안에는 헌 검은 옷을 입었다. 그는 문학 애호가이자 유물론자라고 자칭했다. 그는 어떤 것이고 자기가 하는 말을 뒷받침하기 위해 흔히 꺼내는 이름들이 있었다. 그것은 볼테르, 레날**, 파르니***, 그리고 이상한 일이지만 성 아우구스티누스였다. 그는 '하나의 철학'을 가지고 있다고 단언했다. 게다가 대단한 사기꾼이었다. 사기꾼 철학자였다. 사기꾼과 철학자 사이에는 미묘한 차이가 존재한다. 독자는 기억하겠지만, 그는 군대에 복무했다고 주장했다. 그가 자랑삼아 하는 말에 의하면, 그는 워털루에서 경기병 6연대 혹은 9연대의 상사였는데, '죽음의 신'의 경기병 1개 중대에 단신으로 맞서서, 빗발치는 산탄 속에서 '중상을 입은 한 장군'을 자기 몸으로 가려 살려 냈다고 한다. 벽에 걸린 번쩍거리는 간판과 그의 여관에 대해 그 지방에서 부르는 '워털루의 상

* 들리유(Jacques Delille, 1738~1813). 프랑스의 시인. 노름을 하고 있는 사나이를 그리는 데 능했다고 한다.

** 레날(Guillaume-Thomas Reynal, 1713~1796). 프랑스의 역사가 겸 철학자.

*** 파르니(Evariste de Parny, 1753~1814). 프랑스의 시인.

사 술집'이라는 이름은 거기서 유래했다는 것이다. 그는 자유주의자고, 고전파고, 보나파르트 파였다. 그는 샹 다질*에 보내기 위해 돈을 내고 있었다. 마을 사람들은 그가 신부가 되기 위해 공부를 했다고 말했다.

그는 단지 네덜란드에서 여관 경영자가 되기 위한 공부를 했을 뿐이라고 나는 생각한다. 이 혼합형 부랑배는 아마도 플랑드르에서는 리유 태생의 플랑드르 사람이 되고, 파리에서는 프랑스 사람이 되고, 브뤼셀에서는 벨기에 사람이 되는 등 편리하게 두 개의 국경에 걸터앉아 있었던 것 같다. 워털루에서의 그의 무용(武勇)은 독자도 알고 있다. 독자도 알다시피 그는 그것을 약간 과장했다. 유랑, 방황, 모험, 이것이 그의 일생의 골갱이였다. 양심의 파탄은 생활의 지리멸렬함을 초래한다. 1815년 6월 18일의 그 난리 때에, 아마도 테나르디에는 앞서도 말한 바와 같이 전장을 얼쩡거리면서, 이 사람들에게는 팔고 저 사람들에게선 훔치고, 남자, 여자, 어린애 할 것 없이 한 가족 한 타령이 되어 어떤 건들거리는 이륜 포장 짐마차에 몸을 싣고, 본능적으로 늘 승리군 측에 붙어서 진격하는 군대의 뒤를 따라다니는 농작물 도둑이자 무허가 상인의 변종이었을 것이다. 그렇게 활동을 하고 나서 그는 제 말마따나 '한밑천' 장만해서 몽페르메유에 와서 싸구려 음식점을 열었던 것이다.

그 밑천이라는 것은 송장들이 뿌려진 밭고랑에서 추수할 때

---

* 당시 프랑스에서 추방당하거나 망명한 사람들이 미국에 세운 식민지.

거둬들인 지갑과 회중시계, 금반지와 은성 훈장으로 이루어졌는데, 그다지 대단한 액수는 못 되어서, 그것만으로는 싸구려 식당 주인이 된 이 종군 상인이 썩 오래 살아갈 수 없었다.

테나르디에의 거동에는 뭔지 알 수 없는 직선적인 것이 있어서, 욕설을 할 때면 군인인가 싶어지고, 성호를 그을 때면 신학생인가 싶어진다. 그는 능변가였다. 그는 자신을 학자인가 싶어지게 했다. 그렇지만 초등학교 선생은 그가 '연음(連音)'을 잘못하는 것을 알고 있었다. 그는 손님들에게 주는 계산서를 훌륭하게 작성했지만, 숙련된 눈으로 보면 이따금 철자법의 잘못이 발견되었다. 테나르디에는 엉큼하고, 욕심쟁이고, 게으르고, 영리하였다. 그는 식모들을 하시하지 않았다. 그래서 그의 아내는 식모를 두지 않았다. 이 절구통 같은 여자는 질투심이 강했다. 그녀에게는 이 누르퉁퉁한 작은 말라깽이를 누구나 다 욕심낼 것만 같았다.

테나르디에는 무엇보다 교활하고 안정적인 사나이로, 온건한 종류의 악당이었다. 이러한 족속이 가장 악질이다. 위선이 거기에 섞여 있으니까.

그렇다고 해서 테나르디에가 어떤 경우에 적어도 아내만큼 골을 내지 않았다는 건 아니다. 하지만 그런 일은 매우 드물었는데, 그러한 경우에 그는 인류 전체를 증오했으므로, 자기 속에 깊은 원한의 도가니를 가지고 있었으므로, 그는 끊임없이 복수하고, 자기들 앞을 지나가는 모든 것이 자기들 위에 떨어졌다고 비난하고, 일생의 실망과 파탄과 비운의 전부를 정당한 불평처럼 항상 아무에게나 던지려 하는 그런 자들에 속했으므로, 그 모든 감정이 가슴속에 북받쳐 오르고 입과 눈 속에 끓어오르고 있었으므로, 그는 무시무시한 사람이었다. 그럴 때 그의 격분을 당하는 사람은 불행할진저!

그 밖에 그의 다른 모든 자질은 차치하고라도, 테나르디에는 조심성 많고, 통찰력 깊고, 때로는 과묵하고, 때로는 수다스럽고, 그리고 언제나 대단히 총명했다. 그는 망원경을 들여다보기에 익숙해진 뱃사람 같은 눈초리를 가지고 있었다. 테나르디에는 정략가였다.

이 싸구려 식당에 처음 들어오는 사람은 누구나 테나르디에의 아내를 보고 "저 여자가 이 집 주인이군." 하고 말했다. 그것은 잘못이었다. 그녀는 안주인조차도 아니었다. 주인과 안주인, 그것은 남편이었다. 아내는 행동했고 남편은 창조했다. 그는 눈에 보이지 않는 계속적인 일종의 자석 같은 작용으로 모든 것을 이끌어 가고 있었다. 말 한마디면 충분했다. 때로는 손짓 하나면 충분했다. 그러면 코끼리 같은 여편네는 순순히 복종했다. 테나르디에의 아내는 왜 그런지 그 까닭은 잘 알 수 없었으나, 남편 테나르디에가 아내 테나르디에에게는 일종의 최고 권한을 가진 특별한 존재로 여겨졌다. 그녀는 그녀 나름의 덕성을 가지고 있었으므로, 무슨 사소한 일로 '테나르디에 주인 양반'과 의견이 맞지 않는 경우가 있더라도(물론 그런 일은 있을 수 없는 일이겠지만), 가령 그렇다고 가정하더라도, 그녀는 무슨 일이든 간에 결코 사람들 앞에서 남편을 탓하지 않았을 것이다. 여자들이 저지르기 예사고 법정 용어로 "남편의 위엄을 더럽힌다."라고 하는 그런 잘못을 결코 그녀는 '남들 앞에서' 범하지 않았으리라. 그들 부부의 합의에서는 그 결과로 악밖에 나오지 않았지만, 테나르디에의 아내가 남편에게 복종하는 데는 심사숙고가 있었다. 꽥꽥거리는 소리와 살덩어리로 되어 있는 이 산 같은 여자는 이 가냘픈 전제군주의 새끼손가락 아래에서 움직였다. 그것은, 그의 왜소하고 기괴한 면에서 보아, 저 보편적인 위대한 사실, 즉 정신에 대한 물질의 숭배였다. 왜냐하면 어떤 추악한 것도 영원한 아름다움의 깊은 곳에서는 존재 이유가 있는 것이니까. 테나르디에에게는 알 수 없는 것이 있었다. 이 남자가 그 여자에게 절대적인 힘을 가지고 있는 이유가 거기에 있었다. 어떤 때 그녀는 그를 타고 있는 촛불처럼 보았고, 또 다른 때 그녀는 그를 맹수의 발톱처럼 느꼈다.

이 여자는 제 아이들밖에 사랑하지 않고, 제 남편밖에 무서워하지 않는 끔찍스러운 동물이었다. 그녀는 포유동물이기 때문에 어미가 되었다. 게다가 그녀의 모성애는 제 딸들에게만 그치고, 나중에 말하겠지만, 사내아이들에게까지는 미치지 못했다. 그는, 남자는 단 하나의 생각밖에 없었다. 즉 부자가 되는 것.

그는 그것에 성공하지 못했다. 그 위대한 재능에 어울릴 만한 무대가 없었던 것이다. 테나르디에는 몽페르메유에서 파산하는 중이었다. 파산이라는 말이 무에서도 가능하다면 말이지만. 스위스나 피레네 지방에서였다면 이 무일푼의 사나이도 백만장자가 되었을 것이다. 그러나 여관 주인의 신세이니 자기 분수대로 살아가야 한다.

'여관 주인'이라는 말은 여기서 제한적인 의미로 사용한 것이고, 그 전체에 대해 한 말은 아니다.

이 1823년에 테나르디에는 독촉이 심한 1500프랑가량의 부채가 있어서 그것 때문에 가슴을 졸이고 있었다.

아무리 그가 끈질기게 운명의 푸대접을 받고 있었다 할지라도 테나르디에는 가장 잘, 가장 투철하게, 그리고 가장 현대적으로 한 가지 사실을 이해하고 있는 사람의 하나였는데, 그것은 미개인에게는 미덕이고, 문명인에게는 하나의 상품인 흔연대접(欣然待接)이다. 게다가 그는 훌륭한 밀렵자고 명포수로 이름나 있었다. 그의 웃음은 쌀쌀하고 조용한 데가 있었는데, 그게 특히 위험한 것이었다.

여관업자로서의 그의 이론은 때때로 번갯불처럼 그의 입에서 터져 나왔다. 그는 자신의 직업적인 금언을 아내의 머릿속에 쑤셔 넣곤 했다. 어느 날 그는 열렬하게 그러나 나지막한 목소리로 그녀에게 말했다. "여관 하는 사람이 해야 할 일은 아무든 찾아온 사람에게 음식과 휴식, 등불, 난롯불, 더러운 담요, 식모, 매춘부, 미소를 팔아먹는 일이다. 지나가는 사람들을 붙잡아서 작은 지갑이라면 탈탈 털어 버리게 하고, 두툼한 지갑이라면 적당히 거뜬하게 만들어 주고, 여행 중인 가족들이라면 정중히 재워 주고, 사내는 거나하게 해 주고, 계집은 재물을 우려내고, 어린애는 껍질을 벗겨 내야 하고, 창 하나 열고 닫는 데도 값을 치고, 벽난로 구석, 안락의자, 보통 의자, 교의(交椅), 걸상, 깃털 침대, 매트, 짚 다발 할 것 없이 무엇에고 일정한 값을 쳐서 받아야 하고, 거울에 비친 그림자라도 그것이 얼마나 거울을 닮게 하는가를 알아서 그 값을 매겨야 하고, 그 밖의 아무리 하찮은 것이라도 손님에게 모든 것에, 손님의 개가 먹는 파리들에까지 돈을 내게 해야 한다!"

이 사내와 계집은 교활함과 억척스러움이 결혼한, 참으로 끔찍스럽고 무서운 한 쌍이었다.

남편이 두루 생각하고 일을 짜고 하는 동안, 테나르디에의 아내는 눈앞에 없는 빚쟁이들은 생각지 않고, 어제 일도 내일 일도 걱정하지 않고, 오직 순간순간만 열심히 살아가고 있었다.

그 두 인간은 이러했다. 코제트는 그들 사이에서, 동시에 맷돌에 갈리고 집게에 찢기는 인간처럼 그들로부터 이중의 압박을 받고 있었다. 이 부부는 제각기 다른 방식을 가지고 있었다. 코제트는 아내로부터는 몰매를 맞았고, 남편 때문에 겨울에 맨발로 걸어 다녔다.

코제트는 계단을 오르내리고, 빨래를 하고, 솔질을 하고, 쓸고, 닦고, 달음박질치고, 지쳐 빠져서 걸어 다니고, 헐레벌떡거리고, 무거운 짐을 나르고, 연약한 몸으로 허드렛일을 했다. 인정이라고는 손톱만큼도 없었다. 사나운 안주인에 악독한 바깥주인. 테나르디에의 싸구려 식당은 코제트가 걸려서 떨고 있는 거미줄 같았다. 압박의 이상은 이 흉악한 가정에 의해 실현되어 있었다. 그것은 거미들의 시중을 드는 파리 같은 것이었다.

이 가엾은 아이는 꾹 참고 말없이 있었다.

그녀가 아직 어리디어린 몸으로, 온통 벌거벗은 채, 새벽부터 이렇게 어른들 사이에 놓여 있을 때, 하느님을 갓 떠나온 그녀의 마음속에서는 무슨 일이 일어나고 있었을까?

3. 사람에게는 술이 필요하고 말에게는 물이 필요하다

새로 네 명의 나그네가 와 있었다.

코제트는 슬픈 생각을 하고 있었다. 그녀는 여덟 살밖에 안 되었지만, 벌써 어찌나 큰 고생을 겪었는지 노파 같은 비통한 얼굴을 하고 몽상에 잠겨 있었다.

그녀의 눈두덩은 테나르디에의 아내에게 쥐어박혔기 때문에 시커멓게 멍이 들어 있었다. 그래서 테나르디에의 아내는 때때로 이렇게 말했다.

"눈에 멍이 있어서 참 보기 흉하구나."

그런데 코제트는 이런 생각을 하고 있었다. 날이 어두워졌는데, 캄캄한 밤이 되었는데, 불시에 온 손님들의 방에 있는 주전자와 물병에 즉각 물을 채워 넣어야 할 텐데, 물독에 물이 떨어졌으니 어떡하나.

그녀가 좀 안심되는 것은 테나르디에의 집에서는 사람들이 물을 많이 마시지 않는다는 것이었다. 그곳에 목마른 사람들이 없었던 것은 아니나, 그 갈증은 물병보다는 더 흔히 술 주전자를 찾는 성질의 것이었다. 포도주 잔을 들고 있는 사람들 가운데서 한 잔의 물을 달라고 하는 자는 그 자리에 있는 모든 사람들에게 야만인처럼 보였으리라. 그렇지만 한순간 코제트는 몸을 떨었다. 테나르디에의 아내가 벽난로 아궁이에서 끓고 있는 냄비 뚜껑을 열어 보고 나서, 컵 하나를 집어 들고는 후다닥 물독 있는 데로 갔기 때문이다. 그녀는 꼭지를 틀었고, 어린아이는 고개를 들고 그녀의 행동거지를 지켜보았다. 가느다란 물줄기가 꼭지에서 졸졸 흘러내려 컵을 반쯤 채웠다. "이런, 벌써 물이 떨어졌네!" 하고 그녀는 말했다. 그러고는 잠시 말이 없었다. 어린아이는 숨도 못 쉬었다.

"흥! 이만하면 넉넉하겠지." 테나르디에의 아내가 반쯤 물이 찬 컵을 살피면서 말을 이었다.

코제트는 하던 일을 다시 시작했으나, 십오 분도 넘게 심장이 커다란 뭉텅이처럼 가슴속에서 뛰는 것을 느꼈다.

어린아이는 그렇게 흘러가는 시간을 헤아리면서 빨리 내일 아침이 되었으면 좋겠다 생각했다.

술꾼 하나가 때때로 거리를 보며 크게 소리쳤다.

"가마솥 속처럼 새카맣다!" 또는 "이런 때는 고양이가 아니고서는 등불 없이 밖에 나다니지 못하겠다!" 그런 소리를 들을 때마다 코제트는 바르르 떨었다.

갑자기 여관에 숙박하는 행상 하나가 들어오며 거친 목소리로 말했다.

"내 말에게는 물을 안 주었군요."

"아니에요, 주었어요, 정말." 테나르디에의 아내가 말했다.

"글쎄, 안 주었다니까요, 아주머니." 상인이 말을 이었다.

코제트는 식탁 아래에서 나왔다.

"아니에요! 주었어요, 아저씨!" 코제트는 말했다. "말은 물을 먹었어요. 한 통 가득 먹었는걸요. 바로 제가 물을 가져다

주었고, 말에게 말도 했는걸요."

그것은 참말이 아니었다. 코제트는 거짓말을 하고 있었다.

"요것 봐라, 주먹만 한 놈이 집채처럼 큰 거짓말을 하네." 상인은 외쳤다. "말은 물을 안 먹었단 말이다, 요놈의 계집애야! 내 말이 물을 안 먹었을 적에는 콧김을 뿜는 버릇이 있는 걸 나는 잘 알고 있단 말이다."

코제트는 끝끝내 버티면서, 고통스러운 나머지 목이 쉬어서 들릴락 말락 한 목소리로 이렇게 덧붙였다.

"참 잘 먹었는데 그러세요!"

"뭐라고!" 상인은 골이 나서 말했다. "그럴 리가 있나! 내 말에게 물을 줘야 해. 어서 갖다 줘!"

코제트는 다시 식탁 아래로 들어갔다.

"암, 옳은 말씀이에요." 테나르디에의 아내가 말했다. "말이 물을 안 먹었으면 먹여야지요."

그러고는 주위를 둘러보았다.

"아니, 이놈의 계집애 대체 어딜 갔지?"

그녀는 몸을 구부리고서 식탁 저쪽 끝에서, 술 마시는 사람들 발아래에서 거의 웅크리다시피 하고 있는 코제트를 발견했다.

"이리 나오지 못해?" 테나르디에의 아내는 외쳤다.

코제트는 숨어 있던 그 구멍 같은 데서 나왔다. 테나르디에의 아내는 말을 이었다.

"아니, 이놈의 계집애야, 말에게 물을 갖다 주란 말이다."

"하지만 아주머니." 코제트는 가냘픈 목소리로 말했다. "물이 없는걸요."

테나르디에의 아내는 거리 쪽으로 난 문을 활짝 열어젖혔다.

"그럼 가서 길어 와!"

코제트는 고개를 수그리고 벽난로 구석으로 가서 거기에 있는 빈 물통을 집어 들었다.

그 물통은 그녀보다도 더 커서, 어린아이가 그 속에 들어가 편안하게 앉아 있을 수도 있었을 것이다.

테나르디에의 아내는 다시 벽난로 아궁이로 돌아가 냄비 속에 있는 것을 나무 숟가락으로 떠서 맛보면서 중얼거렸다.

"물은 샘에 가면 있지. 저렇게 심술궂은 년은 처음 봤네. 아니, 이 양파는 안 넣었더라면 더 좋았을걸 그랬네."

그러고는 서랍 속을 뒤졌는데, 거기에는 돈과 후춧가루와 마늘이 있었다.

"옛다, 이년아." 그녀는 덧붙였다. "돌아오는 길에 빵집에 들러서 커다란 빵 하나만 사 가지고 오너라. 이건 15수짜리 동전이다."

코제트의 앞치마 옆에는 작은 호주머니 하나가 달려 있었는데, 그녀는 아무 말없이 그 동전을 받아서 그 호주머니에 넣었다.

그런 뒤 물통을 손에 들고 문을 열어 놓은 채 그 앞에 가만히 서 있었다. 그녀는 누군가 자기를 도와주러 오기를 기다리는 것 같았다.

"어서 가지 못해!" 테나르디에의 아내는 외쳤다.

코제트는 나갔다. 문이 다시 닫혔다.

4. 인형의 등장

노점들의 줄이 성당에서 시작돼 테나르디에의 여관까지 펼쳐져 있었다는 것을 독자는 기억하고 있으리라. 이 가게들은 머지않아 시민들이 자정 미사에 나가기 위해 그 앞을 지나가기 때문에 종이로 만든 깔때기 속에 켜 놓은 촛불로 환히 밝혀져 있었는데, 그때 테나르디에의 여관 식탁에 앉아 있던 몽페르메유 초등학교의 선생 말마따나, 그것은 마치 '선경(仙境) 같은 인상'을 주었다. 반대로 하늘에는 별 하나 보이지 않았다.

이 가건물들 중 맨 끝 집은 바로 테나르디에의 집 문 맞은편에 세워져 있었는데, 싸구려 금속 제품과 유리 장식품과 아름다운 함석 제품으로 번쩍거리는 장난감 가게였다. 상인은 첫째 줄에 흰 수건들을 바닥에 깔고 높이가 2자가량이나 되는 커다란 인형 하나를 앞에 내세워 놓았다. 인형은 장밋빛 비단옷을 입었고, 머리는 금발이었는데, 그것은 진짜 머리털이었으며, 눈은 에나멜로 되어 있었다. 거기를 지나가는 열 살 이하의 어린아이들은 온종일 진열되어 있는 이 진귀한 것에 넋을 잃었는데, 몽페르메유에는 그만한 것을 어린애에게 사 줄 만큼 돈이 많거나 돈을 헤프게 쓰는 어머니가 없었다. 에포닌과 아젤마는 그것을 들여다보느라고 몇 시간을 보냈었고, 코제트 자신도 사실은 감히 그것을 살짝 바라보았었다.

물통을 손에 들고 밖으로 나갔을 때 코제트는 아무리 침울하고 아무리 고달플지라도 그 희한한 인형을 향해, 그녀가 '마님'이라고 부르던 것 쪽으로 눈을 들지 않을 수 없었다. 이 가련한 아이는 화석처럼 되어 그 자리에 서 버렸다. 그 인형을 아직 가까이서 보지 못했던 것이다. 그 가게 전체가 그녀에게는 궁전 같았다. 그 인형은 인형이 아니라 환영이었다. 그것은 기쁨, 화려함, 부귀, 행복이었고, 그런 것들이 춥고 슬픈 빈궁 속에 그렇게도 깊이 잠겨 있던 이 불행한 어린아이에게 일종의 꿈결 같은 찬연한 빛 속에 나타나 있었던 것이다. 코제트는 어린아이의 그 순진하고 서글픈 예민함을 가지고서 자기와 그 인형을 갈라놓고 있는 심연을 재어 보았다. 여왕이나, 그렇지 않으면 적어도 공주가 아니고서는 저런 '것'을 가질 수 없으리라 싶었다. 그녀는 그 아름다운 장밋빛 드레스와 그 윤나는 머리털을 바라보며 생각했다. '저 인형은 얼마나 행복할까!' 그녀는 그 환상적인 가게에서 눈을 뗄 수 없었다. 보면 볼수록 그녀는 더 황홀해졌다. 천국을 보는 것만 같았다. 이 큰 인형 뒤에는 다른 인형들이 있었는데, 그것들은 마치 선녀들이나 정령들 같았다. 점포 안쪽에서 왔다 갔다 하는 상인은 조금 하느님 같은 인상을 주었다.

그렇게 홀려 있는 사이에 그녀는 모든 것을 잊고 있었다. 심지어 심부름 나온 일까지도. 갑자기 테나르디에의 아내의 사나운 목소리가 그녀를 현실로 되돌아가게 하였다.

"아니, 저런 천치 같은 년을 봤나. 아직도 안 갔네! 게 있어라, 내가 네게로 갈 테니. 거기서 뭘 하고 있는지 좀 물어봐야겠다! 요년아!"

테나르디에의 아내는 흘끗 거리를 보다가 황홀경에 빠져 있는 코제트가 눈에 띄었던 것이다.

코제트는 물통을 집어 들고 될 수 있는 대로 큰 걸음으로 달아났다.

5. 어린아이 혼자서

테나르디에의 여관은 마을에서 성당에 가까운 쪽에 있었다. 코제트가 물을 길으러 가야 할 곳은 셸 쪽 수풀 속에 있는 샘이었다.

그녀는 더 이상 단 하나의 가게 진열대도 보지 않았다. 그녀가 블랑제의 골목길에서 성당 근처까지 가는 동안에는 조명으로 장식된 가게들이 길을 비춰 주었으나, 머지않아 맨 끝 가게의 마지막 불빛도 보이지 않게 되어 버렸다. 가련한 어린아이는 어둠 속에 있었다. 그녀는 그 속에 빠져 들어갔다. 다만 어떤 무서운 생각에 사로잡혀 있었기 때문에, 그녀는 걸으면서도 물통의 손잡이를 힘껏 잡아 흔들었다. 거기서 나는 소리가 그녀의 길동무 노릇을 해 주고 있었다.

가면 갈수록 어둠은 더 짙어져 갔다. 거리에는 더 이상 아무도 없었다. 아이는 여자 하나를 만났는데, 이 여자는 아이가 지나가는 것을 보고 돌아서서 가만있다가 입속으로 중얼거렸다. "아니, 저 애는 대체 어딜 가는 걸까? 꼭 아기 귀신 같아." 그런 뒤에 그 여자는 그 아이가 코제트라는 것을 알아보았다. "저런." 그녀는 말했다. "종달새구나!"

그렇게 코제트는 셸 쪽으로 몽페르메유 마을 끄트머리의

꼬불꼬불하고 인기척 없는 여러 갈림길 사이를 걸어갔다. 가는 길 양쪽에 집이나 담이라도 있는 동안은 꽤 대담하게 걸어갔다. 때때로 그녀는 겉창 틈으로 촛불이 켜져 있는 것을 보았는데, 그것은 빛이요 생명이었고, 거기에는 사람들이 있었으니, 그것으로 그녀는 안심이 되었다. 그러나 앞으로 나아감에 따라 그녀의 걸음걸이는 저절로 느려졌다. 마지막 집 모퉁이를 지나갈 때 코제트는 걸음을 멈추었다. 마지막 가게 너머로 가는 것도 어려웠는데, 이 마지막 집에서 더 가는 것은 불가능했다. 그녀는 물통을 땅바닥에 내려놓고, 머리털 속에 손을 넣어 천천히 머리를 긁기 시작했는데, 그것은 겁이 나서 어쩔 줄 모르는 어린아이들이 흔히 하는 몸짓이다. 거기는 더 이상 몽페르메유가 아니라 벌판이었다. 어둡고 적막한 공간이 그녀 앞에 있었다. 그녀는 절망적으로 어둠을 바라보았는데, 그 어둠 속에는 더 이상 아무도 없었다. 다만 짐승들이 있었고, 아마 귀신들이 있었으리라. 그녀는 자세히 바라보았는데, 풀 속에서 짐승들이 걸어 다니는 소리가 들렸고, 나무들 사이에서 귀신들이 움직이는 것이 뚜렷이 보였다. 그녀는 다시 물통을 집어 들었다. 무서움이 그녀에게 용기를 주었다. “에이, 모르겠다!” 그녀는 말했다. “물이 없었다고 말하지 뭐!” 그러고는 결연히 몽페르메유로 되돌아갔다.

백 걸음도 채 못 가서 그녀는 다시 걸음을 멈추고 머리를 긁적거리기 시작했다. 지금 그녀 앞에 나타난 것은 테나르디에의 아내였는데, 테나르디에의 아내는 하이에나 같은 무서운 입을 하고 있었고, 두 눈은 분노에 불타고 있었다. 어린아이는 비통한 눈으로 앞뒤를 둘러보았다. 어떡하면 좋을까? 장차 어떻게 될까? 어디로 가야 할까? 앞에는 테나르디에의 아내라는 도깨비가 있었고, 뒤에는 밤과 숲의 모든 유령들이 있었다. 그녀는 테나르디에의 아내 앞에서 뒷걸음질했다. 그녀는 다시 샘 쪽을 향해 달리기 시작했다. 달음박질로 마을에서 나오고, 달음박질로 숲으로 들어갔으며, 더 이상 아무것도 보지 않았고 더 이상 아무것도 듣지 않았다. 그녀는 숨이 끊어졌을 때에야 비로소 달음박질을 멈추었으나 걸음을 중지하지는 않았다. 그녀는 똑바로 갔다. 정신없이.

달리면서 그녀는 울고 싶었다.

밤의 숲의 떨림이 그녀를 송두리째 에워싸고 있었다. 그녀는 더 이상 아무것도 생각하지 않았고, 더 이상 아무것도 보지 않았다. 가없는 어둠이 이 어린것과 마주 대하고 있었다. 한쪽에는 온통 어둠, 다른 쪽에는 한낱 미미한 존재.

숲 언저리에서 샘까지는 칠팔 분 거리밖에 되지 않았다. 코제트는 낮에 썩 자주 와 보았기 때문에 그 길을 잘 알고 있었다. 이상한 일이지만 그녀는 길을 헤매지 않았다. 본능이 일부 남아 있어서 어렴풋이나마 그녀를 인도해 주고 있었다. 그러는 동안 그녀는 나뭇가지와 덤불 속에서 무엇이 보이지나 않을까 두려워서 좌우를 둘러보지 않았다. 그녀는 그렇게 샘에 도달했다.

그것은 황토 바닥에 팬, 깊이가 두어 자 되는 천연적인 좁은 샘이었다. 그 주변에는 이끼가 끼어 있고, 속칭 앙리 4세의 목도리라는 줄무늬 있는 큰 풀이 우거져 있고, 굵직굵직한 돌이 몇 개 깔려 있었다. 한 줄기 시냇물이 조용한 소리를 내며 거기서 졸졸 흘러내리고 있었다.

코제트는 한숨 돌릴 겨를도 없었다. 지척을 분간할 수 없는 어둠이었으나, 그녀는 이 샘에 오는 데 익숙했다. 그녀는 언제나 몸을 의지하기 위해 붙잡는, 샘 위로 구부러진 어린 참나무를 어둠 속에서 왼손으로 더듬어 가지 하나를 찾아서, 거기에 매달린 채 몸을 구부리고 통을 물속에 담갔다. 그녀는 한때 어찌나 격렬했던지 평소의 세 배나 힘이 났다. 그렇게 몸을 구부리고 있는 사이에 앞치마 호주머니 안에 든 것이 샘 속에 떨어진 것을 깨닫지 못했다. 15수짜리 동전이 물속에 빠졌다. 코제트는 그것을 보지도 못했고, 떨어지는 소리를 듣지도 못했다. 그녀는 거의 가득 찬 물통을 끌어 올려 풀 위에 놓았다.

그렇게 하고 나자 완전히 지쳐 버린 것을 깨달았다. 이내 되돌아가려고 했으나, 통에 물을 긷느라 힘이 빠져 버렸기 때문에 한 걸음도 걸을 수 없었다. 할 수 없이 그녀는 풀 위에 쓰러져서 쪼그리고 있었다.

그녀는 눈을 감았다가 다시 눈을 떴는데, 왜 그랬는지는 몰라도 그렇게밖에 할 수 없었다.

그녀의 옆에서는 통 속에서 흔들리는 물이 동그라미를 그려 함석으로 된 뱀처럼 보였다.

그녀의 머리 위에서는 연기 뭉치 같은 커다란 검은 구름이 하늘을 뒤덮고 있었다. 어둠의 비참한 탈이 이 어린아이 위에 아련히 드리워 있는 것 같았다.

목성이 알 수 없는 깊은 곳으로 기울어 가고 있었다.

어린아이는 두려움을 주는 그 이름 모를 커다란 별을 얼빠진 듯한 눈으로 바라보고 있었다. 아닌 게 아니라 그 행성은 그때 지평선 아주 가까이에 와 있었는데, 짙은 안개 때문에 무시무시하게 붉어 보였다. 음산하게도 빨갛게 물든 안개는 그 별을 크게 보이게 만들었다. 그것은 빛을 내는 상처 같았다.

들에서 싸늘한 바람이 불어왔다. 숲은 컴컴하고, 나뭇잎 바스락거리는 소리 하나 들리지 않고, 여름의 그 희번하고 서늘한 빛도 전혀 없었다. 거기에 커다란 나뭇가지들이 무시무시하게 불거져 있었다. 보기 흉하게 말라비틀어진 덤불이 숲 속 빈터에서 삐삐 소리를 내고 있었다. 키 큰 풀떨기들이 삭풍 아래에서 뱀장어처럼 우글거리고 있었다. 가시덩굴은 배배 꼬여서 먹이를 움켜잡으려고 하는 손톱 달린 기다란 팔 같았다. 바싹 마른 히스 줄기가 바람에 날려 휙휙 옆을 지나가고 있었는데, 무엇인가 다가오는 것에 쫓겨 겁이 나서 달아나고 있는 것 같았다. 어느 쪽도 음산한 광경이었다.

어둠은 어지럽다. 사람에게는 빛이 필요하다. 누구라도 낮의 반대쪽으로 들어가는 자는 가슴이 죄어드는 것을 느낀다. 눈이 암흑을 볼 때 정신은 혼란을 본다. 일식(日蝕)에는, 밤에는, 칠흑 같은 어둠 속에서는 가장 강한 자조차도 불안을 느낀다. 밤에 홀로 숲 속을 걸으면서 떨지 않는 사람은 하나도 없다. 어둠과 나무들, 두 개의 무시무시한 두께. 비현실적인 현실이 흐릿한 깊이 속에 나타난다. 상상도 할 수 없는 것이 몇 걸음 앞에 스펙트럼처럼 선명하게 나타난다. 잠든 꽃들의 꿈처럼 뭔지 알 수 없는 막연하고 포착할 수 없는 것이 공간 속에 또는 자기 자신의 머릿속에 떠도는 것이 보인다. 지평선에는 사나운 모습들이 있다. 검고 큰 공허감이 가슴속에 스며든다. 무서워서 뒤를 돌아다보고 싶어진다. 밤의 공동들, 험상궂어진 물건들, 전진함에 따라 스러져 버리는 과묵한 윤곽들, 머리를 풀어헤친 것 같은 새카만 것들, 성난 것 같은 덤불들, 희뭄은 웅덩이들, 음산한 것 속에 비친 구슬픈 것들, 무덤 같은 엄청난 침묵, 있을 수 있는 알 수 없는 생명들, 기울어진 신비로운 나뭇가지들, 무시무시한 나무둥치들, 건들거리는 기다란 풀 줄기들, 사람들은 이 모든 것에 무방비 상태다. 아무리 담대한 자라도 몸을 떨지 않을 사람은 없고, 고통이 다가옴을 느끼지 않을 사람은 없다. 마치 마음이 어둠과 뒤섞이는 것처럼 사람들은 뭔가 끔찍스러운 것을 느낀다. 이러한 암흑의 침투는 어린아이에게는 이루 말할 수 없이 끔찍스러운 일이다.

숲은 묵시록이고, 한 작은 영혼의 날갯짓이 그 숲의 거대한 궁륭 아래서 단말마의 소리를 내고 있었다.

자신이 무엇을 느끼고 있는지는 알 수 없었지만, 코제트는 자연의 그 엄청난 암흑에 사로잡혀 있는 느낌이었다. 그녀를 사로잡고 있는 것은 단지 무서움만이 아니었다. 그것은 뭔가 무서움보다도 더 무시무시한 것이었다. 그녀는 떨고 있었다. 그녀를 가슴 밑바닥까지 얼어붙게 한 그 전율이 얼마나 심상치 않았던가는 이루 다 말할 수 없다. 그녀의 눈은 사나워졌다. 그녀는 아마 이튿날도 같은 시간에 여기에 또 오지 않을 수 없으리라는 느낌이 들었다.

그러자 일종의 본능으로, 그녀가 알 수 없는, 그러나 그녀를 두렵게 하는 그 이상야릇한 상태에서 벗어나기 위해, 그녀는 큰 소리로 하나, 둘, 셋, 넷 하고 열까지 세기 시작했고, 그것이 끝나자 다시 시작했다. 그렇게 하고서야 비로소 그녀는 주위에 있는 것들을 제대로 인식하게 되었다. 그녀는 물을 길을 때 적셨던 손에 추위를 느꼈다. 그녀는 일어났다. 그러자 다시 무서워졌다. 걷잡을 수 없는 자연적인 무서움이었다. 그녀는 이제 단 하나의 생각, 달아나고 싶다는 생각밖에 없었다. 숲을 지나고 들을 건너 인가가 있는 데까지, 창이 있는 데까지, 불켜진 촛불이 있는 데까지, 걸음아 날 살려라 하고 달아나고 싶은 생각뿐이었다. 그녀는 앞에 있는 물통에 눈이 갔다. 그녀는 테나르디에의 아내를 몹시 무서워했기 때문에, 차마 물통을 버리고 달아날 수는 없었다. 그녀는 두 손으로 손잡이를 잡았다. 물통을 들어 올리는 데 힘이 들었다.

그녀는 그렇게 열두어 걸음 걸었으나, 물통에 물이 가득 차 있어 무거웠기 때문에 다시 땅에 내려놓지 않을 수 없었다. 그녀는 잠깐 숨을 돌리고 나서 다시 물통을 들어 올리고 다시 걷기 시작했는데, 이번에는 좀 더 오래 걸었다. 그러나 또 걸음을 멈추어야 했다. 잠시 쉬고 나서 다시 출발했다. 그녀는 앞으로 몸을 구부리고 고개를 수그린 채 늙은이처럼 걸어가고 있었는데, 물통의 무게는 그녀의 여윈 팔을 끌어당겨 뻣뻣하게 만들었고, 쇠 손잡이는 물에 젖은 그녀의 자그마한 손을 끝내 마비시키고 얼려 버렸다. 때때로 그녀는 걸음을 멈추지 않을 수 없었는데, 걸음을 멈출 때마다 통에서 넘쳐흐르는 찬물이 그녀의 맨 다리 위에 떨어졌다. 이러한 일이 숲 속에서, 밤중에, 겨울에, 사람 눈에서 멀리 떨어진 곳에서 일어나고 있었는데, 그녀는 여덟 살짜리 어린아이였다. 이때 이 애처로운 것을 보고 있던 것은 하느님밖에 없었다.

그리고 아마 그녀의 어머니도. 오호, 슬프도다!

세상에는 무덤 속 죽은 사람의 눈도 뜨게 하는 그러한 일들도 있는 것이니까.

그녀는 가슴이 미어질 듯이 헐떡거렸다. 오열이 북받쳐 목이 막혔으나 차마 울지도 못했다. 그토록 그녀는 멀리서도 테나르디에의 아내를 무서워했다. 테나르디에의 아내가 거기에 있다고 늘 생각하는 것이 그녀의 버릇이었다.

그동안 그녀는 그렇게 많은 길을 가지 못했고, 아주 천천히 걷고 있었다. 아무리 쉬는 시간을 줄이고 그 사이사이에 될 수 있는 대로 오래 걸으려고 애써 보아도 허사였다. 이렇게 몽페르메유에 돌아가려면 한 시간도 더 걸릴 것이고 그러면 테나르디에의 아내한테 얻어맞으리라 생각하며 그녀는 가슴 아팠다. 그러한 고통에 밤중에 숲 속에 홀로 있다는 공포심이 섞여 들었다. 그녀는 지칠 대로 지쳤는데도 아직 숲에서 나오지 못했다. 잘 아는 해묵은 밤나무 옆까지 왔을 때, 그녀는 충분히 쉬기 위해 마지막으로 또 한 번 다른 때보다 더 오래 서 있다가, 전신의 힘을 모아 다시 물통을 집어 들고 용기를 내어 다시 걷기 시작했다. 그렇지만 이 절망한 가엾은 어린것은 소리를 지르지 않을 수 없었다.

"오, 하느님! 하느님!"

그 순간, 그녀는 갑자기 물통이 더 이상 전혀 무겁지 않은 것을 느꼈다. 엄청 커 보이는 손 하나가 물통의 손잡이를 잡아 힘차게 들어 올린 것이다. 그녀는 고개를 들었다. 똑바로 선 커다란 검은 형체 하나가 어둠 속에서 그녀와 나란히 걷고 있었다. 그것은 한 사나이였다. 그는 그녀의 뒤에서 온 사나이였으나, 그녀는 그 사람이 오는 소리를 듣지 못했다. 그 사나이는 아무 말 없이 그녀가 들고 있던 물통의 손잡이를 움켜잡았던 것이다.

인생의 모든 만남에는 직감이 있다. 어린아이는 두려워하지 않았다.

6. 불라트뤼엘의 이해력을 보여 주는 것인지도 모르는 것

1823년 크리스마스 바로 그날 오후, 파리 로피탈 가로수 길의 가장 적적한 곳을 한 사나이가 꽤 오랫동안 거닐고 있었다. 이 사나이는 집을 찾고 있는 것 같았는데, 특히 생마르소 문밖의 황폐한 변두리에 있는 가장 수수한 집들 앞에서 발을 멈추는 것 같았다.

아닌 게 아니라 이 사나이가 이 구석진 구역에서 방을 하나 세냈다는 것을 후에 독자는 알게 되리라.

이 사나이는 그 옷차림이나 풍채에서, 상류의 거지라고 부를 수 있는 것의 전형을, 즉 극도의 빈곤과 동시에 극도의 깔끔함을 아울러 갖추고 있었다. 이러한 혼합은 흔히 볼 수 없는 일이어서, 매우 가난한 사람에 대한 존경과 매우 위엄 있는 사람에 대한 존경이라는 이중의 존경심을 지혜로운 사람들의 마음속에 일으켜 줬다. 그는 몹시 낡아 빠졌으나 잘 솔질한 둥근 모자를 쓰고, 투박한 황색 모직으로 된, 올이 드러날 정도로 헐어 빠진 프록코트를 입고 있었는데, 당시 누런 옷은 조금도 이상스러울 게 없었다. 그리고 구식 호주머니가 달린 큼직한 조끼에 무릎께가 회색이 된 검은색 짧은 바지를 입고, 검은색 털양말과 구리 죔쇠가 달린 두꺼운 가죽 구두를 신고 있었다. 마치 망명에서 돌아온 양가의 옛 가정교사 같은 모습이었다. 그의 새하얀 머리털이며, 주름살 많은 이마, 파리한 입술, 인생에 시달리고 지친 빛이 어려 있는 얼굴로 보아 사람들은 예순은 훨씬 넘었을 것으로 추측했으리라. 반면 느릿느릿하면서도 힘찬 걸음걸이며 모든 동작에 드러난 비상한 기운 같은 걸로 보면 쉰도 채 못 되는 것으로 생각했을 것이다. 이마에 보기 좋게 주름살이 잡혀서, 그를 유심히 살펴본 사람에게는 호감을 주었을 것이다. 입술은 팽팽한 가운데 묘한 주름이 잡혀 있어서 엄격해 보였으나 실은 겸손했다. 그의 눈 속에는 뭔지 알 수 없는 애수 어린 맑은 빛이 서려 있었다. 그는 왼손으로는 손수건으로 묶은 조그만 보퉁이를 들고 있었고, 오른손으로는 울타리에서 끊어 온 막대기 같은 것을 짚고 있었다. 그 막대기는 약간 공을 들여 만들어져, 너무 보기 흉하지 않았다. 마디는 모두 잘 다듬어져 있었고, 손잡이 부분에는 붉은 밀랍을 칠해 산호 꼭지처럼 보였다. 그것은 몽둥이였지만 제법 지팡이 같았다.

그 가로수 길에는 행인들이 별로 없는데, 특히 겨울에 그렇다. 그런데도 이 사나이는 겉으로 드러날 정도는 아니지만, 행인들을 찾는다기보다는 오히려 피하고 있는 것 같았다.

그 무렵 루이 18세 왕은 거의 매일같이 슈아지르루아에 납시었다. 그곳은 왕이 좋아하는 산책로 중 하나였다. 거의 언제나 변함없이 2시쯤에, 어가(御駕)와 국왕의 기마대가 전속력으로 로피탈 가로수 길을 지나가는 것이 보였다.

그것은 이 구역의 가난한 사람들에게 회중시계와 괘종시계를 대신해 주었는데, 그들은 이렇게 말했다. "2시군. 그분이 튈르리 궁으로 돌아가신다."

그리고 달려오는 사람들이 있는가 하면, 또 어떤 사람들은 늘어서 있었다. 왜냐하면 임금의 행차는 언제나 한바탕 야단법석이니까. 게다가 루이 18세의 나들이는 파리의 거리에 어떤 감명을 주었다. 그것은 빨랐으나 장엄했다. 불구자인 이 임금은 말이 질풍같이 내닫는 것을 좋아했다. 그는 걷지 못하므로 달리고 싶어 했다. 이 앉은뱅이는 보통 번갯불처럼 끌어가게 했다. 그는 빼어 든 검들 속에 옹위되어 평온하고 엄숙한 얼굴을 하고서 지나갔다. 포장에 커다란 백합꽃 가지를 그린 그의 육중한 황금빛 사륜마차는 시끄러운 소리를 내며 굴러갔다. 잠깐 보이는가 하면 이내 지나가 버렸다. 마차 안쪽 오른편 구석에 있는 흰 새틴 보료 위에는 불그스름하고 넓죽한 얼굴, 왕조식으로 분을 바른 서늘한 이마, 교만하고 냉혹하고 날카로운 눈, 문인 같은 미소, 평복 위에서 건들거리는 두 개의 커다란 합사 술 견장, 금양모(金羊毛) 훈장, 성 루이 훈장,

레지옹 도뇌르 훈장, 성령 기사단의 은 훈장, 불룩한 배, 그리고 커다란 푸른 수장(綬章)이 보였는데, 그것이 임금이었다. 파리 밖에서는 흰색 깃털이 달린 모자를 기다란 영국식 각반을 친 무릎에 올려놓고 있었으나, 시내로 들어오면 그 모자를 머리에 쓰고 인사도 별로 하지 않았다. 그는 백성들을 쌀쌀한 눈으로 바라보았고, 백성들 역시 그러했다. 그가 처음으로 생 마르소 구역에 나타났을 때, 그의 모든 성공은 고작 성문 밖 사람 하나가 제 친구에게 이렇게 말한 것뿐이었다. "저 뚱뚱보가 정부래."

그런데 같은 시간에 일어나는 왕의 이 어김없는 행차는 로피탈 가로수 길의 나날의 사건이었다.

누런 프록코트를 입고 그 거리를 걷고 있던 사나이는 분명히 그곳에 사는 사람도 아니고, 아마 파리 사람도 아니었으리라. 왜냐하면 그는 그러한 세세한 것을 모르고 있었으니까. 2시에 은장식을 단 근위 기병대가 둘러싼 임금의 수레가 살페트리에르 양로원 모퉁이를 돌아 그 가로수 길에 나타났을 때, 그 사나이는 깜짝 놀라고 거의 질겁을 한 것 같았다. 그때 인도에는 그밖에 아무도 없었다. 그는 황급히 성벽 모퉁이 뒤로 비켜나 버렸지만, 그럼에도 불구하고 그는 아브레 공작의 눈에 띄지 않을 수 없었다. 아브레 공작은 그날 근위 기병대의 대장으로 어가 안에 왕과 마주 앉아 있었다. 그는 폐하에게 말했다. "저기에 인상이 고약한 놈이 있습니다." 임금의 행차를 경비하던 경찰들도 마찬가지로 그를 보았는데, 그중 하나는 그의 뒤를 밟으라는 명령을 받았다. 그러나 사나이는 성 밖의 호젓한 오솔길로 들어가 버렸고, 땅거미가 질 무렵이었기 때문에 경찰은 그의 자취를 잃어버렸다. 이러한 사실은 국무 대신이자 경찰청장인 앙글레스 백작에게 제출된 바로 그날 저녁의 보고서에 기록되어 있다.

누런 프록코트의 사나이는 경찰의 눈앞에서 행방을 감추어 버리고 나서 총총걸음을 쳤으나, 아직도 추적해 오지 않나 싶어서 몇 번이고 돌아다보았다. 4시 15분에, 즉 해가 질 무렵에, 그는 포르트생마르탱 극장 앞을 지나고 있었는데, 거기서는 그날 「두 죄수」라는 연극을 상연하고 있었다. 극장 반사등에 비친 그 광고판이 그의 눈길을 끌었다. 그는 빨리 걸어가고 있었지만, 걸음을 멈추고 그것을 읽었으니까. 잠시 후에 그는 플랑세트의 막다른 골목길로 접어들어 플라 데탱이라는 건물로 들어갔는데, 그때 거기에는 라니 방면으로 가는 마차의 정거장이 있었다. 마차의 출발 시간은 4시 30분이었다. 말들이 마차에 매여 있었고, 여객들은 마부에게 불려 합승 마차의 높은 쇠사다리를 급히 올라가고 있었다.

사나이는 물었다.

"자리가 있소?"

"하나밖에 없습니다. 제 옆의 마부석입니다."

"그걸 주시오."

"타십시오."

그렇지만 출발하기 전에 마부는 이 여객의 허술한 옷차림과 조그마한 보따리를 흘끗 보고는 선금을 치르게 했다.

"라니까지 가십니까?" 마부는 물었다.

"그렇소." 사나이는 대답했다.

여객은 라니까지의 찻삯을 치렀다.

마차는 출발했다. 성문을 나왔을 때 마부는 대화를 해 보려고 했으나, 여객은 한두 마디로 짤막짤막하게밖에 대답하지 않았다. 마부는 휘파람을 불고 말들에게 욕을 하기로 결심했다.

마부는 망토로 몸을 감쌌다. 추운 날씨였다. 사나이는 그런 건 생각하지 않는 것 같았다. 그렇게 구르네와 뇌이쉬르마른을 통과했다.

6시경에 마차는 셸에 도착했다. 마부는 말을 쉬게 하기 위해 왕립 수도원의 낡은 건물 안에 있는 수레꾼들의 여관 앞에서 마차를 세웠다.

"나는 여기서 내리겠소." 사나이가 말했다.

그는 보퉁이와 지팡이를 들고 마차에서 뛰어내렸다.

순식간에 그는 사라져 버렸다.

그는 여관에는 들어가지 않았다.

몇 분 후에 마차가 다시 라니를 향해 출발했을 때 셸의 큰길에서도 그는 보이지 않았다.

마부는 마차 안의 손님들 쪽을 돌아보고 말했다.

"아까 그 사람은 이곳 사람이 아니에요. 나는 그 사람을 모르거든요. 돈 한 푼 없는 것 같아요. 그럼에도 돈에 집착하지 않네요. 라니까지 돈을 냈는데 셸까지밖에 안 가네요. 밤이 되어 집들이 모두 닫혀 있는데, 여관에도 들어가지 않고, 다시는 볼 수가 없네요. 그러니 땅속에 들어가 버린 거요."

그 사람은 땅속으로 들어가 버린 게 아니라, 어둠 속에서 빠른 걸음으로 셸의 큰길을 성큼성큼 걸어가다가 성당에 이르기 전에 왼편으로 꺾어 몽페르메유로 통하는 동네 길로 들어갔다. 마치 이 고장을 잘 알고 있고, 이미 와 본 사람 같았다.

그는 그 길을 빠른 걸음으로 걸어갔다. 가니에서 라니로 가는 예전의 가로수 길과의 교차점에 이르렀을 때, 사람들이 오는 소리가 들렸다. 그는 얼른 구렁 속에 몸을 감추고서 지나가는 사람들이 멀어져 가기를 기다렸다. 하지만 그런 경계는 거의 쓸데없는 일이었다. 왜냐하면, 이미 말한 바와 같이, 때는 지척을 분간할 수 없는 섣달 밤이었으니까. 하늘에는 겨우 두세 개의 별밖에 보이지 않았다.

그 지점에서 언덕으로 올라가는 길이 시작되었다. 사나이는 몽페르메유의 길로 들어가지 않고, 오른편으로 벌판을 건너 숲 속으로 성큼성큼 들어갔다.

숲 속으로 들어가자 그는 걸음을 늦추어 한 걸음 한 걸음 걸으면서 나무들을 하나하나 유심히 보기 시작했는데, 마치 자기 혼자만 알고 있는 비밀의 길을 찾고 있는 것 같았다. 한동안 그는 길을 잃은 것처럼 멈춰 서서 망설였다. 마침내 그는 암중모색한 끝에, 희끄무레한 커다란 돌 더미가 있는 한 빈터에 이르렀다. 그는 그 돌 더미 쪽으로 후다닥 뛰어가더니, 마치 검열이라도 하듯이 밤안개를 뚫고 유심히 그것을 살펴보았다. 식물의 혹이라고 할 만한 돌기들이 잔뜩 난 한 그루의 퉁퉁한 나무가 그 돌 더미로부터 몇 걸음 떨어진 곳에 서 있었다. 그는 그 나무로 가서 그 줄기의 껍질을 손으로 쓰다듬었는데, 마치 그 혹을 일일이 알아보고 세어 보려고 하는 것 같았다.

그 나무는 물푸레나무였는데, 그 맞은편에 병이 들어 껍질이 벗어진 밤나무 한 그루가 서 있었고, 그 나무에는 붕대처럼 한 장의 아연판이 못으로 박혀 있었다. 그는 발끝으로 서서 그 아연판을 만져 보았다.

그런 뒤에 그는 그 나무와 돌 더미 사이의 땅을 얼마 동안 밟았는데, 마치 그 땅이 최근에 파이지 않았는지 확인하는 사람 같았다.

그렇게 하고 나서 그는 방향을 잡아 숲을 가로질러 다시 걷기 시작했다.

코제트가 아까 만난 사람은 바로 이 사나이였다.

몽페르메유 방향으로 덤불숲 속에서 걸어 나오다가 그는 계속해서 끙끙 앓으면서 무슨 짐을 땅에 놓았다가 도로 집어 들고 다시 걷기 시작하곤 하는 그 작은 그림자를 보았다. 가까이 가서 보니 아주 어리디어린 아이가 엄청 큰 물통 하나를 들고 있었다. 그러자 그는 어린아이에게로 가서 말없이 물통 손잡이를 잡았던 것이다.

7. 어둠 속에서 모르는 사람과 나란히 걷는 코제트

앞서 말했거니와 코제트는 무서워하지 않았다.

사나이는 그녀에게 말을 걸었다. 나지막하고 무거운 목소리였다.

"아가, 이건 네게는 너무 무겁겠구나."

코제트는 고개를 들고 대답했다.

"예, 아저씨."

"이리 줘." 하고 사나이는 말을 이었다. "내가 들어다 주마."

코제트는 물통을 놓았다. 사나이는 그녀 곁에서 걷기 시작했다.

"아닌 게 아니라 퍽 무겁구나." 하고 사나이는 입속으로 중얼거렸다.

그러고는 이렇게 덧붙였다.

"아가, 너 몇 살이냐?"

"여덟 살이에요."

"그런데 이렇게 하고 먼 데서 오니?"

"숲 속에 있는 샘에서 와요."

"그런데 가는 곳은 머니?"

"여기서 족히 십오 분은 걸려요."

사나이는 한참 잠자코 있다가 불쑥 말했다.

"그럼 어머니가 없는 게로구나?"

"모르겠어요." 하고 어린아이는 대답했다.

사나이가 다시 뭐라고 말하기도 전에 그녀는 덧붙였다.

"없나 봐요. 다른 애들은 있는데요. 나는 없어요."

그러고 한참 말이 없다가 말을 이었다.

"내게는 한 번도 없었던 것 같아요."

사나이는 걸음을 멈추고, 물통을 땅에 내려놓고, 몸을 구부려 어린아이의 양쪽 어깨에 손을 놓고, 어둠 속에서 그녀의 얼굴을 보려고 애썼다.

코제트의 여위고 가냘픈 얼굴이 하늘의 희번한 빛에 어렴풋이 드러나 보였다.

"네 이름은 뭐냐?"

"코제트예요."

사나이는 마치 감전이라도 된 것 같았다. 그는 또 그녀를 들여다보고 있다가, 그녀의 어깨에서 손을 떼어 물통을 집어 들고 다시 걷기 시작했다.

잠깐 있다가 그는 물었다.

"아가, 너 어디서 사느냐?"

"몽페르메유예요. 아저씨가 아실지 모르지만."

"그럼 우리가 가는 건 거기냐?"

"예, 아저씨."

그는 또 말을 끊었다가 다시 시작했다.

"그런데 대체 누가 이런 시간에 물을 길어 오라고 너를 숲속으로 보냈니?"

"테나르디에 아주머니예요."

사나이는 다시 말하기 시작했는데 태연한 목소리를 내려고 애썼으나, 그럼에도 불구하고 그의 목소리는 이상하게 떨렸다.

"그 테나르디에 아주머니라는 사람은 뭘 하고 있지?"

"우리 안주인인데요." 하고 아이는 말했다. "여관을 하고 있어요."

"여관을 해?" 하고 사나이는 말했다. "그럼 내가 오늘 밤 거기 가서 자야겠다. 날 안내해라."

"지금 그리로 가고 있어요." 하고 어린아이는 말했다.

사나이는 꽤 빨리 걸었다. 코제트는 그를 따라가는 것이 힘들지 않았다. 그녀는 더 이상 피로를 느끼지 않았다. 때때로 그녀는 일종의 형언할 수 없는 안도감과 신뢰감을 품고 그 사나이 쪽으로 눈을 들었다. 여태껏 사람들은 그녀에게 하느님 쪽을 돌아보고 기도를 드리는 것을 가르쳐 준 적이 없었다. 그렇지만 그녀는 뭔가 희망과 희열 같은 것, 뭔가 하늘을 향해 날아올라가는 것을 가슴속에 느꼈다.

몇 분이 흘렀다. 사나이는 다시 말을 이었다.

"테나르디에 아주머니네 집에는 식모가 없니?"

"예, 아저씨."

"너 혼자냐?"

"예, 아저씨."

또 말이 끊어졌다. 코제트가 목소리를 높였다.

"그렇지만 어린 계집애가 둘 있어요."

"어린 계집애?"

"포닌과 젤마예요."

테나르디에의 아내가 애지중지하는 그 소설적인 이름들을 코제트는 그렇게 줄여서 부르고 있었다.

"포닌과 젤마는 어떤 아이들이냐?"

"테나르디에 아주머니의 아가씨들이에요. 말하자면 아주머니의 딸들이죠."

"그런데 뭘 하고 있니, 그 애들은?"

"말도 마세요!" 하고 어린아이는 말했다. "걔들은 예쁜 인형들도 있고, 금으로 된 물건들도 있고, 별의별 걸 다 가지고 있어요. 걔들은 놀고 있어요. 재미나게 놀고 있어요."

"하루 종일?"

"예, 아저씨."

"그런데 너는?"

"나는요, 일만 해요."

"하루 종일?"

어린아이는 그 커다란 눈을 쳐들었는데, 밤이라 보이지는 않았으나, 눈물이 흐르고 있었다. 그녀는 조용히 대답했다.

"예, 아저씨."

어린아이는 한참 잠자코 있다가 다시 말을 이었다.

"이따금 일을 끝마치고, 좋다고 할 적에는 나도 재미있게 놀아요."

"너는 어떻게 노느냐?"

"내가 할 수 있는 걸 하지요, 뭐. 그래도 내버려두거든요. 하지만 나는 장난감이 많지 않아요. 포닌과 젤마는 내가 자기 인형을 가지고 노는 걸 싫어해요. 나는 납으로 된 작은 검 하나밖에 없어요. 이보다 더 길지 않아요."

아이는 제 새끼손가락을 들어 보였다.

"그건 안 들겠지?"

"안 그래요, 아저씨." 하고 아이는 말했다. "푸성귀도 자르고 파리 대가리도 잘라요."

그들은 마을에 도달했다. 코제트는 모르는 사람을 인도하여 거리를 걸어갔다. 그들은 빵집 앞을 지나갔으나 코제트는 빵을 사 가야 한다는 것을 생각하지 못했다. 사나이는 그녀에게 질문하기를 중단하고 이제 침울한 침묵을 지키고 있었다. 그들이 성당을 뒤로 했을 때, 사나이는 노점이 즐비하게 늘어서 있는 것을 보고 코제트에게 물었다.

"그래 여기가 장이냐?"

"아니에요, 아저씨. 크리스마스라서 그래요."

여관 가까이에 왔을 때 코제트는 머무적거리며 사나이의 팔을 잡았다.

"아저씨?"

"왜 그러니, 아가?"

"집에 거의 다 왔어요."

"그래서?"

"이젠 물통을 내가 다시 들게 해 주시지 않겠어요?"

"왜?"

"왜냐하면 남이 들어다 준 걸 아주머니가 보면 나를 때릴 거예요."

사나이는 그녀에게 물통을 돌려주었다. 잠시 후에 그들은 싸구려 식당 문에 와 있었다.

8. 부자인지도 모르는 가난뱅이를 숙박시키는 불쾌함

코제트는 장난감 가게에 항상 진열되어 있는 그 커다란 인형 쪽을 돌아다보지 않고는 못 배겼다. 그러고 나서 문을 두드렸다. 문이 열리고, 테나르디에의 아내가 손에 촛불을 들고 나타났다.

"아! 너구나, 거지 새끼 같으니! 왜 이렇게 시간이 걸린 거냐! 어디서 놀고 온 게지, 요 나쁜 년 같으니!"

"아주머니." 하고 코제트는 와들와들 떨면서 말했다. "이분이 묵으려고 오셨어요."

테나르디에의 아내는 여관 하는 사람들이 언제나 곧잘 그러하듯이 성난 얼굴을 얼른 고쳐 상냥한 표정을 짓고, 새로 온 사람을 열심히 살펴보았다.

"이분이신가?"

"예, 부인." 하고 사나이는 모자로 손을 가져가면서 대답했다.

돈 있는 여행자들은 그렇게 깍듯하지 않다. 나그네의 그러한 몸짓과 옷차림과 보퉁이를 얼른 훑어본 테나르디에의 아내는 상냥한 표정이 스러지고 다시 뾰로통해졌다. 여자는 쌀쌀맞게 말했다.

"들어가세요, 할아버지."

'할아버지'는 들어갔다. 테나르디에의 아내는 그를 다시 한 번 흘낏 보고, 완전히 헐어 빠진 그의 프록코트와 밑바닥이 조금 빠진 모자를 특히 유심히 바라보고 나서, 머리를 흔들고 코를 찡그리고 눈을 깜박거리면서 남편과 의논했는데, 남편은 여전히 수레꾼들과 술을 마시고 있었다. 그는 집게손가락을 눈에 띄지 않게 살짝 움직였는데, 그것은 이러한 경우엔 불룩 내민 입술이 뒷받침되어, '한 푼 없는 거지'라는 뜻을 나타내는 표시였다. 그리고 나서, 테나르디에의 아내는 이렇게 외쳤다.

"아이고! 이보세요, 참 안됐습니다만 방이 다 찼는데요."

"어디고 좋으니 재워 주시오." 하고 사나이는 말했다. "헛간도 좋고 마구간도 좋습니다. 방 하나 값은 치르겠습니다"

"40수예요."

"40수, 좋아요."

"좋습니다."

"40수라고!" 하고 마차꾼 하나가 안주인에게 나지막한 목소리로 말했다. "하지만 20수밖에 안 되는데."

"저 사람한테는 40수예요." 하고 여자는 역시 나직한 목소리로 대꾸했다. "돈 없는 사람들은 더 싸게는 못 재워요."

"사실이오." 남편이 부드럽게 덧붙였다. "저런 사람들을 받으면 우리 집 체면이 떨어지거든."

그러는 동안 사나이는 걸상에 보퉁이와 지팡이를 내려놓고서 식탁 하나에 앉았고, 거기에 코제트는 얼른 술병과 술잔을 갖다 놓았다. 물을 떠 오라던 상인은 물통을 손수 자기 말에게 갖다 주었다. 코제트는 다시 부엌 식탁 아래의 제자리로 돌아가 뜨개질을 시작했다.

사나이는 술잔에 포도주를 따라 겨우 입술만 축이고는 이상하게도 어린아이를 유심히 바라보기 시작했다.

코제트는 못생겨 보였다. 행복했더라면 아마 예뻤을지도 모른다. 이 침울한 아이의 모습에 관해서는 이미 앞서도 대충 말한 바 있거니와, 그녀는 여위고 파리했다. 여덟 살이 거의 다 되었으나 여섯 살도 채 못 되어 보였다. 깊숙한 그늘 속에 잠긴 듯한 그녀의 쑥 들어간 커다란 눈은 하도 많은 눈물을 흘렸는지라 거의 빛을 잃고 있었다. 그녀의 입아귀는 죄수들과 중병 환자들에게서 흔히 볼 수 있듯이 평소의 고통으로 인해 꼬부라져 있었다. 그녀의 두 손은 그녀의 어머니가 짐작했듯이 '동상(凍傷)으로 망가져' 있었다. 이때 그녀를 비추고 있는 불빛으로 말미암아 불거진 뼈가 도드라져 유난히도 앙상해 보였다. 늘 떨고 있었기 때문에 그녀는 두 무릎을 딱 붙이고 있는 버릇이 있었다. 옷은 온통 누더기에 불과하여 여름에는 측은하고 겨울에는 끔찍스러웠다. 몸에 걸치고 있는 것이라고는 구멍 뚫린 삼베뿐이고, 털 헝겊 조각 하나 없었다. 여기저기에 살이 드러나 보이고, 도처에 검푸른 멍이 들어 있었는데 그것은 테나르디에의 아내한테 맞은 자국이었다. 벌거벗은 다리는 붉고 가늘었다. 쇄골께가 움푹 파인 것을 보면 눈물이 나올 지경이었다. 이 어린아이의 몸 전체가, 그녀의 걸음걸이, 태도, 음성, 한 마디 한 마디 끊어지는 말, 눈빛, 침묵, 사소한 몸짓 하나하나가 단 하나의 생각, 즉 두려움을 나타내고 있었다.

두려움은 그녀의 온몸에 퍼져 있었다. 말하자면 두려움으로 덮여 있었다. 두려움으로 말미암아 그녀는 양쪽 팔꿈치를 허리에 붙이고, 발꿈치를 치맛자락 속으로 오그려 넣고, 될 수 있는 대로 몸을 자그맣게 웅크리고, 겨우 생명을 부지할 만큼만 숨을 쉬고 있었으며, 그러한 두려움은 그녀의 육체적 습관이라고 할 수 있는 것이 되어 버려 더욱 심해져 갈 뿐 변하지 않았다. 그녀의 눈동자 안쪽에는 공포가 서려 놀란 구석이 있었다.

그러한 두려움이 어찌나 컸든지 코제트는 돌아왔을 때, 옷이 흠뻑 젖어 있었지만 차마 불에 가서 말리지도 못하고 그냥 아무 말 없이 하던 일을 다시 시작했다.

이 여덟 살짜리 어린아이의 눈의 표정이 보통 하도 침울하고 때로는 하도 비참했기 때문에, 어떤 때는 그녀가 백치나 악마가 되어 가고 있는 중인 것 같았다.

앞서 말했듯이 그녀는 기도 드린다는 것이 무엇인지도 여태 몰랐고, 성당에 들어가 본 적도 여태 없었다. "그럴 시간이 어디 있어?" 하고 테나르디에의 아내는 말했다.

누런 프록코트의 사나이는 코제트에게서 눈을 떼지 않고 있었다.

갑자기 테나르디에의 아내가 외쳤다.

"그런데! 그 빵은?"

코제트는 테나르디에의 아내가 큰 소리를 지를 때면 언제나 그러하듯이 얼른 탁자 아래에서 나왔다.

그녀는 그 빵을 완전히 잊어버렸었다. 그녀는 늘 겁을 집어먹고 있는 어린아이들이 곧잘 둘러맞추는 수단을 썼다. 그녀는 거짓말을 했다.

"아주머니, 빵집이 닫혀 있었어요."

"그럼 문을 두드렸어야지?"

"두드렸어요, 아주머니"

"그랬더니?"

"그래도 열어 주지 않았어요."

"정말인지 아닌지 내일이면 안다." 하고 테나르디에의 아내는 말했다. "만약 거짓말을 한다면 가만두지 않을 테다. 우선 그 15수짜리를 돌려다오."

코제트는 앞치마의 호주머니에 손을 넣더니 얼굴이 새파래졌다. 15수짜리 동전이 거기에 없었다.

"아니! 내 말이 안 들리느냐?" 하고 테나르디에의 아내는 말했다.

코제트는 호주머니를 뒤집어 보았으나 아무것도 없었다. 그 돈은 어찌 되었단 말인가? 불쌍한 어린아이는 말 한마디 못했다. 그녀는 화석처럼 굳어 있었다.

"그걸 잃어버린 거냐, 그 15수짜리 동전을? 그렇지 않으면 내게서 훔칠 생각이냐?" 하고 테나르디에의 아내는 호통을 쳤다.

그와 동시에 그녀는 벽난로에 걸어 놓은 채찍 쪽으로 팔을 뻗쳤다.

그 무서운 동작을 보고 코제트는 간신히 이렇게 외쳤다.

"용서하세요! 아주머니! 아주머니! 다시는 안 그럴게요."

테나르디에의 아내는 채찍을 내렸다.

그러는 동안 누런 프록코트의 사나이는 그렇게 하는 것을 아무도 보지 못하는 사이에 자기 조끼의 호주머니를 뒤졌다. 한편으로 다른 손님들은 술을 마시고 카드놀이를 하느라고 아무것도 보지 못했다.

코제트는 두려워서 벽난로 구석에 몸을 움츠리고, 반쯤 벌거벗은 가련한 팔다리를 오므려 감추려고 애썼다. 테나르디에의 아내가 팔을 올렸다.

"미안합니다, 아주머니." 하고 사나이는 말했다. "아까 내가 보니까 그 애의 앞치마 호주머니에서 무엇인가가 떨어져서 굴러가더군요. 아마 그것 아니겠습니까?"

그와 동시에 그는 몸을 굽히고 땅바닥에서 한참 찾는 것 같았다.

"아, 여기 있습니다." 하고 다시 몸을 일으키며 말했다.

그리고 은전 한 닢을 테나르디에의 아내에게 건네주었다.

"예, 그거예요." 하고 그녀는 말했다.

사실은 그게 아니었다. 왜냐하면 그건 20수짜리 동전이었으니까. 그러나 테나르디에의 아내는 그것으로 이득을 봤다고 생각했다. 그녀는 그 동전을 호주머니에 넣고서 사나운 눈초리로 어린아이를 쏘아보며 이렇게 말하는 것으로 만족했다.

"다시는 이런 일이 없도록 해라, 언제나 말이다!"

코제트는 테나르디에의 아내가 '그 애의 개집'이라고 부르는 것 속에 되돌아갔는데, 그 알 수 없는 나그네를 지그시 바라다보고 있는 그녀의 커다란 눈에는 일찍이 한 번도 볼 수 없었던 표정이 떠오르기 시작했다. 그것은 아직은 순진한 경악의 빛에 지나지 않았으나, 일종의 어리둥절한 신뢰감이 거기에 섞여 있었다.

"그런데 저녁 식사는 어떻게 하실 건가요?" 하고 테나르디에의 아내는 여행자에게 물었다.

그는 대답하지 않았다. 그는 생각에 깊이 잠겨 있는 것 같았다.

'저 사람은 대체 무엇일까?' 하고 그녀는 입속으로 중얼거렸다. '저건 지독한 가난뱅이야. 저녁 먹을 돈도 없으니 원. 숙박비만이라도 치를지 몰라? 그래도 땅바닥에 떨어져 있던 돈을 훔칠 생각을 하지 않은 건 참으로 다행스러운 일이야.'

그러는 동안 문이 열리고 에포닌과 아젤마가 들어왔었다.

그건 정말 예쁜 두 어린 계집애들이었다. 시골 계집애들이라기보다 오히려 도시 계집애들 같고, 매우 귀여웠는데, 하나는 반짝반짝 윤나는 밤색 머리를 땋아 얹었고, 또 하나는 등 뒤로 검은 머리털을 치렁치렁 땋아 내리고 있었으며, 둘 다 활발하고, 깔끔하고, 포동포동하고, 생기 있고, 튼튼하여 눈으로 보기만 해도 즐거울 정도였다. 그녀들은 따뜻하게 옷을 입었으나, 그렇게 여러 벌을 껴입었음에도 불구하고 어머니의 솜씨 덕분에 옷차림의 아리따움을 조금도 잃지 않고 있었다. 겨울의 차림새도 봄철의 산뜻함을 없애지 않도록 되어 있었다. 이 두 계집아이는 빛을 내고 있었다. 그뿐 아니라 그녀들은 군림하고 있었다. 그녀들의 옷차림에서, 쾌활함에서, 떠들어 대는 소리에서, 그녀들이 떠받들어지고 있다는 걸 알 수 있었다. 그녀들이 들어오자, 테나르디에의 아내는 잔소리 비슷한, 그러나 애정이 넘치는 말투로 이렇게 말했다. "아니, 너희들도 나오는구나!"

그러고는 하나씩 차례로 무릎에 끌어 앉히고, 머리털도 매만져 주고, 리본도 고쳐 주고, 그런 뒤에 흔히 어머니들에게서 볼 수 있듯이 정답게 잡아 흔들면서 놓아 주고는 이렇게 외쳤다. "얘들의 옷차림의 흉한 꼴이라니!"

그녀들은 벽난로 구석으로 가서 앉았다. 그들은 인형 하나를 무릎 위에 놓고 이리저리 돌리면서 즐겁게 온갖 말을 재잘거렸다. 때때로 코제트는 뜨개질감에서 눈을 들어 그녀들이 놀고 있는 것을 슬픈 얼굴로 바라보곤 했다.

에포닌과 아젤마는 코제트를 거들떠보지도 않았다. 코제트는 그녀들에게는 개 새끼나 진배없었다. 이 세 어린 계집애들은 그녀들 셋을 합쳐도 스물네 살밖에 되지 않았는데, 벌써 어른들의 모든 사회를 나타내고 있었으니, 한쪽에는 선망이, 다른 쪽에는 멸시가 있었다.

테나르디에 딸들의 인형은 색이 매우 바랬고 매우 낡았고 다 부서졌지만, 그래도 역시 코제트에게는 아주 훌륭해 보였는데, 그녀는 인형이라는 것을, 모든 어린아이들이 잘 알 만한 말로 하자면, '진짜 인형'이라는 것을 생전에 한 번도 가져 본 적이 없었기 때문이다.

방 안을 왔다 갔다 하고 있던 테나르디에의 아내는 코제트가 방심을 하고 일을 하는 대신 두 계집애들이 놀고 있는 것에만 마음이 팔려 있는 것을 갑자기 알아차렸다.

"아니, 이놈의 계집애가!" 하고 그녀는 외쳤다. "일한다는 게 그 모양이냐! 내가 매질을 해서라도 일을 하게 할 테다."

나그네는 의자에 앉은 채 테나르디에의 아내 쪽으로 몸을 돌렸다.

거의 두려워하는 듯한 얼굴에 미소를 띠고 "아주머니." 하고 그는 말했다. "거 좀 놀게 해 주시구려!"

만약에 이러한 요청이 저녁 식사에 한 조각의 양 넓적다리를 먹고 두 병의 포도주를 마시고 그렇게 '지독한 가난뱅이'

같은 모습을 하지 않은 손님에게서 나온 것이었다면, 그러한 소원은 명령처럼 받아들여졌으리라. 그러나 그런 모자를 쓰고 있는 사나이가 감히 희망을 말한다거나, 그런 프록코트를 입고 있는 사나이가 감히 의사를 표명한다는 것은 테나르디에의 아내에게는 용서해서는 안 될 일이라고 생각되었다. 그녀는 불퉁스럽게 대꾸했다.

"일을 시키지 않을 수 없어요. 저 애도 먹고 있거든요. 아무 일도 하지 않는데 거저 먹여 살릴 수는 없어요."

"대체 저 애가 무슨 일을 하고 있습니까?" 하고 나그네는 부드러운 목소리로 말을 이었는데, 그 어조는 그의 거지 같은 의복과 일꾼 같은 어깨와 묘한 대조를 이루고 있었다.

테나르디에의 아내는 대답해 주었다.

"스타킹이에요. 우리 딸들의 스타킹이에요. 거진 다 떨어졌다고 해도 과언이 아니거든요. 곧 맨발로 다니게 될 거예요."

사나이는 코제트의 가엾은 붉은 발을 보며 말했다.

"언제쯤 그 한 켤레의 스타킹을 끝낼 수 있을까요?"

"아직도 줄잡아 사나흘은 꼬박 걸릴 거예요. 계집애가 게을러 빠졌거든요."

"그럼 그 스타킹 한 켤레가 다 되면 얼마짜리나 됩니까?"

테나르디에의 아내는 멸시의 눈으로 흘끗 사나이를 보았다.

"적어도 30수는 돼요."

"그럼 5프랑 드릴 테니 파시겠소?" 하고 사나이는 말을 이었다.

그 말을 듣고 있던 한 수레꾼이 "저런!" 하고 너털웃음을 웃었다. "5프랑이라니! 거 참 굉장한데! 총알이 다섯 개라!"

남편 테나르디에도 뭐라고 말을 해야만 되겠다고 생각했다.

"좋습니다, 손님. 그럴 생각이 나신다면 저 스타킹을 5프랑에 드리죠. 우리들은 여행자들의 말씀은 아무것도 거절할 줄을 모르니까요"

"어서 돈을 치르세요." 하고 테나르디에의 아내가 짧고 단호하게 말했다.

"내가 그 한 켤레의 스타킹을 삽니다." 하고 사나이는 대답했다. 그러고는 호주머니에서 5프랑짜리를 꺼내어 식탁 위에 놓으면서, "옛소." 하고 말했다.

그런 뒤 그는 코제트 쪽으로 몸을 돌렸다.

"이제 네 일은 내 것이다. 놀아라, 아가."

수레꾼은 5프랑짜리 돈에 깜짝 놀라 술잔을 놓고 달려왔다.

그는 그 돈을 자세히 살펴보면서 "하지만 이건 진짠데!" 하고 외쳤다.

"뒷면에 진짜 바퀴가 하나 있어! 가짜가 아니야!"

테나르디에는 그 옆으로 가서 아무 말 없이 그 돈을 호주머니에 집어넣었다.

테나르디에의 아내는 아무런 대꾸도 하지 않았다. 그녀는 입술을 깨물었고, 얼굴에는 증오의 표정이 떠올랐다.

그러는 동안 코제트는 떨고 있었다. 그녀는 감히 물어보았다.

"아주머니, 정말이에요? 놀아도 좋아요?"

"놀아라!" 하고 테나르디에의 아내는 무시무시한 목소리로 말했다.

"아이고, 고마워라." 하고 코제트는 말했다.

입으로는 테나르디에의 아내에게 감사하는 동안에도 그녀의 어린 마음은 그 손님에게 감사하고 있었다.

테나르디에는 다시 술을 마시기 시작했다. 아내가 그의 귀에 대고 소곤거렸다.

"대체 저 누런 옷 입은 사람은 뭐예요?"

"나는 백만장자가 저런 프록코트를 입고 있는 걸 본 적이 있어." 하고 테나르디에는 의젓하게 대답했다.

코제트는 뜨개질감을 거기에 팽개쳐 버렸으나 제 자리에서 나오지는 않았다. 코제트는 언제나 되도록 적게 움직였다. 그녀는 제 뒤에 있는 상자에서 헌 누더기와 납으로 된 작은 검을 꺼내어 가지고 있었다.

에포닌과 아젤마는 주위에서 일어나는 일에는 조금도 주의를 하지 않고 있었다. 그녀들은 방금 대단히 중요한 작전을 수행한 판이었다. 고양이를 붙잡았던 것이다. 인형은 땅바닥에 팽개쳐 두고, 나이가 위인 에포닌은 고양이가 울며 몸부림을 치는데도, 울긋불긋한 헝겊이나 누더기 나부랭이로 그 새끼 고양이에게 옷을 입히고 있었다. 그 대견하고 어려운 일을 하면서도 동생에게 어린아이들의 그 부드럽고 깜찍한 말투로 말하고 있었다. 그러한 어린아이들의 말의 아리따움은 나비 날개의 찬란함 같은 것이어서, 붙잡아 놓으려고 하면 사라져 버린다.

"알겠지, 동생. 이 인형이 저것보다 더 재밌다. 이건 움직이고, 소리도 지르고, 따뜻하다. 알겠지, 동생. 우리 이걸 가지고 놀자. 이건 내 어린 딸이 될 거야. 나는 부인이 될 것이고. 내가 너를 보러 가면 너는 그녀를 들여다볼 거야. 차차 너는 그녀의 수염을 볼 것이고 너는 그걸 보고 놀랄 거야. 그리고 또 너는 그녀의 귀를 볼 것이고, 그리고 또 너는 그녀의 꼬리를 볼 것이고 너는 놀랄 거야. 그리고 너는 내게 이렇게 말할 거야. '어머나!' 그러면 나는 네게 이렇게 말할 거야. '그럼은요, 아주머니. 이게 우리 어린 딸아이예요. 지금은 어린 계집아이들이 이렇게 생겼는걸요.'"

아젤마는 감동하여 에포닌의 말을 듣고 있었다.

그러는 동안 술을 마시는 사람들은 음란한 노래를 부르기 시작하고 천장이 울리도록 웃어 대고 있었다. 테나르디에는 그들의 기분을 북돋우며 장단을 맞추어 주고 있었다.

새들이 무엇으로든 보금자리를 만들듯이 어린아이들은 아무것으로나 인형을 만든다. 에포닌과 아젤마가 고양이에게 옷을 입히는 동안 코제트는 코제트대로 검에다 옷을 입히고 있었다. 그렇게 하고 나서는 그것을 품 안에 안고서 재우기 위해 가만가만 노래를 불렀다.

인형은 여자애들이 가장 갖고 싶어 하는 것의 하나이고 동시에 그녀들의 가장 매력적인 본능의 하나다. 돌보아 주고, 옷을 입히고, 예쁘게 꾸며 주고, 옷을 입혔다가 벗기고, 벗겼다가 되입히고, 달래기도 하고, 또 좀 나무라기도 하고, 흔들고, 어르고, 재우고, 어떤 것을 어떤 사람이라고 상상하고, 이런 것에 여자의 모든 미래가 있다. 몽상하고 재잘거리면서도, 작은 옷가지며 작은 배내옷들을 만들면서도, 작은 드레스며 작은 코르셋, 작은 속저고리들을 만들면서도 어린아이는 처녀가 되고, 처녀는 큰 처녀가 되고, 큰 처녀는 부인이 된다. 첫아이는 마지막 인형을 계속한다.

인형 없는 소녀는 어린애 없는 여자와 거의 같을 만큼 불행하고 아주 견뎌 내기 힘든다.

그래서 코제트는 검으로 인형을 만들어 가진 것이다.

테나르디에의 아내는 그 '누런 옷 입은 사나이'에게 다가가 있었다. '우리 집 양반 말이 옳아.' 하고 그녀는 생각했다. '이 분은 아마 라피트 씨일지도 몰라. 돈 있는 사람들 중에는 괴짜들도 있거든.'

그녀는 그의 식탁으로 가서 팔꿈치를 짚었다.

"선생님……." 하고 그녀는 말했다.

이 '선생님'이라는 말에 사나이는 돌아다보았다. 테나르디에의 아내는 이때까지 그를 "여보세요." 하고 부르거나 "할아버지"라고밖에 부르지 않았다.

"그야 저도." 하고 그녀는 싱거운 표정을 하고 말했는데 그 표정은 그녀의 사나운 표정보다 보기에 더 불쾌했다. "저도 저 애가 놀기를 바란답니다. 노는 걸 반대하지는 않아요. 하지만 한 번만은 좋아요. 선생님께서 너그러우시니까. 아시겠어요, 저건 아무것도 없어요. 저건 일을 하지 않으면 안 돼요."

"그럼 댁의 아이가 아닙니까, 저 애는?" 하고 사나이는 물었다.

"아이고, 아니에요, 선생님. 동정심에서 저렇게 주워다 키우는 가난한 어린애랍니다. 천치 같은 애예요. 머릿속에 물이 들어 있는 모양이지요. 보시다시피 저렇게 머리가 크답니다. 우리도 할 수 있는 데까지는 해 주고 있지만, 우리는 넉넉지 못하거든요. 아무리 저 애 고향으로 편지를 보내도 반년 전부터 통 답장이 없어요. 아마 어머니가 죽어 버렸나 봐요."

"저런!" 하고 사나이는 말하고는 다시 명상에 빠졌다.

"그 어머니라는 사람도 별로 보잘것없는 여편네예요." 하고 테나르디에의 아내는 덧붙였다 "제 자식을 버리고 갔을 정도니까요."

이러한 이야기를 주고받는 동안 내내 코제트는 어떤 본능으로 제 이야기를 하고 있다는 것을 알아차린 듯이 테나르디에의 아내로부터 눈을 떼지 않았다. 그녀는 막연히 귀를 기울였다. 여기저기에서 몇 마디의 말이 들렸다.

그러는 동안 술꾼들은 모두 거의 곤드레만드레 술에 취해서, 더욱 흥이 나서 추잡한 노래를 몇 번이고 되풀이해 부르고 있었다. 그것은 성모와 아기 예수 같은 것이 섞여 나오는 음란한 노래였다. 테나르디에의 아내도 가서 한데 어울려 웃어 댔다. 코제트는 탁자 밑에서 불을 바라보고 있었는데 그녀의 고정된 눈 속에 불이 빨갛게 비치고 있었다. 그녀는 제가 만든 배내옷 입힌 아기 같은 것을 다시 흔들기 시작했는데, 그렇게 흔들면서 나직한 목소리로 노래를 불렀다. "우리 어머니는 죽었다네! 우리 어머니는 죽었다네! 우리 어머니는 죽었다네!"

누런 옷을 입은 사나이는, '그 백만장자'는 여관 안주인이 다시 간청하는 바람에 결국 저녁을 먹기로 동의했다.

"무엇을 드시겠어요?"

“빵과 치즈를.” 하고 사나이는 말했다.

‘확실히 이건 거지야.’ 하고 테나르디에의 아내는 생각했다.

술 취한 사나이들은 여전히 같은 노래를 계속하고 있었고, 탁자 밑의 어린아이 역시 하던 노래를 계속하고 있었다.

갑자기 코제트가 노래를 중단했다. 그녀는 방금 몸을 돌리고 테나르디에의 딸들이 고양이 때문에 팽개쳐 버린 인형이 부엌 식탁에서 몇 걸음밖에 안 되는 땅바닥에 내버려져 있는 것을 보았던 것이다.

그러자 그녀는 반밖에 마음에 차지 않았던 그 배내옷 입힌 검을 떨어뜨리고서 찬찬히 방 안을 둘러보았다. 테나르디에의 아내는 나지막한 목소리로 남편에게 소곤거리며 돈을 세고 있고, 포닌과 젤마는 고양이를 가지고 놀고 있고, 나그네들은 먹고 마시고 노래를 부르고 있고, 그녀를 보고 있는 사람은 아무도 없었다. 그녀는 그 순간을 놓쳐서는 안 되었다. 그녀는 무릎과 손을 놀려 탁자 밑에서 기어 나와 다시 한 번 아무도 보지 않고 있는 것을 확인하고 나서, 얼른 인형 있는 데까지 기어가 덥석 인형을 잡았다. 그녀는 이내 제자리로 돌아와 앉아서 꿈쩍도 않고 있었는데 다만 품 안에 안은 인형이 제 그림자로 감추어지도록 몸을 돌리고 있었다. 하나의 인형을 가지고 노는 그런 행복은 대단히 드물었는지라 그녀는 아주 격렬한 기쁨을 느꼈다.

아무도 그녀를 보지 않았다, 변변치 않은 저녁 식사를 천천히 하고 있는 그 나그네를 제외하고는.

그 기쁨은 근 십오 분간 계속되었다.

그러나 무척 조심했는데도, 코제트는 인형의 한쪽 발이 '나와 있어서' 벽난로의 불에 환히 비치는 걸 알지 못했다. 그림자 밖으로 나와 있는 그 반짝거리는 장밋빛 발이 별안간 아젤마의 눈에 띄어 아젤마는 에포닌에게 말했다. "저것 봐! 언니!"

두 소녀는 깜짝 놀라 놀기를 멈추었다. 코제트가 감히 인형을 가졌다니!

에포닌은 일어나 고양이를 든 채 어머니에게로 가서 그녀의 치맛자락을 잡아당겼다.

"귀찮게 왜 이래!" 하고 어머니는 말했다. "글쎄 어쩌라는 거야?"

"어머니, 저것 좀 봐!" 하고 에포닌은 말했다.

그러면서 손가락으로 코제트를 가리켰다.

코제트는 인형을 가진 황홀감에 빠져서 더 이상 아무것도 보지도 듣지도 못하고 있었다.

테나르디에의 아내 얼굴에 특별한 표정이 떠올랐는데 그것은 이 인생의 지독한 것과 하찮은 것이 한데 섞여서 이루어지는, 그리고 이런 종류의 여자들을 가리켜 악독한 여자라고 부르게 하는 그런 표정이었다.

이번에는 자존심이 상했기 때문에 그녀의 분노는 더욱 격화하였다. 코제트는 모든 간격을 뛰어넘었던 것이다. 코제트는 '그 아가씨들'의 인형을 침해한 것이다.

한 농부가 황태자의 큰 청수장(靑綬章)을 차 보려고 하는 걸 본다면 러시아의 황후도 아마 그와 다른 얼굴을 하지 않으리라.

그녀는 분노로 목이 쉰 목소리로 외쳤다.

"코제트!"

코제트는 발밑에서 땅이 진동하는 듯 소스라쳤다. 그녀는 돌아보았다.

"코제트." 하고 테나르디에의 아내는 다시 불렀다.

코제트는 인형을 집어 일종의 경의와 낙망 어린 태도로 가만히 땅에 놓았다. 그러고는 인형에서 눈을 떼지 않은 채 두 손을 마주 잡고, 그리고 이건 그 또래의 어린아이에게서는 말하기에도 무서운 일이거니와, 두 손을 비틀어 꼬았다. 그러고는 그날 하루 받았던 어떠한 충격도, 숲 속에서의 달음박질도, 물통의 무거움도, 돈의 분실도, 매를 맞을 뻔한 일도, 심지어 테나르디에의 아내에게서 들은 암울한 말 등 어떠한 것도 코제트에게서 뽑아낼 수 없었던 것이, 즉 눈물이 그녀에게서 나왔다. 그녀는 흐느끼기 시작했다.

그러는 동안 그 나그네는 일어나 있었다.

"왜 그러십니까?" 하고 그는 테나르디에의 아내에게 말했다.

"보시지 않았어요?" 하고 그녀는 말하면서 코제트의 발밑에 놓여 있는 범죄의 증거물을 손가락으로 가리켰다.

"그래, 그게 어쨌단 말이오?" 하고 사나이는 말을 이었다.

"저 거지 같은 년이 우리 애들의 인형에 뻔뻔스럽게도 손을 댔어요!" 하고 테나르디에의 아내는 대답했다.

"그래서 이렇게 야단이십니까?" 하고 사나이는 말했다. "그래, 저 애가 그 인형을 좀 가지고 놀면 어때서요?"

"저 더러운 손으로 만졌어요!" 하고 테나르디에의 아내는 말을 이었다. "저 끔찍스럽게 더러운 손으로!"

그러자 코제트는 더욱더 흐느꼈다.

"잠자코 못 있어!" 하고 테나르디에의 아내는 외쳤다.

사나이는 곧장 거리 쪽 문으로 가서 문을 열고 나갔다.

그가 나가자마자 테나르디에의 아내는 그가 없는 틈을 타서 탁자 밑의 코제트를 호되게 걷어찼고 그 바람에 어린아이는 고함을 질렀다.

문이 다시 열리고 사나이가 다시 나타났는데, 그는 앞서 말한, 동네 모든 어린아이들이 아침부터 들여다보던 그 희한한 인형을 두 손에 들고 있었다. 사나이는 인형을 코제트 앞에 세워 놓으면서 말했다.

"옛다, 이건 네 거다."

그가 여기에 와 있은 지 한 시간도 더 되었는데 그때부터 그는 명상에 빠져 있는 중에, 그 장난감 가게가 칸델라와 촛불에 눈부시게 비쳐서 이 여관의 유리창을 통해 마치 장식 조명처럼 보이는 것을 어렴풋이 알아차리고 있었던 모양이다.

코제트는 눈을 들고 사나이가 그 인형을 들고 자기에게 오는 것을 태양이 오는 것을 보듯이 보았고, "이건 네 거다."라는 놀라운 말을 듣고, 사나이를 바라보고, 인형을 바라보고, 그러고는 슬금슬금 뒷걸음질하여 탁자 아래 벽 구석 깊숙이 들어가 숨어 버렸다.

그녀는 더 이상 울지도 않고, 더 이상 소리도 지르지 않고, 더 이상 감히 숨도 쉬지 못하는 것 같았다.

테나르디에의 아내도 에포닌도 아젤마도 동상처럼 꿈적도

않고 있었다. 술꾼들조차도 술 마시기를 멈췄다. 술집 전체가 엄숙한 침묵 속에 빠졌다.

테나르디에의 아내는 돌멩이처럼 굳어져서 말없이 다시 추측하기 시작했다. '저 늙은이는 대관절 무엇일까? 가난뱅이일까? 백만장자일까? 아마 그 둘 다일지도 몰라. 다시 말해서 도둑놈일지도 몰라.'

남편 테나르디에의 얼굴은 지배적인 본능이 그 모든 짐승 같은 힘을 가지고 거기에 나타날 때마다 인간의 얼굴을 두드러지게 하는 그런 표현력 있는 주름살을 나타냈다. 싸구려 식당 주인은 인형과 나그네를 번갈아 관찰하고 있었는데, 그는 마치 돈 주머니 냄새라도 맡는 것처럼 그 사나이의 냄새를 맡는 듯했다. 그것은 삽시간의 일에 불과했다. 그는 아내 옆으로 가서 소곤거렸다.

"저 물건은 적어도 30프랑짜리야. 어리석게 굴지 마. 저 사람 앞에서는 굽실굽실하라고."

비열한 성질의 사람들과 순진한 성질의 사람들은 당장에 돌변하는 그런 공통점을 가지고 있다.

"자, 코제트야." 하고 테나르디에의 아내는 애써 부드러운 목소리를 지어 말했다. 그러나 그것은 심술궂은 여편네들의 시금털털한 사탕발림 같은 목소리였다. "네 인형을 받지 않을 테냐?"

코제트는 용기를 다하여 그녀의 구멍에서 나왔다.

"우리 귀여운 코제트야." 하고 테나르디에도 애정 어린 듯한 목소리로 말했다. "저 양반께서 네게 인형을 주시는구나.

어서 받아라. 그건 네 거다."

코제트는 일종의 두려움을 느끼면서 그 훌륭한 인형을 들여다보았다. 그녀의 얼굴은 아직도 눈물에 젖어 있었으나, 눈은 새벽하늘처럼 이상야릇한 기쁨의 빛으로 가득 차 오르기 시작했다. 이때 그녀가 가진 느낌은 "아가씨, 당신은 프랑스의 여왕님입니다." 하고 갑자기 누가 말했을 때 느꼈을 감정과 조금 비슷했다.

그녀는 만약에 그 인형에 손을 댄다면 거기서 벼락이 터져 나올 것 같았다.

그것은 어느 정도까지는 사실이었다. 왜냐하면 테나르디에의 아내가 호통을 칠 것이라고, 그리고 때릴 것이라고 그녀는 생각했으니까.

그렇지만 인형에 끌리는 마음이 더 강했다. 그녀는 이윽고 다가가서 테나르디에의 아내 쪽으로 몸을 돌리면서 머무적머무적 중얼거렸다.

"그래도 괜찮아요, 아주머니?"

동시에 절망하고 두려워하고 기뻐하는 그 표정은 어떠한 말로도 표현할 수 없을 것이다.

"암!" 하고 테나르디에의 아내는 말했다. "그건 네 거야. 저 양반이 네게 주신 거니까."

"정말이에요, 아저씨?" 하고 코제트는 말을 이었다. "그게 정말이에요? 내 거예요, 이 마님이?"

나그네의 눈에는 눈물이 가득 차 있는 것 같았다. 그는 무척 감동한 나머지 눈물을 흘리지 않고서는 말도 할 수 없을 지경인 것 같았다. 그는 코제트에게 고개를 끄덕거리고 그 '마님'의 손을 그녀의 자그마한 손에 쥐어 주었다.

코제트는 얼른 손을 움츠렸다. 마치 '마님'의 손이 그녀의 손을 태우기라도 하는 것처럼. 그러고 땅바닥을 바라보기 시작했다. 이때 그녀가 혀를 쑥 내밀고 있었다는 사실도 여기에 덧붙여 두지 않으면 안 되겠다. 그녀는 갑자기 몸을 홱 돌리고 덥썩 인형을 잡았다.

"이걸 카트린이라고 불러야지." 하고 그녀는 말했다.

코제트의 남루한 옷이 인형의 리본과 산뜻한 장밋빛 모슬린 옷에 부딪히고 그것을 으스러지게 껴안은 순간은 이상한 순간이었다.

"아주머니." 하고 그녀는 말을 이었다. "이걸 의자 위에 좀 올려놓아도 괜찮아요?"

"암, 좋고말고." 하고 테나르디에의 아내는 대답했다.

이제 코제트를 부러운 눈으로 바라보는 것은 에포닌과 아젤마였다.

코제트는 카트린을 의자 위에 놓고, 그런 뒤 그녀 앞 땅바닥에 앉아 움직이지 않고 있었다. 한마디 말도 없이, 명상하는 자세를 하고.

"어서, 놀아라, 코제트야." 하고 나그네는 말했다.

"예, 지금 놀고 있어요." 하고 어린아이는 대답했다.

하늘이 코제트에게 보내 준 것 같은 이 타향인을, 이 알 수 없는 사나이를 테나르디에의 아내는 이때 세상에서 가장 증오했다. 그렇지만 꾹 참아야 했다. 그녀는 모든 행동에서 남편을 본받으려고 애썼으므로 가면을 쓰는 일에 퍽 능했지만, 아무리 그렇더라도 이때의 감정은 도저히 참을 수 없었다. 그녀는 부랴부랴 자기 딸들을 잠자리로 보내 버리고 나서 코제트도 가서 자게 하자고 그 누런 옷 입은 남자에게 '허가를' 구했다. "저 애가 퍽 피로하니까." 하고 그녀는 어머니다운 말투로 덧붙였다. 코제트는 카트린을 품 안에 안고 자러 갔다.

테나르디에의 아내는 때때로 남편이 있는 식당 한쪽 끝으로 가곤 했는데, '마음을 가라앉히기 위해서'라고 그녀는 말했다. 그녀는 남편과 몇 마디씩 말을 주고받았는데, 감히 큰 소리로 말할 수 없었으므로 그만큼 더 그녀의 말투는 격해졌다.

"늙은 바보 같으니! 저자는 대체 어쩌자는 속셈이야? 우리들에게 와서 훼방을 놓고! 저 녀석이 놀기를 바라고! 그년에게 인형을 주고! 내게는 40수짜리도 못 되는 개 새끼 년한테 40프랑짜리 인형을 주고! 조금만 더 하면 저자는 그년에게 베리 왕자비에게 하듯이 폐하라고 말할 거야! 제정신이 있는 거야? 그러니 저자는 미친 게 아니야, 저 이상한 늙은이는?"

"왜 그러느냐고? 빤하지 뭐." 하고 테나르디에가 대꾸했다. "그게 저 사람은 재미있거든! 당신은 저 애가 일하는 것이 재미있듯이, 저치는 저 애가 노는 것이 재미있단 말이야. 그건 제 권리거든. 손님은 돈만 치르면 뭐고 제 멋대로 할 수 있는 거야. 저 늙은이가 자선가인들 당신에게 무슨 상관이야? 바보라 하더라도 당신에겐 관계 없어. 왜 당신이 이러쿵저러쿵해, 저치는 돈이 있는데?"

이 가장으로서의 말과 여관 주인으로서의 이론은 그 어느 것도 항변의 여지가 없었다.

사나이는 식탁에 팔꿈치를 짚고서 다시 명상에 잠긴 듯한 자세를 취하고 있었다. 장사꾼과 수레꾼인 다른 모든 손님들은 좀 멀리 떨어져서 앉아 있었으나, 이제 노래를 부르지 않고 있었다. 그들은 일종의 경외심을 품고 멀리서 사나이를 주시하고 있었다. 저렇게 초라한 옷을 입고 있으면서도 저렇게도 쉽사리 호주머니에서 큰돈을 꺼내어 나막신 신은 어린 부엌데기들에게 엄청 큰 인형들을 아낌없이 사 주는 저 사람은 확실히 돈 잘 쓰는 무서운 영감임이 틀림없었다.

여러 시간이 흘렀다. 자정 미사도 끝나고, 밤참도 끝나고, 술꾼들도 가 버리고, 술집 문도 닫히고, 천장이 낮은 식당에도 인기척이 없어지고, 불도 꺼져 버렸으나, 그 알 수 없는 사나이는 여전히 같은 자리에 같은 자세를 하고 앉아 있었다. 때때로 그는 몸을 떠받치고 있는 팔꿈치를 좌우로 바꾸곤 했다. 그뿐이었다. 코제트가 가 버린 뒤에는 말 한마디 하지 않았다.

오직 테나르디에 부부만 예의와 호기심 때문에 식당에 남아 있었다. "밤새도록 저렇게 하고 있을 작정인가 봐?" 하고 테나르디에의 아내는 중얼거렸다. 새벽 2시가 울렸을 때 그녀는 참다못해 남편에게 말했다. "나는 자겠어요. 당신은 좋도록 하세요." 남편은 방 한쪽 구석 탁자에 앉아서 초에 불을 켜고《쿠리에 프랑세》를 읽기 시작했다.

꼬박 한 시간이 그렇게 지나갔다. 갸륵한 여관 주인은 적어도 세 번은 되풀이하여《쿠리에 프랑세》를 날짜에서부터 인쇄인의 이름까지 읽고 또 읽었다. 나그네는 꿈쩍도 않고 있었다.

테나르디에는 몸을 움직이고, 기침을 하고, 침을 뱉고, 코를 풀고, 의자를 덜거덕거렸다. 사나이는 조금도 움직이지 않았다. '저치가 자고 있나?' 하고 테나르디에는 생각했다. 사나이는 자고 있지 않았으나 아무것도 그를 깨울 수 없었다.

이윽고 테나르디에는 모자를 벗고 가만히 다가가서 용기를 내어 말했다.

"선생님, 쉬시지 않겠습니까?"

'자지 않겠습니까?'라는 말만으로도 과분하고 친근하게 느껴졌을 것 같았다. '쉬다'라는 말에는 사치가 느껴지고 경의가 들어 있었다. 그러한 말들은 이튿날 아침에 계산서의 숫자를 불리는 신기하고 놀라운 특성을 갖고 있다. '자는' 방은 20수짜리고, '쉬는' 방은 20프랑짜리다.

"그래!" 하고 나그네는 말했다. "당신 말이 옳소. 그 마구간은 어디 있죠?"

"제가 안내해 드리겠습니다, 선생님." 하고 테나르디에는 빙그레 웃으며 말했다.

여관 주인은 촛불을 들고, 사나이는 보따리와 지팡이를 들었으며, 테나르디에는 나그네를 2층 방으로 인도했는데, 그것은 보기 드물게 훌륭한 방으로서 마호가니 가구와 배 모양의 침대가 놓여 있고, 붉은 사라사 휘장이 드리워져 있었다.

"아니, 이게 뭡니까?" 하고 나그네는 말했다.

"저희들의 혼인 때 방이올시다." 하고 여관 주인은 말했다. "지금 저희 부부는 다른 방에서 살고 있습니다. 일 년에 두세 번밖에는 아무도 이 방에 들어오지 않습니다."

"나는 마구간이라도 괜찮은데." 하고 사나이는 불쑥 말했다.

테나르디에는 그런 무뚝뚝한 말을 들은 척도 하지 않았다.

주인은 벽난로 위에 놓여 있는 두 개의 새 초에 불을 켰다. 벽난로 아궁이에서는 불이 제법 활활 타고 있었다.

벽난로 위의 유리그릇에 은실과 오렌지 꽃이 달린 여자 모자 하나가 있었다.

"그런데 이건 뭡니까?" 하고 나그네는 말을 이었다.

"그건 아내가 결혼 때 쓴 모자올시다." 하고 테나르디에는 말했다.

나그네는 그 물건을 바라보았는데 그 눈초리는 마치 "그럼 저 괴물에게도 처녀였던 때가 있었던가!" 하고 말하는 것 같았다.

그런데 테나르디에는 거짓말을 하고 있었다. 이 누옥을 얻어서 싸구려 음식점을 하려고 했을 때부터 이 방은 그렇게 꾸며져 있었다. 그는 그 가구들과 오렌지 꽃이 달린 낡은 모자를 샀었는데, 그는 그렇게 함으로써 '자기의 배우자'에게 아리따운 빛을 주고, 자기 집이 영국 사람들의 이른바 존엄성을 얻게 되리라고 생각했던 것이다.

나그네가 돌아보았을 때 여관 주인은 사라져 버리고 없었다. 테나르디에는 감히 인사도 하지 않고 살짝 꺼져 버렸는데, 이튿날 아침에 철저하게 우려낼 작정인 사람을 실례가 되는 다정스러운 태도로 대하고 싶지 않았던 것이다.

여관 주인은 자기 방으로 물러갔다. 그의 아내는 누워 있었으나 자고 있지는 않았다. 남편의 발소리가 들리자 그녀는 돌아보고 말했다.

"내일 코제트를 쫓아내 버릴 거예요."

테나르디에는 쌀쌀하게 대답했다.

"좋도록 해!"

그들은 다른 말은 하지 않았고, 조금 후에 촛불이 꺼졌다.

한편 나그네는 한쪽 구석에 지팡이와 보따리를 내려놓고 있었다. 여관 주인이 나가자 그는 안락의자에 앉아서 한참 생각에 잠겼다. 그런 후 신을 벗고, 촛불 하나를 손에 들고, 또 하나는 불어서 꺼 버리고, 문을 열고 무엇을 찾는 것처럼 주위를 둘러보면서 방에서 나갔다. 그는 복도를 지나 계단에 이르렀다. 거기서 그는 어린아이의 숨소리 같은 매우 부드러운 작은 소리를 들었다. 그는 그 소리에 이끌려 계단 아래에 만들어 놓았다기보다는 오히려 계단 자체로 형성된 삼각형의 벽장 비슷한 곳에 이르렀다. 이 벽장은 계단의 하부에 불과했다. 거기에, 온갖 헌 바구니며 헌 병들 사이에, 먼지와 거미줄 사이에 침대 하나가 놓여 있었는데, 말은 침대라고 하지만, 구멍이 뚫려 속에서 짚이 비쭉비쭉 비어져 나와 있는 짚 매트와 그 짚 매트가 보일 정도로 구멍이 숭숭 뚫린 침대 커버에 지나지 않았다. 시트는 전혀 없었다. 그것이 타일 바닥에 놓여 있었다. 이 침대에서 코제트가 자고 있었다.

사나이는 가까이 가서 아이를 들여다보았다.

코제트는 깊이 잠들어 있었다. 옷도 다 입은 채였다. 겨울에는 덜 춥도록 옷을 벗지 않았다.

그녀는 인형을 꼭 껴안고 있었다. 인형의 크게 열린 눈이 어둠 속에서 빛나고 있었다. 때때로 그녀는 잠을 깨려는 것처럼 크게 한숨을 쉬고는, 거의 경련적으로 인형을 품 안에 꼭 껴안곤 했다. 그녀의 침대 옆에는 나막신이 한 짝밖에 없었다.

코제트가 자고 있는 헛간 옆에 문 하나가 열려 있고, 그 문을 통해 꽤 큰 컴컴한 방 하나가 보였다. 나그네는 그리로 들어갔다. 안쪽에 유리 문을 통해 한 쌍의 새하얀 작은 침대가 보였다. 그것은 아젤마와 에포닌의 침대였다. 이 침대들 뒤에 버들가지로 만든 휘장 없는 요람 하나가 반쯤 보였는데 거기에는 그날 저녁 내내 울었던 어린 사내아이가 자고 있었다.

나그네는 그 방이 테나르디에 부부의 방과 통하고 있다고 추측했다. 그가 물러가려고 했을 때 그의 시선이 벽난로에 부딪혔는데, 그것은 불이 있을 때에도 언제나 아주 작은 불이 있어서 퍽 추워 보이는 그러한 여관의 거대한 벽난로의 하나였다. 이 벽난로에는 불이 없었고 재조차도 없었는데, 그럼에도 불구하고 거기에 있는 것이 이 여행자의 주의를 끌었다. 그것은 곱게 생긴 크고 작은 두 짝의 어린아이 신발이었는데, 이 여행자는 크리스마스 날 어린이들이 벽난로에 그들의 신발을 갖다 놓고서 그들의 친절한 선녀가 무슨 반짝이는 선물을 가져다주기를 어둠 속에서 기다린다는 아득한 옛날부터의 우아스러운 습관을 머리에 떠올렸다. 에포닌과 아젤마는 그것을 잊지 않고서 벽난로에 제각기 신발 한 짝씩을 갖다 놓았던 것이다.

여행자는 굽어다 보았다.

선녀는, 즉 어머니는 벌써 찾아왔었고, 각각의 신발 속에는 아름다운 10수짜리 새 은전이 빛나고 있는 것이 보였다.

사나이가 몸을 일으켜 막 가려고 할 때, 벽난로 아궁이 안쪽 가장 캄캄한 구석에 따로 또 하나의 물건이 눈에 띄었다. 잘 보니 그것은 나막신이었는데, 변변치 않은 보기 흉한 나막신으로서, 반쯤 부서지고 마른 진흙과 재투성이였다. 그것은 코제트의 나막신이었다. 코제트는 아무리 속아도 결코 낙망하지 않는 어린아이들의 저 갸륵한 신뢰심을 갖고 자기도 벽난로에 제 나막신을 갖다 놓았던 것이다.

일찌기 절망밖에 몰랐던 어린이가 품고 있는 희망이야말로 숭고하고 아름다운 것이다.

그 나막신 속에는 아무것도 없었다.

나그네는 조끼 속을 뒤지고, 몸을 구부려 코제트의 나막신에 루이 금화 한 닢을 넣었다.

그런 뒤에 살금살금 걸어서 자기 방으로 돌아갔다.

9. 테나르디에의 술책

이튿날 아침 날이 새기 적어도 두 시간 전에, 테나르디에는 술집의 천장이 나지막한 식당 방에서 촛불 옆에 앉아 손에 펜을 들고 누런 프록코트 입은 나그네의 청구서를 작성하고 있었다.

아내는 옆에 서서 반쯤 남편 위로 몸을 구부리고서 글씨 쓰는 걸 바라보고 있었다. 그들은 말 한마디 교환하지 않았다.

한쪽에는 심사숙고가 있었고, 다른 쪽에는 인간의 머리에서 놀라운 것이 태어나고 피어나는 것을 바라보는 사람의 경건한 감탄이 있었다. 집 안에서 무슨 소리가 들렸는데, 그것은 '종달새'가 계단을 쓸고 있는 소리였다.

꼬박 십오 분이 지나고 몇 가지를 삭제한 후, 테나르디에는 다음과 같은 걸작을 꾸며 냈다.

1호실 손님의 계산서

저녁 식사	3프랑
침실	10프랑
양초	5프랑
불	4프랑
봉사료	1프랑
합계	23프랑

이 청구서에는 봉사료 'service'가 'servisse'라고 씌어 있었다.

"23프랑이나!" 하고 아내는 좀 망설이면서도 감격하여 외쳤다.

모든 위대한 예술가들처럼 테나르디에는 그래도 만족하지 않았다.

"쳇!" 하고 그는 말했다.

그것은 마치 빈 회의에서 프랑스의 계산서를 작성하고 있는 캐슬레이 같은 말투였다.

"테나르디에 씨, 당신이 옳아요. 그만큼은 돈을 내야 해요."

하고 아내는 자기 딸들 앞에서 사나이가 인형을 주었던 걸 생각하며 중얼거렸다. “그건 정당해요. 하지만 너무 많아요. 그렇게 내려고 하지 않을 거예요.”

테나르디에는 쌀쌀하게 웃고 말했다.

“낼 거야.”

그 웃음은 확신과 권위의 최후 표현이었다. 그렇게 말한 것은 꼭 그렇게 될 것이 틀림없었다. 아내는 전혀 고집하지 않았다. 그녀는 식탁을 정돈하기 시작했고, 남편은 식당에서 이리저리 걷고 있었다. 잠시 후에 그는 덧붙였다.

“나는 1500프랑이나 빚이 있어, 나는!”

그는 벽난로 구석에 가서 앉고는, 따뜻한 재 위에 두 발을 올려놓고 깊은 생각에 빠졌다.

“아 참!” 하고 아내가 말을 이었다. “오늘 내가 코제트를 쫓아낸다는 걸 당신 잊지 않으셨겠지요? 요 녀석! 이년이 인형을 갖고 있는 걸 보면 내 가슴이 찢어진다니까요! 이년을 하루 더 집에 놓아두는 것보다 나는 차라리 루이 18세와 결혼하는 것이 좋겠어요!”

테나르디에는 파이프에 불을 붙이고 연기를 뿜어 내면서 대답했다.

“청구서는 당신이 그 사람에게 건네주구려.”

그러고는 밖으로 나갔다.

그가 식당에서 나가자마자 나그네가 들어왔다.

테나르디에는 그의 뒤에 즉시 다시 나타나 아내한테만 보이도록 방긋이 열린 문에 가만히 서 있었다.

누런 옷을 입은 사나이는 손에 지팡이와 보따리를 들고 있었다.

"이렇게 빨리 일어나셨어요!" 하고 테나르디에의 아내는 말했다. "벌써 떠나시게요?"

그렇게 말하면서도 그녀는 거북한 듯이 청구서를 두 손으로 만지작거리며 그것을 손톱으로 접고 있었다. 그녀의 냉혹한 얼굴에는 이상하게도 주저와 불안의 빛이 감돌고 있었다.

영락없이 '가난뱅이'로 보이던 사람에게 이런 계산서를 제출한다는 것, 그것은 그녀에게는 어려운 것 같았다.

나그네는 뭔가에 정신이 팔려 넋을 잃고 있는 것 같았다. 그는 대답했다.

"네, 아주머니, 갑니다."

"그럼 선생님은 몽페르메유에 볼 일이 있었던 게 아니세요?" 하고 그녀는 말을 이었다.

"아니오. 여기를 지나가다 들른 겁니다. 그뿐입니다, 아주머니." 하고 그는 덧붙였다. "얼마지요?"

테나르디에의 아내는 아무 말 없이 접어 들고 있던 청구서를 그에게 내밀었다.

사나이는 종이를 펼쳐 보았으나 분명히 그의 주의는 딴 데에 있는 것 같았다.

"아주머니." 하고 그는 말을 이었다. "이 몽페르메유에서 장사는 잘됩니까?"

"그럭저럭 하고 있어요." 테나르디에의 아내는 사나이가 조금도 다른 말이 없는 것을 보고 어리둥절하여 대답했다.

그녀는 서글프고 한탄하는 투로 말을 계속했다.

"아이고, 선생님, 세상 살기 참 힘들어요! 게다가 이곳에는 돈 있는 사람도 별로 없거든요. 아시겠지만 여긴 아주 작은 시골 마을이니까요. 만약에 선생님 같은 돈 많고 후한 여행자들이 이따금 오시지 않는다면! 저희는 부담도 무척 많아요. 봐요, 저 계집애만 하더라도 엄청 많은 돈이 들어요."

"어느 계집애 말이죠?"

"아, 선생님도 아시는 그 계집애 말이에요, 코제트라는! 이 고장에서는 '종달새'라고들 하고 있습니다만."

"아, 그래요!" 하고 사나이는 말했다.

그녀는 계속했다.

"어쩌면 그렇게도 어리석을까, 이 시골 사람들은 그런 별명을 다 붙이고! 저 애는 종달새보다 오히려 박쥐같이 생겼는데. 우리는 말씀이에요, 선생님, 우리는 남의 동정을 구하지는 않지만, 남을 동정해 주지도 못해요. 돈은 통 못 버는데, 치러야 할 건 엄청나게 많답니다. 영업세에, 소비세, 문세(門稅), 창세(窓稅), 부가세가 있어요! 선생님도 아시지만 정부에서 어마어마한 돈을 요구하거든요. 게다가 제게는 제 딸들이 있어요, 제게는요. 저는 남들의 아이를 먹여 살릴 필요는 없어요."

사나이는 되도록 무관심한 체하는 목소리로 다시 입을 열었으나, 그 목소리는 떨리고 있었다.

"그러면 만약 누가 당신을 그 애에게서 해방시켜 준다면?"

"누구에게서요? 코제트에게서 말인가요?"

"그렇습니다."

싸구려 식당 안주인의 격한 붉은 얼굴은 보기 흉한 희색으로 밝아졌다.

"아이고, 선생님! 선생님은 참 친절도 하셔! 가져가세요, 맡아 주세요, 데려가세요, 끌고 가서 설탕을 넣고 송로 버섯과 삶아서 마시든지 잡수시든지 마음대로 하세요. 인자하신 성모마리아와 천국의 모든 성인들에게 감사 드려요."

"그럽시다."

"정말이에요? 데려가 주시는 거죠?"

"데려갑니다."

"당장이오?"

"당장이오. 어린애를 부르시오."

"코제트!" 하고 테나르디에의 아내는 외쳤다.

"우선은." 하고 사나이는 말을 계속했다. "어쨌든 내 비용은 치러 드리겠습니다. 얼마지요?"

그는 청구서를 흘끗 보고 놀라움이 북받치는 것을 참을 수 없었다.

"23프랑!"

그는 싸구려 식당 안주인을 바라보고 되풀이했다.

"23프랑이라고요?"

그렇게 되풀이한 짤막한 말투에는 감탄과 동시에 의문이 한꺼번에 들어 있었다.

테나르디에의 아내는 충격에 대비할 여유를 가졌다. 그녀는 자신 있게 대답했다.

"그럼은요, 선생님. 23프랑이에요."

나그네는 탁자 위에 5프랑짜리 다섯 닢을 놓았다.

"가서 아이를 데려오시오." 하고 그는 말했다.

그때 테나르디에가 식당 한복판으로 걸어나와 말했다.

"선생님은 26수만 치르시면 돼."

"26수요!" 하고 아내는 외쳤다.

"방 값으로 20수." 하고 테나르디에는 쌀쌀하게 말을 이었다. "저녁 식사 값으로 6수. 계집애에 관해서는 선생님과 좀 이야기할 게 있어. 자리를 좀 비켜 줘."

테나르디에의 아내는 그 뜻밖의 재치에 어리둥절했다. 그녀는 위대한 배우가 무대에 들어온 것을 느끼고 한마디 대꾸도 없이 나가 버렸다.

그들만이 있게 되자마자 테나르디에는 여행자에게 의자를 내밀었다. 여행자는 앉았다. 테나르디에는 서 있었다. 그의 얼굴은 소탈하고 호인다운 야릇한 표정을 지었다.

"선생님." 하고 그는 말했다. "말씀 드릴 게 있는데요. 제가 그 애를 애지중지하고 있다는 겁니다, 제가요, 그 아이를 말입니다."

나그네는 사나이를 똑바로 바라보았다.

"어느 애 말입니까?"

테나르디에는 말을 계속했다.

"이건 참 이상한 일입니다! 애정을 느끼고 있거든요. 이 돈이 다 뭐예요? 그러니 이 100수의 돈은 도로 넣으세요. 그 아인 제가 애지중지하는 아이예요."

"그게 누구 이야기요?" 하고 나그네는 물었다.

"에, 우리 귀여운 코제트 말입니다. 선생님은 그 애를 데려가시고 싶다는 것 아니에요? 그런데 솔직히 말씀 드립니다만 선생님이 점잖으신 분이라는 것과 마찬가지로 저는 거기에 동의할 수 없습니다. 이 애가 없으면 저는 허전할 거예요. 아주 어렸을 때부터 보아 왔거든요. 돈이 든다는 것도 사실이고, 좋지 못한 점이 있다는 것도 사실이고, 우리가 돈이 없다는 것도 사실이고, 이 애가 병이 났을 때 단 한 번만으로도 400프랑이 더 되는 돈을 약값으로 치른 것도 사실입니다! 하지만 하느님을 위해서라도 뭔가를 꼭 해 줘야만 합니다. 이 애는 아버지도 없고 어머니도 없고 제가 길렀습니다. 저는 이 애를 위해서나 저를 위해서 빵은 있습니다. 요컨대 저는 애착을 느끼고 있습니다. 이 아이에게 말입니다. 이해하시겠지요, 정이 든 거지요. 저는 참 바보예요, 저는요. 저는 따지지 않고 사랑하고 있어요, 이 어린애를요. 제 여편네는 괄괄하지만 역시 이 애를 사랑하고 있습니다. 아시겠지요, 이 애는 우리 자식이나 진배없어요. 저는 이 애가 집에서 종알거리는 것이 필요해요."

나그네는 여전히 그를 뚫어지게 바라보고 있었다. 그는 계속 말했다.

"미안하고 죄송합니다만 선생님, 지나가는 사람에게 제 아이를 이렇게 주어 버리는 사람은 결코 아무도 없지요. 제 말이 옳지 않습니까? 그래서, 선생님은 부자이시고 썩 좋은 사람이신 것 같으니까, 그것이 이 애의 행복을 위한 일인지 어떤지는 말씀 드리지 않겠습니다만 그래도 알아야 할 거예요. 선생님은 이해하시겠지요? 설령 이 애를 가게 두고 저를 희생한다고 가정하더라도, 저는 이 애가 어디로 가는지 알고 싶고, 이 애를 못 보게 되고 싶지 않고, 이 애가 누구 집에 있는지 알아서 때때로 가서 보고 싶고, 이 애도 제 착한 양아버지가 거기에 있으면서 저를 보살펴 주고 있다는 걸 알고 있다는 걸 저는 알고 싶거든요. 끝으로 세상에는 있을 수 없는 일들이 있어요. 저는 선생님의 성함도 몰라요. 이 애를 데리고 가신다면, 아, '종달새'는? 이 애는 대체 어디로 갔을까? 하고 저는 말할 거예요. 적어도 무슨 종이쪽지나 통행권 한 조각이라도 보여 주셔야 할 거예요."

나그네는 말하자면 상대방의 양심의 밑바닥까지도 꿰뚫어 보는 듯한 눈초리로 여전히 그를 바라보면서 근엄하고 확고한 말투로 대답했다.

"테나르디에 씨, 파리에서 50리쯤 오는데 통행권을 가지고 다니는 사람은 없소. 내가 코제트를 데려간다면 데려갈 뿐이오. 당신에게 내 이름을 알리지 않겠소. 내 주소도 알리지 않겠소. 이 애가 어디에 있을지도 알리지 않겠소. 이 애가 평생 다시는 당신을 보지 않도록 할 작정이오. 나는 이 애의 발에 달린 끈을 잘라 버리고, 이 애는 가 버릴 것이오. 그래도 괜찮겠소? 좋소, 싫소?"

악마와 요정 들이 어떤 표적에서 더 우월한 신의 존재를 알아보는 것과 마찬가지로, 테나르디에는 상대방이 무척 강자임을 알아차렸다. 그것은 직감 같은 것이었고, 그는 그것을 신속하고 총명하게 깨달았다. 전날 수레꾼들과 술을 마시면서도, 담배를 피우면서도, 음란한 노래를 부르면서도, 그는 고양이처럼 노리고 수학자처럼 연구하며, 저녁 내내 그 나그네를 관찰했다. 그는 동시에 자기 자신을 위해, 즐거움을 위해, 그리고 본능에서 그를 몰래 살펴보고, 마치 돈을 받고 그러는 것처럼 그의 동정을 지켜봤다. 누런 프록코트를 입은 그 사나이의 일거수 일투족을 그는 놓치지 않았다. 이 알 수 없는 사나이가 코제트에게 그렇게도 뚜렷이 관심을 나타내기도 전에, 테나르디에는 그것을 짐작했다. 이 늙은이의 깊숙한 눈길이 줄곧 이 애에게로 되돌아오던 것을 그는 간파했다. 왜 그렇게 관심을 가졌을까? 이 사람은 대체 뭘까? 지갑에는 돈을 잔뜩 가지고 있으면서도, 왜 그렇게도 초라한 차림새를 하고 있을까? 그는 이러한 의문을 스스로 제기하면서도 그것을 풀지 못해 안달복달했다. 그는 그것을 밤새도록 생각했다. 저이가 코제트의 아버지일 리는 없다. 할아버지일까? 그렇다면 왜 즉시 신분을 밝히지 않을까? 권리가 있을 때는 그것을 보여 준다. 그러니 저 사람은 분명히 코제트에 대해 권리가 없다. 그렇다면 그는 무엇일까? 테나르디에는 어떻게 추측해야 좋을지 몰랐다. 그는 모든 것을 어렴풋이 보았으나, 아무것도 보지 못했다. 그야 어쨌든, 그 사나이와 대화를 시작하고, 그 모든 것에는 비밀이 있다는 것을 확신하고, 그 사나이가 신분을 감추려 하고 있다고 확신한 그는 자기가 강자임을 느꼈지만, 나그네의 명확하고 단호한 대답을 듣고, 그 신비로운 인물이 그저 신비하기만 한 것을 보았을 때, 그는 자기가 약자임을 느꼈다. 그는 그러한 것을 전혀 예기(豫期)하지 못했다. 그의 추측은 산산이 부서져 버렸다. 그는 자기의 생각들을 집결시켰다. 그는 그 모든 것을 일순간에 검토했다. 테나르디에는 단번에 상황을 판단하는 사람이었다. 그는 단도직입적으로 행해야 할 때라고 생각했다. 오직 명장(名將)들만이 위기임을 알아보고 결행하듯 그는 행동을 취했다. 그는 가려 놓았던 포문을 느닷없이 열었다.

"선생님." 하고 그는 말했다. "1500프랑이 필요합니다."

나그네는 옆 호주머니에서 낡고 검은 가죽 지갑을 꺼내어 그것을 열고 지폐 석 장을 꺼내 탁자 위에 놓았다. 그러고는 그 지폐를 넓적한 엄지손가락으로 누르고는, 싸구려 식당 주인에게 말했다.

"코제트를 오게 하시오."

이러한 일이 일어나고 있는 동안 코제트는 무엇을 하고 있었는가?

그날 아침, 코제트는 잠을 깨자 제 나막신으로 달려갔다. 그녀는 거기서 금화를 발견했다. 그것은 나폴레옹 금화가 아니라 왕정복고 이후 갓 나온 20프랑 금화로, 그 표면에는 월계관 대신에 프로이센식의 조그만 변발이 박혀 있었다. 코제트는 눈이 부셨다. 그녀의 운명이 그녀를 황홀하게 하기 시작했다. 그녀는 금화가 무엇인지 모르고 있었다. 한 번도 본 일이 없었던 것이다. 그녀는 그것을 훔치기라도 한 듯 얼른 호주머니 속에 감추어 버렸다. 그렇지만 그것이 정녕 자기 것이라는 것을 느꼈고, 누가 그것을 자기에게 주었는지도 짐작했지만, 그녀는 일종의 두려움으로 가득 찬 기쁨을 느꼈다. 그녀는 만족했지만 무엇보다도 어리둥절하고 있었다. 이토록 훌륭하고

름다운 것들은 현실 같지 않았다. 인형은 그녀에게 두려움을 주었고, 금화도 두려움을 주었다. 그녀는 그러한 훌륭한 것들 앞에서 약간 몸을 떨었다. 오직 나그네만 그녀에게 두려움을 주지 않았다. 도리어 그는 그녀를 안심시켜 주었다. 전날부터, 놀라움 속에서, 꿈속에서, 그녀는 그녀의 작은 어린아이의 마음속에서 늙고 가난하고 그렇게도 침울한 것 같으면서도 그렇게도 돈 많고 그렇게도 인정 많은 그 사나이를 생각하고 있었다. 그녀가 그 노인을 숲 속에서 만났을 때부터 그녀에게는 모든 것이 변해 버린 것 같았다. 하늘을 나는 극히 작은 제비보다도 더 불행한 코제트는 어머니의 그늘과 날개 아래 피신한다는 것이 무엇인지 여태 알지 못했다. 다섯 살 때부터, 다시 말해서 그녀의 기억이 거슬러 올라갈 수 있는 한 오래전부터, 가엾은 그녀는 추위와 공포에 떨고 있었다. 불행의 혹독한 삭풍 아래서 그녀는 늘 벌거벗고 있었는데, 이제 그녀는 자기가 옷을 입고 있는 것 같았다. 예전에 그녀의 마음은 싸늘했으나 지금은 따뜻했다. 그녀는 이제 테나르디에의 아내도 그다지 무섭지 않았다. 이제 혼자가 아니었다. 누군가가 거기에 있었다.

그녀는 으레 하는 아침 일을 얼른 시작했다. 자기 몸에 지니고 있는 루이 금화에, 간밤에 15수짜리 은전을 떨어뜨렸던 바로 그 앞치마 호주머니 속에 들어 있는 루이 금화에 그녀는 자꾸만 신경이 쓰였다. 그녀는 감히 거기에 손을 대지 못했지만, 오 분씩이나 그것을 들여다보곤 했는데, 이런 말까지도 해야겠거니와, 혀를 쑥 내밀고 그렇게 한 것이다. 그녀는 계단을 쓸면서도 손을 멈추고, 그 자리에 가만히 서서, 비도 온 세상도 잊어버리고, 자기 호주머니 밑바닥에서 반짝이는 그 별을 바라보는 데 정신이 팔려 있었다.

그렇게 들여다보고 있을 때 테나르디에의 아내가 그녀에게 왔다.

남편의 명령으로 코제트를 찾으러 온 것이다. 이건 놀라운 일인데, 그녀는 그 애를 때리지도 않고 호통을 치지도 않았다.

"코제트야." 하고 그녀는 거의 부드럽게 말했다. "어서 이리 온."

조금 후에 코제트는 천장이 나지막한 식당으로 들어갔다.

나그네는 가지고 있던 보퉁이를 끌렀다. 그 속에는 조그만 털 저고리와 앞치마, 교직 속옷, 속치마, 숄, 털양말, 그리고 구두 등 여덟 살짜리 소녀를 위한 완전한 한 벌의 의복이 들어 있었다. 그것은 모두 검은색이었다.

"아가." 하고 사나이는 말했다. "이걸 가져가 얼른 입고 오너라."

해가 떠오를 때, 문을 열기 시작하던 몽페르메유 마을 사람들은 초라한 차림새를 한 노인이 커다란 장밋빛 인형 하나를 팔 아래 끼고 상복을 입은 소녀의 손을 잡고 파리의 거리를 지나가는 것을 보았다. 그들은 리브리 쪽으로 가고 있었다.

그것은 문제의 사나이와 코제트였다.

아무도 그 사나이를 알지 못했고, 코제트도 이제 누더기를 걸치고 있지 않았으므로, 많은 사람들이 그녀를 알아보지 못했다.

코제트는 가고 있었다. 누구와 함께? 그녀는 그것을 모르고 있었다. 어디로? 그녀는 알지 못했다. 그녀가 알고 있는 것은 자기가 테나르디에의 싸구려 음식점을 떠나가고 있다는 것이었다. 아무도 그녀에게 작별 인사를 할 생각을 하지 않았고, 그녀 역시 아무에게도 작별 인사를 할 생각을 하지 않았다. 미움을 받고 있고 미워하고 있는 그 집에서 그녀는 나가고 있었던 것이다.

가련하고 온순한 사람, 그 마음은 이 시간까지 압박만을 받아 왔구나!

코제트는 의젓하게 걸어가고 있었다. 눈을 커다랗게 뜨고 하늘을 우러러보면서. 그녀는 새 앞치마 호주머니 속에 루이 금화를 넣어 놓고 있었다. 때때로 그녀는 몸을 구부리고 얼른 그것을 들여다보고는 노인을 쳐다보았다. 그녀는 마치 자기가 하느님 옆에 있는 것같이 느끼고 있었다.

10. 최선을 구하는 자는 최악을 당할 수 있다

테나르디에의 아내는 여느 때와 마찬가지로 남편이 하는 대로 내버려 두었다. 그녀는 큰 사건을 기대했다. 그 사나이와 코제트가 떠났을 때, 테나르디에는 십오 분 남짓 시간이 흘러간 뒤에 아내를 한쪽으로 불러 1500프랑을 보여 주었다.

"그것뿐이에요?" 하고 그녀는 말했다.

그들이 살림을 시작한 이래 그녀가 남편이 한 일에 감히 비평을 가한 것은 이번이 처음이었다.

그 지적은 효과가 있었다.

"사실 당신 말이 옳아." 하고 그는 말했다. "나는 바보야. 내 모자를 줘."

그는 석 장의 지폐를 접어서 호주머니에 넣고 허둥지둥 집을 나갔으나 잘못 알고 처음엔 오른쪽으로 갔다. 그러다가 근처 사람들에게 물어보고서야 그들이 간 길을 알았다. '종달새'와 그 사나이가 리브리 쪽으로 가고 있는 것을 보았다는 것이다. 그는 그 말에 따라 중얼거리며 성큼성큼 걸어갔다.

"그 사람은 누런 옷을 입고 있지만 분명히 백만장자인데, 나는 참 어리석었다. 처음엔 20수를 내더니 다음엔 5프랑, 또 다음엔 50프랑, 또 그다음엔 1500프랑을, 그것도 거뜬히 냈다. 1만 5000프랑이라도 냈을 거야. 하지만 난 곧 그를 따라잡을 거야."

게다가 소녀를 위해 미리 준비해 온 그 옷 보따리, 그 모든 게 이상스러웠다. 거기에는 많은 비밀이 있었다. 비밀을 잡았을 때엔 그것을 놓치면 안 된다. 부자들의 비밀은 황금을 담뿍 머금고 있는 해면(海綿)이니, 그것을 짜낼 줄 알아야 한다. 그러한 모든 생각들이 그의 머릿속에 소용돌이치고 있었다. "나는 참 어리석었다." 하고 그는 말했다.

몽페르메유에서 나와 리브리로 가는 길이 구부러진 곳까지 다다르면, 거기서부터 고원(高原)으로 뻗어 가는 길이 멀리서도 보인다. 거기에 이르면 사나이와 어린아이를 보게 될 것이라고 그는 계산했다. 거기서 그는 눈이 미치는 한 먼 데까지 바라다보았으나 아무것도 보이지 않았다. 그는 또 다시 사람들에게 물어보았다. 그러는 동안에 그는 시간을 잃고 있었다. 행인들의 말에 의하면, 그가 찾고 있는 사나이와 어린아이는 가니 쪽 숲을 향해 걸어갔다고 했다. 그는 그쪽으로 급히 갔다.

그들은 그보다 앞서 가고 있었으나, 어린아이는 천천히 걸어가고 그는 빨리 가고 있었다. 게다가 그는 그 고장을 잘 알고 있었다.

갑자기 그는 걸음을 멈추고 이마를 쳤는데, 그것은 마치 중요한 것을 잊어버린 사람이 오던 길을 되돌아가려고 하는 것 같았다.

'총을 가져올 것을!' 하고 그는 생각했다.

테나르디에는 이중성격 소유자의 한 사람으로, 그런 사람들은 때때로 우리가 모르는 사이에 우리들 가운데를 지나서 아무도 모르는 사이에 사라져 버린다. 왜냐하면 생애는 그들의 일면밖에 보이지 않기 때문이다. 많은 사람들의 운명은 그렇게 절반 물속에 잠겨서 사는 것이다. 평온하고 평범한 상황에서, 테나르디에는 정직한 상인, 선량한 시민이라고 불러도 좋을 만한 사람을 만들기 위해(그런 사람이 되기 위해라고는 말하지 않겠다.) 필요한 모든 것을 가지고 있었다. 동시에, 어떤 처지에 빠지면, 어떤 충격이 그의 밑바닥의 성질을 들어올리게 되면, 그는 악당이 되기 위해 필요한 모든 것을 가지고 있었다. 그는 속에 괴물이 들어 있는 가게 주인이었다. 때때로 사탄이 테나르디에가 살고 있는 술집의 구석에 쪼그리고 앉아서 이 추악한 걸작 앞에서 공상에 잠기고 있음에 틀림없었다.

잠시 망설이다가, '이런! 그사이에 그들이 달아나 버리겠다!' 하고 그는 생각했다.

그러고는 가던 길을 계속 갔다, 똑바로 빨리, 그리고 거의 확신한 듯이, 마치 한 떼의 자고새들의 냄새를 맡아 낸 여우처럼 예민하게.

아닌 게 아니라, 못들을 지나고 벨뷔 큰길의 오른편에 있는 커다란 숲 속 빈터를 비스듬히 건넜을 때, 셸 수도원의 옛 수도관의 궁륭을 덮고 있는 언덕을 둘러싸다시피 하고 있는 그 잔디밭 길에 이르렀을 때, 덤불 위에서 모자 하나가 그의 눈에 띄었다. 그것은 그가 이미 온갖 억측을 다 해 보고 있던 것으로서, 바로 그 사나이의 모자였다. 덤불은 나지막했다. 테나르디에는 사나이와 코제트가 거기에 앉아 있는 것을 알아보았다. 코제트는 키가 작아서 보이지 않았으나, 인형의 머리가 보였다.

테나르디에의 생각은 어긋나지 않았다. 사나이는 거기에 앉아서 코제트를 쉬게 하고 있었던 것이다. 테나르디에는 덤불을 돌아서 찾고 있던 그들의 눈앞에 불쑥 나타났다.

"죄송합니다, 선생님." 하고 그는 헐떡거리며 말했다. "여기 선생님의 1500프랑을 가져왔습니다."

그렇게 말하면서 그는 석 장의 지폐를 나그네 앞에 내밀었다.

사나이는 쳐다보았다.

"이게 무슨 뜻이오?"

테나르디에는 공손하게 말했다.

"코제트를 돌려주시라는 말씀입니다, 선생님."

코제트는 부르르 떨며 늙은이에게 몸을 꼭 붙였다.

사나이는 테나르디에의 눈 속을 꿰뚫어 보면서, 그리고 모든 음절의 사이를 떼면서 대답했다.

"코제트를 되-찾-아-가-겠-다-고?"

"네, 선생님, 되찾아 가겠습니다. 말씀드리겠습니다. 저는 깊이 생각해 봤습니다. 그런데 저는 이 아이를 선생님께 드릴 권리가 없습니다. 저는 정직한 사람이거든요. 아시겠습니까? 이 소녀는 제 것이 아니라 이 애 어머니의 것입니다. 제게 이 애를 맡긴 것은 이 애의 어머니였으니까 이 애의 어머니에게밖에는 내드릴 수가 없습니다. 선생님은 이렇게 말씀하시겠지요, 하지만 이 아이의 어머니는 죽었다고. 좋아요. 그렇다면 이 사람에게 어린애를 내주라고 어머니가 서명한 쪽지를 가져오는 사람한테밖에는 어린애를 내줄 수 없습니다. 이건 당연한 일입니다."

사나이는 아무 대답 없이 호주머니 속을 뒤졌고 테나르디에는 지폐가 들어 있는 그 지갑이 다시 나타나는 것을 보았다.

싸구려 식당 주인은 기쁨에 몸이 떨렸다.

'옳지, 됐다!' 하고 그는 생각했다. '정신 바짝 차려야겠다. 나를 매수할 작정이로군!'

지갑을 열기 전에 나그네는 흘끗 주위를 둘러보았다. 그곳은 적막하기 짝이 없는 곳이었다. 숲 속에도, 골짜기에도 개미 새끼 한 마리 얼씬하지 않았다. 사나이는 지갑을 열고, 테나르디에가 기다리고 있던 한 줌의 지폐가 아니라 한 장의 작은 종이 조각을 꺼내어 그것을 펼쳐서 여관 주인에게 내밀며 말했다.

"옳은 말이오. 읽어 보시오."

테나르디에는 종이 조각을 받아 들고 읽었다.

테나르디에 씨에게

이 사람에게 코제트를 내어 주세요.

모든 사소한 것들도 값을 치르겠어요.

삼가 인사 말씀 올립니다.

팡틴

"이 서명을 알아보시겠지요?" 하고 사나이는 말했다.

그것은 확실히 팡틴의 서명이었다. 테나르디에는 그것을 알아보았다.

아무런 항변의 여지가 없었다. 그는 두 가지로 몹시 원통함을 느꼈다. 바라던 매수를 단념하는 것이 원통했고, 격파당한 것이 원통했다. 사나이는 덧붙여 말했다.

"그 쪽지는 어린아이를 내주었다는 증거로 받아 두어도 좋소."

테나르디에는 질서 정연하게 퇴각했다.

"이 서명은 제법 비슷한걸." 하고 그는 입속으로 중얼거렸다. "그래, 좋다!"

그런 뒤에 그는 절망적인 노력을 시도했다.

"선생님." 하고 그는 말했다. "좋습니다. 선생님이 그 사람이니까. 그러나 '모든 사소한 비용'을 지불해 주셔야겠습니다.

대단한 액수입니다."

사나이는 벌떡 일어섰다. 그리고 헐어 빠진 소매에 묻은 먼지를 손가락 끝으로 털면서 말했다.

"테나르디에 씨, 정월에 이 아이 어머니는 당신에게 부채가 120프랑 있다고 했소. 당신은 2월에 500프랑의 계산서를 보내 2월 말에 300프랑, 3월 초에 300프랑을 받았소. 그때부터 아홉 달이 경과했으니까, 약속대로 한 달에 15프랑이면, 135프랑이 되오. 당신은 100프랑을 더 받았소. 당신에게 갚을 빚은 35프랑이 남았소. 그런데 나는 아까 당신에게 1500프랑을 지불했소."

테나르디에는 덫에 걸린 이리가 그 강철 톱니로 조임을 당할 때에 느끼는 것과 같은 느낌이었다.

'이 녀석은 대관절 무엇일까?' 하고 그는 생각했다.

그는 이리처럼 행동했다. 그는 충격을 주었다. 그의 대담한 행동은 이미 한 번 성공했다.

"이름도 모르는 양반." 하고 그는 단호히 그리고 이번에는 공손한 태도를 집어치우고 말했다. "나는 코제트를 데리고 가겠소. 싫다면 3000프랑을 내시오."

나그네는 조용히 말했다.

"가자, 코제트야."

그는 왼손으로 코제트의 손을 잡고, 오른손으로는 땅바닥에 있는 지팡이를 집었다.

테나르디에는 그 곤봉이 엄청나게 크고 그곳이 호젓함을 깨달았다.

사나이는 어린아이와 함께 숲 속으로 들어갔다. 꿈쩍도 않고 어리둥절해 서 있는 싸구려 식당 주인을 뒤에 두고.

그들이 멀어져 가는 동안, 테나르디에는 사나이의 구부정하고 넓은 어깨와 투박한 주먹을 주시하고 있었다.

그런 뒤에 그의 눈길은 자기 자신에게 되돌아와서 자기의 가냘픈 팔과 여윈 손 위에 떨어졌다. '나는 정말 참 바보임에 틀림없어.' 하고 그는 생각했다. '총을 안 가지고 오다니, 사냥을 나왔는데!'

그렇지만 여관 주인은 포기하지 않았다.

"어디로 가는지 알아보자." 하고 그는 말했다. 그러면서 멀리서 그들의 뒤를 밟기 시작했다. 그의 손에는 두 가지 것이 남아 있었다. '팡틴'이라고 서명된 종이 조각의 아이러니와 1500프랑의 위로금.

사나이는 코제트를 데리고 리브리와 봉디 쪽으로 가고 있었다. 그는 무슨 생각과 슬픔에 잠긴 듯 고개를 수그리고 천천히 걸어가고 있었다. 겨울이라 숲이 트이어 보였기 때문에, 테나르디에는 꽤 멀리 뒤에 처져 있었으나 그래도 그들을 볼 수 있었다. 이따금 사나이는 몸을 돌이켜 누가 뒤에 따라오지 않는지 보았다. 갑자기 그는 테나르디에를 보았다. 그는 코제트와 함께 후다닥 빽빽한 숲 속으로 들어가 둘 다 보이지 않게 되었다. "빌어먹을 자식 같으니!" 하고 테나르디에는 말했다. 그러면서 발걸음을 재촉했다. 숲이 칙칙했기 때문에 그는 그들에게 더 접근해야만 했다. 사나이는 가장 촘촘한 곳에 이르자 홱 돌아보았다. 테나르디에는 아무리 나뭇가지 사이로 숨었어도 사나이에게 들키지 않을 수 없었다. 사나이는 불안스러운 눈으로 그를 흘끗 보고는, 머리를 흔들고 다시 길을 갔다. 여관 주인은 다시 뒤를 밟기 시작했다. 그들은 그렇게 이삼백 보를 걸었다. 갑자기 사나이는 또 다시 홱 돌아보았다. 그는 여관 주인을 보았다. 이번에는 하도 무시무시한 얼굴을 하고 쏘아보았기 때문에 테나르디에는 더 가 보았자 '소용없겠다'고 판단했다. 테나르디에는 길을 되돌아왔다.

11. 9430호가 다시 나타나 코제트의 제비에 뽑히다

장 발장은 죽은 것이 아니었다.

바다에 떨어졌을 때, 아니, 바다에 몸을 던졌을 때, 그는 앞서 본 바와 같이 쇠사슬에서 풀려 있었다. 그는 물속을 뚫고 어느 정박 중인 배 아래까지 헤엄쳐 갔는데 거기에는 거룻배 하나가 매어져 있었다. 그는 저녁때까지 그 거룻배 속에 숨어 있을 수 있었다. 밤이 되자, 그는 다시 헤엄치기 시작하여 브룅 곶(岬)에서 그다지 멀지 않은 해안에 다다랐다. 거기서 그에게 없는 것은 돈이 아니었기 때문에, 그는 옷을 손에 넣을 수 있었다. 발라기에 부근에 있는 술집 하나가 탈옥수에게 옷을 팔고 있었는데 돈벌이가 잘되는 장사였다. 그런 뒤에 장 발장은 법망과 사회적 불운을 피하려고 애쓰는 저 모든 한심한 탈주자들처럼 아무도 알 수 없는 우여곡절을 겪었다. 그는 보세 근처의 프라도에서 최초의 은신처를 발견했다. 그런 다음

윗녘 알프스 지방으로 들어가서, 브리앙송 근처의 그랑 빌라르 쪽으로 갔다. 더듬더듬하는 불안스러운 도주로서, 그 갈림길을 알 수 없는 두더지 구멍 같은 길이었다. 그가 지나간 발자취를 훗날 찾아낼 수 있었는데, 그것은 앵 지방에서는 시브리외의 땅, 피레네 지방에서는 샤바유 부락 근처의 그랑주 드 두메크라고 불리는 아콩, 그리고 페리괴 근방에서는 샤펠 고나게 고을의 브뤼니였다. 그는 파리에 다다랐다. 독자는 방금 그가 몽페르메유에 있는 것을 보았다.

파리에 도착하여 그가 맨 먼저 한 일은 예닐곱 살짜리 소녀를 위한 상복을 사고, 이어 집을 구하는 것이었다. 그렇게 하고 나서 그는 몽페르메유로 갔었다.

독자는 기억하겠지만, 그는 이전의 탈주 때 이미 몽페르메유에서, 또는 그 부근에서 비밀리에 여행을 했는데 그것을 사법 당국에서 어렴풋이 눈치를 채고 있었다.

그런데 지금은 그가 죽었다고들 믿고 있었기 때문에 그를 둘러싸고 있던 어둠은 짙어졌다. 파리에서 그의 사건을 게재한 신문 한 부가 그의 손에 들어왔다. 그는 안심하게 되었고 마치 실제로 죽은 것과 거의 진배없는 평화를 느꼈다.

테나르디에 부부의 손아귀에서 코제트를 끌어낸 바로 그날 저녁 그는 파리로 되돌아갔다. 그는 해 질 무렵에 어린아이와 함께 몽소 성문을 통해 거기에 되돌아갔다. 거기서 그는 포장마차를 타고 천문대 앞 광장까지 갔다. 거기서 마차에서 내려 마부에게 돈을 치르고, 코제트의 손을 잡고 둘이서, 캄캄한 밤중에, 우르신과 글라시에르에 인접한 인기척 없는 거리들을 지나 로피탈 가로수 길 쪽을 향해 갔다.

코제트에게 그날은 감격적이고 이상한 날이었다. 외딴 싸구려 음식점에서 산 빵과 치즈를 울타리 뒤에서 먹었고, 자주 마차를 바꾸어 탔고, 한참씩 걸었는데, 그녀는 투덜거리지 않았으나 피로했는데, 장 발장은 그 아이가 걸어가면서 더욱더 많이 자기 손을 끌어당겨, 그런 줄 알았다. 그는 그녀를 업었다. 코제트는 인형 카트린을 손에 든 채 머리를 장 발장의 어깨에 기대고 잠이 들었다.

4
고르보의 누옥

1. 고르보 선생

지금으로부터 사십 년 전, 외로운 산책자가 살페트리에르 변방으로 들어가 가로수 길을 걸어 이탈리아 성문 쪽으로 올라가면, 마침내 파리 장안도 다 끝났는가 싶어지는 곳에 도달했다. 거기는 행인들이 있는 것을 보면 벽지도 아니고, 집과 거리 들이 있는 것을 보면 벌판도 아니고, 거리에 한길처럼 수레 바큇자국이 있고 풀이 나 있는 것을 보면 도시도 아니고, 집들이 대단히 높은 것을 보면 마을도 아니었다. 그렇다면 그곳은 무엇이었을까? 그것은 아무도 없지만 사람이 살고 있는 곳이었고, 누군가가 있지만 인기척 없는 곳이었고, 대도시의 한 가로수 길이고 파리의 한 거리이지만 밤에는 숲 속보다도 더 호젓하고 낮에는 묘지보다도 더 으슥한 곳이었다.

그것은 마르셰 오 슈보(馬市場)라는 옛 구역이었다.

이 마시장의 허물어진 네 벽을 더 지나서, 프티 방키에 거리까지 가고, 높은 담으로 둘러싸인 채소밭을 오른편으로 끼고 가다가 거대한 비버의 집 같은 참나무 껍질 무더기를 쌓아 올려놓은 목장께를 지나고, 나뭇등걸과 톱밥, 대팻밥 등의 무더기 위에서 뚱뚱한 개 한 마리가 짖고 있고 목재가 담뿍 쌓여 있는 땅을 둘러싼 울타리를 거쳐, 음침하고 새카만 작은 문이 달려 있고 봄철에는 꽃이 피는 이끼로 덮여 있는 나지막하고 다 허물어진 긴 담을 지나고, 마지막으로 가장 궁벽진 곳에 이르러, '벽보 부착 금지'라고 굵은 글씨가 씌어 있는 낡아빠진 꼴사나운 건물 하나를 지나면, 마침내 비뉴 생 마르셀 거리의 모퉁이에 도달하는데, 여기는 별로 알려져 있지 않은 곳이었다. 거기에는 공장 가까이에, 양쪽 정원의 담 사이로 그 당시 한 채의 누옥이 보였는데 그것은 언뜻 보기에 초가집처럼 작은 것 같으나 사실은 대성당처럼 큰 것이었다. 그것은 한길 쪽으로 비스듬히 박공만 나타나 보이기 때문에 겉으로는 협소해 보였다. 거의 집 전체가 가려져 있었다. 그 문과 창 하나밖에 사람들 눈에 띄지 않았다.

이 누옥은 이 층 건물이었다.

이 건물을 살펴볼 때 맨 먼저 눈에 띄는 점은, 그 문은 결코 누옥의 문일 수밖에 없는데, 그 창은 그것이 만약 돌담에 나 있지 않고 잘라 낸 건축용 석재에 나 있었다면 훌륭한 저택의 창이 될 수도 있었으라는 것이었다.

문은 아무렇게나 빠갠 장작개비들 같은 가로장들로 조잡하게 연결된 벌레 먹은 판자 조각들을 이어 붙여 놓은 것에 불과했다. 그 문은 단이 높은 가파른 계단과 직접 통했는데, 석회칠을 한, 흙과 먼지투성이 계단은 문과 같은 넓이로, 거리에서 보면 사다리처럼 반듯이 올라가서 두 벽 사이의 어둠 속으로 사라졌다. 이 문에 뚫려 있는 보기 흉한 상부는 좁은 널판 조각으로 가려져 있고, 그 널판 한복판에는 세모진 창구멍이 트어 있어서, 문이 닫혀 있을 적에는 천창(天窓)과 채광창 노릇을 하고 있었다. 문 안쪽에는 붓에 잉크를 찍어 두 번 휘둘러 52라는 숫자가 씌어 있고, 좁은 널판 조각에는 같은 붓으로 50이라는 숫자가 휘갈겨져 있었다. 그래서 사람들은 망설였다. 그래 몇 번지일까? 문 위에서는 50번지라 말하고, 안쪽은, '아니다, 52번지다.' 라고 대꾸한다. 뭔지 모를 먼지 빛깔 누더기 같은 것이 세모진 창구멍에 깃발처럼 드리워져 있었다.

창은 크고, 충분히 높았으며, 겉창과 커다란 유리가 끼워져 있는 창틀이 달려 있었다. 다만 그 큰 유리는 온갖 모양으로 금이 가 있는 것을 교묘하게 종이로 발라 감추어 놓기는 했으나 그것이 도리어 눈에 띄었으며, 겉창들은 경첩이 빠져서 근들근들했기 때문에 집에 사는 사람들을 보호하기보다는 오히려 지나가는 사람들에게 불안감을 주었다. 겉창을 가로지른 창살이 여기저기 빠져 도망간 곳에는 널판 조각을 세로로 아무렇게나 못질해 놓고 있었다. 처음에는 가로살 겉창이었던 것이 지금은 판자 겉창이 되어 있었다.

꾀죄죄해 보이는 그 문과 부서지기는 했으나 의젓해 보이는 그 창을 이처럼 같은 집에서 보는 것은 마치 어울리지 않는 두 명의 거지를 보는 것 같은 인상이어서, 둘이 함께 나란히 걸어가고 있기는 하지만 같은 누더기 아래에서도 서로 다른 모습을 하고 있어서, 하나는 애초부터 거지였으나 또 하나는 애당초 신사였으리라 싶어지는 것과 같았다.

계단은 건물의 일부로 통하고 있는데, 그곳은 매우 널따랗고 마치 헛간을 주택으로 삼은 것 같았다. 이 건물에는 창자처럼 기다란 복도가 나 있고, 그 좌우로 다양한 넓이의 방 같은 것들이 있었는데, 방이라기보다는 오히려 구멍가게 같은, 사람이 바듯이 살 수 있을까 말까 한 방이었다. 이 방들은 주변의 빈터에 면해 있었다. 그 모든 것은 침침하고, 으슥하고, 희멀겋고, 음침하고, 무덤 같았다. 지붕이나 문에는 틈이 벌어져 있었기 때문에, 쌀쌀한 햇빛이나 싸늘한 겨울바람이 거기로 스며들었다. 이런 종류의 집에서만 볼 수 있는 특히 흥미롭고 인상적인 것은 거미집이 무척 크다는 점이다.

현관문 왼편, 가로수 길 쪽으로, 한 길쯤 되는 높이에, 막아 놓은 채광창 하나가 네모진 벽감(壁龕)을 이루고 있는데 어린 아이들이 오다 가다 거기에 던져 놓은 돌이 가득 차 있었다.

이 건물의 일부는 최근 파괴되어 버렸다. 그러나 오늘날 남아 있는 것만으로도 아직 옛날의 모습을 짐작할 수 있었다. 이 건물 전체는 아직 백 년을 채 넘지 못했다. 백 년이라면 성당으로서는 아직 청년이지만, 주택으로서는 노년이다. 사람의 집은 인간의 단명의 성질을 띠고 있고, 하느님의 집은 천주의 영생(永生)의 성질을 띠고 있는 것 같다.

우체부는 이 누옥을 50-52번지라고 부르지만 이 구역에서는 고르보의 집이라는 이름으로 알려져 있었다.

그 명칭의 유래는 이러했다.

식물학자가 풀을 수집하듯 일화를 수집하고 사라지기 쉬운 날짜들을 핀으로 기억 속에 꽂아 놓기를 일삼는 자잘한 사실들의 수집가들은 파리에, 전 세기에, 1770년경에, 샤틀레 재판소에 하나는 코르보라 하고 또 하나는 르나르라고 하는 두 검사가 있었다는 것을 알고 있다. 두 사람의 성은 라퐁텐의 우화에 나오는 까마귀(코르보)와 여우(르나르)의 이름이다. 그야말로 법조계의 조롱거리가 되기에 안성맞춤이었다. 이내 약간 음절수가 안 맞는 풍자시가 법원의 복도에 퍼졌다.

> 코르보 선생은 서류 위에 앉아서,
> 　　집행할 차압을 부리에 물고 있었다.
> 르나르 선생은 냄새에 끌려,
> 　　대충 이런 얘기를 그에게 했다.
> "야아, 안녕하시오!" 운운.*

두 정직한 법률가는 그러한 조롱이 거북하고 자기들 뒤에

---

* 라퐁텐의 우화 첫머리를 참고로 적어 둔다.

까마귀 선생은 나무에 앉아서,
치즈를 부리에 물고 있었다.
여우 선생은 냄새에 끌려,
대충 이런 말을 그에게 했다.
"야아, 안녕하시오!" 운운.

따라다니는 폭소에 제대로 고개를 들고 다닐 수 없어, 성을 바꾸어 버리기로 마음먹고 왕에게 청원하기로 결심했다. 때마침 한쪽에서는 교황 특파 공사(公使)가, 또 한쪽에서는 라 로슈 에몽의 추기경이 두 사람 다 경건하게 무릎을 꿇고 폐하의 어전에서 침대에서 나오는 총희(寵姬) 뒤 바리 부인의 벌거벗은 두 발에 각각 실내화를 신기던 바로 그날, 청원서가 루이 15세에게 제출되었다. 웃고 있던 임금은 계속 웃고, 유쾌하게 두 주교에게서 두 검사에게로 옮아가 그 법률가들에게 그들의 성을 면제해 주었다. 아니, 거의 면제해 주었다. 왕의 윤허 덕분에 코르보 선생은 그의 성의 첫 글자에서 획 하나를 떼어 고르보라고 불렸다. 르나르 선생은 그의 성의 첫 글자 앞에 프라는 글자를 붙여서 프르나르라고 불릴 수밖에 없어, 코르보 선생만큼 만족해하지는 못했다. 그도 그럴 것이 두 번째 성도 첫 번째 성보다 덜 비슷할 것이 별로 없었기 때문이다.

그런데 이 지방의 전설에 따르면, 그 고르보 선생이 로피탈 가로수 길 50-52번지 건물의 소유자였다고 한다. 그 굉장한 창을 만든 것도 바로 그 사람이었다.

이러한 연유로 이 누옥에는 고르보의 집이라는 이름이 붙게 되었던 것이다.

50-52번지와 마주 보고, 가로수 길의 나무들 사이에, 사 분의 삼이 죽은 커다란 느릅나무 한 그루가 서 있었고, 거의 그 맞은편에 고블랭 성문 거리가 열려 있는데, 이 거리는 당시엔 인가가 없었고, 비포장이었고, 철에 따라 푸르렀다 먼지를 둘러썼다 하는 초라한 나무들이 심어져 있었는데, 이 거리는 파

리 외곽의 성벽으로 똑바로 통하고 있었다. 이웃 공장의 지붕에서는 이따금 녹반(綠礬) 냄새가 풍겼다.

성문은 아주 가까이에 있었다. 1823년에는 아직 성벽이 남아 있었다.

이 성문 자체는 사람의 마음에 죽음의 영상들을 던져 주었다. 그것은 비세트르의 길이었다. 제국과 왕정복고 시대에 사형수들이 처형되는 날 이 길을 통해 파리에 들어왔다. 1829년경에 그 수수께끼 같은 '퐁텐블로 성문 살인 사건'이 일어난 게 거기다. 사법 당국이 그 범인들을 찾아내지 못한 사건으로, 진상이 밝혀지지 않는 슬픈 문제요, 풀리지 않은 무서운 수수께끼였다. 거기서 몇 걸음 더 나아가면 저 불길한 크룰르바르브 거리가 나오는데, 거기서는 마치 멜로드라마에서처럼 윌바흐가 이브리의 양 치는 소녀를 천둥 소리와 함께 단도로 찔러 죽였다. 또 몇 걸음 더 나아가면, 생 자크 성문께에 있는, 꼭대기를 쳐 버린 보기 흉한 느릅나무 숲에 다다르는데, 그곳은 저 박애주의자들이 단두대를 감추는 데 사용한 곳으로, 사형 앞에서 주춤거리면서 감히 그것을 당당히 폐지하지도 못하고 그것을 단호히 유지하지도 못했던 상인과 시민 사회의 그 비루하고 수치스러운 형장(刑場)이었다.

삼십칠 년 전에는, 언제나 무시무시하고 거의 숙명적인 것 같은 생 자크 광장을 제외하고는, 이 모든 음침한 가로수 길에서도 아마 가장 음침한 곳은, 오늘날에도 역시 그토록 매력 없는, 그 50-52번지의 누옥이 있던 곳이었다.

시민들의 집은 이십오 년 후에야 비로서 거기에 세워지기 시작했다. 그곳은 음산했다. 거기서 사람들은 침울한 생각에 사로잡히고, 둥근 지붕이 보이는 살페트리에르 구제원과 바로 가까이에 성문이 있는 비세트르 구제원 사이에, 다시 말해서 여자 미치광이와 남자 미치광이 사이에 끼어 있는 것이 느껴졌다. 눈이 미치는 한 보이는 것이라고는 도살장과 성벽, 그리고 여기저기 드문드문 보이는 병사(兵舍) 또는 수도원 같은 공장들의 전면. 도처에 판잣집들과 떨어져 있는 벽토, 염포(殮布) 같은 검고 낡은 벽과 수의(壽衣) 같은 하얀 새벽뿐이었다. 도처에 늘어서 있는 평행한 가로수들, 일직선으로 그은 듯한 건물들, 납작한 건축물들, 싸늘한 긴 선(線)들, 그리고 직각들의 서글픈 황량함. 지면의 기복도 없고, 건축의 변화도 없고, 높낮이도 없었다. 모든 것이 싸늘하고, 규칙적이고, 몹시 보기 흉했다. 균제(均齊)처럼 가슴 답답한 것은 아무것도 없다. 균제는 곧 권태요, 권태는 곧 애수(哀愁)의 근본이기 때문이다. 권태는 하품한다. 고뇌의 지옥보다도 더 무서운 것이 있다면, 그것은 권태의 지옥일 것이다. 만약에 그러한 지옥이 존재한다면, 이 로피탈 가로수 길의 한 토막이 그 길일 수 있었을 것이다.

그렇지만 해 질 무렵이면, 햇빛이 사라져 갈 때면, 특히 겨울에, 황혼의 삭풍이 느릅나무들의 마지막 붉은 잎을 앗아 갈 때면, 어둠이 짙고 별빛도 없을 때면, 또는 달빛과 바람이 구름 사이로 흘러내릴 때면, 이 가로수 길은 갑자기 무서운 것이 됐다. 직선들이 마치 무한의 토막들처럼 어둠 속으로 빠져 들어가 없어져 버리는 것이었다. 그곳을 지나가는 자는 그곳의 수없이 많은 흉악한 전설을 생각하지 않을 수 없었다. 그토록 많은 죄악이 범해진 그곳의 적막 속에는 뭔가 무시무시한 것이 있었다. 그 어둠 속에는 꼭 허방다리가 있을 것만 같았고, 어둠 속의 모든 어렴풋한 형체들이 수상해 보였고, 각각의 나무 사이로 보이는 네모진 긴 틈바귀들은 묘혈(墓穴) 같았다. 낮은 보기 흉하고, 저녁은 음산하고, 밤은 험악했다.

여름에 황혼이 깃드는 무렵이면, 여기저기에 노파 몇몇이 느릅나무들 아래, 비에 곰팡이가 슨 벤치들에 앉아 있는 것이 보였다. 이 노파들은 대개 구걸을 하고 있었다.

그런데 이 구역은 예스럽다기보다는 오히려 시대에 뒤진 것 같았는데 그때부터 변모해 가고 있었다. 벌써 그때부터, 그 변화를 보려고 하는 자는 급히 서둘러야만 했다. 날마다 그 전체의 어떤 부분이 사라져 가고 있었다. 오늘날, 그리고 이십 년 전부터, 오를레앙 철도의 역이 거기 옛날의 성문 밖 구역 옆에 있어서 거기에 영향을 주고 있다. 한 수도(首都)의 가장자리에 기차역이 설치되는 곳은 어디고 성문 밖 구역이 소멸하고 도시가 태어난다. 민중 활동의 그 대중심지 주위에서는, 그 강력한 기계의 요란스러운 소리에, 석탄을 먹고 불을 토하는 문명의 그 괴물 같은 말[馬]들의 숨결에, 생명의 싹이 가득 찬 땅이 진동하여 입을 벌리고, 인간의 낡은 주택들을 삼켜 버리고 새 주택들을 내놓는 것 같다. 헌 집들은 허물어지고, 새 집들이 솟아오른다.

오를레앙 철도의 역이 살페트리에르의 땅에 침입한 이래, 생 빅토르의 해자(垓字)와 식물원 옆으로 통하는 옛날의 좁은 거리들은 역마차와 삯마차, 합승 마차의 물결이 날마다 서너 번씩 난폭하게 지나다니느라 뒤흔들려 어느새 집들은 좌우로 물러나고 있다. 왜냐하면 아주 옳으면서도 말하기에는 이상스러운 일들이 있는데, 마찬가지로 대도시들에서는 태양이 남향집들을 돋아나게 하고 키워 주듯이, 빈번한 마차의 왕래는 거리들을 넓히는 것이 확실하다. 새로운 삶의 징후들은 뚜렷했다. 시골의 옛 구역에, 더없이 황량한 가장 구석진 곳에, 심지어 아직 통행인들이 없는 데까지도 포장도로가 보이고, 보도들이 깔리고 뻗어 나가기 시작했다. 어느 날 아침, 1845년 7월의 어느 기념할 만한 아침, 역청이 가득한 새카만 솥들이 거기서 갑자기 연기를 뿜는 것이 보였는데, 바로 그날로 문명이 루르신 거리에 도착했고 파리가 생 마르소 문밖까지 들어왔다고 말할 수 있었다.

2. 부엉이와 꾀꼬리의 보금자리

장 발장이 걸음을 멈춘 것은 이 고르보의 누옥 앞에서였다. 그는 들새처럼 가장 적막한 곳을 자기 집으로 골랐던 것이다.

그는 조끼 속을 뒤져 일종의 결쇠를 꺼내 문을 열고 들어가서는, 조심스럽게 다시 문을 닫고, 여전히 코제트를 업은 채 계단을 올라갔다.

계단 꼭대기에서 그는 호주머니에서 또 하나의 열쇠를 꺼내 또 하나의 문을 열었다. 그가 들어가서 곧 닫아 버린 방은 꽤 넓은 고미다락 방 같은 것인데, 마룻바닥에 매트 하나가 깔려 있었고, 탁자 하나와 의자 몇 개가 갖추어져 있었다. 한쪽 구석에는 난로에 불이 피워져 잉걸이 보이고 있었다. 가로수 길의 가로등이 이 초라한 방 안에 희미한 빛을 던지고 있었다. 안쪽으로 작은 방 하나가 있는데 거기에는 야전침대 하나가 놓여 있었다. 장 발장은 어린아이를 업고 그 침대로 가서 깨지 않도록 가만히 내려놓았다.

그는 부시를 쳐서 촛불을 켰는데, 그 모든 것은 미리 탁자 위에 준비되어 있었다. 그리고 그는 전날 밤에 그렇게 했던 것처럼, 친절과 애정이 넘치는 황홀한 눈으로 코제트의 얼굴을 들여다보기 시작했다. 소녀는 극도의 강자와 극도의 약자에게밖에는 없는 저 태연한 믿음을 가지고 누구와 함께 있는지도 모른 채 잠이 들었고, 어디에 있는지도 모르고 계속 자고 있었다.

장 발장은 몸을 구부리고 그 아이의 손에 입을 맞추었다.

아홉 달 전에 그는 어머니의 손에 입을 맞추었는데 그녀 역시 막 잠들어 있었다.

그때와 같은 애절하고, 경건하고, 침통한 생각이 그의 가슴을 가득 채웠다.

그는 코제트의 침대 옆에 무릎을 꿇었다.

날이 환히 밝았는데도 어린아이는 아직 자고 있었다. 동짓달 태양의 희멀건 햇살이 그 초라한 방의 유리창을 통해 그림자와 햇빛의 기다란 줄무늬를 천장에 아로새기고 있었다. 그때 별안간, 무겁게 짐을 실은 채석공(採石工)의 수레가 가로수 길의 차도 위를 지나가면서 마치 폭풍우가 휘몰아치듯 그 허술한 집을 흔들고 밑바닥에서 꼭대기까지 떨게 했다.

"네, 아주머니!" 하고 코제트는 펄쩍 깨어나서 외쳤다. "가요! 가요!"

그러면서 아직도 잠이 와서 눈을 반쯤 감은 채 침대에서 뛰어내려 벽 모서리 쪽으로 손을 뻗쳤다.

"어머나! 빗자루가 어디 갔지!" 하고 그녀가 말했다.

그러다가 눈을 활짝 뜨고 장 발장의 빙긋이 웃는 얼굴을 보았다.

"아 참! 그렇지!" 하고 어린아이는 말했다. "안녕히 주무셨어요."

어린아이들은 본래 그들 자체가 행복과 환희이기 때문에, 이내 예사롭게 행복과 환희를 받아들인다.

코제트는 침대 아래에 인형 카트린이 있는 것을 보고 얼른 집어 갖고 놀면서도 장 발장에게 오만 것을 다 물어보았다. 여기는 어디인가? 파리는 큰 곳인가? 테나르디에 아주머니에게서 썩 멀리 와 있는가? 그녀가 되돌아오지 않을까? 등등. 갑자기 그녀가 외쳤다. "여기는 참 예쁘네요!"

이건 지독히 누추한 집이었다. 하지만 그녀는 자유로움을 느꼈다.

"쓰레질을 할까요?" 하고 그녀는 이윽고 말을 이었다.

"놀아라." 하고 장 발장은 말했다.

그날은 그렇게 지나갔다. 코제트는 아무것도 알려고 하지도 않고 그 인형과 그 노인 사이에서 말할 수 없이 행복했다.

3. 두 불행이 섞여서 행복을 만들다

이튿날도 날이 샐 때 장 발장은 코제트의 침대 옆에 있었다. 그는 거기서 꿈쩍도 않고 기다리며, 그녀가 깨어나는 걸 바라보고 있었다.

뭔지 새로운 것이 그의 영혼 속에 들어오고 있었다.

장 발장은 일찍이 아무것도 사랑해 본 일이 없었다. 이십오 년 전부터 그는 이 세상에서 외톨이였다. 한 번도 아버지나, 애인이나, 남편이나, 친구가 되어 본 적이 없었다. 형무소에서 그는 악하고, 침울하고, 순결하고, 무식하고, 사나웠다. 이 늙은 죄수의 마음은 순진무구했다. 누이와 조카들의 기억은 희미하고 가물가물하다가 마침내 거의 완전히 스러져 버렸다. 그는 그들을 찾아내려고 갖은 노력을 다했으나, 찾아내지 못하고 결국은 잊어버리고 말았다. 인간성이란 그렇게 되어 있는 것이다. 젊은 시절의 다른 애정들도, 그런 것이 있었다면 말인데, 심연 속에 빠져 버렸다.

코제트를 보았을 때, 그녀를 잡아 탈취하고 구출했을 때, 그는 자기의 오장육부가 꿈틀거리는 것을 느꼈다. 그의 속에 있던 모든 정열과 애정이 눈을 떠 이 아이 쪽으로 달려갔다. 그는 그녀가 자고 있는 침대 옆에 가서 기쁨에 떨었고, 어머니 같은 심중의 소용돌이를 느꼈으나, 그것이 무엇인지 알지 못했다. 왜냐하면 사랑하기 시작하는 저 커다랗고 야릇한 마음의 움직임은 매우 막연하고 매우 부드러운 것이니까.

가련한 늙은이의 아주 새로워진 마음이여!

다만 그는 쉰세 살이고 코제트는 여덟 살이었기 때문에, 그가 일평생 품을 수 있을 모든 사랑은 무어라 말할 수 없는 일종의 빛 속에 녹아들었다.

그것은 그가 만난 두 번째 흰빛의 출현이었다. 미리엘 주교는 그의 마음의 지평선에 미덕의 여명을 떠오르게 해 주었고, 코제트는 사랑의 여명을 떠오르게 해 주었다.

처음 며칠은 그러한 황홀경 속에 흘러갔다.

코제트 쪽도 역시 저도 모르는 사이에 딴사람이 되어 있었다. 가련한 어린것이여! 어머니와 헤어졌을 때는 아직 퍽 어렸기 때문에 어머니 생각은 나지 않았다. 무엇에고 감기는 어린 포도 순 같은 모든 어린아이들처럼 그녀도 사랑해 보려고 했다. 그녀는 그것에 성공하지 못했다. 모두가 그녀를 뿌리쳤다. 테나르디에 부부도, 그들의 아이들도, 또 다른 아이들도 모두. 그녀는 개를 사랑했으나, 개는 죽어 버렸다. 그런 뒤 아무것도 그녀를 받아들이지 않았고, 아무도 받아들이지 않았다. 말하기도 처량하거니와, 이미 지적한 바와 같이 여덟 살 된 그녀의 마음은 쌀쌀했다. 그것은 그녀의 탓이 아니었다. 그녀에게 없는 것은 결코 사랑하는 능력이 아니라, 아 슬프다! 그것은 가능성이었다. 그러므로 첫날부터, 그녀 속에서 느끼고 생각하는 모든 것은 이 노인을 사랑하기 시작했다. 그녀는 한 번도 느껴 보지 못했던 것을, 환희를 느꼈다.

노인은 더 이상 그녀에게 늙었다거나 가난하다는 인상조차 주지 않았다. 그녀는 장 발장을 아름답다고 생각했다. 이 누추한 집을 예쁘다고 생각하는 것과 마찬가지로.

그것이야말로 서광, 유년, 청춘, 희열의 효과다. 땅과 생활의 새로움도 그것에 뭔가 관계가 있다. 고미다락 방에 비치는 행복의 영롱한 빛처럼 즐거운 것은 아무것도 없다. 우리들은 모두 그렇게 우리들의 과거에 하나의 푸른 다락방을 가지고 있다.

자연은 오십 년의 차이를 두고 장 발장과 코제트 사이에 깊은 간격을 만들어 놓았는데, 이 간격을 운명은 메워 버렸다. 운명은 나이로는 다르지만 불행으로는 비슷한 이 뿌리 뽑힌 두 사람을 갑자기 맺어 주고, 그 불가항력적인 힘으로 묶어 주었다. 아닌 게 아니라 양자는 서로 보충해 주고 있었다. 코제트의 본능은 하나의 아버지를 찾고 있었다. 마치 장 발장의 본능이 하나의 어린아이를 찾고 있었듯이. 서로 만나는 것, 그것은 서로 발견하는 것이었다. 그들의 두 손이 맞닿은 신비로운 순간에 이 두 손은 꼭 붙어 버렸다. 이 두 영혼이 서로 보았을 때, 이들은 서로가 서로에게 필요하다는 것을 서로 알아보고 서로 꼭 껴안았다.

아래의 낱말들을 가장 포괄적이고 가장 절대적인 의미로 사용해서 하는 말인데, 무덤의 벽에 의해 모든 것과 격리되어, 코제트가 '고아'인 것처럼 장 발장은 '홀아비'였다고 말할 수 있으리라. 그러한 처지에서 장 발장은 천사같이 코제트의 아버지가 되었다.

그리고 사실 셸의 깊은 숲 속에서, 어둠 속에서 장 발장의 손이 코제트의 손을 잡았을 때 코제트가 받은 신비로운 인상은 환각이 아니라 현실이었다. 이 어린아이의 운명 속에 이 사나이가 들어온 것은 하느님의 도래였다.

게다가 장 발장은 은신처를 잘 골라 놓았다. 그는 거기서 거의 완전무결하다고 할 만한 안전 속에 있을 수 있었다.

그가 코제트와 함께 차지하고 있던 작은 방이 딸린 방은 가로수 길 쪽으로 트인 창이 붙어 있는 방이었다. 이 창은 이 집에 유일한 것이었으므로, 옆에서도 앞에서도, 이웃 사람의 눈은 하나도 걱정할 것이 없었다.

이 50-52번지의 아래층은 일종의 황폐한 헛간으로, 채소 장수들의 곳간으로 쓰이고 있었고, 위층과는 아무런 통로도 없었다. 위아래층 사이의 마루바닥엔 뚜껑 문도 계단도 없었다. 그것은 마치 이 누옥의 횡격막 같았다. 2층에는, 앞서도 말한 바와 같이 여러 개의 방과 몇 개의 고미다락 방이 있었는데, 고미다락 방 하나에만 노파 한 명이 살면서, 장 발장의 집안 심부름을 해 주고 있었다. 그 밖의 모든 방에는 아무도 살고 있지 않았다.

이 노파는 명색이 '셋집 주인'이었으나, 사실은 문지기 노릇을 하고 있었는데, 그녀는 이 집을 크리스마스 날 그에게 빌려 주었다. 그는 노파에게, 자기는 연금으로 살고 있는데 스페인의 공채(公債)에 손을 댔다가 실패했기 때문에, 손녀딸과 함께 살러 온 것이라고 말했으며, 여섯 달분 방세를 미리 지불하고, 앞서 본 것처럼 두 방에 가구를 갖추어 놓도록 노파에게 부탁해 두었다. 그들이 도착한 날 저녁, 이 노파가 난로에 불을 피우고 모든 준비를 해 놓았다.

몇 주가 지나갔다. 이 두 사람은 이 보잘것없는 누추한 집에서 즐거운 생활을 하고 있었다.

코제트는 새벽부터 웃고 재잘거리고 노래했다. 어린아이들도 새들처럼 그들의 아침 노래가 있다.

이따금 장 발장은 코제트의 빨갛게 얼어 터진 자그만 손을 잡고 거기에 입을 맞추었다. 가엾은 어린아이는 늘 맞는 것이 버릇이어서 그것이 무슨 뜻인지 모르고 아주 부끄러워서 도망가 버렸다.

때때로 그녀는 정색을 하고 제 작은 검은 드레스를 들여다보곤 했다. 코제트는 더 이상 누더기를 입고 있지 않았고 상복을 입고 있었다. 그녀는 빈궁에서 나와 삶에 들어가고 있었다.

장 발장은 그녀에게 읽기를 가르치기 시작했다. 아이에게 글자를 하나하나 주워 읽히면서도, 이따금 그는 자기가 형무소에서 읽기를 배운 것은 악한 짓을 하려는 생각에서였다고 생각했다. 그런 생각이 한 어린아이에게 읽기를 가르치는 것으로 바뀌었다. 그런 때면 늙은 죄수는 생각에 잠긴 천사 같은 미소를 지었다.

그때 그는 하늘이 미리 정해 놓은 뜻을, 사람 아닌 누군가의 의지를 느끼고 명상에 빠져들었다. 좋은 생각들도 나쁜 생각들처럼 그것들의 심연이 있다.

코제트에게 읽기를 가르치고, 그녀를 놀게 두는 것, 그것이야말로 장 발장의 생활의 거의 전부였다. 게다가 그는 그녀에게 그녀의 어머니 이야기를 해 주고, 기도를 드리게 했다.

코제트는 그를 '아버지'라고 불렀다. 다른 이름은 모르고 있었다.

그는 몇 시간이고 코제트가 인형에게 옷을 입혔다 벗겼다 하는 것을 바라다보고, 재잘거리는 것에 귀를 기울이며 시간을 보냈다. 그때부터 인생은 재미가 넘쳐흐르는 것 같고, 사람들은 착하고 올바른 것 같았으며, 그는 그의 생각 속에서 더 이상 아무에게도 아무것도 탓하지 않았고, 이 아이한테서 사랑을 받고 있는 지금 자기가 아주 늙어 빠지도록 살아서는 안 될 아무런 이유도 보지 못했다. 그는 매력적인 빛에 의해 밝게 빛나듯이 코제트에 의해 밝게 빛나는 하나의 미래 전체가 자기 앞에 있음을 보고 있었다. 가장 훌륭한 사람들도 이기적인 생각을 아니할 수 없다. 이따금 그는 코제트가 아름다워지지는 않으리라 생각하고 일종의 기쁨을 느꼈다.

이것은 개인적인 의견에 불과하지만, 내 온전한 생각을 말하기 위해서인데, 코제트를 사랑하기 시작했을 때 장 발장이 처해 있던 상황에서, 그가 꾸준히 선행을 하기 위해 그러한 보급이 필요하지 않았다는 것은 나에겐 명백한 사실이 아니다. 그는 최근에 인간들의 악의와 사회의 비참함을 새로운 각도에서 보았는데, 그 각도는 불완전한 것으로 불가피하게 진실의 일면밖에, 팡틴 속에 요약된 여자의 운명, 자베르 속에 구현된 공권(公權)밖에 보여 주지 않았다. 그는 형무소로 되돌아갔었는데, 이번에는 훌륭하게 행동했기 때문이었다. 그는 새로운 쓰라림을 톡톡히 맛보았다. 그는 또 다시 혐오와 피로에 사로잡혔다. 주교의 기억 자체도 후일 혁혁하고 당당하게 다시 나타날 수 있을지 몰라도, 아마 어떤 때는 사라질 뻔했는데, 결국 그 거룩한 기억은 약해져 가고 있었다. 장 발장이 낙담하여 다시 타락하기 직전에 있지 않았는지 누가 알랴? 그는 사랑했고 다시 강해졌다. 오호라! 그도 역시 코제트와 마찬가지로 비틀거리고 있었던 것이다. 그는 그녀를 지켰고 그녀는 그를 굳건하게 해 주었다. 그의 덕택으로 그녀는 인생에서 걸어갈 수 있었고, 그녀의 덕택으로 그는 덕(德)의 길을 계속 갈 수 있었다. 그는 이 아이의 버팀이었고 이 아이는 그의 거점이었다. 오, 운명의 균형의 헤아릴 수 없는 기막힌 신비여!

4. 셋집 주인이 본 것

장 발장은 조심성 있게 낮에는 결코 밖에 나가지 않았다. 매일 저녁, 땅거미가 질 무렵에, 한두 시간 산책을 했는데, 때로는 혼자서, 흔히 코제트와 함께, 가장 호젓한 가로수 길의 보도를 찾아다니거나, 해가 질 무렵에는 성당들에 들어갔다. 그는 보통 가장 가까운 성당인 생 메다르에 갔다. 그가 코제트를 데리고 가지 않는 때 그녀는 노파와 함께 있었다. 하지만 노인과 함께 나가는 것을 어린아이는 기뻐했다. 그녀는 인형 카트린과의 황홀한 대면보다는 노인과 함께하는 한 시간을 더 좋아했다. 노인은 그녀의 손을 잡고 걸으면서 재미있는 이야기를 해 주었다.

코제트는 매우 쾌활한 아이가 되었다.

노파는 청소도 하고 요리도 하고 쇼핑도 했다.

그들은 언제나 불은 조금 피웠으나, 퍽 곤궁한 사람들처럼 검소하게 살았다. 장 발장은 첫날의 가구를 아무것도 바꾸지 않았다. 다만 코제트의 작은 방으로 들어가는 유리 끼운 문을 창이 없는 문으로 갈게 했을 뿐이다.

그는 여전히 누런 프록코트와 검은 바지에 헌 모자를 쓰고 있었다. 거리에서 사람들은 그를 가난뱅이로 착각했다. 이따금 친절한 부인네들이 뒤돌아보고 1수짜리 동전을 주는 일도 있었다. 장 발장은 그 동전을 받고 공손히 인사했다. 때로는 동냥을 하는 불쌍한 사람을 만나기도 했는데, 그럴 때면 그는 아무도 자기를 보고 있지 않은지 뒤돌아다보고, 그 불쌍한 사람에게 살짝 다가가서 그의 손에 한 닢의 돈을, 흔히 한 닢의 은화를 놓고는 얼른 물러서곤 했다. 그것은 그에게 이롭지 않은 일이었다. 그 구역에서 그는 '적선하는 거지'라는 이름으로 알려지기 시작했다.

'셋집 주인' 할머니는 인상이 고약한 여자였는데, 늘 이웃 사람을 호시탐탐 엿보는 사람으로, 장 발장의 동정도 몰래 자세히 살펴봤다. 그녀는 귀가 좀 멀었는데, 그 때문에 그녀는 수다스러워졌다. 이가 다 빠져 위아래로 하나씩밖에 남아 있지 않았는데, 그녀는 그것을 노상 맞부딪쳤다. 노파는 코제트에게 여러 가지 것을 물어보았으나, 코제트는 몽페르메유에서 왔다는 것밖에 아무것도 몰랐기 때문에 아무것도 말할 수 없었다. 어느 날 아침, 이 엿보기 좋아하는 여자는 장 발장이 심상치 않은 얼굴을 하고 이 누옥의 아무도 살고 있지 않은 방들 중 하나로 들어가는 것을 보았다. 그녀는 늙은 고양이 같은 발걸음으로 그를 따라가, 바로 곁에 있는 문 틈으로 그에게 들키지 않게 그를 살펴봤다. 장 발장은 아마 더 조심을 하기 위해서 그 문에 등을 돌리고 있었다. 노파가 보니, 그는 자기 호주머니를 뒤져서 갑 하나와 가위, 실을 꺼내고 이어 자기 프록코트 한 자락의 안을 타기 시작하고, 그 속에서 누르스름한 종이 한 조각을 끄집어내어 펼쳤다. 노파는 그것이 1000프랑짜리 지폐인 것을 알아보고 깜짝 놀랐다. 노파가 1000프랑짜리 지폐를 본 것은 생전에 두 번째인가 세 번째였다. 그녀는 깜짝 놀라서 달아나 버렸다.

잠시 후에 장 발장은 노파에게 와서 그 1000프랑짜리 지폐를 바꾸어다 달라고 부탁하면서 그것은 어제 받은 반년분의 연금이라고 덧붙였다. 노파는 생각했다. '어디서 받았을까? 저분은 어제저녁 6시에야 외출했는데. 그런 시간에 국고(國庫)가 열려 있을 리는 만무한데.' 노파는 지폐를 바꾸러 가면서 오만 생각을 다 해 보았다. 이 1000프랑짜리 지폐는 온갖 억측과 꼬리가 붙어서 비뉴 생 마르셀 거리의 수다스러운 아낙네들 사이에 많은 놀라운 화제를 낳았다.

그 후 어느 날, 장 발장은 저고리만 입고, 복도에서 톱으로 장작을 켜고 있었다. 노파는 방 안에 있었고 청소를 하고 있었다. 그녀 혼자였고, 코제트는 장작이 톱에 켜지는 것을 흥이 나서 열심히 보고 있었다. 노파는 프록코트가 못에 걸려 있는 것을 보고 그것을 뒤졌는데, 옷 안은 다시 꿰매져 있었다. 노파는 주의 깊게 그것을 만져 보았는데, 옷자락과 소매의 겨드랑이 속에 두꺼운 종이가 있는 게 느껴지는 것 같았다. 아마 또 다른 1000프랑짜리 지폐들이리라!

그녀는 그 밖에도 호주머니들 속에 오만 것이 다 들어 있는 것을 보았는데, 그녀가 보았던 바늘과 가위, 실뿐 아니라 큼직한 지갑, 매우 큰 칼, 그리고 수상하게도 다양한 빛깔의 여러 개의 가발이 있었다. 프록코트의 어느 호주머니고 모두 무슨 불의의 사건에 대비하기 위한 것인 것 같은 물건들로 가득 차 있었다.

이 누옥의 주민들은 그렇게 그해 겨울의 마지막 날들에 이르렀다.

5. 땅바닥에 떨어진 5프랑짜리 동전의 소리

생 메다르 성당 가까이에 버려진 공동 우물가의 돌 위에 한 가난한 사나이가 쪼그리고 있었는데, 장 발장은 쾌히 그에게 적선을 하고 있었다. 그는 이 사나이 앞을 지나갈 때 몇 푼씩 돈을 주지 않는 일이 별로 없었다. 이따금 그는 그에게 말도 걸었다. 이 거지를 시기하는 사람들은 그를 '경찰 끄나풀'이라고 했다. 그는 일흔다섯 살의 늙은 교회 지기였는데 줄곧 중얼중얼 기도를 하고 있었다.

어느 날 저녁, 장 발장은 코제트도 동반하지 않고 그곳을 지나가는데, 그 거지가 여느 때와 같은 자리에 막 켜진 가로등 아래에 있는 것을 보았다. 그 사나이는 그의 버릇대로 기도를 드리는 것 같았고 몸을 완전히 구부리고 있었다. 장 발장은 그에게 가서 평소대로 그의 손에 동냥을 주었다. 거지는 별안간 눈을 들고 장 발장을 뚫어지게 바라보다가 얼른 머리를 수그려 버렸다. 그 동작은 번개 같았다. 장 발장은 소스라치게 놀랐다. 가로등 불빛에 언뜻 본 그 얼굴은 늙은 교회 지기의 평화롭고 경건한 얼굴이 아니라, 무시무시한 아는 얼굴인 것 같았다. 그는 갑자기 어둠 속에서 호랑이와 마주친 것 같은 느낌이 들었다. 그는 소스라치게 놀라 화석처럼 굳어져서 머뭇거리고, 감히 숨도 못 쉬고, 말도 못 하고, 그냥 있지도 못하고, 달아나지도 못하고, 거지를 들여다보고 있었는데, 거지는 누더기를 둘러쓴 머리를 수그리고 있으면서 그가 거기에 있다는 것을 모르는 같았다. 그 이상야릇한 순간에 장 발장이 말 한마디 하지 않은 것은 본능, 아마도 신비로운 보존 본능 때문이었으리라. 거지는 다른 날과 똑같은 키에 똑같은 누더기를 걸치고, 똑같은 외모를 하고 있었다. "쳇!" 하고 장 발장은 말했다. "내가 미쳤군! 내가 꿈을 꾸고 있어! 있을 수 없는 일이야!" 그러면서도 몹시 불안한 마음으로 집에 돌아갔다.

그가 보았다고 생각한 그 얼굴이 자베르의 얼굴이었다고는 감히 자기 자신에게도 시인할 수 없었다.

그날 밤, 그 일을 곰곰이 생각하면서 그는 그 사나이에게 다시 한 번 고개를 들게 하기 위해 뭔가 좀 물어보지 않은 것을 후회했다.

이튿날 해거름에 그는 또 다시 그리로 갔다. 거지는 제자리에 있었다. "안녕하시오, 노인장." 하고 장 발장은 그에게 돈 한 푼을 주면서 과감하게 말했다. 거지는 고개를 들고 구슬픈 목소리로 대답했다. "예, 고맙습니다, 친절하신 어르신." 그것은 확실히 그 교회 지기였다.

장 발장은 완전히 안도감을 느꼈다. 그는 웃기 시작했다. '아니 내가 거기서 자베르를 보았다고!' 하고 그는 생각했다. '이럴 수가! 나도 이제 눈이 어두워져 가는가?' 그는 더 이상 그 일을 생각하지 않았다.

며칠 후, 저녁 8시나 되었을까, 그는 자기 방에서 코제트에게 큰 소리로 더듬더듬 글을 읽게 하고 있었는데, 누옥의 문이 열리더니 다시 닫히는 소리가 들렸다. 그것은 그에게 이상해 보였다. 이 집에서 홀로 그와 함께 살고 있는 노파는 초를 아끼려고 밤이 되면 언제나 곧 잠자리에 들었다. 장 발장은 코제트에게 조용히 하라고 손짓했다. 누군가 계단을 올라오는 소리가 들렸다. 부득이한 경우에는 노파가 탈이 나서 약국에 갔을지도 모른다. 장 발장은 귀를 기울였다. 발걸음은 무겁고 남자 발걸음 같은 소리가 났다. 하지만 노파는 평소 투박한 구두를 신고 있었던 데다가 늙은 여자의 발걸음처럼 남자의 발걸음과 비슷한 것은 아무것도 없다. 그렇지만 장 발장은 촛불을 불어 꺼 버렸다.

그는 아주 나직한 목소리로 "기분 좋게 잘 자거라." 하고 말하면서 코제트를 잠자리로 보냈는데, 그가 그녀의 이마에 입을 맞추는 동안, 발소리는 그쳤다. 장 발장은 말없이, 움직이지 않고, 등을 문 쪽으로 돌리고, 꿈쩍도 않고 의자에 앉아서, 어둠 속에서 숨을 죽이고 있었다. 꽤 오랜 시간이 지나서 더 이상 아무 소리도 들리지 않아 그가 소리를 내지 않고 몸을 돌려 방문 쪽으로 눈을 들었을 때, 그는 자물쇠 구멍으로 한 줄기 불빛을 보았다. 그 불빛은 문과 벽 사이의 어둠 속에서 불길한 별처럼 보였다. 분명히 거기서 누군가가 손에 촛불을 들고 귀를 기울이고 있었다.

몇 분이 흘렀고, 불빛은 가 비렸다. 나만 더 이상 발소리가 들리지 않았는데, 이는 문에 와서 귀를 기울이고 있던 사람이 신발을 벗고 있었다는 것을 나타내는 것 같았다.

장 발장은 옷을 입은 채 잠자리에 몸을 던졌는데 밤새도록 눈을 감을 수 없었다.

날이 샐 무렵, 피로해서 졸고 있다가, 복도 안쪽의 어떤 고미다락 방에서 문이 열리는 소리에 그는 잠을 깼고, 이어 간밤에 계단을 올라왔던 사나이의 발소리와 똑같은 발소리를 들었다. 그 발소리가 다가오고 있었다. 그는 침대에서 뛰어내려 자물쇠 구멍에 눈을 갖다 댔는데, 자물쇠 구멍이 꽤 컸기 때문에, 간밤에 이 누옥에 들어와 그의 문 앞에서 엿듣던 어떤 인간이 지나가는 것을 보고 싶었다. 그것은 과연 한 남자였는데, 이번에는 걸음을 멈추지 않고, 장 발장의 방 앞을 지나갔다. 복도가 아직 너무 어두워서 그의 얼굴을 알아볼 수 없었으나, 그 사나이가 계단에 이르렀을 때, 바깥에서 비쳐 온 한 줄기 밝은 빛이 그림자처럼 그의 윤곽을 그려 냈고, 장 발장은 그것을 뒤에서 온전히 보았다. 그 사나이는 키가 크고, 긴 프록코트를 입고 있었으며, 겨드랑이에 곤봉 하나를 끼고 있었다. 그것은 자베르의 무시무시한 모습이었다.

장 발장은 가로수 길 쪽의 창으로 그를 다시 보려고 할 수도 있었을 것이다. 그러나 그 창을 열지 않으면 안 되었을 것인데, 그는 감히 그렇게 할 수 없었다.

이 사나이는 하나의 열쇠로 마치 자기 집에 들어오듯 들어왔던 것이 명백했다. 누가 그에게 그 열쇠를 주었을까? 그것은 무엇을 의미하는 것이었을까?

아침 7시에 노파가 청소를 하러 왔을 때, 장 발장은 날카로운 눈초리로 그녀를 쏘아보았으나 아무것도 묻지 않았다. 그 착한 여자는 여느 때와 같았다.

쓰레질을 하면서 그녀는 그에게 말했다.

"어르신께서는 간밤에 누군가가 들어오는 소리를 아마 들으셨겠지요?"

그 시기에, 그리고 그 가로수 길에서, 저녁 8시라고 하면 가장 캄캄한 밤이다.

"말이 났으니 말인데, 사실 그렇소." 하고 그는 더없이 자연스러운 말투로 대답했다. "대체 그게 누구였소?"

"이 집에 새로 세 들어 온 사람이에요."하고 노파는 말했다.

"그런데 그 이름이 뭐지요?"

"잘은 모르겠어요. 뒤몽이라던가 도몽이라던가, 어쨌든 그 비슷한 이름이에요."

"그런데 어떤 사람입니까, 그 뒤몽 씨는?"

노파는 족제비 같은 작은 눈으로 그를 들여다보며 대답했다.

"연금을 받는 사람이래요, 어르신처럼."

그녀는 아마 아무 의도도 없었을 것이다. 그러나 장 발장은 거기에 어떤 의도가 들어 있는 것을 간파한 것 같았다.

노파가 떠났을 때, 그는 장롱 속에 있던 약 100프랑의 돈꾸

러미 하나를 만들어 호주머니에 넣었다. 그런 일을 하면서 소리가 나지 않도록 조심을 했지만, 5프랑짜리 은전이 손에서 떨어져 마룻바닥 위에서 큰 소리를 내며 굴러갔다.

해가 질 무렵에 그는 밖으로 나가서 가로수 길을 여기저기 유심히 둘러보았다. 아무도 보이지 않았다. 가로수 길에는 전혀 행인이 없는 것 같았다. 사람이 거기 나무들 뒤에 숨을 수 있는 건 사실이지만 말이다.

그는 다시 방으로 올라갔다.

"이리 온." 하고 그는 코제트에게 말했다.

그는 코제트의 손을 잡고 둘이서 나갔다.

5
어둠 속 사냥에 소리 없는 사냥개 떼

1. 책략의 갈지(之)자

독자가 이제부터 읽게 될 페이지를 위해, 그리고 더 뒤에서도 부딪히게 될 페이지를 위해 잔소리가 좀 필요하다.

이 책의 저자가 자기 이야기를 하지 않을 수 없게 된 것은 유감이지만, 저자는 파리를 떠난 지 이미 여러 해가 되었다.* 저자가 떠난 이래 파리는 변했다. 말하자면 저자가 알지 못하는 새로운 도시 하나가 생겨났다. 저자가 파리를 사랑한다는 것은 말할 필요도 없다. 파리는 저자의 정신의 고향이다. 여러 가지의 파괴와 재건의 결과, 저자의 청춘 시절의 파리는, 저자가 자기 기억 속에 고이 간직하고 갔던 그 파리는 이 시간에는

* 빅토르 위고가 국외로 망명한 것을 말한다.

옛날의 파리가 되었다. 그 파리가 마치 아직도 존재하는 것처럼 그가 이야기하는 것을 허락해 주기 바란다. 저자가 장차 독자들을 이끌고 가서 "이러이러한 거리에 이러이러한 집이 있었다."고 말하는 곳에 오늘날에는 더 이상 집도 없고 거리도 없을 수 있다. 만약 독자들이 그런 수고를 하고 싶다면 확인해 보시라. 저자로 말하자면 새로운 파리를 모르므로, 눈앞에 옛날의 파리를 그리운 환영 속에 그리면서 글을 쓴다. 그가 고국에 있던 때 보던 것 중 어떤 것은 자기가 떠난 뒤에도 남아 있어서 모든 것이 사라져 버리지는 않았다고 상상하는 것은 그에게는 즐거운 일이다. 고국에서 가고 오고 하는 동안, 사람들은 생각한다. 저 거리들은 나하고는 관계가 없다, 저 창과 지붕, 문 들은 내게는 아무것도 아니다, 저 벽들은 내게는 상관이 없다, 저 나무들은 흔해 빠진 것들이다, 내가 들어가지 않는 저 집들은 내게는 소용이 없다, 내가 걸어 다니는 저 포장도로들은 돌이다, 라고. 훗날, 더 이상 고국에 있지 않을 때 사람들은 깨닫는다. 그 거리들은 나에게 소중하다, 그 지붕과 그 창, 그 문 들이 나는 그립다, 그 벽들은 내게 필요하다, 그 나무들은 내 애인이다, 내가 들어가지 않은 그 집들에 나는 날마다 들어간다, 그 포장도로들에 나는 내 장부(臟腑)와 피와 심장을 두고 왔다, 라고. 더 이상 보지 못하는 그 모든 장소들, 어쩌면 다시는 영영 못 볼지도 모를, 그리고 그 영상(影像)을 간직하고 있는 그 모든 장소들은 애처로운 매력을 띠고, 우울한 환영 속에 되돌아오고, 눈에 보이는 성지(聖地)가 되고, 말하자면 프랑스의 모습 그 자체가 된다. 그리고 사람들은 그것들을 있는 그대로, 있었던 그대로 사랑하고 떠올리고, 그것들에 집착하고, 그것들을 아무것도 바꾸려고 하지 않는다. 왜냐하면 사람은 어머니의 얼굴에 애착을 갖듯 조국의 모습에 애착을 갖기 때문이다.

그러므로 내가 현재에 과거에 대해 이야기하는 것을 허락해 주시라. 그렇게 말하고 나서, 그러한 것을 염두에 두어 주기를 독자에게 부탁하며, 나는 이야기를 계속한다.

장 발장은 즉시 가로수 길을 떠나 거리들로 들어갔고, 될 수 있는 대로 많이 방향을 바꾸고, 때때로 누가 뒤를 밟고 있지 않은지 확인하려고 느닷없이 왔던 길을 되돌아가기도 했다.

그러한 술책은 몰리는 사슴이 잘하는 짓이다. 발자국이 박힐 수 있는 땅에서, 이 술책은 다른 이점들 중에서도 특히 사냥꾼과 개 들을 속여서 거꾸로 쫓게 하는 이점이 있다. 이것은 사냥에서 '거짓 도망'이라고 부르는 것이다.

보름달 밤이었다. 장 발장은 그것을 섭섭하게 생각하지 않았다. 아직도 지평선에 매우 가까운 달은 거리들을 그림자와 달빛의 커다란 두 면으로 갈라놓고 있었다. 장 발장은 그늘진 쪽의 집과 담벼락 들을 따라가면서 밝은 쪽을 살펴볼 수 있었다. 어두운 쪽이 그의 눈에 들어오지 않는다는 것을 그는 충분히 생각하지 않았다. 그렇지만 폴리보 거리 근처의 모든 적적한 골목길들을 걸으면서 아무도 자기 뒤에 오는 사람이 없는 것이 확실하다고 그는 생각했다.

코제트는 아무것도 묻지 않고 걸었다. 그녀의 생애에서 육년에 걸친 초년 고생은 그녀의 성질에 뭔지 수동적인 것을 가져다주었다. 그런데 이 점은 우리가 나중에도 누차 언급하게 되겠지만, 그녀는 저도 잘 모르는 사이에 그 노인의 이상한 거동과 운명의 야릇함을 예사롭게 여기고 있었다. 게다가 그녀는 노인과 함께 있으면 안전하다고 느끼고 있었다.

장 발장 자신도 코제트와 마찬가지로 자기가 어디로 가고 있는지 모르고 있었다. 코제트가 자기에게 몸을 맡기고 있듯이, 그는 하느님에게 몸을 맡기고 있었다. 자기 역시 자기보다 위대한 누군가의 손을 붙잡고 있는 것 같았고, 눈에 보이지 않는 어떤 존재가 자기를 이끌어 가는 것을 느낀다고 믿고 있었다. 게다가 그는 아무런 뚜렷한 생각도, 아무런 계획도, 아무런 복안도 없었다. 그것이 자베르였는지 어떤지도 확실치 않았고, 또 설령 자베르였다 하더라도, 자기가 장 발장이라는 것을 그 자베르가 알았는지 어떤지도 확실치 않았다. 그는 변장을 하고 있지 않았던가? 사람들은 그가 죽었다고 믿고 있지 않았던가? 그렇지만 며칠 전부터 참 괴상한 일들이 일어나고 있었다. 그에게는 더 많은 것이 필요치 않았다. 그는 다시는 고르보의 집으로 돌아가지 않겠다고 결심했다. 굴에서 내쫓긴 짐승처럼 그는 거주할 집 하나를 찾아낼 때까지 숨을 구멍 하나를 찾고 있었다.

장 발장은 무프타르 구역 내의 여러 다양한 미로(迷路)들을 돌아다녔는데, 그 일대는 마치 아직도 중세의 규율과 소등(消燈)의 속박하에 있는 것처럼 벌써 잠들어 있었다. 그는 교묘한 책략을 써서, 상시에 거리와 코포 거리를, 바투아르 생 빅토르 거리와 퓌 레르미트 거리를 여러 가지로 배합하면서 다녔다.

그 일대에는 하숙집이 여럿 있었으나, 알맞은 것이 전혀 보이지 않아서 들어가지조차 않았다. 하지만 설령 혹시 누가 자기 뒤를 밟았더라도 자기의 종적을 놓쳐 버렸으리라는 것을 그는 믿어 의심치 않았다.

생 테티엔 뒤 몽 성당에서 밤 11시를 알리는 종이 울릴 때, 그는 퐁투아즈 거리 14번지에 있는 경찰 파출소 앞을 지나가고 있었다. 조금 후에 그는 앞서 말한 바와 같은 일종의 본능에서 뒤를 돌아보았다. 그때, 사나이 셋이 파출소의 외등에 똑똑히 비쳐 보였다. 그들은 꽤 가까이에서 그를 따라오고 있었는데, 거리의 그늘진 쪽으로 해서 그 외등 아래를 한 명씩 지나가고 있었다. 그 세 사람 중 하나가 파출소 건물의 출입로로 들어갔다. 선두에서 걷고 있던 자는 그에게 확실히 수상해 보였다.

"가자, 아가." 하고 그는 코제트에게 말하고 황급히 퐁투아즈 거리를 떠났다.

그는 빙 한 바퀴 돌고 벌써 시간이 늦었기 때문에 닫아 버린 파트리아르슈의 통로를 돌아서, 에페 드 부아 거리와 아르발레트 거리를 성큼성큼 걸어서 포스트 거리로 들어갔다.

거기에는 네거리가 있었다. 오늘날 롤랭 중학교가 있는 곳으로, 뇌브 생 주느비에브 거리가 갈라져 나간 곳이다.(말할 것도 없이 이 뇌브 생트 주느비에브 거리*는 옛 거리이며, 포스트(우편) 거리는 십 년 동안 우편 마차 한 번 지나가지 않을 만큼 쓸쓸한 거리

* '뇌브(neuve)'는 '신(新)'이라는 뜻.

다. 포스트 거리는 13세기에 오지그릇 장수들이 살던 곳인데, 그 원래 이름은 포(단지) 거리라고 한다.)

달은 그 네거리에 강한 빛을 던지고 있었다. 장 발장은 어느 문 아래에 숨었는데, 만약 그 사나이들이 아직도 자기 뒤를 밟고 있다면, 그 달빛 아래를 지나갈 적에 틀림없이 그들을 아주 똑똑히 볼 수 있으리라고 예상한 것이다.

아니나 다를까, 삼 분도 못 되어 그들이 나타났다. 그들은 이제 넷이 되었는데, 모두 키가 크고, 긴 갈색 프록코트를 입고 있고, 둥근 모자를 쓰고 있고, 손에 퉁퉁한 곤봉을 들고 있었다. 그들의 거대한 몸집과 커다란 주먹은 어둠 속에서 그들의 음산한 걸음걸이 못지않게 무시무시했다. 흡사 네 유령이 시민으로 둔갑한 것 같았다.

그들은 네거리 한복판에서 걸음을 멈추고 상의하는 사람들처럼 한데 모였다. 그들은 결정을 내리지 못하고 있는 것 같았다. 그들을 지휘하는 것으로 보이는 사람은 돌아서서 장 발장이 들어간 쪽을 오른손으로 힘차게 가리켰고, 또 한 사람은 완강히 반대 방향을 가리키는 것 같았다. 처음 사나이가 그쪽을 돌아보는 순간, 달빛이 그의 얼굴을 완전히 비쳐 주었다. 장 발장은 자베르를 완전히 알아보았다.

2. 다행스러운 아우스터리츠 다리의 짐수레

장 발장은 의심의 여지가 없었지만, 다행히도 그 사나이들은 아직도 의심이 지속되고 있었다. 그는 그들이 머뭇거리고 있는 것을 이용했다. 그들로서는 그만큼 시간을 잃었으나, 그로서는 그만큼 시간을 번 셈이었다. 그는 숨어 있던 문 아래에서 나와 포스트 거리를 식물원 쪽으로 갔다. 코제트가 지치자 그는 그녀를 안고 갔다. 길에는 사람 하나 없었고, 달빛 때문에 가로등도 켜져 있지 않았다.

그는 걸음을 재촉했다.

몇 걸음 성큼성큼 걸어서 그는 고블레 도기 공장에 다다랐는데 공장 정면에는 다음과 같은 낡은 간판 글자를 달빛에 아주 똑똑히 읽을 수 있었다.

> 여기는 고블레 아들의 공장,
> 어서 오셔서 골라 잡으시오.
> 항아리에 병, 꽃병, 토관, 기와,
> 아무한테고 소원대로 팔아 드리오.

그는 클레 거리를 뒤로 하고, 이어 생 빅토르 분수를 지나고, 식물원을 따라 아랫길로 걸어서 강둑에 이르렀다. 거기서 그는 돌아다보았다. 강둑에는 아무도 없었다. 거리에도 아무도 없었다. 그의 뒤에는 아무도 없었다. 그는 숨을 돌렸다.

그는 아우스터리츠 다리에 이르렀다.

이 시대에는 아직도 거기에 통행세가 있었다.

그는 통행세 징수소에 나가서 1수를 냈다.

"2수예요." 하고 다리 지키는 노인이 말했다. "걸을 만한 아이를 보듬고 있으니까 두 사람 몫을 내시오."

그는 거기를 통과함으로써 단서를 잡히지나 않을까 걱정하면서 돈을 치렀다.

모든 도망은 잠행이어야 한다.

때마침 육중한 짐수레 하나가 그와 동시에 센 강을 지나 그와 마찬가지로 오른쪽 강둑으로 가고 있었다. 그것은 그에게 유용했다. 그는 그 짐수레 그림자 속에 숨어서 다리를 온전히 지나갈 수 있었다.

다리의 중간쯤에서, 코제트가 발이 저리니 걷고 싶다고 했다. 그는 코제트를 땅에 내려놓고 다시 그녀의 손을 붙잡았다.

다리를 다 건너고 나니, 조금 오른편 앞으로 공사장들이 보여 그는 그리로 걸어갔다. 거기까지 가려면 달빛이 비치는 훤히 트인 장소를 제법 한참 동안 걸어가야만 했다. 그는 망설이지 않았다. 자기를 추적하던 자들은 분명히 길을 잃었을 것이니 자기는 위험을 모면했다고 장 발장은 믿고 있었다. 찾고는 있겠지만 뒤따라오지는 않을 것이다.

작은 거리 하나가, 즉 슈맹 베르 생 탕투안 거리가 담으로 둘러싸인 두 공사장 사이로 통하고 있었다. 그 거리는 좁고 어두워서, 그를 위해 일부러 만들어져 있는 것 같았다. 거기로 들어가기 전에 그는 뒤를 돌아보았다.

그가 있는 지점에서 그는 아우스터리츠 다리를 전부 바라볼 수 있었다.

네 개의 그림자가 막 다리로 들어온 참이었다.

그 그림자들은 식물원 쪽으로 등을 돌리고 오른쪽 강둑을 향해 오고 있었다.

그 네 그림자, 그것은 그 네 사나이였다.

장 발장은 다시 잡힌 짐승처럼 몸을 떨었다.

그에게는 희망이 남아 있었다. 자기가 코제트의 손을 잡고 그 달빛이 비치는 넓은 광장을 건너왔을 적에는 아마 그 사람들이 아직 다리로 들어오지 않아서 자기를 보지 못했을 것이기 때문이다.

그런 경우라면, 앞에 있는 작은 거리로 들어가서 공사장, 채소밭, 논밭, 건물이 없는 빈터에 도달하게 된다면, 그는 도망갈 수 있었다.

그는 그 괴괴한 작은 거리에 몸을 맡길 수 있을 성싶었다. 그는 그리로 들어갔다.

3. 1727년의 파리의 지도

300보쯤 갔을 때 장 발장은 거리의 분기점에 다다랐다. 그 거리는 두 거리로 갈라져 하나는 왼쪽으로, 또 하나는 오른쪽으로 비스듬히 뻗어 있었다. 장 발장 앞에는 Y 자의 두 가지 같은 것이 있었다. 어느 것을 택할까?

그는 조금도 망설이지 않고 오른쪽 거리를 취했다.

왜?

왼쪽 거리는 문밖으로, 다시 말해 사람들이 살고 있는 곳으로 통했으나, 오른쪽 거리는 시골로, 다시 말해 사람이 없는 곳으로 통하고 있었기 때문이다.

그러는 동안 그들은 더 이상 매우 빨리 걷고 있지 않았다. 코제트의 걸음이 장 발장의 걸음을 늦추고 있었다.

그는 다시 코제트를 보듬었다. 코제트는 노인의 어깨에 머리를 기대고 한마디도 말하지 않았다.

그는 때때로 뒤돌아보았다. 그는 여전히 조심스럽게 거리의 어두운 쪽으로 걸어갔다. 그가 걸어온 거리는 꼿꼿했다. 처음 두세 번 돌아다보았을 적에는 아무것도 보이지 않고 무척 괴괴하여, 그는 적이 안심하고 걷기를 계속했다. 그러다가 한참 후에 돌아보니, 그가 방금 지나온 거리의 부분에, 멀리 어둠 속에 난데없이 뭔가 움직이는 것이 보이는 것 같았다.

그는 걸었다기보다는 오히려 앞으로 뛰어갔다. 어떤 옆 골목길을 발견하여 그리로 도망함으로써 다시 한 번 종적을 끊어 버리기를 바라면서.

그는 하나의 벽에 이르렀다.

그렇지만 이 벽 때문에 더 멀리 갈 수 없는 것은 전혀 아니었다. 그것은 장 발장이 진입했던 거리에 끝이 닿는 옆 골목길에 연결되어 있는 벽이었다.

여기서도 또 그는 결정을 내려야 했다. 오른쪽으로 갈까, 왼쪽으로 갈까.

그는 오른쪽을 바라보았다. 골목길은 곳간이나 헛간 따위의 건물들 사이로 길게 뻗어간 뒤에 막다른 골목으로 끝나 있었다. 이 막다른 골목의 안쪽이 똑똑히 보였다. 커다란 흰 담장이었다.

그는 왼쪽을 바라보았다. 그쪽의 골목길은 틔어 있었고, 약 200보쯤 끝에서 이 골목길이 흘러드는 거리로 통하고 있었다. 살아날 길은 그쪽이었다.

장 발장이 그 골목길 끝에 희미하게 보이는 거리에 도달하기 위해 왼쪽으로 돌아가려고 생각하고 있을 때, 그가 가려고 하는 쪽의 그 거리와 골목길의 모퉁이에 움직이지 않는 하나의 검은 입상(立像) 같은 것이 눈에 띄었다.

누군가가, 한 사나이가, 분명히 금방 거기에 배치되어 길을 막고 기다리고 있었던 것이다.

장 발장은 뒷걸음질쳤다.

장 발장이 있던 파리의 지점은 생 탕투안 문밖과 라페 지구 사이에 위치해 있었는데, 이곳은 최근의 공사들로 말미암아 완전히 변해 버린 곳 중 하나인데, 어떤 사람들은 추해졌다고 하고, 또 다른 사람들은 변모했다고 했다. 논밭과 공사장, 낡은 건물 들은 없어져 버렸다. 오늘날에는 거기에 최신의 신작로, 투기장(鬪技場), 곡예장, 경마장, 철도역 들, 하나의 형무소 마자스가 있다. 보다시피 이건 그 징벌 기관을 갖추고 있는 진보다.

반세기 전에는, 학사원을 '사국원'(四國院)이라 부르고 오페라 코미크를 '페도'라 부르기를 고집하는, 저 전통으로 굳어진 통속적인 일상어로는 장 발장이 도달한 바로 그곳을 '프티 픽퓌스'라 불렀다. 생 자크 문, 파리 문, 세르장 성문, 포르슈롱, 갈리오트, 셀레스탱, 카퓌생, 마유, 부르브, 아르브르 드 크라코비, 프티트 폴로뉴, 프티 픽퓌스, 이러한 것이 새로운 파리에 남아 있는 옛 파리의 지명들이다. 민중의 기억은 그러한 과거의 표류물들 위에 떠 있었다.

그런데 프티 픽퓌스는 겨우 존재했을까 말까 했고 한 구역의 태동에 불과했는데, 거의 스페인 도시의 수도원 같은 모습을 나타내고 있었다. 길들은 거의 포장되어 있지 않았고, 거리들에는 집도 거의 없었다. 내가 곧 말할 두세 개의 거리를 제외하고, 거기에 있는 것이라곤 모두 벽과 적막뿐. 가게 하나 없고 마차 한 대 없었다. 겨우 여기저기에 촛불 하나가 창들에 켜져 있었으나, 그것도 밤 10시 이후에는 모두 꺼졌다. 있는 것이라고는 정원, 수도원, 공사장, 채소밭 들, 드문드문 있는 나직한 집들, 집들과 같은 높이의 커다란 벽들.

전(前) 세기에 이 구역은 그러했다. 그곳은 이미 혁명으로부터 심히 푸대접을 받았다. 공화정부의 토목과는 그곳을 파괴하고, 관통하고, 꿰뚫었다. 그곳엔 쓰레기 매립장이 설치되었다. 삼십 년 전에 이 구역은 새로운 건물들에 밀려나 사라져 가고 있었다. 오늘날 이 구역은 완전히 없어져 버렸다. 프티 픽퓌스는 현재의 어떤 지도에도 흔적이 없지만, 1727년의 지도에는, 즉 파리의 플라트르 거리 맞은편인 생 자크 거리의 드니 티에리 서점과, 리옹의 프뤼당스, 메르시에르 거리의 장 지랭 서점에서 발행한 지도에는 꽤 뚜렷이 나타나 있다. 프티 픽퓌스에는 내가 방금 Y 자 거리들이라고 불렀던 것, 즉 슈맹 베르생 탕투안 거리에 의해 형성된 거리들이 있었는데, 이 거리는 두 갈래 길로 갈라져서 왼쪽 것은 픽퓌스의 작은 길이라는 이름을 가졌고, 오른쪽 것은 폴롱소 거리라는 이름을 가지고 있었다. Y 자의 두 가지는 그 꼭대기가 하나의 막대기로 연결되듯 결합되어 있었다. 그 막대기를 드루아 뮈르 거리라 불렀다. 폴롱소 거리는 거기에 끝이 닿아 있었고, 픽퓌스의 작은 길은 거기서 더 뻗어가 르누아르 시장 쪽으로 올라가고 있었다. 센 강에서 와서 폴롱소 거리의 맨끝에 다다르면 그의 왼편이 드루아 뮈르 거리로 통했는데, 그 오른쪽 모퉁이에서 갑자기 방향을 바꾸면 그 앞에 그 거리의 벽이 보이며, 오른편으로는 드루아 뮈르 거리의 한 동강이 뻗어서 막다른 골목을 이루어 장로의 막바지라는 이름으로 불리고 있었다.

장 발장이 와 있던 곳은 바로 거기였다.

아까 내가 말한 바와 같이 드루아 뮈르 거리와 픽퓌스의 작은 길이 마주치는 모퉁이에서 파수를 보고 있는 검은 그림자를 보았을 때, 그는 뒷걸음질 쳤다. 의심의 여지가 없었다. 그는 그 그림자의 사나이에게 매복을 당하고 있었던 것이다.

어떻게 할까?

이제 후퇴할 때가 아니었다. 그가 조금 전에 그의 뒤에 좀 떨어진 곳 어둠 속에서 움직이는 것을 본 것, 그것은 확실히 자베르와 그 부하들이었다. 자베르는 아마 장 발장이 끝까지 다 온 거리의 첫머리에 와 있었을 것이다. 십중팔구 자베르는 그 작은 미로를 잘 알고 있었고, 그래서 용의주도하게도 부하 하나를 보내어 그 출구를 지키게 했던 것이다. 그러한 추측은 너무나도 명명백백한 것 같아서, 갑자기 일어나는 바람에 한 줌의 먼지가 날아오르듯, 장 발장의 고통스러운 머릿속에 즉시 소용돌이쳤다. 그는 장로의 막바지를 살펴보았는데, 거기는 막혀 있었다. 그는 픽퓌스의 작은 길을 살펴보았는데 거기엔 보초가 있었다. 그는 달빛이 가득 넘치는 하얀 포도(鋪道) 위에 그 끔찍스러운 형상이 새카맣게 부각되어 있는 것을 보았다. 앞으로 가면 그 사나이와 마주친다. 뒤로 가면 자베르의 손에 들어간다. 장 발장은 그물 속에 꼼짝없이 사로잡힌 채 시나브로 죄어지는 것을 느꼈다. 그는 절망하여 하늘을 우러러보았다.

4. 삼십육계의 암중모색

다음에 계속될 이야기를 이해하기 위해서는, 드루아 뮈르 골목길을, 그리고 특히 그 골목길로 들어가기 위해 폴롱소 거리에서 나왔을 때 왼쪽에 두고 가는 모퉁이를 정확히 떠올려야 한다. 드루아 뮈르 골목길은 픽퓌스의 작은 길까지 그 오른쪽 가장자리의 거의 전부에 외관이 초라한 집들이 늘어서 있었다. 왼쪽은 여러 채의 집으로 이루어진 한 줄의 검소한 건물 한 덩어리만 서 있었는데, 그것이 픽퓌스의 작은 길에 가까워짐에 따라 이 층, 삼 층으로 차츰 높아져 갔다. 그래서 이 건물은 픽퓌스의 작은 길 쪽에서는 매우 높았으나 폴롱소 거리 쪽에서는 꽤 나지막했다. 거기, 내가 말한 모퉁이에서는 이 건물은 하나의 벽밖에 없을 정도로 낮아졌다. 이 벽은 거리에 직각으로 가서 끝이 닿아 있지 않고, 뒤로 쑥 들어간 하나의 잘린 벽면을 그리고 있었는데, 이 잘린 벽면은 한 사람은 폴롱소 거리에 있고 또 한 사람은 드루아 뮈르 거리에 있었을 두 정찰자에게는 그 두 개의 모퉁이로 말미암아 보이지 않았다.

그 잘린 벽면의 두 모퉁이에서부터 벽은 폴롱소 거리 쪽으로는 49번지라고 적힌 한 채의 집까지 뻗어 있고, 드루아 뮈르 거리 쪽으로는, 여기서는 그 구간이 훨씬 짧았는데, 앞서 말한, 그 박공이 벽에 의해 끊겨 있는 그 어둠침침한 건물에까지 뻗어 있었으며, 그리하여 이 건물은 거리에서 쑥 들어간 또 하나의 다른 모퉁이를 이루고 있었다. 그 박공은 음침한 모양을 하고 있고, 단 하나의 창밖에는, 좀 더 정확하게 말하자면, 함석을 입힌 두 짝의 겉창밖에는 붙어 있지 않았는데 그것도 늘 닫혀 있었다.

내가 여기에 묘사하는 장소들의 상태는 엄밀하고 정확한 것으로, 옛날에 이 구역에서 살아 본 적이 있는 사람들에게는 틀림없이 매우 뚜렷한 기억을 불러일으켜 줄 것이다.

그 잘린 벽면은 그 전체가 하나의 거대하고 초라한 문 같은 것으로 가득 차 있었다. 그것은 수많은 판자를 보기 흉하게 세로로 붙여 세워 놓은 것인데, 위쪽에 있는 판자는 아래쪽 판자보다 넓고, 모두 기다란 쇠 띠를 가로질러 붙여 놓았다. 옆에는 보통 크기의 정문 하나가 있었는데, 분명히 이 문을 낸 지 오십 년은 넘지 않은 것 같았다.

한 그루의 보리수가 그 잘린 벽 위로 가지를 뻗치고 있었고, 폴롱소 거리 쪽으로는 담장에 담쟁이가 빽빽이 얽혀 있었다.

절박한 위험에 빠진 장 발장은 그 어둠침침한 건물이 무엇인가 비어 있고 고적한 것이 있어서 마음이 끌렸다. 그는 얼른 그 건물을 훑어보았다. 만약 그 안에 들어가게 된다면 아마 살아날 성싶었다. 그는 우선 한 가지 생각과 한 가지 희망을 가졌다.

드루아 뮈르 거리 쪽의 그 건물 정면 중간 부분에는, 납으로 된 깔때기 모양의 낡은 빗물받이가 여러 층의 모든 창에 붙어 있었다. 중앙 도관부터 그 모든 빗물받이에 이르는 도관들의 다양한 갈래가 건물의 정면에 나뭇가지 모양을 그리고 있었다. 수많은 마디가 달린 그 파이프 가지들은 옛 농가들의 전면에 비틀려 꼬인 그 잎이 떨어진 늙은 포도 덩굴들과 흡사하다.

함석과 쇠의 가지들이 붙어 있는 그 이상스러운 담장 과수장(果樹墻)이 맨 처음 장 발장의 눈에 띄었다. 그는 코제트를 푯돌에 등을 기대어 앉히고 잠자코 있으라고 일러 놓고서, 그 도관이 포도에 와서 닿는 곳으로 달려갔다. 아마 그리로 기어올라 집으로 들어갈 수 있는 방법이 있었을 것이다. 그러나 도관은 낡아서 쓸 수가 없었고 벽체에 가까스로 박혀 있었다. 더구나 그 괴괴한 집의 창들은 모두, 심지어 고미다락 방까지도 퉁퉁한 쇠창살이 붙어 있었다. 그런 데다가 달빛이 그 건물 정면을 온통 환히 비치고 있어서, 거리의 끝에서 그를 지켜보는 사람이 있었다면 장 발장이 기어올라가는 것을 보았으리라. 마지막으로 코제트는 어떻게 할 것인가? 어떻게 그녀를 사 층 집 위로 끌어올릴 것인가?

그는 도관으로 기어 올라갈 생각을 버리고, 폴롱소 거리로 되돌아오려고 벽에 몸을 붙이고 기어 왔다.

코제트를 놓아 두었던 잘린 벽면으로 돌아왔을 때, 그는 그곳이 아무에게도 보이지 않는다는 것을 깨달았다. 아까 내가 설명한 것처럼, 그는 어느 쪽에서 왔더라도 아무의 눈에도 띄지 않았다. 그뿐 아니라 그는 어둠 속에 있었다. 끝으로 두 개의 문이 있었다. 어쩌면 그것들은 억지로 열 수 있을지도 모른다. 담장 위로 보리수와 담쟁이가 보이므로, 저쪽은 분명히 정원일 것이니, 나무들에 아직 잎새는 없었지만, 그는 적어도 거기에 숨어서 남은 밤을 보낼 수 있을 것이다.

시간은 흘러가고 있었다. 빨리 하지 않으면 안 되었다.

그는 대문을 더듬어 보고 이내 그것이 안팎으로 잠겨 있음을 알았다.

그는 더 많은 희망을 품고 다른 큰 문으로 다가갔다. 그것은 무시무시하게 낡아 빠졌고, 그것이 거대한 만큼 덜 견고하고, 판자는 썩었고, 셋밖에 없는 쇠 장식은 녹이 슬어 있었다. 그 벌레 먹은 문을 뚫는 것은 가능할 성싶었다.

자세히 살펴봄으로써 그는 그 문이 하나의 문이 아니라는 것을 보았다. 돌쩌귀도, 경첩도, 자물쇠통도, 한가운데 터진 틈도 없었다. 쇠 띠들이 한쪽에서 다른 쪽으로 단절 없이 가로질러져 있었다. 판자들 틈새로 시멘트로 조잡하게 쌓아 올린 건축용 돌과 잡석 들이 어렴풋이 보였는데, 십 년 전에는 행인들이 아직도 거기서 그것들을 볼 수 있었다. 그 문같이 보인 것은 단지 그 문이 기대 세워져 있는 담장의 표면을 나무로 입혀 놓은 것에 불과하다는 것을 그는 당황하면서도 인정하지 않을 수 없었다. 판자를 뜯어내는 것은 쉬웠으나, 그 뒤쪽에는 담장이 있었다.

5. 가스등으로는 불가능할 일

그때 율동적인 묵직한 소리가 저쪽에서 들려왔다. 장 발장은 위험을 무릅쓰고 거리의 모퉁이 밖으로 조금 나와 바라보았다. 일고여덟 명의 병사들이 폴롱소 거리에 막 들어선 참이었다. 총칼이 번쩍이는 것이 보였다. 그들은 그가 있는 쪽으로 오고 있었다.

그 병사들의 선두에서 그는 자베르의 키 큰 걸때를 분명히 알아보았는데, 그들은 천천히, 조심스럽게 전진해 오고 있었다. 그들은 자주 걸음을 멈추었다. 그들이 담장의 모든 구석과 문이 달린 모든 벽 구멍과 통로의 어귀를 샅샅이 탐사하고 있는 것은 명백했다.

그들은, 여기서 이 추측은 틀릴 수가 없었는데, 자베르가 도중에 만나서 요청해 데려온 어떤 순찰대였다.

자베르의 두 부하도 이 대열에 끼어서 걸어오고 있었다.

그들의 걸음걸이와 잠깐씩 멈추는 것을 감안하여, 그들이 장 발장이 있는 곳에 도달하려면 십오 분쯤 걸릴 것 같았다. 그것은 무서운 순간이었다. 그의 앞에 세 번째로 입을 벌린 무서운 낭떠러지에서 장 발장은 불과 몇 분밖에 떨어져 있지 않았던 것이다. 그리고 형무소는 이제 더 이상 단지 형무소만이 아니었다. 그것은 영원히 코제트를 잃는 것이었다. 다시 말해서 무덤 속과 같은 삶이었다.

이제 가능한 것은 단 한 가지밖에 없었다.

장 발장은 그가 두 개의 배낭을 가지고 있다고 말할 수 있는 그런 특별한 것을 가지고 있었는데, 그중 하나에는 한 성자의 생각을, 또 하나에는 죄수의 무서운 재주를 가지고 있었다. 그는 경우에 따라서 그중의 어느 하나를 뒤졌다.

다른 수단들 중에서도 특히 툴롱 형무소에서 수없이 탈출해 본 덕택으로, 독자도 기억하고 있듯이, 그는 기어 올라가는 그 비상한 기술에서 달인이 되었으니, 사다리도 꺾쇠도 없이 근육의 힘만으로, 목과 어깨, 허리, 그리고 무릎으로 몸을 떠받치고 돌의 드문 돌기를 이용하여 벽의 반듯한 모서리를, 필요에 따라서는 칠 층 높이까지라도 기어 올라갈 수 있었는데, 이것은 한 이십 년 전에 파리의 콩시에르주리 형무소 마당의 벽 모서리를 타고 죄수 바트몰이 탈출함으로써 그 벽 모서리를 그토록 유명하게 만들고 그토록 무시무시하게 만든 그 기술이었다.

장 발장은 보리수 가지가 뻗어나와 있는 담장의 높이를 눈으로 가늠해 보았다. 18척쯤 되는 높이였다. 이 담이 그 큰 건물의 박공과 잇닿은 모퉁이에는 아래쪽으로 세모진 커다란 강담이 쳐져 있었다. 아마 그 지극히 편리한, 쑥 들어간 구석에 통행인이라고 불리는 저 오줌똥 싸는 사람들이 서지 못하게 하기 위한 것이었으리라. 그런 모양으로 담장 모퉁이를 예방하기 위해 빈틈을 메우는 일은 파리에서 썩 많이 사용되고 있다.

그 강담은 5자가량의 높이였다. 그 꼭대기에서 담장 위까지 기어 올라가야 할 거리는 14자도 채 못 되었다.

담장 위에는 평편한 돌이 놓여 있을 뿐, 아무것도 덮여 있지 않았다.

곤란한 것은 코제트였다. 코제트로 말하자면 담장을 넘어 갈 수 없었다. 그 아이를 버린다? 장 발장은 그런 생각은 하지 않았다. 데리고 가는 것은 불가능했다. 그 이상한 등반을 잘 해내려면 한 사나이의 온 힘이 그에게 필요했다. 조금이라도 짐이 있으면 그의 중력의 중심을 잃고 떨어져 버린다.

밧줄이 하나 있어야 했을 것이다. 장 발장은 그것을 가지고 있지 않았다. 한밤중에, 폴롱소 거리 어디서 밧줄을 찾아낸단 말인가? 확실히 이때 만약 장 발장이 왕국을 가지고 있었다면, 한 가닥의 밧줄을 얻기 위해 그것을 주어 버렸으리라.

모든 극단적인 상황에는 때로는 우리의 눈을 멀게 하고, 때로는 우리를 비춰 주는 섬광이 있다.

장 발장의 절망한 눈이 장로 막바지의 가로등 기둥에 가서 떨어졌다.

그 당시 파리의 거리에는 아직 가스등이 없었다. 해가 지면 여기저기에 달아 놓은 반사등(反射燈)에 불을 켰는데, 그것은 기둥 홈에 끼워서 거리의 한쪽에서 건너편 쪽으로 쳐 놓은 줄로 올렸다 내렸다 하는 것이었다. 그 줄을 감는 회전 고리는 등 아래의 작은 쇠 상자 속에 질러져 있었고, 그 상자의 열쇠는 점등부(點燈夫)가 가지고 있었다. 그 줄은 일정한 높이까지는 금속을 입혀서 보호하고 있었다.

장 발장은 있는 힘을 다하여 거리를 훌쩍 뛰어넘어 막바지로 들어가서 칼 끝으로 그 작은 상자의 나사못을 벗기고, 눈 깜짝할 사이에 코제트 옆으로 되돌아왔다. 그는 한 가닥의 줄을 가지고 있었다. 운명과 맞붙었을 때 갖은 수단을 다 찾아내는 저 음침한 사람들은 잽싸게 일을 해치운다.

앞서 설명했지만 그날 밤 가로등들은 켜지지 않았다. 그러므로 장로 막바지에 있는 등도 당연히 다른 것들과 마찬가지로 꺼져 있었으니, 사람들은 등이 제자리에 있지 않은 것을 알아보지도 못하고 그 옆을 지나갈 수 있었다.

그러는 동안 그 시간, 장소, 어둠, 장 발장이 무엇엔가 열중해 있는 점, 그의 이상한 거동, 그가 왔다 갔다 하는 것, 이 모든 것이 코제트를 불안하게 만들기 시작했다. 누구 다른 아이라면 오래전부터 큰 소리로 울부짖었으리라. 그는 장 발장의 프록코트 자락을 잡아당기기만 할 뿐이었다. 다가오는 순찰대의 발소리가 더욱더 뚜렷이 들려왔다.

"아버지." 하고 코제트는 아주 낮은 목소리로 말했다. "무서워요. 대체 저기 오는 것이 뭐예요?"

"쉿!" 하고 불행한 사나이는 대답했다. "저건 테나르디에 아줌마다."

코제트는 몸을 떨었다. 사나이는 덧붙였다.

"아무 말도 하지 마. 나 하는 대로 두고 봐. 네가 소리를 지르면, 네가 울면, 테나르디에 아줌마가 너를 노리고 있다가, 와서 너를 되찾아간다."

그러고는 서두르지도 않고, 그러나 두 번 다시 손을 대지도 않고, 간결하고 정확하게, 이것은 순찰대와 자베르가 금방이라도 들이닥칠지도 모를 그러할 때이니 그만큼 더 놀라운 일이었는데, 그는 자기 넥타이를 풀어서 코제트의 겨드랑이 아래로 끼워 넣고 상처를 입히지 않도록 주의하며 어린아이의 몸에 둘러매, 바닷사람들이 제비 매듭이라고 부르는 매듭으로 그 넥타이를 줄 한쪽 끄트머리에 비끄러매고, 또 한쪽 끄트머리는 자기 입에 물고, 구두와 양말을 벗어서 담 너머로 던져 놓고, 강담 위로 올라가서 담과 박공 사이의 모서리를 타고 올라가기 시작했는데, 마치 뒤꿈치와 팔꿈치를 사다리에 붙여 놓은 것처럼 확실하고 견고한 동작이었다. 삼십 초도 채 못 되는 사이에 그는 담장 위로 기어 올라갔다.

코제트는 어리둥절하여 말 한마디 못 하고 그를 바라보고만 있었다. 장 발장이 일러 둔 말과 테나르디에 아줌마의 이름이 그녀를 얼음처럼 싸늘하게 만들어 놓았다.

갑자기 그녀는 장 발장이 여전히 매우 낮은 목소리로 자기에게 외치는 소리를 들었다.

"담에다 등을 기대라."

그녀는 시키는 대로 했다.

"한마디도 말하지 말고. 무서워하지 마." 하고 장 발장은 말했다.

그러자 그녀는 자기가 땅에서 끌려 올라가는 것을 느꼈다.

정신 차릴 겨를도 없이 그녀는 벽 위에 올라와 있었다.

장 발장은 그녀를 붙들어 등에 업고, 그녀의 조그만 두 손을 왼손으로 붙잡고, 납작 엎드려 잘린 벽면까지 담장 위를 기어갔다. 거기에는 그가 짐작했던 대로 가옥 한 채가 있었는데, 그 지붕이 나무 담장 위에서 나와 꽤 느슨한 경사면을 따라 보리수를 스치면서 땅바닥에 썩 가까이까지 뻗어 내려가고 있었다.

다행하게도 벽은 이쪽에서는 거리 쪽에서보다 훨씬 더 높았다. 장 발장은 자기 아래의 땅을 매우 깊숙이밖에 볼 수 없었다.

그가 막 지붕 경사면에 이르러 아직 벽 꼭대기에서 떠나지 않았을 때, 왁자지껄한 소리가 순찰대의 도착을 알렸다. 자베르의 벼락 같은 목소리가 들렸다.

"막다른 골목을 뒤져라! 드루아 뮈르 거리는 지키고 있다. 픽퓌스의 작은 길도. 틀림없이 그 녀석은 막다른 골목에 있다!"

병사들은 장로의 막다른 골목으로 뛰어 들어갔다.

장 발장은 코제트를 떠받치면서 지붕을 타고 미끄러져 보리수에 다다라 땅바닥에 뛰어내렸다. 무서웠는지, 기운을 냈는지, 코제트는 숨도 쉬지 않았다. 그녀의 두 손은 살갗이 좀 벗어져 있었다.

6. 수수께끼의 시작

장 발장이 와 있는 곳은 무척 넓고 이상스럽게 생긴 일종의 정원이었는데, 겨울과 밤에 바라보기 위해 만들어 놓은 것 같은 그런 쓸쓸한 정원의 하나였다. 정원은 장방형이고, 안쪽에는 커다란 포플러 나무들이 늘어선 통로가 있고, 구석구석에 꽤 높이 자란 큰 나무 숲들이 있고, 가운데 그늘지지 않은 공간이 있는데, 거기에는 외로이 서 있는 한 그루의 매우 큰 나무, 그리고 커다란 덤불처럼 쭝긋쭝긋 서 있는 몇 그루의 구부러진 과일나무, 네모진 채소밭, 유리 덮개가 달빛에 번쩍이는 멜론 밭, 그리고 웅덩이 하나가 있었다. 여기저기에 돌 벤치가 있었는데 이끼가 새카맣게 끼어 있는 것 같았다. 통로들 가장자리에는 거무칙칙하고 작은 관목들이 늘어서 있는데 그 길은 모두 꼿꼿했다. 통로들의 절반에는 잡초가 나 있고, 그 밖의 것들에는 푸른 물때가 끼어 있었다.

장 발장 옆에는 그가 지붕을 타고 내려왔던 가옥이 있고, 장작이 쌓여 있고, 장작 뒤에는 석상(石像) 하나가 담장에 딱 붙어 서 있었다. 석상의 깨어진 얼굴은 어둠 속에 어렴풋이 보기 흉한 가면처럼 보였다.

그 가옥은 일종의 폐가로, 벽이 무너진 몇 개의 방들이 보였다. 그중 하나는 무엇인가가 가득 들어 있어서 헛간으로 사용되는 것 같았다.

픽퓌스의 작은 길까지 가서 구부러진 드루아 뮈르 거리의 큰 건물은 직각을 이룬 두 정면을 그 정원 위에서 펼치고 있었다. 그 안쪽 정면은 바깥 정면보다도 더 음침했다. 모든 창에는 쇠창살이 붙어 있었다. 불빛 하나 보이지 않았다. 위층들에는 감옥처럼 빗물받이가 있었다. 그 정면 중 하나가 다른 정면 위에 그림자를 던지고 이 그림자는 다시 거대한 검은 시트처럼 정원에 떨어졌다.

다른 집은 보이지 않았다. 정원 안쪽은 안개와 어둠 속에 사라져 보이지 않았다. 그렇지만 담장은 어렴풋이 보였는데, 그것들이 서로 마주쳐 있는 것이 마치 저쪽에 다른 밭들이 있는 것 같았다. 담장 너머로 폴롱소 거리의 나직한 지붕들이 어렴풋이 보였다.

그 정원보다도 더 황량하고 더 적적한 것은 아무것도 상상할 수 없었다. 아무도 없었는데, 때가 밤이니만큼 그것은 아주 당연한 일이었다. 하지만 심지어 대낮에도, 그곳은 누군가가 걸어다니도록 만들어진 것 같지는 않았다.

장 발장이 맨 먼저 마음을 쓴 것은 구두를 주워 신고 코제트와 함께 헛간으로 들어가는 일이었다. 도망하는 자는 제아무리 잘 숨어도 결코 충분하다고 생각하지 않는다. 어린아이는 여전히 테나르디에 아줌마를 생각하고 있었으므로, 그와 마찬가지로 역시 잔뜩 몸을 웅크리고 있었다.

코제트는 덜덜 떨면서 그에게 꼭 붙어 있었다. 밖에서는 막 다른 골목과 거리를 뒤지는 순찰대의 시끄러운 소리가 들렸다. 돌에 개머리판이 부딪히는 소리, 배치해 놓은 탐정들을 부르는 자베르의 고함 소리, 알아들을 수 없는 호통 소리.

십오 분쯤 지나자, 그 뇌성벽력 같은 소리가 멀어져 가기 시작하는 것 같았다. 장 발장은 숨도 제대로 못 쉬고 있었다.

그는 코제트의 입에 가만히 손을 대고 있었다.

그러나 그를 둘러싸고 있는 적막함이 하도 이상스럽게 고요하여 그렇게도 격렬하고 그렇게도 가까이서 들리는 그 무시무시한 소음도 거기에 아무런 불안도 던지지 않았다. 그 담장들은 성서에서 말하고 있는 저 귀머거리 돌로 세워진 것 같았다.

그런데 갑자기, 그 깊은 고요 속에 새로운 소리가 올라왔다. 천상의 소리, 신성한 소리, 말로 표현할 수 없는 소리, 다른 소리가 무시무시했던 것만큼 매혹적인 소리. 그것은 어둠 속에서 나오는 찬미가였다. 밤의 어둡고 무서운 고요 속에서 울리는 황홀한 기도와 화성(和聲). 여자들의 목소리, 그러나 동시에 동정녀들의 맑은 음조와 어린아이들의 순진한 음조로 이루어진 목소리, 지상의 것이 아닌 그런 목소리, 갓난아기들에게는 아직도 들리고 있고 죽어 가는 사람들에게는 이미 들리는 그런 목소리. 그 노랫소리는 정원에 우뚝 솟아 있는 어둠침침한 건물에서 들려왔다. 악마들의 야단법석이 멀어져 가고 있을 때, 천사들의 합창이 어둠 속에서 다가오는 것 같았다.

코제트와 장 발장은 무릎을 꿇었다.

그들은 그것이 무엇인지 알지 못했다. 그들은 자기들이 어디에 있는지 알지 못했으나, 그들은 둘 다, 그 사나이도 어린아이도, 그 회개한 자도 순결한 자도 무릎을 꿇어야만 한다고 느꼈다.

그럼에도 그 목소리에는 그 건물에 사람이 없는 것 같은 그런 이상한 것이 있었다. 그것은 사람이 살지 않는 집 안에서 나는 초자연적인 노래 같았다.

그 목소리가 노래하는 동안, 장 발장은 더 이상 아무것도 생각하지 않고 있었다. 그는 이제 밤을 보지 않고 푸른 하늘을 보고 있었다. 그는 우리가 모두 우리 마음속에 가지고 있는 날개들이 펼쳐지는 것을 느끼는 것 같았다.

노래는 꺼졌다. 어쩌면 그것은 오래 계속됐는지도 모른다.

장 발장은 그것을 말할 수 없었으리라. 황홀한 시간은 언제나 일순간밖에 되지 않는다.

모든 것은 다시금 고요 속으로 돌아갔다. 이제 거리에도 정원에도 아무것도 없었다. 위협하는 것도 안심을 주는 것도, 모두 사라져 버렸다. 담장 꼭대기에 있는 마른 풀만 바람에 나부껴, 고요히 처량하게 살랑거리고 있었다.

7. 수수께끼의 계속

밤의 북풍이 불기 시작했는데, 이로 미루어 새벽 1시나 2시 사이임에 틀림없었다. 가엾은 코제트는 아무 말도 하지 않고 있었다. 장 발장은 그 아이가 자기 옆 땅바닥에 앉아서 자기에게 머리를 기대고 있었기 때문에 벌써 잠이 들었나 보다고 생각했다. 그는 몸을 구부리고 그녀를 들여다보았다. 코제트는 두 눈을 말똥말똥 뜨고 무엇을 생각하고 있는 것 같았다. 장 발장은 그것을 보고 가슴이 아팠다.

그녀는 아직도 떨고 있었다.

"자고 싶지 않아?" 하고 장 발장은 물었다.

"아주 추워요." 하고 그녀는 대답했다.

한참 있다 그녀는 말을 이었다.

"그 여자는 아직도 거기 있나요?"

"누가?" 하고 장 발장은 말했다.

"테나르디에 아주머니 말이에요."

장 발장은 코제트를 잠자코 있게 하기 위해 썼던 수단을 벌써 잊어버리고 있었다.

"아! 가 버렸다." 하고 그는 말했다. "이제 아무것도 두려워하지 말렴."

어린아이는 마치 무거운 짐이 가슴 위에서 들어 올려진 것처럼 한숨을 쉬었다.

땅바닥은 축축했고, 헛간은 사방이 열려 있었고, 북풍은 연방 더욱더 차가워졌다. 노인은 프록코트를 벗어서 코제트를 감싸 주었다.

"이렇게 하니까 좀 덜 춥니?" 하고 그는 물었다.

"그럼요, 아버지!"

"그럼 잠깐만 기다려라. 곧 돌아올게."

그는 그 폐가에서 나가, 큰 건물 옆을 따라 걷기 시작하면서 더 좋은 은신처를 찾았다. 문이 여러 개 있었으나, 모두 잠겨 있었다. 아래층의 유리창에는 모두 창살이 붙어 있었다.

건물 안쪽 모퉁이를 막 지나쳤을 때, 그는 아치형 창들 앞에 도달한 것을 알아차렸는데, 거기에 불빛이 보였다. 그는 발끝으로 몸을 들어 올리고 그 창들 중 하나로 들여다보았다. 그 창들은 모두 꽤 넓은 방에 붙어 있는데, 이 방은 널찍널찍한 타일이 방바닥에 깔려 있고, 홍예문과 기둥 들로 간살이 끊겨 있었으며, 희미한 불빛 하나와 커다란 그림자들밖에는 아무것도 분간할 수 없었다. 그 불빛은 한쪽 구석에 켜져 있는 종야등(終夜燈) 하나에서 오고 있었다. 이 방은 인기척이 없고, 거기서는 아무것도 움직이지 않았다. 그렇지만 유심히 들여다보니, 타일 바닥 위에, 무엇인가 수의(壽衣)로 덮여 있는 것 같고, 한 인간의 형상과 비슷한 것이 보이는 것 같았다. 그것은 엎어져서 얼굴을 돌에 대고, 두 팔을 십자로 끼고서 죽은 듯이 꼼짝 않고 있었다. 그것은 마치 타일 바닥을 기어다니는 뱀 같은 것으로, 그 불길한 형체의 목에는 줄이 매어져 있는 것 같았다.

방 안은 온통 무서움을 더해 주는, 거의 불빛도 없는 그런 장소의 안개 속에 잠겨 있었다.

장 발장은 그 후 자주 이렇게 말했다. 자기는 평생 동안 수많은 음산한 광경을 보았지만, 그 수수께끼 같은 형체가 그렇게 밤중에 어둠침침한 곳에서 뭔지 알 수 없는 미지의 신비를 행하고 있는 것을 보았을 때보다 더 무섭고 더 소름 끼쳤던 일은 이제껏 아무것도 없었다고. 그것이 아마 죽어 있었는지도 모른다고 추측하는 것은 무서운 일이었으나, 어쩌면 살아 있었는지도 모른다고 생각하는 것은 또 더욱 무서운 일이었다고.

그는 용기를 내어 유리창에 이마를 대고 그것이 움직이는지 어떤지 엿보았다. 그에겐 매우 오래인 것 같은 시간 동안 아무리 그가 그러고 있어도, 그 누워 있는 형체는 꿈쩍도 하지 않았다. 갑자기 그는 형언할 수 없는 공포심에 사로잡혀 달아났다. 그는 뒤도 돌아보지 못하고 헛간 쪽으로 달리기 시작했다. 만약에 고개를 돌리면, 그 형체가 뒤에서 팔을 흔들면서 성큼성큼 걸어오는 것이 보일 것만 같았다.

그는 헐레벌떡 폐가로 왔다. 무릎이 구부러지고 허리에는 땀이 흘렀다.

그는 어디에 있었던가? 파리 한복판에 무엇인가 이런 종류의 무덤 같은 것이 있으리라고 누가 일찍이 상상할 수 있었겠는가? 이 해괴한 집은 무엇이었을까? 밤의 비밀이 가득 찬 건물, 천사들 같은 목소리로 어둠 속에서 사람들의 마음을 부르는 집, 그리고 찾아가면 느닷없이 나타나는 그 무서운 광경, 빛나는 하늘의 문이 열릴 것 같은데 무시무시한 무덤의 문이 열린다! 그런데도 그것은 정말 현실의 건물, 거리에 번지가 붙어 있는 집이었다! 꿈이 아니었다! 그는 그것을 믿기 위해 그 집의 돌을 만져 볼 필요가 있었다.

추위와 걱정과 불안, 그날 저녁의 감동 탓으로 그는 정말 열이 났으며, 그 모든 생각들이 그의 머릿속에서 오락가락했다.

그는 코제트에게 다가갔다. 그녀는 자고 있었다.

8. 갈수록 수수께끼

어린아이는 돌에 머리를 올려놓고 잠들어 있었다.

그는 그녀 옆에 앉아서 그녀를 들여다보기 시작했다. 들여다보는 동안 그는 차차 마음이 가라앉아 정신의 자유를 회복하기 시작했다.

그는 이제부터는 자기 생활의 근본인 다음과 같은 진실을 똑똑히 깨닫고 있었다. 즉 코제트가 거기에 있는 한, 이 아이를 자기 곁에 가지고 있는 한, 자기는 이 아이를 위해서밖에는 아무것도 필요치 않고, 이 아이 때문에밖에는 아무것도 두려워하지 않으리라는 것을. 그는 그녀를 덮어 주기 위해 프록코트를 벗었으나, 매우 춥다는 것을 느끼지도 않았다.

그동안에, 그가 명상에 빠져 있던 사이에, 조금 전부터 이상한 소리가 들려오고 있었다. 그것은 방울을 흔드는 소리 같았다. 그 소리는 정원에서 나고 있었다. 그것이 약하기는 했으나, 뚜렷이 들려오고 있었다. 그것은 밤에 목장에서 가축의 목에 달린 방울들이 내는 저 어렴풋한 작은 음악 소리와 비슷했다.

그 소리가 장 발장을 돌아보게 했다.

그가 바라보니, 정원에 누가 있는 것이 보였다.

사나이같이 생긴 한 인간이 멜론 밭의 유리 덮개 사이를 걸으면서, 고른 동작으로 몸을 일으켰다, 굽혔다, 걸음을 멈추었다 하는데, 마치 무엇인가를 땅바닥에 끌거나 펴고 있는 것 같았다. 그 인간은 절름거리는 것 같았다.

장 발장은 불행한 사람들이 줄곧 몸을 떨듯이 몸을 떨었다. 모든 것이 그들에게 적의를 품고 있는 듯 수상쩍게 여겨진다. 그들은 사람들의 눈에 띄기 쉽기 때문에 낮을 경계하고, 불의에 기습당하기 쉽기 때문에 밤을 경계한다. 장 발장은 아까는 정원에 사람이 없기 때문에 떨었고, 지금은 누가 있기 때문에 떨고 있었다.

그는 가공적인 공포에서 현실적인 공포로 다시 떨어졌다. 그는 생각했다, 자베르와 병사들은 아마 떠나지 않았을 것이고, 그들은 틀림없이 거리에 망보는 사람들을 두고 갔을 것이고, 저 사나이가 이 정원에서 자기를 발견하면, 도둑놈이라고 외치며 자기를 넘겨주리라. 이렇게 그는 생각했던 것이다. 그는 잠들어 있는 코제트를 가만히 보듬어서 헛간 맨 안쪽 구석에 있는, 못 쓰는 헌 가구 더미 뒤로 옮겼다. 코제트는 꿈쩍도 하지 않았다.

거기서 그는 멜론 밭에 있는 인간의 행동거지를 유심히 살펴보았다. 이상야릇하게도 방울 소리는 그 사나이가 움직일 때마다 울렸다. 사나이가 가까워지면 방울 소리도 가까워지고, 그가 멀어지면 방울 소리도 멀어지고, 사나이가 빠른 동작을 하면 떨리는 소리가 그 동작에 따라오고, 그가 걸음을 멈출 때에는 방울 소리도 그치고 했다. 방울이 그 사나이에게 붙어 있는 것은 명백한 것 같았다. 하지만 그러면 그것은 무엇을 의미할 수 있을까? 양이나 소처럼 방울을 달고 있는 그 사나이는 무엇일까?

스스로 그런 의문을 던지면서도 그는 코제트의 손을 만져보았다. 그 손은 싸늘했다.

"아니, 이럴 수가!" 하고 그는 말했다.

그는 나직한 목소리로 불렀다.

"코제트!"

그녀는 눈을 뜨지 않았다.

그는 그녀를 마구 흔들었다.

그녀는 깨지 않았다.

"죽었을까!" 하고 그는 말했다. 그리고 그는 일어섰다. 머리에서 발끝까지 떨면서.

더없이 무서운 생각들이 그의 머릿속에서 뒤죽박죽 지나갔다. 가지가지의 끔찍한 억측들이 한 무리의 복수의 여신들처럼 우리를 에워싸고 우리 두뇌의 벽을 맹타(猛打)할 때가 있다. 사랑하는 사람들이 문제인 때 우리들의 조심성은 온갖 터무니없는 생각을 지어낸다. 그는 추운 밤에 한데서 잠을 자면 치명적일 수 있다는 생각이 났다.

코제트는 핼쑥한 얼굴을 하고 그의 발 아래 땅바닥에 몸 하나 까딱 않고 드러누워 있었다.

귀를 기울이고 그녀의 숨소리를 들어 보니, 숨은 쉬고 있었으나, 호흡이 약해 곧 꺼질 것만 같았다.

어떻게 하면 따뜻하게 해 줄 수 있을까! 어떻게 하면 잠을 깨울 수 있을까? 이 일이 아닌 것은 모두 그의 생각에서 지워져 버렸다. 그는 허둥지둥 폐가 밖으로 뛰어나갔다.

천하 없어도 십오 분 안에 코제트를 불 앞에, 그리고 침대에 있게 해야만 했다.

9. 방울을 단 사나이

장 발장은 정원에 보이는 사나이한테로 똑바로 걸어갔다. 그는 조끼 호주머니에 들어 있던 돈뭉치를 손에 쥐고 있었다.

사나이는 고개를 수그리고 있었으므로, 그가 오는 것을 보지 못했다. 장 발장은 몇 걸음 성큼성큼 걸어서 사나이 곁에 이르렀다.

장 발장은 외치면서 그에게 접근했다.

"100프랑이오!"

사나이는 깜짝 놀라 고개를 들었다.

"100프랑 드리겠소." 하고 장 발장은 말을 이었다. "만약 오늘 밤 나를 재워 주신다면."

달빛이 장 발장의 당황한 얼굴을 환히 비췄다.

"아니, 이거 마들렌 영감 아니오!" 하고 사나이는 말했다.

그 어두운 시간에, 그 낯선 곳에서, 그 모르는 사나이에게서, 그 이름이 그렇게 튀어나오자 장 발장은 저도 모르게 뒷걸음질 쳤다.

그는 무엇이고 예상하고 있었지만, 그 일만은 뜻밖이었다. 그에게 그렇게 말한 사나이는 허리가 구부러진 절름발이 노인으로서, 거의 농부 같은 옷을 입고, 왼편 무릎에 가죽을 덧대고, 거기에 꽤 큼직한 방울을 달고 있었다. 그의 얼굴은 어둠 때문에 알아볼 수 없었다.

그러는 동안 그 노인은 모자를 벗고 와들와들 몸을 떨면서 외쳤다.

"아이고! 여기에 어떻게 오셨소, 마들렌 영감? 세상에, 어디로 들어오셨을까! 정녕 하늘에서 떨어지신 거죠! 이건 당혹스러운 일이 아니죠. 영감께서 언젠가 떨어지신다면 거기서 떨어지실 테니까요. 그런데 그 차림새라니, 원! 넥타이도 없고, 모자도 없고, 저고리도 없네! 아시겠어요, 영감을 몰랐던 사람이 봤으면 겁이 났을 거라는걸? 옷도 제대로 안 입고 계시다니! 세상에, 지금은 성인(聖人)들도 미치광이가 되는가 보죠? 하지만 대관절 어떻게 여기에 들어오셨소?"

말이 술술 나왔다. 노인의 말은 시골 사람 같은 빠른 말투였다. 조금도 불안을 주는 말투가 아니었다. 그것은 모두 어리둥절하면서도 친절하고 순박한 말투였다.

"당신은 누구요? 그리고 이 집은 뭐요?" 하고 장 발장은 물었다.

"아이고, 이거 정말 너무한데요!" 하고 늙은이는 외쳤다. "저는 영감께서 여기에 넣어 주신 사람이고, 이 집은 영감께서 저를 넣어 주신 집입니다. 뭐라고요! 영감께서는 저를 몰라보신다고요?"

"그렇소." 하고 장 발장은 말했다. "그런데 어떻게 돼서 당신이 나를 알았소, 당신이?"

"영감께서는 제 목숨을 살려 주셨습니다." 하고 사나이는 말했다.

그는 몸을 돌이켰고, 달빛이 그의 옆모습을 비추었고, 장 발장은 포슐르방 노인을 알아보았다.

"아! 그게 당신이오?" 하고 장 발장은 말했다. "옳아, 이제 알겠소."

"그렇다면 다행입니다!" 하고 늙은이는 원망하는 말투로 말했다.

"그런데 여기서 뭘 하고 계시죠?" 하고 장 발장은 말을 이었다.

"보시다시피 이렇게 멜론을 덮어 주고 있습니다."

포슐르방 노인은 장 발장이 다가왔을 때, 아닌 게 아니라 가

마니 끝을 손에 들고 멜론 밭에 그것을 덮어 주고 있던 참이었다. 그는 한 시간쯤 전부터 밭에 나와서 이미 상당수의 가마니를 그렇게 펴 놓고 있었다. 장 발장이 헛간에서 본 그 이상야릇한 동작은 그가 그러한 일을 하고 있었기 때문이었다.

그는 말을 계속했다.

"저는 생각했지요. 달은 밝고, 서리가 내리겠다. 멜론에 외투나 입혀 줄까? 하고 말입니다." 그리고 장 발장을 바라다보면서 너털웃음을 웃으며 덧붙였다. "영감께도 정말 꼭 그렇게 해 드려야 할 것 같은데요! 그런데 여기는 대관절 어떻게 오셨습니까?"

장 발장은 자기가 이 사나이에게 알려져 있다는 것을, 어쨌든 마들렌이라는 이름으로 알려져 있다는 것을 느끼고, 오직 조심스럽게만 나아갔다. 그는 질문을 퍼부었다. 이상하게도 역할이 바뀐 것 같았다. 이제 질문을 하는 것은 침입자인 장 발장이었다.

"그런데 무릎에 달고 있는 그 방울은 대체 뭐요?"

"이거요?" 하고 포슐르방은 대답했다. "이것은 사람들이 저를 피하게 하기 위한 겁니다."

"뭐라고요! 당신을 피하게 하기 위해!"

포슐르방 영감은 말로 표현할 수 없는 표정으로 눈을 깜박거렸다.

"그렇습니다! 이 집에는 온통 여자들밖에 없거든요. 많은 처녀뿐이에요. 저를 만나는 것이 위험한 모양이죠. 방울 소리가 그녀들에게 경고합니다. 제가 오면 그녀들은 쏜살같이 가

버립니다."

"대체 이 집은 뭐요?"

"저런! 잘 아시면서."

"천만에, 나는 모르오."

"영감께서 저를 여기에 정원사로 취직시켜 주셨는걸요!"

"내가 아무것도 모르는 것처럼 대답해 주시오."

"그렇다면 좋아요. 이건 프티 픽퓌스의 수녀원입니다!"

장 발장은 생각이 났다. 우연히, 다시 말해서 신의 섭리로 그는 바로 이 생 탕투안 구역의 수녀원에 던져졌는데 수레에서 떨어져 불구자가 된 포슐르방 노인은 그로부터 2년 전에 그의 추천으로 입원이 허락되었던 것이다. 그는 혼잣말처럼 되뇌었다.

"프티 픽퓌스의 수녀원이라!"

"그렇습니다. 하지만 정말," 하고 포슐르방은 말을 이었다. "대관절 어떻게 해서 여기에 들어오셨습니까, 마들렌 영감? 영감께서는 성인이긴 하지만 남자인데. 그런데 남자들은 들어오지 못하거든요."

"당신은 여기에 잘 계시지 않소?"

"저뿐입니다."

"그렇지만," 하고 장 발장은 말을 이었다. "나는 여기에 있어야겠소."

"아이고 하느님!" 하고 포슐르방은 외쳤다.

장 발장은 늙은이에게 바짝 다가서서 위엄찬 목소리로 말했다.

"포숼르방 영감, 나는 당신 목숨을 살려 주었소."

"그건 제가 잊지 않고 먼저 말씀 드렸습니다." 하고 포숼르방은 대답했다.

"그렇다면 예전에 내가 당신을 위해 한 일을 오늘은 당신이 나를 위해 할 수 있소?"

포숼르방은 주름이 잡힌 떨리는 늙은 손으로 장 발장의 건장한 두 손을 움켜잡고, 말도 할 수 없는 듯 한참 서 있었다. 이윽고 그는 외쳤다.

"오! 제가 영감께 조금이라도 은혜를 갚을 수 있다면 그것은 하느님의 축복일 겁니다! 제가 영감님의 목숨을 구한다! 시장님, 이 늙은이를 마음대로 써 주십시오!"

황홀한 기쁨으로 그 늙은이의 얼굴이 변한 것 같았다. 그의 얼굴에서 빛이 나는 것 같았다.

"제가 어떻게 하면 좋겠습니까?" 하고 그는 다시 말을 이었다.

"그걸 설명하겠소. 방이 하나 있나요?"

"저기에, 옛 수녀원의 폐가 뒤에, 사람 눈에 띄지 않는 구석에 허술한 외딴 집 하나가 있습니다. 방이 셋 있고요."

아닌 게 아니라 그 허술한 집은 폐가 뒤에 아주 잘 가려져 있었고 사람들의 눈에 띄지 않도록 되어 있었으므로, 장 발장은 그것을 보지 못했었다.

"좋소." 하고 장 발장은 말했다. "이제 당신에게 두 가지를 부탁하겠소."

"뭡니까, 시장님?"

"첫째로, 당신이 내게 관해 알고 있는 것을 아무한테도 말하지 말 것. 둘째로, 나에 관해 더 많이 알려고 애쓰지 말 것."

"좋습니다. 저는 영감께서 공명정대한 일밖에 아무것도 하지 못하신다는 걸 알고 있고, 영감께서 항상 신앙심을 갖고 계셨다는 걸 알고 있습지요. 게다가 또 한편으로, 저를 여기에 넣어 주신 건 영감님입니다. 이건 영감님에게 관계되는 일입니다. 저는 하라시는 대로 하겠습니다."

"그럼 됐소. 이제 나를 따라오시오. 어린아이를 데리러 갑시다."

"아니! 어린아이가 있다고요!" 하고 포슐르방은 말했다.

그는 한마디도 덧붙이지 않고 개가 주인을 따라가듯 장 발장을 따라갔다.

그 후 반 시간도 채 못 되어 코제트는 활활 타는 불에 얼굴이 다시 불그스레해진 채 늙은 정원사의 침대에서 자고 있었다. 장 발장은 넥타이와 프록코트를 다시 착용했고, 담 너머로 던져 놓았던 모자도 찾아서 주워 놓았으며, 장 발장이 프록코트를 걸치고 있는 사이에 포슐르방이 벗어 놓은 방울 달린 무릎 덮개는 이제 치룽 옆 못에 걸려 벽을 장식하고 있었다. 두 사나이는 탁자에 팔꿈치를 짚고 불을 쬐고 있었는데, 탁자 위에는 포슐르방이 내놓은 치즈 한 덩어리와 검은 빵, 포도주 한 병, 술잔 두 개가 있었으며, 늙은이는 장 발장의 무릎에 손을 올려놓고 그에게 말했다.

"아이고! 마들렌 영감님! 저를 곧 알아보지 못하시다니! 영감님은 사람들 목숨을 구해 주시고, 그런 뒤에 그들을 잊어버리시는군요! 오! 그건 나빠요! 그들은 영감님을 잊지 않고 있는데! 영감님은 배신자예요!"

10. 자베르가 사냥감을 놓친 까닭은

여태까지, 말하자면 그 이면을 보아 왔다고도 할 수 있는 이 상의 사건은 지극히 간단한 사정하에 이루어졌다.

팡틴이 죽은 침대 옆에서 장 발장이 자베르에게 체포된 바로 그날 밤에 몽트뢰유쉬르메르의 시 형무소에서 도망쳤을 때, 경찰은 이 탈주한 죄수가 파리 쪽으로 간 게 틀림없었으리라고 추측했다. 파리는 모든 것을 삼켜 버리는 소용돌이여서, 한 번 거기에 빠지면 모든 것이 바다의 소용돌이 속에 사라져 버리듯이 인파의 소용돌이 속에 사라져 버린다. 어떠한 숲도 그 군중처럼 사람을 잘 감춰 주는 것은 없다. 온갖 종류의 도피자들이 그것을 알고 있다. 그들은 화방수로 가듯이 파리로 가는데, 거기에는 그들을 구해 주는 화방수가 있다. 경찰 역시 그것을 알고 있다. 그래서 경찰은 딴 데서 잃어버린 것을 파리에서 찾는다. 경찰은 몽트뢰유쉬르메르의 전 시장을 거기서 찾았다. 자베르는 수사를 이끌기 위해 파리에 불려 왔다. 아닌 게 아니라 사실 자베르는 장 발장을 다시 체포하는 것을 크게 도왔으니까. 그 기회에 그의 열성과 지혜는 앙글레스 백작 밑에서 경찰청 비서였던 샤부이예 씨의 주목을 받았다. 그런데 샤부이예 씨는 이미 자베르를 돌봐 주었었는지라, 몽트뢰유쉬르메르의 사복형사인 그를 파리 경찰청으로 배속시켰다.

거기서 자베르는 여러 가지로, 그리고 이 말은 그러한 직무에 관해서는 의외인 것 같으나, 명예롭게 유익한 인물이 되었다.

그는 더 이상 장 발장을 생각하지 않고 있었다. 노상 사냥을 하는 그 개들은 오늘의 늑대 때문에 어제의 늑대는 잊어버린다. 그러던 때 1823년 12월에 그는 신문 하나를 읽었다. 그는 결코 신문을 읽지 않았지만, 왕당파인 자베르는 '총사령관 왕자'의 바욘 개선 귀환에 관한 상세한 이야기를 꼭 알고 싶었다. 그 기사를 재미있게 다 읽고 났을 때, 아랫면에 있는 이름 하나가, 장 발장의 이름이 그의 주의를 끌었다. 그 신문의 보도에 의하면 죄수 장 발장은 죽었다는 것이었는데, 그 사건이 하도 명확한 말로 씌어 있었기 때문에, 자베르는 아무런 의심도 품지 않았다. 그는 이렇게 말하는 것으로 만족했다. "거 참 잘됐다." 그러고는 신문을 던져 버리고 다시는 그것을 생각하지 않았다.

그 후 얼마 있다가 이러한 일이 있었다. 즉, 몽페르메유 면에서 특이한 상황 아래 일어났었다는 어린이 유괴 사건에 관해 센 에 우아즈 도청으로부터 파리 경찰청에 경찰의 보고가 제출되었다. 보고에 의하면 그 고장의 한 여관업자에게 어머니가 맡겨 놓은 예닐곱 살의 소녀를 알 수 없는 한 사나이에게 도둑맞았다는 것이었다. 그 소녀의 이름은 코제트라 하고, 팡틴이라는 여자의 딸인데, 팡틴은 병원에서 죽었으나, 그것이 언제 어디서인지는 알 수 없다는 것이었다. 그러한 보고가 자베르의 눈에 띄었고, 그것이 그를 생각에 잠기게 했다.

팡틴이라는 이름을 그는 잘 알고 있었다. 장 발장이 그 여자의 아이를 데리러 가기 위해 사흘간 말미를 달라고 해서 그를, 자베르를 포복절도하게 했던 일을 그는 기억하고 있었다. 그는 장 발장이 파리에서 몽페르메유행 마차를 타고 있다가 잡혔던 일이 생각났다. 몇 가지 정보는, 장 발장이 그 마차를 탄 것은 그때가 두 번째였고, 그는 이미 전날 그 마을 근처에 첫 번째 여행을 했다는 것을(왜냐하면 그 마을에서는 아무도 그를 보지 못했으니까.) 그 무렵에 생각할 수 있게 해 주었다. 그는 그 몽페르메유의 시골에 무얼 하러 갔던가? 그것은 아무도 짐작할 수 없었다. 자베르는 이제 그것을 알고 있었다. 팡틴의 딸이 거기에 있었다. 장 발장은 그 애를 찾으러 갔던 것이다. 그런데 그 아이를 어느 알 수 없는 사나이에게 도둑맞았다 한다. 그 알 수 없는 사나이는 어떤 자였을까? 장 발장이었을까? 그러나 장 발장은 죽었다. 자베르는 아무한테도 아무 말 하지 않고 플랑셰트의 막다른 골목에서 플라 데탱의 역마차를 타고 몽페르메유로 여행을 떠났다.

그는 거기서 커다란 광명을 발견할 것을 기대했다. 그는 거기서 커다란 암흑을 발견했다.

처음 며칠 동안 테나르디에 부부는 화가 나서 막 떠들고 다녔다. 그래서 '종달새'가 없어졌다는 소문이 마을에 자자했다. 여러 가지 설이 나돌다가, 마침내는 아이를 도둑맞았다는 것으로 귀착되었다. 그렇게 해서 경찰의 보고가 나왔던 것이다. 그러던 중 처음에 났었던 화가 가라앉자, 테나르디에는 그 놀라운 본능으로 재빨리 깨달았다. 즉, 검사를 움직이는 것은 결코 자기에게 이로울 것이 없을 뿐만 아니라, 코제트의 '유괴'에 관한 하소연은 맨 먼저 자기의 일신과 자기가 하고 있는 수많은 수상쩍은 일들에 사법 당국의 날카로운 눈초리를 돌리게 하는 결과가 되리라는 것을. 부엉이가 싫어하는 첫 번째 것은 촛불을 갖다대는 것이다. 그리고 우선, 자기가 받은 1500프랑에 대해 어떻게 변명할 것인가? 그는 대번에 생각을 고쳐 먹고, 아내의 입을 막고, 누가 '도둑맞은 어린애' 이야기를 할라치면 놀란 것 같은 얼굴을 했다. 그런 건 자기는 통 모른다. 물론 그 사랑하는 아이를 그렇게도 빨리 '유괴해 간' 것을 자기는 처음에 투덜거리기도 했다. 자기는 인정상 이삼 일은 더 데리고 있고 싶었다. 그러나 아이를 찾아가려고 온 것은 그 애 '할아버지'였으니 지극히 당연한 일이다. 그는 할아버지라는 말을 덧붙였었는데, 그것은 잘한 일이었다. 자베르가 몽페르메유에 와서 만난 것은 그러한 이야기였다. 할아버지라는 말이 장 발장을 사라져 버리게 했다.

자베르는 그렇지만 몇 마디 질문을 수심 관측기처럼 테나르디에의 이야기 속에 던져 보았다. 그 할아버지는 어떤 사람이고, 이름은 뭐라고 하던가? 테나르디에는 간결하게 대답했다. 그는 부유한 농민입니다. 저는 그의 통행권도 보았습니다. 그의 이름은 기욤 랑베르라고 하는 것 같습니다.

랑베르라는 이름은 선량하고 매우 믿음직스러운 이름이었다. 자베르는 파리로 되돌아왔다.

'그 장 발장이라는 자는 확실히 죽었다.'라고 그는 생각했다. '난 참 멍청이야.'

그는 그 모든 일을 다시 잊어버리기 시작했는데, 그때,

1824년 3월 중에, 그는 생 메다르의 교구에 살고 있다는 '적선을 하는 거지'라는 별명을 듣고 있는 이상한 사나이 이야기를 들었다. 이 사람은 사람들 말에 의하면 연금을 받고 있고, 진짜 이름은 아무도 모르며, 여덟 살가량의 소녀하고 단둘이 살고 있는데, 그녀 자신은 제가 몽페르메유에서 왔다는 것밖에 아무것도 모르고 있었다. 몽페르메유! 이 이름이 늘 되돌아오곤 해서 자베르를 귀 기울이게 했다. 이 사람이 적선을 하고 있는 옛 교회 지기인 늙은 정보원 거지 하나가 몇 가지 다른 사실들을 덧붙여 주었다. 이 연금 생활자는 통 붙임성이 없고, 결코 저녁때밖에 외출하지 않고, 아무에게도 말을 하지 않지만, 때때로 가난한 사람들에게만 말을 하고, 아무도 자기에게 접근하게 하지 않는다는 것이었다. 그는 꾀죄죄한 누런 헌 프록코트를 입고 있었는데, 그 속에 지폐를 넣고 꿰매 놓고 있었으므로 수백만 금의 값어치가 있었다. 이 말이 결정적으로 자베르의 호기심을 끌었다. 이 해괴한 연금 생활자를 놀라게 하지 않고 바로 옆에서 보기 위해, 그는 어느 날 교회 지기에게서 그의 헌 옷과, 그 늙은 정보원이 저녁마다 쭈그리고 앉아서 기도문을 콧소리로 중얼거리고 기도를 하면서 염탐을 하는 장소를 빌렸다.

과연 그 '수상한 사람'은 그렇게 변장을 하고 있는 자베르에게 와서 적선을 했다. 그 순간 자베르는 고개를 들었고, 장 발장은 자베르를 알아보는 것 같아서 충격을 받았는데, 자베르도 장 발장의 얼굴을 알아보는 것 같아서 그러한 충격을 받았다.

그렇지만 어두워서 잘못 봤을 수도 있었다. 장 발장이 죽었다는 것은 공공연한 사실이었지만, 자베르에게는 의혹이, 그것도 중대한 의혹이 남아 있었는데, 조심성 많은 사람인 자베르는 의혹을 품은 채 어떤 사람의 목덜미에 손을 댈 수 없었다.

그는 자기가 찾는 사람을 고르보의 누옥까지 따라가서 '노파'에게 말을 시켰는데, 그것은 어려운 일이 아니었다. 노파는 그에게 100만 프랑이 프록코트 안에 들어 있다는 것은 사실이라고 단언하고, 그에게 1000프랑짜리의 지폐 이야기를 했다. 그녀는 보았다! 만져 보았다. 자베르는 방 하나를 빌렸다. 바로 그날 저녁 그 방에 입주했다. 그는 그 알 수 없는 세입자의 문에 와서 귀를 기울이고 그의 목소리를 들어 보려고 했으나, 장 발장은 열쇠 구멍으로 촛불을 보고 침묵을 지킴으로써 탐정의 계획을 좌절시켰다.

이튿날 장 발장은 삼십육계를 놓았다. 그러나 그가 떨어뜨린 5프랑짜리 동전 소리가 노파의 주의를 끌었다. 노파는 동전 소리를 듣고 그가 이사를 갈 요량이라 생각하고, 급히 자베르에게 알렸다. 밤이 되어 장 발장이 밖으로 나갈 때, 자베르는 부하 둘과 함께 가로수 길의 나무들 뒤에 숨어서 기다리고 있었다.

자베르는 경찰청에 조력을 구했으나, 자기가 체포하기 바라는 사람의 이름은 말하지 않았다. 그것은 그의 비밀이었는데, 그는 그것을 세 가지 이유로 지켰다. 첫째, 조금이라도 경솔한 짓을 했다가는 장 발장을 경계시킬지도 몰랐다. 다음에, 죽은 것으로 알려져 있는 늙은 탈옥수, 사법 당국의 기록에

'가장 위험한 종류의 악한'이라고 옛적에 영원히 분류되어 있는 죄수, 그러한 자를 체포하는 것은 굉장한 성과여서, 파리 경찰의 고참들이 자베르 같은 신참에게 그런 일을 맡겨 둘 리가 만무할 것이니, 그는 자기의 죄수를 남에게 빼앗길까 봐 걱정하고 있었기 때문에. 마지막으로 자베르는 예술가여서, 사람들의 의표를 찌르기를 좋아했다. 그는 오랫동안 미리 그걸 말함으로써 신선미를 잃게 하는 그런 예고된 성공을 싫어했다. 그는 꼭 남몰래 걸작을 만들어 내고 그런 뒤 느닷없이 세상에 내놓고 싶었던 것이다.

자베르는 장 발장의 뒤를 밟아 나무에서 나무로, 거리의 모퉁이에서 모퉁이로 연방 따라가면서 일순간도 그에게서 눈을 떼지 않았다. 장 발장이 가장 안전하다고 생각할 때조차도 자베르의 눈은 그의 위에 떨어져 있었다.

왜 자베르는 장 발장을 체포하지 않고 있었던가? 그것은 아직도 그가 의심하고 있었기 때문이다.

여기서 기억해 두어야 할 것은 당시 경찰은 마음대로 행동을 취할 수 없었다는 사실이다. 언론의 자유 때문에 제약을 받고 있었다. 제멋대로 체포하면 신문에 적발되어 의회에서까지 문제가 되었으므로, 경찰청은 겁을 먹고 있었다. 개인의 자유를 침해하는 것은 중대한 문제였다. 경찰관들은 실수할까 봐 두려워했고, 경찰청장은 그들에게 책임을 돌렸다. 과오는 곧 파면이었다. 다음과 같은 짤막한 기사가 수십 종의 신문에 게재되었을 때 그것이 파리에 어떤 인상을 주었을지 상상해 보라. "어제 존경할 만한 연금 생활자인 백발의 늙은 할아버지가 여덟 살 난 손녀를 데리고 산책을 하다가 탈옥수로서 체포되어 경찰청 유치장에 구류되었다."

그리고 또 되풀이하거니와, 자베르는 그 나름의 조심성이 있었고, 그의 양심의 권고가 경찰청장의 권고에 더해지고 있었다. 그러나 그는 실제로 의심하고 있었던 것이다.

장 발장은 등을 돌리고 어둠 속을 걷고 있었다.

슬픔과 걱정, 불안, 낙심, 밤중에 도망해 정처 없이 코제트와 자기의 은신처를 찾지 않을 수 없는 그 새로운 불행, 어린 아이의 걸음에 자기의 걸음을 맞추어야만 하는 필요성, 그러한 모든 것이 심지어 자기도 모르는 사이에 장 발장의 걸음걸이를 변화시켰고 그의 몸가짐에 완연히 늙은 티가 나게 했으므로, 자베르 속에 구현된 경찰 기능 자체도 속을 수 있었고, 실제로 속았다. 너무 가까이 접근할 수 없는 데다가 망명한 늙은 가정교사 같은 그의 옷차림, 그를 소녀의 할아버지라고 단언한 테나르디에의 말, 마지막으로 그가 형무소에서 죽었다는 확신, 이러한 것들이 자베르의 머릿속에서 짙어 가는 불확실성을 더욱 더해 주었다.

그는 한때 그에게 느닷없이 신원 증명 서류를 제시하라고 할까 하는 생각도 했다. 그러나 저 사나이가 장 발장이 아니면, 그리고 저 사나이가 착하고 정직한 늙은 연금 생활자가 아니면, 그는 십중팔구 파리의 비행들의 숨은 음모에 깊고 교묘히 관여하고 있는 어떤 빈틈없는 놈이고, 어떤 위험한 패거리의 두목인데, 자기의 다른 재주를 감추기 위해 낡은 수법인 적선을 하고 있었으리라. 그에게는 밀정들이 있고, 공범자들이 있고, 아마 피신하러 갈 비상용 숙소가 있을 것이다. 그가 거리들을 그렇게 자꾸 돌아가는 것을 보면 그는 보통 늙은이가 아닌 것 같았다. 너무 빨리 포박하는 것은 '황금 알을 낳는 암탉을 죽이는' 격이다. 좀 기다린들 어떠랴? 자베르는 놓치지 않으리라고 확신했다.

그러므로 그는 꽤 당황하여 그 수수께끼 같은 인물에 관해 오만 가지 생각을 하면서 걸어가고 있었다.

꽤 늦어서야 퐁투아즈 거리에서 그는 어느 술집이 비쳐 주는 강렬한 불빛 덕택에 결정적으로 장 발장을 알아보았다.

이 세상에는 심히 몸을 떠는 두 존재가 있다. 자기 아이를 찾아내는 어머니와 제 먹이를 찾아내는 호랑이. 자베르는 그렇게 심히 몸을 떨었다.

그는 무서운 죄수 장 발장을 확실히 알아보자마자 자기 편에 세 사람밖에 없다는 것을 깨닫고 퐁투아즈 거리의 경찰에 원병을 청했다. 가시 막대기를 움켜잡기 전에는 장갑을 껴야 한다.

그렇게 지체했고 부하 경찰들과 상의하기 위해 롤랭 네거리에 멈춰 있었던 탓에, 하마터면 그는 사냥감의 발자취를 놓칠 뻔했다. 그렇지만 그는 재빨리 판단했다, 틀림없이 장 발장이 자기의 사냥꾼들과 자기 사이를 강으로 갈라 놓으려 할 것이라고. 그는 머리를 갸웃하고 생각했다. 마치 코를 땅에 대고 사냥감의 발자국을 옳게 찾아 내는 사냥개처럼. 자베르는 강력한 본능의 정확성으로 곧장 아우스터리츠 다리로 갔다. 그는 다리를 지키는 사람에게 한마디 물어보고 사실을 알아냈다. "계집애와 같이 가는 남자를 못 보았습니까?" "그 사람에게 2수를 치르게 했습니다." 하고 다리 지키는 사람은 대답했다. 자베르가 다리에 들어서자, 때마침 장 발장이 코제트의 손을 잡고 달빛이 환히 비치는 빈터를 건너가고 있는 것이 강 너머에 보였다. 그가 슈맹 베르 생 탕투안 거리로 들어가는 것도 보였다. 그는 거기에 올가미를 쳐 놓은 것처럼 되어 있는 장로의 막다른 골목이 있고, 빠져나갈 길이라고는 오직 픽퓌스의 작은 길로 통하는 드루아 뮈르 거리 하나밖에 없다는 것을 생각했다. 그는 사냥꾼들이 말하는 것처럼 '목을 확보했다.' 그 빠져나가는 길을 지키도록 경찰 하나를 급히 딴 길로 돌아서 보낸 것이다. 일대의 순찰병들이 병기창 파수막으로 돌아가느라 지나가는 것을 보고, 그들에게 요청하여 자기를 따라오게 했다. 이러한 카드놀이에서 병사들은 으뜸 패다. 게다가 한 마리의 산돼지를 해치우기 위해서는 사냥꾼의 지력과 사냥개들의 힘을 합쳐야 하는 것이 원칙이다. 이러한 조치를 취해 놓았으니, 오른쪽에 장로의 막다른 골목이 있고, 왼쪽에 그의 부하 경찰이 있고, 뒤에는 자베르 자신이 있어, 그 사이에서 장 발장은 사로잡혀 있다고 여기고, 그는 한 움큼의 코담배를 맡았다.

그런 뒤에 그는 장난을 하기 시작했다. 그는 황홀하고도 잔인한 순간을 가졌다. 그는 자기가 잡으려는 사람을 자기 앞에 가게 두었다. 그를 자기 손안에 쥐고 있다는 걸 알고서, 그러나 붙잡는 순간을 될 수 있는 대로 늦추고 싶어서, 이미 잡힌 것이나 진배없는 그가 자유로이 있는 걸 보는 것이 즐거워서, 거미집에 걸린 파리를 퍼덕거리게 두는 거미와 사로잡힌 생쥐를 달음질치게 두는 고양이가 느끼는 그런 쾌감을 갖고 그를 지켜보면서. 먹이를 움켜잡는 발톱은 잔인한 육감을 느낀다. 그것은 발톱에 사로잡힌 짐승의 눈에 잘 띄지 않는 움직임이다. 그렇게 숨통을 죄어 대는 건 얼마나 즐거운 일인가!

자베르는 즐거워하고 있었다. 그의 그물 눈은 야무지게 맺어져 있었다. 그는 성공을 확신하고 있었다. 그는 이제 손을 오므리기만 하면 되었다.

그에게는 그렇게 부하들이 딸려 있으므로, 장 발장이 아무리 강력하고, 아무리 강경하고, 아무리 필사적이라 하더라도 저항이란 생각조차도 할 수 없었다.

자베르는 천천히 전진했다. 마치 도둑놈의 호주머니라도 뒤지듯이 거리의 구석구석을 샅샅이 뒤지고 살피면서 갔다.

그가 그의 거미줄 한가운데 도착했을 때, 그는 거기에서 파리를 보지 못했다.

얼마나 그가 격분했겠는가!

그는 드루아 뮈르 거리와 픽퓌스의 작은 길 모퉁이를 지키는 파수꾼에게 물어보았다. 그 경찰관은 자기 초소에 침착하게 서 있었으나, 그 사나이가 지나가는 것을 전혀 보지 못했다는 것이다.

때로는 사슴이 머리를 덮고 부서지는 수가 있는데, 다시 말해서 사냥개 떼에게 바짝 몰렸어도 도망쳐 버리는 수가 있는데, 그럴 때면 가장 노련한 사냥꾼들도 뭐라고 말해야 할지 모른다. 뒤비비에나 리니빌, 데프레스 같은 명수들도 별수가 없다. 그런 종류의 뜻밖의 실패를 했을 때 아르통주는 외쳤다. “그것은 사슴이 아니라 마술사다.”라고.

자베르도 그와 똑같은 소리를 질렀을 것이다.

그의 낙담은 절망이나 격분과 흡사했다.

확실히 나폴레옹은 러시아 전쟁에서 실수를 했고, 알렉산드로스는 인도 전쟁에서 실수를 했고, 카이사르는 아프리카 전쟁에서 실수를 했고, 키루스는 스키다이 전쟁에서 실수를 했고, 그리고 자베르는 장 발장에 대한 이 싸움에서 실수를 했다. 이 전과자를 알아보는 것을 주저한 것이 아마 잘못이었을 것이다. 처음에 한 번 힐끗 보는 것만으로도 그에게는 충분해야 했을 것이다. 고르보의 누옥에서 무조건 그를 체포하지 않은 것이 그의 잘못이었다. 퐁투아즈 거리에서 확실히 그를 알아보았을 때 그를 체포하지 않은 것이 그의 잘못이었다. 롤랭네거리에서 휘영청 밝은 달빛 아래 부하들과 상의한 것이 그의 잘못이었다. 확실히 의견들은 유익하고, 믿을 만한 개들의 의견을 알고 묻고 하는 것은 좋은 일이다. 그러나 늑대와 죄수 같은 흉분한 동물들을 사냥할 때는 사냥꾼이 아무리 조심해도 충분할 수 없을 것이다. 자베르는 사냥개들에게 짐승의 뒤를 쫓게 하는 데에 너무 열중함으로써 짐승이 기미를 채고 달아나 버리게 했다. 그가 아우스터리츠 다리에서 다시 발자취를 발견하자마자, 그러한 사나이를 한 오리의 실 끝에 달고서 그 희한하고 유치한 장난을 한 것이 특히 잘못이었다. 그는 자기의 힘을 과대평가하여 사자를 가지고 생쥐 놀이를 할 수 있다고 생각했다. 또 동시에 그는 자기의 힘을 과소평가하여 원병을 얻을 필요가 있다고 판단했다. 파탄을 초래한 조심성, 귀중한 시간의 낭비. 자베르는 이 모든 과오들을 범했지만, 그래도 역시 그는 가장 능숙하고 가장 정확한 탐정의 하나임에는 틀림없었다. 그는 가장 심오한 의미에서, 사냥에서 말하는 '영리한' 개였다. 그러나 완전한 사람이 누가 있겠는가?

위대한 전략가들도 빛을 잃을 때가 있다.

대단한 실수들은, 흔히 통통한 밧줄처럼, 수많은 가닥 줄들로 이루어져 있다. 동아줄을 한 오라기씩 갈라 놓고, 모든 결정적인 작은 이유들을 따로따로 떼어 놓고, 그것들을 하나씩 깨부술 적에는, 애개개, 겨우 이뿐이야! 하고 느낄 것이다. 그것들을 함께 엮어 꼬아 놓으면 그것은 거대한 것이 된다. 아틸라는 동방의 마르키아누스 황제와 서방의 발렌티니아누스 황제 사이에서 주저하고, 한니발은 카푸아에서 지체하고, 당통은 아르시 쉬르 오브에서 잠든다.

그야 어쨌든, 장 발장이 자기 손에서 빠져나간 것을 안 바로 그 순간에도 자베르는 정신을 잃지 않았다. 감시망을 뚫고 나간 죄수가 아직 멀리 가지는 못했으리라 생각하고 그는 파수꾼을 놓고, 올가미와 복병을 쳐 놓고, 밤새도록 그 일대를 털었다. 맨 먼저 그가 본 것은 줄이 끊어져서 가로등이 제대로 달려 있지 않은 것이었다. 그것은 귀중한 단서였지만, 그는 도리어 그것 때문에 잘못 알고 모든 수색을 장로의 막다른 골목 쪽으로 돌려 버렸다. 그 막다른 골목에는 나직한 담장들이 있고, 그 건너 쪽에는 정원들이 있는데, 그 정원들의 울타리는 널따란 묵은 땅에 인접해 있었다. 장 발장은 분명히 그리로 도망한 것이 틀림없었다. 사실은 만약에 그가 장로의 막다른 골목 안으로 좀 더 깊이 들어갔다면, 그는 십중팔구 그렇게 했을 것이고, 그랬다면 그는 잡혔을 것이다. 자베르는 그 정원과 묵은 땅들을 바늘이라도 찾듯 샅샅이 뒤졌다.

날이 샐 무렵, 그는 영리한 부하 둘을 망을 보게 두고, 마치 도둑에게 잡힌 탐정꾼처럼 겸연쩍어하면서 경찰청으로 되돌아갔다.

6
프티 픽퓌스

1. 픽퓌스의 작은 길 62번지

픽퓌스의 작은 길 62번지의 정문은 오십 년 전에는 여느 집 대문과 하나도 다를 것이 없는 보통 대문이었다. 언제나 방긋이 열려 있어 사람의 마음을 끄는 그 문 안에는 그다지 음침하지 않은 두 가지 것이, 즉 포도 덩굴에 뒤덮인 담장으로 둘러싸인 마당과 이리저리 거닐고 있는 문지기의 얼굴이 보였다. 안쪽의 담 위에는 큰 나무들이 보였다. 햇살이 마당을 명랑하게 할 적에는, 한 잔의 포도주가 문지기를 명랑하게 할 적에는 픽퓌스의 작은 길 62번지 앞을 지나가는 사람은 명랑한 생각을 갖고 가지 않을 수 없었다. 그렇지만 거기는 앞서 잠깐 본 것처럼 음산한 곳이었다.

입구는 미소를 짓고 있고, 집은 기도를 드리며 울고 있었다.

결코 쉬운 일은 아니지만, 문지기를 통과하는 데 성공하면, 그러기 위해서는 '열려라, 참깨'라는 주문을 알아야 하기 때문에 누구에게나 거의 불가능한 일이었지만, 문지기를 통과한 뒤에, 하도 좁아서 동시에 한 사람밖에 통과할 수 없는 두 벽 사이의 좁은 계단으로 통하는 오른쪽 작은 현관으로 들어가면, 그 계단의 초콜릿색 기초와 카나리아색 벽에 놀라지 않고 위험을 무릅쓰고 올라가면, 첫 번째 층계참을 지나고 이어 두 번째 층계참을 지나면 2층 복도로 나오는데, 거기는 노란 벽과 초콜릿색 굽도리로 더할 나위 없는 조용함을 빚어내고 있었다. 계단과 복도는 두 개의 아름다운 창들로 햇빛을 받아들이고 있었다. 복도는 구부러져서 어두워지고 있었다. 그 모퉁이를 돌아 몇 걸음 더 가면 하나의 문 앞에 도달하는데 이 문이 닫혀 있지 않았기 때문에 더욱더 신비로운 느낌을 주었다. 문을 밀고 들어가면 6제곱피트쯤되는 작은 방이 나왔는데, 이 방은 타일이 깔려 있고, 깨끗이 닦여 있고, 싸늘했으며, 벽에는 푸른 꽃무늬가 박힌 한 권에 15수짜리 난징 벽지가 발라져 있었다. 희끄무레한 햇빛이 왼편의 커다란 창 하나에서 들어왔는데, 이 창은 방과 같은 넓이고 작은 유리들이 끼워져 있었다. 방 안을 들여다 봐도 아무도 보이지 않았다. 귀를 기울여 봐도 발소리도, 속삭이는 사람 소리도 들리지 않았다. 벽에는 아무것도 걸려 있지 않고, 방에는 아무 가구도, 의자 하나도 없었다.

더 들여다보면, 문 맞은바라기의 벽에 1자가량의 네모반듯한 구멍 하나가 보였는데, 새카맣고, 울룩불룩하고, 튼튼한 쇠창살이 가로세로로 끼워져, 바둑판처럼 되어 있다기보다는 오히려 대각선의 길이가 1.5인치도 채 못 되는 그물눈을 이루고 있었다. 난징 벽지의 초록빛 작은 꽃무늬들이 그 쇠창살에까지 조용하고 단정하게 오고 있었으니, 그 접촉이 꽃무늬들의 조용함과 단정함을 깨뜨리거나 어지럽히지는 않았다. 설령 기막히게 말라 빠진 인간이 그 네모진 구멍으로 들어가거나 나와 보려고 했더라도, 그 쇠창살 때문에 그것은 불가능했으리라. 그 쇠창살은 육체는 드나들지 못하게 되어 있었으나, 눈은, 다시 말하면 정신은 드나들게 하고 있었다. 그것은 본래 그러한 생각에서 만들어 놓은 것 같기도 했다. 왜냐하면 그 조금 뒤에는 그물 국자의 구멍들보다도 더 작은 구멍들이 무수히 뚫린 함석판 한 장이 벽에 끼워져 있었기 때문이다. 이 함석판 아래에는 우편함 구멍과 똑같은 구멍 하나가 뚫려 있었다. 그리고 방울 장치에 달린 끄나풀 하나가 쇠창살 구멍 오른편에 늘어져 있었다.

이 끄나풀을 흔들면 방울이 울리고, 바로 옆에서 하나의 목소리가 들렸는데, 그 목소리는 사람을 소스라치게 했다.

"누구세요?" 하고 그 목소리는 물었다.

그것은 여자의 목소리, 부드러운 목소리인데, 하도 조용해서 구슬프게 들릴 정도였다.

여기서 또 주문 하나를 알고 있지 않으면 안 되었다. 그것을 알지 못하면 그 목소리는 잠잠해져 버리고, 마치 벽 저쪽에 무덤의 무서운 어둠이 가득 차 있는 것처럼 다시 괴괴해져 버린다.

만약 그 주문을 알고 있으면, 그 목소리는 다시 말한다.

"오른쪽으로 들어오세요."

그제야 오른쪽으로, 창 맞은바라기에, 회색칠한 유리창 아래에 유리문 하나가 보인다. 걸쇠를 올리고 문을 통과하면, 아직 창살이 내려지지 않고 샹들리에가 켜지지 않은 극장의 칸막이 좌석에 들어간 것과 아주 똑같은 인상을 느낀다. 그것은 정말 극장의 칸막이 좌석 같은 것으로, 유리문으로부터 희미한 햇빛이 간신히 비치고 있고, 두 개의 헌 의자와 코가 다 풀린 짚방석 하나가 좁은 방 안에 놓여 있고, 검은 나무로 만든 위판을 가진 가슴 높이의 진열대를 갖춘 진짜 칸막이 좌석이다. 이 칸막이 좌석에는 창살이 끼워져 있으나, 다만 그것은 오페라 극장에서 같은 금빛 나무 창살이 아니라, 주먹 같은 큼직큼직한 회삼물로, 끔찍스럽게 벽에 박아서 고정해 놓은 무시무시한 철봉의 창살이었다.

처음 몇 분이 지나서 이 지하실 같은 흐릿한 빛에 눈이 길들기 시작하면 쇠창살 저쪽을 넘어다보려고 하지만, 6인치 너머는 보이지 않는다. 거기는 고동색으로 칠한 가로장을 튼튼하게 질러 놓은 검은 덧문으로 막혀 있었다. 길쭉하고 얇은 판자 조각을 붙여서 만든 그 겉창들은 쇠창살의 넓이 전부를 가리고 있었다. 그 겉창들은 늘 막혀 있었다.

잠시 후에 그 겉창들 뒤에서 이쪽을 향해 말하는 목소리가 들린다.

"여기 왔습니다. 무슨 일이죠?"

그것은 사랑 받는 사람의 목소리, 때로는 열렬히 사랑 받는 사람의 목소리였다. 아무도 보이지 않았다. 숨소리도 거의 들리지 않았다. 그것은 마치 무덤의 벽을 통하여 말하는 귀신의 목소리 같았다.

썩 드문 일이지만, 만약에 그 사람이 요구되는 어떤 조건들에 맞으면, 그의 앞에서 겉창 하나의 좁은 판자 한 장이 열리고, 그 귀신 목소리는 유령이 되었다. 창살 뒤로, 겉창 뒤로, 창살을 통해 볼 수 있는 만큼 머리 하나가 보이는데 입과 턱만 보일 뿐, 그 밖의 것은 검은 너울로 가려져 있었다. 검은 가슴받이 하나와 검은 수의에 몸을 감싼 별로 뚜렷하지 않은 형체 하나가 어렴풋이 보였다. 그 머리는 그에게 말을 하지만 그를 바라보지도 않고 그에게 결코 미소도 짓지 않았다.

뒤에서 비쳐 오는 햇빛은 저쪽 사람은 하얗게 보이고 이쪽 사람은 거멓게 보이도록 되어 있었다. 그 햇빛은 하나의 상징이었다.

그러는 동안 눈은 아까 열렸던 그 창구멍으로, 모든 사람들의 눈에 닫혀 있는 그곳 속을 열심히 들여다보았다. 짙은 몽롱함이 그 상복 입은 형체를 감싸고 있었다. 눈은 그 몽롱함을 뒤져서 유령 주위에 있는 것을 분간해 보려고 애썼다. 그러나 삽시간 후에 아무것도 보이지 않는다는 것을 깨달았다. 보이는 것이라곤 밤, 공허, 어둠, 무덤의 증기에 섞인 겨울 안개, 무시무시한 일종의 평온, 아무것도, 심지어 숨소리조차도 포착할 수 없는 고요, 아무것도, 심지어 허깨비들조차도 보이지 않는 어둠뿐.

여태까지 본 것은 한 수녀원의 내부였다.

그것은 '항시 예배'의 베르나르 교단 수녀원이라고 불리는 저 음침하고 엄숙한 집의 내부였다. 지금 있는 그 방은 면회실이었다. 그 목소리, 맨 먼저 들은 목소리는 접수 수녀의 목소리였는데, 그녀는 벽 저쪽 네모진 창구멍 옆에, 두 겹의 차양으로 가려진 것처럼, 쇠창살과 수많은 구멍이 뚫린 함석판으로 격리되어 꿈쩍도 않고 언제나 말없이 앉아 있었다.

면회실은 속세 쪽으로 창 하나가 나 있고 수도원 쪽으로는 하나도 없었기 때문에, 창살 달린 방은 그렇게 어둠 속에 잠겨 있었던 것이다. 세속적인 눈은 그 성스러운 곳에 있는 것을 아무것도 보아서는 안 되었던 것이다.

그렇지만 그 어둠 저쪽에는 무엇인가가 있었다. 하나의 빛이 있었다. 그 죽음 속에는 하나의 삶이 있었다. 이 수녀원은 모든 사람들로부터 철저히 격리되어 있었지만, 나는 이제부터 그 안에 깊숙이 들어가서, 그리고 독자도 그 안에 깊숙이 들어가게 하여, 이야기꾼들이 일찍이 보지 않은, 따라서 일찍이 말하지 않은 것들을 도를 넘어서지 않도록 하면서 말해 보려고 한다.

2. 마르틴 베르가의 분원(分院)

이미 오래전부터 픽퓌스의 작은 길에 1824년에도 아직 존재하고 있던 그 수녀원은 마르틴 베르가의 분원인 베르나르 교단 수녀원이었다.

따라서 이 베르나르 교단의 수녀들은 베르나르 교단의 수도사들처럼 클레르보에 속한 것이 아니라 베네딕트 교단의 수도사들처럼 시토에 속해 있었다. 바꾸어 말하면, 그 여자들은 성 베르나르가 아니라 성 베네딕트에 귀의하고 있었던 것이다.

조금이라도 고서(古書)를 뒤적거려 본 사람이라면, 1425년에 마르틴 베르가가 베르나르 교단의 수녀와 베네딕트 교단의 수녀들을 위하여 따로 교단 하나를 창설하여, 본원(本院)을 살라망카에 두고 지원(支院)을 알칼라에 두었다는 것을 알 것이다.

이 교단은 유럽의 모든 가톨릭 국가에 분원을 두고 있었다.

이처럼 하나의 교단을 다른 교단에 결합하는 것은 로마교회에서 결코 드문 일이 아니다. 여기서 이야기하고 있는 성 베네딕트 교단 하나만 보더라도, 거기에 종속되어 있는 것으로 마르틴 베르가의 분원 외에 네 개의 수도회가 있었으니, 이탈리아에 몬테카시노와 파도바의 산타 주스티나 둘이 있었고, 프랑스에 클뤼니와 생 모르 둘이 있었으며, 또 아래와 같이 아홉 개의 교단이 있었다. 즉 발롬브로자, 그라몽, 셀레스탱 교단, 카말될 교단, 샤르트뢰 교단, 위밀리에 교단, 올리바퇴르 교단, 그리고 실베스트랭 교단, 마지막으로 시토 교단. 왜냐하면 시토 교단 자체는 다른 교단들의 줄기이면서도 성 베네딕트에 대해서는 하나의 가지에 지나지 않으니까. 시토 교단은 1098년 랑그르 교구의 몰렘 수도원장이었던 성 로베르로부터 시작되었다. 그런데 저 수비아코의 사막에 은거하고 있던 악마가(그는 늙었다. 그는 도사가 되었을까?) 아폴론의 옛 신전에서 살다가 열일곱 살인 성 베네딕트에게 쫓겨난 것은 529년의 일이었다.

맨발로 걸어 다니고, 목에 버들 바구니를 걸고 있고, 결코 앉는 법이 없는 카르멜 수녀들의 규칙 다음으로 가장 엄격한 규칙은 마르틴 베르가의 베르나르 베네딕트 수녀들의 규칙이다. 그녀들은 검은 옷을 입고 있고, 가슴받이를 걸치고 있는데 이것은 성 베네딕트의 특명으로 턱까지 올라와 있다. 소매가 펑퍼짐한 서지 옷, 커다란 양모 너울, 가슴 위에서 네모지게 잘려 턱까지 올라와 있는 가슴받이, 눈까지 내려온 머리띠, 이러한 것이 그녀들의 복장이다. 모든 것이 검정이고, 머리띠만 희다. 수련 수녀들도 똑같은 옷을 입고 있으나 색만 새하얗다. 서약 수녀들은 그 밖에 묵주를 옆구리에 달고 있다.

마르틴 베르가의 베르나르 베네딕트 수녀들은 생 사크르망의 부인들이라고 불리는 베네딕트 수녀들처럼 '항시 예배'를 실천하고 있는데, 이 수녀들은 금세기 초에 탕플과 뇌브 생 주느비에브에 각각 하나씩, 파리에 두 개의 수도원을 가지고 있었다. 그러나 지금 여기서 이야기하고 있는 프티 픽퓌스의 베르나르 베네딕트 수녀들은 뇌브 생트 주느비에브나 탕플의 수도원에 있는 생 사크르망의 부인들과는 전혀 딴판의 교단이었다. 규칙에도 수많은 차이가 있고, 복장에도 수많은 차이가 있었다. 프티 픽퓌스의 베르나르 베네딕트 수녀들은 검은 가슴받이를 걸치고 있었고, 뇌브 생트 주느비에브 거리의 생 사크르망의 베네딕트 수녀들은 흰 가슴받이를 걸치고 있는 데다가 3인치가량되는 도금한 은이나 도금한 구리 성체(聖體)

를 가슴에 달고 있었다. 프티 픽퓌스의 수녀들은 그러한 성체를 달고 있지 않았다. '항시 예배'는 프티 픽퓌스 수녀원과 탕플 수도원에 공통된 것이지만 두 교단은 완전히 달랐다. 생 사크르망의 부인들과 마르틴 베르가의 수녀들 사이의 유사점은 '항시 예배'를 드린다는 점뿐인데, 그것은 마치 필리프 드 네리에 의해 피렌체에 세워진 이탈리아의 오라토리오 교단과 피에르 드 베륄에 의해 파리에 세워진 오라투아르 교단이 예수 그리스도의 유년 시절, 생애, 죽음, 그리고 성모에 관한 모든 비의(秘儀)의 연구와 숭배에서 비슷하면서도 매우 현격한 차이가 있고 때로는 원수지간인 것과 마찬가지다. 필리프 드 네리는 성자일 뿐이고, 베륄은 추기경이었으므로, 파리의 오라투아르 교단은 늘 우위를 주장했다.

이제 마르틴 베르가의 엄격한 스페인식 규칙으로 되돌아오자.

이 분원의 베르나르 베네딕트 수녀들은 일 년 내내 육식을 하지 않고, 사순재와 그녀들에게 특별한 수많은 다른 날들에는 단식을 하고, 초저녁잠을 자다가 새벽 1시부터 3시까지 일어나서 성무 일과서를 읽고 새벽 기도를 드리고, 어느 철이고 짚 보료 위에서 서지 담요를 덮고 자고, 목욕 한 번 하지 않고, 결코 불을 피우지 않고, 금요일마다 고행을 하고, 침묵의 규칙을 지키고, 극히 짧은 휴식 시간 외에는 서로 이야기를 하지 않고, 십자가 현양 축일인 9월 14일부터 부활절까지 여섯 달 동안 투박한 털 셔츠를 입는다. 여섯 달이라는 것은 규칙을 경감한 것이고, 규칙에는 일 년 내내로 되어 있으나, 그 투박한 털 셔츠는 여름 더위에는 견디어 낼 수 없는 것으로 열병과 신경통을 일으켜서 그 사용을 제한하지 않으면 안 되었다. 그렇게 완화했는데도, 9월 14일에 수녀들이 그 셔츠를 입을 적에는 사나흘 열이 난다. 순종, 청빈, 순결, 수도원 경내에서의 칩거, 이것이 그녀들의 서약인데, 규칙에 의해 무척 가중되어 있다.

수녀원장은 참사회에서 발언권을 가지고 있기 때문에 '소리의 어머니들'이라고 불리는 장로들에 의해 삼 년 임기로 선출된다. 원장은 두 번밖에 재선될 수 없기 때문에, 한 원장의 최장 임기는 9년으로 정해져 있다.

그녀들은 결코 남자 신부를 볼 수 없다. 신부는 언제나 일곱 자 높이로 친 서지 휘장으로 가려져 있다. 강론 때 회당 안에 남자 강론사가 있을 때 그녀들은 너울을 얼굴 위로 끌어 내린다. 그녀들은 언제나 작은 소리로 말하고, 고개를 수그려 아래를 보면서 걸어야 한다. 수녀원에 들어올 수 있는 유일한 남성은 감독 교구의 대주교 한 사람뿐이다.

사실은 또 한 사람이 있는데, 그는 정원사다. 그러나 정원사는 언제나 노인이기 마련이고, 항상 정원에 혼자 있도록, 그리고 수녀들이 그것을 알고 피할 수 있도록 그의 무릎에 방울 하나를 달아 놓는다.

그녀들은 절대적이고 맹목적인 복종으로 원장에게 복종한다. 그것은 전적인 희생 속에서 이루어지는 종규에 의한 복종이다. 그리스도의 목소리에 대하듯 그 몸짓에, 그 최초의 손짓에 즉시, 행복한 마음으로, 참을성을 가지고, 노동자의 손 안의 줄칼처럼 어떤 맹목적인 복종으로 대하고, 그것이 무엇이든 특별한 허가 없이는 읽고 쓰지 못한다.

그녀들은 제각기 차례차례로 그녀들의 이른바 '속죄'를 행한다. 속죄라는 것은 모든 죄, 모든 과오, 모든 방종, 모든 위반, 모든 부정, 지상에서 저질러지는 모든 죄에 대한 기도다. 오후 4시부터 새벽 4시까지, 또는 새벽 4시부터 오후 4시까지 계속 열두 시간 동안 '속죄'를 하는 수녀는 두 손을 마주 잡고, 줄을 목에 걸고, 성체 앞에서 돌 위에 무릎을 꿇고 있다. 피곤을 견디지 못하게 될 때는 얼굴을 땅바닥에 대고, 두 팔을 십자로 뻗치고, 납작 엎드리는데, 그것이 바로 위안의 전부다. 그러한 자세를 하고 온 누리의 모든 죄인들을 위하여 그녀는 기도를 드린다. 그것은 숭고할 만큼 위대하다.

이러한 행위는, 위에서 큰 촛불이 타고 있는 기둥 앞에서 이루어지므로, 아무 구별 없이 '속죄를 한다' 또는 '기둥에 있다'라고 말한다. 수녀들은 고행과 굴종의 뜻이 들어 있는 이 두 번째 표현을 겸허한 마음에서 더 좋아하기도 한다.*

'속죄를 한다'는 것은 온 마음을 기울이는 일이다. 기둥에 있는 수녀는 뒤에서 벼락이 떨어져도 돌아다보지 않는다.

그리고 또 성체 앞에는 늘 수녀 하나가 무릎을 꿇고 있다. 그렇게 하는 시간은 한 시간이다. 그녀들은 보초를 서는 병사들처럼 교대한다. 그것이 바로 '항시 예배'다.

원장과 장로 들은 거의 언제나 특별한 근엄미가 깃든 이름을 갖고 있는데, 그 이름들은 성자와 순교자 들에 관련된 이름이 아니라, 예수 그리스도의 생애의 시기들에 관련된 것, 이를

---

* 기둥은 프랑스어에서 형구(刑具)를 의미하는 수가 있다.

테면 나티비테(강탄) 장로, 콩셉시옹(성신 수태) 장로, 프레장타시옹(성모 봉헌)* 장로, 파시옹(수난) 장로 등이다. 그렇지만 성녀(聖女)들의 이름도 금지되어 있지 않다.

그녀들을 만나 보아도 그녀들의 입밖에는 결코 보이지 않는다. 그녀들은 모두 노란 이를 하고 있다. 칫솔은 결코 이 수녀원에 들어오지 않았다. 이를 닦는 것은 사닥다리 위에서 그 아래로 떨어지는 것, 즉 영혼을 잃는 것이다.

그녀들은 아무것에 관해서도 '내 것'이라는 말을 하지 않는다. 그녀들은 그녀들 것은 아무것도 없고 아무것에도 집착해서는 안 된다. 그녀들은 모든 것을 '우리 것'이라고 하는데, 이를테면, 우리 너울, 우리 염주라고 한다. 그녀들이 자기들의 셔츠를 말할 때엔 '우리 내의'라고 말할 것이다. 때때로 그녀들은 어떤 사소한 물건에, 기도 책, 유물 또는 성패(聖牌)에 애착을 갖는다. 그러나 그것에 애착하기 시작한다는 것을 깨달았을 적에는 즉시 그것을 내놓아 버려야 한다. 그녀들은 성 테레즈의 말을 기억한다. 어느 귀부인이 성 테레즈 수도회에 들어갈 때 "원장님, 제가 무척 애착을 가지고 있는 성서를 가져오도록 허락해 주세요."라고 말하자 성 테레즈는 대답했다. "아! 당신은 무엇엔가 애착을 가지고 있군요! 그렇다면 우리 집에 들어오지 마세요."

누구든 방 안에 들어박히고, '자기 거처'를, '자기 방'을 가지는 것은 금지되어 있다. 그녀들은 열린 골방에서 산다. 서로

---

* 프레장타시옹(Présentation). 가톨릭에서 11월 21일은 '성모 마리아 봉헌 축일'(Fête de la Présentation de la Vierge)이다.

만날 때에는 "제단의 성체를 찬미하고 예배합시다!" 하고 한 여자가 말한다. 또 한 여자는 "영원히."라고 대답한다. 한 여자가 다른 여자의 방 문을 두드릴 때에도 같은 인사를 한다. 문에 사람의 손이 닿자마자 저쪽에서 얼른 "영원히!"라고 말하는 부드러운 목소리가 들린다. 모든 종교적 의례처럼 그것은 습관에 의해 기계적인 것이 되어 있다. 그래서 한쪽에서 "제단의 성체를 찬미하고 예배합시다!"라고 채 말하기도 전에, 하기야 이 말은 꽤 장황하지만, 이따금 상대방이 먼저 "영원히."라고 말해 버리는 수도 있다.

성모 방문회 수녀들 사이에서는 방에 들어가는 사람은 "아베 마리아."라고 말하고, 방에 있는 사람은 "그라티아 플레나.*"라고 한다. 이것이 그녀들의 "안녕하십니까."로, 과연 '은총이 넘치는' 안녕이라 할 것이다.

날마다 매 시간 수도원의 회당 종소리에 더하여 가외로 세 번 종이 울린다. 그 소리가 들리면, 원장도, 소리의 어머니들도, 서약 수녀도, 평수녀도, 수련 수녀도, 지원 수녀도 하던 말이나 하던 일 또는 하던 생각을 뚝 그치고, 모두 동시에 말을 하는데, 예를 들어 5시라면, "5시에, 그리고 시간마다 제단의 성체를 찬미하고 예배합시다!", 8시라면, "8시에, 그리고 시간마다" 운운. 이처럼 시간에 따라서 말한다.

각자의 생각을 멈추고 항상 천주를 생각하게 하는 것을 목적으로 하는 이러한 습관은 다른 여러 수도회에도 있지만, 다

---

* '은혜가 넘치는 자'라는 뜻.

만 그 말투는 다양하다. 예컨대 앙팡 제쥐 교단에서는 이렇게 말한다. "지금 이 시간에, 그리고 시간마다 예수의 사랑이 나의 가슴을 불태워 주시기를!"

오십 년 전에 프티 픽퓌스의 수녀원에 갇힌 마르틴 베르가의 베네딕트 베르나르 교단 수녀들은 장엄한 찬송가 조로, 순수한 성가 조로, 그리고 예배 드리는 동안 내내 목청껏 제식(祭式)을 노래 부른다. 미사 책의 별표가 있는 데서는 잠깐 멈추고 나직한 목소리로 "예수 마리아 요셉."이라고 한다. 장례식 때에는 여자 목소리의 최저음으로 노래를 부르기 때문에 실로 비통한 효과를 자아낸다.

프티 픽퓌스의 수녀들은 수녀원의 묘소를 위해 주제단(主祭壇) 아래에 굴을 파 놓게 했다. 그녀들의 이른바 '정부(政府)'는 그 굴속에 관을 넣는 걸 금했다. 그러므로 그녀들은 죽으면 수녀원에서 나갔다. 이것은 그녀들을 몹시 슬프게 했고 하나의 침해처럼 그녀들을 낙담케 했다.

그녀들은 이건 시시한 위안이기는 했지만, 보지라르의 옛 묘지에 특별한 시간에, 그리고 특별한 구석에 매장되는 허가를 받았는데, 이 묘지는 옛날 그녀들의 교단 소유의 땅으로 만들어져 있었다.

목요일에 이 수녀들은 주일처럼 대미사와 저녁 기도와 모든 예배를 드린다. 그녀들은 또 그 밖에도 성당이 옛날 프랑스에 마구 퍼뜨렸고 아직도 스페인과 이탈리아에 마구 퍼뜨리고 있는, 속인들에게는 거의 알려져 있지 않은 온갖 자질구레한 축제들도 꼼꼼하게 지킨다. 그녀들이 예배당에 머물러 있는 시간은 끝이 없다. 그녀들의 기도 횟수와 시간에 관해서, 나는 그녀들 중 한 수녀의 순진한 말을 인용하는 것보다 더 좋은 개념을 줄 수가 없다. "지원 수녀들의 기도는 끔찍하고, 수련 수녀들의 기도는 더욱 고약하고, 서약 수녀들의 기도는 더 더욱 고약하다."

일주일에 한 번씩 회의가 열린다. 원장이 의장이 되고 소리의 어머니들이 거기에 입회한다. 수녀마다 제 차례에 돌 위에 올라가서 무릎을 꿇고 그 주일에 저지른 잘못과 죄를 모든 수녀들 앞에서 소리 높이 고백한다. 고백이 끝날 때마다 소리의 어머니들은 서로 상의해서 공공연하게 고행을 과한다.

좀 중대한 모든 잘못들은 높은 소리로 고백하기 위해 보류해 두지만, 그 밖의 가벼운 잘못들에 대해서는 그녀들의 이른바 '면죄'를 받는다. 면죄를 받기 위해서는 '우리 어머니'라고 밖에는 결코 부르지 않는 원장이 자기 걸상의 나무를 가볍게 두드려 그만 일어나도 좋다는 것을 알릴 때까지 원장 앞에 엎드려 있는다. 매우 사소한 일에 대해서도 면죄를 받는다. 컵을 깨뜨렸다거나, 너울을 찢었다거나, 어쩌다 예배에 몇 초 늦었다거나, 회당에서 음표를 틀렸다거나, 이런 일만으로도 충분하다. 그런 때 참회한다. 참회는 그야말로 자발적인 것으로, '죄 있는 자'가 스스로 자기 자신을 심판하여 자신에게 과하는 것이다.* 축제일들과 주일들에는 네 명의 성가대 어머니들이

---

* 여기서 면죄(coulpe)와 죄 있는 자(coupable)라는 두 말은 같은 어원에서 온 것이다.

네 개의 악보대가 달린 커다란 책상 앞에서 제식을 노래한다. 어느 날, 한 성가대 어머니가 '에케(여기에)'라는 말로 시작되는 찬송가를, '에케' 대신에 '도, 시, 솔'이라는 세 음표를 높은 소리로 불렀다. 그 부주의 때문에 그녀는 예배 드리는 동안 내내 면죄를 받았다. 그 잘못을 엄청 큰 것으로 만든 것은 회중이 웃었기 때문이다.

수녀가 면접실에 불려 갔을 때에는, 그 사람이 설사 원장이라 하더라도, 독자도 기억하고 있듯이 입밖에 보이지 않도록 너울을 얼굴 위로 내린다.

원장만 외부 사람들과 이야기할 수 있다. 다른 사람들은 아주 가까운 친척밖에 만날 수 없고, 그것도 극히 드물게밖에 허가되지 않는다. 혹시 어쩌다가 외부 사람 하나가 찾아와서 속세에서 알았거나 사랑했던 수녀를 만나 보려면 교섭이 필요하다. 그것이 여자라면 이따금 허가될 수 있다. 수녀가 오면 그녀에게 겉창 너머로 말을 하는데, 이 겉창은 장로나 수녀에게밖에 열리지 않는다. 면회가 남자에게는 언제나 거절되는 것은 물론이다.

이러한 것이 바로 마르틴 베르가에 의해 한결 엄격해진 성 베네딕트 교단의 규칙이다.

이 수녀들은 다른 교단의 처녀들이 흔히 그러하듯 전혀 쾌활하지도 않고, 혈색이 좋지도 않으며, 싱싱하지도 못하다. 그녀들은 창백하고 근엄하다. 1825년에서 1830년까지 세 명의 수녀가 미쳤다.

3. 엄격

이 교단에 들어온 여자는 적어도 이 년간은, 때로는 사 년까지도 흔히 지원 수녀로 있고, 사 년간 수련 수녀로 있게 된다. 마지막 서약이 이십삼사 세 전에 이루어지는 일은 드물다. 마르틴 베르가의 베르나르 베네딕트 수녀원은 과부는 결코 받아들이지 않는다.

그녀들은 각자의 골방에서 남몰래 수많은 고행을 하는데 그것을 결코 말해서는 안 된다.

수련 수녀가 서약식을 행하는 날에는, 그녀에게 가장 아름다운 장신구를 갖추어 옷을 입히고, 흰 장미 모자를 씌우고, 그녀의 머리를 윤내고 부드럽게 매만져 준다. 그런 뒤에 그녀는 엎드린다. 사람들은 그녀 위에 크고 검은 너울을 펼치고 장례식 노래를 부른다. 그때 수녀들은 두 줄로 갈라져서 한 줄은 그녀 옆을 지나가면서 "우리 자매는 죽었네." 하고 구슬픈 어조로 말하고, 또 한 줄은 터질 듯한 목소리로 "예수 그리스도 속에서 사네!"라고 대답한다.

이 이야기가 일어나고 있을 무렵에, 기숙사 하나가 이 수녀원에 부속되어 있었다. 대부분이 돈 많은 귀족 집안 처녀들의 기숙사였는데, 그녀들 중에는 생톨레르 양과 벨리상 양, 그리고 탈보라는 유명한 가톨릭 이름을 가진 영국 여자가 있었다. 이 처녀들은 사면의 벽 사이에서 그 수녀들의 손에 길러지고, 속세와 시대를 두려워하면서 자라 가고 있었다. 그녀들 중 한 처녀가 어느 날 이런 말을 했다. "거리의 포석을 보면 머리에서 발끝까지 오싹해져요." 기숙생들은 푸른 옷에 흰 모자를 쓰고, 도금한 은이나 구리로 된 성령 메달을 가슴에 달고 있었다. 어떤 큰 축제일들에는, 특히 성 마르타의 날에는 특별한 호의와 최고의 행복으로 그녀들에게 온종일 수녀복을 입히고, 성 베네딕트의 제식과 예배를 보도록 허가해 주었다. 초기에는 수녀들이 자기들의 검은 옷을 그녀들에게 빌려 주었다. 그러나 그것이 신성을 모독하는 것 같았으므로, 원장은 그것을 금했다. 수녀복을 빌려 주는 것은 수련 수녀들에게만 허가되었다. 이것은 주목할 만한 일이거니와, 그러한 행사는 아마도 은근한 포교심에 의해 수녀원 내에서 허용되고 장려되었을 것이고, 그 어린 소녀들에게 성의(聖衣)에 대해 미리 좀 흥미를 주기 위한 것이었으나, 기숙생들에게 그것은 실제의 행복이요, 진정한 기분전환이었다. 그녀들은 그것을 그저 단순히 즐겼다. '그것은 신기했고 그녀들을 변화시켰다.' 이것은 어린아이들의 순박한 이유이겠지만, 손에 성수채를 들고 꼬박 몇 시간이나 서서 악보대 앞에서 노래를 부르는 그 행복을 우리들 속인에게 이해시키는 데는 도움이 되지 않는다.

여학생들은 고행을 제외하고는 수도원의 모든 제식을 다 지키고 있었다. 개중에는 속세로 돌아가서 결혼한 지 여러 해가 지난 뒤에도 누가 문을 두드릴 때마다 "영원히!"라고 말하는 습관에서 벗어나지 못한 여자도 있었다. 수녀들처럼 기숙생들도 면접실에서밖에 부모를 만나지 못했다. 그녀들의 어머니마저도 그녀들을 포옹하는 허가를 얻지 못했다. 이 점에 관해 어느 정도 엄격했는지 이런 일이 있었다. 어느 날 한 처녀가 세 살 난 어린 동생을 데리고 온 어머니의 방문을 받았다. 처녀는 울고 있었다. 왜냐하면 동생을 몹시 껴안고 싶었기 때문이다. 그러나 그것은 불가능했다. 그녀는 어쨌든 어린아이의 그 자그만 손에 입을 맞출 수 있도록 아이가 창살 사이로 손을 내놓는 것을 허가해 달라고 애원했다. 그것은 거절당했다, 역정을 내다시피 하면서.

4. 쾌활

그 처녀들은 그래도 이 엄숙한 집을 즐거운 추억으로 가득 채웠다.

어떤 때에는 이 수녀원에서 어린아이가 빛나고 있었다. 노는 시간의 종이 울린다. 문이 활짝 열린다. 새들은 말한다. "아이, 좋아라! 어린아이들이 오네!" 수의(壽衣)처럼 열십자 길이 난 그 정원에 갑자기 젊음이 넘쳐흐른다. 빛나는 얼굴, 하얀 이마, 즐거운 빛이 가득 찬 천진난만한 눈, 온갖 서광이 그 암흑 속에 흩어진다. 찬송가가 끝나면, 종이 울리면, 방울 소리가 울리면, 조종(弔鐘)이 울리면, 제식이 끝나면, 갑자기 터져 오른다. 벌들의 날개 소리보다도 더 부드러운 소녀들의 소리가. 즐거움의 벌집이 열리고, 저마다 꿀을 가져온다. 뛰어놀고, 끼리끼리 부르고, 군데군데 뭉치고, 달음박질을 한다. 곱고 작은 하얀 이들이 구석구석에서 재잘거린다. 면사포들이 멀리서 웃음소리들을 지키고 그림자들이 빛들의 동정을 살피고 있으나, 그게 무슨 상관! 모두들 빛나고 웃는다. 그 음침한 사면의 담벽이 일순간 찬연히 빛난다. 담벽은 그처럼 벅찬 기쁨의 반사광으로 희번해져서, 소용돌이치듯 즐겁게 뛰노는 그 무리를 보고 있다. 그것은 그 슬픔에 스며드는 장미꽃의 비 같다. 처녀들은 수녀들의 눈앞에서 희희낙락거리고, 죄를 지을 수 없는 사람들의 눈은 천진난만함을 방해하지 않는다. 그 아이들 덕택으로 그처럼 많은 엄격한 시간 사이에도 순진한 시간이 있었다. 작은 아이들은 뛰고 큰 아이들은 춤춘다. 이 수녀원 안에서는 놀이에 하늘이 섞여 든다. 그 모든 발랄하고 쾌활한 아이들처럼 매혹적이고 장엄한 것은 아무것도 없다. 호메로스도 페로와 함께 여기에 와서 웃었을 것이고, 이 음침한 정원에는 모든 할머니들의 주름살이 펴질 만큼 젊음이 있고, 건강이 있고, 소음이 있고, 고함이 있고, 도취가 있고, 즐거움이 있고, 행복이 있다. 모든 할머니들, 서사시 속의 할머니들도, 이야기 속의 할머니들도, 옥좌의 할머니들도, 초가집의 할머니들도, 헤큐바*에서 메르 그랑**에 이르기까지 모두.

언제나 아름다움이 넘쳐흐르고 몽상으로 가득 찬 웃음으로 웃게 하는 저 '어린아이들의 말'은 아마 다른 곳 어디서보다도 이 집에서 더 많이 말해졌다. 다섯 살 난 계집아이가 어느 날 이런 말을 한 것은 이 침울한 네 벽 사이에서였다. "어머니! 나는 이제 아홉 해하고 열 달만 여기 있으면 된다고 어떤 언니가

---

* 호메로스의 『일리아스』에 나오는 할머니.

** 『아라비안 나이트』에 나오는 할머니.

내게 말했어요. 얼마나 큰 행복인가!"

다음과 같은 기념할 만한 대화가 행해진 것도 역시 여기서였다.

소리의 어머니: 왜 우니, 아가?

어린아이(여섯 살): (흐느끼면서) 알릭스한테 내가 프랑스 역사를 알고 있다고 말했어요. 저 애는 내가 그걸 모른다고 말하는 거예요. 나는 알고 있는데.

알릭스(큰 아이, 아홉 살): 아니에요, 저 애는 몰라요.

소리의 어머니: 그건 왜 그렇지, 아가?

알릭스: 저 애가 내게 이렇게 말하지 않겠어요. 이 책을 아무데나 펼치고 책에 있는 걸 하나 물어 봐. 대답할 테니, 라고.

"그래서?"

"저 애는 대답하지 않았어요."

"그래, 너는 뭘 물어보았지?"

"저 애 말대로 아무 데나 책을 펼치고 맨 먼저 눈에 띄는 걸 물어봤어요."

"그래, 그 질문은 뭐였지?"

"그건 '그다음엔 무슨 일이 일어났지?'였어요."

어떤 재원(在院) 수녀가 가지고 있는 약간 미식가인 앵무새에 관해 다음과 같은 심오한 관찰이 이루어진 것도 바로 여기서였다.

"아이 깜찍해라! 이 새는 사람처럼 잼 바른 빵의 겉만 먹네!"

일곱 살 먹은 죄인 소녀 하나가 잊지 않도록 미리 써 놓은 그 고백을 주운 것도 이 수녀원의 타일 하나 위에서였다.

"주여, 제가 인색했음을 고백하나이다.

주여, 제가 간음했음을 고백하나이다.

주여, 제가 남자 분들을 쳐다본 것을 고백하나이다."

네댓 살 먹은 새파란 눈의 아이들이 들은 이야기가 여섯 살 먹은 장밋빛 입술에서 즉석으로 만들어진 것도 이 정원의 잔디밭 벤치 중 하나에서였다.

"작은 수탉 세 마리가 많은 꽃들이 있는 나라 하나를 가지고 있었습니다. 수탉들은 꽃들을 꺾어 호주머니에 넣었습니다. 그런 뒤에 그들은 잎사귀들을 꺾어 제 장난감들에 넣었습니다. 그 나라에는 늑대 한 마리가 있었고, 많은 숲이 있었는데, 늑대는 숲 속에 있었고, 그는 작은 수탉들을 잡아먹었습니다."

그리고 또 이런 시도 지어졌다.

"몽둥이 한 대가 들어왔습니다.

고양이를 몽둥이로 친 것은 폴리키넬레*였습니다.

그것은 그에게 좋은 결과를 가져다주지 않았습니다. 그 때문에 그는 화를 입었습니다.

그때 한 수녀가 폴리키넬레를 감옥에 넣었습니다."

수녀원이 자선심에서 주워다 기르던 한 어린 여자 고아의 입에서 다음과 같은 귀엽고 비통한 말이 나온 것도 여기서였다. 이 아이는 다른 아이들이 자기들의 어머니 이야기를 하는 것을 듣고 한쪽 구석에서 이렇게 중얼거렸다.

---

* 이탈리아 소극에 나오는 우스꽝스러운 인물.

"나는 태어났을 때 어머니가 없었어!"

언제나 열쇠 다발을 가지고 복도를 서성거리고 다니는 뚱뚱한 문지기 수녀가 있었는데, 그녀의 이름은 아가트 수녀였다. 열 살 이상의 '큰 언니'들은 그 여자를 '아가토클레스'*라고 불렀다.

식당은 장방형의 큰 방인데 정원과 같은 평면에 수평으로 된, 궁륭형 천장의 회랑에서만 햇빛을 받고 있기 때문에, 침침하고 축축하여 어린아이들 말마따나 벌레가 득실거렸다. 주위의 모든 곳에서 곤충들이 모여들었다. 기숙생들은 네 구석에 각각 특별하고 재미나는 벌레의 이름을 붙여 놓았다. '거미' 구석, '구더기' 구석, '쥐며느리' 구석, '귀뚜라미' 구석이 있었다. '귀뚜라미' 구석은 조리실 옆이어서 매우 존중받았다. 거기는 다른 구석보다 덜 추웠다. 그 이름들은 식당에서 기숙생으로 옮겨 가서, 옛 마자랭 대학에서처럼, 네 국민을 구별하는 데 쓰였다. 어느 여학생이든 식사 시간에 앉는 식당의 구석에 따라 그 네 국민 중 하나에 속했다. 어느 날 대주교가 순시하러 와서, 그가 들른 교실에 비상한 금발 머리를 가진 혈색 좋은 예쁜 소녀 하나가 들어오는 것을 보고, 자기 옆에 있는 싱싱한 볼을 한 아리따운 갈색 머리의 기숙생에게 물었다.

"저 애는 뭐지?"

"거미예요, 예하."

"뭐! 그럼 또 저 애는?"

---

* 아가토클레스(Agathokles, BC 361~BC 289). 시라쿠사의 폭군.

"귀뚜라미예요."

"그럼 이 애는?"

"구더기예요."

"그래. 그럼 너는?"

"저는 쥐며느리예요, 예하."

이러한 종류의 집에는 저마다 특이한 점이 있다. 금세기 초에 에쿠앙은 거의 존엄한 그늘 속에서 소녀들이 자란 저 우아하고도 엄격한 장소의 하나였다. 에쿠앙에서는 성체 거동(聖體擧動)의 줄에 늘어설 때 처녀 반과 꽃집 반으로 구별되었다. '덮개 반'과 '분향 반'이라는 것도 있었는데, 닫집 반 아가씨들은 닫집 끈을 가지며, 향로 반 아가씨들은 성체 앞에 향을 피웠다. 꽃을 가지는 것은 마땅히 꽃집 반의 소임이었다. 네 '동정녀들'이 선두에 서서 걸었다. 그런 명절날 아침에 침실에서 이런 말을 묻는 소리가 들리는 것은 드문 일이 아니었다.

"누가 동정녀지?"

캉팡 부인은 일곱 살 난 '동생'이 열여섯 살 난 '언니'에게 한 말을 인용했는데, 그때 동생은 행렬 끝에 있었고, 언니는 행렬 선두에 서 있었다. "언니는 동정녀군, 언니는. 난 그렇지가 않은데, 나는."

5. 방심

식당 문 위에, 사람들을 곧장 천국으로 인도하는 효험이 있는, '순백의 천주경(天主經)'이라고 불리는 기도문이 굵고 검은 글자로 씌어 있었다.

간단한 순백의 천주경. 천주께서 만드시고, 천주께서 말하시고, 천주께서 천국에 가져다 놓으신 것. 저녁에 내가 자려고 할 때 세 천사가 나의 잠자리에서 자고 있었으니, 하나는 아래에, 둘은 머리맡에 있었으며, 한가운데 성모 마리아께서 계시다가 나에게 가라사대 어서 자거라, 아무것도 의심하지 말라 하시더라. 천주는 나의 아버지, 성모는 나의 어머니, 세 사도들은 나의 형제, 세 동정녀들은 나의 자매. 주의 배내옷으로 나의 몸은 싸여 있고, 성 마르그리트 십자가 나의 가슴에 씌어 있도다. 성모께서 주를 위해 한탄하며 들에 나가서 성 요한을 만나 가라사대, 성 요한이여, 어디서 오는가? 하시니, 나는 '아베 살루스'에서 온다 하거늘, 그대 주를 보지 못하였는가 하고 물으니, 주는 십자의 나무에 발을 매달고, 두 손을 못으로 박히고, 머리에 작은 흰 가시 모자를 쓰고 계시더라 하였다. 저녁에 이것을 세 번 외우고 아침에 이것을 세 번 외우는 자는 마침내 천국에 이르리라.

1827년에, 이 독특한 기도문은 세 겹으로 칠해진 도료 아래 벽에서 사라지고 없었다. 이 기도문은 오늘날은 노파가 된 당시의 몇몇 처녀들의 기억에서 지금은 완전히 지워져 버렸다.

벽에 걸려 있는 커다란 십자가 상 하나가 그 식당의 장식을 보충해 주고 있었는데, 하나밖에 없는 그 식당의 단 하나의 문은 앞서 말한 것 같은데, 정원 쪽으로 틔어 있었다. 각각 두 개

씩의 나무 벤치가 놓인 두 개의 좁은 식탁들이 식당 한쪽 끝에서 다른 쪽 끝까지 길쭉한 평행선을 이루고 있었다. 벽은 희고 식탁은 검었다. 이 두 가지 상장 색깔만이 수도원들이 가질 수 있는 것이다. 식사는 거칠었고, 어린아이들이 먹는 것조차도 매우 검소했다. 고기와 채소를 섞은 것 또는 소금에 절인 생선 한 접시, 이런 것이 성찬이었다. 그렇지만 기숙생들에게만 제공되는 그 평상시의 간단한 음식은 예외였다. 아이들은 주번 장로의 감시하에 잠자코 식사를 했는데, 때때로 어쩌다가 파리 한 마리가 날아와 윙윙거리면, 장로는 나무 책을 시끄럽게 폈다 닫았다 했다. 이러한 침묵은 십자가 상 아래에 있는, 서적대를 갖춘 소강단에서 성자전(聖者傳)을 낭독함으로써 다소 완화됐다. 그것을 읽는 사람은 그 주의 당번인 큰 학생이다. 말끔한 식탁 위에 여기저기 소래기가 놓여 있어, 그 속에서 여학생들은 자기의 접시나 식기를 손수 씻었다. 이따금 질긴 고기나 상한 생선 찌꺼기를 거기에 던져 버렸는데, 그러면 벌을 받았다. 그녀들은 그 소래기를 '수반(水盤)'이라는 이름으로 불렀다.

침묵을 깨뜨리는 아이는 '혀의 십자가'를 그렸다. 어디에? 방바닥에. 그녀는 포석을 핥았다. 그 모든 기쁨의 끝인 먼지는 지저귀는 죄를 지은 그 가련한 작은 장미 꽃잎들을 징계하는 임무를 맡고 있었다.

수도원에는 이제까지 단 한 부밖에 인쇄되지 않고 읽는 것이 금지된 책 하나가 있었다. 그것은 성 베네딕트의 규칙이 적혀 있는 책이었다. 속인의 눈이 들여다봐서는 안 되는 비방이

었다. '우리의 규칙 또는 제도를 외부 사람에게 알리는 자 없을지어다.'

기숙생들은 마침내 어느 날 그 책을 훔쳐 내는 데 성공하여 탐독하기 시작했는데, 혹시 들킬까 봐 겁이 나서 후다닥 책을 덮고 덮고 하여 몇 번이나 읽는 것이 중단되었다. 그녀들은 그 큰 모험에서 하나의 시시한 즐거움밖에 끌어내지 못했다. 머슴애들의 나쁜 짓거리에 관한 뜻 모를 몇 페이지만이 가장 재미났을 뿐이다.

그녀들은 몇 그루의 여윈 과일나무들이 양쪽에 늘어선 정원의 산책길에서 놀았다. 감시가 심하고 벌이 엄했는데도, 나무들이 바람에 흔들릴 적에는 때때로 푸른 사과나 상한 살구 혹은 벌레 먹은 배를 살짝 줍는 데 성공했다. 지금 나는 내 눈 아래에 있는 편지 한 통의 사연을 옮겨 놓겠는데, 이 편지는 지금은 파리에서 가장 우아한 부인 중 한 분인 아무개 공작 부인이 기숙생이었던 이십오 년 전에 쓴 것이다. 나는 정확히 인용한다. "자기의 배나 사과를 할 수 있는 대로 감춥니다. 저녁을 먹기 전 너울을 침대에 놓으러 갈 때 베개 밑에 밀어 넣어 두었다가 밤에 침대에서 먹는데, 그렇게 할 수 없을 때에는 그것을 변소에서 먹어요." 그것이야말로 그녀들의 가장 강렬한 쾌락의 하나였다.

한번은, 이것 역시 대주교가 이 수녀원에 찾아왔을 때의 일인데, 몽모랑시 가와 먼 친척 간인 부샤르 양이라는, 처녀들 중 하나가 대주교에게 하루의 휴가를 얻겠다고 내기를 걸었는데, 이건 그렇게도 엄격한 교단에서 어마어마한 일이었다.

내기는 받아들여졌으나 내기에 응한 처녀들은 아무도 그러한 일이 가능하리라고 생각하지 않았다. 대주교가 기숙생들 앞을 지나갈 때, 동무들이 말로 표현할 수도 없이 놀랍게도 부샤르 양이 열에서 나와 말했다. "예하, 휴가를 하루 주십시오." 부샤르 양은 이 세상에서 가장 예쁘고 귀여운 장밋빛 얼굴을 한 발랄하고 키가 큰 아가씨였다. 켈랑 예하는 빙그레 웃으며 말했다. "아니 뭐라고, 사랑하는 아가, 하루 휴가라고! 괜찮다면 사흘이라도 좋다. 사흘을 주마." 원장은 속수무책이었다. 대주교가 말했으니까. 수녀원에서는 화가 날 일이지만 기숙생에게는 기쁜 일이었다. 그 결과를 생각해 보라.

그렇지만 이 까다로운 수녀원도 외부의 정열적 생활과 연극, 소설이 뚫고 들어오지 못할 만큼 그렇게 잘 막혀 있지는 않았다. 그것을 증명하기 위해 여기에 실제 있었던 확실한 사실 하나를 확인하고 간단히 지적하는 것만으로 나는 만족할 것인데, 이 사실 자체는 이 책의 이야기와는 아무런 관계도 없고 아무런 연관도 없다. 내가 이 사실을 언급하는 것은 독자의 머릿속에 이 수녀원의 모습을 보충해 주기 위해서다.

그 무렵 수녀원에는 이상한 여자 하나가 있었는데 수녀는 아니었으나 여러 사람들로부터 대단한 존경을 받고 있었고 '알베르틴 부인'이라고 불리었다. 이 여자에 관해서 사람들은 그녀가 정신이 돌았고 속세에서는 죽은 걸로 되어 있다는 것밖에 아무것도 몰랐다. 그러한 이야기 속에는 어떤 대단한 결혼을 하기 위해 필요한 재산의 정리도 들어 있다고 사람들은 말했다.

이 여자는 겨우 서른 살이고, 머리는 갈색이고, 꽤 아름다웠으며, 커다란 검은 눈으로 멍하니 보고 있었다. 그녀는 보고 있었을까? 그것은 의심스러웠다. 그녀는 걸어 다닌다기보다는 오히려 미끄러져 다니는 것 같았고, 결코 말을 하는 일이 없었고, 숨을 쉬고 있는지 어떤지도 썩 확실치 않았다. 그녀의 콧구멍은 마치 마지막 숨을 거두고 난 것처럼 싸늘하고 창백했다. 그녀의 손을 만지면 눈[雪]을 만지는 것 같았다. 그녀는 유령 같은 이상한 아리따움을 지니고 있었다. 그녀가 들어오면 사람들은 몸이 오싹해졌다. 어느 날 그녀가 지나가는 것을 보고 한 수녀가 다른 수녀에게 말했다. "저이는 죽은 걸로 돼 있대." 다른 수녀가 대답했다. "아마 이미 죽은 건지도 몰라."

알베르틴 부인에 관해서는 오만 가지 이야기가 있었다. 그녀는 기숙생들의 끊임없는 호기심의 대상이었다. 예배당에는 '원창(圓窓)'이라고 불리는 특별석 하나가 있었다. 알베르틴 부인이 제식에 참례하는 것은 하나의 둥근 벽 구멍, 즉 '원창' 하나가 트인 그 특별석에서였다. 그녀는 거기에 보통 혼자 앉아 있었다. 왜냐하면 2층에 있는 그 특별석에서는 강론사나 제관(祭官)을 볼 수 있었기 때문인데, 그것은 수녀들에게 금지되어 있었다. 어느 날 강단에 지위가 높은 젊은 신부 하나가 서 있었는데, 그는 로앙 공작으로, 프랑스 상원 의원이었고, 그가 레옹 대공(大公)이던 1815년에는 근위 기병 장교였고, 1830년 후에 추기경과 브장송의 대주교로 있다가 죽었다. 이 로앙 씨가 프티 픽퓌스 수녀원에서 처음으로 강론하던 때였다. 알베르틴 부인은 보통 꿈쩍도 않고 매우 침착하게 강론이나 제식에 참석했으나, 그날은 로앙 씨를 보자마자 반쯤 몸을 일으키며, 예배당의 고요 속에서 큰 소리로 말했다. "어머나! 오귀스트!" 회중은 모두 깜짝 놀라 돌아다보았고, 그 강론사도 쳐다보았으나, 알베르틴 부인은 다시 까딱 않고 있었다. 바깥세상의 한 가닥 숨결이, 한 줄기 생명의 빛이 그 불이 꺼지고 얼어붙은 얼굴 위를 일순간 스쳐 갔다가, 이어 모든 것이 사라져 버리고, 미친 여자는 다시 시체가 되어 있었다.

그러는 동안 그 두 마디 말은 수녀원 안에서 말을 할 수 있는 모든 사람들의 화젯거리가 되었다. 그 "어머나! 오귀스트!"라는 말속에는 얼마나 많은 것이 들어 있었던가! 얼마나 많은 새 사실들이 들어 있었던가! 로앙 씨의 이름은 아닌 게 아니라 오귀스트였다. 알베르틴 부인은 대단한 상류사회 출신임이 분명했다. 왜냐하면 로앙 씨를 알고 있었으니까. 그녀가 그토록 고귀한 양반을 그토록 친근하게 부르는 것을 보면 그녀 자신 역시 상류사회에서 높은 위치에 있었음이 분명했고, 그리고 또 로앙 씨의 '이름'을 알고 있는 것을 보면, 그녀는 그이와 어떤 관계, 어쩌면 친척 관계, 그러나 확실히 아주 가까운 관계에 있었음이 분명했다.

슈아죌과 세랑이라는 매우 엄격한 두 공작 부인이 자주 이 교단을 찾아왔는데, 그녀들은 아마 '상류 부인'의 특권으로 들어왔겠지만, 그녀들은 기숙생에게 큰 두려움을 주었다. 이 두 늙은 부인이 지나갈 적에 가련한 처녀들은 모두 발발 떨며 고개를 수그려 버렸다.

그런데 로앙 씨는 자기도 모르는 사이에 기숙생들의 주의의 대상이 되었다. 그는 그 당시 주교가 되기 전, 파리 대주교의 주교 대리가 막 되어 있었다. 프티 픽퓌스의 수녀들 예배당에 제식을 올리러 꽤 자주 왔는데, 이는 그의 습관 중 하나가 되었다. 수녀원의 젊은 칩거자들은 서지 휘장이 드리워져 있기 때문에 아무도 그를 볼 수 없었지만, 그는 좀 가느스름하고 부드러운 목소리를 갖고 있었기 때문에 그녀들은 그 목소리를 알아보고 분간할 수 있었다. 그는 근위 기병을 지냈었고, 게다가 사람들 말로는 굉장한 멋쟁이고, 아름다운 밤색 머리털을 머리 둘레에 보기 좋게 지져 붙이고, 화려한 넓은 검은 띠를 두르고 있었으며, 그 검은 법의는 무척이나 호화롭게 재단되어 있다고 했다. 그는 그 모든 열여섯 살 소녀들의 상상을 흠뻑 차지하고 있었다.

바깥 소리는 무엇 하나 수녀원 안으로 들어오지 않았다. 그렇지만 어느 해에는 피리 소리가 안에까지 들려왔다. 그것은 하나의 사건으로, 당시의 기숙생들은 아직까지도 그것을 기억하고 있다.

그것은 누가 근처에서 부는 피리 소리였다. 언제나 같은 노랫가락을, 오늘날에는 이미 까마득하게 잊힌 노랫가락을 불고 있었다. "나의 제튈베여, 와서 나의 마음을 지배하라." 이러한 가곡이 하루에 두세 번씩이나 들려왔다.

처녀들은 몇 시간이고 귀를 기울였고, 소리의 어머니들은 당황했으며, 사람들은 몹시 흔들렸고, 처벌이 비 오듯 떨어졌다. 이런 일이 여러 달 계속되었다. 기숙생들은 모두 다소간 그 알 수 없는 음악가에 반했다. 저마다 제튈베가 되는 자기 자신을 꿈꾸었다. 피리 소리는 드루아 뮈르 거리 쪽에서 들려왔는데, 그렇게도 매혹적으로 그 피리를 부는 '청년'을, 자기도 모르는 사이에 이 모든 처녀들의 넋을 동시에 흔들고 있는 '청년'을 잠깐이라도 보기 위해서는, 잠시 만나고, 만나 보기 위해서는, 그녀들은 모든 것을 주고, 모든 것을 위태롭게 하고, 모든 것을 시도했으리라. 그중에는 샛문으로 빠져나가서 드루아 뮈르 거리 쪽으로 향한 4층까지 올라가 채광창으로 내다보려고 하는 처녀들도 있었다. 그건 불가능했다. 한 처녀는 창살을 통해 머리 위로 팔을 뻗쳐 흰 손수건을 흔들기까지 했다. 두 처녀는 더 대담했다. 그녀들은 지붕까지 올라가 위험을 무릅쓰고 마침내 그 '청년'을 보는 데 성공했다. 눈이 멀고 몰락한 늙은 망명 귀족 하나가 자기의 고미다락 방에서 심심풀이로 피리를 불고 있었던 것이다.

6. 작은 수녀원

이 프티 픽퓌스 수녀원의 울안에는 완전히 다른 세 채의 건물이 있었는데, 수녀들이 살고 있는 큰 수녀원, 여학생들이 숙박하는 기숙사, 그리고 마지막으로 '작은 수녀원'이라고 부르는 건물. 이것은 혁명으로 파괴된 수녀원들의 유물인 여러 교단들의 온갖 늙은 수녀들이 공동으로 머물고 있는 정원이 딸린 안채로, 흑색과 회색, 백색 등 모든 빛깔과 모든 교단과 가능한 모든 다양성의 회합체였다. 만약 이러한 말들의 결합이 허용된다면, 일종의 잡동사니 수녀원이라고 부를 수 있는 곳이었다.

제정 때부터 혁명으로 산산이 흩어져 몸 둘 곳을 모르던 그 모든 가련한 수녀들은 이곳 베네딕트 베르나르 수녀원의 건물 아래에 와서 피난하도록 허가되었다. 정부에서는 그녀들에게 약간의 연금을 지급했고, 프티 픽퓌스의 수녀들은 그녀들을 쾌히 받아들였다. 그것은 기묘한 혼합체였다. 저마다 자기 교단의 규칙을 지키고 있었다. 때때로 기숙생들이 큰 휴식 시간으로서 그녀들을 방문하는 것이 허락됐다. 젊은 여학생들이 특히 생 바질 장로와 생 스콜라스티크 장로, 자코브 장로를 기억하고 있었던 것은 그러한 방문의 결과였다.

그 피난 수녀 중 하나는 거의 자기 집에 되돌아와 있는 것과 같았다. 그녀는 생 토르 교단의 수녀로, 그 교단에서 살아남은 유일한 수녀였다. 생 토르 수녀들의 옛 수녀원은 18세기 초부터 나중에 마르틴 베르가의 베네딕트 수녀들의 것이 된 바로 이 똑같은 프티 픽퓌스의 가옥을 점유하고 있었다. 이 거룩한 수녀는 너무 가난해서, 자기 교단의 화려한 옷인 진홍빛 어깨받이가 달린 흰 드레스를 입고 있을 수가 없어서, 그것을 작은 인형에 고이 입혀 놓고 사람들에게 의기양양하게 보여 주곤 했는데, 죽을 때 수녀원에 유증(遺贈)했다. 1824년에 이 교단에는 수녀가 하나밖에 남아 있지 않았는데, 오늘날에는 인형 하나밖에 남아 있지 않다.

그 훌륭한 장로들 외에도, 속세의 노파 몇 사람도 알베르틴 부인처럼 원장의 허가를 얻어서 작은 수녀원에 은거하고 있었다. 그중에는 보포르 도풀 부인과 뒤프렌 후작 부인이 있었다. 또 하나의 노파는 코를 풀 적에 내는 무시무시한 소리로밖에 이 수녀원에서 전혀 알려져 있지 않았다. 기숙생들은 그녀를 바카르미니 부인이라고 불렀다.

1820년인가 1821년경에, 당시 《앵트레피드》라는 자그만 정기 간행물을 편집하고 있던 장리스 부인이 프티 픽퓌스 수녀원의 방 하나에 들어오겠다고 신청해 왔다. 오를레앙 공이 그녀를 추천했다. 벌집 속 같은 웅성거림. 소리의 어머니들은 모두 벌벌 떨었다. 장리스 부인은 소설을 썼다. 그러나 그녀는 자기는 누구보다도 소설을 싫어하는 사람이라고 선언했고, 또 자기는 열렬한 신앙의 경지에 도달했다고도 했다. 하느님의 가호로, 그리고 역시 오를레앙 공의 도움으로 그녀는 들어왔다. 칠팔 개월이 지난 뒤에 그녀는 정원에 나무 그늘이 없다는 핑계로 나가 버렸다. 수녀들은 크게 기뻐했다. 매우 늙기는 했으나 그녀는 아직도 하프를 탔는데, 썩 잘 탔다.

나가면서 그녀는 자기 골방에 자기의 흔적을 남겨 놓았다. 장리스 부인은 미신가이고 라틴어 학자였다. 이 두 낱말은 그녀에게 꽤 좋은 옆 모습을 부여했다. 그녀가 돈과 보석을 넣어 두던 골방의 작은 서랍 속에 다음과 같은 다섯 줄의 라틴어 시가 붙어 있는 것을 몇 년 전에도 여전히 볼 수 있었는데, 그것은 노란 종이에 붉은 잉크로 그녀가 손수 써 놓은 것으로, 그녀의 의견으로는 도둑을 질겁하게 하는 효과를 가지고 있다고 했다.

가치 다른 세 신체, 십자가의 가지에 매달리다.

디스마스와 제스마스, 그리고 가운데는 예수 그리스도.

디스마스는 높은 것을 구하고, 가련한 제스마스는 낮은 것을 구한다.

원컨대 주여, 우리의 생명과 재물을 지켜 주소서.

이 시를 외우는 자는 그의 재물을 도둑맞지 아니하리라.

6세기 라틴어로 쓰인 이 시는 골고다 언덕에서 예수와 함께 십자가에 매달린 두 도둑의 이름이 일반적으로 믿고 있듯이 디마스와 제스타스인가 또는 이 시에서처럼 디스마스와 제스마스인가에 관하여 문제를 일으켰다. 이 시에 적힌 이름은 18세기에 제스타스 자작이 자기는 그 나쁜 도둑의 자손이라고 말한 주장과 모순될 수 있었을 것이다. 그런데 이 시가 갖고 있다는 유익한 효험은 오스피탈리에 교단에서 신앙의 한 조목이 되어 있다.

이 수녀원의 교회당은, 진정한 단절처럼, 큰 수녀원과 기숙사를 격리하도록 세워져 있었으나, 물론 기숙사와 큰 수녀원과 작은 수녀원에 공동으로 사용되고 있었다. 게다가 거리 쪽으로 뚫린 검역소 비슷한 일종의 입구로 일반 사람들이 들어올 수 있게끔 되어 있었다. 그러나 수녀원에 살고 있는 사람들은 아무도 바깥 사람의 얼굴을 볼 수 없도록 모든 것이 꾸며져 있었다. 이 교회당의 성가대석은 하나의 커다란 손에 쥐어져 있는 것처럼 되어 있어서, 보통 성당들에서 보는 것처럼, 제단 뒤에 연장되어 있는 것이 아니라, 제관의 오른편으로 일종의 컴컴한 방이나 굴을 이루듯 구부러져 있었고, 그 방은 앞서 말했듯이 7자 높이의 휘장으로 닫혀 있었으며, 그 휘장의 그늘 속에, 나무 걸상 위에 성가대 수녀들은 왼편에, 기숙생들은 오른편에, 평수녀와 수련 수녀들은 안쪽에 각각 자리 잡았는데, 이런 것을 상상해 본다면 성무(聖務)에 참례하는 프티 픽퓌스 수녀들의 모습이 다소 짐작되리라. 성가대석이라고 불리던 이 동굴은 복도로 수녀원과 통하고 있었다. 교회당은 정원 쪽에서 햇빛을 받고 있었다. 규칙상 침묵을 지키도록 되어 있는 제식에 수녀들이 참례했을 때는 오직 올렸다 내렸다 하는 성직자석 돌출부의 부딪히는 소리만으로 일반 사람들은 그 여자들이 참석하고 있다는 걸 알았다.

7. 몇 사람의 옆모습

1819년에서 1825년까지 여섯 해 동안 프티 픽퓌스의 수녀원장은 세례명을 이노상트 장로라고 하는 블르뫼르 양이었다. 그녀는 『성 베네딕트 교단의 성자전(聖者傳)』 저자인 마르그리트 드 블르뫼르의 가문 출신이었다. 그녀는 원장에 재선되었다. 예순 살가량의 키가 작달막하고 뚱뚱한 여자로, 앞서 인용한 기숙생의 편지에 따르면 "깨어진 항아리 같은 소리를 내는" 여자였다. 그러나 출중한 부인으로, 수녀원 안에서 둘도 없는 쾌활한 인물이고, 따라서 수녀들의 열렬한 사랑을 받고 있었다.

이노상트 장로는 이 교단의 석학(碩學)인 선조 마르그리트와 비슷한 면이 많았다. 글재주가 있고, 박식하고, 학자고, 감식력이 있고, 역사를 좋아하고, 라틴어에 능하고, 그리스어에 통달하고, 히브리어에 정통하고, 베네딕트 교단 수녀라기보다는 오히려 베네딕트 교단 수사(修士) 같은 풍모를 갖추고 있었다.

부원장은 시느레 장로라고 하는, 거의 눈이 먼 늙은 스페인 수녀였다.

소리의 어머니들 중에서 가장 중요한 사람들은 다음과 같았다. 회계 담당 생 토노린 장로, 수련 수녀장(長) 생 제르트뤼드 장로, 그 차장(次長)인 생 탕주, 제구계(祭具係) 아농시아시옹 장로, 수녀원에서 단 하나밖에 없는 심술궂은 여자로서 간호계인 생 토귀스탱 장로, 그다음에 훌륭한 목소리를 가진 썩 젊은 생 메칠드 장로(고뱅 양), 피유 디외 수녀원 및 지조르와 마니 사이의 트레조르 수녀원에도 있었던 장주 장로(드루에 양), 생 조제프 장로(코골루도 양), 생 타델라이드 장로(도베르네 양), 미제리코르드 장로(고행에 견디지 못한 시퓌앙트 양), 콩파시옹 장로(규칙에 반하여 예순 살에 들어온 거부 드 라 밀티에르 양), 프로비당스 장로(로디니에르 양), 1847년에 원장이 된 프레장타시옹 장로(시강자 양), 끝으로 미쳐 버린 생 샹탈리뉴 장로(조각가 세라키의 누이), 역시 미쳐 버린 생 샹탈 장로(쉬종 양).

그리고 또 가장 미인 중 한 사람으로 스물세 살의 아리따운 처녀가 있었다. 그녀는 부르봉 섬 태생으로 슈발리에 로즈의 후예인데, 속세에서는 로즈 양이라고 불렸고, 수녀원에서는 아송프시옹 장로라고 불리었다.

생 메칠드 장로는 노래와 성가대 일을 맡아보았는데 거기에 흔히 기숙생들을 채용했다. 채용되는 인원수는 보통 완전한 한 음계, 즉 일곱 명으로, 소리와 키가 잘 어울리는 열 살부터 열여섯 살까지의 소녀를 뽑아서 나이에 따라 가장 작은 아이부터 가장 큰 아이를 나란히 세워 놓고 노래를 부르게 했다. 그것을 보면 소녀들로 만들어진 피리 같은 느낌이 들어, 천사들로 만들어진 일종의 살아 있는 판 신의 피리가 아닌가 싶어졌다.

기숙생들이 가장 좋아하는 평수녀들 중에는 다음과 같은 이들이 있었다. 생 퇴프라지 수녀, 생 마르그리트 수녀, 아직 어린 생 마르트 수녀, 사람들의 웃음을 자아내게 하는 기다란 코를 가진 생 미셸 수녀.

이 모든 여자들은 그 모든 어린아이들에게 친절했다. 수녀들은 자기 자신에 대해서만 엄격했다. 불을 피우는 것은 기숙사에서뿐이었고 음식도 수녀원 것에 비하면 기숙사는 훨씬 훌륭했다. 그 밖에도 온갖 보살핌을 받았다. 다만 어린아이가 수녀 옆을 지나며 그녀에게 말을 걸어도 수녀는 결코 대답을 하지 않았다.

그러한 침묵의 규칙은 이러한 일을 발생시켰는데, 즉 모든 수도원 안에서 말[言]은 인간들에게서 박탈되어 무생물에게 주어졌다. 어떤 때는 말을 하는 것은 교회당이고, 또 어떤 때는 정원사의 방울이었다. 문지기 수녀 옆에 비치되어 온 건물

안에 울리는 우렁찬 종 하나가 일종의 음향 전신(電信)처럼 가지가지로 울려 해야 할 일상 생활의 모든 행사를 알리기도 하고, 또 필요에 따라서는 일정한 사람을 면접실로 부르기도 했다. 사람마다 일마다 제 종소리를 가지고 있었다. 원장은 하나와 하나, 부원장은 하나와 둘. 여섯과 다섯은 수업을 알렸으므로 학생들은 결코 교실에 들어간다고 말하지 않고 여섯과 다섯에 간다고 말했다. 넷과 넷은 장리스 부인의 종소리였다. 그 소리는 퍽 자주 들렸다. 호의를 가지고 있지 않은 사람들은 그것을 '네 개의 악마*'라고 했다. 열과 아홉은 큰 사건을 고하는 소리였다. 그것은 '수녀원 경내의 문'이 열리는 것을 말하는데, 수많은 빗장을 꽉꽉 걸어 놓은 그 무서운 철문은 대주교 앞에서밖에는 열리지 않았다.

대주교와 정원사를 제외하고는, 앞서 말했듯이 남자는 아무도 수녀원 안에 들어올 수 없었다. 기숙생들은 다른 두 남자를 볼 수 있었는데, 하나는 바네스 신부라는 늙고 못생긴 부속 사제인데, 그녀들은 그를 성가대석에서 창살 사이로 바라볼 수 있었다. 또 하나는 미술 선생인 앙시오(Ansiaux) 씨인데, 앞서 몇 줄 인용한 기숙생의 편지에서는 '앙시오(Anciot) 씨'라고 부르고 있고, '무서운 꼽추 영감'이라고 말하고 있다.

모든 사나이들을 얼마나 잘 골라 놓았는지 알 수 있다.

이러했다, 그 신기한 집은.

---

* '네 개의 악마'란 몹시 시끄럽다는 뜻.

8. 마음 다음에 돌

정신적인 모습을 대강 기술한 뒤에, 그 물질적 윤곽을 몇 마디 지적하는 것은 쓸데없는 일이 아니다. 독자도 이미 좀 알고 있다.

생 탕투안의 프티 픽퓌스 수녀원은 폴롱소 거리와 드루아 뮈르 거리, 픽퓌스의 작은 길, 지금은 없어졌으나 옛날 지도에는 오마레 거리라고 적혀 있던 골목길이 서로 교차해서 이루어진 널따란 사다리꼴의 거의 전부를 차지하고 있었다. 그 네 개의 거리들은 그 사다리꼴을 해자(垓字)처럼 둘러싸고 있었다. 수녀원은 여러 채의 건물들과 하나의 정원으로 이루어져 있었다. 본관은 전체적으로 보면 잡다한 건물들이 합쳐진 것으로, 위에서 내려다보면 땅 위에 누여 놓은 교수대와 거의 비슷한 꼴이었다. 교수대의 기둥에 해당하는 곳은 픽퓌스의 작은 길과 폴롱소 거리 사이에 포함되는 드루아 뮈르 거리의 부분 전체를 차지하고, 교수대의 가로장에 해당하는 부분은 쇠창살을 쳐 놓은 높고 회색의 아무 장식 없는 정면인데, 이 정면은 픽퓌스의 작은 길을 내려다보고 있었으며, 62번지의 문패가 붙어 있는 정문은 그 끄트머리에 있었다. 그 정면의 한가운데쯤에 먼지와 재로 뽀얘진 궁륭형의 나직한 문 하나가 있고 거기에 거미들이 줄을 쳐 놓고 있는데, 이 문은 일요일에 한두 시간, 수녀의 관이 수녀원에서 나가는 드문 경우밖에 열리지 않았다. 그것은 일반인이 회당에 드나드는 문이었다. 교수대의 팔꿈치에 해당하는 곳은 제식 때 사용되는 네모진 방인데, 수녀들은 그것을 '소비실(消費室)'이라고 불렀다. 기둥에 해당하는 곳에는 장로들과 일반 수녀들의 독방들과 수련소가 있었다. 가로장에 해당하는 곳에는 조리실과 식당이 있고, 그 맞은바라기로 회랑과 회당이 있었다. 62번지의 문과 막혀 있는 오마레의 골목길 모퉁이 사이에는 기숙사가 있었으나, 밖에서는 보이지 않았다. 사다리꼴의 나머지 부분은 정원을 이루고 있는데, 이 정원은 폴롱소 거리의 높이보다 훨씬 낮았다. 그래서 담장 바깥보다 안쪽이 훨씬 높았다. 정원은 가운데가 약간 불룩하고, 그 한복판의 언덕 꼭대기에는 뾰족한 원추형의 아름다운 전나무 한 그루가 서 있고, 거기에서 마치 둥근 방패의 중심부에서처럼 네 갈래의 큰 산책로가 뻗어나 있고, 그 큰 산책로들의 갈림길들에서 각각 둘씩 여덟 개의 작은 산책로가 뻗어나 있어서, 만약 정원이 원형이었다면 산책로들의 기하학적 배치도는 하나의 수레바퀴 위에 놓인 하나의 십자와 유사했을 것이다. 산책로들은 모두 정원의 고르지 못한 담장까지 뻗어나 있었기 때문에, 그 길이는 일정하지 않았다. 길가에는 까치밥나무들이 늘어서 있었다. 정원 안쪽으로는 큰 포플러 나무들이 늘어선 산책로 하나가 드루아 뮈르 거리의 모퉁이에 있는 옛 수도원의 폐허에서 오마레 골목길의 모퉁이에 있는 작은 수녀원까지 통해 있었다. 작은 수녀원 앞에는 작은 뜰이라는 이름이 붙어 있는 것이 있었다. 이러한 전체에 덧붙여 하나의 안마당, 내부의 안채가 만들어 내는 온갖 다양한 모퉁이들, 감옥 같은 담벽들, 폴롱소 거리 건너편 가까이에 늘어서 있는 지붕들의 기다란 검은 선을 아울러 상상해 본다면, 지금부터 사십오 년 전 프티 픽퓌스의 베르나르 수녀원이 과연 어떤 것이었는지 완전히 파악할 수 있을 것이다. 이 성스러운 집은 14세기부터 16세기에 걸쳐서 유명했던, 저 '1만 1000 악마의 노름판'이라고 불리던 폼 구장(球場)의 바로 그 용지에 세워져 있었다.

그런데 이 모든 거리들은 파리에서 가장 오래된 것들이었다. 드루아 뮈르와 오마레라는 이름은 아주 오래된 이름들인데, 이 이름을 가지고 있는 거리들은 훨씬 더 오래된 것들이다. 오마레 골목길은 예전에는 모구 골목길이라고 불렸고, 드루아 뮈르* 거리는 에글랑티에**의 거리라고 불렸는데, 인간이 돌을 자르기 전에 신이 꽃들을 피웠기 때문이다.

9. 법의를 입고 한 세기

나는 프티 픽퓌스의 수녀원이 옛날 어떠한 것이었던가를 상세히 이야기하고 있는 중이니까, 그리고 이 은밀한 은신처의 창문 하나를 감히 열었으니까, 독자는 내가 짤막한 여담 하나를 이야기하는 것을 또 허락해 주기 바란다. 이 여담은 이 책의 내용과는 관계가 없지만, 이 수녀원 자체가 특이한 모습을 하고 있다는 것을 이해시켜 주는 점에서 독특하고 유익하다.

---

* '반듯한 담'이라는 뜻.
** '들장미'라는 뜻.

작은 수녀원에는 퐁트브로 수녀원에서 온 백 살 된 노파 하나가 있었다. 혁명 전에 그녀는 상류사회의 사람이기도 했다. 그녀는 루이 16세 치하에서 국새상서였던 미로메닐 씨와, 그녀가 잘 알았다는 뒤플라 의장 부인의 이야기를 많이 했다. 걸핏하면 그 두 사람의 이름을 들먹이는 것은 그녀의 즐거움이자 자랑이었다. 그녀는 퐁트브로 수도원을 극구 칭찬했는데, 그것이 하나의 도시 같다고, 그리고 수도원 안에 많은 거리들이 있다고 말했다.

그녀는 피카르디 사투리를 썼는데 그것을 기숙생들은 재미있어 했다. 해마다 그녀는 엄숙히 서약을 갱신했으며, 맹세를 할 때마다 신부에게 이렇게 말했다. "성 프랑수아 예하는 그것을 성 쥘리앙 예하에게 바치셨고, 성 쥘리앙 예하는 그것을 성 외제브 예하에게 바치셨고, 성 외제브 예하는 그것을 성 프로코프 예하에게 바치셨고, 등등. 그와 같이 신부님, 저는 그것을 당신에게 바치나이다." 그러면 기숙생들은 두건 아래서가 아니라 너울 아래서 웃었는데, 억지로 참는 이 귀여운 웃음에 소리의 어머니들은 눈살을 찌푸렸다.

또 한 번은 이 노파가 얘기를 했다. "내가 소싯적에 베르나르 수사(修士)들은 근위 기병들에게 뒤지지 않았다."라고 말했다. 이야기를 하는 것은 한 세기였으나 때는 18세기였다. 그녀는 샹파뉴와 부르고뉴의 네 가지 포도주에 관한 풍습도 이야기했다. 혁명 전에는 어떤 고관대작이, 프랑스 원수나 대군, 공작의원 같은 이가 샹파뉴나 부르고뉴의 어떤 도시를 통과할 적에 그 시의 대표단이 영접을 나와서 네 가지의 포도주를 따른 네 개의 은잔을 바쳤다는 것이다. 첫째 잔에는 '원숭이의 포도주'라고 씌어 있고, 둘째 잔에는 '사자의 포도주'라고 씌어 있고, 셋째 잔에는 '양의 포도주'라고 씌어 있고, 넷째 잔에는 '돼지의 포도주'라고 씌어 있었다. 이 네 가지의 글자는 술꾼이 내려가는 네 단계를 나타냈다. 즉 첫 단계의 취기는 즐겁게 하고, 둘째 단계는 흥분시키고, 셋째 단계는 정신을 몽롱하게 하고, 끝으로 넷째는 바보가 되게 한다는 것이다.

그녀는 무엇인지 무척 소중히 여기는 물건 하나를 열쇠를 채워 옷장 속에 넣어 두고 있었다. 퐁트브로 수녀원의 규칙은 그것을 그녀에게 금하지 않았다. 그녀는 그 물건을 아무에게도 보이려고 하지 않았다. 그것을 들여다보고 싶을 때마다 그녀는 방 안에 들어박혀서(이것을 규칙은 허가했다.) 사람들의 눈을 피했다. 복도를 걸어가는 소리가 들리면 가능한 한 재빨리 그 늙은 손으로 서랍을 닫아 버렸다. 누가 그녀에게 그 이야기를 하면, 지껄이기를 좋아하는 그녀는 곧장 입을 다물어 버렸다. 아무리 호기심 많은 사람들이라도 그녀의 침묵 앞에서는 어찌할 수 없었고, 아무리 끈덕진 사람들이라도 그녀의 고집 앞에서는 어찌할 수 없었다. 그것은 또한 수녀원에서 한가하고 따분한 모든 사람들의 이야깃거리가 되었다. 이 백 살 노파의 보물인 그렇게도 귀중하고 그렇게도 은밀한 물건은 대체 무엇이었을까? 아마 어떤 성서였을까? 어떤 진기한 묵주였을까? 어떤 진짜 성유물이었을까? 사람들은 이리저리 억측했다. 이 가엾은 노파가 죽자, 사람들은 부리나

케 쫓아가서 서랍을 열어 보았다. 그 물건은 성찬 접시처럼 세 겹의 천에 싸여 있었다. 그것은 커다란 주사기를 가진 약국생들에게 쫓겨 날아가는 사랑의 신들의 그림이 있는 파엔차 접시였다. 쫓아가는 측은 마냥 얼굴을 찌푸리고 마냥 우스꽝스러운 자세를 하고 있다. 작고 귀여운 사랑의 신들 중 하나는 이미 주사기에 찔린 뒤다. 그는 몸부림치고, 작은 날개를 퍼덕거리면서 아직도 날아가려 하고 있으나, 익살 광대는 악마 같은 웃음을 웃고 있다. 그림의 우의(寓意)는 배앓이에 진 사랑이다. 이 접시는 대단한 진품으로, 아마 몰리에르의 희극에 하나의 착상을 제공하는 영예를 가졌을지도 모른다. 그 접시는 1845년 9월에도 아직 남아 있었다. 보마르셰 거리의 어느 골동품 가게에 팔 물건으로 나와 있었다.

이 착한 할머니는 바깥 손님을 아무도 맞아들이려 하지 않았는데, '면접실이 너무 음침하기 때문'이라고 그녀는 말했다.

10. '항시 예배'의 기원

그런데 이 거의 무덤 같은 면접실에 관해서는 앞서 그것이 어떤 것인가를 설명해 보려고도 했지만 그것은 완전히 지방적인 사실이어서 다른 수녀원들에는 이와 똑같이 엄격하게 만들어진 것이 없다. 탕플 거리의 수녀원은 사실 다른 교단에 속했지만, 특히 이 수녀원에서는 검은 판자문이 갈색 휘장으로 바뀌었고, 면접실 자체는 쪽판이 깔려 있는 객실이었는데 그 창들에는 흰 모슬린 휘장이 아담하게 쳐져 있었고, 그 벽들에는 온갖 사진틀이 걸려 있었는데, 거기엔 너울을 쓰지 않은 한 베네딕트 수녀의 초상화 하나와 꽃다발들의 그림, 그리고 한 터키 사람의 얼굴까지 있었다.

탕플 거리의 수녀원 정원에는 프랑스에서 제일 아름답고 제일 큰 것으로 인정받는 그 인도 마로니에가 있었는데 이 나무는 18세기의 많은 사람들 사이에서 '왕국의 모든 마로니에의 아버지'라는 명성을 받고 있었다.

앞서도 말했지만, 이 탕플 수녀원에는 시토 교단에 속하는 베네딕트 수녀들과는 전혀 다르지만, 그래도 역시 '항시 예배'를 행하는 베네딕트 수녀들이 살고 있었다. 이 '항시 예배'의 교단은 매우 오래되지는 않아서 이백 년 이상을 거슬러 올라가지 않는다. 1649년에 파리의 두 성당에서, 즉 생 쉴피스와 생 장 앙 그레브 성당에서 며칠 사이에 두 번 '성체'가 모독되었는데, 그것은 보기 드문 무서운 신성모독이어서 온 장안을 뒤흔들었다. 생 제르맹 데 프레의 주교 대리는 자기 관하의 모든 성직자들에게 명하여 엄숙한 성체거동을 행하게 했는데 이 제식을 교황 특사가 집행했다. 그러나 이 속죄의 제식이 두 훌륭한 여자, 즉 부크 후작 부인인 쿠르탱 부인과 샤토비외 백작 부인에게는 충분치 않았다. '제단의 지존하신 성체'에 저질러진 그 신성모독은 일시적인 것이기는 했지만 그 두 부인의 거룩한 마음에 걸려 떠나지 않았고, 그녀들의 생각으로는 어떤 수녀원에서 '항시 예배'를 드리지 않으면 죄가 면해질 것 같지 않았다. 그래서 두 부인은 각각 1652년과 1653년에 베네딕트 수녀로서 생 사크르망*이라는 세례명을 가진 카트린 드 바르 장로에게 막대한 금액을 기증하여, 그러한 경건한 목적으로 성 베네딕트 파의 수도원 하나를 세우도록 했다. 그 설립을 위한 최초의 허가가 생 제르맹의 수도원장 메츠 씨에 의해 카트린 드 바르 장로에게 주어졌다. '원금 6000프랑이 되도록 연 300프랑의 기숙비를 납입하지 않는 처녀는 받아들이지 않는다는 조건하'에서였다. 생 제르맹 수도원장 다음에 국왕이 특허장을 내렸는데, 이 수도원장의 허가장과 국왕의 특허장은 모두 심계원과 의회에서 1654년에 인준되었다.

파리에 '성체 항시 예배'의 베네딕트 수녀원이 설립된 기원과 법적 인가는 이러했다. 그 최초의 수녀원은 부크 부인과 샤토비외 부인의 돈으로 카세트 거리에 '새롭게 세워'졌다.

이 교단은 보다시피 시토라고 하는 베네딕트 수녀원과는 전혀 다른 것이었다. 이 교단은 생 제르맹 데 프레 수도원장에게 종속되어 있었는데, 그것은 성심회 수녀들이 예수회장에게 종속되고 자선회 수녀들이 라자로 회장에게 종속되는 것과 같은 식이다.

이 교단은 또한 방금 그 내부를 살펴본 프티 픽퓌스의 베르나르 수녀원과도 완전히 달랐다. 1657년, 교황 알렉산드르 7세는 특별 교서로 프티 픽퓌스의 베르나르 수녀들에게도 생 사크르망의 베네딕트 수녀들처럼 '항시 예배'를 행할 것을 허가했다. 그러나 이 두 교단은 여전히 별개의 것이었다.

---

* '성체(聖體)'라는 뜻.

11. 프티 픽퓌스의 종말

왕정복고 초부터 프티 픽퓌스 수녀원은 쇠퇴하기 시작했다. 18세기 후부터는 모든 종교 단체와 더불어 일반 질서도 무너지기 시작했는데, 프티 픽퓌스의 쇠퇴는 그 일부분에 지나지 않는다. 명상은 기도와 마찬가지로 인류에게 필요한 것이다. 하지만 혁명이 손을 댄 모든 것처럼, 명상은 장차 변화하여 사회의 진보에 적대적인 것에서 호의적인 것이 되리라.

프티 픽퓌스의 집에선 주민이 급속히 줄어들었다. 1840년에는 작은 수녀원도 사라졌고 기숙생도 사라졌다. 더 이상 노파들도 없었고 처녀들도 없었다. 늙은이들은 죽었고, 젊은이들은 떠나가 버렸다. '날아가 버렸다.'

'항시 예배'의 규칙은 무서울 정도로 가혹했다. 귀의하는 자들은 줄어들었고, 교단은 충원되지 않았다. 1845년에는 아직도 다소의 평수녀들이 여기저기에 있었으나, 성가대 수녀들은 하나도 없었다. 사십 년 전에는 근 백 명의 수녀들이 있었으나, 십오 년 전에는 스물여덟 명밖에 없었다. 오늘날에는 몇 사람이나 될까?* 1847년에 원장은 젊었는데, 이는 선택의 범위가 제한되어 있다는 증좌다. 원장은 마흔 살이 안 되었다. 인원수가 줄어듦에 따라 피로는 커지고, 각자의 일은 더 힘들어지고, 사람들은 그때부터 성 베네딕트의 무거운 규칙을 짊

---

* 이 책은 1862년에 출판되었는데, 당시 저자가 국외에 망명해 있었다는 것을 기억해 주기 바란다.

어져야 할 고통스럽고 구부러진 어깨가 오래지 않아 열두엇밖에 안 될 때가 다가오는 것을 보고 있었다. 무거운 짐은 가차 없는 것이어서 짊어질 사람이 많든 적든 여전히 마찬가지다. 그것은 짓누르고 짓바순다. 그러므로 그녀들은 죽어 간다. 이 책의 저자가 아직 파리에 살고 있던 때에 둘이 죽었다. 하나는 스물다섯 살이고, 또 하나는 스물세 살이었다. 이 여자는 줄리아 알피눌라처럼 이렇게 말할 수 있다. "스물세 해를 살고 나는 지금 여기에 누워 있노라." 수녀원이 소녀들의 교육을 포기한 것은 이러한 쇠퇴 때문이었다.

이 괴상하고 세상에 알려져 있지 않고 으슥한 집 앞을 지나가다가 나는 거기로 들어가지 않을 수 없었고, 또 어떤 사람들에게는 아마 유익하지 않을까 싶어서, 장 발장의 우울한 이야기를 하는 나를 따라와 나에게 귀를 기울여 주는 사람들을 거기에 들어가게 하지 않을 수 없었다. 오늘날에는 그렇게도 신기해 보이는 그 낡은 종교적 의례들로 가득 차 있는 이 공동체 안을 나는 대충 훑어보았다. 그것은 닫힌 정원이다. '금원(禁園)'이다. 나는 이 이상스러운 장소에 관하여 상세히, 그러나 경의를 품고, 어쨌든 경의와 상세함이 양립할 수 있는 한도 내에서 이야기했다. 나는 전부를 이해하지 않지만, 아무것도 멸시하지 않는다. 사형집행인을 신성시하게 되는 조제프 드 메스트르의 찬미가와 그리스도의 수난상을 조롱하기까지 하는 볼테르의 냉소에서 나는 똑같은 거리에 있다.

말이 난 김에 볼테르의 불합리를 말해 두자. 왜냐하면 볼테르는 칼라스*를 변호한 것처럼 예수도 변호했을 테니까. 그런데 예수의 초인적인 강생(降生)을 부인하는 사람들 자신에게 그리스도의 수난상은 무엇을 나타내는가? 살해된 현인이다.

19세기에 종교 관념은 위기를 맞고 있다. 사람들은 어떤 것들을 잊어버리고 있는데, 한 가지를 잊어버려도 다른 것을 배우기만 한다면 잘하는 것이다. 사람의 마음속에 빈 데가 있어서는 안 된다. 어떤 파괴가 이루어질 때, 파괴가 이루어지는 것은 좋은 일이지만, 파괴 다음에 재건이 뒤이어 온다는 조건에서만 그것은 좋은 일이다.

그때까지, 더 이상 존재하지 않는 것들을 연구하자. 그것들을 아는 것이 필요하다. 그것들을 피하기 위해서라도. 과거의 위조물들은 가짜 이름을 갖고서 곧잘 미래라고 자칭한다. 이 유령은, 과거는 곧잘 그의 통행권을 위조한다. 그 함정을 알아채자. 의심을 품자. 과거는 하나의 얼굴을, 미신을 갖고 있고, 하나의 탈을, 위선을 갖고 있다. 그 얼굴을 널리 알리고 그 탈을 벗기자.

수도원들에 관해서는, 그것들은 하나의 복합적인 문제를 제공한다. 문명의 문제, 이것은 그것들을 배척하고, 자유의 문제, 이것은 그것들을 비호한다.

* 칼라스(Calas, 1698~1762). 프랑스의 칼빈파 상인, 가톨릭교로 개종하기 원하는 자기 아들을 죽였다는 혐의를 받고 사형에 처해졌다. 볼테르는 그의 명예를 회복시키는 데 힘썼다.

7
여담

1. 수도원, 추상적 관념

이 책은 무한*을 첫째 인물로 삼고 있는 한 편의 드라마다.

인간은 둘째 인물이다.

그렇기 때문에, 내가 가는 길에 수도원 하나가 있었으므로, 나는 그 안으로 깊숙이 들어가 보지 않을 수 없었다. 왜? 수도원은 동양에도 서양에도, 고대에도 현대에도, 이교에도, 불교에도, 이슬람교에도, 기독교에도 특유한 것으로서 인간에 의해 무한에 적용된 환등 장치의 하나이기 때문이다.

여기는 어떤 관념들을 지나치게 부연할 자리가 전혀 아니

---

* '무한'의 원어는 'infini'인데 이 말에는 '무한'이라는 뜻 외에 '무한한 존재, 절대자, 하느님'이라는 뜻이 있다는 것을 독자는 아울러 생각하면 좋을 것이다.

다. 그렇지만 우리의 조심성, 우리의 조건, 그리고 심지어 우리의 분노까지도 절대적으로 보존하면서도, 우리는 이런 말을 하지 않을 수 없거니와, 우리가 인간 속에서 무한을 만날 때마다, 그것을 잘 이해했든 잘못 이해했든 간에, 우리는 존경심에 사로잡힘을 느낀다. 유대교 회당에도, 이슬람교 사원에도, 불교 사찰에도, 흑인 사당에도 우리가 증오하는 추악한 일면과 우리가 썩 좋아하는 숭고한 일면이 있다. 인간의 벽에 비치는 하느님의 반사는 얼마나 사람을 정관케 하며 얼마나 깊은 몽상에 잠기게 하는가!

2. 수도원, 역사적 사실

역사와 이성, 진리의 견지에서는 수도원 제도는 사멸을 면할 수 없다.

한 나라 안에 많은 수도원들이 있을 때 수도원들은 교통의 장애물이 되고, 거치적거리는 건물이 되고, 활동의 중심이어야 할 곳에 나태의 중심을 빚어내기에 이른다. 수도자 단체들은 큰 사회적 공동체에서 마치 떡갈나무의 기생목 같고, 인체의 혹 같은 것이다. 수도원들의 번영과 비대는 곧 그 나라의 쇠약이다. 수도원 제도는 문명의 초기에는 좋고, 정신적인 것에 의해 야만성의 감소를 빚어내는 데는 유익하지만, 국민들의 씩씩함에는 해롭다. 그리고 또 이 제도가 이완되어 퇴폐기에 들어갈 때에는, 그것이 계속 모범을 보이므로, 그것이 순수하던 시대에 그것을 유익하게 해 주던 것과 똑같은 이유들에 의해 이 제도는 해로운 것이 된다.

수도원 생활은 그 구실을 다했다. 수도원들은 근대 문명의 초기 교육에는 유익했으나, 문명의 성장을 위해서는 방해가 되었고 그 발전에는 해롭다. 제도로서, 그리고 인간을 위한 교양의 방식으로서 수도원들은 10세기에는 좋았으나 15세기에는 좋지 않았고, 19세기에는 가증스럽다. 수도의 병독은 두 훌륭한 국민들을, 몇 세기 동안 유럽의 광명이었던 이탈리아와 그 광휘였던 스페인을 거의 그 뼈까지 갉아먹었는데, 현대에 이 두 고명한 국민들이 그 병에서 낫기 시작한 것은 오직 1789년* 의 건전하고 강건한 위생법 덕분일 뿐이다.

19세기 초에 이탈리아, 오스트리아, 스페인에 아직도 나타나는 것 같은 수도원은, 특히 고대풍의 여자 수도원은, 중세의 가장 음침한 응결체의 하나다. 수도원은, 그런 수도원은 무시무시한 것들의 교차점이다. 이른바 가톨릭 수도원은 죽음의 검은 빛으로 가득 차 있다.

스페인의 수도원이 특히 음산하다. 거기에는 어둠 속에, 안개 자옥한 궁륭 아래에, 많은 그늘로 몽롱한 둥근 천장 아래에 대성당들처럼 높고 바벨 탑처럼 육중한 제단들이 솟아 있고, 거기에는 어둠 속의 쇠사슬에 거대한 흰 그리스도의 수난상들이 매달려 있고, 거기에는 흑단 받침대 위에 커다란 상아 그리스도 상들이 벌거벗은 채 늘어서 있는데, 이것들은 피가 묻

* 프랑스대혁명이 일어난 해.

었다기보다는 피를 흘리고 있고, 보기 흉하면서도 장엄하고, 팔꿈치에 뼈가 불거져 있고, 무릎뼈에 피막(皮膜)이 드러나 보이고, 상처에 살점이 내다보이고, 은 가시관을 쓰고 있고, 금못에 박혀 있고, 이마에는 루비 핏방울들이 뚝뚝 떨어지고 있고, 눈에는 다이아몬드 눈물이 글썽거린다. 다이아몬드와 루비는 젖어 있는 것 같고, 그 아래 그늘 속에서 너울 쓴 여인들이 울고 있는데, 그녀들은 말총 허리띠와 쇠못 박힌 매로 옆구리에 상처를 입히고, 버드나무 방석으로 가슴을 문지르고, 기도 때문에 무릎 껍질이 벗어져 있다. 이 여자들은 자신을 아내라고 믿고 있고, 이 유령들은 자신을 천사라고 믿고 있다. 이 여자들은 생각하고 있는가? 아니다. 뭘 원하고 있는가? 아니다. 사랑하고 있는가? 아니다. 살고 있는가? 아니다. 그녀들의 신경은 뼈가 되고, 그녀들의 뼈는 돌이 되었다. 그녀들의 너울은 짜여진 어둠이다. 너울 아래 그녀들의 숨결은 뭔지 알 수 없는 죽음의 비통한 호흡과 비슷하다. 원귀인 원장이 그녀들을 신성화하고 무서움에 떨게 한다. 생생한 순결이 거기에 있다. 이러한 것이 곧 스페인의 오래된 수도원들이다. 무시무시한 헌신의 소굴, 동정녀들의 동굴, 잔인한 장소.

가톨릭교의 스페인은 로마 자체보다 더 로마적이었다. 스페인의 수도원은 유난히도 가톨릭적인 수도원이었다. 거기에서는 동방이 느껴졌다. 대주교, 즉 하늘의 키슬라르 아가는 천주에게 바쳐진 그 영혼들의 규방에 빗장을 걸고 감시했다. 수녀는 후궁이요, 신부는 환관이었다. 신앙이 열렬한 여자들은 꿈속에서 선택되어 그리스도를 소유했다. 밤에는 그 나체의 아름다운 청년이 십자가에서 내려와 독방의 법열(法悅)이 되었다. 십자가에 매달린 그를 술탄(황제)으로 모시고 있는 구중심처의 술타나(황후)는 높은 장벽으로 모든 속세의 즐거움에서 격리되어 있었다. 바깥을 보는 것은 부정(不貞)이었다. '열빈옥(涅槃獄)*'은 가죽 부대를 대신했다. 동방에서 바다에 던졌던 것을 서양에서는 지하에 던지고 있었다. 양쪽에서 여자들은 팔을 비틀어 꼬았다. 어떤 여자들에게는 파도가 있고, 또 어떤 여자들에게는 동굴이 있었으며, 여기서는 익사되고, 저기서는 매장되었다. 끔찍한 대조다.

오늘날 과거의 옹호자들은 이런 것들을 부정하지 못하고, 그것들을 비웃으려고 결심하였다. 사람들은 명백히 드러난 역사적 사실들을 묵살하고, 철학의 비판을 깎아내리고, 모든 거북한 사실들과 모든 암담한 문제들을 생략하기 위하여 기묘하고 편리한 방법을 유행시켰다. '미사여굿거리'라고 교활한 사람들은 말한다. 미사여구를 늘어놓은 말이라고 어리석은 사람들도 같은 소리를 되풀이한다. 장 자크 루소는 미사여구를 쓰는 사람이요, 디드로도 미사여구를 쓰는 사람이요, 칼라스와 라바르, 시르방** 을 변호한 볼테르도 미사여구를 쓰는 사람이다. 최근에 누군가가 이런 말까지 했다. 타키투스는 미사여구를 쓰는 사람이요, 네로 황제는 희생자라고, 그리고 확실히 '이 가련한 홀로페르네스(네로)'는 정말 동정해야 한다고.

---

* 수도원에서 중죄인을 죽을 때까지 유폐하는 지하 감옥.
** 모두 원죄(寃罪)로 인해 극형에 처해진 사람들.

그렇지만 사실들은 굽히기 어렵고 완강한 것이다. 이 책의 저자는, 브뤼셀에서 80리쯤 떨어진, 누가 보더라도 중세적이라는 것을 알 수 있는 빌레르의 수도원에서 그 경내의 안마당이었던 풀밭 한복판에 있는 종신수의 굴과 딜 강 언저리에 절반은 땅속에, 절반은 물속에 들어가 있는 네 개의 돌감옥을 저자 자신의 눈으로 보았다. 그것이 '열반옥'이었다. 그 감옥에는 어느 것에나 철문의 흔적과 똥통, 쇠창살이 박힌 천창(天窓) 하나가 있는데, 이 천창은 외부에서는 강물 위에서 2자 높이에 있고, 내부에서는 땅바닥에서 6자 높이에 있으니, 4자 깊이의 강물이 벽 바깥을 흐르고 있는 셈이다. 땅바닥은 언제나 축축하다. 열반옥에 갇힌 죄수는 그 축축한 땅바닥 위에 누워 있었던 것이다. 하나의 지하 감옥에는 벽에 쇠사슬이 박혀 있고, 또 하나의 지하 감옥에는 넉 장의 화강암으로 만든 네모진 상자 같은 것이 보이는데, 그 속에서 눕기에는 너무도 짧고, 그 속에서 일어서기에는 너무도 낮다. 옛날에는 그 속에 사람을 넣고 그 위에 돌뚜껑을 올려놓았다. 그런 게 있다. 사람들은 그것을 본다. 사람들은 그것을 만져 본다. 그러한 열반옥, 그러한 지하 감옥, 그러한 쇠 돌쩌귀, 그러한 쇠사슬, 강물이 스쳐 가고 있는 그러한 높은 천창, 무덤처럼 화강암 뚜껑으로 닫혀 있고 송장 아닌 산 사람이 들어 있는 그러한 돌상자, 그러한 질퍽한 땅바닥, 그러한 똥통, 물이 뚝뚝 떨어지는 그러한 벽, 이런 것들을 말하는 사람들을 어찌 미사여구를 쓰는 사람들이라 하겠는가!

3. 어떤 조건에서 과거를 존경할 수 있는가

스페인에 있던 것과 티베트에 있는 것 같은 수도원 제도는 문명에 대하여 일종의 결핵이다. 그것은 대번에 생명을 끊어 버린다. 단적으로 말해서 그것은 인류를 멸종시킨다. 그것은 유폐요, 거세다. 그것은 유럽에서 천벌이었다. 거기에 더하여 그렇게도 자주 양심에 가해진 폭행, 강요된 소명, 수도원에 의지하는 봉건성, 과잉 가족을 수도 생활에 쏟아 넣는 부형(父兄), 방금 말한 잔인한 행위들, 열반옥, 함구, 가두어진 두뇌들, 영원한 서약의 감옥 속에 갇혀 있는 수많은 불행한 재능들, 법의의 착용, 살아 있는 영혼들의 매장. 국민적 타락에 따르는 개인적 고통. 이러한 것들을 생각할 때, 인간이 발명한 두 가지 수의(壽衣)인 법의와 너울 앞에서는 누구라도 전율을 느낄 것이다.

그렇지만 어떤 점에서는, 그리고 어떤 곳에서는, 철학에 아랑곳없이, 진보에 아랑곳없이, 수도원 정신은 이 19세기 한복판에도 여전히 잔존하고, 금욕주의의 기이한 부활이 이 순간에도 문명사회를 놀라게 하고 있다. 낡은 제도들의 영속하려는 고집은 악취 나는 향수가 여전히 머리털에 뿌려지기를 요구하는 완고함과 비슷하고, 썩은 물고기가 여전히 사람에게 먹히기를 바라는 자존심과 비슷하고, 어린아이의 옷이 여전히 어른에게 입혀지기를 바라는 집요함과 비슷하고, 송장들이 여전히 산 사람을 포옹하러 돌아오려는 애정과 비슷하다.

배은망덕한 자들이여! 라고 의복은 말한다. 날씨가 나쁠 때

나는 그대들을 보호해 주었다. 왜 그대들은 더 이상 나를 원하지 않는가? 나는 난바다에서 왔다, 라고 물고기는 말한다. 나는 장미였다, 라고 향수는 말한다. 나는 그대들을 사랑했다, 라고 송장은 말한다. 나는 그대들을 개화시켰다, 라고 수도원은 말한다.

그것에 대한 대답은 단 하나. 옛날에는 그랬다.

죽은 것들의 무한정한 연장과 시체의 방부 처치에 의한 사람들의 관리를 몽상하고, 나쁜 상태에 있는 교리들을 부흥시키고, 성골함(聖骨函)들을 다시 도금하고, 수도원들의 벽토를 고쳐 바르고, 미신들을 재생시키고, 광신(狂信)들을 보급하고, 성수채와 군도 들의 손잡이를 갈고, 수도원 제도와 군국주의를 복구하고, 기생자(寄生者)들의 증가에 의한 사회의 구원을 믿고, 현재에 과거를 강요하는 것, 이런 것은 이상한 것 같다. 그렇지만 그러한 이론을 위한 이론가들이 있다. 이 이론가들은 또 한편으로 보면 재사들이긴 하겠지만 썩 단순한 방식을 가지고 있다. 그들은 그들의 이른바 사회질서, 신수권, 도덕, 가정, 조상 숭배, 오랜 권위, 신성한 전통, 권리의 정당성, 종교 등등의 도료를 과거 위에 칠한다. 그러면서 그들은 끊임없이 외친다. "자, 정직한 사람들이여, 이것을 가져라!" 이 논법은 옛날 사람들에게도 잘 알려져 있었다, 로마의 점쟁이들은 그러한 수법을 썼다. 그들은 검은 소에게 백분을 발라 놓고 이렇게 말했다. "이 소는 희다." '흰 칠한 소'.

과거가 죽었다는 데 동의한다면, 우리는 과거를 여기저기서 존중하고 어디서고 아껴 준다. 만약 과거가 살아 있기를 원한다면, 우리는 그것을 공격하고, 그것을 죽이려고 애쓴다.

미신, 맹신, 위선, 편견 들, 이런 망령들은 그것들이 모두 망령들이면서도 생명에 끈질기게 달라붙어 있고, 그것들의 요기(妖氣) 속에 이빨과 손톱을 가지고 있다. 그러니 그것들과 맞붙어 그것들을 조르고 싸워야 하고, 그것들과 쉴 새 없이 전쟁을 해야 한다. 왜냐하면 유령들과 영원한 싸움을 하도록 강요되는 것은 인류의 숙명의 하나이니까. 도깨비는 멱살을 잡고 넘어뜨리기가 힘들다.

19세기의 한낮에 프랑스에 수도원이 있다면, 그것은 해를 향하고 있는 부엉이들의 학교다. 1789년과 1830년, 1848년 혁명을 겪은 도시의 한복판에서 고행의 현행범이 된 수도원, 파리 장안에서 꽃 핀 로마, 그것은 하나의 시대착오다. 보통 때에는 하나의 시대착오를 해소하고 그것을 사라지게 하기 위해서는 그것에게 연대를 말하게 하기만 하면 된다. 그러나 우리는 보통 때에 있지 않다.

싸우자.

싸우자. 그러나 분간하자. 진리의 특성, 그것은 결코 지나치지 않는 것이다. 진리에 무슨 과장할 필요가 있겠는가? 파괴해야 할 것이 있고, 단순히 밝히고 들여다보아야 할 것이 있다. 호의에 찬 진지한 고찰, 그것은 얼마나 강력한가! 빛이 충분한 곳에는 불꽃을 가져가지 말자.

그러므로 지금은 19세기인 까닭에 우리는 일반적으로, 그리고 모든 나라에서, 아시아에서도 유럽에서도, 인도에서도 터키에서도, 금욕주의의 수도원 생활을 반대한다. 수도원을 말하는 사람은 늪을 말한다. 그 부패성은 명백하고, 그 정체(停滯)는 불건전하고, 그 발효는 국민들을 몹시 흥분시키고 허약하게 만들며, 그 증가는 이집트의 재난이 된다. 바라문교의 탁발승과 승려 들, 이슬람교의 행자(行者)들, 그리스의 바질 교단 수도사들, 이슬람교의 은자들, 타이와 버마의 불교승들, 이슬람교의 수도사들, 이런 것들이 증가하여 구더기처럼 우글거리는 나라들을 생각할 때, 나는 전율을 느끼지 않을 수 없다.

그건 그렇고, 아직 종교 문제가 남아 있다. 이 문제는 신비롭고 거의 가공할 만한 면들이 있는데, 내가 이 문제를 뚫어지게 보는 것을 허락해 주기 바란다.

4. 원칙들의 견지에서 본 수도원

사람들은 모여서 공동생활을 한다. 무슨 권리에 의해서? 결사의 자유에 의해서.

그들은 자기들 집에 들어박힌다. 무슨 권리에 의해서? 사람은 누구나 다 갖고 있는 자기 집 문을 열고 닫고 하는 권리에 의해서.

그들은 외출하지 않는다. 무슨 권리에 의해서? 가고 오고 하는 권리에 의해서인데, 이 권리는 자기 집에 있는 권리를 내포한다.

그들은 나직한 목소리로 말한다. 그들은 눈을 내리뜬다. 그들은 일을 한다. 그들은 사회도, 도시도, 관능적 쾌락도, 즐거움도, 허영도, 자존심도, 이익도 포기한다. 그들은 투박한 털이나 투박한 베옷을 입고 있다. 그들 중 무엇이든 소유권에 의해 소유하고 있는 사람은 단 한 사람도 없다. 거기에 들어가면 부자이던 자는 가난해진다. 그가 가지고 있는 것, 그는 그것을 모두에게 준다. 귀족과 영주라고 불리던 자는 농부이던 자와 동등해진다. 독방은 모두에게 다 똑같다. 모두 똑같이 머리를 깎고, 똑같은 법의를 입고, 똑같은 검은 빵을 먹고, 똑같은 짚자리에서 자고, 똑같은 재 위에서 죽는다. 똑같은 바랑을 등에 짊어지고, 똑같은 줄을 허리에 감고 있다. 만약 맨발로 다니는 것이 규칙이라면 모두 맨발로 다닌다. 거기에 왕자가 있을 수 있지만, 그 왕자도 다른 사람들과 똑같은 그림자다. 더 이상 칭호도 없다. 성조차도 사라졌다. 그들은 이름밖에 없다. 모두 평등한 세례명 아래 몸을 구부리고 있다. 그들은 혈육의 가정을 해소하고 자기들 교단(教團)에서 정신적 가정을 구성했다. 그들은 더 이상 모든 사람들밖에 다른 친척이 없다. 그들은 가난한 사람들을 구원하고, 병든 사람들을 간호한다. 그들은 자기가 복종할 사람들을 선출한다. 그들은 서로 '형제 자매'라고 부른다.

당신들은 내 말을 가로막고 외친다. 하지만 '그거야말로 이상적인 수도원이지!'라고.

내가 그것을 고려해야 하기 위해서는 그것이 있을 수 있는 수도원이면 족하다.

그래서 나는 전편(前編)에서 공손한 어조로 한 수도원 이야기를 한 것이다. 중세를 떠나고, 아시아를 떠나고, 역사적 정치적 문제는 삼가고, 순수한 철학적 견지에서, 공격적 논전의 필요를 떠나서, 수도원 생활은 절대로 자발적이고 동의밖에 포함하지 않다는 조건하에서, 조심스럽고 어떤 점에서는 정중하고 진중하게 나는 항상 수도원 사회를 고찰할 것이다. 공동사회가 있는 곳에는 자치구(區)가 있고, 자치구가 있는 곳에는 권리가 있다. 수도원은 '평등', '박애'라는 상투어의 산물이다. 오! '자유는 얼마나 위대한가! 그리고 얼마나 찬란한 변모인가! '자유'는 수도원을 공화국으로 바꾸기에 충분하다.

계속하자.

그런데 그 사면의 벽 뒤에 있는 그 남자들 또는 여자들, 그들은 거친 털옷을 입고, 서로 평등하고, 서로 형제자매라고 부른다. 그건 좋은 일이다. 하지만 그들은 또 다른 것도 하는가?

그렇다.

무엇을?

그들은 그림자를 바라보고, 무릎을 꿇고, 두 손을 마주잡고 있다.

그것은 무엇을 의미하는가?

5. 기도

그들은 기도한다.

누구에게?

신에게.

신에게 기도하다, 이 말은 무슨 뜻인가?

우리들 밖에 하나의 무한이 있는가? 이 무한은 단일(單一)하고, 내재적(內在的)이고, 항구적인가? 그것은 무한하므로, 그리고 만약에 그것에 실체(實體)가 없다면 그것은 거기에 한정되고 말 것이므로, 그것은 필연적으로 실체적이고, 그것은 무한하므로, 그리고 만약에 그것에 지성이 없다면 그것은 거기에서 끝나고 말 것이므로, 필연적으로 지적인가? 우리는 우리들 자신에게 존재의 관념밖에 부여할 수 없는데, 이 무한은 우리들 속에 본질의 관념을 눈뜨게 하는가? 바꾸어 말하자면, 이 무한은 절대적인 것이고 우리는 그것에 대해 상대적인 것 아닌가?

우리들 밖에 하나의 무한이 있는 동시에 우리들 속에도 하나의 무한이 있지 않은가? 이 두 개의 무한이(얼마나 무서운 복수인가!) 서로 겹쳐 있지 않은가? 둘째의 무한은 말하자면 첫째의 무한 아래 있지 않은가? 그것은 첫째 것의 거울이요, 반영이요, 반향이요, 첫째의 심연과 중심을 같이하고 있는 심연 아닌가? 이 둘째의 무한 역시 지적인 것인가? 그것은 생각하는가? 그것은 사랑하는가? 그것은 바라는가? 만약에 그 두 개의 무한이 지적이라면, 그것들은 제각기 하나의 바라는 근원이 있고, 아래의 무한 속에 자아(自我)가 있듯이 위의 무한 속에도 하나의 자아가 있다. 이 아래의 자아, 그것이 영혼이고, 이 위의 자아, 그것이 신이다.

생각에 의해 아래의 무한을 위의 무한과 접촉시키는 것, 그것을 일컬어 기도한다고 한다.

인간의 정신에서 아무것도 빼내지 말자. 제거하는 것은 나쁘다. 개혁하고 변화시켜야 한다. 인간의 어떤 기능들은 '미지의 것' 쪽을 지향하고 있다. 사색, 몽상, 기도. '미지의 것'은 하나의 대양(大洋)이다. 양심이란 무엇인가? 그것은 '미지의 것'의 나침반이다. 사색, 몽상, 기도. 이것이야말로 신비로운 큰 광휘다. 그것들을 존중하자. 영혼의 이 장엄한 발광(發光)들은 어디로 가고 있는가? 어둠으로, 다시 말해서 빛으로.

민주주의의 위대함, 그것은 인류의 아무것도 부정하지 않고 아무것도 부인하지 않는 것이다. '인간'의 권리 가까이, 적어도 곁에 '영혼'의 권리가 있다.

광신을 분쇄하고 무한을 숭배하는 것, 법칙이란 그런 것이다. '창조'의 나무 아래 엎드려 별들이 가득한 그 무한한 가지들을 바라보는 것만으로 만족하지는 말자. 우리는 하나의 의무가 있다. 즉 인간의 영혼을 가꾸고, 기적에 대항하여 신비를 지키고, 불가해한 것을 숭배하고, 부조리한 것을 배척하고, 설명할 수 없는 것에 관해서는 필요한 것만 받아들이고, 신앙을 건전하게 하고, 종교 위에서 미신을 걷어치우고, 신으로부터 해충을 구제하는 것.

6. 기도의 절대선(絶對善)

기도하는 방식으로 말하자면, 그것이 진지하기만 하다면 무엇이고 다 좋다. 그대의 책을 엎어 놓고 무한 속에 있으라.

우리는 알고 있거니와, 무한을 부인하는 철학이 있다. 또 태양을 부인하는, 병리학적으로 분류된 철학도 있는데, 이 철학은 맹목이라 불린다.

우리에게 결여된 지각(知覺)을 진리의 근원으로 삼는 것, 그것은 맹인의 대단한 뻔뻔스러움이다.

신기한 것, 그것은, 신을 보는 철학에 대하여, 이 더듬거리는 철학이 취하는 거만하고, 우월하고, 동정적인 태도다. 두더지가 이렇게 외치는 소리를 듣는 것만 같다. "그들의 태양은 불쌍하구나!"

나는 알고 있거니와, 저명하고 강력한 무신론자들이 있다. 그들은 결국 그들의 힘 자체에 의해 진실로 되돌아와 있으므로, 확실히 무신론자는 아니고, 그들에게는 거의 정의(定義)의 문제뿐인데, 어쨌든 그들이 신을 믿지 않는다 하더라도, 그들은 위대한 정신의 소유자이므로, 그들은 신을 증명하고 있는 것이다.

나는 그들의 철학을 준엄하게 규정지으면서도, 그들 속에 있는 철학자에게 경의를 표한다.

계속하자.

역시 희한한 것, 그것은 쉽사리 빈말로 만족하는 것이다. 안개가 조금 스며들어 있는 북방의 한 형이상학파는 '힘'이라는 말을 '의지'라는 말로 바꾸어 놓음으로써 인간의 오성(悟性) 속에서 혁명을 한다고 생각했다.

'식물은 자란다'고 하는 대신 '식물은 바란다'고 말하는 것, 그런 말은, 만약에 '우주는 바란다'고 덧붙인다면, 정말 생산

력이 있을 것이다. 왜냐하면 거기서 다음과 같은 귀결이 나올 테니까. 즉, '식물은 바란다. 그런 고로 식물은 자아를 가지고 있다. 우주는 바란다. 그런 고로 우주는 신을 가지고 있다.'

그렇지만 이 학파와는 반대이고 선입견적으로 아무것도 배척하지 않는 나로 말하자면, 이 학파가 인정하는 식물 속에 있는 의지는 이 학파가 부인하는 우주 속에 있는 의지보다 더 인정하기 어려울 것 같다.

무한의 의지, 즉 신을 부정하는 것, 그것은 무한을 부정하는 조건에서밖에는 있을 수 없다. 그것은 앞서 논증한 바다.

무한의 부정은 곧바로 허무주의로 통한다. 모든 것이 '정신의 한 개념'이 된다.

허무주의하고는 토의가 불가능하다. 왜냐하면 논리적 허무주의자는 상대자가 존재하는 것을 의심하고, 자기 자신이 존재하는 것도 확실하지 않기 때문이다.

그의 견지에서는 그 자신도 그 자신에 대하여 '그의 정신의 한 개념'에 지나지 않을 수 있다.

다만 그는 이 '정신'이라는 말을 하는 것만으로 자기가 부정한 모든 것을 통틀어 인정한다는 것을 전혀 깨닫지 못한 것이다.

요컨대 '아니다.'라는 한마디로 모든 것을 끝마치는 철학에 의해서는 아무런 사색의 길도 열리지 않는다.

'아니다.'에 대해서는 '그렇다.'는 대답밖에 없다.

허무주의는 범위가 없다.

허무는 없다. 제로는 존재하지 않는다. 모든 것은 무엇인가

다. 아무것도 아닌 것은 아무것도 아니다.

인간은 빵보다도 더 긍정으로 살아간다.

보는 것과 보여 주는 것, 이것만으로는 충분하지 않다. 철학은 하나의 에너지여야만 한다. 그것은 인간을 개선하는 것을 노력과 결과로 삼아야 한다. 소크라테스는 아담 속에 들어가서 마르쿠스 아우렐리우스를 만들어 내야 한다. 바꾸어 말하면, 천복(天福)의 인간에게서 지혜의 인간이 나오게 해야 한다. 에덴 동산을 리세움 동산*으로 바꾸어야 한다. 학문은 하나의 강심제여야만 한다. 향락하는 것은 그 얼마나 한심스러운 목적이며 그 얼마나 시시한 야심인가! 금수(禽獸)도 향락한다. 생각하는 것, 그것이야말로 영혼의 참다운 승리다. 사람들의 갈증에 사상을 내놓고, 그들 모두에게 강장제로서 신의 관념을 부여하고, 그들 속에서 양심과 학문이 친화케 하고, 그 신비로운 대조에 의해 그들을 올바른 사람으로 만드는 것, 이러한 것이 철학의 진정한 구실이다. 윤리는 진리들의 개화다. 정관(靜觀)은 행동으로 이끌어 간다. 절대적인 것은 실제적인 것이어야 한다. 이상(理想)은 인간 정신에서 호흡할 수 있고, 마실 수 있고, 먹을 수 있어야 한다. "가져라, 이것은 나의 살, 이것은 나의 피다."라고 말할 수 있는 권리를 갖는 것이 이상이다. 지혜는 일종의 신성한 성찬식이다. 그러한 조건에서야말로 지혜는 학문의 헛된 애호이기를 지양하여 인류 결합의 최고 유일의 방식이 되고, 철학에서 종교로 올라간다.

---

* 아리스토텔레스가 학문을 가르친 아테네의 광장.

철학은 호기심에 알맞는 것밖에는 다른 결과도 없이, 신비를 마음대로 바라보기 위해 그 신비 위에 세워진 하나의 단순한 돌출부여서는 안 된다.

나는 나의 사상의 상세한 설명은 다른 기회로 미루고, 여기서는 다만 한마디, 두 개의 원동력 즉 믿음과 사랑이라는 두 개의 힘 없이는 출발점으로서의 인간도, 목적으로서의 진보도 이해하지 않는다는 것을 말하는 것으로 만족한다.

진보는 목적이요, 이상은 전형이다.

이상이란 무엇이냐? 그것은 신이다.

이상, 절대, 완전, 무한, 다 같은 말이다.

7. 비난 중에 취해야 할 주의

역사와 철학은 동시에 단순한 의무이기도 한 영원한 의무를 가지고 있다. 그것은 주교 가야바, 판관 드라콘, 입법자 트리말키오, 황제 티베리우스*와 싸우는 것. 그것은 명료하고 곧바르고 투명한 것으로서, 아무런 애매함도 없다. 그러나 따로 사는 권리는 심지어 그 단점과 폐습에도 불구하고, 인정받고 보호받고 싶어 한다. 수도 생활은 인류의 한 문제다.

이 오류의 장소이지만 순결의 장소, 미망(迷忘)의 장소이지

---

* 가야바(Kaiaphas)는 예수를 처단하고 사도들을 박해한 유대의 성직자. 드라콘(Drakon)은 아테네의 가혹한 입법자. 트리말키오(Trimalchio)는 로마의 가혹한 입법자. 티베리우스(Tiberius)는 의심 많고 잔인한 로마의 황제다.

만 선의의 장소, 무지의 장소이지만 헌신의 장소, 고난의 장소이지만 순교의 장소인 수도원들을 말할 때, 거의 언제나 예라고 말하고 아니오라고 말해야 한다.

수도원, 그것은 모순이다. 그 목적은 구원, 그 수단은 희생. 수도원, 그것은 결과로서 최고의 자기 희생을 가지고 있는 최고의 이기주의다.

군림하기 위해 양위(讓位)하는 것은 수도원 제도의 표어인 것 같다.

수도원에서는 향락하기 위해 고통 받는다. 수도원에서는 죽어서 받을 환어음을 발행한다. 천상의 빛을 지상의 어둠으로 바꾸어 준다. 수도원에서는 천국을 상속받을 선금으로서 지옥이 받아들여지고 있다.

너울이나 법의 착용은 내세로 지불 받은 자살이다.

내가 보기에 이러한 주제에서 냉소는 통하지 않는 것 같다. 선도 악도, 모든 것이 거기서는 진지하다.

올바른 사람은 눈살을 찌푸리지만, 결코 나쁜 미소로 비웃지는 않는다. 우리는 분노는 이해하지만 악의는 이해하지 못한다.

8. 신앙, 법칙

또 몇 마디 더.

성당이 음모로 가득 차 있을 때 나는 그것을 비난하고, 교권

(敎權)이 속권(俗權)에 급급할 때 나는 그것을 멸시한다. 하지만 나는 생각하는 사람을 어디서고 존경한다.

나는 무릎 꿇는 자에게 경의를 표한다.

신앙, 그것이야말로 인간을 위해 필요하다. 아무것도 믿지 않는 사람은 불행할진저!

사람이 멍하니 있다고 해서 아무것도 안 하고 있는 것은 아니다. 눈에 보이는 일과 눈에 보이지 않는 일이 있다.

정관(靜觀)하는 것, 그것은 경작하는 것이고, 생각하는 것, 그것은 행동하는 것이다. 팔짱 낀 팔도 일하고 있고, 합장한 손도 무엇을 하고 있다. 하늘을 우러러보는 것도 하나의 일이다.

탈레스는 사 년 동안 정좌(靜坐)하고 있었다. 그는 철학을 창시했다.

내가 보기에 수도자들은 한인(閑人)이 아니고, 은자들은 게으름뱅이가 아니다.

'허무한 것'을 생각하는 것은 진지한 일이다.

내가 방금 말한 것을 조금도 저해함 없이 나는 무덤에 대한 끊임없는 추억은 살아 있는 사람들에게 적합한 것이라고 생각한다. 이 점에 관해서는 신부와 철학자가 일치한다. "생자필멸." 트라피스트 수도원장은 호라티우스에 응수한다.

자기 생활에 어떤 무덤의 존재를 섞는 것, 그것은 현자의 법칙이고, 또 그것은 고행자의 법칙이다. 그러한 관계에서 고행자와 현자는 합치한다.

물질적 성장이 있는데, 나는 그것을 원한다. 또한 정신적 위대성도 있는데, 나는 그것에 집착한다.

분별 없는 조급한 정신의 소유자들은 말한다.

"신비 쪽에서 움직이지 않고 있는 그 형상들이 무슨 소용이 있는가? 그들이 무슨 쓸모가 있는가? 그들이 무엇을 하고 있는가?"

오호라! 우리를 둘러싸고 우리를 기다리는 어둠 앞에서, 무한히 흩어져 없어지는 속에서 우리가 어찌 될 줄도 모르고 우리는 대답한다. "그 사람들이 하고 있는 일보다 아마 더 숭고한 것은 없을 것이다." 그리고 우리는 덧붙인다. "그것보다 더 유익한 일은 아마 없으리라."

결코 기도하지 않는 자들을 위해 항상 기도하는 자들이 꼭 필요하다.

내가 보기에 모든 문제는 기도에 섞여 있는 사상의 양(量)에 있다.

기도하는 라이프니츠, 그것은 위대하다. 예배하는 볼테르, 그것은 아름답다. "볼테르는 그 집을 신에게 세워 주었다."

나는 현세의 종교들에는 반대하나 종교 자체에는 찬성한다.

나는 현세의 기도들의 비참함과 기도 자체의 숭엄성을 믿고 있는 사람이다.

게다가, 우리가 건너가고 있는 이 순간, 다행히도 19세기에 제 모습을 남겨 놓지 않을 순간인 이 순간에, 향락하기를 도덕으로 삼고, 덧없고 보기 흉한 물질적인 것들에 골몰하는, 그렇게도 많은 경박하고 쾌락을 좋아하는 사람들 가운데서, 은둔하는 사람은 누구나 우리에게는 존경할 만해 보인다. 수도원은 자기 포기다. 그릇된 길로 가는 희생도 역시 희생이다. 가혹한 오류를 의무로 착각하는 것, 그것도 그 나름의 위대성이 있다.

그 자체로서 말하자면, 그리고 이상적으로 말하자면, 그리고 또 모든 양상들을 공정하게 철저히 고찰할 때까지 진리의 주변을 돌아보기 위해 말하자면, 수도원은, 특히 여자들의 수도원은(왜냐하면 우리 사회에서 가장 많은 고통을 받고 있는 것은 여자들이고, 수도원의 이 귀양살이에는 항의가 있으므로) 여자들의 수도원은 확실히 어떤 장엄함이 있다.

방금 몇 가지 윤곽을 그려 보였던, 그렇게도 엄격하고 그렇게도 음침한 수도원 생활, 그것은 생명이 아니다. 왜냐하면 자유가 아니니까. 그것은 무덤도 아니다. 왜냐하면 완성이 아니니까. 그것은 이상한 곳, 거기서 사람들은 마치 높은 산꼭대기에서 내려다보듯이, 한쪽으로는 이승의 심연을 보고, 또 한쪽으로는 저승의 심연을 본다. 그것은 두 개의 세계를 가르는 안개 낀 좁은 경계로서, 두 세계에 의해 동시에 밝아지고 어두워지는데, 거기에서는 생명의 희미한 빛이 죽음의 어렴풋한 빛에 섞여들어 있다. 그것은 무덤의 반그림자다.

나로 말하자면, 그 여자들이 믿는 것을 믿지는 않으나 그 여자들처럼 신앙에 의해 살고 있는데, 나는 종교적이고 애정 어린 일종의 공포감 없이는, 선망이 가득 찬 일종의 연민의 정 없이는 결코 그 여자들을 쳐다볼 수 없었다. 전전긍긍하면서 믿음에 몸을 바치고 있는 그 헌신적인 여자들을. 감히 신비의 바로 그 언저리에서 살면서, 닫혀 있는 사바 세계와 열려 있지 않은 천상계 사이에서 기다리며, 보이지 않는 광명 쪽으로 머리를 돌리고, 자기들은 그 광명이 어디에 있는지를 알고 있다고 생각하는 행복만을 갖고 있고, 심연과 미지의 것을 갈망하고 있고, 움직이지 않는 어둠을 응시하고 있고, 무릎을 꿇고 있고, 얼빠져 있고, 어리둥절하고, 몸을 떨고 있고, 내세의 깊은 숨결에 의해 어떤 시간에는 반쯤 들어 올려져 있는 그 겸허하고 존엄한 영혼들을.

8
묘지는 주는 것을 취한다

1. 수도원에 들어가는 방법

장 발장이 포슐르방의 말마따나 '하늘에서 떨어졌던' 것은 그 집 안이었다.

그는 폴롱소 거리의 모퉁이를 이루고 있는 정원 담을 뛰어넘었다. 그가 한밤중에 들었던 천사들의 찬미가는 수녀들이 부르는 아침기도였고, 그가 어둠 속에 희미하게 보았던 그 방은 예배당이었고, 그가 마룻바닥에 뻗어 있는 것을 보았던 그 유령은 속죄를 하고 있는 수녀였으며, 그렇게도 이상스럽게 그를 놀라게 했던 소리를 낸 그 방울은 포슐르방 영감의 무릎에 달려 있는 정원사의 방울이었다.

일단 코제트를 누이고 나서, 장 발장과 포슐르방은 앞서 본 바와 같이 한 잔의 포도주와 한 덩어리의 치즈를 훨훨 타는 장

작불 앞에서 먹었다. 그런 뒤, 그 바라크 안에 있는 단 하나의 침대에는 코제트가 누워 있었으므로, 그들은 제각기 한 다발의 짚 위에 몸을 던졌다. 눈을 감기 전에 장 발장은, "이제부터 나는 여기에 있어야겠소." 하고 말했다. 이 말은 밤새도록 포슐르방의 머릿속을 오락가락했다.

사실을 말하자면 두 사람은 다 잠을 이루지 못했다.

장 발장은 자기가 발각되어 자베르에게 뒤를 밟히고 있는 것을 느끼고, 만약 파리로 되돌아간다면 자기와 코제트는 파멸할 것이라는 걸 알았다. 그에게 새로이 불어닥친 일진광풍으로 이 수녀원에 떨어진 이상, 장 발장은 이제 한 가지 생각, 거기에 있어야 한다는 생각밖에 없었다. 그런데, 그와 같은 처지에 있는 불행한 사나이에게 이 수녀원은 가장 위험하고 동시에 가장 안전한 곳이었으니, 가장 위험하다는 것은 어떠한 사나이도 거기에는 들어갈 수 없었으므로, 만약 거기서 발각되는 날이면 현행범이므로, 장 발장에게는 수녀원에서 감옥까지 한 걸음밖에 되지 않았기 때문이다. 가장 안전하다는 것은 만약 거기에 받아들여져서 머물러 있게 된다면 누가 거기로 그를 찾으러 오겠는가? 불가능한 곳에 산다는 것, 그것은 구원이었다.

한편에서 포슐르방은 머리를 쥐어짜고 있었다. 그는 처음에 통 영문을 모르겠다고 생각했다. 담장이 있는데도 어떻게 마들렌 씨는 거기에 있었을까? 수녀원의 담들은 뛰어넘을 수 없다. 그런데 어떻게 그는 어린아이와 함께 거기에 있었을까? 깎아지른 듯한 벽을 어린아이를 안고 기어오를 수는 없다. 저 어린아이는 무엇일까? 그들은 둘 다 어디서 왔을까? 포슐르방은 수녀원에 들어온 이후 몽트뢰유쉬르메르 이야기는 더 이상 들어 보지 못했기 때문에, 무슨 일이 있었는지 아무것도 모르고 있었다. 마들렌 영감의 얼굴을 보면 질문할 용기가 꺾였다. 그런 데다가 포슐르방은 생각했다. '성자에게는 질문하지 않는다.'라고. 마들렌 씨는 그에게 아직도 그의 위엄을 고스란히 간직하고 있었다. 다만 장 발장의 입에서 새어 나온 몇 마디 말로, 정원사는 이렇게 결론을 내릴 수 있다고 생각했다. 마들렌 씨는 십중팔구 어려운 시기 때문에 파산하여 빚쟁이들에게 쫓기고 있는 것이라고. 그렇지 않다면 무슨 정치적 사건에 말려들어 피신을 하고 있는 것이라고. 그러한 생각은 포슐르방에게 조금도 불쾌감을 주지 않았는데, 그는 프랑스 북부의 많은 농민들처럼 오래전부터 보나파르트의 편이었다. 피신하면서 마들렌 씨가 수도원을 은신처로 생각했다면 그가 여기에 있고 싶어 하는 것은 분명한 일이었다. 그러나 포슐르방의 머릿속에 줄곧 떠올라서 그의 골치를 썩인 불가해한 점은 마들렌 씨가 거기에 있다는 것, 게다가 어린아이와 함께 있다는 것이었다. 포슐르방은 그들을 보고, 만지고, 그들에게 말을 했지만, 그걸 믿을 수 없었다. 알 수 없는 일이 포슐르방의 오두막집에 들어왔었던 것이다. 포슐르방은 암중모색했으나, '마들렌 씨는 내 목숨을 구해 주었다.'는 점밖에는 더 이상 아무것도 뚜렷히 알 수 없었다. 이 단 한 가지 확실한 사실만으로 충분했고, 그것만으로 그는 결심했다. 그는 마음속으로 생각했다. '이번에는 내 차례다.' 그는 속마음에 덧붙였다. '마들렌 씨는 나를 끌어내려고 수레 밑으로 들어가야 했을 때 이토록 오만 생각을 하지는 않았다.' 그는 마들렌 씨를 구하리라 결심했다.

그렇지만 그는 자신에게 여러 가지 질문을 하고 여러 가지 대답을 했다. '그는 나를 위해 그렇게 해 주었는데, 그가 만약 도둑이라도 나는 그를 구해 줘야 할까? 역시 마찬가지다. 만약 그가 살인자라도 나는 그를 구해 줘야 할까? 역시 마찬가지다. 그가 성자이니까 나는 그를 구해 줘야 할까? 역시 마찬가지다.'

그러나 그를 수녀원 안에 있게 하는 것은 얼마나 어려운 문제인가! 거의 꿈만 같은 그 시도 앞에서 포슐르방은 조금도 뒷걸음질 치지 않았다. 이 피카르디의 가련한 농부는 그의 헌신과 선의, 그리고 이번에 고결한 생각을 위해 쓰려는 이 늙은 시골뜨기의 약간의 꾀밖에는 다른 사다리도 없이, 수녀원의 불가능과 성 베네딕트 교단의 규칙의 가파른 절벽을 뛰어넘어 보려고 꾀했다. 포슐르방 영감은 일평생 이기주의자였고, 만년에는 절름발이가 되고 불구자가 되어 세상에 더 이상 아무런 흥미도 없었으나 은혜를 느끼는 것을 즐겁게 생각했고, 덕행을 할 기회가 온 것을 보자, 마치 임종 시에 손에 들어온 일찍이 맛보지 못했던 좋은 포도주 한 잔을 탐욕스럽게 마시는 사람처럼 그 덕행에 뛰어든 늙은이였다. 한 가지 덧붙일 수 있는 것은 그가 이미 여러 해 전부터 이 수녀원 안에서 호흡하고 있는 공기가 그의 개성을 파괴하여 마침내 그에게 무엇이든 하나의 선행을 필요로 하게 만들어 놓았다는 것이다.

그는 그러므로 결심을 했다. 즉 마들렌 씨에게 몸을 바칠 것.

나는 아까 그를 '피카르디의 가련한 농부'라고 불렀다. 이 호칭은 옳지만 불완전하다. 이 얘기가 이쯤 왔으니, 포슐르방 영감의 됨됨이를 좀 이야기하는 것이 유익할 것이다. 그는 농부였으나 공증인이었다. 그래서 그의 꾀바름에 싸움이 더 해졌고, 그의 순진함에 통찰력이 더해졌다. 여러 가지 원인으로 사업에 실패하여, 그는 공증인에서 수레꾼으로 떨어지고 잡역부로 떨어졌다. 하지만, 말들에게 필요한 욕설과 채찍질에도 불구하고, 그에게는 공증인의 성질이 남아 있었다. 그는 타고난 재치가 있었다. 그는 틀린 어법을 쓰지 않았다. 이것은 마을에서는 드문 일이지만, 그는 이야기를 잘했다. 다른 농부들은 그를 두고 "저 사람은 거의 모자 쓴 신사처럼 말한다."고 말했다. 포슐르방은 사실상 18세기의 무례하고 경박한 말로 '반(半) 속물, 반 시골뜨기'라고 부르던 그런 부류, 관가에서 농가에까지 퍼져서 서민들이 고이 간직하는 비유의 말이 돼 버린 '조금은 촌놈, 조금은 도회인, 후추와 소금'이라는 그런 부류에 속해 있었다. 포슐르방은 운명에 몹시 시달리고 고생한 사람이었고, 다 문드러진 가련한 늙은 넋이기는 했지만, 그럼에도 불구하고 선뜻 생각한 대로 행동하고 자발적으로 행동하는 그런 사람이었다. 이것은 사람을 결코 사악하지 않게 하는 귀중한 성질이다. 그에게는 결점과 악습이 있었으나, 그것은 표면적인 것이었다. 요컨대 그의 용모는 가까이에서 보면 호감을 주는 그런 용모였다. 그 늙은 얼굴에는 심술궂음이나 어리석음을 나타내는 그 이마 위의 흉한 주름살이 하나도 없었다.

동이 틀 무렵, 포슐르방 영감이 별의별 생각을 다 하다가 눈을 뜨고 보니 마들렌 씨는 짚다발 위에 앉아서 자고 있는 코제트를 바라보고 있었다. 포슐르방은 벌떡 일어나 앉아서 말했다.

"지금은 영감님이 여기 계시지만, 여기에 들어오시기 위해 어떻게 하시렵니까?"

그 말은 상황을 요약하고 있어서, 장 발장을 몽상에서 깨어나게 했다.

두 늙은이는 상의하기 시작했다.

"맨 먼저." 하고 포슐르방은 말했다. "이 방에서 나가지 않으셔야 합니다. 아이도 영감께서도, 두 분 다 한 걸음이라도 정원에 나가시는 날이면 우리는 볼 장 다 봅니다."

"옳소."

"마들렌 씨." 하고 포슐르방은 말을 이었다. "영감께서는 대단히 좋은 때 오셨습니다. 제 말은 대단히 나쁜 때라는 뜻입니다. 저 수녀들 중에 병이 위중한 수녀 한 분이 있습니다. 그 때문에 사람들은 이쪽을 거들떠보지 않을 겁니다. 그녀는 죽어 가고 있는 것 같습니다. 사람들은 사십 시간 기도를 올리고 있습니다. 수녀원 전체가 들떠 있습니다. 모두들 거기에 정신이 빼겨 있습니다. 지금 죽어 가고 있는 분은 성녀입니다. 사실 우리는 여기서 모두 성자지요. 그분들과 저의 차이라고 한다면, 그분들은 '우리 독방'이라고 하는데 저는 '내 방'이라고 하는 그런 차이뿐입니다. 여기서는 죽어 가는 사람이 있으면 기도를 올리고, 죽으면 또 기도를 올립니다. 오늘은 우리가 여기서 안심하고 있을 겁니다만, 내일은 보장 못 합니다."

"그렇지만." 하고 장 발장은 말했다. "이 바라크는 담 구석에 있고, 저 폐가 같은 것으로 가려져 있고, 나무들도 있으니, 수녀원에서는 안 보이겠지요."

"게다가 수녀들은 결코 여기에 가까이 오지 않습니다."

"그렇다면?" 하고 장 발장은 말했다.

이 '그렇다면'이라는 말을 강조하는 의문점은 '나는 여기서 숨어 있을 수 있을 것 같다.' 라는 뜻이었다. 포슐르방은 그 의문점에 대답했다.

"소녀들이 있습니다."

"무슨 소녀들이오?" 하고 장 발장은 물었다.

포슐르방이 그가 방금 한 말을 설명하려고 입을 열자, 종소리가 한 번 울렸다.

"수녀가 죽었습니다." 하고 그는 말했다. "이건 조종(弔鐘)입니다."

그러면서 그는 장 발장에게 들어 보라고 신호했다.

종이 두 번째로 울렸다.

"조종입니다, 마들렌 씨. 종은 시신이 회당에서 나갈 때까지 스물네 시간 동안 매분 계속 울릴 겁니다. 아시겠어요, 그들이 놀거든요. 휴식 시간에 공이 하나 굴러오기만 하면 그녀들은 금지돼 있는데도 불구하고 여기에 와서 샅샅이 찾고 뒤지고 하거든요. 이건 악마들이라니까요. 저 귀여운 녀석들은."

"누구 말이오?" 하고 장 발장은 물었다.

"소녀들 말입니다. 영감께서는 이내 들키고 말 겁니다. 소녀들은 고함을 지를 겁니다. '저런! 남자가 하나 있네!' 하고. 하지만 오늘은 염려 없어요. 휴식 시간이 없을 테니까요. 온종일 기도를 올릴 겁니다. 종소리가 들리지요? 아까 말씀 드린 것처럼 일 분마다 한 번씩 울립니다. 조종입니다."

"알았소, 포슐르방 영감. 기숙생들이 있군요!"

그러면서 장 발장은 마음속으로 생각했다.

'코제트의 교육을 위해서는 안성맞춤이겠다.'

포슐르방은 힘차게 말했다.

"그렇습니다. 소녀들이 있습니다! 이 옆에 와서 법석을 치다가 영감님을 보면 달아나겠지요! 여기서는 남자가 있다는 건 페스트가 있는 거나 진배없습니다. 보시다시피 맹수처럼 제 다리에도 이렇게 방울을 달아 놓지 않았습니까?"

장 발장은 더욱더 깊이 생각했다. '이 수녀원이 우리를 살리겠다.' 하고 그는 중얼거렸다. 그러고는 소리를 내어 말했다.

"그렇소, 어려운 건 여기 있는 일이오."

"아닙니다. 어려운 건 나가는 일입니다." 하고 포슐르방은 말했다.

장 발장은 피가 가슴으로 솟구쳐 오르는 것을 느꼈다.

"나가다니!"

"그렇습니다, 마들렌 씨. 다시 들어오기 위해서는 나가셔야 합니다."

그리고 조종이 한 번 울리고 난 뒤에, 포슐르방은 계속 말했다.

"사람들이 여기서 이렇게 영감님을 발견해서는 안 됩니다.

영감님은 어디서 오십니까? 저에겐 영감님은 하늘에서 떨어지십니다. 저는 영감님을 아니까요. 수녀들에게는 사람들이 문으로 들어와야 하거든요."

별안간 다른 종에서 꽤 복잡한 종소리가 들려왔다.

"아!" 하고 포슐르방은 말했다. "소리의 어머니들을 부르는 종소리입니다. 그분들은 회의에 갑니다. 누가 죽으면 으레 회의가 열립니다. 수녀는 새벽에 죽었습니다. 그녀들이 죽는 건 보통 새벽입니다. 그런데 영감님은 들어오신 데로 해서 나가실 수는 없을까요? 이건요, 질문을 하기 위해서가 아닌데요, 영감께선 어디로 들어오셨습니까?"

장 발장은 창백해졌다. 그 무서운 거리로 다시 내려간다는 생각만 해도 몸이 떨렸다. 호랑이들로 가득 차 있는 숲에서 나왔는데, 일단 밖으로 나왔다가 다시 거기로 들어가기를 권유하는 친구의 권고를 듣는다고 상상해 보라. 장 발장은 모든 경찰이 아직도 그 일대에 우글거리고 있고, 도처에 감시하는 경찰들, 파수병들이 깔려 있고, 무서운 주먹들이 그의 목덜미를 향해 뻗쳐 있고, 자베르도 아마 네거리 모퉁이에 있을 것이라고 상상했다.

"그건 할 수 없소!" 하고 그는 말했다. "포슐르방 영감, 내가 하늘에서 떨어진 걸로 여기시오."

"정말 저는 그렇게 생각합니다. 그렇게 생각하고말고요." 하고 포슐르방은 대꾸했다. "제게는 그런 말씀을 하실 필요가 없습니다. 천주님은 영감님을 가까이서 보려고 손에 넣었다가 내놓으신 거지요. 다만 영감님을 남자 수도원에 넣으려다가 잘못하신 거지요. 이런, 또 종이 울리네. 이건 문지기에게 관청에 가서 검시(檢屍)하는 의사를 불러오라고 알려 주는 겁니다. 이건 모두 사람이 죽으면 으레 하는 일입니다. 수녀님들은 의사가 오는 걸 그다지 좋아하지 않습니다. 의사는 아무것도 믿지 않거든요. 의사는 너울을 들어 올립니다. 때로는 다른 것조차도 들어 올립니다. 참 빨리도 의사에게 알리네, 이번에는! 대체 무슨 일일까? 영감님의 어린아이는 여전히 자고 있군요. 저 애는 이름이 뭡니까?"

"코제트요."

"따님이죠? 영감께서는 저 애 할아버지라고나 하면 꼭 맞겠는데요?"

"그렇소."

"저 애가 여기서 나가는 건 쉬울 겁니다. 안마당 쪽으로 난 제 통용문이 있습니다. 제가 문을 두드립니다. 문지기가 엽니다. 제가 치룽을 메고, 아이는 그 속에 들어가 있습니다. 제가 나갑니다. 포슐르방 영감이 치룽을 메고 나간다. 그건 문제 없습니다. 아이에게는 꼭 가만히 있으라고 말씀해 주세요. 아이는 시트로 덮어 놓을 겁니다. 슈맹 베르 거리에서 과일 장수를 하는 착한 친구 할멈의 가게에 아이를 필요한 동안 맡겨 놓을 겁니다. 이 노파는 귀머거리고 거기에는 작은 침대가 하나 있습니다. 이 과일 장수 노파의 귀에 대고 이 애는 내 조카딸인데 내일까지만 맡아 달라고 소리를 지르겠습니다. 나중에 아이는 영감님하고 같이 돌아올 겁니다. 제가 영감께서 돌아오시도록 할 테니까요. 꼭 그렇게 해야지요. 그런데 영감님은 나가기 위해 어떻게 하시겠습니까?"

장 발장은 머리를 흔들었다.

"아무한테도 들키지 않아야지. 그게 가장 중요한 일이오, 포슐르방 영감. 코제트처럼 치롱에 넣고 시트로 덮어서 내보내는 방법을 찾아보시오."

포슐르방은 왼손 가운뎃손가락으로 귓불을 긁적거렸는데, 이건 대단히 난처하다는 표시였다.

세 번째로 종소리가 나서 생각을 딴 데로 돌리게 했다.

"이제 검시 의사가 떠납니다." 하고 포슐르방은 말했다. "의사는 들여다보고 말했습니다. 죽었소, 좋습니다, 라고. 의사가 천국에 가는 여권에 사증(査證)을 하면 장의사에서 관을 보냅니다. 죽은 게 장로라면 장로가, 수녀라면 수녀가 시신을 관 속에 넣은 뒤에, 제가 못질을 합니다. 그건 정원사인 제가 하는 일의 일부입니다. 정원사는 조금은 구덩이 파는 인부이기도 합니다. 관은 거리로 통하는 회당 아랫방에 두는데 이 방에는 검시 의사 외에 남자는 한 사람도 못 들어갑니다. 장의사의 인부들과 저는 남자들 축에 넣지 않고서 하는 말입니다만. 제가 관에 못질을 하는 건 이 방에서입니다. 그런 뒤에 장의사의 인부들이 관을 가지러 오고, 채찍으로 말을 탁 치고! 그렇게 사람은 천당에 가는 겁니다. 아무것도 없는 상자 하나를 가지고 와서 그 속에 무엇인가를 넣어 가지고 도로 가져갑니다. 이런 것이 장사(葬事)라는 겁니다.「데 프로푼디스*」."

---

* "슬픔의 깊은 구렁에서"라는 말로 시작되는 찬미가.

가로로 비쳐 오는 햇살이 잠들어 있는 코제트의 얼굴을 스치고 있었는데 그녀는 방긋이 입을 벌리고 있었고, 햇빛을 마시는 천사 같았다. 장 발장은 그 아이를 바라보기 시작했다. 그는 더 이상 포슐르방의 말을 듣고 있지 않았다.

말을 들어주지 않는다 해서 입을 다물어야 할 이유는 되지 않는다. 선량한 늙은 정원사는 계속 조용히 장광설을 늘어놓았다.

"구덩이는 보지라르 묘지에 팝니다. 사람들이 주장하는 바로는, 이 보지라르 묘지는 곧 폐쇄된대요. 이곳은 오래된 묘지인데 법규에 맞지 않고, 균일하지도 못해서 곧 퇴장한답니다. 그건 유감스러운 일입니다. 이 묘지는 편리하거든요. 거기에 메스티엔 영감이라는 제 친구 하나가 있는데, 무덤 구덩이 파는 일꾼입니다. 이곳 수녀들은 특권 하나가 있는데, 그건 해질 무렵에 이 묘지로 운반되는 것입니다. 특별히 수녀들을 위해 경찰청 규정이 있는 겁니다. 그런데 어제부터 왜 이렇게 많은 사건들이! 크뤼시픽시옹 장로가 돌아가시고, 마들렌 영감이……."

"매장되고." 하고 장 발장은 서글픈 미소를 지으며 말했다.

포슐르방은 그 말을 치켜들었다.

"참말로 그래요! 만약에 영감께서 완전히 여기에 계신다면, 그건 진짜 매장이 될 거예요."

네 번째로 종소리가 터졌다. 포슐르방은 후다닥 방울 달린 무릎 가죽을 못에서 벗겨 내 자기 무릎에 씌웠다.

"이번에는 저입니다. 원장님이 저를 부르십니다. 아이고,

또 한바탕 바쁜 걸음을 쳐야지. 마들렌 씨, 꼼짝 말고 계십시오. 그리고 저를 기다려 주십시오. 새로운 일이 있어요. 시장하시면, 저기에 포도주와 빵, 치즈가 있어요."

그러고 오두막집에서 나가면서 말했다. "예, 갑니다! 가요!"

장 발장은 그가 멜론 밭을 곁눈질하면서도, 그의 절름거리는 다리가 할 수 있는 한 빨리 정원을 건너가는 것을 보았다.

그 후 십 분도 채 못 되어, 포슐르방 영감이 방울 소리로 도중에 있는 수녀들을 뿔뿔이 달아나게 하고는 문 하나를 가만히 두드리니, 부드러운 목소리가 대답했다. "영원히, 영원히." 즉 "들어오시오."라고.

그 문은 볼일이 있을 때 정원사를 불러들이도록 되어 있는 면접실 문이었다. 이 면접실은 회의실에 인접해 있었다. 원장은 면접실에 하나밖에 없는 의자에 앉아 포슐르방을 기다리고 있었다.

2. 어려움에 당면한 포슐르방

절박한 경우에 불안하면서도 근엄한 표정을 하는 것은 어떤 성격의 사람들과 어떤 직업의 사람들에게는, 특히 신부와 수도사 들에게는 더욱 자연스러웠다. 포슐르방이 들어갔을 때, 그러한 걱정의 두 가지 기색이 원장의 표정에 나타나 있었다. 매력적이고 유식한 블르뫼르 양, 즉 이노상트 원장은 평소에는 쾌활한 여자였다.

정원사는 황공스럽게 절을 하고 면접실 입구에 서 있었다. 원장은 묵주 알을 넘기다가 눈을 들어 말했다.

"아! 당신이오, 포방 영감."

수녀원에서는 이 약칭이 사용되고 있었다.

포슐르방은 다시 절을 하기 시작했다.

"포방 영감, 내가 당신을 불러오라고 했소."

"그래서 왔습니다, 원장님."

"할 이야기가 있소."

"저도 마침." 하고 포슐르방은 내심으로는 두려우면서도 용기를 내 말했다. "원장님께 좀 아뢸 말씀이 있습니다."

원장은 그를 바라보았다.

"아! 내게 무슨 할 말이 있다는 거죠."

"청이 하나 있습니다."

"그래요, 말하시오."

전에 공증인 노릇을 한 호인 포슐르방은 침착한 농부들의 부류에 들어가는 사람이었다. 어떤 종류의 교묘한 무지는 일종의 힘이다. 아무도 그것을 경계하지 않으므로 거기에 속아 넘어간다. 수녀원에서 살게 된 지 이태 남짓한 동안, 포슐르방은 호평을 들었다. 언제나 혼자 있고, 정원 일에 종사하면서, 그는 오직 호기심을 갖는 것밖에는 다른 할 일이 별로 없었다. 너울을 쓰고 왔다 갔다 하는 그 모든 여자들로부터 멀리 떨어져 있었으므로, 그는 자기 앞에 그림자들이 움직이는 것밖에는 별로 보는 것이 없었다. 그는 주의와 통찰력을 활용하여 그 모든 유령들에게 다시 살을 붙여 줄 수 있었고, 그래서 그 죽은 여자들이 그에게는 살고 있었다. 그는 귀가 먹었기 때문에 눈이 밝아진 사람 같고, 눈이 멀었기 때문에 귀가 밝아진 사람 같았다. 그는 여러 가지 종소리의 뜻을 분간하려고 애썼고 그렇게 할 수 있게 되었으므로, 이 수수께끼 같은 말 없는 수녀원도 그에게는 숨겨진 것이 아무것도 없었다. 이 스핑크스는 제 모든 비밀을 그의 귀에 지껄여 주고 있었다. 포슐르방은 모든 것을 알면서도 모든 것을 감추고 있었다. 그것이야말로 그의 기교였다. 수녀원에서는 모두 그를 바보인 줄 알았다. 종교에서는 큰 장점이다. 소리의 어머니들은 포슐르방을 존중했다. 그는 이상한 벙어리였다. 그는 신뢰감을 불러일으켰다. 게다가 그는 꼼꼼했으며, 과수원이나 채소밭을 위한 분명한 용무가 있을 때 이외에는 외출을 하지 않았다. 그러한 신중한 행동거지는 그에게 이로웠다. 그래도 역시 그는 두 사나이에게는 지껄이게 했는데, 수녀원에서는 문지기에게. 그래서 그는 면접실의 특이한 일을 알고 있었고, 묘지에서는 무덤 구덩이 파는 일꾼에게. 그래서 그는 묘지의 기이한 일들을 알고 있었다. 그렇게 그는 수녀들에 대하여 이중의 지식을 가지고 있었다. 하나는 삶에 관하여, 또 하나는 죽음에 관하여. 그러나 그는 아무것도 악용하지 않았다. 수녀원에서는 그를 좋아했다. 늙고, 절름발이고, 눈이 어둡고, 아마 귀도 좀 먹은 것 같았다. 이 얼마나 많은 장점들인가! 그를 대신할 사람은 좀처럼 없었을 것이다.

늙은이는 인정받고 있다는 자신감을 가지고, 수녀원장 앞에서 꽤 장황한, 그러나 매우 의미심장한 사설을 시골말로 떠벌리기 시작했다. 자기는 나이가 많고, 몸이 병신이고, 나이 때문에 전보다 갑절이나 더 힘이 드는 것 같고, 일도 차츰 많아지고, 정원도 넓고, 이를테면 간밤처럼 덜 밝은 밤에는 멜론밭에 가마니를 덮어 줘야만 하기 때문에 밤을 새운다는 등 장황하게 이야기를 하고 나서, 마침내 그는 이렇게 말하게 되었다. 자기에게는 동생 하나가 있는데, (원장은 몸을 움직였다.) 이 동생은 전혀 젊지 않은데, (원장은 또 몸을 움직였으나, 안도의 몸짓이었다.) 만약 좋으시다면, 이 동생이 와서 저랑 같이 살면서 저를 도와줄 수 있을 것이다. 동생은 썩 훌륭한 정원사이므로, 교단은 그로부터 훌륭한 도움을, 자기보다 훨씬 더 훌륭한 도움을 얻어 낼 것이다. 그렇지 않으면, 만약 제 동생을 채용해 주지 않는다면, 형인 자기는 쇠약할 대로 쇠약해서 일을 감당할 수 없을 것 같으니, 유감천만이지만 부득이 떠나야만 하겠다. 그런데 제 동생에게는 어린 딸이 하나 있으니, 그와 함께 데려와서 이 집에서, 천주의 품 안에서 기르면, 언젠가는 수녀가 될지 누가 알겠는가?

그가 이야기를 마치자, 원장은 손가락 사이로 묵주 알을 넘기다 말고 그에게 말했다.

"지금부터 저녁때까지 튼튼한 철봉 하나를 찾아올 수 있겠소?"

"뭘 하시렵니까?"

"지렛대로 쓰려는 거요."

"그렇게 하겠습니다, 원장님." 하고 포슐르방은 대답했다.

원장은 더는 아무 말도 하지 않고 일어나서 옆방으로 들어갔는데, 그것은 회의실이고 거기에는 아마 소리의 어머니들이 모여 있었으리라. 포슐르방은 혼자 남았다.

3. 이노상트 원장

십오 분쯤 흘렀다. 원장은 되돌아와서 의자에 앉았다.

두 대담자는 무슨 일에 골몰하고 있는 것 같았다. 그들 사이에 오고 간 대화를 최선을 다해 속기해 둔다.

"포방 영감?"

"예, 원장님?"

"당신은 예배당을 알고 있지요?"

"저는 그곳에 미사와 제식(祭式)을 듣는 제 작은 자리가 있습니다."

"그리고 성가대석에 일하러 들어가 본 일도 있겠죠?"

"두세 번 있습니다."

"거기 있는 돌 하나를 들어 올리는 거요."

"무겁습니까?"

"제단 옆에 있는 포석이오."

"지하 묘소를 덮고 있는 돌 말입니까?"

"그렇소."

"바로 그런 경우에 남자가 둘 있으면 좋을 겁니다."

"남자처럼 힘센 아상시옹 장로가 거들어 줄 거요."

"여자는 결코 남자가 아닙니다."

"당신을 거들어 줄 여자는 한 사람밖에 없소. 저마다 할 수 있는 걸 하는 거죠. 마비용 수도사는 성 베르나르의 서한 417편을 쓰고 메를로누스 호르스티우스는 367편밖에 못 쓴다고 해서 나는 메를로누스 호르스티우스를 조금도 멸시하지 않소."

"저도 역시 그렇습니다."

"자기 힘에 따라 일하는 것은 장한 일이오. 수녀원은 작업장이 아니오."

"그리고 여자는 남자가 아닙니다. 제 아우는 힘이 장사입니다!"

"그리고 지렛대가 하나 있어야 해요."

"지렛대는 그런 종류의 문들에 맞는 유일한 종류의 열쇠지요."

"돌에는 쇠고리가 달려 있소."

"지렛대를 거기다 꿰겠습니다."

"그리고 돌은 축으로 돌도록 돼 있소."

"좋습니다, 원장님. 제가 지하 묘소를 열겠습니다."

"그리고 성가대의 네 수녀가 입회할 거요."

"그런데 열고 나서는요?"

"도로 닫아야 하오."

"그뿐입니까?"

"아니오."

"분부만 내리십시오, 원장 어머니."

“포방, 우리는 그대를 신뢰하고 있소.”

“저는 여기서 무슨 일이고 다 합니다.”

“그리고 무슨 일이고 다 침묵을 지키고.”

“예, 원장님.”

“지하 묘소가 열렸을 때엔…….”

“제가 그걸 도로 닫겠습니다.”

“하지만 그러기 전에…….”

“뭡니까, 원장님?”

“거기에 무엇을 넣어야 하오.”

잠시 침묵이 흘렀다. 원장은 망설이듯 아랫입술을 내밀다가 그만두고 말했다.

“포방 영감?”

“예, 원장님?”

“오늘 아침에 장로 한 분이 세상을 뜬 것을 알고 있지요.”

“아니오.”

“그럼 종소리를 못 들었나?”

“정원 안쪽에서는 아무것도 안 들립니다.”

“정말?”

“제 종소리도 겨우 알아들을까 말까 한걸요.”

“그분은 새벽에 돌아가셨소.”

“게다가 오늘 아침엔 바람이 제가 있는 쪽으로 불어오지 않았습니다.”

“그분은 크뤼시픽시옹 장로요. 복자(福者)입니다.”

원장은 입을 다물고, 마음속으로 기도를 드리는 것처럼 잠깐 입술을 움직이다가 말을 이었다.

"삼 년 전의 일인데, 크뤼시픽시옹 장로가 기도하는 걸 보기만 하고 얀센주의자인 베튄 부인이 정교도(正教徒)로 개종했소."

"옳아. 이제야 조종 소리가 들립니다, 원장님."

"장로들이 회당 쪽으로 난 시체실로 그분을 운반해 놓았소."

"알고 있습니다."

"당신 이외의 남자는 아무도 그 방에 들어갈 수 없고 들어가서도 안 되오. 그 점을 꼭 주의하시오. 남자가 시체실에 들어가다니, 그게 될 말이오!"

"더 흔히!"

"뭐라고요?"

"더 흔히."

"그게 무슨 말이오?"

"'더 흔히'라는 말입니다."

"무엇보다 '더 흔히'란 말이오?"

"무엇보다 '더 흔히'라는 말이 아닙니다, 원장님. '더 흔히'라는 말입니다."

"그게 무슨 말인지 모르겠는데. 왜 '더 흔히'란 말이오?"

"원장님처럼 말하려고 그러는 겁니다, 원장님."

"그러나 난 '더 흔히'라는 말을 안 했는데."

"그렇게 말씀하시지는 않았습니다. 그러나 저는 원장님처럼 말하려고 그렇게 말한 겁니다."

그때 9시가 울렸다.

"아침 9시에, 그리고 시간마다 제단의 성체에 찬송과 예배가 있기를." 하고 원장이 말했다.

"아멘." 하고 포슐르방은 말했다.

때마침 종이 울렸다. 그것이 '더 흔히'를 뚝 끊어 버렸다. 만약 종이 울리지 않았다면, 원장과 포슐르방은 십중팔구 언제까지라도 그 미궁에서 벗어나지 못했을 것이다.

포슐르방은 이마를 닦았다.

원장은 무슨 새로운 말을, 아마 성스러운 말이겠지만, 입속으로 좀 중얼거리다가 목소리를 높였다.

"크뤼시픽시옹 장로는 생시에 여러 사람을 개종시켰소. 사후(死後)에는 많은 기적을 행하실 거요."

"행하실 겁니다!" 하고 포슐르방은 상대방의 말을 그대로 받아서 다시는 실수를 하지 않도록 애쓰면서 대답했다.

"포방 영감, 우리 수녀원은 크뤼시픽시옹 장로로 인해 축복을 받았소. 아마 베륄 추기경처럼 성 미사를 부르면서 운명을 하고, '그럼 이제 이 몸을 바치나이다.'라고 말하면서 천주에게 자기 영혼을 돌려보내는 것은 누구에게나 결코 가능한 일이 아니오. 하지만 그렇게 많은 행복에 다다르지는 못했더라도, 크뤼시픽시옹 장로는 매우 고귀한 죽음을 맞으셨소. 그분은 마지막 순간까지 의식을 잃지 않으셨소. 그분은 우리에게 말하고, 그런 뒤에 천사들에게 말씀하셨소. 그분은 우리에게 자기의 마지막 소원을 말씀하셨지요. 만약 당신이 좀 더 믿음이 두터워서 그분의 방에 들어갈 수 있었더라면, 그분은 당신다리를 만져서 낫게 해 주셨을 것을. 그분은 미소를 짓고 있었소. 사람들은 그분이 주님 속에서 부활한다고 느끼고 있소. 이 죽음 속에는 천국이 있었소."

포슐르방은 그것을 제문(祭文)이 끝난 것으로 생각하고 말했다.

"아멘."

"포방 영감, 죽은 이들의 소원은 풀어 줘야 하오."

원장은 묵주 알 몇 개를 넘겼다. 포슐르방은 잠자코 있었다. 원장은 말을 계속했다.

"나는 이 문제에 관하여 성직 생활에 정진하여 훌륭한 효과를 거두고 있는 천주님의 여러 성직자들과 상의해 보았소."

"원장님, 정원에서보다 여기서는 조종 소리가 훨씬 더 잘 들립니다."

"더구나 이분은 죽은 여자 이상이오. 이분은 성녀요. "

"원장님처럼요."

"이분은 이십 년 이래 관 속에 누워 계셨소. 우리 교황님 피우스 7세의 특별하신 허가로."

"부오나파르테 황……에게 관을 씌워 드린 분 말씀이지요."

포슐르방처럼 약삭빠른 사람으로서는 그러한 추억은 서투른 짓이었다. 다행히도 원장은 자기 생각에만 골똘하여 그 소리를 듣지 못했다. 원장은 계속했다.

"포방 영감?"

"예, 원장님?"

"카파도키아의 대주교 성 디오도라스는 지렁이라는 뜻인 '아카루스'라는 말 한마디만을 자기 무덤에 새겨 주기를 바랐는데, 그것은 그대로 실행되었소, 안 그렇소?"

"예, 원장님"

"아퀼라의 수도원장 메초카네 복자는 교수대 밑에 매장해 주기를 바랐는데, 그것도 그대로 실행되었소."

"그렇습니다."

"테베레 강 어귀에 있는 포르의 주교 성 테렌티우스는 지나가는 사람들이 자기 무덤에 침을 뱉도록 하려고 어버이를 죽인 자들의 무덤에 하는 표지를 자기의 묘비에도 새겨 주기를 바랐는데, 그것도 그대로 실행되었소. 죽은 이의 소원에는 복종하지 않으면 안 되오."

"그대로 이루어지이다, 아멘."

"프랑스의 로슈 아베유에서 탄생하신 베르나르 기도니스는 스페인 투이의 주교로 계셨지만, 카스티야 왕의 뜻에 반하여, 그의 신체는 그의 소원대로 리모주의 도미니크 파 성당으로 운반되었소. 그 반대를 말할 수 있겠소?"

"그야 없고말고요, 원장님."

"그 사실은 플랑타비 드 라 포스에 의해 증명되었소."

또 다시 침묵 속에서 몇 알의 묵주가 넘어갔다. 원장이 말을 이었다.

"포방 영감, 크뤼시픽시옹 장로를 이십 년 동안 누워 계시던 자기 관 속에 그대로 넣어 드려야만 되겠소."

"지당한 말씀입니다."

"그것은 자던 잠을 그대로 계속하는 것이오."

"그렇다면 저는 그 관에 못질을 해야 하는 거죠?"

"그렇소."

"그리고 장의사의 관은 치워 둔단 말이죠?"

"바로 그렇소."

"수녀원장님의 명령에 따르겠습니다."

"성가대의 수녀 네 분이 거들어 줄 거요."

"관에 못질 하는 것을요? 그분들은 필요 없습니다."

"아니, 그게 아니라 관을 내리는 일 말이오."

"어디로 내리는데요?"

"지하 묘소로."

"어느 지하 묘소 말입니까?"

"제단 아래의."

포슐르방은 펄쩍 뛰었다.

"제단 아래의 지하 묘소라고요!"

"제단 아래의."

"하지만……."

"철봉을 하나 준비해 오겠지요?"

"예, 하지만……."

"그 철봉을 쇠고리에 꿰어서 돌을 들어 올리는 거요."

"하지만……."

"죽은 사람들에게 복종해야 하오. 예배당 제단 아래의 지하 묘소에 매장되어, 사바세계의 땅속으로 들어가지 않고 죽어서도 생시에 기도하던 곳에 계시겠다는 것이 크뤼시픽시옹 장로의 마지막 소원이었소. 그분은 우리에게 그렇게 해 달라고 하셨소. 다시 말해서 명령하신 거요.”

“하지만 그건 금지돼 있는데요.”

“인간들에 의해서는 금지돼 있지만, 주님에 의해서는 명령돼 있는 것이오.”

“만약에 그게 탄로나게 된다면?”

“우리는 당신을 신뢰하고 있소.”

“오오, 저야 원장님 벽의 돌이지만요.”

“총회가 열렸소. 나는 또 이제 막 소리의 어머니들과 상의했지만, 지금도 토의 중인 그분들은 크뤼시픽시옹 장로를 그분의 소원대로 자기 관 속에 넣어 우리 제단 아래 매장하기로 결정했소. 좀 판단을 내려 봐요, 포방 영감. 여기서 곧 기적이 일어날지 어쩔지! 교단으로서는 천주님 속에서 얼마나 큰 영광이겠는가! 기적들은 무덤들에서 나오는거요.”

“하지만 원장님, 만약에 위생관이…….”

“성 베네딕트 2세는 분묘에 관한 일로 콘스탄티누스 포고나투스 황제에 저항한 일이 있었소.”

“그렇지만 경찰이…….”

“콘스탄티누스 황제 때 갈리아에 들어온 일곱 분의 독일 왕 중 한 분이었던 코노드메르는 종교에 의해, 다시 말해서 제단 아래에 매장되는 성직자들의 권리를 명백히 인정하셨소.”

“하지만 경찰청 형사가…….”

“속세는 십자가 앞에서는 아무것도 아니오. 샤르트뢰즈 수도회의 11대 회장은 다음과 같은 잠언을 자기 교단에 주셨소.

'십자가는 세상의 변전을 통하여 서 있느니라.*'"

"아멘." 하고 포슐르방은 말했는데, 그는 라틴어를 들을 때마다 으레 그런 식으로 딱한 처지에서 벗어났다.

너무 오래 침묵을 지킨 자에게는 아무나 듣는 사람이 하나만 있으면 된다. 어느 날 짐나스토라스라는 수사학자가 감옥에서 나왔는데, 그는 숱한 양도논법과 삼단논법이 온몸에 가득 차 있었는지라, 처음 만난 나무 한 그루 앞에서 걸음을 멈추고 서서 그 나무에게 연설을 하고, 그것을 설복시키느라 진땀을 뺐다. 수녀원장은 평소에 침묵의 둑에 막혀 말의 저수지가 넘쳐 있었으므로, 벌떡 일어나서 수문을 터 놓은 것처럼 도도히 지껄여 대기 시작했다.

"내 오른편에는 베네딕트가 계시고, 내 왼편에는 베르나르가 계시오. 베르나르는 어떤 분이었는가 하면, 클레르보 최초의 수도원장이었소. 부르고뉴의 퐁텐은 그분을 낳은 복 받은 땅이오. 아버지는 테슬랭이라는 분이고 어머니는 알레트라는 분이었소. 그는 마지막으로 클레르보에 이르기 전에 시토에서부터 시작하셨오. 그분이 수도원장에 임명된 것은 샬롱 쉬르 손의 주교 곰 드 샹포에 의해서였소. 그분은 칠백 명의 수련 수사를 데리고 있었고, 백예순 곳의 수도원을 세웠소. 1140년에는 상스의 회의에서 아벨라르를 설복하고, 피에르 드 브뤼와 그의 제자 앙리를 설복하고, 그 밖에도 아포스톨

* 이것은 아래와 같은 라틴어 문장이다.

Star crux dum volvitur orbis.

리크라고 불리던 일종의 사교도(邪教徒)들을 설복했으며, 아르노 드 브레스를 격파하고, 유대인 살육자 라울 수사를 분쇄하고, 1148년에는 랭스 회의를 주재했으며, 푸아티에의 주교 질베르 드 라 포레에게 죄를 내리게 하고, 에옹 드 레투알에게도 죄를 내리게 하고, 군주들의 분쟁을 조정하고, 루이 르 죈 왕의 눈을 트이게 하고, 교황 유제누스 3세에게 조언을 하고, 탕플 기사단을 정리하고, 십자군에게 강론을 하고, 생시에 이백 오십 가지의 기적을 행하고, 심지어 하루에 서른아홉 가지까지도 기적을 행하셨오. 베네딕트는 어떤 분이었는가? 그분은 몬테 카시노의 총대주교였는데, 신성 수도원을 두 번째로 세우신 분이며, 서방의 바실리우스*라고 할 만한 분이오. 그의 교단이 낳은 교황의 수는 마흔이요, 추기경이 이백이요, 총대주교가 쉰이요, 대주교가 천육백이요, 주교가 사천육백이요, 황제가 넷이요, 황후가 열둘이요, 왕이 마흔이요, 왕비가 마흔하나요, 성인품에 오른 분이 삼천육백. 이렇게 그 교단은 천사백 년 이래 존속해 오고 있오. 한쪽은 성 베르나르요, 또 한쪽은 위생관 나부랭이가 아니오! 한쪽은 성 베네딕트요, 또 한쪽은 오물 처리 감독관이 아니오! 국가니, 오물 처리니, 장의사니, 규정이니, 행정이니 하는 따위를 우리가 알 게 뭐요? 우리가 어떤 취급을 받고 있는가를 사람들이 본다면 누구나 분개할 것이오. 그래, 우리의 먼지를 예수 그리스도에게 바치는 권

---

* 바실리우스(Basilius, 329~379). 그리스 교회의 신부이며 카이사레아의 주교로서, 기독교 수도원 창설자의 한 사람.

리조차도 우리에게 없단 말이오! 그런 위생 따위는 혁명의 발명물이오. 그리고 천주가 경찰에 예속된 것인데, 지금 세상이 그 꼴이오. 아무 말 마오, 포방!"

포슐르방은 그러한 꾸짖음을 들으며 몹시 마음이 불안했다. 원장은 말을 계속했다.

"묘소에 대한 수도원의 권리는 누구에게도 의심의 여지가 없오. 그것을 부인하는 것은 광신자나 신앙에 헤매는 자들뿐이오. 우리는 지금 무서운 혼란의 시대에 살고 있소. 사람들은 모두 알아야 할 것은 알지 못하고, 몰라야 할 것은 알고 있소. 그들은 비열하고 신앙이 없소. 이 시대에는 지극히 위대하신 성 베르나르와 13세기에 살던 어떤 착한 수도사인 포브르 카톨릭이라고 하는 베르나르를 분간하지 못하는 사람들이 있소. 또 다른 사람들은 루이 16세의 단두대와 예수 그리스도의 십자가를 비교할 정도까지 신성을 모독하고 있소. 루이 16세는 한 국왕에 지나지 않았소. 그러므로 천주를 잊지 맙시다! 지금은 바른 사람도 그른 사람도 없는 판국이오. 사람들은 볼테르라는 이름은 알아도 세자르 드 뷔스라는 이름은 모르고들 있소. 그렇지만 세자르 드 뷔스는 복자이고, 볼테르는 불행한 자요. 요전번의 대주교 페리고르 추기경은 샤를 드 콩드랑이 베륄의 뒤를 잇고, 프랑수아 부르구앵이 콩드랑의 뒤를 잇고, 장 프랑수아 스노가 부르구앵의 뒤를 이었으며, 생 마르트 신부가 장 프랑수아 스노의 뒤를 이었다는 것조차도 모르고 있었소. 사람들이 코통 신부의 이름을 알고 있는 것은 그가 오라투아르 교단의 창설을 추진한 세 사람 중 한 분이었기 때문이 아니라,

신교도의 왕 앙리 4세를 위해 자기 이름을 욕설에 쓰도록 했기 때문이오.* 성 프랑수아 드 살을 세상 사람들이 좋아하는 것은 그가 노름에서 속임수를 잘 썼기 때문이오. 그리고 또 사람들은 종교를 공격하고 있소. 왜냐고? 그것은 나쁜 신부들이 있었기 때문이고, 가프의 주교 사지테르가 앙브룅의 주교 살론과 형제간이었는데 둘 다 몽몰의 뒤를 따랐기 때문이오. 하지만 그런 게 다 무슨 소용이오? 그렇다 해서 마르탱 드 투르가 성인이 못 되었고 자기 외투의 절반을 한 가난한 사람에게 주시지 못했던가? 사람들은 성인들을 박해하고 있소. 사람들은 진실에 눈을 감고 있소. 암흑이 예사로운 것으로 돼 버렸소. 가장 사나운 짐승은 눈먼 짐승이오. 사람들은 아무도 진정으로 지옥을 생각하지 않고 있소. 오! 얼마나 나쁜 국민인가! '국왕의 이름으로'라는 말은 오늘날 '혁명의 이름'으로라는 뜻이 돼 버렸소. 이제 사람들은 살아 있는 사람들에게도 죽은 사람들에게도 해야 할 일이 무엇인가를 더 이상 알지 못하고 있소. 성인답게 죽는 것도 금지됐소. 분묘는 비종교적인 일이 됐소. 이건 무서운 일이오. 교황 성 레오 2세께서는 일부러 두 통의 서한을, 한 통은 피에르 노테르에게, 또 한 통은 비지고트의 왕에게 각각 써 보내어 사망자들에 관한 문제에서 태수의 권력과 황제의 주권을 공박하고 거부하셨소. 샬롱의 주교 고티에는 그 문제에 관해서 부르고뉴 공 오통에게 대항했

---

* 코통 신부(le père Coton, 1564~1626), 앙리 4세의 고해 신부였는데, 왕이 "자르니디외(나는 신을 부정한다)"라는 욕설을 잘하므로 그는 왕에게 그 욕설을 "자르니코통(나는 코통을 부정한다)"으로 바꾸게 했다.

소. 옛날의 행정관은 그 점에 관해서는 동의했소. 예전에 우리들은 속세의 일에 관해서까지도 발언권을 가지고 있었소. 이 교단의 총단장이었던 시토의 수도원장은 부르고뉴 의회의 세습 평의원이었소. 우리는 우리의 사망자들에 관해서 우리 마음대로 하는 것이오. 성 베네딕트는 543년 3월 21일 토요일에 이탈리아의 몬테카시노에서 세상을 떠나셨지만, 그 신체 자체는 프랑스의 생 브누아 쉬르 루아르라고 하는 플뢰리 수도원에 있지 않소? 이 모든 것은 이론의 여지가 없소. 나는 구약성서의 시편을 말하는 사람들을 증오하고, 수도원장들을 미워하고, 이단자들을 싫어하지만, 누구라도 내 말에 반대하는 자는 더더욱 사갈시할 것이오. 아르눌 비옹, 가브리엘 뷔슬랭, 트리템, 모롤리쿠스, 뤽 다슈리 스승님 같은 분들이 써 놓은 것을 읽어 보기만 하면 알 것이오."

원장은 숨을 돌렸다. 그러고는 포숄르방 쪽으로 돌아섰다.

"포숄르방 영감, 알았소?"

"알았습니다, 원장님."

"당신을 믿어도 좋겠소?"

"분부대로 복종하겠습니다."

"좋소."

"저는 이 수녀원에 모든 것을 바치고 있습니다."

"알았소. 당신은 관에 뚜껑을 덮으시오. 수녀들이 그것을 예배당으로 운반할 것이오. 추도의 기도를 드릴 것이오. 그런 뒤에 수녀원으로 돌아갈 것이오. 11시와 자정 사이에 철봉을 가지고 와요. 모든 일은 극비리에 행해질 것이오. 예배당에는 네

분의 성가대 수녀와 아상시옹 장로, 그리고 당신밖에는 아무도 없을 것이오."

"그리고 벌을 받고 있는 수녀가 있고요."

"그녀는 돌아보지 않을 거요."

"하지만 소리는 듣겠지요."

"그녀는 귀를 기울이지 않을 것이오. 더구나 수도원이 아는 것을 속세는 몰라요."

또 말이 끊어졌다. 원장은 말을 계속했다.

"그 방울은 떼어 놓아요. 벌을 받고 있는 수녀가 당신이 거기에 있는 걸 알아차리는 건 필요없으니까."

"원장님?"

"뭐요, 포방 영감?"

"검시 의사는 왔습니까?"

"오늘 4시에 올 거요. 의사를 부르러 가는 종은 이미 울렸소. 그럼 아무 종소리도 못 들은 게로군?"

"저는 제 종소리에밖에는 주의하지 않습니다."

"그건 좋아요, 포방 영감."

"원장님, 지렛대는 적어도 6피트는 돼야 할 것입니다."

"어디서 가져오지요?"

"쇠창살이 없지 않은 곳에는 철봉이 없지 않지요. 정원 안쪽에 고철이 산더미처럼 있습니다."

"자정 전 45분경이오. 잊지 마요."

"원장님?"

"뭐요?"

"만약에 언제고 원장님께서 이렇게 또 다른 일이 있으면, 제 동생은 힘이 세거든요. 장사예요!"

"될 수 있는 대로 빨리 해요."

"썩 빨리 할 수는 없습니다. 저는 불구자이니까요. 그래서 조수가 하나 필요하다는 겁니다. 저는 절름거리거든요."

"절름거리는 것은 잘못이 아니오. 신의 가호인지도 몰라요. 대립(對立) 교황 그레고리와 싸워서 베네딕트 8세를 세우신 황제 앙리 2세는 '성인'과 '절름발이'라는 두 개의 별명(surnoms)을 가지고 있었소."

"두 개의 외투(surtouts)는 나쁠 것 없지요." 하고 포슐르방은 중얼거렸다. 실제로 그는 귀가 좀 멀었다.

"포방 영감, 생각해 보니 꼬박 한 시간은 잡아야겠소. 적어도 그쯤은 잡아야 할 거요. 11시에 철봉을 가지고 주제단 옆으로 오구려. 자정에는 제식이 시작되니, 그보다 적어도 십오 분 전에는 다 끝내 놓아야만 하겠소."

"무엇이고 수녀원을 위해서는 모든 열성을 다 바치겠습니다. 꼭 그렇게 하겠습니다. 관에 못질을 하고 11시 정각에 예배당에 가 있겠습니다. 성가대 수녀님들도 거기에 와 계시고, 아상시옹 장로도 와 계시겠지요. 남자가 둘 있으면 더 낫겠습니다만, 하지만 상관없습니다! 지렛대를 가져오겠습니다. 우리들은 지하 묘소를 열고, 관을 내려놓고, 다시 지하 묘소를 덮겠습니다. 그런 뒤에는 더 이상 아무런 흔적도 없을 겁니다. 관청에서는 아무것도 눈치채지 못할 겁니다. 원장님, 그렇게 하면 되는 거지요?"

"아니오."

"그럼 또 뭐가 있습니까?"

"빈 관이 남아 있소."

잠시 이야기가 중단되었다. 포숼르방은 생각에 잠겨 있었다. 원장도 생각에 잠겨 있었다.

"포방 영감, 빈 관은 어떻게 하면 좋겠소?"

"그건 땅속에 묻어야겠지요."

"빈 채로?"

또 침묵이 흘렀다. 포숼르방은 왼손으로 까다로운 문제를 해결한 것 같은 손짓을 했다.

"원장님, 회당 아랫방에서 관에 못질을 하는 것은 제가 하는 일이고 저밖에는 아무도 들어올 수 없으니, 제가 검은 포장으로 관을 덮겠습니다."

"그야 그렇지만, 일꾼들이 그것을 영구차에 싣고 또 무덤 속에 내리는데, 그 속에 아무것도 없다는 것을 알아차릴 것 아니오?"

"아! 제……!" 하고 포숼르방은 외쳤다. 원장은 성호를 긋기 시작하며 정원사를 뚫어지게 바라보았다. '기랄'이라는 다음 말은 그의 목에 걸려 나오지 않았다.

그는 그 저주의 말을 잊어버리게 하려고 얼른 하나의 꾀를 생각해 냈다.

"원장님, 관에 흙을 넣겠습니다. 그렇게 하면 사람이 들어 있는 것 같을 겁니다."

"옳은 말이오. 흙은 사람과 같은 것이오. 그럼 그렇게 빈 관을 처리해 주겠지요?"

"이 일은 제가 하겠습니다."

그때까지 걱정스러운 듯 흐려져 있던 원장의 얼굴이 다시 환히 밝아졌다. 그녀는 정원사에게 상사가 하사에게 물러가게 할 때와 같은 신호를 했다. 포슐르방은 문 쪽으로 걸어갔다. 그가 막 나가려 하자, 원장은 조용히 목소리를 높였다.

"포슐르방 영감, 나는 그대에게 만족하오. 내일 매장이 끝난 뒤 내게 동생을 데려와요. 그리고 그의 딸도 내게 데려오라고 그에게 말하구려."

4. 꼭 오스틴 카스티예호의 책을 읽은 것 같은 장 발장

절름발이의 총총걸음이란 애꾸눈의 눈짓과 같아서, 얼른 목적지에 도달하지 못한다. 게다가 포슐르방은 어리둥절해 있었다. 그는 정원의 오두막집까지 돌아가는데 근 십오 분이나 걸렸다. 코제트는 일어나 있었다. 장 발장은 아이를 불 옆에 앉혀 놓고 있었다. 포슐르방이 들어갔을 때, 장 발장은 벽에 걸린 정원사의 치롱을 가리키며 아이에게 말하고 있었다.

"내 말을 잘 들어라, 귀여운 코제트. 우리는 이 집에서 나가야 하지만, 되돌아와서 여기서 아주 잘 있게 될 거야. 여기 할아버지가 너를 저 속에 넣어서 짊어지고 가실 거다. 너는 어느 아주머니 댁에서 나를 기다려라. 내가 너를 찾으러 갈 테니. 특히 테나르디에 아주머니한테 다시 끌려가고 싶지 않거들랑 말을 잘 듣고 아무 말도 하지 마라!"

코제트는 정색을 하고 고개를 끄덕였다.

포슐르방이 문을 미는 소리에 장 발장은 돌아보았다.

"어떻게 됐소?"

"다 잘됐습니다. 그리고 아무것도 잘되지 않았습니다." 하고 포슐르방은 말했다. "영감님을 들어오시게 하는 허가는 받았습니다만 들어오시게 하기 전에 나가시게 하지 않으면 안 됩니다. 바로 그것이 곤란한 점입니다. 어린아이는 쉬운 일이고요."

"이 아이는 영감이 밖으로 데려가시겠지요?"

"그런데 이 애가 조용히 있을까요?"

"그 점은 장담하겠소."

"그런데 당신은요, 마들렌 영감님?"

그러고 한참 걱정스러운듯 침묵을 지키다가 포슐르방은 외쳤다.

"하여간 들어오신 데로 나가시죠!"

장 발장은 먼젓번처럼 이렇게만 대답했다. "그건 불가능하오."

포슐르방은 장 발장에게 말한다기보다는 혼잣말처럼 중얼거렸다.

"내가 고민하는 일이 또 하나 있어. 내가 거기에 흙을 넣을 거라고 말했어. 그 속에 시체 대신 흙을 넣으면 진짜 같지 않을 거야. 잘 안 될 거야. 그게 요리조리 움직일 거야. 일꾼들이 그걸 감지할 거야. 안 그렇습니까, 마들렌 영감? 관청에서 눈치를 채겠지요?"

장 발장은 그를 정면으로 바라보고, 그가 헛소리를 하고 있다고 생각했다.

"정말 어떻게 나가시렵니까? 내일은 다 해 버려야겠는데! 내일 영감님을 모셔 오도록 돼 있거든요. 원장님이 기다리고 계십니다."

그러면서 그는 장 발장이 들어올 수 있게 된 것은 포슐르방 자기가 수녀원에 해 주는 봉사에 대한 보수라는 것을 장 발장에게 설명했다. 매장에 참여하는 것은 자기의 직무의 하나며, 자기는 관에 못질을 하고 묘지에서 무덤 구덩이를 파는 일꾼을 거들어야 한다는 이야기며, 아침에 죽은 수녀는 오랫동안 잠자리로 삼고 있던 관 속에 넣어서 예배당의 제단 아래 지하 묘소에 매장해 달라고 했는데, 그것은 경찰 규칙에 의해 금지되어 있기는 하지만, 그 죽은 사람은 아무것도 거절할 수 없을 만큼 거룩한 수녀이므로, 물론 정부에는 안됐지만 원장과 소리의 어머니들은 망자의 소원을 들어주기로 결정을 내렸고, 포슐르방 자기는 독방에서 관에 못질을 하여 예배당의 돌을 들어내고 지하 묘소에 시체를 내리기로 되었다는 이야기며, 거기에 대한 사례로서 자기 동생을 정원사로, 자기 조카딸을 기숙생으로 둘 다 데려오도록 원장이 허가해 주었는데, 자기 동생이라는 것은 물론 마들렌 씨고, 자기 조카딸은 코제트를 말하는 것으로, 원장은 자기에게 내일 저녁 묘지에서 거짓 매장을 끝낸 뒤 동생을 데려오라고 말했지만, 마들렌 씨가 밖에 나가 있지 않으면 밖에서 데리고 들어올 수가 없으니 거기에 첫째 난관이 있고, 다음에 또 한 가지 곤란한 점이 있는데, 그것은 빈 관을 어떻게 하느냐 하는 문제라는 그런 이야기를 했다.

"그 빈 관이란 뭐요?" 하고 장 발장이 말했다.

포슐르방은 대답했다.

"관청의 관입니다."

"무슨 관이오? 그리고 관청이란 뭐요?"

"수녀가 죽으면, 시에서 의사가 와서 죽은 수녀가 하나 있다고 말하면, 정부가 관을 보냅니다. 이튿날 그 관을 묘지로 운반하기 위해 영구차와 장의사의 일꾼들을 보냅니다. 그런데 장의사의 일꾼들이 와서 관을 들어올리면, 속이 텅 비어 있을 거예요."

"뭘 넣지 그래."

"죽은 사람을? 난 그게 없거든요."

"아니요."

"그럼 뭘요?"

"산 사람을 넣어요."

"산 사람 누구를요?"

"나를 넣어요."

앉아 있던 포슐르방은 마치 폭발물이 의자 밑에서 터진 듯 펄쩍 일어났다.

"영감님을요!"

"왜 안 되오?"

장 발장은 겨울 하늘에 햇빛처럼 그에게서 드물게 떠오르는 그런 미소를 지었다.

"포슐르방, 크뤼시픽시옹 장로가 죽었다고 영감이 말하신 것을, '그리고 마들렌 영감도 매장되었다.'고 내가 덧붙인 것을 영감은 알고 계시죠. 그게 이런 것일 거요."

"아, 좋아요, 웃고 계시는군요. 진담이 아니군요."

"진담이고말고. 여기서 나가야지요?"

"물론입니다."

"나를 위해서도 치롱과 시트를 찾아내 달라고 말했지요."

"그래서요?"

"그 치롱은 전나무로 된 것이고, 시트는 검은 시트일 것이오."

"첫째, 흰 시트입니다. 수녀들은 흰 베로 매장하거든요."

"그럼 흰 시트로 해 두지."

"당신은 다른 사람들 같은 사람이 아니에요, 마들렌 영감님."

형무소식의 대담하고 야만적인 계략과 진배없는 그런 상상이 그를 둘러싸고 있는 평온한 것들에서 나와 그의 이른바 '수녀원의 일상다반사'에 섞여 들어오는 것을 보는 것은 포슐르방에게는 참으로 뜻밖의 일로서, 마치 생 드니 거리의 도랑에서 갈매기가 고기를 잡는 것을 보는 행인의 놀라움과도 비길 만한 큰 놀라움이었다.

장 발장은 계속 말했다.

"문제는 아무한테도 들키지 않고 여기서 나가는 것이니까 그게 하나의 방법이거든. 하지만 우선 좀 알려 주시오. 일이 어떻게 진행되는 거요? 그 관은 어디에 있소?"

"빈 관 말입니까?"

"그렇소."

"시체실이라는 아랫방에 있는데, 두 개의 받침대 위에 검은 포장으로 덮어 놓고 있습니다."

"그 관의 길이는 얼마요?"

"6자입니다"

"그 시체실이란 무엇이오?"

"아래층에 있는 방인데, 정원 쪽으로 쇠창살 달린 창 하나가 있지만, 밖에서 덧창으로 닫혀 있습니다. 또 두 개의 문이 있는데, 하나는 수녀원으로 통하고, 또 하나는 회당으로 통합니다."

"회당이라니?"

"거리의 교회당인데, 누구나 드나들 수 있는 회당입니다"

"영감은 그 두 문의 열쇠를 가지고 있소?"

"아니오. 제게는 수녀원으로 통하는 문의 열쇠밖에 없습니다. 회당으로 통하는 열쇠는 문지기가 가지고 있습니다."

"문지기는 언제 그 문을 열지요?"

"관을 가지러 오는 장의사 일꾼을 들여보낼 때밖에는 안 엽니다. 관이 나가면 문은 다시 닫힙니다."

"누가 관에 못질을 하나요?"

"접니다."

"누가 그 위에 시트를 덮지요?"

"접니다."

"당신 혼자요?"

"경찰의 의사 외에 다른 사람은 아무도 시체실에 들어가지 못합니다. 벽에도 그렇게 씌어 있어요."

"오늘 밤, 수녀원 사람들이 모두 잠든 후, 나를 그 방에 숨겨 줄 수 없겠소?"

"못 합니다. 그러나 시체실로 통하는 컴컴한 작은 헛간에 숨겨 드릴 수는 있습니다. 거기에 제가 매장 도구를 넣어 두고 있고, 제가 그 관리자고, 열쇠도 가지고 있습니다."

"내일 몇 시에 영구차가 관을 가지러 오지요?"

"오후 3시쯤입니다. 매장은 보지라르 묘지에서, 해가 지기 조금 전에 합니다. 가까운 곳이 아니에요."

"그럼 나는 그 연장 두는 헛간에서 밤중과 아침나절 내내 숨어 있어야겠소. 그런데 먹을 건 어떡한다지? 배가 고플 텐데."

"제가 뭘 갖다 드리죠."

"2시에 내가 들어 있는 관에 못질을 하러 오실 수 있겠죠?"

포슐르방은 뒷걸음질치면서 손가락 마디를 똑딱거렸다.

"그렇게 할 수 없습니다!"

"뭘 그러오! 망치를 들고 널에다 못 몇 개만 박으면 될걸!"

되풀이해서 말하지만, 포슐르방에게는 기상천외한 일도 장 발장에게는 아무 일이 아니었다. 장 발장은 아슬아슬한 고비를 여러 번 겪어 왔다. 감옥에 들어가 본 일이 있는 사람은 누구나 탈옥 장소의 넓이에 따라서 몸을 오므리는 기술을 알고 있다. 환자가 위독한 고비에 빠지기 쉽듯이, 죄수는 탈주하려는 생각에 빠지기 쉽다. 탈주는 곧 쾌유다. 쾌유하기 위해서 사람이 무엇을 감수하지 않겠는가? 고리짝 같은 상자 속에 못질되고 반출되어 오랫동안 상자 속에서 살고, 공기가 없는 데서 공기를 찾아내고, 몇 시간 동안 고스란히 호흡을 절약하고, 죽지 않을 정도로 숨을 참는 그러한 일이야말로 장 발장의 무서운 재주 중 하나였다.

그런데, 관 속에 산 사람을 넣는다는 이 죄수의 수단은 또한 황제의 수단이기도 하다. 오스틴 카스티예호라는 수도사의 말을 믿는다면, 그것은 카를 5세 황제가 사용한 수단이었는데, 황제는 양위한 후 마지막으로 다시 한 번 플롱브라는 부인을 보려고, 관 속에 그 여자를 넣어서 자기가 있는 생 쥐스트의 수도원에 들였다가 내보냈다.

포숼르방은 좀 정신을 차리자 외쳤다.

"하지만 숨은 어떻게 쉬시렵니까?"

"숨이야 쉬겠지요."

"그 상자 속에서! 저는 생각만 해도 숨이 막히는걸요."

"송곳은 있겠죠. 입 주위 여기저기에 작은 구멍 몇 개를 뚫어 주고, 관 뚜껑도 너무 꼭 붙지 않게 못질을 하구려."

"좋습니다! 그런데 만약 기침이나 재채기가 나오면?"

"도망치는 자는 기침도 않고 재채기도 않소."

또 장 발장은 덧붙였다.

"포숼르방 영감, 결심을 해야 하오. 여기서 잡히느냐, 아니면 영구차로 나가는 것을 감수하느냐요."

고양이가 방긋이 열린 두 문짝 사이에 서서 얼쩡거리는 버릇이 있는 것을 누구나 다 보았을 것이다. 그런 고양이에게 "아니, 어서 들어가지 않고!"라고 누가 말하지 않겠는가? 마찬가지로 사람들 중에는 자기 앞에 한 사건이 빙긋이 열리고 있는데도, 그 사건의 입이 운명에 의해 느닷없이 닫혀서 몸이 쭈그러져 버릴 위험이 있는데도, 두 결심 사이에서 결단을 내리지 못하는 경향을 가진 사람도 있다. 지나치게 신중한 사람들은 아무리 고양이 같더라도, 그리고 고양이 같기 때문에, 때때로 대담한 사람들보다 더 많이 위험을 무릅쓴다. 포슐르방은 그렇게 망설이는 성질의 사람이었다. 그렇지만 장 발장의 침착성이 그를 본의 아니게 굽히고 말았다. 그는 중얼거렸다.

"결국, 그밖에 별 도리가 없습니다그려."

장 발장이 말을 이었다.

"단 한 가지 걱정되는 것은 묘지에서 무슨 일이 있을까 하는 점이오."

"바로 그 점은 염려 없습니다." 하고 포슐르방은 외쳤다. "영감님이 관에서 나오실 자신만 있다면, 저는 구덩이에서 영감님을 끌어낼 자신이 있어요. 무덤 구덩이 파는 일꾼은 제 친구 중 한 주정뱅이지요. 메스티엔 영감입니다. 다 늙어 빠진 사람이죠. 이 구덩이 파는 일꾼은 죽은 사람들을 구덩이 속에 넣지만 저는 이 구덩이 파는 일꾼을 제 호주머니 속에 넣거든요. 무슨 일이 있을지 말씀드리겠습니다. 사람들은 어두워지기 조금 전에, 묘지의 철문이 닫히기 사십오 분 전에 도착할 겁니다. 영구차는 구덩이까지 굴러갈 겁니다. 저는 거기까지 따라갑니다. 제 임무니까요. 제 호주머니에 망치와 끌과 장도리를 넣어 두리다. 영구차가 멈추면, 일꾼들은 관에 새끼를 매서 구덩이 속으로 내립니다. 신부가 기도를 올리고, 성호를 긋고, 성수를 뿌리고, 가 버립니다. 저는 혼자 메스티엔 영감하고 있습니다. 그는 제 친구라고 말씀드렸죠. 그는 술이 취했거나 안 취했거나 둘 중 하나일 겁니다. 만약 안 취했으면 이렇게 말합니다. '봉 쿠앵'이 아직 열려 있는 동안에 가서 한잔하세. 저는 그를 데리고 가서 취하게 하는데, 메스티엔 영감을 취하게 하는데는 오래 걸리지 않아요. 그는 언제나 취할 준비를 하고 있거든요. 저는 그를 탁자 밑에 누이고, 묘지에 되돌아가기 위해 그의 카드를 꺼내 혼자서 되돌아옵니다. 영감님은 이제 저하고밖에 볼 일이 없습니다. 그가 취해 있으면 그에게 이렇게 말합니다. '가거라, 네 일은 내가 해줄 테니.' 그는 가 버리고, 저는 영감님을 구덩이에서 끌어냅니다."

장 발장은 그에게 손을 내밀었다. 포슐르방은 순박한 시골 사람답게 몹시 감동하여 그 손을 덥석 쥐었다.

"이젠 됐소, 포슐르방 영감. 다 잘되겠지."

'아무런 탈도 나지만 않으면 좋으련만.' 하고 포슐르방은 생각했다. '만약에 이 일이 까다로워진다면!'

5. 죽지 않기 위해서는 취하는 것만으로는 충분치 않다

이튿날 해가 뉘엿뉘엿할 무렵, 가로수 길을 매우 드문드문 오가던 사람들은 해골과 정강이뼈, 눈물 들로 장식된 구식 영구차가 지나가는 것을 보고 모자를 벗었다. 영구차 속에는 흰 시트로 덮인 관이 있고, 관 위에는 팔을 늘어뜨린 커다란 시체 같은 거대한 검은 십자가 하나가 누워 있었다. 검은 휘장을 두른 사륜 포장마차 한 대가 뒤를 따르고 있었는데, 거기에는 중백의(中白衣)를 입은 신부 하나와 붉은 빵모자를 쓴 성가대의 어린아이 하나가 타고 있는 것이 보였다. 영구차 좌우에는 검은 끝동을 댄 회색 제복을 입은 두 장의사 일꾼이 걷고 있었다. 그 뒤에는 노동복을 입은 절름발이 노인 하나가 따라가고 있었다. 그 행렬은 보지라르 묘지를 향해 가고 있었다.

이 사나이의 호주머니에서는 망치 자루와 조각용 끌의 날, 장도리의 두 갈래 끄트머리가 비주룩이 내다보였다.

보지라르 묘지는 파리의 묘지들 중에서도 예외적인 존재였다. 거기에는 특별한 관습이 있었다. 이를테면 문만 하더라도 정문과 중문이 있었는데, 그 지역에서 옛날 말을 그대로 답습하고 있는 늙은이들은 그것을 기마문(騎馬門)과 도보문(徒步門)이라고 불렀다. 앞서 말했지만, 프티 픽퓌스의 베르나르 베네딕트 수녀들은 옛날에는 자기네 수녀원의 소유지였던 이 묘지의 한쪽 구석에 저녁에 따로 매장되도록 허가되어 있었다. 그래서 무덤 구덩이 파는 일꾼들은 여름에는 저녁에, 겨울에는 밤에 묘지에서 일을 해야만 했기 때문에, 특수한 규칙의 제약을 받고 있었다. 파리 묘지들의 문은 당시 해가 넘어가면 닫도록 되어 있었는데, 그것이 시의 규례였기 때문에 보지라르 묘지도 다른 묘지들처럼 거기에 따르고 있었다. 기마문과 도보문은 인접한 두 쇠창살 문이었는데, 그 옆에는 페로네라는 건축가가 세웠고 묘지의 문지기가 살고 있는 별채 하나가 서 있었다. 그런데 이 쇠 격자문들은 앵발리드의 둥근 지붕 너머로 해가 떨어지면 가차 없이 닫혔다. 만약 어떤 무덤 구덩이 파는 일꾼이 그때 묘지 안에서 늦어졌다면, 그는 나가기 위해서는 하나의 수단밖에 없었는데, 그것은 장의계에서 교부받은 무덤 구덩이 파는 인부 자신의 카드였다. 우편함 같은 것이 문지기의 겉창에 붙어 있었다. 무덤 구덩이 파는 일꾼이 그 상자 속에 자기의 카드를 넣으면 문지기가 카드 떨어지는 소리를 듣고 줄을 잡아당겼는데, 그러면 도보문이 열렸다. 만약 자기 카드를 지니고 있지 않을 때에는, 무덤 구덩이 파는 일꾼이 자기 이름을 말하면 문지기는 간혹 드러누워 자고 있다가도 일어나 와서 구덩이 파는 일꾼을 확인하고 열쇠로 문을 열어 주었고 무덤 구덩이 파는 일꾼은 나올 수 있으나, 15프랑의 벌금을 치렀다.

이 묘지는 규칙에서 벗어난 그 특수성으로 말미암아 관리상의 통일성이 깨져 있었다. 이 묘지는 1830년 조금 지나서 폐지되었다. 동(東)묘지라고 불리는 몽파르나스 묘지가 그 뒤를 이었고, 보지라르 묘지에 인접한 그 유명한 술집도 물려받았다. 이 술집 위에는 마르멜로 열매 하나를 그린 현판 하나가 '봉쿠앵'(좋은 마르멜로 열매)이라는 간판과 함께 걸려 있었는데, 이 현판은 간판과 각(角)을 이루어 한쪽은 술꾼들의 탁자 쪽을, 또 한쪽은 무덤들 쪽을 향해 있었다.

보지라르 묘지는 퇴색한 묘지라고 불릴 수 있는 것이었다. 그것은 쓰이지 않고 있었다. 도처에 이끼가 끼어 있었고, 꽃이라고는 그림자도 없었다. 중류층 사람들은 보지라르에 묻힐 생각이 별로 없었다. 그곳은 가난의 냄새가 났다. 페르 라셰즈 묘지는 좋다! 페르 라셰즈 묘지에 묻히는 것은 마호가니 가구를 갖는 것과 같다. 거기서는 우아함이 느껴진다. 보지라르 묘지는 옛날 프랑스식 정원 모양으로 나무들이 심겨 있는 존경스러운 울안의 땅이었다. 곧은 통로들, 황양나무, 측백나무, 물푸레나무 들, 해묵은 소방목들 아래의 고분, 매우 높이 자란 풀. 그곳의 저녁은 처량했다. 그곳의 윤곽은 매우 음산했다.

흰 포장과 검은 십자가의 영구차가 보지라르 묘지 통로로 접어들었을 때, 해는 아직 넘어가지 않고 있었다. 영구차 뒤를 따라가고 있는 절름발이 영감은 포슐르방 바로 그 사람이었다.

제단 아래 지하 묘소에 크뤼시픽시옹 장로를 매장하는 일, 코제트의 반출, 시체실로 장 발장을 데려가는 일, 그러한 모든 것이 무사히, 아무 탈 없이 집행되었다.

말이 났으니 말이지만, 수녀원의 제단 아래에 크뤼시픽시옹 장로를 매장한 것은 우리가 볼 때 지극히 경미한 죄에 불과하다. 그것은 하나의 의무 비슷한 잘못의 하나다. 수녀들은 아무런 불안도 없었을 뿐만 아니라, 양심의 칭찬을 느끼면서 그 일을 수행했다. 수녀원에서 이른바 '정부'라는 것은 권위에의 간섭, 언제나 논의의 여지가 있는 간섭에 불과하다. 먼저 교칙(教則)이다. 법전 같은 건 두고 보면 알 것이다. 인간들아, 좋을 대로 얼마든지 법률을 만들어라. 그러나 그것은 그대들을 위해 간직해 둬라. 카이사르에게 바치는 공물은 언제나 신에게 바치는 공물의 나머지에 지나지 않는다. 군주는 제일 원인(신)

옆에서는 아무것도 아니다.

포슐르방은 썩 흡족한 마음으로 절름거리면서 영구차 뒤를 따라가고 있었다. 그의 두 가지 비밀, 그의 이중 음모, 하나는 수녀들과 꾸미고 또 하나는 마들렌 씨와 꾸민 음모, 하나는 수녀원을 위하여 또 하나는 수녀원에 반하여 꾸민 그 이중 음모는 모두 성공했다. 장 발장의 침착성은 주위 사람들까지도 침착하게 만들 정도로 강력했다. 포슐르방은 성공을 믿어 의심하지 않았다. 남아 있는 일은 아무것도 아니었다. 이 년 전부터 그는 그 무덤 구덩이 파는 일꾼, 그 노인 메스티엔 영감을, 그 볼이 불룩한 늙은이를 열 번이나 취해 떨어지게 했다. 그는 그를 농락했다, 이 메스티엔 영감을. 그는 그를 마음껏 조물락거리고 있었다. 그는 그를 자기의 뜻대로, 자기의 변덕대로 움직이게 했다. 메스티엔의 머리는 포슐르방의 모자에 꼭 맞았다. 포슐르방의 안전은 완전했다.

장렬(葬列)이 묘지로 통하는 통로로 접어들었을 때, 즐거운 포슐르방은 영구차를 바라보고 그 투박한 두 손을 비비면서 작은 소리로 말했다.

"이건 정말 짓궂은 장난이야!"

갑자기 영구차가 멈췄다. 사람들은 쇠창살 문 앞에 있었다. 매장 허가서를 제시해야 했다. 장의사 사람은 묘지의 문지기와 만났다. 그 대화는 언제나 일이 분밖에 걸리지 않았는데, 그동안에 누군가가, 알 수 없는 사나이 하나가 영구차 뒤에 포슐르방 옆에 와서 자리잡았다. 그는 노동자 같은 사람이었는데 커다란 호주머니가 달린 윗도리를 입고 있었고, 곡괭이 하나를 팔에 끼고 있었다.

포슐르방은 그 미지의 사나이를 바라보았다.

"당신은 누구요?" 하고 그는 물었다.

사나이는 대답했다.

"무덤 구덩이 파는 일꾼이오."

만약 가슴 한복판이 대포알로 관통되고서도 살아남아 있는 사람이 있다면 포슐르방 같은 얼굴을 하리라.

"무덤 구덩이 파는 일꾼이라고!"

"그렇소."

"당신이!"

"그렇소, 나요."

"무덤 구덩이 파는 일꾼은 메스티엔 영감인데."

"그랬소."

"아니! 그랬소라니?"

"그는 죽었소."

포슐르방은 모든 것을 예상했으나, 이것은, 무덤 구덩이 파는 일꾼이 죽었을지 모른다는 것은 생각지 못했다. 그렇지만 그것은 사실이다. 무덤 구덩이 파는 일꾼들 자신도 죽는다. 다른 사람들의 구덩이를 많이 파므로 자기의 구덩이도 연다.

포슐르방은 멍하니 있었다. 그는 간신히 힘을 내 더듬거렸다.

"하지만 그럴 수 있나!"

"있지요."

"하지만." 하고 그는 가냘프게 말을 이었다. "무덤 구덩이 파는 일꾼은 메스티엔 영감인데."

"나폴레옹 다음에 루이 18세. 메스티엔 다음에 그리비에. 여보, 내 이름은 그리비에요."

포슐르방은 새파랗게 질려 가지고 그 그리비에를 들여다보았다.

그는 키가 크고, 수척하고, 창백하고, 아주 음침한 사나이였다. 의사가 되지 못하고 무덤 파는 일꾼이 된 것 같았다.

포슐르방은 웃음을 터뜨렸다.

"아! 참 괴상한 일도 다 있네! 메스티엔 영감이 죽다니. 메스티엔 아저씨는 죽었어. 하지만 르누아르 아저씨 만세! 당신은 르누아르 아저씨가 뭔지 알겠죠? 그건 납 마개가 끼워져 있는 6수짜리 적포도주의 작은 단지요. 그건 쉬렌의 작은 단지요, 제기랄! 파리의 진짜 쉬렌 포도주요! 아! 그가 죽다니, 그 늙은 메스티엔이! 거 참 안됐군. 참 좋은 사람이었는데. 하지만 당신도 역시 좋은 사람이야. 안 그래요, 친구? 우리 함께 한잔하러 갑시다, 조금 후에."

사나이는 대답했다. "나는 공부를 했어요. 중학교 4학년을 마쳤어요.* 술은 통 마시지 않소."

영구차는 움직이기 시작해 묘지의 큰 통로를 굴러가고 있었다.

포슐르방은 걸음을 늦추었다. 그는 절름거렸는데, 불구이기 때문이라기보다는 걱정 때문에 더 그러했다.

무덤 구덩이 파는 일꾼은 그보다 앞서서 걷고 있었다.

---

* 중학교를 졸업했다는 뜻. 프랑스 중학교 과정은 4년임.

포슐르방은 다시 한 번 그 뜻하지 않았던 그리비에의 모습을 살펴보았다.

그는 젊으면서도 늙은 것 같고, 수척하면서도 무척 힘이 센 그런 사람들 중 하나였다.

"어이, 친구!" 하고 포슐르방은 외쳤다.

사나이는 돌아보았다.

"나는 수녀원의 무덤 구덩이 파는 일꾼이오."

"내 동료군요." 하고 사나이는 말했다.

무식하지만 매우 예민한 포슐르방은 상대방이 말 잘하는 무서운 친구라는 것을 알아차렸다.

그는 중얼거렸다.

"그러니까 메스티엔 영감은 죽었군."

사나이는 대답했다.

"완전히 그렇소. 천주님이 당신의 수명 기한 수첩을 조사해 본 거요. 그랬더니 메스티엔 영감의 차례였소. 메스티엔 영감은 죽었소."

포슐르방은 기계적으로 되풀이했다.

"천주님이……."

"천주님이죠." 하고 사나이는 단호히 말했다. "철학자들에게는 영원한 '아버지'이고, 자코뱅 당 사람들에게는 최고의 '존재자'죠"

"우리 서로 알고 지내지 않겠소?" 하고 포슐르방은 더듬거렸다.

"벌써 알게 됐지요. 당신은 시골 사람이고, 나는 파리 사람이고."

"같이 술을 먹지 않은 한은 서로 아는 것이 아니요. 술잔을 비우는 자는 그의 마음을 비우는 거요. 나하고 가서 한잔합시다. 거절하지 말고."

"일이 먼저요."

'나는 다 틀렸구나.' 하고 포슐르방은 생각했다.

수녀들의 묘지로 통하는 작은 길에서 이제 몇 바퀴 굴러가는 거리밖에 남지 않았다.

"시골 양반, 난 일곱 놈의 새끼를 먹여 살려야 되오. 그놈들이 먹어야 하므로 나는 술을 마셔서는 안 되오."

그러면서 그는 멋부려 말하는 진실한 인간의 만족스러운 태도로 덧붙였다.

"새끼들의 허기증은 나의 갈증의 적이라오."

영구차는 삼나무 숲을 돌고, 큰 통로를 떠나 작은 통로로 접어들고, 경작지로 들어가고 덤불로 들어갔다. 그것은 묘지 바로 가까이 왔다는 것을 알려 주는 것이었다. 포슐르방은 걸음을 늦췄으나 영구차 구르는 것을 늦출 수는 없었다. 다행히 땅이 무르고 겨울비에 젖어서 수레바퀴들에 진흙이 엉기어 진행을 더디게 했다.

그는 무덤 구덩이 파는 일꾼에게 다시 다가갔다.

"썩 맛 좋은 아르장퇴유의 포도주가 있는데 말이야." 하고 포슐르방은 중얼거렸다.

"이보시오, 영감." 하고 사나이는 말을 이었다. "나는 무덤 구덩이 파는 일꾼이 될 그런 사람이 아니오. 우리 아버지는

'육군유년학교'의 수위였소, 아버지는 나에게 문학 공부를 시킬 요량이었소. 그러나 운이 나빴소. 주식에서 손해를 보신 거요. 나는 작가가 되는 것을 포기해야 했소. 그렇지만 나는 아직도 대서인 노릇을 하고 있소."

"그럼 당신은 무덤 구덩이 파는 일꾼이 아니군요?" 하고 포슐르방은 대꾸하며, 퍽 약하지만 그 가지에 매달렸다.

"한쪽이 또 한쪽을 방해하지는 않소. 겸직하고 있는 거요."

포슐르방은 그 마지막 말을 알아들을 수 없었다.

"갑시다, 한잔하러." 하고 그는 말했다.

여기서 한 가지 관찰이 필요하다. 포슐르방은 그의 불안이 어떠했든 간에, 술을 먹자고 제의했으나, 한 가지 점에 관해서는, 즉 '누가 돈을 낼 것인가?'에 관해서는 자기 생각을 밝히지 않고 있었다. 보통 포슐르방이 제의하고, 메스티엔 영감이 돈을 치렀다. 한잔하자는 제의는 무덤 구덩이 파는 일꾼이 새로 온 데서 빚어진 새로운 사정의 결과로서 생겼고, 이런 제의는 해야 했겠지만, 늙은 정원사는, 의향이 없었던 것은 아니나, 속담처럼 된 라블레의 이른바 십오 분간*은 애매하게 해두고 있었다. 포슐르방은 아무리 흥분됐더라도 돈을 낼 생각이 조금도 없었다.

무덤 구덩이 파는 일꾼은 깔보는 듯한 미소를 띠고 말했다.

"먹고살아야지요. 그래서 나는 메스티엔 영감의 직을 계승했어요. 중학 과정만 거의 다 마쳐도 철학자가 돼요. 나는 손

* 음식값을 치러야 할 불쾌한 시간이라는 뜻.

일에다가 팔 일을 덧붙였어요. 나는 세브르 거리의 시장에 대서소를 가지고 있소. 영감은 파라플뤼 시장을 아시죠? 크루아루주의 식모들은 모두 나를 찾아옵니다. 나는 병사들에게 보내는 그녀들의 사랑 고백을 마구 휘갈겨 줍니다. 아침에는 연애편지를 쓰고, 저녁에는 무덤 구덩이를 파는 거죠. 인생이란 이런 거요."

영구차는 굴러가고 있었다. 포슐르방은 극도의 불안에 빠져서 자기의 주위 사방을 둘러보았다. 그의 이마에서 굵은 땀방울이 뚝뚝 떨어졌다.

"그렇지만." 하고 무덤 구덩이 파는 일꾼은 말을 계속했다. "두 주인을 시중들 수는 없지요. 나는 펜이냐 곡괭이냐, 양자택일을 해야 할 거요. 곡괭이는 내 손을 망가뜨려요."

영구차가 멈췄다.

성가대의 어린아이가 검은 휘장을 두른 마차에서 내리고, 이어 신부가 내렸다.

영구차의 작은 앞바퀴 하나가 흙더미 위로 조금 올라가 있었다. 흙더미 저쪽에는 입을 벌리고 있는 구덩이 하나가 보였다.

"이건 정말 짓궂은 장난이야!" 하고 포슐르방은 망연자실하여 되풀이했다.

6. 네 장의 널빤지 속에서

누가 관 속에 있었던가? 독자는 알고 있다. 장 발장이었다.

장 발장은 그 속에서 살 수 있도록 적당히 조처해 놓고 간신히 숨을 쉬고 있었다.

정신의 안정이 어느 정도로 그 밖의 것의 안정을 주는가는 신기한 일이다. 장 발장이 꾸민 계획적인 책략은 전날부터 진행되었고, 잘 진행되고 있었다. 그는 포숼르방처럼 메스티엔 영감에게 기대를 걸고 있었다. 그는 결말을 의심하지 않았다. 결코 이보다도 더 위급한 상황은 없었는데, 결코 이보다 더 완전한 평온은 없었다.

관을 이루는 네 장의 널빤지는 일종의 무시무시한 평온함을 내뿜고 있었다. 뭔가 죽은 사람들의 휴식 같은 것이 장 발장의 태연함 속에 들어오는 것 같았다.

그 관의 밑바닥에 누워서 그는 죽음을 희롱하고 있는 무시무시한 드라마의 모든 국면들을 따라갈 수 있었고 따라가고 있었다.

포숼르방이 위의 널빤지에 못질을 다 하고 나서 조금 있다가, 장 발장은 자기가 운반되어 나가는 것을 느꼈고, 이어 수레에 실려 가는 것을 느꼈다. 흔들림이 적어진 것으로 미루어 그는 돌바닥 길에서 단단한 흙길로 나간 것을, 다시 말해서 도시의 거리들을 떠나서 가로수 길에 이르렀음을 느꼈다. 은은한 소리에 그는 아우스터리츠 다리를 건너고 있다는 것을 짐작했다. 처음 정지했을 때 그는 묘지에 들어가고 있다는 것을 알았고, 두 번째 정지했을 때 그는 구덩이에 다 왔구나 하고 생각했다.

느닷없이 사람들의 손이 관을 붙잡았고, 이어 널 위를 사르르 문지르는 소리를 그는 느꼈는데, 관을 굴속으로 내리기 위해 사람들이 새끼로 관을 비끄러매고 있다는 것을 그는 알았다.

이어서 그는 일종의 현기증을 느꼈다.

아마 장의사의 인부들과 무덤 구덩이 파는 일꾼이 관을 기울여서 발보다 머리를 먼저 땅에 닿게 내렸던 것이리라. 그는 자기가 수평으로 움직이지 않게 된 것을 느끼면서 완전히 제정신으로 되돌아왔다. 그는 이제 막 무덤의 밑바닥에 닿았던 것이다.

그는 몸이 좀 오싹해짐을 느꼈다.

싸늘하고 엄숙한 목소리가 그의 위에서 났다. 그가 알 수 없는 라틴어의 단어들이 한마디 한마디 포착할 수 있을 만큼 천천히 흘러나오는 것을 그는 들었다.

"먼지 속에 잠드는 자는 언제고 눈을 뜨리라. 어떤 자는 영원한 생명 속에, 또 어떤 자는 수욕 속에. 그리하여 언제고 '진실'을 보리라."

어린아이의 목소리가 말했다.

"슬픔의 깊은 구렁에서."

장중한 목소리가 다시 말하기 시작했다.

"주여, 그에게 영원한 휴식을 주소서."

어린아이의 목소리가 대답했다.

"영원한 빛이 그에게 빛나게 하소서."

그는 자기를 덮고 있는 널빤지 위에 빗방울이 몇 개 떨어지는 것 같은 보드라운 소리를 들었다. 그것은 아마도 성수였으리라.

그는 생각했다. 이건 '곧 끝날 것이다. 조금만 더 참자. 신부는 곧 떠날 것이다. 포슐르방은 메스티엔을 데리고 가서 술을 마실 것이다. 나 혼자 남아 있게 되리라. 그런 뒤에 포슐르방이 혼자 되돌아오고, 나는 나가리라. 이건 한 시간 남짓한 일일 것이다.'

장중한 목소리가 다시 이어졌다.

"고이 잠드소서."

그리고 어린아이의 목소리가 말했다.

"아멘."

장 발장은 귀를 쫑긋하고, 멀어져 가는 발소리 같은 것을 들었다.

'이제 그들이 떠나는구나.' 하고 그는 생각했다. '나는 혼자다.'

갑자기 그는 머리 위에 벼락이 떨어지는 것 같은 소리를 들었다.

그것은 한 삽의 흙이 관 위에 떨어지는 소리였다.

또 한 삽의 흙이 떨어졌다.

그가 숨을 쉬고 있던 구멍 중 하나가 막혔다.

세 번째로 또 한 삽의 흙이 떨어졌다.

이어 네 번째의 한 삽이.

가장 힘이 센 사람보다도 더 힘이 센 것들이 있다. 장 발장은 의식을 잃었다.

7. 카드를 잃지 않는다는 말의 기원*

장 발장이 들어 있는 관 위에서는 다음과 같은 일이 일어나고 있었다.

영구차가 멀어져 갔을 때, 신부와 성가대의 어린아이가 마차를 타고 돌아갔을 때, 무덤 구덩이 파는 일꾼에게서 눈을 떼지 않고 있던 포슐르방은 그가 몸을 구부리고 흙더미에 반듯이 꽂아 놓았던 삽을 움켜잡는 것을 보았다.

그러자 포슐르방은 최후의 결심을 했다. 그는 구덩이와 무덤 구덩이 파는 일꾼 사이에 들어가서 팔짱을 끼고 말했다.

"돈은 내가 내지!"

무덤 구덩이 파는 일꾼은 깜짝 놀라 그를 바라보고 물었다.

"그게 무슨 말이오, 영감?"

포슐르방은 되풀이했다.

"돈은 내가 낸다고!"

"무슨 돈을?"

"술값 말이야."

"술이라니?"

"아르장퇴유 포도주 말이야."

"그 아르장퇴유 포도주가 어디 있는데?"

"봉 쿠앵에."

* 프랑스어에서 카드를 잃어서는 안 된다는 말은 당황해서는 안 된다는 뜻이다. '카드를 잃다(perdre la carte)'는 '침착성을 잃다'라는 뜻이다.

"꺼져 버려!" 하고 무덤 파는 사나이는 말했다.

그러면서 한 삽의 흙을 관 위에 던졌다.

관은 비어 있는 듯한 소리를 냈다. 포슐르방은 비틀거리며 자기 자신이 곧 구덩이에 떨어질 것만 같았다. 목이 졸린 것 같은 그르렁거리는 소리를 내며 그는 외쳤다.

"친구, 봉 쿠앵이 닫히기 전에 어서!"

무덤 구덩이 파는 일꾼은 삽에 다시 흙을 떴다. 포슐르방은 계속 말했다.

"돈은 내가 낸다니까!"

그러면서 그는 구덩이 파는 일꾼의 팔을 잡았다.

"내 말 좀 들어요, 친구. 나는 수녀원의 무덤 구덩이 파는 일꾼인데, 당신을 도우려고 왔거든. 일은 밤에 할 수도 있어. 그러니 우선 가서 한잔하자고."

그렇게 말하면서도, 그렇게 절망적으로 끈덕지게 주장하면서도, 그는 이런 서글픈 생각을 했다. '그런데 술을 마신다면 이자가 취할까?'

"시골 양반." 하고 무덤 구덩이 파는 일꾼이 말했다. "당신이 꼭 마시고 싶다면, 좋아요, 마십시다. 일이 끝난 뒤에, 그전에는 결코 안 돼요."

그러면서 그는 삽을 움직였다. 포슐르방은 그를 붙들었다.

"이건 6수짜리 아르장퇴유 포도주야!"

"이거 원." 하고 무덤 구덩이 파는 일꾼이 말했다. "당신은 종 치는 사람이군. 딩동, 딩동. 당신은 그런 것밖에 말할 줄 몰라. 제발 그만둡시다."

그러면서 그는 두 번째 한 삽을 던졌다.

포슐르방은 사람이 더 이상 자기가 무슨 말을 하는지도 모르는 그런 지경에 이르렀다.

“글쎄, 한잔하러 가자니까.” 하고 그는 외쳤다. “돈은 내가 낸다니까!”

“우리가 어린아이를 누인 뒤에.” 하고 무덤 구덩이 파는 일꾼이 말했다.

그는 세 번째의 한 삽을 던졌다.

그러고는 삽을 흙에 꽂고 덧붙였다.

“아시겠죠, 오늘 밤은 추워질 텐데, 만약에 우리가 시체를 담요도 없이 팽개쳐 버린다면 시체가 우리 뒤에서 울부짖을 거요.”

이때 무덤 구덩이 파는 일꾼은 삽으로 흙을 뜨느라고 몸을 구부렸는데, 그의 윗도리 호주머니가 조금 열렸다.

포슐르방의 당황한 눈길이 기계적으로 그 호주머니 속에 떨어져 거기에 멎었다.

해가 아직 지평선 너머로 떨어지지 않아 아직도 꽤 밝았으므로, 그 벌어져 있는 호주머니 밑바닥에서 뭔지 하얀 것을 분명히 알아볼 수 있었다.

피카르디 농부의 눈이 가질 수 있는 가장 강렬한 반짝임이 포슐르방의 눈을 지나갔다. 한 가지 생각이 그에게 떠올랐던 것이다.

무덤 구덩이 파는 일꾼이 흙 삽질에 열중해 알아차리지 못한 사이에, 그는 뒤에서 그 호주머니에 손을 넣어 밑바닥에 있는 하얀 것을 꺼냈다.

무덤 파는 사나이는 네 번째의 한 삽을 구덩이 속에 보냈다.

그가 다섯 번째의 삽질을 하려고 몸을 돌렸을 때, 포슐르방은 아주 태연하게 그를 바라보며 말했다.

"그런데 새 일꾼, 카드는 가지고 있나?"

무덤 구덩이 파는 일꾼은 손을 멈추었다.

"무슨 카드 말이오?"

"해가 금세 넘어간다."

"좋아요, 해가 밤 모자를 쓰라죠 뭐."

"묘지의 철문은 금세 닫히는걸."

"그래서 어쨌단 말이오?"

"카드는 가지고 있나?"

"아! 내 카드!" 하고 무덤 구덩이 파는 일꾼은 말했다.

그러고는 자기의 호주머니를 뒤졌다.

한쪽 호주머니를 뒤지고 그는 또 한쪽을 뒤졌다. 그는 바지 호주머니에 손을 넣어 한쪽을 찾고 또 한쪽을 뒤집어 보았다.

"없는데요." 하고 그는 말했다. "내 카드가 없어요. 집에 두고 왔나 봐요."

"15프랑 벌금이야." 하고 포슐르방은 말했다.

무덤 구덩이 파는 일꾼은 파래졌다. 창백한 사람들이 더 파래지면 새파래진다.

"아니, 세상에 원 이럴 수가 있나!" 하고 그는 외쳤다. "15프랑의 벌금이라니!"

"5프랑짜리 세 닢이야." 하고 포슐르방은 말했다.

무덤 구덩이 파는 일꾼은 삽을 떨어뜨렸다.

포슐르방의 차례가 왔다.

"여보게, 풋내기." 하고 포슐르방은 말했다. "절망할 건 없어. 자살까지 해서 무덤을 살찌게 할 건 없어. 15프랑은 15프랑이야. 하지만 당신은 그 돈을 내지 않을 수도 있어. 나는 고참이고 당신은 신출이야. 나는 알고 있어, 속임수를, 꼼수를, 비결을, 요령을. 내가 당신에게 친구로서 조언을 하나 하겠어. 한 가지는 분명해. 그건 해가 넘어가고 있다는 거야. 해는 저 둥근 지붕에 걸려 있고, 묘지는 오 분 후에 문이 닫힐 거야."

"맞습니다." 하고 무덤 구덩이 파는 일꾼은 대답했다.

"이제부터 오 분 내 당신은 이 구덩이를 다 메울 시간이 없어. 이건 대단히 깊거든, 이 구덩이는. 그러니 철문이 닫히기 전에 나갈 만한 시간이 없어."

"옳은 말씀입니다."

"그런 경우엔 15프랑의 벌금이야."

"15프랑요."

"하지만 아직 시간은 있어……. 당신 집은 어디요?"

"성문 바로 옆입니다. 여기서 한 오 분쯤 걸려요. 보지라르 거리 87번지예요."

"죽어라고 냅다 뛰면 나갈 만한 시간은 있어."

"옳습니다."

"일단 철문 밖으로 나가 집으로 뛰어가서 카드를 가지고 되돌아오면 묘지의 문지기가 문을 열어 주거든. 카드를 가지고 있으면 돈 낼 건 하나도 없어. 그리고 당신은 당신의 시체를 묻는 거야. 그동안 시체가 도망가지 않도록 내가 그걸 지켜 주겠소."

"당신 덕택으로 내가 살았습니다, 시골 양반."

"그럼 어서 가 봐요." 하고 포슐르방은 말했다.

무덤 파는 일꾼은 고마워서 어쩔 줄 모르며 그의 손을 잡아 흔들고는 뛰어가 버렸다.

무덤 구덩이 파는 일꾼이 숲 속으로 사라져 버리자, 포슐르방은 그 발소리가 들리지 않을 때까지 귀를 기울이고 있다가, 구덩이를 굽어보며 나직한 목소리로 말했다.

"마들렌 씨!"

아무 대답도 없었다.

포슐르방은 몸이 오싹했다. 그는 무덤 속으로 내려갔다기보다는 오히려 굴러떨어져서, 관의 머리 쪽으로 달려들어 외쳤다.

"거기 계십니까?"

널 속에서는 아무 말도 없었다.

포슐르방은 몹시 몸이 떨려 더 이상 숨도 쉬지 않고, 조각용 끌과 망치를 들고 관 뚜껑을 벗겨 냈다. 장 발장의 얼굴이 어둠침침한 속에 나타났는데, 눈을 감고 새파래져 있었다.

포슐르방의 머리칼이 곤두섰다. 그는 일어섰다가 넘어져 구덩이의 벽에 몸을 기대고, 관 위에 막 쓰러지려 했다. 그는 장 발장을 들여다보았다.

장 발장은 창백한 얼굴로 꼼짝도 않고 누워 있었다.

포슐르방은 숨소리 같은 가냘픈 목소리로 중얼거렸다.

"죽었구나!"

그러면서 몸을 다시 세우고 두 주먹이 양쪽 어깨를 칠 만큼 세차게 팔짱을 끼면서 외쳤다.

"내가 살려 드린다는 것이 요 꼴이 됐구나!"

그러고는 이 가련한 늙은이는 흐느끼기 시작했다. 독백을 하면서. 왜냐하면 독백이 자연 속에 있지 않다고 생각하는 것은 잘못이니까. 격렬한 마음의 동요는 흔히 큰 소리로 말을 한다.

"이건 메스티엔 영감 탓이야. 죽기는 왜 죽어, 이 바보 같은 녀석이. 뜻하지도 않은 때에 뒈질 필요가 뭐 있어? 마들렌 씨를 죽게 한 건 그놈이야. 마들렌 영감! 이분은 널 속에 계신다. 완전히 묻혀 버린 거야. 다 끝났다. 그런데 이런 일들이 이치에 맞는 것일까? 아이고, 세상에! 이분은 돌아가셨다! 그런데 이분의 딸은, 내가 그 애를 장차 어떻게 한다지? 과일 장수 할미가 뭐라고 할까? 이런 분이 이렇게 돌아가시다니, 세상에 이럴 수가 있을까! 내 짐수레 밑에 뛰어 들어오시던 때의 일을 생각하면! 마들렌 영감! 마들렌 영감! 틀림없이 숨이 막히신 거야. 그러게 내가 뭐라고 했어. 내 말을 믿으려고 하시지 않았어. 이건 썩 재밌는 어린애 장난이었어! 돌아가셨어. 이 선량하신 분이. 착한 사람들 중에서도 가장 착하신 분이. 그런데 이분의 어린아이는! 아! 나는 거기에 돌아가지 않겠어, 나는! 여기 있겠어. 이런 짓을 저질렀으니! 두 늙은이가 한다는 것이 이런 어리석은 짓이 되고 말았어. 그런데 맨 먼저 이분은 수녀원에 들어오시기 위해 어떻게 하셨을까? 그게 벌써 발단이었어. 사람이 그런 짓을 해서는 안 되는 건데. 마들렌 영감! 마들렌 영감! 아, 마들렌 영감! 마들렌 영감! 마들렌 씨! 시장님! 내 말이 안 들리시나 봐. 이젠 거기서 좀 빠져나오셔야지!"

그러면서 그는 자기 머리털을 쥐어뜯었다.

멀리 숲 속에서 삐걱거리는 날카로운 소리가 들렸다. 묘지의 철문이 닫히는 소리였다.

포슐르방은 장 발장을 굽어다 보았다. 그러다가 갑자기 펄쩍 뛰어 구덩이 속에서 할 수 있는 한 멀리 물러섰다. 장 발장이 눈을 뜨고 그를 보고 있었던 것이다.

죽음을 보는 것은 무서운 일이나, 되살아남을 보는 것도 거의 그만큼 무서운 일이다. 포슐르방은 이 극도의 충격으로 인해 창백해지고, 얼이 빠지고, 당황하여 돌멩이처럼 되어, 산 사람을 대하고 있는지 죽은 사람을 대하고 있는지도 알지 못한 채, 자기를 보는 장 발장을 보고 있었다.

"내가 잠이 들었소." 하고 장 발장은 말했다.

그러면서 벌떡 일어나 앉았다.

포슐르방은 무릎을 꿇었다.

"아이고 성모 마리아! 무서워라!"

그러고는 벌떡 일어서서 외쳤다.

"고마워요, 마들렌 씨!"

장 발장은 기절해 있었을 뿐이다. 바깥바람이 그를 깨워 주었다.

희열은 공포의 반동이다. 포슐르방은 장 발장만큼 정신을 차리는 데 힘이 들었다.

"그래 돌아가시지 않았군요! 오! 영감님은 참 재주도 많으시지, 영감님은! 정신을 차리시라고 영감님을 얼마나 불렀다고요. 눈을 감고 계시는 걸 보았을 때, 나는 말했어요. 옳아! 숨이 막히셨구나 하고요. 저는 사나운 정신병자가 됐을 거예요. 진짜 구속복을 입은 정신병자가요. 저를 비세트르의 정신병원에 집어 넣었을 거예요. 만약 돌아가셨다면 저는 어떻게 됐겠어요? 그리고 따님은 또 어떻게 되고! 과일 장수 노파는 통 영문을 몰라 했을 거예요. 어린아이를 갖다 맡겨 놓고 할아버지가 죽어 버리다니! 그랬다면 무슨 꼴이 됐겠어요! 세상에 무슨 놈의 꼴이 됐겠어요! 아! 살아 계시니 이보다 더 좋은 일이 어디 있겠어요."

"추워." 하고 장 발장은 말했다.

그 한마디로 포슐르방은 완전히 현실로 되돌아왔다. 현실은 절박했다. 두 사나이는 제정신으로 돌아오긴 했지만, 왠지 모르게 마음이 불안했고, 그들 속에는 그곳의 음산하고 황량함 같은 그 어떤 야릇한 감정이 일어나고 있었다.

"어서 여기서 나갑시다." 하고 포슐르방이 외쳤다.

그는 호주머니를 뒤져 미리 준비해 두었던 병을 꺼냈다.

"우선 한 모금 하십시오!" 하고 그는 말했다.

바깥바람과 더불어 그 병이 모든 것을 회복시켜 주었다. 장 발장은 위스키를 한 모금 마시고 나서 완전히 정신을 차렸다.

그는 관에서 나와 널 뚜껑에 다시 못질을 하는 포슐르방을 거들었다.

삼 분 후에 그들은 구덩이 밖으로 나와 있었다.

그런데 포슐르방은 태연했다. 그는 유유히 행동했다. 묘지는 닫혀 있었다. 무덤 구덩이 파는 그리비에가 불시에 돌아올 염려는 없었다. 이 '신출내기'는 제 집에서 열심히 카드를 찾고 있겠지만, 카드는 포술르방의 호주머니에 있으니 제 집에서 그걸 찾아낼 리 만무했다. 패가 없으면 묘지로 되돌아올 수 없다.

포술르방은 삽을 들고 장 발장은 곡괭이를 들고 둘이서 다 같이 빈 관을 매장했다.

구덩이가 가득 찼을 때, 포술르방은 장 발장에게 말했다.

"자, 갑시다. 저는 삽을 들 테니, 영감님은 곡괭이를 들고 가십시오."

해가 지고 있었다.

장 발장은 몸을 움직여 걷는 데 좀 힘이 들었다. 그 널 속에서 그는 몸이 굳어져 약간 시체처럼 되어 있었다. 죽음의 관절 경직이 그 네 장의 널빤지 속에서 그를 붙잡아 놓고 있었다. 말하자면 그의 몸이 무덤에서 녹아야만 했다.

"영감님은 마비되셨군요." 하고 포술르방이 말했다. "제가 절름발이여서 유감입니다. 우리 발바닥을 맞부딪쳐서 추위를 견딥시다."

"까짓것!" 하고 장 발장은 대답했다. "네 걸음만 걸으면 내 다리는 나을 거요."

그들은 영구차가 지나간 길로 갔다. 닫힌 철문과 문지기의 별채 앞에 이르러, 무덤 구덩이 파는 일꾼의 카드를 손에 쥐고 있던 포술르방이 그것을 상자 속에 던지자 문지기가 줄을 당기고, 문이 열리고, 그들은 나왔다.

"모든 일이 썩 잘돼 가고 있습니다!" 하고 포슐르방은 말했다. "참으로 좋은 생각을 하셨어요, 마들렌 영감!"

그들은 보지라르의 성문을 매우 태연스럽게 통과했다. 묘지 부근에서는 삽과 곡괭이는 두 개의 통행권이다.

보지라르 거리에는 인기척이 없었다. "마들렌 영감." 하고 포슐르방은 걸어가면서도, 그리고 집들 쪽을 쳐다보면서도 말했다. "영감님은 저보다 눈이 밝으십니다. 그러니 87번지를 제게 가르켜 주십시오."

"바로 여기요." 하고 장 발장은 말했다.

"거리에는 아무도 없습니다." 하고 포슐르방은 말을 이었다. "곡괭이를 제게 주시고 잠깐만 기다려 주십시오."

포슐르방은 87번지로 들어가서, 가난한 사람으로서 언제나 지붕 밑 헛간 방으로만 가는 본능으로 사뭇 위로 올라가, 어둠 속에서 한 고미다락의 문을 두드렸다. 한 목소리가 대답했다.

"들어오시오."

그것은 그리비에의 목소리였다.

포슐르방은 문을 밀었다. 무덤 구덩이 파는 일꾼의 방은 모든 불행한 사람들의 거처가 그러하듯이 가구가 없는 지저분한 헛간 방이었다. 포장 상자 하나가(아마 관일 것이다.) 장롱을 대신하고 있고, 버터 깡통 하나가 물통을 대신하고 있고, 짚을 넣은 매트 하나가 침대를 대신하고 있고, 마룻바닥이 그대로 의자와 탁자를 대신하고 있었다. 한쪽 구석에는 다 해진 양탄자 누더기 위에 여윈 여자 하나와 수많은 어린아이들이 올막졸막 모여 있었다. 그 초라한 방 안은 모두 뒤집어엎어 놓은 흔적이 있었다. 거기는 마치 일시에 지진이 일어난 것 같았다. 뚜껑들이 제자리에 있지 않고, 누더기가 흩어져 있고, 단지가 깨어져 있고, 어머니는 울음 자국이 있고, 어린애들은 아마 두드려 맞은 것 같았다. 모든 것에 화를 내며 맹렬히 뒤진 흔적이 역력했다. 말할 것도 없이 무덤 구덩이 파는 일꾼은 미칠 듯이 카드를 찾으면서 단지에서 아내에 이르기까지 방 안의 모든 것에 분실의 책임을 물었으리라. 그는 절망한 것 같았다.

그러나 포슐르방은 사건의 결말을 향해 너무 서둘렀기 때문에 자기 성공의 이 서글픈 면에는 주의하지 않았다.

그는 들어가서 말했다.

"당신 곡괭이와 삽을 가져왔소."

그리비에는 멍하니 그를 바라보았다.

"아, 당신이오?"

"그리고 내일 아침 묘지의 문지기 집에서 당신 카드를 찾으시오."

그러면서 그는 삽과 곡괭이를 땅바닥에 내려놓았다.

"대관절 어찌 된 영문입니까?" 하고 그리비에는 물었다.

"어찌 된 영문인가 하면, 당신이 호주머니에서 카드를 떨어뜨린 건데, 당신이 떠났을 때, 내가 그걸 땅바닥에서 발견했어. 내가 시체도 묻고, 구덩이도 채우고, 내가 당신 일을 다 했소. 당신 카드는 문지기가 돌려줄 거요. 그리고 15프랑은 내지 마오. 이상이오, 신출내기."

"고맙습니다, 촌 양반!" 하고 그리비에는 고마워하며 외쳤다. "다음에는 제가 술을 내지요."

8. 구두 신문에 합격

한 시간 후, 캄캄한 어둠 속에 두 사나이와 어린아이 하나가 픽퓌스의 작은 길 62번지에 나타났다. 그 사나이들 중 더 늙은 이가 문 두드리는 쇠를 들어 올려 문을 두드렸다.

그들은 포슐르방과 장 발장, 그리고 코제트였다.

두 늙은이는 전날 포슐르방이 코제트를 맡겨 놓았던 슈맹 베르 거리의 과일 장수 노파 집에 가서 코제트를 찾아왔다. 그 스물네 시간 동안 코제트는 무슨 영문인지도 모르고 말없이 떨고만 있었다. 하도 많이 떠느라 그녀는 울지 않았다. 그녀는 먹지도 않고, 자지도 않았다. 갸륵한 과일 장수 노파는 온갖 말을 다 물어보았으나, 코제트는 언제나 똑같은 우울한 눈으로 바라보기만 할 뿐, 아무 대답도 하지 않았다. 코제트는 이틀 전부터 보고 들은 모든 것을 일절 새어 나가게 하지 않았다. 사람들이 위기를 겪고 있다는 것을 그녀는 짐작하고 있었다. 그녀는 '착해야' 한다는 것을 깊이 느끼고 있었다. 겁을 먹은 어린아이의 귀에 어떤 어조로 '아무 말도 하지 마.' 하고 말한 몇 마디 말의 비상한 힘을 누가 겪어 보지 않았겠는가! 공포는 침묵이다. 그런데, 아무도 어린아이처럼 비밀을 지키지는 않는다.

다만 그 침통한 스물네 시간이 흘러간 뒤 그녀가 다시 장 발장을 보았을 때 하도 기뻐서 고함을 질렀기 때문에, 누군가 깊은 생각에 잠긴 사람이 그 소리를 들었다면 그것이 어떤 심연에서 나오는 사람의 고함 소리라는 것을 짐작했으리라.

포슐르방은 수녀원 사람이고 암호를 알고 있었다. 모든 문이 열렸다.

나갔다 들어오는 이중의 어마어마한 문제는 그렇게 해결되었다.

미리 지시를 받은 문지기는 마당에서 정원으로 통하는 작은 통용문을 열어 주었는데, 이 문은 한 이십 년 전까지만 해도 정문 맞은바라기의 마당 안쪽 벽에 나 있는 것이 아직 거리에서 보였다. 문지기는 세 사람을 그 문으로 들여보냈다. 거기서 그들은 전날 포슐르방이 원장의 명령을 받았던 예약된 안쪽의 면접실로 들어갔다.

원장은 묵주를 손에 들고 그들을 기다리고 있었다. 소리의 어머니 하나가 너울을 깊이 내려 쓰고 그 옆에 서 있었다. 촛불 하나가 희미하게 켜져 있었으나, 그저 명색으로만 면접실을 밝히고 있는 것에 지나지 않았다.

원장은 장 발장을 쓱 훑어보았다. 아무것도 내려뜬 눈처럼 잘 살펴보는 것은 없다.

그런 뒤에 그 여자는 그에게 물었다.

"당신의 형제요?"

"예, 그렇습니다, 원장님." 하고 포슐르방은 대답했다.

"이름이 뭡니까?"

포슐르방이 대답했다.

"윌팀 포슐르방입니다."

정말 그에게는 이미 죽은 윌팀이라는 형제가 있었다.

"고향은 어디입니까?"

포슐르방이 대답했다.

"아미앵에서 가까운 피키니입니다."

"나이는 몇입니까?"

포슐르방이 대답했다.

"쉰입니다"

"직업은?"

포슐르방이 대답했다.

"정원사입니다."

"착한 기독교 신자입니까?"

포슐르방이 대답했다.

"집안이 모두 그렇습니다."

"이 소녀는 당신 아이요?"

포슐르방이 대답했다.

"예, 그렇습니다, 원장님."

"당신이 이 애의 아버지요?"

포슐르방이 대답했다.

"할아버지입니다."

소리의 어머니가 나직한 목소리로 원장에게 말했다.

"대답을 잘하는군요."

장 발장은 한마디도 하지 않았다.

원장은 유심히 코제트를 바라보았다. 그리고 소리의 어머니에게 나직한 목소리로 말했다.

"저 애는 박색이 될 거요."

두 장로는 면접실 구석에서 몇 분간 아주 나지막한 목소리로 이야기했다. 그런 뒤에 원장이 돌아보고 말했다.

"포방 영감, 방울 달린 무릎 가죽을 또 하나 만드시오. 이제부터 두 개가 필요하니까."

이튿날 정말 정원에서는 두 개의 방울 소리가 들렸고, 수녀들은 그녀들의 너울 한쪽 귀를 들어올리지 않고는 못 배겼다. 정원 안쪽 나무 밑에서 포방과 또 한 사람, 두 사나이가 나란히 땅을 갈고 있는 것이 보였다. 엄청난 사건이었다. 함구의 규칙이 깨뜨려져 서로 수군거렸다. "정원사의 조수야."

소리의 어머니들은 덧붙였다. "포방 영감의 형제야."

장 발장은 정말 정규(正規)로 채용되었고, 무릎 가죽과 방울을 달고 있었다. 그는 이제부터 정식 직원이었다. 그의 이름은 윌팀 포슐르방이었다.

그렇게 들어가게 된 가장 유력한 결정적 원인은, "저 애는 박색이 될 거요."라는 코제트에 관한 원장의 관찰이었다.

그러한 예언을 한 원장은 곧 코제트를 좋아하게 되었고, 급비생으로서 그 아이를 기숙사에 넣어 주었다.

그것은 매우 당연한 일이다. 수녀원에 아무리 거울이 없더라도, 여자들은 자기 얼굴에 대해서 잘 의식하고 있다. 그런데 자기가 예쁘다고 생각하는 처녀들은 수녀가 되기 어렵다. 수도 생활에의 소명은 대개의 경우 미모와는 반비례하므로, 미인보다는 박색을 더 바란다. 그래서 못생긴 처녀들을 훨씬 더 좋아한다.

이 모든 사건은 착한 포슐르방 노인을 위대하게 만들었다. 그는 삼중의 성공을 거두었으니, 장 발장에게는 그를 구원하고 피신시켰고, 무덤 구덩이 파는 일꾼 그리비에에게는 벌금을 모면케 해 주었다는 생각을 주었고, 수녀원에는 제단 아래에 크뤼시픽시옹 장로의 관을 보관함으로써 카이사르를 속이고 천주를 만족시켜 준 것이다. 프티 픽퓌스에는 송장이 들어 있는 관이 하나 있고, 보지라르 묘지에는 송장이 없는 관이 하나 있으니, 공공질서는 그로 인해 아마 심히 깨뜨려졌겠지만 그것을 깨닫지는 못했다. 수녀원으로 말하자면 포슐르방에 대한 감사가 대단했다. 포슐르방은 가장 훌륭한 하인이 되었고, 가장 소중한 정원사가 되었다. 대주교가 최근에 방문했을 때, 수녀원장은 조금은 고백 삼아, 그리고 또 역시 자랑도 겸하여 예하에게 이 일을 이야기했다. 대주교는 수녀원에서 나갈 때, 왕제(王弟)의 고해신부이고 후일 랭스의 대주교가 되고 추기경이 된 드 라 틸 씨에게 그 얘기를 나직한 목소리로 치하하며 말했다. 포슐르방에 대한 찬양은 차츰 퍼져 나가 로마에까지 갔다. 나는 서한 한 통을 본 적이 있는데, 그것은 당시 재위하고 있던 교황 레오 12세가 친척 중 한 분으로서 자기와 마찬가지로 델라 젱가라는 이름을 가진 파리 주재의 교황 대사 예하에게 보낸 서한이었다. 거기에는 다음과 같은 사연이 있었다. "파리의 한 수도원에는 훌륭한 정원사 하나가 있는 모양인데, 그는 포방이라는 성인입니다." 이 모든 대성공은 아무것도 오두막집의 포슐르방에게까지는 들려오지 않았다. 그는 여전히 접이나 붙이고, 풀이나 베고, 멜론 밭이나 덮어 주고 있었을 뿐, 자기가 훌륭하고 성자라는 사실은 모르고 있었다. 마치 더햄이나 서리의 황소가 《일러스트레이티드 런던 뉴스》에 사진이 게재되고 "뿔 달린 가축 공진회에서 상금을 탄 황소"라고 보도됐으면서도 그런 줄을 전혀 모르는 것과 같이, 그는 자기의 영광을 알아채지 못하고 있었다.

9. 수녀원 생활

코제트는 수녀원에서 여전히 침묵을 지켰다.

코제트는 당연히 자기가 장 발장의 딸이라고 생각하고 있었다. 그런데 그녀는 아무것도 몰랐으므로 아무 말도 할 수 없는 데다가, 어떤 경우에도 아무 말도 하지 않았을 것이다. 앞서도 지적했거니와, 아무것도 불행처럼 어린아이들을 침묵에 길들이는 것은 없다. 코제트는 하도 많이 고생을 했기 때문에 모든 것을 두려워했다. 말을 하고 숨을 쉬는 것조차 두려워했다. 말 한마디한 것 때문에 자기 위에 벼락이 떨어진 일도 퍽 자주 있었다! 그녀는 장 발장의 품 안에 들어간 뒤부터 겨우 안심하기 시작했다. 그녀는 꽤 빨리 수녀원에 익숙해졌다. 다만 인형 카트린을 그리워했으나, 차마 그것을 말하지는 못했다. 그렇지만 그녀는 한 번 장 발장에게 말했다. "아버지, 이렇게 될 줄 알았으면 그걸 가져올 걸 그랬어요."

코제트는 수녀원의 기숙생이 됨으로써 이 집의 여학생복을 입어야 했다. 장 발장은 그녀가 벗은 옷을 자기에게 주도록 허가를 받았다. 그것은 그녀가 테나르디에의 싸구려 식당을 떠났을 때 그녀에게 입혀 주었던 바로 그 상복이었다. 그것은 아직 매우 헐지는 않았다. 장 발장은 그 허름한 옷과 함께 털 스타킹과 신발에, 수도원들에 얼마든지 있는 온갖 향료와 많은 장뇌를 뿌려서, 용케 입수한 작은 가방 속에 넣어 두었다. 그는 이 가방을 자기 침대 옆의 의자 위에 올려놓고, 그 열쇠를 늘 몸에 지니고 있었다. 코제트는 어느 날 그에게 물었다. "아버지, 이렇게 좋은 냄새가 나는 저 상자는 대체 뭐예요?"

포슐르방 영감은 앞서 이야기한, 그가 알지 못한 그 영광 이외에 그의 선행의 보상을 받았으니, 첫째 그는 그것을 흐뭇하게 생각했고, 다음에 그는 일이 나누어져서 일이 훨씬 적어졌고, 마지막으로 그는 담배를 무척 좋아했는데 마들렌 씨가 있기 때문에 과거보다도 세 배나 많은 담배를 피우는 기쁨을 누렸고, 마들렌 씨가 담배 값을 치러 주었기 때문에 썩 맛있게 피울 수 있었다.

수녀들은 그 '윌팀'이라는 이름을 전혀 쓰지 않고, 장 발장을 '둘째 포방'이라고 불렀다.

만약에 그 성스러운 처녀들이 뭔가 자베르의 눈 같은 것을 가지고 있었다면, 정원을 가꾸기 위해 볼일을 보러 밖에 나가는 것은 언제나 늙고 병신이고 절름발이인 손위의 포슐르방이지 결코 다른 사람이 아니라는 것을 마침내 알아차릴 수 있었으련만, 항시 천주 쪽만 보고 있고 남의 동정을 살필 줄은 몰랐는지, 혹은 특히 서로 상대방의 동정을 탐색하는 데 정신이 팔려 있었는지, 하여간 그 여자들은 그것에 조금도 주의하지 않았다.

그런데 늘 말없이 들어박혀 있은 것은 장 발장으로서는 잘

한 일이었다. 자베르가 그 지구 일대를 꼬박 한 달도 넘게 감시했다.

이 수도원은 장 발장에게는 심연에 에워싸인 섬 같은 것이었다. 그 사면의 장벽만이 이후 그의 세계였다. 거기서 그는 심신이 상쾌할 정도로는 충분히 하늘을 볼 수 있었고, 행복감을 느낄 정도로는 충분히 코제트를 볼 수 있었다.

그에게 매우 평온한 생활이 다시 시작되었다.

그는 포슐르방 영감과 함께 정원 안쪽의 오두막집에서 살았다. 그 누옥은 흙집인데, 1845년에는 아직 남아 있었다. 그것은 독자도 알다시피 세 개의 방으로 이루어져 있었는데, 방에는 전혀 가구가 없었고 벽뿐이었다. 그중 가장 좋은 방을, 장 발장이 아무리 거절을 해도 듣지 않고, 포슐르방 영감이 억지로 마들렌 씨에게 양보했다. 그 방의 벽에는 무릎 가죽과 치롱을 거는 두 개의 못 이외에, 장식으로서 1793년의 왕당파 지폐 한 장이 벽난로 위의 벽에 붙어 있었다. 그 정확한 내용은 다음과 같다.

국왕의 명에 의하여

10리브르의 태환권을
군수품대로서 교부함
평화 회복 시 상환함.
제3부　10390호
스토플레
천주교 왕당군

이 방데 당*의 지폐는 그전의 정원사가 벽에다 못으로 박아 놓은 것인데, 전에 왕당파였던 이 정원사는 이 수녀원에서 죽고, 포슐르방은 그 후임이었다.

장 발장은 온종일 정원에서 일했고 정원에 매우 유용했다. 그는 예전에는 가지 치는 사람이었는데, 지금 다시 기꺼이 정원사가 되었던 것이다. 독자도 기억하겠지만, 그는 재배에 관한 모든 방법과 비결에 통달해 있었다. 그는 그것을 이용했다. 과수원의 나무들은 거의 모두가 야생 그대로였으나, 그는 거기에 눈접을 하여 훌륭한 과실들을 열게 했다.

코제트는 날마다 한 시간씩 그의 곁에 와서 지내도록 허가를 받았다. 수녀들은 침울하고 그는 친절했으므로, 어린아이는 그를 비교하고 그를 무척 좋아했다. 일정한 시간에 그녀는 바라크로 달려왔다. 그가 그 누옥에 들어오면 그녀는 그 누옥을 낙원으로 가득 채웠다. 장 발장의 얼굴은 밝아지고, 그의 행복이 그가 코제트에게 주는 행복으로 커지는 것을 그는 느

* 1793년에 봉기한 왕당의 일파로서, 스토플레는 그 장군이었다.

졌다. 우리가 남에게 불러일으키는 기쁨은 매력적인 것이어서, 모든 반사광처럼 약해지기는커녕 도리어 더 빛나면서 우리에게로 되돌아온다. 휴식 시간에 장 발장은 코제트가 뛰어다니며 노는 것을 멀리서 바라보았고, 다른 아이들의 웃음소리 속에서도 그 아이의 웃음소리를 알아보았다.

왜냐하면 이제 코제트는 웃고 있었으니까.

코제트의 얼굴은 그 때문에 어느 정도까지 변해 있었다. 음울한 빛은 그녀의 얼굴에서 사라져 버렸다. 웃음, 그것은 태양, 그것은 인간의 얼굴에서 겨울을 쫓아 버린다.

코제트는 여전히 예쁘지는 않았으나, 그래도 무척 귀여워졌다. 그녀는 그 부드럽고 앳된 목소리로 제법 그럴듯한 말을 재잘거렸다.

휴식 시간이 끝나고 코제트가 돌아가면 장 발장은 그 아이의 교실 창을 바라다보고, 밤이면 일어나서 그녀의 침실 창을 바라보았다.

그런데 신은 자기의 길을 가지고 있다. 수녀원은 코제트처럼, 장 발장 속에서 미리엘 주교의 사업을 유지하고 완성하는 데 이바지했다. 덕의 여러 면 중 한 면은 교만에 이르는 것이 확실하다. 거기에 악마가 놓은 다리가 있다. 장 발장은 아마 부지불식간에 그 면에, 그리고 그 다리에 꽤 가까이 있었을 것인데, 그때 하늘의 뜻은 그를 프티 픽퓌스 수녀원에 던졌다. 자기를 주교하고만 비교했던 동안에는 그는 자기가 비천하다고 느꼈고 그는 겸손했다. 그러나 얼마 전부터 그는 자기를 사람들과 비교하기 시작했고, 교만이 싹텄다. 누가 알랴? 그는 아마 마침내 아주 서서히 증오심으로 되돌아갔을 것이다.

수녀원은 그를 그 비탈 위에 멈추어 세웠다.

수녀원은 그가 보는 두 번째 유폐 장소였다. 그의 청년 시절에, 그에게는 인생의 초기였던 때에, 그리고 그 후, 아주 최근에 그는 또 하나의 유폐 장소를, 무시무시하고 끔찍스러운 장소를 보았는데, 그곳의 준엄함은 그에게는 언제나 사법의 부정과 법률의 죄악같이 보였다. 오늘날 그는 형무소 다음에 수녀원을 보았는데, 자기가 예전에 형무소에 속해 있었고 지금은 말하자면 수녀원의 구경꾼이라는 것을 생각하면서 그는 그 양자를 머릿속에서 걱정스럽게 대조해 보았다.

때때로 그는 삽에 팔꿈치를 괴고 밑 없는 몽상의 나선을 천천히 내려가곤 했다.

그는 옛날의 동료들을 상기했다. 그들은 얼마나 비참했던가! 그들은 새벽에 일어나서 밤까지 일을 했다. 그들에게 잠도 제대로 자게 두지 않았다. 그들은 야전침대에서 잤는데, 그들에게는 2치 두께의 매트밖에 허용되지 않았고, 방에는 연중 가장 추운 달밖에는 불을 피워 주지 않았다. 그들은 끔찍스러운 붉은 죄수복을 입고 있었다. 혹서에는 삼베 잠방이를 입고 혹한에는 털 윗도리를 등에 걸치는 것이 특혜로 허락되었다. 그들은 '노역'에 갈 때밖에는 술도 고기도 먹지 못했다. 그들은 더 이상 이름도 없이 단지 번호만으로 불리고, 말하자면 숫자가 되어서, 눈을 수그리고, 목소리를 낮추고, 머리를 깎이고, 곤봉 아래서, 치욕 속에서 살았다.

다음에 그의 상념은 자기 눈앞에 있는 사람들한테로 향했다.

이 인간들 역시 머리가 깎이고, 눈을 수그리고, 목소리를 낮추고, 치욕 속에서는 아니나 세상 사람들의 비웃음 속에서, 등이 곤봉으로 상처가 난 것은 아니나 어깨가 채찍으로 찢어져서 살고 있었다. 그들에게서도 역시 속세의 이름은 사라져 버렸고, 그들은 준엄한 세례명 아래서밖에는 더 이상 존재하지 않았다. 그들은 결코 고기를 먹지 않았고 술도 결코 마시지 않았고, 흔히 저녁때까지 아무것도 먹지 않았으며, 붉은 죄수복을 입지는 않았으나, 여름에는 무겁고 겨울에는 가벼운 검은 양모 법의를 입고 있었는데, 아무것도 더 벗지도 못했고 더 입지도 못했고, 철에 따라서 삼베옷을 입거나 특히 양털 옷을 입을 길조차도 없었고, 연중 여섯 달 동안 서지 셔츠를 입고 있기 때문에 그들은 신열이 났다. 그들은 단지 혹한에만 불을 피우는 감방이 아니라 결코 불을 피우지 않는 독방에서 살고 있었고, 두 치 두께의 매트 위에서가 아니라 짚 위에서 잤다. 마지막으로 그들에게 잠도 제대로 자게 두지 않았고, 밤마다, 하루의 일을 하고 나서 아직 피로도 다 가시기 전에, 아직 잠이 들어 있고 몸도 채 따스해지기도 전에, 잠에서 깨어 일어나 침침하고 얼음 같은 예배당으로 가서 돌바닥 위에 두 무릎을 꿇고 기도를 드려야 했다.

어떤 날들에 이 인간들은 제각기 번차례로 열두 시간 동안 계속하여 타일 바닥에서 무릎을 꿇거나 얼굴을 땅에 대고 팔을 십자로 하여 엎드리고 있어야 했다.

저 사람들은 남자들이었고, 이 사람들은 여자들이었다.

그 남자들은 무슨 짓을 했던가? 도둑질을 하고, 폭행을 하고, 약탈을 하고, 살인을 하고, 암살을 했다. 그들은 강도, 사기꾼, 독살자, 방화자, 살인자, 부모 살해자 들이었다. 이 여자들은 무슨 짓을 했던가? 아무 짓도 하지 않았다.

한쪽에는 강도, 사기, 협잡, 폭행, 간음, 살인, 오만 가지 신성모독, 온갖 종류의 가해. 또 한쪽에는 단 한 가지, 순결.

덕에 의해서는 아직도 이승에 접해 있으나 신성에 의해서는 이미 하늘에 접해 있는, 거의 신비로운 승천 속에 들어 올려진 완전한 순결.

한쪽에서는 낮은 목소리로 범죄들을 은밀히 속삭이고, 또 한쪽에서는 높은 목소리로 과오들을 고백한다. 그런데 무슨 범죄들인가! 그리고 무슨 과오들인가!

한쪽에는 독기, 또 한쪽에는 형언할 수 없는 향기. 한쪽에는 세인의 눈에서 격리되고 대포 아래 유폐되어 시나브로 환자들을 갉아먹는 정신적 역병, 또 한쪽에는 같은 회관 안에서 모든 영혼들의 청순한 연소. 저기에는 암흑, 여기에는 그늘. 그러나 빛이 가득한 그늘, 그리고 광휘가 가득한 빛.

구속의 두 장소. 그러나 전자에는 해방의 가능성이 있고, 언제나 막연하게 예상되는 법률적 한계가 있고, 게다가 탈주가 있다. 후자에는 영속성. 모든 희망이라고는 먼 미래의 끝에, 사람들이 죽음이라고 부르는 그 자유의 빛.

전자에서는 쇠사슬로만 묶여 있었고, 후자에서는 신앙에 의하여 묶여 있었다.

전자에서 무엇이 발산되었던가? 엄청난 저주, 절치(切齒),

증오, 절망적인 악의, 인간 사회에 대한 분노의 절규, 하늘에 대한 빈정거림.

후자에서 무엇이 나왔던가? 축복과 사랑.

그리고 그토록 비슷하면서도 그토록 사뭇 다른 그 두 장소에서, 그토록 판이한 그 두 종류의 인간들이 똑같은 일을 수행하고 있었다. 즉 속죄를.

장 발장은 한쪽 사람들의 속죄는 잘 이해하고 있었다. 개인적인 속죄, 자기 자신을 위한 속죄는. 그러나 또 한쪽 사람들의 속죄는, 그 허물 없고 순결한 여자들의 속죄는 이해할 수 없었다. 그는 전율을 느끼면서 자문했다. '무엇을 속죄하는 것일까? 무슨 속죄일까?'

하나의 목소리가 그의 양심 속에서 대답했다. '인간의 너그러움 중에서도 가장 숭고한 것, 즉 남을 위한 속죄다.'

여기서는 개인적인 이론은 일절 유보한다. 나는 서술자에 지나지 않으니까. 나는 장 발장의 견지에 몸을 놓고 그의 인상들을 표현한다.

그는 눈 아래에 자기 희생의 숭고한 산꼭대기를, 존재할 수 있는 최고의 덕의 산봉우리를 바라보고 있었다. 사람들에게 그들의 과오를 용서하고 그들을 대신하여 속죄하는 순결. 과오를 범한 영혼들을 구제하기 위해 죄를 짓지 않은 영혼들이 참고 견디는 일, 감수하는 고통, 자청한 괴로움. 천주의 사랑 속에 잠겨 있는, 그러나 거기에서 달리 살고 있는, 그리고 애원하는 듯한 인류에 대한 사랑. 벌 받은 사람들의 비참과 보상받은 사람들의 미소를 가지고 있는 그 부드럽고 가냘픈 여성들.

그리고 그는 자기가 감히 불평을 했다는 것을 상기했다!

흔히, 한밤중에 그는 다시 일어나서 준엄한 생활에 시달리고 있는 그 순결무구한 여자들의 감사의 노랫소리에 귀를 기울였고, 정당하게 벌을 받은 자들은 저주하기 위해서밖에는 하늘을 향해 목소리를 높이지 않았다는 것을 생각하고, 또 자기 역시 비참하게도 신에게 상앗대질했음을 생각하면서 온몸의 피가 싸늘해짐을 느꼈다.

놀라운 것은, 그리고 신의 섭리 자체가 주는 경고처럼 그를 깊이 몽상에 잠기게 하는 것은, 담을 기어오르고, 장벽을 뛰어넘고, 생명을 걸고까지 모험을 하고, 험하고 어려운 등반을 했는데, 다른 속죄의 장소에서 나오기 위해 했던 것과 똑같은 그 모든 노력을 그는 이 장소에 들어오기 위해서 했다는 것. 이것은 그의 운명의 한 상징이었던가?

이 집 역시 하나의 감옥이었고, 그가 탈주했던 다른 처소와 비통하게도 유사했지만, 그런데도 그는 조금도 같다는 생각을 결코 하지 않았다.

그는 철문을, 빗장을, 쇠창살을 다시 보았는데, 누구를 가두기 위해서였던가? 천사들을.

그가 호랑이들 주위에서 보았던 그 높은 벽들, 그는 그것들을 양들의 주위에서 다시 보고 있었다.

그것은 속죄의 장소이지 징벌의 장소가 아니었는데, 그런데도 그 징벌의 장소보다 한층 더 엄격하고, 한층 더 음산하고, 한층 더 무자비했다. 그 동정녀들은 죄수들보다 더 고통스럽게 몸을 구부리고 있었다. 춥고 호된 바람이, 그의 청춘을 얼어붙게 했던 그 바람이 쇠창살로 둘러치고 맹꽁이자물쇠로 잠가 놓은 독수리들의 구덩이에 불어 가고 있었으나, 그보다도 한층 더 혹독하고 한층 더 고통스러운 삭풍이 비둘기들 집에 불고 있었다.

왜?

그가 그런 것들을 생각할 때, 그의 속에 있는 모든 것이 그 숭엄한 신비 앞에 흩어져 버렸다.

이러한 명상 속에 교만한 생각은 스러져 버렸다. 그는 자기 자신에 관해 온갖 것을 반성했다. 그는 자신의 연약함을 느끼고 여러 번 울었다. 최근 여섯 달 동안 그의 삶 속에 들어왔던 모든 것은 그를 주교의 거룩한 명령 쪽으로 돌아가게 했다. 코제트는 사랑에 의하여, 수도원은 겸양에 의하여.

이따금, 저녁에, 황혼녘에, 정원에 인기척이 없어지는 시간에, 예배당 옆 통로의 한복판에서, 그가 도착한 날 밤 들여다보았던 창 앞에서 속죄하는 수녀가 엎드려 기도를 하는 것이, 그가 알고 있는 장소 쪽으로 몸을 돌리고 그가 무릎을 꿇고 있는 것이 보였다. 그렇게 그는 그 수녀 앞에서 무릎을 꿇고 기도를 드렸다.

그는 직접 천주 앞에는 감히 무릎도 꿇지 못하는 것 같았다.

그를 둘러싸고 있는 모든 것, 그 평화로운 정원, 그 향기로운 꽃들, 즐겁게 떠드는 그 어린아이들, 근엄하고 소박한 그 수녀들, 그 고요한 수녀원, 이런 것들이 서서히 그의 속에 스며들어가 그의 마음은 점점 그 수도원 같은 고요로, 그 꽃들 같은 향기로, 그 정원 같은 평화로, 그 수녀들 같은 소박함으로, 그 어린아이들 같은 기쁨으로 되어 가고 있었다. 그리고 또 그는 자기 일생의 두 위기에서 자기를 연이어 맞아들여 준 것은 천주의 두 집이었다고 생각했는데, 첫 번째 집은 모든 문들이 닫히고 인간 사회로부터 배척당했을 때였고, 두 번째 집은 인간 사회가 다시 뒤쫓기 시작하고 형무소가 다시 입을 벌렸을 때였는데, 첫 번째 집이 없었다면 그는 다시 범죄에 빠졌을 것이고, 두 번째 집이 없었다면 그는 다시 형벌에 빠졌을 것이다.

그의 온 마음은 감사로 누그러지고 그는 더욱더 사랑하고 있었다.

여러 해가 그렇게 흘러갔고, 코제트는 커 갔다.

(3권에서 계속)

세계문학전집 302

레 미제라블 2

1판 1쇄 펴냄 2012년 11월 5일
1판 38쇄 펴냄 2024년 6월 10일

지은이 빅토르 위고
옮긴이 정기수
발행인 박근섭, 박상준
펴낸곳 (주)민음사

출판등록 1966. 5. 19. (제 16-490호)
서울특별시 강남구 도산대로1길 62(신사동) 강남출판문화센터 5층 (우편번호 06027)
대표전화 02-515-2000 팩시밀리 02-515-2007
www.minumsa.com

ISBN 978-89-374-6302-0 04800
ISBN 978-89-374-6000-5 (세트)

민음사 세계문학전집

세계문학전집 목록

1·2 **변신 이야기 오비디우스·이윤기 옮김** 서울대 권장도서 100선
3 **햄릿 셰익스피어·최종철 옮김** 서울대 권장도서 100선 | 미국대학위원회 선정 SAT 추천도서
4 **변신·시골의사 카프카·전영애 옮김** 서울대 권장도서 100선
5 **동물농장 오웰·도정일 옮김** 미국대학위원회 선정 SAT 추천도서 | 《타임》 선정 현대 100대 영문소설
6 **허클베리 핀의 모험 트웨인·김욱동 옮김** 《뉴스위크》 선정 100대 명저
7 **암흑의 핵심 콘래드·이상옥 옮김** 미국대학위원회 선정 SAT 추천도서 | 《뉴스위크》 선정 10대 명저
8 **토니오 크뢰거·트리스탄·베네치아에서의 죽음 토마스 만·안삼환 외 옮김** 노벨 문학상 수상 작가
9 **문학이란 무엇인가 사르트르·정명환 옮김**
10 **한국단편문학선 1 김동인 외·이남호 엮음** 국립중앙도서관 선정 청소년 권장도서
11·12 **인간의 굴레에서 서머싯 몸·송무 옮김**
13 **이반 데니소비치, 수용소의 하루 솔제니친·이영의 옮김** 노벨 문학상 수상 작가
14 **너새니얼 호손 단편선 호손·천승걸 옮김**
15 **나의 미카엘 오즈·최창모 옮김**
16·17 **중국신화전설 위앤커·전인초, 김선자 옮김**
18 **고리오 영감 발자크·박영근 옮김**
19 **파리대왕 골딩·유종호 옮김** 노벨 문학상 수상 작가 | 《타임》 선정 현대 100대 영문소설
20 **한국단편문학선 2 김동리 외·이남호 엮음**
21·22 **파우스트 괴테·정서웅 옮김** 서울대 권장도서 100선 | 미국대학위원회 선정 SAT 추천도서
23·24 **빌헬름 마이스터의 수업시대 괴테·안삼환 옮김**
25 **젊은 베르테르의 슬픔 괴테·박찬기 옮김** 논술 및 수능에 출제된 책(1998~2005)
26 **이피게니에·스텔라 괴테·박찬기 외 옮김**
27 **다섯째 아이 레싱·정덕애 옮김** 노벨 문학상 수상 작가
28 **삶의 한가운데 린저·박찬일 옮김**
29 **농담 쿤데라·방미경 옮김**
30 **야성의 부름 런던·권택영 옮김**
31 **아메리칸 제임스·최경도 옮김**
32·33 **양철북 그라스·장희창 옮김** 노벨 문학상 수상 작가 | 서울대 권장도서 100선
34·35 **백년의 고독 마르케스·조구호 옮김** 노벨 문학상 수상 작가 | 서울대 권장도서 100선
36 **마담 보바리 플로베르·김화영 옮김** 서울대 권장도서 100선
37 **거미여인의 키스 푸익·송병선 옮김**
38 **달과 6펜스 서머싯 몸·송무 옮김**
39 **폴란드의 풍차 지오노·박인철 옮김**
40·41 **독일어 시간 렌츠·정서웅 옮김**
42 **말테의 수기 릴케·문현미 옮김**
43 **고도를 기다리며 베케트·오증자 옮김** 노벨 문학상 수상 작가 | 서울대 권장도서 100선
44 **데미안 헤세·전영애 옮김** 노벨 문학상 수상 작가
45 **젊은 예술가의 초상 조이스·이상옥 옮김** 서울대 권장도서 100선
46 **카탈로니아 찬가 오웰·정영목 옮김**
47 **호밀밭의 파수꾼 샐린저·정영목 옮김** 《타임》 선정 현대 100대 영문소설 | 미국대학위원회 선정 SAT 추천도서 | 《뉴스위크》 선정 100대 명저 | BBC 선정 꼭 읽어야 할 책
48·49 **파르마의 수도원 스탕달·원윤수, 임미경 옮김**
50 **수레바퀴 아래서 헤세·김이섭 옮김** 노벨 문학상 수상 작가 | 국립중앙도서관 선정 청소년 권장도서

51·52 내 이름은 빨강 파묵 · 이난아 옮김 노벨 문학상 수상 작가
53 오셀로 셰익스피어 · 최종철 옮김 서울대 권장도서 100선
54 조서 르 클레지오 · 김윤진 옮김 노벨 문학상 수상 작가
55 모래의 여자 아베 코보 · 김난주 옮김
56·57 부덴브로크 가의 사람들 토마스 만 · 홍성광 옮김 노벨 문학상 수상 작가
58 싯다르타 헤세 · 박병덕 옮김 노벨 문학상 수상 작가
59·60 아들과 연인 로렌스 · 정상준 옮김 《뉴스위크》 선정 100대 명저
61 설국 가와바타 야스나리 · 유숙자 옮김 노벨 문학상 수상 작가 | 서울대 권장도서 100선
62 벨킨 이야기 · 스페이드 여왕 푸슈킨 · 최선 옮김
63·64 넙치 그라스 · 김재혁 옮김 노벨 문학상 수상 작가
65 소망 없는 불행 한트케 · 윤용호 옮김 노벨 문학상 수상 작가
66 나르치스와 골드문트 헤세 · 임홍배 옮김 노벨 문학상 수상 작가
67 황야의 이리 헤세 · 김누리 옮김 노벨 문학상 수상 작가
68 페테르부르크 이야기 고골 · 조주관 옮김
69 밤으로의 긴 여로 오닐 · 민승남 옮김 노벨 문학상 수상 작가 | 미국대학위원회 선정 SAT 추천도서
70 체호프 단편선 체호프 · 박현섭 옮김
71 버스 정류장 가오싱젠 · 오수경 옮김 노벨 문학상 수상 작가
72 구운몽 김만중 · 송성욱 옮김 서울대 권장도서 100선 | 국립중앙도서관 선정 청소년 권장도서
73 대머리 여가수 이오네스코 · 오세곤 옮김
74 이솝 우화집 이솝 · 유종호 옮김 논술 및 수능에 출제된 책(1998~2005)
75 위대한 개츠비 피츠제럴드 · 김욱동 옮김 《타임》 선정 현대 100대 영문소설
76 푸른 꽃 노발리스 · 김재혁 옮김
77 1984 오웰 · 정회성 옮김 《타임》 선정 현대 100대 영문소설 | 《뉴스위크》 선정 100대 명저
78·79 영혼의 집 아옌데 · 권미선 옮김
80 첫사랑 투르게네프 · 이항재 옮김
81 내가 죽어 누워 있을 때 포크너 · 김명주 옮김 노벨 문학상 수상 작가
82 런던 스케치 레싱 · 서숙 옮김 노벨 문학상 수상 작가
83 팡세 파스칼 · 이환 옮김
84 질투 로브그리예 · 박이문, 박희원 옮김
85·86 채털리 부인의 연인 로렌스 · 이인규 옮김
87 그 후 나쓰메 소세키 · 윤상인 옮김
88 오만과 편견 오스틴 · 윤지관, 전승희 옮김 미국대학위원회 선정 SAT 추천도서
89·90 부활 톨스토이 · 연진희 옮김 논술 및 수능에 출제된 책(1998~2005)
91 방드르디, 태평양의 끝 투르니에 · 김화영 옮김
92 미겔 스트리트 나이폴 · 이상옥 옮김 노벨 문학상 수상 작가
93 페드로 파라모 룰포 · 정창 옮김
94 차라투스트라는 이렇게 말했다 니체 · 장희창 옮김 국립중앙도서관 선정 청소년 권장도서
95·96 적과 흑 스탕달 · 이동렬 옮김 국립중앙도서관 선정 청소년 권장도서
97·98 콜레라 시대의 사랑 마르케스 · 송병선 옮김 노벨 문학상 수상 작가 | BBC 선정 꼭 읽어야 할 책
99 맥베스 셰익스피어 · 최종철 옮김 서울대 권장도서 100선 | 미국대학위원회 선정 SAT 추천도서
100 춘향전 작자 미상 · 송성욱 풀어 옮김 서울대 권장도서 100선
101 페르디두르케 곰브로비치 · 윤진 옮김
102 포르노그라피아 곰브로비치 · 임미경 옮김
103 인간 실격 다자이 오사무 · 김춘미 옮김
104 네루다의 우편배달부 스카르메타 · 우석균 옮김

105·106 **이탈리아 기행** 괴테·박찬기 외 옮김
107 **나무 위의 남작** 칼비노·이현경 옮김
108 **달콤 쌉싸름한 초콜릿** 에스키벨·권미선 옮김
109·110 **제인 에어** C. 브론테·유종호 옮김 BBC 선정 꼭 읽어야 할 책
111 **크눌프** 헤세·이노은 옮김 노벨 문학상 수상 작가
112 **시계태엽 오렌지** 버지스·박시영 옮김 《타임》 선정 현대 100대 영문소설 | 《뉴스위크》 선정 100대 명저
113·114 **파리의 노트르담** 위고·정기수 옮김 미국대학위원회 선정 SAT 추천도서
115 **새로운 인생** 단테·박우수 옮김
116·117 **로드 짐** 콘래드·이상옥 옮김 《뉴스위크》 선정 100대 명저
118 **폭풍의 언덕** E. 브론테·김종길 옮김 미국대학위원회 선정 SAT 추천도서
119 **텔크테에서의 만남** 그라스·안삼환 옮김 노벨 문학상 수상 작가
120 **검찰관** 고골·조주관 옮김
121 **안개** 우나무노·조민현 옮김
122 **나사의 회전** 제임스·최경도 옮김 미국대학위원회 선정 SAT 추천도서
123 **피츠제럴드 단편선 1** 피츠제럴드·김욱동 옮김
124 **목화밭의 고독 속에서** 콜테스·임수현 옮김
125 **돼지꿈** 황석영
126 **라셀라스** 존슨·이인규 옮김
127 **리어 왕** 셰익스피어·최종철 옮김 서울대 권장도서 100선 | 《뉴스위크》 선정 100대 명저
128·129 **쿠오 바디스** 시엔키에비츠·최성은 옮김 노벨 문학상 수상 작가
130 **자기만의 방·3기니** 울프·이미애 옮김
131 **시르트의 바닷가** 그라크·송진석 옮김
132 **이성과 감성** 오스틴·윤지관 옮김
133 **바덴바덴에서의 여름** 치프킨·이장욱 옮김
134 **새로운 인생** 파묵·이난아 옮김 노벨 문학상 수상 작가
135·136 **무지개** 로렌스·김정매 옮김
137 **인생의 베일** 서머싯 몸·황소연 옮김
138 **보이지 않는 도시들** 칼비노·이현경 옮김
139·140·141 **연초 도매상** 바스·이운경 옮김 《타임》 선정 현대 100대 영문소설
142·143 **플로스 강의 물방앗간** 엘리엇·한애경, 이봉지 옮김 미국대학위원회 선정 SAT 추천도서
144 **연인** 뒤라스·김인환 옮김
145·146 **이름 없는 주드** 하디·정종화 옮김
147 **제49호 품목의 경매** 핀천·김성곤 옮김 《타임》 선정 현대 100대 영문소설
148 **성역** 포크너·이진준 옮김 노벨 문학상 수상 작가 | 퓰리처상 수상 작가
149 **무진기행** 김승옥
150·151·152 **신곡(지옥편·연옥편·천국편)** 단테·박상진 옮김 《뉴스위크》 선정 100대 명저
153 **구덩이** 플라토노프·정보라 옮김
154·155·156 **카라마조프가의 형제들** 도스토옙스키·김연경 옮김
157 **지상의 양식** 지드·김화영 옮김 노벨 문학상 수상 작가
158 **밤의 군대들** 메일러·권택영 옮김 퓰리처상 수상 작가
159 **주홍 글자** 호손·김욱동 옮김 서울대 권장도서 100선 | 미국대학위원회 선정 SAT 추천도서
160 **깊은 강** 엔도 슈사쿠·유숙자 옮김
161 **욕망이라는 이름의 전차** 윌리엄스·김소임 옮김
162 **마사 퀘스트** 레싱·나영균 옮김 노벨 문학상 수상 작가
163·164 **운명의 딸** 아옌데·권미선 옮김

165 **모렐의 발명** 비오이 카사레스 · 송병선 옮김
166 **삼국유사** 일연 · 김원중 옮김 서울대 권장도서 100선
167 **풀잎은 노래한다** 레싱 · 이태동 옮김 노벨 문학상 수상 작가
168 **파리의 우울** 보들레르 · 윤영애 옮김
169 **포스트맨은 벨을 두 번 울린다** 케인 · 이만식 옮김
170 **썩은 잎** 마르케스 · 송병선 옮김 노벨 문학상 수상 작가
171 **모든 것이 산산이 부서지다** 아체베 · 조규형 옮김 《타임》 선정 현대 100대 영문소설
172 **한여름 밤의 꿈** 셰익스피어 · 최종철 옮김 미국대학위원회 선정 SAT 추천도서
173 **로미오와 줄리엣** 셰익스피어 · 최종철 옮김 미국대학위원회 선정 SAT 추천도서
174·175 **분노의 포도** 스타인벡 · 김승욱 옮김 노벨 문학상 수상 작가 | 《타임》 선정 현대 100대 영문소설
176·177 **괴테와의 대화** 에커만 · 장희창 옮김
178 **그물을 헤치고** 머독 · 유종호 옮김 《타임》 선정 현대 100대 영문소설
179 **브람스를 좋아하세요...** 사강 · 김남주 옮김
180 **카타리나 블룸의 잃어버린 명예** 하인리히 뵐 · 김연수 옮김 노벨 문학상 수상 작가
181·182 **에덴의 동쪽** 스타인벡 · 정회성 옮김 노벨 문학상 수상 작가
183 **순수의 시대** 워튼 · 송은주 옮김 《뉴스위크》 선정 100대 명저 | 퓰리처상 수상작
184 **도둑 일기** 주네 · 박형섭 옮김
185 **나자** 브르통 · 오생근 옮김
186·187 **캐치-22** 헬러 · 안정효 옮김 《타임》 선정 현대 100대 영문소설
188 **숄로호프 단편선** 숄로호프 · 이항재 옮김 노벨 문학상 수상 작가
189 **말** 사르트르 · 정명환 옮김
190·191 **보이지 않는 인간** 엘리슨 · 조영환 옮김 《타임》 선정 현대 100대 영문소설
192 **왑샷 가문 연대기** 치버 · 김승욱 옮김 퓰리처상 수상 작가
193 **왑샷 가문 몰락기** 치버 · 김승욱 옮김 퓰리처상 수상 작가
194 **필립과 다른 사람들** 노터봄 · 지명숙 옮김
195·196 **하드리아누스 황제의 회상록** 유르스나르 · 곽광수 옮김
197·198 **소피의 선택** 스타이런 · 한정아 옮김 퓰리처상 수상 작가
199 **피츠제럴드 단편선 2** 피츠제럴드 · 한은경 옮김
200 **홍길동전** 허균 · 김탁환 옮김
201 **요술 부지깽이** 쿠버 · 양윤희 옮김
202 **북호텔** 다비 · 원윤수 옮김
203 **톰 소여의 모험** 트웨인 · 김욱동 옮김
204 **금오신화** 김시습 · 이지하 옮김
205·206 **테스** 하디 · 정종화 옮김 미국대학위원회 선정 SAT 추천도서 | BBC 선정 꼭 읽어야 할 책
207 **브루스터플레이스의 여자들** 네일러 · 이소영 옮김
208 **더 이상 평안은 없다** 아체베 · 이소영 옮김
209 **그레인지 코플랜드의 세 번째 인생** 워커 · 김시현 옮김 퓰리처상 수상 작가
210 **어느 시골 신부의 일기** 베르나노스 · 정영란 옮김
211 **타라스 불바** 고골 · 조주관 옮김
212·213 **위대한 유산** 디킨스 · 이인규 옮김 서울대 권장도서 100선 | BBC 선정 꼭 읽어야 할 책
214 **면도날** 서머싯 몸 · 안진환 옮김
215·216 **성채** 크로닌 · 이은정 옮김
217 **오이디푸스 왕** 소포클레스 · 강대진 옮김 서울대 권장도서 100선
218 **세일즈맨의 죽음** 밀러 · 강유나 옮김
219·220·221 **안나 카레니나** 톨스토이 · 연진희 옮김 서울대 권장도서 100선

222 **오스카 와일드 작품선** 와일드 · 정영목 옮김
223 **벨아미** 모파상 · 송덕호 옮김
224 **파스쿠알 두아르테 가족** 호세 셀라 · 정동섭 옮김 노벨 문학상 수상 작가
225 **시칠리아에서의 대화** 비토리니 · 김운찬 옮김
226·227 **길 위에서** 케루악 · 이만식 옮김 《타임》 선정 현대 100대 영문소설 | 《뉴스위크》 선정 100대 명저
228 **우리 시대의 영웅** 레르몬토프 · 오정미 옮김
229 **아우라** 푸엔테스 · 송상기 옮김
230 **클링조어의 마지막 여름** 헤세 · 황승환 옮김 노벨 문학상 수상 작가
231 **리스본의 겨울** 무뇨스 몰리나 · 나송주 옮김
232 **뻐꾸기 둥지 위로 날아간 새** 키지 · 정회성 옮김 《타임》 선정 현대 100대 영문소설
233 **페널티킥 앞에 선 골키퍼의 불안** 한트케 · 윤용호 옮김 노벨 문학상 수상 작가
234 **참을 수 없는 존재의 가벼움** 쿤데라 · 이재룡 옮김
235·236 **바다여, 바다여** 머독 · 최옥영 옮김
237 **한 줌의 먼지** 에벌린 워 · 안진환 옮김 《타임》 선정 현대 100대 영문소설
238 **뜨거운 양철 지붕 위의 고양이 · 유리 동물원** 윌리엄스 · 김소임 옮김 퓰리처상 수상작
239 **지하로부터의 수기** 도스토옙스키 · 김연경 옮김
240 **키메라** 바스 · 이운경 옮김
241 **반쪼가리 자작** 칼비노 · 이현경 옮김
242 **벌집** 호세 셀라 · 남진희 옮김 노벨 문학상 수상 작가
243 **불멸** 쿤데라 · 김병욱 옮김
244·245 **파우스트 박사** 토마스 만 · 임홍배, 박병덕 옮김 노벨 문학상 수상 작가
246 **사랑할 때와 죽을 때** 레마르크 · 장희창 옮김
247 **누가 버지니아 울프를 두려워하랴?** 올비 · 강유나 옮김
248 **인형의 집** 입센 · 안미란 옮김
249 **위폐범들** 지드 · 원윤수 옮김 노벨 문학상 수상 작가
250 **무정** 이광수 · 정영훈 책임 편집 서울대 권장도서 100선
251·252 **의지와 운명** 푸엔테스 · 김현철 옮김
253 **폭력적인 삶** 파솔리니 · 이승수 옮김
254 **거장과 마르가리타** 불가코프 · 정보라 옮김
255·256 **경이로운 도시** 멘도사 · 김현철 옮김
257 **야콥을 둘러싼 추측들** 욘존 · 손대영 옮김
258 **왕자와 거지** 트웨인 · 김욱동 옮김
259 **존재하지 않는 기사** 칼비노 · 이현경 옮김
260·261 **눈먼 암살자** 애트우드 · 차은정 옮김 《타임》 선정 현대 100대 영문소설
262 **베니스의 상인** 셰익스피어 · 최종철 옮김
263 **말리나** 바흐만 · 남정애 옮김
264 **사볼타 사건의 진실** 멘도사 · 권미선 옮김
265 **뒤렌마트 희곡선** 뒤렌마트 · 김혜숙 옮김
266 **이방인** 카뮈 · 김화영 옮김 노벨 문학상 수상 작가 | 미국대학위원회 선정 SAT 추천도서
267 **페스트** 카뮈 · 김화영 옮김 노벨 문학상 수상 작가 | 국립중앙도서관 선정 청소년 권장도서
268 **검은 튤립** 뒤마 · 송진석 옮김
269·270 **베를린 알렉산더 광장** 되블린 · 김재혁 옮김
271 **하얀 성** 파묵 · 이난아 옮김 노벨 문학상 수상 작가
272 **푸슈킨 선집** 푸슈킨 · 최선 옮김
273·274 **유리알 유희** 헤세 · 이영임 옮김 노벨 문학상 수상 작가

275 픽션들 보르헤스·송병선 옮김 서울대 권장도서 100선
276 신의 화살 아체베·이소영 옮김
277 빌헬름 텔·간계와 사랑 실러·홍성광 옮김
278 노인과 바다 헤밍웨이·김욱동 옮김 노벨 문학상 수상 작가 | 퓰리처상 수상작
279 무기여 잘 있어라 헤밍웨이·김욱동 옮김 미국대학위원회 선정 SAT 추천도서
280 태양은 다시 떠오른다 헤밍웨이·김욱동 옮김 《타임》 선정 현대 100대 영문 소설
281 알레프 보르헤스·송병선 옮김
282 일곱 박공의 집 호손·정소영 옮김
283 에마 오스틴·윤지관, 김영희 옮김
284·285 죄와 벌 도스토옙스키·김연경 옮김 미국대학위원회 선정 SAT 추천도서
286 시련 밀러·최영 옮김
287 모두가 나의 아들 밀러·최영 옮김
288·289 누구를 위하여 종은 울리나 헤밍웨이·김욱동 옮김 노벨 문학상 수상 작가
290 구르브 연락 없다 멘도사·정창 옮김
291·292·293 데카메론 보카치오·박상진 옮김
294 나누어진 하늘 볼프·전영애 옮김
295·296 제브데트 씨와 아들들 파묵·이난아 옮김 노벨 문학상 수상 작가
297·298 여인의 초상 제임스·최경도 옮김 미국대학위원회 선정 SAT 추천도서
299 압살롬, 압살롬! 포크너·이태동 옮김 노벨 문학상 수상 작가
300 이상 소설 전집 이상·권영민 책임 편집
301·302·303·304·305 레 미제라블 위고·정기수 옮김
306 관객모독 한트케·윤용호 옮김 노벨 문학상 수상 작가
307 더블린 사람들 조이스·이종일 옮김
308 에드거 앨런 포 단편선 앨런 포·전승희 옮김 미국대학위원회 선정 SAT 추천도서
309 보이체크·당통의 죽음 뷔히너·홍성광 옮김
310 노르웨이의 숲 무라카미 하루키·양억관 옮김
311 운명론자 자크와 그의 주인 디드로·김희영 옮김
312·313 헤밍웨이 단편선 헤밍웨이·김욱동 옮김 노벨 문학상 수상 작가
314 피라미드 골딩·안지현 옮김 노벨 문학상 수상 작가
315 닫힌 방·악마와 선한 신 사르트르·지영래 옮김
316 등대로 울프·이미애 옮김 《타임》 선정 현대 100대 영문소설 | 《뉴스위크》 선정 100대 명저
317·318 한국 희곡선 송영 외·양승국 엮음
319 여자의 일생 모파상·이동렬 옮김
320 의식 노터봄·김영중 옮김
321 육체의 악마 라디게·원윤수 옮김
322·323 감정 교육 플로베르·지영화 옮김
324 불타는 평원 룰포·정창 옮김
325 위대한 몬느 알랭푸르니에·박영근 옮김
326 라쇼몬 아쿠타가와 류노스케·서은혜 옮김
327 반바지 당나귀 보스코·정영란 옮김
328 정복자들 말로·최윤주 옮김
329·330 우리 동네 아이들 마흐푸즈·배혜경 옮김 노벨 문학상 수상 작가
331·332 개선문 레마르크·장희창 옮김
333 사바나의 개미 언덕 아체베·이소영 옮김
334 게걸음으로 그라스·장희창 옮김 노벨 문학상 수상 작가

335 **코스모스** 곰브로비치 · 최성은 옮김
336 **좁은 문 · 전원교향곡 · 배덕자** 지드 · 동성식 옮김 노벨 문학상 수상 작가
337·338 **암 병동** 솔제니친 · 이영의 옮김 노벨 문학상 수상 작가
339 **피의 꽃잎들** 응구기 와 시옹오 · 왕은철 옮김
340 **운명** 케르테스 · 유진일 옮김 노벨 문학상 수상 작가
341·342 **벌거벗은 자와 죽은 자** 메일러 · 이운경 옮김 퓰리처상 수상 작가
343 **시지프 신화** 카뮈 · 김화영 옮김 노벨 문학상 수상 작가
344 **뇌우** 차오위 · 오수경 옮김
345 **모옌 중단편선** 모옌 · 심규호, 유소영 옮김 노벨 문학상 수상 작가
346 **일야서** 한사오궁 · 심규호, 유소영 옮김
347 **상속자들** 골딩 · 안지현 옮김 노벨 문학상 수상 작가
348 **설득** 오스틴 · 전승희 옮김
349 **히로시마 내 사랑** 뒤라스 · 방미경 옮김
350 **오 헨리 단편선** 오 헨리 · 김희용 옮김
351·352 **올리버 트위스트** 디킨스 · 이인규 옮김
353·354·355·356 **전쟁과 평화** 톨스토이 · 연진희 옮김
357 **다시 찾은 브라이즈헤드** 에벌린 워 · 백지민 옮김
358 **아무도 대령에게 편지하지 않다** 마르케스 · 송병선 옮김
359 **사양** 다자이 오사무 · 유숙자 옮김
360 **좌절** 케르테스 · 한경민 옮김 노벨 문학상 수상 작가
361·362 **닥터 지바고** 파스테르나크 · 김연경 옮김 노벨 문학상 수상 작가
363 **노생거 사원** 오스틴 · 윤지관 옮김
364 **개구리** 모옌 · 심규호, 유소영 옮김 노벨 문학상 수상 작가
365 **마왕** 투르니에 · 이원복 옮김 공쿠르상 수상 작가
366 **맨스필드 파크** 오스틴 · 김영희 옮김
367 **이선 프롬** 이디스 워튼 · 김욱동 옮김 퓰리처상 수상 작가
368 **여름** 이디스 워튼 · 김욱동 옮김 퓰리처상 수상 작가
369·370·371 **나는 고백한다** 자우메 카브레 · 권가람 옮김
372·373·374 **태엽 감는 새 연대기** 무라카미 하루키 · 김난주 옮김
375·376 **대사들** 제임스 · 정소영 옮김
377 **족장의 가을** 마르케스 · 송병선 옮김 노벨 문학상 수상 작가
378 **핏빛 자오선** 매카시 · 김시현 옮김
379 **모두 다 예쁜 말들** 매카시 · 김시현 옮김
380 **국경을 넘어** 매카시 · 김시현 옮김
381 **평원의 도시들** 매카시 · 김시현 옮김
382 **만년** 다자이 오사무 · 유숙자 옮김
383 **반항하는 인간** 카뮈 · 김화영 옮김 노벨 문학상 수상 작가
384·385·386 **악령** 도스토옙스키 · 김연경 옮김
387 **태평양을 막는 제방** 뒤라스 · 윤진 옮김
388 **남아 있는 나날** 가즈오 이시구로 · 송은경 옮김
389 **앙리 브륄라르의 생애** 스탕달 · 원윤수 옮김
390 **찻집** 라오서 · 오수경 옮김
391 **태어나지 않은 아이를 위한 기도** 케르테스 · 이상동 옮김 노벨 문학상 수상 작가
392·393 **서머싯 몸 단편선** 서머싯 몸 · 황소연 옮김
394 **케이크와 맥주** 서머싯 몸 · 황소연 옮김

395 **월든** 소로 · 정회성 옮김
396 **모래 사나이** E. T. A. 호프만 · 신동화 옮김
397·398 **검은 책** 오르한 파묵 · 이난아 옮김 노벨 문학상 수상 작가
399 **방랑자들** 올가 토카르추크 · 최성은 옮김 노벨 문학상 수상 작가
400 **시여, 침을 뱉어라** 김수영 · 이영준 엮음
401·402 **환락의 집** 이디스 워튼 · 전승희 옮김
403 **달려라 메로스** 다자이 오사무 · 유숙자 옮김
404 **아버지와 자식** 투르게네프 · 연진희 옮김
405 **청부 살인자의 성모** 바예호 · 송병선 옮김
406 **세피아빛 초상** 아옌데 · 조영실 옮김
407·408·409·410 **사기 열전** 사마천 · 김원중 옮김 서울대 권장도서 100선
411 **이상 시 전집** 이상 · 권영민 책임 편집
412 **어둠 속의 사건** 발자크 · 이동렬 옮김
413 **태평천하** 채만식 · 권영민 책임 편집
414·415 **노스트로모** 콘래드 · 이미애 옮김
416·417 **제르미날** 졸라 · 강충권 옮김
418 **명인** 가와바타 야스나리 · 유숙자 옮김 노벨 문학상 수상 작가
419 **핀처 마틴** 골딩 · 백지민 옮김 노벨 문학상 수상 작가
420 **사라진 · 샤베르 대령** 발자크 · 선영아 옮김
421 **빅 서** 케루악 · 김재성 옮김
422 **코뿔소** 이오네스코 · 박형섭 옮김
423 **블랙박스** 오즈 · 윤성덕, 김영화 옮김
424·425 **고양이 눈** 애트우드 · 차은정 옮김
426·427 **도둑 신부** 애트우드 · 이은선 옮김
428 **슈니츨러 작품선** 슈니츨러 · 신동화 옮김
429·430 **세계의 끝과 하드보일드 원더랜드** 무라카미 하루키 · 김난주 옮김
431 **멜랑콜리아 I–II** 욘 포세 · 손화수 옮김 노벨 문학상 수상 작가
432 **도적들** 실러 · 홍성광 옮김
433 **예브게니 오네긴 · 대위의 딸** 푸시킨 · 최선 옮김
434·435 **초대받은 여자** 보부아르 · 강초롱 옮김
436·437 **미들마치** 엘리엇 · 이미애 옮김
438 **이반 일리치의 죽음** 톨스토이 · 김연경 옮김
439·440 **캔터베리 이야기** 초서 · 이동일, 이동춘 옮김
441·442 **아소무아르** 졸라 · 윤진 옮김
443 **가난한 사람들** 도스토옙스키 · 이항재 옮김

세계문학전집은 계속 간행됩니다.